近代日本漢学資料叢書4

国分青厓と明治大正昭和の漢詩界

木下　彪

解題　町　泉寿郎

研文出版

刊行の辞

研究代表者　町　泉寿郎

二松學舍大学私立大学戦略的研究基盤形成支援事業（略称ＳＲＦ）「近代日本の「知」の形成と漢学」の研究成果公開の一環として、ここに「近代日本漢学資料叢書」を発刊することとなった。

明治一〇年開校の漢学塾を起源とする二松學舍大学では、これまで日本漢学の研究と教育によって建学の精神の闡明化をはかってきた。平成一六～二〇年度には二一世紀ＣＯＥプログラム「日本漢文学研究の世界的拠点の構築」を推進し、日本漢文資料のデータベース化、若手研究者の養成、国際的ネットワークの構築、漢文教育の振興を柱として活動を展開した。前近代日本において、書記言語としての漢文と、それを通して学ぶ知識（漢学）が極めて重要な意義を持っていたことに鑑み、漢文を通して日本の学術文化を通時的に捉え直そうとする研究プロジェクトであった。八つの研究班を組織し、その成果としては倉石武四郎氏の日本漢学に関する講義録や江戸明治期の漢学と漢詩文の書目等によって当該研究領域の輪郭を示すとともに、雅楽や漢方医学に関する資料集、朝鮮実学に関する論文集、古漢語語法と漢文訓読に関する概説書、三島中洲研究会の報告書、二松漢文と銘打った漢文テキスト等によって、多様な広がりを明示しようとした。

現在のSRFはその後継事業であり、我々の一貫した研究姿勢は、「日本学としての漢文研究」である。今回の研究プロジェクトでは、西暦一八〇〇年頃から現在に至る近二〇〇年に対象を絞り、「学術研究班」「教学研究班」「近代文学研究班」「東アジア研究班」の四つの班を組織して研究を推進している。

一般に、漢学は一九世紀を通して洋学に席を譲って衰退したと考えられているが、実際には近代教育制度の整備とともに、学術面では中国学・東洋学に脱皮し、教学面では漢文が国語と並んで言語と道徳に関する教学として再編されて今日に至っており、更にこの学術教学体制が東アジア諸国にも影響を及ぼしてきた歴史がある。幕末開国以来、今日まで続くグローバル化の渦中にあって、日本の近代化は一定の成功をおさめたが、同時に何度もの挫折を経験した。近代日本の歩みと共に漢学もまた正負両面を持つが、今こそその両方を見据えた研究を東アジア各国の研究者と十分な連携をとりつつ進める必要がある。

我々は、漢学が再編された過程を、経時的、多角的に考察することにより、漢学から日本および東アジアの近代化の特色や問題点を探っていきたい。また、多角的で広範な視点に立つために、地域ごとの特性や個別の人物・書籍・事象に関する、具体的できめ細やかな視点を保持していきたいと考えている。

目下、「近代日本漢籍影印叢書」「近代日本漢学資料叢書」「講座近代日本と漢学」等を計画し、順次刊行していく予定である。我々のささやかな試みが上記の抱負を網羅することは到底不可能であるが、これらの刊行物が、一九～二〇世紀の交に成立し今日に至る日本・中国等に関する人文系諸分野の学術のあり方を相対化する一助となること、また東洋と西洋の接触のあり方について材料を提供できること、そして何よりも日本漢学が魅力ある研究分野であることを一人でも多くの方に知ってもらうきっかけとなることを願って、刊行の辞とする。

平成二八年八月六日

目次

凡例

一　本書の底本には、全国師友協会編『師と友』第三一八〜四〇三号（一九七六年七月〜一九八三年一〇月）に連載された「国分青厓と明治大正昭和の漢詩界」を使用した。

一　底本では毎回の連載時、タイトルの次に（一）至（六十八）と連載回数が記されるが、本書では連載回数を省いた。

一　本文の仮名遣いについては、底本を改めず、旧仮名遣いを用いた。

一　本文の用字については、底本では主に漢詩文の原文を引用する場合に正字体漢字を使用するが、本書では通行の印刷標準字体に改めることを基本とした。

一　本文中に、漢詩文の訓読文を記す場合には漢字カタカナ交りを基本とした。

一　書名・篇名・論文名等については、『　』「　」を補った場合がある。

一　長い引用文の場合、底本の「　」で括った掲出を、改行低二格に改めた場合がある。

一　章末に断続的に記される附記は、低三格として採録し、末尾に「（　頁に続く）」を補った。

一　章末に数回見られる訂正記事は、本書には採録せず、その指示に従って本文を修正した。

一　引用されている詩文については、二松学舎大学文学部学生千葉有斐君が調査した出典を見開き頁ごとに注番号を附して補記した。

一　索引については、主要な人名を五十音順に標出した。

国分青厓と明治大正昭和の漢詩界

木　下　彪

一

国分青厓、名は高胤、字は子美、青厓はその号、自ら青厓山人と署し、また太白山人とも号した、仙台の人。安政四年五月五日に生れ、昭和十九年三月五日、享年八十八を以て没するまで、明治、大正、昭和の三代に亙り、漢詩界の一大宗として著れた。

今日、国分青厓の名を知る人は極めて稀であらう。然し漢詩の盛んであつた明治時代、特にその中期から後期にかけての漢詩全盛時代に、天下、青厓山人の名を知らざるは無かつた。当時新聞界の最高権威と目せられた新聞『日本』の評林子の名も、亦天下これを知らざるは無かつた。我国近代文学史の類は、漢詩も漢詩人も幷せて文学史上から抹殺してしまつたので、現代の人が青厓を知らないのも無理はないであらう。

明治維新の大変革に当り、凡そ伝統的のものは玉石倶に焚《や》かるゝの運命に遭つたが、独り漢詩は辛うじて一綫の命脈を保ち得たのみならず、明治十年を過ぎた頃からは却つて勃興の勢を見せ、二十年代から三十年代に亙つて其の極盛に達し、詩作の発達せること前古未曾有であつた。

維新後二十年を経るに及んで、明治の漢詩も漸く明治らしいものになつたのである。初期の大変革の際は伝統の保持が精一杯で、其の変革の期間に新しい時代の空気を呼吸し、それに適応する教養を修めた青年が世に立つやうになつて、初めて明治の詩らしい詩が見られ、それが遂に一時の全盛を醸成したのである。然しそれも長くは続かず、短命に終つた。随つて明治の詩壇は之を三期に分つことが出来る。

明治二十三年国会開設の頃までを前期とし、それから日清戦争を経て日露戦争の終る三十八年頃までを中期、即ち全盛時代とする。以後を後期、即ち陵夷の時代とする。陵夷の時代はそのまゝ大正に及び、大正を経過して昭和に入ると、一時勢ひを持ち直したが、それは消えかゝつた灯火が急に明るくなつて、それを最後にやがて消え去つてしまふのと、よく似た現象であつた。

明治といふ時代は僅か五十年にも足らぬ短期間であつたが、それ以前の数百年にも匹敵すべき、変化多く進歩速かに、内容充実した偉大な時代であつた。而して此の時代に漢詩の隆盛を致した主なる原因は、凡そ次の三の如きものであらうか。

㈠江戸二百餘年間に培はれた漢学漢詩の伝統があり、学者詩人が多く生存して、旧来の詩社、私塾に拠り、能く其の伝統を保持した事。

㈡台閣諸公が皆詩を能くし、文運を鼓吹した事と、文運に応じて二、三の天才詩人が輩出した事。

㈢文明開化の新時代、新事物が清新にして豊富な詩材を提供したのみならず、新聞雑誌印刷物が異常の発達をして、所謂新聞文学を出現し、詩の伝播普及を助け、詩が士大夫階級のみならず、庶民の間にまで浸透した事。

惟《おも》ふに青厓山人の一生は明治以来三代の詩運と顕晦を共にしたと謂ふべきであらう。斯くいふ私の説も、現代の人には容易に了解し難いかも知れない。因て私は、明治中高名な文学者数人の説を引いて、更に説明を進めようと思ふ。

国史家として、殊に人物評論に秀でた横山健堂の「旧藩と新人物」といふ文が、明治四十三年四月から『読売新聞』に毎日連載され頗る長期に及んだことがある。其の劈頭第一が、「仙台附東北」で、中に次の一節がある。

若しそれ史的価値ある仙台の漢詩人は即ち国分青厓を推さざるべからず。彼は仙台空前の詩人たるのみならず、評林体の始祖として、明治の文学史に名を成せり。

青厓は仙風道骨あり、仙台に珍らしき人なるべし。其の詩は、文字の豊富なること槐南に若かず、学殖の深淵なること湖村に及ばずといへども、気格雄渾、現代の漢詩壇に独歩すといふを妨げず。明治の漢詩壇に於ける青厓山人の地位を説き、「明治の文学史に名を成」せりとしてゐる所に注目すべきである。健堂は更に次のやうにも云ふ。

土井晩翠、新体詩壇に一機軸を出し、天地有情、暁鐘等の詩集、一時青年の血を涌かしめたるも、今寂として声無く、青厓の詩は却つて「日本及日本人」を飾りつゝあり。

明治十五年、『新体詩抄』が世に出て、それまで詩と言へば漢詩の外なかつた日本に、仮名交りで西洋の詩風を取入れた新しい詩が創められ、詩即ち漢詩と区別する為、「新体」の二字を冠したのである。当時新体詩は当然起るべくして起つたもので、三十二年に仙台の詩人土井晩翠の『天地有情』が出た頃、その最高調に達したが、明治一代は漢詩を凌駕すること能はず、大正を経て昭和も戦後の今日、漢詩は已に絶えたが、新体詩も後が続かず、寂として声なき現状である。一体、今の日本に、是《これ》が日本の詩だと言ひ得るものがあるのだらうか。

明治大正間、国文学者、文章家として聞えた大町桂月は、「明治文壇の奇現象」と題し、次の如く云ふ。

明治の世となりて、西洋の文学や思想や俄《にわか》に入り来れり、是れ未だ奇とするに足らず、小説面目を改めて勃興せり、是れ未だ奇とするに足らず。新体詩勃興せり、これとても奇には非ず。たゞ廃滅するなるべしと期したる漢詩が却つて盛んになり、且上手になりし事は吾人の不思議に思はざるを得ざる所なり。漢籍入りてより二千年、漢詩を作る技倆の発達せること、未だ明治時代の如きものあらず。王朝時代には漢詩に達したる者は多かりしかど、漢詩は極めて幼稚にして、一人も詩人らしき詩人なく、一篇も誦すべき詩無かりき。後世文学の神と崇むる菅公の如きも、白楽天の浅薄なる模擬者に過ぎず、その餘推して知るべきのみ。其後漢学無く、漢文無く、漢詩無きこと久しかりしが、足利時代に至り、僧侶の支那に往来する者あるに及び、日本又詩あり。僧絶海は我国開闢以来初めて見る漢詩人なり。その後徳川氏の元禄以後に至り、偽唐詩あり、偽宋詩あり、菅茶山、梁川星巖等や、詩を能くせる者なり。されど大手腕には非ず。春濤、枕山、黄石、湖山、松塘など、明治前半の漢詩壇を飾りしも、さまで奇とするに足らず。春濤の子槐南勃興するに及びて、千餘年間の日本の漢詩壇、はじめて天才者を見たり。西洋の文物どしどし輸入せられて、行灯《あんどん》は洋灯と代る世の中に、その行灯の灯火滅せんとして暫く明かなりとは、今の漢詩壇の謂か。明治二十年代は実に漢詩の全盛時代なりき。云云。

これは王朝以来明治に至る日本漢詩史を説き得て簡潔明瞭、確論動かざるものがある。たゞ此の文は三十四、五年頃のものらしく、明治前半の諸詩人を「奇とするに足らず」と論断し、後半の諸詩人を之に駕して上る者と認めてゐるのは大いに佳。たゞ右の後に槐南、種竹、寧斎、青厓、其他数人を挙げ、之に対する箇々の評価が必ずしも正鵠を得てゐないのは已むを得ない。横山健堂の文は四十三年以後のもので、諸詩人に就て多くを語つてゐないが、認識は正しかつたやうだ。曰く、

槐南、青厓、種竹、湖村而して寧斎。併せて輓近「漢詩壇の五虎将軍」たるを失はず。就中寧斎の才最も奇なり。彼をして寿ならしめば、まさに絢爛の異彩を以て、明治の漢詩史を飾る可かりしなり。

この「五虎将軍」は健堂の独自の見であらうが、当を得てゐる。その頃世間には誰いふとなく、明治の「三詩人」の称が行はれてゐた。

有名な正岡子規は、明治二十六年から其の没する三十六年まで、新聞『日本』の紙上に縦横の才筆を奮つて文学評論を試みた。その中に漢詩及び漢詩人に触れた部分が少くない。曰く、

漢詩も亦東京を以て中心とす。東京に三詩人あり、曰く国分青厓、曰く本田種竹、曰く森槐南是なり。此三詩人は三派鼎立の勢を為して互に相下らず。而して東京幾多の詩人亦此三派に附して各門戸の見を張るが如し。云云。

三詩人それぞれの特色を詳細に論じ、結論の所で、

吾は三人に就きて優劣を判する能はず、若し公平なる眼を以て之を観ば、各種の長所相並立して存すべく、優劣を附すべき者に非ずと信ず。三人各〻其長ずる所に向つて進まば漢詩界必ず見るべき者あらん。

と平穏に収めてゐるが、問題は青厓と槐南で、その人物、詩風全く相反した此の二人と、その中間に位する種竹と、三人の面目を誠によく品評してゐる。この外いろいろ論じてゐる所を幷せ見ると、彼は青厓を重んじ槐南を軽んじてゐたことは明かである。三人に次ぐ者としては矢張り湖村と寧斎を挙げ、更に其餘に及んでゐる。当時まだ三十にならない若い子規の、漢詩及び漢詩人に対する透徹せる見識と剴切なる批判には全く驚歎の外はない。桂月は子規とは違ひ、槐南を第一と観てゐた。青厓、槐南の優劣論に就ては又後に述べることゝする。

明治前半の詩人を抑え後半の詩人を揚ぐること、子規も亦桂月と一致してゐる。子規は言ふ、

明治維新の改革を成就した者は二十歳前後の田舎の青年であつて、幕府の老人ではなかつた。日本の漢詩界を振はした者はやはり後進の青年であつて、天保臭気の老人ではない。

『日本』紙上に、陸羯南の論説と、青厓の評林と、子規の俳句俳文が、そろつて天下の呼び物であつた時期がある。子規の天才を認めて、『日本』に入れたのは羯南であり、先輩として之を誘益したのは青厓である。子規がこの二人を如何に敬慕してゐたかは、『子規全集』中所々に散見するところである。子規

は又次のやうに言つてゐる。

今日の文壇にて歌、俳、詩の三者を比較して、其の進歩の程度を比較せんに、詩を第一とし俳を第二とし歌を第三とす。

明治時代は、詩といへば即ち漢詩のことであつた。それが千年の伝統の上に、新時代の新意匠を施し来つたから、産声を挙げたばかりの新体詩の頡頏すべからざるものがあつたし、和歌も俳句も下風に在つたのである。子規は更にいふ、

新聞雑誌の文学にても、余は漢詩を以て比較的に発達したるものと思惟するなり。在来の耳なれ口なれたる和歌が下落して、珍奮漢的の漢詩が騰貴するとは稍受取れぬ話なれども、これには二原因ありて存するが如し。第一は歌人の見識なきに因るものにして、歌人に比すれば詩家の見識猶数等の上にあるを証すべきなり。第二は漢詩の言語多く句法変化するにも似ず、和歌は言語の区域狭きと字数少きとに由る云云。

これは当時の漢詩に対する公平な評価であつたと思ふ。自身が歌、俳句を善くした上に、漢詩をも能くした子規だから言ひ得たことである。彼は新聞『日本』に入り、詩の删正を青厓山人に請うてゐたやうである。

健堂、桂月、子規など明治の権威ある批評家が、実際に観察した所を書き遺して置いてくれたことは誠に有難い。明治の末期に生を享けた私は、明治大正の漢詩界の事は、生残りの故老や刊行物によつて僅かに知つただけで、誠に寥々たるものである。彼のいはゆる近代文学の作品や作家に就いては、あらゆる方面から根掘り葉掘り、深刻な究明が行はれてゐるのに比《くら》べて、たゞ文運の変に驚くばかりである。

子規の文名は今に至つて益〻盛んであるが、健堂、桂月の生前の盛名は已に無い。時世が変つて鷗外、

漱石すら古典視される現今、桂月や健堂の雄勁な文章を読める者も読まうとする者も居ないのである。況んや青厓山人の漢詩など、今の人には全く「珍奮漢的」であらう。

私が初めて青厓先生に謁したのは昭和二年、先生の年七十一の春、長軀美髯、見るからに気高い人であつた。それから先生の易簀せられるまで、二十年近く親炙することを得た。先生は性来寡言の人で、殊に人の事私の事を言はず、昔の詩壇の事を聞いても答へることを欲しられないやうであつた。当時先生の門に出入した人〻にも私は多くの相識を得た、その人〻は私よりはるかに年長の者ばかりで、今はもう一人も生存するを見ないのである。明大間の詩及び詩人青厓山人その人とその詩、今の中に記して置かなければ、後の世に全く伝はらなくなるであらう。それは私たち後死の者の責といはなくてはならない。

先生は自ら詩人を以て居らず、人に詩人と呼ばれることを欲しないやうに見受けられた。昭和の初、先生を盟主とする詩社は六、七あり、事実上の弟子も先生は弟子として扱はれず、始めから道を同じくする士、同好の士として遇せられた。世間の詩や歌や俳句の選者とか師匠とかには、一種の宗匠気質、厭ふべき臭気がある。筆によつて稿料を稼ぎ、弟子の謝礼によつて生活するところからさうなるものであらう。所が青厓先生には師匠気質は爪の垢ほども無く、さういふものを蛇蝎の如く忌まれた。先生に接した者は皆知る如く、凜然として冒すべからざる風骨を具へられ、健堂が「仙風道骨あり、珍しき人なり」と言つたのは的確である。

先生は仙台の名族の出である。代々一城の主として数百年続いた武家の裔に生れ、儒教によつて鍛えられ、長じて新聞『日本』に入り、政教社同人として国粋主義の一群に加はり、交るところ皆天下の士で、その口にし筆にする所、常に君国の上に繫り、風月を談じ、応酬を工にするが如きは末の末であつた。従つて先生は所謂詩人の詩を好まれず、之と交際することも好まれなかつた。原敬、陸実（羯南）は先生と同窓の友であつた。而して実際の政治論は羯南に及ばず、政治の実行は原敬に及ばず、是に於て、先生は詩による政治評論家を以て自任して居られた。

明治の末から十餘年間、先生は全く詩人社会と絶つて棋に隠れられたことがある。七十以後になつて人〻の懇請黙《もだ》し難くて山を出られたのである。昭和十二年頃の事と記憶する、藝術院といふものが出来て先生は会員を命ぜられた。先生は之を断つた、先生を知る者も之を当然とし、其の一生布衣の節を貫かれることを望んだ。然るに先生が断られると外に人が無いから藝術院は漢詩を認めなくなる、漢詩の将来の為、後に続く人の為、是非受けて下されと願ふ者もあり、官の要請もあり、先生は渋〻ながら之を受けられた。その頃の新聞に、漢詩の会員とは—万緑叢中一点の灰色、などと揶揄したものが有つた。「不レ事《ツカヘ》二王侯《ニ》一、高二尚《ニス》其事《ヲ》一（王侯ニ事ヘズ、其ノ事ヲ高尚ニス）」は易の語である、正に先生の謂《いひ》であらう。某老漢学者は嘗て云ふ「青厓は志士なり、枉げて詩人となる、詩の佳なる所以」と。是れ能く先生を知る者である。

二

今茲《ことし》昭和五十一年三月五日は青厓先生の三十三回忌辰に当る。その法要の日、国分家では新に成つた『青厓詩存』を先生の霊前に奠せられた。先生はその長い生涯を、詩を生命とし詩一筋に生きられたが、その間に作られた詩の数はどれ程の量に達したであらうか。昭和の初頃、先生の周囲に集つた人たちは屢〻これを口にし、屢〻これを先生に問うたが、いつも確答は得られなかつた。が大体二万首ぐらゐだらうといふことは、皆が言ひ合つてゐたことである。

先生の最も旧《ふる》くからの詩友であつた田辺碧堂氏はよく曰つた「青厓翁の詩は筆力の勁《つよ》いこと、数量の多いことに於て、徳川氏以来三百年間第一であらう」と。けだし徳川以来は王朝以来と改めた方が一層的確であらう。実際先生は多作といふ点で、我国漢詩界空前の人である。之を漢土の詩人に較《くら》べても、陸放翁以外には匹敵する者が無いやうだ。実に驚歎すべきことで、後に又詳しく述べる。

先生は詩を作つて詩を理《おさ》めず、その散佚するに任《まか》せて後に遺《のこ》さうともされなかつた。天性無欲淡泊で、物に執着する所が無いからである。たゞ明治二十一年新聞『東京電報』に載り、二十二年以後三十九年まで新聞『日本』に載つた評林の詩だけは、自ら愛《をし》んで、前者は之を『詩董狐』と題して印行し、後者は一一剪抜《きりぬ》いて年代別に冊子に綴ぢて置かれた。同じ『日本』でも文苑欄に載つた詩は剪抜かず、それほど愛まれなかつたかのやうである。

『日本』の剪抜を綴ぢた冊子は凡て十九冊あつた。先生は曾て之を人に示されたことがない、恐らく先生の夫人以外見た者はなかつたであらう。然るに先生の最晩年に、先生の蔵書を調べる為、繁〻《しげしげ》先生の家に出入してゐた某氏は、先生の没後、遺族に乞うて右の十九冊子と、未整理の草稿や稿本を一まとめにして持去《もちさ》つた。そのため翌年先生の家は戦災に罹つて全焼したが、冊子及び詩稿は無事なることを得たのである。その某氏も亡くなり、冊子の類が再び国分家に戻つて来た時は、先生の令嗣夫妻も既に亡く、令孫国分正胤氏（東京大学教授）の代になつてゐた。

昭和四十四年、夏の一日であつた。私は東大工学部国分教授の研究室で教授に会面した。青厓先生の詩の編選の事を嘱せられ、その資料として冊子、詩稿の類を預けられた。私費をもつて出版したいとの事であつた。

私は考へた。先生逝かれて二十餘年、及門の弟子も相尋いで鬼籍に入り、当時若輩の私が独り生残つてゐる。義としても令孫の嘱に答へなければならない。今預かつた資料は先生所作の一半にも足らない、新聞『日本』以後、先生の評林と其他の詩を載せた各種の雑誌が全然闕如してゐる。それ等の資料を蒐集して、全体を通覧した後、幾許《いくばく》の詩を選出し、出版費用を考慮して遂に一部の書を成すべきかといふことである。

明治中、先生と並び称せられた、本田種竹と森槐南二人の詩集は是非とも勘《かんが》へ合せてみる必要がある。種竹は明治四十年、四十六で没したが、生前に所作三千首の中、一千首を手定して『懐古田舎詩存』を遺した。槐南は四十四年に四十九で没した時、門人たちが、ほとんど全く取捨を施さず、二千六百首を集めて『槐南集』を為《つく》つた。この両人より三十年以上も長生した青厓先生の詩が、如何に精選しても三千首以下であつてはならぬ。

かく考へて、不敏なる私は五年餘の歳月を費し、二万餘首の中から、三千餘首を選出して、上下二冊二十巻とし、『青厓詩存』と題した。それから東京の幾多の出版社を尋ねて商議したが、今日我国の出版業界では、旧《ふる》い体裁による和漢書の印刷製本は全く望むべくもないことを知つた。已むを得ず、国分氏の同意を得て之を台湾にもたらし、中国文化学院出版部に協助を求め其の快諾を得た。かくて昨年の十二月に至り、一千部の印刷製本が完成した。国分家の私費出版であるが、徒らに死蔵せず、世に問ふこととゝし、一千部を両分して、一は日本に於て、多年漢文関係の書を刊行しつゝある明徳出版社にその販布を委託し、一は中華民国に於て、風雅の士の購読を求めることとした次第である。

三

青厓先生が漢詩人として名を天下に知られたのは、明治二十二年二月創刊された新聞『日本』に入り、文苑と評林を主持してからの事である。もつとも評林は其の前年、『日本』の前身たる『東京電報』に載つて、早くも世の注目する所となりつゝあつた。明治二十二年、先生の齢三十三であつた。

私は此に三十三歳以前の先生の経歴の概略に就いて説かねばならぬ。既に述べた如く、先生は極めて寡黙の人で、己の事も、人の事も口外せず、過去の事、現在の事に就いても多言を好まれなかつた。我々が何か問うても、先生が何か思ふ事があつても、十のものなら二三しか口に出さず、あとは腹に呑んでしまふ。ところが、それが一旦筆に上ると、百泉の涌き出るが如く、混々として止る所を知らないのであるから全く驚く。学問が有つても、先生が舌耕の人とならず、操觚者となられた所以であらう。

私は嘗て或る人から、青厓先生の家は、昔仙台の名族として聞《きこ》え、今でも仙台の国分町といふ町名に其の名残《なごり》を留めてゐる、と聞いたので、先生に向つて、国分町の由来に就いて伺つたところ、先生は首を掉つて黙殺してしまはれたことがある。

さういふ風で、私は当初先生の経歴に就いて幾《ほとん》ど知る所が無かつたが、宮内省に勤めるやうになつて、偶然先生の履歴書を見ることを得た。先生は明治十七年十一月、宮内省出仕学習院院長谷干城の推挽により、学習院寮監に任ぜられたことがある。その時宮内省に出された履歴書である。そこで私は此の履歴書と、先生の令孫正胤氏が抄写して示された「仙台名士伝」の記録と、それに正胤氏の談や私の記憶とを綜合して得た所を次に述べることゝする。

履歴書には、本貫族籍は宮城県陸前国仙台区北一番町八丁目、宮城県士族。生国は陸奥国遠田郡小塩村とある。陸奥国といへば、今は青森県に属するが、昔は陸奥と出羽を并せて奥羽といへば、今の東北六県の総称になつたので、この陸奥国は仙台地方を指して言つたものと思はれる。

先生の始祖は国分胤通、千葉介平常胤の五男、保元元年下総千葉郡堺山城に生れた。年二十一の時、同郡国分荘に移り国分氏を称した。時は安元二年、今（昭和五十一年）を距る正に八百年である。胤通、騎射を善くし武略に長じ、源頼朝の兵を挙ぐるや、其の幕下に参し大いに功を立てた。文治五年頼朝の奥州征伐に従ひ、功により宮城郡国分荘三十三郷と、名取郡に四千餘貫の知行を得、国分千代城を築いて之に居た。子孫相承け、世〻威武を以て奥州に雄視した。十五代盛氏の時、弟盛基に対し、国分府中に采地三百貫を与へ、分家して宮城郡根白石村実沢（現在同郡泉町実沢）に居らしめた。時に天文六年（一五三七）であつた。後、子孫姓を横沢氏に改め、居を遠田郡沼部村小塩（現在同郡田尻町小塩）に移した。先生は実に其の苗裔で小塩に誕生されたのである。父は盛久、仙台藩士、明治十四年に歿した。母は茂子、二十五年に歿した。同胞五人皆女子の後に生れ、父母の愛を一身に鍾《あつ》めたが、既に兄弟なく、家門の祚は薄かつたと、一度先生は漏らされたことがある。

先生は幼名を横沢千賀之介といひ、後ち豁《とほる》と改め、尋で本姓の国分に復した。盛基から盛久に至る世系に就いては、菩提寺が戦災に燬けて檀家の過去帳が失はれた為に不明になつた、と正胤氏は云ふ。尚ほ本家国分氏は、十六代盛顕に至り子無く、伊達晴宗の九男盛重を養ひ家を嗣がしめた。盛重は伊達政宗に於て叔父の親ありながら、政宗の為に滅ぼされ国分氏は十七代を以て絶えた。分家が仙台に近い実沢から、稍遠い小塩に徙り、姓まで改めたのは、隙ある伊達氏との間を緩うせんが為であつたらしいといふ正胤氏の説である。

国分千代《せんだい》城は、仙台の西南を流れる広瀬川の川岸、青葉ケ崎の断崖の上に建てられた。後、青葉城となり今は廃址である。青厓といふ号が青葉ケ崎に取つたことは明らかである。厓を初めは崖と書いたが、久しからずして改めたと先生は云つて居られた。又太白山人と号し、居る所を太白山房と称したのは、仙台の西南に聳える大白山に取つたこと亦明かである。大では雅でないから太としたまでである。その時〻

で仮に用ひられた別号は枚挙に遑がない。

四

先生はよく「自分は詩に師承が無い」と言はれた。たゞ郷儒作並清亮、山岸修平などに従ひ漢学を受けたこと。十二三の時詩を作り、作並に伴はれて仙台の宿儒で詩人として聞えた大槻磐渓に謁したことは適《たま》に語られた。その時磐渓は詩を見て大いに褒《ほ》め、朱筆を以て「精出スベシ」と五字書いただけで、添刪はしてくれなかつたとのことであつた。

或る人は私に云つた、先生は少くして落合直亮に師事し、国典を修め和歌を能くせられたと。これに就いては私は先生から何も聞いてゐないが、履歴書に「明治八年月日欠、宮城神道中教院教員取締被申付」とあるのを見れば確な話であらう。その頃、明治新政府は神道の布教に意を用ひ、東京に大教院を設け、各府県に中教院を置き、その下に無数の小教院を置いて教化活動を盛んにしてゐた。国学者で神官であつた落合直亮は、明治の初め仙台の神道中教院の統督となり、落合直文は明治七年こゝに入学し直亮の養子となつた人で、青厓先生とは一生親交があつたやうである。

履歴書を見ると、「明治九年八月日欠、司法省法学生徒被命」とある。司法省法学校の第一期生採用試験を受けて合格したのである。まだ東京大学も無かつた。法学校は明治九年以後、四年に一回生徒を採用した。十七年第三期生で入学し、後に総理大臣となつた若槻礼次郎の自伝『古風庵回顧録』には、冒頭に法学校の事が出て来るが、次のやうに述べてある。

司法省法学校の入学試験は論語孟子の解釈と、資治通鑑の白文訓点の二課目であつた。千二、三百人の中から二百人だけ選抜し、もう一ぺん試験して五十人採用する。その頃は二松学舎だとか島田塾だとか、漢学の生徒が多勢ゐて、専門に勉強したのがやつて来る。予科四年本科四年で、八年後に卒業する者は七、八人で、あとは途中で退校したり病気でやめたりする。司法省が法学校を作つたのは裁判官を養成する目的であつた。大審院長になつた横田秀雄などもそこの出身で、原敬とか、国分青厓とかは我〻の先輩であつた。漢文だけの試験をしておいて、一たん入学すると、漢文を読むことを絶対に禁じた。漢文を読めば退校、賄征伐などをすれば退校。それは極端なもので、一寸いかんとなれば、文句なしに退校といふわけで、原の如きは、ナポレオンの写真を持つてゐたといふことで退校させられたと記憶する。

原敬の退校は、話が少し違ふやうだ。原敬と同窓で一緒に退校させられた青厓先生から、私は直接聞いたことがある。『原敬全集』其他諸書に散見する、当時かなり有名な事件であつた。法学校第一期生は、予科三年を終らうとする頃、一部生徒が賄征伐をやり、之に対する学校側の処分が餘りに不当だといふので、旧東北諸藩出身の原、国分、陸等が先頭に立ち、全生徒一致して、校長を相手に抗議運動を起した。偶然にも相手は薩州人であり、賄方も校長が同郷人を入れてゐた為、十年前の戊辰の役を髣髴させ、感情的にも相容れず、遂に大木司法卿に面会を求め、陳情書を差出すといふ大騒ぎを演じ、一時収まつたかに見えたが、やがて主立《おもだ》つた十六人の生徒が一度に退校を命ぜられた。退校生は皆秀才揃ひで、後年各方面に名を成した。其の中の一人加藤恒忠、号拓川、後の全権公使、貴族院議員は、国分青厓と最も親しく、その歿後に出た『拓川集』に、珍しく青厓談として次のやうな話が載つてゐる。

司法省法学校に居た頃の事である、陸羯南と加藤拓川と福本日南と僕の四人で富士登山をやつたことがある。大久保利通が暗殺された年だつたと思ふ。僕は神戸で大久保暗殺の嫌疑者としてか或は一味の者としての嫌疑からか、警察署に引張られた。僕の風采が餘りに異様であつたので、怪しいと睨まれたものだらう。東京に帰ると竹橋暴動といふのが鎮圧された時であつた。さうした年の事、われわれ四人は別にこれといふ目的があつた訳ではない、学校が休みだから出かけたので、当時東京横浜間だけしか汽車が無かつたので横浜からテクテクと歩いた。浴衣の裾をからげて草鞋ばきといふ簡単な身装で、中でも僕は一人下駄ばきで登つた。ハチ切れるやうな元気で、見るもの凡てが血を涌かす、愉快な事、憤しい事、すべては得堪へぬやうな心持であつた。四人は高らかに笑ひ、大声にどなりして旅を続けた。御殿場の方から登つて頂上で一泊し、下山の時は大宮を選んだ。福本は弱卒であつた。一行中僕が一番強かつた、陸も強かつたが加藤は弱かつた、福本は一人東京に帰り他の三人はそれからコツコツと東海道を歩いて行つた。名古屋で僕は二人に別れて伊勢参宮をした。……其頃最も親しいのは我〻四人と原敬であつた。法学校を退くことゝなつたのは実につまらぬことで、よく学生共のやる賄征伐だ、発起人は富士山行きの四人だ、我等は直ちに禁足を命ぜられたが、原は我〻に対する禁足処罰が不当だといふので起つたのである。学校当局としては危険分子としての処分をしたまでであらうが、我〻は袂を連ねて学校を退くことゝなつた。入学当時は吉原三郎といふのが漢学の一番だつた、この男は入学試験の時にも一番であつた、島田篁村の塾で塾長をして居た、後に原が内務大臣の時に次官になつた。学校の教科目が違つて仏蘭西語をやり出すと蒲原仙といふのが首席になつた。この男は入学前四五年も語学をやつて居たからだ。其後河村譲三郎が首席を占めた（後の司法次官、貴族院議員）。補欠で入つて来た中の梅は驚くべき秀才で、後に法制局長官になつた人だが、仏蘭西でも各科共に満点で仏蘭西人を驚かしたものだと加藤が言つてゐた。加藤は才子であつた。原も才子で議論好きで殊に剛情であつた。そこで学校と一談判となると何時も原にやらせた。生徒代表としての原は田舎弁でなく江戸弁で小気味よく喋《しゃべ》舌つた。名利に淡泊で朋友に信義が厚かつたところは終始彼の偉さで、その点加藤にも似通ふところがあつた。尤もその当時の者には今考へて見るとさうした者が多かつたやうである。

右の話では賄征伐の発起人は、国分、加藤等四人といふことになり、言葉が足りないやうだ。賄征伐といつて茶碗を投げたり皿を飛ばしたりした中には四人は加はつて居らず、騒ぎが大きくなつて学校側と交渉し司法卿にまで訴へる段階に来て、この四人に原なども加はり、生徒を代表して起つたのである。『原敬全集』にも、騒動が起つた最初には、原は「これを笑つて見て居り、これに倣《なら》つて国分青厓などは超然として詩を作つて居た」と出てゐる。誰の筆か分らないが、これが真相であらう。とにかく原、陸、加藤、福本、国分の数人は、此の時から深い友情を以て結ばれ、終生渝《かは》らなかつたやうである。

学校を逐はれた国分、原、陸、加藤の四人は、京橋新肴町の下宿に集つて、将来の身のふり方を相談した。官立学校を逐はれた者は、再び他の官立に入ることは出来ないといふので、皆言論を以て世に立たうといふことになつた。而も四人はそろつて文筆に長じてゐたから、国分は成島柳北の朝野新聞を尋ねて、こゝに就職することとなり、原は中井桜洲に頼つて、郵便報知新聞の記者となつた。加藤は中江兆民の仏学塾に入つて学ぶこととし、陸は郷里に帰り青森新聞の記者兼編輯長となつた。

五

履歴書には何故か朝野新聞に関係の事が書いてない。こゝに居たのは一年に足らずで、「明治十三年一月日欠、仙台日日新聞社ニ被聘同年七月迄従事」と履歴書に見える。すなはち故郷に還つたわけである。それから「明治十三年七月三日、宮城師範学校教員被申付明治十四年二月廿五日迄奉職」とあり、記者から教員に転じてゐるが、すぐ又宮城県会に書記をしたり、二年ばかり故郷を転々してゐる中に、原敬から快報が来た。と云ふのは十五年一月、原は郵便報知社を辞して、近く大阪に創刊される大東日報社に編輯長として赴くことになつたので、早速旧友国分に、君も来ないかと、誘ひを掛けて来たのである。履歴書に「明治十五年四月、大阪大東日報社ニ被聘明治十六年二月迄同新聞社に従事」とある。一緒に学校を退いてから三年目、二人は同じ新聞に机を並べて筆を執ることになつたのである。二人の喜びは如何ばかりであつたらう。議論好きの原は、毎月一回、大東日報記者全員を自宅に集めて討論会を催し、自ら議長になつて時事を論じ政談を闘はしたと云ふ。青厓先生も無論其のメムバーであつた。先生が能く政治に通じ、政論に長じてゐたことは、其の評林によつて窺ふことが出来るが、新聞記者時代、評林以外にどんなものを書かれたか、今では一切知る由もないのが残念である。

然し大阪も長くは続かなかつた。十月の末、原は外務省御用掛に転じた。先生の方は「明治十六年二月、高知高陽会に被聘同年九月迄高陽新報ニ従事」。『高陽新報』は軍人政治家である谷干城の関係する新聞で、谷は平生自分と政治思想を同じうする人物として、先生を推薦したもの丶やうである。高知には谷と政見を異にする板垣退助が、機関紙『土陽新聞』を持つて居り、高陽と土陽の両紙は相対立してゐた。土陽には詩人横山黄木と宇田滄溟が居り、二人の詩は共に土佐人らしい骨力を以て勝つた。先生は政治上で対立しても、二人とは詩酒を以て親しく交遊した。高知にも久しからず、十六年秋、先生は東京に還つた。

東京で暫く浪人してゐる中に、十七年五月、谷干城が宮内省出仕学習院院長を拝命し、先生にも頻りに仕を勧め、遂に之を宮内省に推挙した。操觚者として一生布衣で通す覚悟の先生であつたが、知己の恩もだし難く、遂に宮内省の辞令を拝受した。「十七年十一月四日、宮内省御用掛被仰付奏任官ニ準シ取扱候事、但一ケ月金四拾円下賜候事」、同じ日付で「学習院寮監被仰付候事」、十八年三月九日、准奏任から奏任になつた。

前年原敬が外務省に入つた時も、外務省御用掛で準奏任官取扱といふのであつた。当時各省官衙には皆「御用掛」といふ官が有つた、後には宮内省だけになり、宮廷特殊の官であつたが、戦後には之も廃止された。

十八年十二月、谷院長は伊藤内閣の農商務大臣となつて去り、本来宮仕へが本意でない先生は、知己に殉ずる気持もあり、十九年十月廿七日を以て、「依願免本官」となつた。

郷里に帰り青森新聞の編輯長になつた陸羯南は、十三年こゝを罷め、十四年上京して太政官文書局に官した。十八年十二月内閣制創設により太政官文書局は内閣官報局と改まり、羯南は同局編修課長に任じた。既にして青木官報局長の経営する新聞東京商業電報を、谷干城等の斡旋によつて手に入れた羯南は、二十一年四月『東京電報』と改称して自ら其の社長となり記者を兼ねた。新聞の内容も従つて一変し、此年七月以降、友人青厓の創めた「評林」の詩を紙上に載せ始めた。

『東京電報』を経営すること一年に近く、羯南は之を発展的に解消して、新聞『日本』を創刊することを計画し、浪人中の青厓は喜んで之に参画した。

六

明治中期、青厓、槐南、種竹諸家を中心とした詩界の事を述ぶるに先立つて、初期の詩界の概略に就いて語らなければならぬ。上に「江戸二百餘年間に培はれた漢学漢詩の伝統があり、学者詩人が多く生存して、旧来の詩社、私塾に拠り、能く其の伝統を保持した」と言つたが、之に就き少し説明を加へたい。

江戸時代は平安時代と共に、漢学の最も隆盛を極めた時であり、当時は学問すなはち漢学、漢学すなはち学問であつた。それが明治の開国に随つて、欧米の文物が怒濤の如く進入して来ると、漢学は段々洋学に取つて代られることになつた。然し根強い伝統の力は一朝一夕には抜けず、明治二十年代の末、日清戦争の終る頃あたりまでは、漢学の権威は猶ほ相当なものであつた。漢学の大家、安井息軒、芳野金陵、大槻磐渓、中村敬宇、重野成斎、川田甕江、三島中洲、阪谷朗廬、岡松甕谷、岡鹿門等、幾多漢学の老大家が正面を切つて居り、其の作品も多く読まれ、世人の敬重を受けてゐた。

当時洋学を授ける学校が林立しても、儒者の私塾は昔ながらに盛大であり、其の頃の学生は学校に通うて洋学を修めながら、私塾に寄宿して漢学を習ふといふ風であつた。当時東京で有名な漢学塾には、安井息軒の三計塾、島田篁村の下谷の雙桂精舎、岡鹿門の芝の綏猷堂、三島中洲の麴町の二松学舎、小永井小舟の浅草の濠西精舎、山井清渓の麴町の清渓塾及び麻布の養正塾等が有つた。就中、岡塾と呼ばれた綏猷堂の如きは、明治三年から十八年まで、前後入塾する者四千人の多きに達し、幾多の人材を世に送つた。之は浪華の藤沢南岳の泊園書院が明治から大正に亙り、塾生幾千人、其の中から朝野に名を成した者数百人と称せられたのと、東西の双璧を成すものであつた。之に対し洋学の塾は、福沢諭吉の三田の慶応義塾、中村敬宇の小石川の同人社を始めとして、箕作秋坪の塾、鳴門二郎吉の塾、福地源一郎の塾、尺振八の塾等が有つたが、総じて漢学塾の盛大さには及ばなかつた。政府の洋学教育、学校設備が駸々として進み、滔天の勢となつて、漢洋の私塾を埋没してしまふまでには、長い歳年を待たねばならなかつた。

明治十年代に読書界を風靡した中村敬宇の『西国立志篇』、中江兆民の『民約訳解』、鳥尾得庵の『王法論』、陸奥宗光の『利学正宗』など、皆漢文を以て書かれてゐる。当時洛陽の紙価を貴からしめた政治小説『佳人之奇遇』の如き、全く漢文を仮名交りにしたものとしか思へない。其の中多数収むる所の漢詩は、満天下の書生を魅了する力があつた。殊に開巻の首《はじめ》に出て来る、東海散士が晩霞丘に遊ぶ詩、之に和する友人鉄硯子の長篇の如き、皆素晴しいもので、之を読んで米国の独立自由の風を慕ひ、彼土に遊学の志を立てた青年が多かつたと云ふが、如何にも首肯《うなず》けることである。当時の書生には、仮名で書いた冗長にして繊弱な文章よりも、簡潔で歯切れの好《よ》い漢文の方が遥かに読み好かつたであらう。

明治十八年に坪内逍遥の『小説神髄』『当世書生気質』が出て、我国近代文学が此から始まつたことは皆人の知る所である。それまでの文学が多く前代からの継承であること、随つて漢詩漢文が其の首座を占めたこと。小説、脚本、俳諧などは無教育な者の娯楽の具で、中には勧善懲悪の教訓になるものも有るからといふので、わづかに存在を認められた程度であつた。然るに現在坊間に流布する明治文学史の類は、これ等の事実を無視するか、仮名垣魯文の戯作や成島柳北の戯文等を挙げて、他に文学無しと片付けてしまふ。この時代を近代文藝の観念で律しられてはたまらない。今さら漢詩の為に明治文学史の一頁を割愛せよと言ふ必要もない。漢詩は今や過去のもので、現在のものでも将来のものでも無い。だが千年の伝統ある其の歴史は、それ自身独立して存在する価値がある。唯我ゝの言ひたいことは、明治の漢詩は明治の初・中期には、一代の文学として正面切つた存在であつた。国民に愛読され評価された国民の文学であつた。その過去の事実を事実として後世の人に伝へたい。心なき文学史家によつて抹殺されたまゝにしては置けないといふことである。

さて、明治初年、東京の漢詩界は、大沼枕山の下谷吟社、鱸松塘の七曲吟社、森春濤の茉莉吟社、向山黄村の晩翠吟社、岡本黄石の麹坊吟社が有つて、各ゝ旗幟を樹《た》てゝゐた。是より先、梁川星巖が江戸の玉池吟社を閉ぢて京都に去り、爾後明治に至るまで約二十年間、江戸詩壇の覇権は漸次大沼枕山の手に帰し、苟も詩を学ばんとする者は競うて枕門に集りつゝあつた。枕山、名は厚、字は子寿、江戸の人。父竹渓は幕府に仕へ、文化文政の頃世に知られた詩人である。枕山は下谷区御徒町に住んでゐたから、其の吟社に下谷の二字を冠したのである。明治元年は枕山の年五十一に当る。八年には枕山の編選した『下谷吟社詩』三巻が出版されてゐる。その宗とする所は宋詩、殊に陸放翁であつた。

鱸松塘、名は元邦、字は彦之、安房の人。枕山と深く詩盟を訂し、枕山より少きこと五歳であつた。浅草向柳原に七曲吟社を開いた。この吟社の力は下谷吟社に及ばなかつたが、明治十二年社中同人の集『七曲吟社絶句』四巻が刊行されてゐる。

茉莉吟社は、森春濤が明治七年、年五十七にして郷里から東京に出て、居を下谷摩利支天街にトすると共に創めたもので、機関誌『新文詩』を発行し、清詩を宗とした。八年七月其の第一集を出した。これは我国に於ける詩文雑誌の鼻祖であつた。それ以来茉莉吟社の勢力は漸次下谷吟社を凌駕するに至つた。春濤名は魯直、字は希黄、尾張の人。

晩翠吟社は、明治十一年向山黄村によつて創められ、宋の蘇東坡を宗とした。毎月一回、下忍の湖心亭に会して、詩の評正を枕山に請うた、枕山の没後は黄村自ら之に当つた。黄村名は栄、字は欣夫、江戸の人。幕府に仕へ、公使として仏国に駐在したことがある。岡本黄石の麴坊吟社は晩翠吟社に次で起つた、宗とする所は杜少陵であつた。この二社の勢力は下谷、茉莉の大に比すれば固より言ふに足らなかつた。黄石名は宣廸、字は吉甫、近江の人、彦根藩家老、維新の後東京に移住し、隠士を以て終つた。

この外、佐田白茅は向島に大来社を創め、諸家の詩文を編選して明治九年九月以来、『明治詩文』を発行した。当時学者は文章家にして詩人か、詩人にして文章家であつた。成島柳北も向島に花月社を創め、明治十年一月以来、雑誌『花月新誌』を出し、漢詩漢文を主として其他の文藝にも及んだ。

小野湖山、名は長愿、字は舒公、近江の人。王政復古の際、徴士に挙げられた。詩は蘇東坡を学んだが、自ら詩人を以て居らず、吟社も結ばなかつたが、世は枕山に次ぎ春濤に並ぶ詩家として之を視た。この三人は明治初期の三大家であつた。尚ほ九州には村上仏山あり、仙台には大槻磐渓あり、地方に於ける詩壇の大宗であつた。さうして有名無名の詩人は無数に天下に存在した。

七

もう五十年近くも前のことになる。一日、寡黙の先生が珍しく昔の思ひ出を語られた。その中に次のやうな話があつた。

弱冠、笈を負うて東都に上り（明治何年と言はれたか、八年か九年か、今私の記憶にないのを憾む）、司法省法学校に入つてからは、好きな詩を作つてゐる暇は無かつたが、十一年の春、学友数人と富士山に登つた時、神霊の気に打たれ、日本の富士に比すべき漢土の霊山は泰山であるから、王陽明の「登泰山」五首の詩を把つて読み、大いに詩興を触発されて、遂に「登嶽」の詩三十首を作つた。それから当時の大家岡本黄石翁を訪ねて詩の正を乞うたところ、翁は、一の「登嶽」に詩三十首とは、その餘りに過多なるに驚き且呆れたものか、よくも読まずに「君の詩作は雪隠で槍を用《つか》ふやうなものだ」と言はれたので、興を失つて去つた。

それから一年ばかりの後、別の作を携へて今度は森春濤翁の所を訪ねた。こゝでも翁は詩を一寸見ただけで、一字も直さず、やたらに褒め「自分はもう年をとつて詩は駄目だ、近頃伜《せがれ》が詩を始めてゐるから、君もこれと一緒にやつたらどうか」と言はれ、こゝも意に満たざるものを覚えて去つた。

つまり先生は幼くして磐渓、やゝ長じて黄石、春濤を問はれたが、この三人以上に大名のあつた枕山、湖山には終に会はれなかつたやうである。さうして此等《これら》専門大家とは少し違ふが、矢張り詩界の一名家として当時天下に鳴つた成島柳北を敬慕してをられたやうだ。法学校を退くと直ちに柳北を社長とする「朝野新聞」に入社されたことは前に述べたが、こゝに私が先生に聞かうと思ひながら、遂に聞き洩らした一事がある。事の由来は、私の同窓の友住友君が、或日その友人大島隆一氏を私に紹介した。大島氏は柳北の外孫である、その話によると、昭和八年十一月東京・上野に於て、有志により柳北の五十年忌追善が営まれた時、来会者十二人の中に国分青厓翁も居られ、翁は白髯をしごきながら静かに朝野新聞時代のことを語られた。柳北には男四人、女十二人の子があり、五十年忌には其の中の女二人しか残つてゐなかつたとのことである。それから大島氏は家に蔵する柳北の日記、書翰、其他の文書を漁り、且つ柳北の親属、知交に就て聞き得た所をまとめ、十八年の春、『柳北談叢』の一書を著はし、私も一本を贈られた。その書を繙くと、柳北が朝野新聞の社長時代、社中には末広鉄腸を始め、小松原英太郎、馬場辰猪など錚々たる人材を集め、「かういつた論客の外に、校正係に国分青厓翁がをられた。先年青厓翁にお目にかゝつた時のお話によると、この時代、翁は十八、九の年少であつたが、つとに漢詩を志し、柳北の添削を受けるにはその社に入るのが一番近道と考へ、黙々と校正の仕事をやつてをられたといふことであつた。」とある。

そこで私は先生に、先生と「朝野」並に柳北との関係を聞きたいと思ひながら、不覚にもその機を得ずして終つてしまつた。先生が朝野新聞に入られたのは、明治十二年法学校を退かれた直後と云ふから、その時先生は年二十三であり、右の先生の話「十八、九の年少」と云ふのが何かの誤りでなければ、それは明治七、八年の事でなければならない。先生の履歴書には何故か朝野入社の所が缺落してゐる。笈を負うて上京された年が明治八年か九年かも明かでない。若し八、九年の交とすれば、或は九年八月法学校へ入学の前、「朝野」で校正の仕事をされた一時期があつたのかも知れない。さうして実際柳北の誘掖を得られたかどうか。今は先生を九原に作《おこ》して聞くことも出来ないのである。

先生は磐渓、黄石、春濤と、当時の一流大家に逢つて益を獲ることが出来なかつた。さうして枕山、湖山等には何故逢つて益を請はれなかつたか、先生は何も語られなかつた。

枕山、湖山、春濤は、明治初期の三大家で、中期の青厓、槐南、種竹の三家と、互に前後を成すものである。世に枕《ちん》、湖《こ》、春《しゆん》と並称せられた。又、九州豊前に詩名海内に聞えた村上仏山が居り、枕山、湖山と鼎立して、一時「三山」の称が有つたが、仏山は早く明治十二年に没した。私は明治の漢詩史を考へる場合、枕、湖、春を「前三家」とし、青、槐、竹を「後三家」と呼ぶも妙ではあるまいかと思ふのである。

漢詩人といへば、枕山ほどの大家、而も極く近代の人でも今の世には幾《ほと》んど全く知られてゐない。漢語に「伝聞は親見に如《し》かず」と謂ふが、枕山を知るには、枕山と同じ時代に生き枕山を知つた人の説を聞くことと、枕山の遺した作品を見ることが捷徑である。話が私事に亙つて恐縮であるが、私は昭和十一年の夏、美術雑誌「アトリエ」社社長北原氏の嘱を受け、友人住友君と『漢詩大講座』十二巻の刊行を企画し実行したことがある。その時講座中に明治の漢詩に関する詩話を加へたいと思ひ、岡崎春石、小見清潭の両翁を訪ね原稿を頼んだのであつた。両翁は共に、少くして贄を枕山に執り、下谷吟社に出入した人で、昭和の初め僅に存した枕門の生残りである。その時の両翁の話を私は真に楽しんで聞くことが出来た。それを今こゝに詳述する餘裕は無いから、枕山に関係ある話の要点だけ記すに止める。

清潭翁は云はれた。自分は枕山師の最晩年、明治十八年から二十四年に至る七年間、雨の日も風の日も枕門に通ひ続けた。曾て詩話『狐禅狸詩』を作り、中に先師及び下谷吟社の事を記した。その後永井荷風が『下谷叢話』を著はし枕山の事歴を叙した。此外には世に枕山を伝へるものは有るまい。それよりも信夫恕軒が書いた漢文「枕山伝」はよく其の人と為りを悉くす傑作である、是非読まれよ云云と。それから間もなく『下谷小詩話』の一篇を送つて来られた。

　春石翁は云はれた。自分が枕門に入つたのは明治二十二年で、師は已に古稀を過ぎ、やゝ老耄していたが、一たび詩に対すると、その点削批評とも実に確固として苟且の様がなかつた。師の教を受けた者凡そ幾千人なるかを知らない。師は極端な保守家で長く旧幕の世を慕ひ、明治の初、『東京詞三十首』を以て時事を諷刺したのが、要路の忌諱に触れ、危く罪に置かれんとした所を、及門の松平春嶽公が中に入り尽力したので免れることが出来た。故にその詩は枕山の集中に載つてゐない云云と。さうして翁は『近世詩人叢話』一篇を書き、枕山を始め、親炙した明治以後の詩人に就き記録して下さつた。翁はたしか慶応年間の生れで、旧幕臣の家である。詩を善くし、幕末明治の掌故に精通された。右の二篇は、『漢詩大講座』第十二巻に載せてある。両翁の外二三の老儒も詩話を約束されたが、刊行に間に合はなかつた。

　私は清潭、春石両翁の話を聴くと帰つて之を青厓先生に告げた。就中春石翁に聴いて、私のいたく感銘した話、「枕山は毎《つね》に人に言つてゐた、自分は全唐詩以下歴代の集を読んで、頭の中にそれが一杯だから、自作の際、覚えずそれが出て来て類似の句が出来るかも知れない、若し気が附いたら遠慮なく言つてほしい、すぐ改めるから、その時は必ず前の句に優るものにして見せる。と言つてゐた。」これを言ひ終ると、先生は曰はれた「枕山も偉《えら》いものだよ、早歳全唐詩を全部読んでよく記憶し、人の詩を見ると、此語は全唐詩のどこに有るとか、こんな語は全唐詩に無いとか、よく指摘したさうだ。さうして、唐以後は何の新語も新意も無い、詩は唐に尽くと言つてゐたさうだ。善く詩を読んだ者だ。」と。

　さて枕山集中、枕山自ら得意の作、衆目の一致する佳篇は何ゝか、私はこれを両翁に質して見たが、両

翁の挙げられた所は概ね一致してゐた。今その中から数首を選んで左に録し読者に饗したいと思ふ。最初の二絶句は枕山得意の作、

家童昨賽大師回。為報千花一雨催。明暁先生須早探。未開之際艶於開。　東台看花①

家童 昨大師ニ賽シテ回ル。為ニ報ズ 千花一雨催スト。明暁先生須ラク早ク探ルベシ。未開ノ際ハ開クヨリ艶ナリ。

意の真率、調の澹蕩、如何にも枕山らしい。

烟火初番照二州。群公公退倚涼楼。柳橋名妓多辞召。別赴風流太守舟。

烟火初番二州ヲ照ス。群公公退涼楼ニ倚ル。柳橋ノ名妓多ク召ヲ辞シ、別ニ赴ク 風流太守ノ舟。

問題になつた『東京詞三十首』の一つである。

煙月揚州興尽還。家園春事未闌珊。牡丹花綻濛々雨。好与閨人帯酔看。　送彦之帰房州②

煙月揚州興尽キテ還ル。家園春事未ダ闌珊ナラズ。牡丹花ハ綻ブ濛々ノ雨。好シ閨人ト酔ヲ帯ビテ看ン。

好句調、唐詩に幾《ちか》いものがある。

宋餘才俊各駸々。窺見陸家詩境深。別有天成難学得。青蓮風格少陵心。　読陸放翁詩③

宋餘ノ才俊各〻駸々。窺ヒ見ル 陸家詩境ノ深キヲ。別ニ天成学ビ得難キアリ。青蓮ノ風格少陵ノ心。

天造琉璃帳様新。将言浅夏勝深春。柳堤涼匝楼三面。松寺青遮塔半身。
人厭繁華心始静。樹収花絮色方真。莓苔也補清幽趣。併得重陰及四隣④。

天造ノ琉璃 帳様新タナリ。将ニ言ハントス 浅夏深春ニ勝ルト。柳堤涼ハメグル楼三面。松寺青ハ遮ル塔半身。人ハ繁華ヲ厭ウテ心始メテ静カニ、樹ハ花絮ヲ収メテ色マサニ真。莓苔マタ補フ清幽

ノ趣。重陰ヲ併セ得テ四隣ニ及ブ。

枕山の詠物は天下無比と称せられた、これは其の絶調である。

枕山は明治初期第一の詩人である、煩を厭はず尚ほ長篇二首を録したい。後出すべき青厓先生の詩と比較に便せんが為である。

刀遇蟠根見利器。木経歳寒知後凋。忠臣孝子亦如此。家敗国乱始昭昭。
其誰当之両石丈。意気足圧千豫譲。四十義士如手足。指揮在君所下上。
男子要為知己死。豈与君讎同天地。事期必成真英雄。漆身呑炭皆児戯。
秘計預恐仇家知。潜匿遊洛此一時。誰言子房非智勇。破産曾無以家為。
三年陽狂耽酒色。此心実有如皦日。断賊首祭君墓。仰拝青天臣事畢。
吁嗟乎荊卿寡謀当滅身。聶政自刎何足云。得衆報讎古来少。父子於我無間然。
独恨君曹生太平。千古徒受義人名。不然善用胸中略。唾手可取封侯栄。
此事沈吟百餘歳。今日披図眼流涕。義烈堂堂死若生。聞風懦夫足自厲。
君不見世上俗儒相訾議。渠無義胆可知耳。東方安得馬遷筆。直写盛蹟垂青史。

題大石父子画像⑤

①『枕山詩鈔』二編巻之中、六丁表
②『枕山集』巻之中、八丁表
③『枕山詩鈔』二編巻之中、二十二丁裏
④『枕山詩鈔』巻之中、二十八丁表
⑤『枕山詩鈔』巻之上、十二丁表

四十七義士の盛蹟と并せて不朽の大作と謂ふべきである。

吾徒詩社不乏人。高材逸足皆絶倫。少年意気賈餘勇。筆陣何啻掃千軍。
惜哉未能脱俗好。正門大路得者少。銅椀竜吟人人同。認偽為真拙為巧。
不知平淡風味存。勉僻其字異其言。唐宋大家置不問。彼明此清妄自尊。
議論雖大識見隘。井蛙遼豕紛為隊。何況腐質炫成新。篇篇虚飾非実際。
詩道似盛日以衰。正始之音有誰知。豈無二三非常士。支顛扶倒在此時。
鈴氏之子今才雋。騒壇卓幟天所命。古人贈別必以言。我有数言子且聴。
詩無定法意所属。不要疎宕要精熟。不古不今成一家。枯淡為骨菁華肉。
俯仰天地皆新句。森羅万象供才具。行雲流水無粘筆。生意活潑得真趣。
我告吾子蓋止茲。子帰努力有餘師①。

諄々として詩法を説く老師の姿が眼に見えるやうだ。枕山の詩と詩論とは、右を以て其の大概を得ることが出来よう。最後に信夫恕軒の「枕山先生伝」を仮名まじりに改めて置く。

先生名ハ厚、一字ハ昌卿、枕山又熙堂仙史ト号ス、江戸ノ人、幼ニシテ頴悟、詩才絶倫、弱冠名ヲ藝林ニ著ハス、当時詩壇ノ老将、池五山、窪天民、梁星巌、皆以テ及バズト為ス、而シテ研精覃思、日夜苦吟ス、故ニ長篇短章、累然帙ニ盈ツ、年僅ニ三十、欝トシテ一家ヲ為ス、下谷吟社ノ名、隆隆海内ニ震フ。中興ノ初、苟モ一藝ヲ負フ者、争ヒ出テ官ニ就ク、先生退然、門ヲ杜《ト》ヂ客ヲ謝シ、敢テ権貴ニ媚ビズ、輒チ東京詞三十首ヲ賦シ、時事ヲ諷詠ス、詞意並ニ妙、忽チ弾正台ノ糺問スル所ト為ル、此ヨリ口ヲ閉ヂテ復《マタ》言ハズ。初メ慶応中、先生勝海舟ヲ訪ヒ、大イニ時事ヲ論ズ、慷慨激昂、忌憚スル所ナシ、徳川氏之ヲ聞キ、召シテ詩ヲ作ラシメ首ヲ称ス、手ヅカラ葵章ノ外套ヲ賜フ、先生感泣シテ曰ク、是レ小人夢見スル能ハザルモノ、一朝之ヲ拝ス栄甚ダシ、死ストモ忘レズト。嘗テ詩話ヲ著ハス、其ノ言ニ曰ク、吾少壮勉メテ歴代名家詩集ヲ読ム、唐固ヨリ佳、宋又佳、元明愈〻佳、清詩ニ至リテハ則チ益〻新奇喜ブベシ、近《チカゴロ》再ビ全唐詩ヲ読ム、其ノ新ト謂ヒ奇ト謂フ者、皆唐人既ニ言フ所、唯剽竊剿襲ノ巧ヲ見ルノミト。（中略）先生年已ニ七十、人アリ勧メテ曰ク、高齢古稀、盍《ナン》ゾ賀寿ノ筵ヲ設ケ、以テ其ノ窮ヲ救ハザルト、先生曰ク、中興以後、世ト日ニ疎闊ナリ、彼輩名利ニ奔走ス、我ノ唾棄スル所、今寧ロ餓死スルモ、哀ヲ儕輩ニ乞ハザルナリト、晩年尤モ道徳ヲ重ジ、人ト談論スル、経史ニ非ザレバ言ハズ、最モ忠孝節義ノ事ヲ喜ビ、娓々聴クベシ。平素他ノ嗜好ナシ、終日詩集ヲ繙キ、古人ヲ尚友ス、花ヲ看竹ヲ訪フ外、復《マタ》門ヲ出ズ、貌痩セ面長ク、首髪種種、猶ホ能ク髪ヲ結ブ、一見旧幕府ノ逸民タルヲ知ル、先生眼近視、他ノ詩稿ヲ閲シ、稿本鼻端ト相摩ス、研朱加筆、五行並ビ下ル、硬章棘句遽ニ批シ難キニ至レバ、則チ歯ヲ鼓シ舌ヲ鳴ラシ、喃喃独語、人解スル能ハズ、而シテ遂ニ閲了ス、積年ノ久シキ、硯心凹ヲ為シ、餘瀋凝結シ、巖石ノ状ヲ為ス、其ノ勤知ル可シ。余先生ト交ル晩《オソ》シ、其ノ少壮ノ時ヲ知ルニ及バズ、世ニ其ノ少壮ノ過失ヲ議スル者アリ、余則チ知ラザルヲ以テ闕如ス、一日文章贄ニ代ヘ、先生ヲ下谷吟社ニ訪フ、先生席上七律一首ヲ賦シ示サル、曰ク、盛気如虹万丈長、其人与筆放奇光、李翺志大寧勤老、杜牧才高不諱狂、花月有餘間富貴、江山多助好文章、雄鋒触処摧群敵、跋扈終応喚擅場、先生余ニ望ム所此ノ如シ、而シテ余碌碌一事ヲ成サズ、此ノ伝ヲ叙スルニ及ビ、忸怩之ヲ久シウス。

怨軒氏曰ク、余詩腸無ク、詩ヲ作ル能ハズ、故ニ世ノ詩人ト、絶テ往来セズ、独リ枕山先生ニ於テ

① 『枕山詩鈔』巻之中、二十六丁表

則チ然ラズ、先生篇什ノ富、格調ノ美、世自ラ公論アリ、今必ズシモ呶々セズ。唯ソノ節ヲ守リ屈セザル、古君子ノ風アリ、以テ世ノ軽薄子弟ヲ誡ムルニ足ル、蓋シ本邦詩人、詩学ノ博、詩律ノ細、先生ノ如キ者、寥寥晨星ノ如キナリ①。

恕軒は漢文の大家、東京大学講師に任じた人である。枕山を先生と呼び尊敬した。柳北は『花月新誌』の上で、枕山、磐渓、湖山の三人にのみ「翁」の尊称を附した、之は春濤にも許さなかつた。枕山が『房山集』を出した時は尚ほ弱冠の年で、当時江戸の詩壇を牛耳つた菊池五山、梁川星巌も称して畏友と為し、虚左して之を迎へた。枕山没後未だ百年に至らない、文運の変は驚くべきものがある、吁、今日誰か近代文学史上に枕山の為に其の一頁を割く者が有るであらうか。

八

小野湖山は近江国東浅井郡の郷士の家に生れ、初の姓は横山、後に小野に改めた。年十三の時、父に随つて京に入り山陽に謁した。再遊の日を期して入門しようと思つたが、山陽が死んで志を果せなかつた。十九歳の時江戸に出て梁川星巌の玉池吟社に入つた。漢学のみならず経世実用の学を志し、長く江戸に留つて修学し、傍ら帷を垂れて徒に授けた。嘉永四年三十八歳で初めて三河国吉田藩の儒官となつた。六年黒船が浦賀に来て、天下漸く多事となるに及び、尊攘の志士と往来して盛んに国事を論じ、或は藩主に上書し、或は幕府に建白した。その為め却つて藩の咎を受けて江戸を逐はれ、遂に吉田の城内に禁錮されること五年に及んだ。文久三年禁錮を解かれた時は、平昔の同志梅田雲浜、頼三樹、大橋訥庵、吉田松陰等は皆非命に死してゐた。

既に王政維新の世となり、明治元年十月天子京を発して東に幸せられるに当り、湖山は特命を拝し鳳輦に供奉して東京に入つた。十一月徴士の恩命を蒙り権弁事に任ぜられた。その頃の湖山の詩数首を左に録する。

鑾輿遠度幾山川。文武衣冠儀粲然。北狩南巡徴古史。未聞盛典似今年。戊辰十月朔恭拝東幸儀仗②

錦旆揚揚照薜蘿。群霊掃路百神呵。翠華不用六竜駕。如此関山容易過。函嶺③

唐室中興韓子筆。淮西勲業号無双。我皇宸断真神武。剿賊功成不殺降。恭読十二月七日詔書④

函嶺《はこね》は昨日まで天下の険要として関所の置かれてゐた所であるが、錦旗は今易《やすやす》とここを通過する。唐の淮西の叛にも比すべき会津の乱が平らぎ、有司は松平容保を厳刑に処するやう奏請したが、聖天子は死一等を減じ之を寛典に処すとの詔を下された。戊辰十二月七日の事である。之を安政の大獄の惨毒を極めたるに比し、勤王詩人湖山の感激は一入のものがあつた。当時大沼枕山が湖山に贈つた詩がある。

陋矣区区藝苑名。故人天路被恩栄。文章於道寧無補。経済逢時乃有成。

退伏幾年甘驥櫪。飛騰今日就鵬程。笑吾窮処蓬蒿下。亦復追随喚弟兄。　贈湖山大兄

藝林に名を成さうなど卑陋な考へだ。君は恩栄を蒙つて天廷に上る。君の文章も世道人心に補ひがあらうが、それよりも、かねて懐抱する経国済民の志が時を得て成就するのは今だ。伏櫪の老馬のやうに禁錮されてゐた身が、今や大鵬の如く万里の程《みち》を天翔《あまかけ》らんとする。僕は依然として草むす陋巷の下。栄悴大いに隔たつたが、矢張りお互ひに兄弟とよび合つてつきあはうではないか。湖山が江戸で星巖の門

①『恕軒遺稿』上、七丁表。釈清潭「下谷小詩話」（『漢詩大講座』第十二巻）八五頁。
②『湖山近稿』上、一丁表
③『湖山近稿』上、一丁裏
④『湖山近稿』上、一丁裏

に在つた時、その詩稿の首《はじめ》に星巖が詩を題した、中に「九万鵬程吾望汝。不応窗下老雕虫」といふ句が有つた。汝は一詩人を以て雕虫の末技に老ゆべき者ではない、大志を以て鵬程万里の遠きを致せといふのである。枕山は、今その時が来たではないかと、友人の為に喜んでこの詩を作つた。

夜直真知海宇清。深宮四顧寂無声。誰思万乗回鑾後。留取吾儕護大城。　省中偶作①

これは十月東京に幸せられた天子が十二月又西京に還られたので、広い宮廷内はがらんとして宿直の人員も居らず、吾儕《われわれ》弁事の者が此の大城（江戸城から宮城に変つた）のお留守番をさせられようとは思はなかつた。海内清平に帰し、深宮の夜は静かである。

名利に恬澹な湖山は、朝班に列するの光栄を得たにも拘らず、在京三月餘、母の病を理由に官を辞して故郷近江に帰つた。之を送る枕山の七律に「見機為隠是常事。得意辞栄独此翁」の一聯がある。人が適当の機会を見て隠退するのは尋常《あたりまへ》の事である、しかし得意の絶頂に在る時、栄を辞して野に下ることは難い、独り湖山翁に於て之を見るとの意である。

名在朝班僅十旬。鶯花風暖故郷春。老親喜我帰来早。言笑如忘病在身。　帰家②

語気自然で真情が溢れ、平凡ながら好い詩である。

維新の功徳を頌揚した湖山の詩は多く、明治詩史の首を飾るに足るものであるが、今一一それに触れてゐる餘裕がない、今一首だけ挙げるに止める。

静坐自期参古仏。依然煩悩乱如塵。情耽花月性憂国。我是人間造業人。　静坐③

詩人の情としては花月の楽しみに耽るが、至性国を憂へずには居れない、仏前に静坐して心中の矛盾を解かうとすれば、かへつて煩悩ばかり起つて心が乱れる。所詮自分は仏の説く深い「業《ごう》」を造つてゐる人間であるかと、正直に自分の心持ちを表はしてゐる。

湖山は其の師星巌と同じく、慷慨国を憂ふる熱血の士である。枕山は詩酒を楽しんで世事を白眼に看過する人である。湖山は尊王の志篤く王事に身を挺したが、枕山は終生旧幕の世を慕うて已まなかつた。枕山が臨終の時、人あつて其の最後の願ひを問ふと、葵章の服を身に戴いて死にたいと言ひ、之を伝へ聞いた徳川公は其の志を憐んで一領の紋服を賜ひ、枕山は感泣して死んだと云ふ。

明治十六年七月某日、内閣書記官小野正弘は宮中に召され、御硯一匣京絹一匹を其の父長愿の為に賜はつた。それは長愿即ち湖山が先に「艱民図巻詩」を著はし献上したのが至尊の嘉賞を蒙り、且つ昔からの勤王家であることが此の恩栄となつたのである。湖山は感泣の餘、詩を賦して恩を紀し、其の居る処を賜研楼と名けた。因に湖山は生前従五位、星巌は後から正四位を贈られてゐる。

明治二年一月官を辞して故郷に帰つた湖山は、五年七月再び東京に来り池ノ端に卜居して吟詠自ら娯しむの生涯に入つた。時に年五十九であつた。

明治七年十月五十六歳の森春濤は十二歳の一子泰二郎を伴つて東京に来り、下谷の枕山の家の近くに住んだ。私はここに出京以前の春濤の事と其の詩を説かねばならぬ。

春濤は尾張国一ノ宮の人、文政二年に生れ、家は世〻医を業とした。春濤は十歳の頃修業のため岐阜の眼科医で姻戚に当る中川氏の家に預けられた。然るに春濤は浄瑠璃や芝居にばかり凝《こ》つて医を修めず、中川氏は怒つて浄瑠璃を厳禁し、代りに詩韻の本を与へ作詩を教へた。ところが忽ち天稟の詩才を露《あら》はし、十五六歳の頃には已に立派な詩を作るやうになつた。今『春濤詩鈔』の開巻第一に出て来る「岐阜

---

① 『湖山近稿』上、三丁表
② 『湖山近稿』上、四丁表
③ 『湖山近稿』上、八丁裏

竹枝」の如きが是である。

環郭皆山紫翠堆。夕陽人倚好楼台。香魚欲上桃花落。三十六湾春水来。①

風調婉約、吟誦百回して厭くことを知らないやうな詩である。三十六湾は湾曲多き長良川をいふ。十七才の時春濤は一ノ宮へ帰り、間もなく尾張丹羽村の鷲津益斎の家塾有隣舎に入つた。ここには春濤より一歳年上の枕山が、六年前から来り学んでゐた。枕山は益斎の従弟である。有隣舎は宝暦年間鷲津幽林が創め、幽林の子松隠、松隠の子益斎と三代継承され、遠近より来り学ぶ者多く、有名な塾であつた。この時益斎に十一歳になる子があつた、名は宣光、字は文郁、後に毅堂と号した。明治初年権弁事に拝し、登米《とよま》県知事などを経て司法権大書記官に進み、漢詩文も当時大家を以て目せられた人である。『毅堂内集』に「与森春濤話旧戯賦贈」の七絶があり、其の注に云ふ。「往歳大沼子寿、森春濤並ニ先君子ノ塾ニ在リ。二人詩ヲ嗜ムコト色食ヨリモ甚シ。行止起臥、口、呻吟ノ声ヲ絶タズ。一日同塾ノ者相集リ、書ヲ庭中ニ曝シ、春濤ヲシテ看護セシム。春濤膝ヲ擁シテ詩ヲ思ヒ、復《マタ》雨ノニハカニ至ルヲ知ラズ。時ニ子寿郊外ヲ吟行シ、偶《タマタマ》足ヲ溝中ニ失ス。衣裳泥ヲ曳キ水ヲ帯ビテ帰ル。同塾因テ相戯レテ曰ク、捨吉ノ帯水、浩甫ノ漂書ト。当時春濤ノ通称浩甫、子寿ノ通称捨吉。今東西ニ角立シ、各〻詩壇ノ権ヲ執ル。」（原漢文）

これが書かれたのは慶応元年毅堂が四十一歳で尾張藩に聘せられた時である。この逸話は詩人としての枕山と春濤を知る上に重要である。毅堂が「与春濤話旧戯賦贈」の詩の冒頭に「旗鼓東西壇坫開。以詩為命況天才」とある。三十年前有隣舎の塾生であつた二人の天才は、今や江戸と名古屋と東西に詩壇を開き旗鼓相当つてゐる、と言ふので、この二年前から春濤は名古屋桑名町に桑三軒吟社を創めてゐた。小野湖山の「湖山楼詩屏風」には明治の初頃の文らしいが、春濤の事が述べてある。「癸甲以来天下多故、戊辰維新ノ日ニ及ブ。其ノ間余ガ知ル所ノ儒雅文墨ノ流、或ハ奇禍ニ罹リ、或ハ高位ニ陞《ノボ》リ、幸不幸相去ル天淵ト雖モ、之ヲ均シクシテ世ニ羈紲《キセツ》セラル。而シテ独リ煙霞ニ嘯傲シ、花月ニ吟詠シ、終始一轍、治乱ノ表ニ翺翔シ、毫モ塵縁ニ牽カレザル者、東ニ大沼枕山アリ、西ニ春濤アルノミ」（原漢文）。癸甲とは嘉永六年癸丑と安政元年甲寅の時期をいふ。黒船以来天下騒然として、学者文人も起つて奔走呼号する中に、独り東の枕山と西の春濤は時勢に超然として居たといふのである。

嘉永四年の夏、春濤が始めて郷を出て江戸に上つた時、途中箱根を過ぎて作つた詩がある。

長槍大馬乱雲間。知是何侯述職還。淪落書生無気焰。雨衫風笠度函関。　風雨踰函嶺②

どこの大名か、江戸幕府へ職事を述べての帰りであらう。雲をつく長い槍や馬やものものしい行列である、それに引きかへ、雨風に濡れしよぼたれて行く自分の惨《みじめ》な姿を思つてみたのである。春濤は江戸に着くと早速枕山を訪ねて此詩を示した。枕山は大いに之を激賞し、春濤を「森雨衫」と呼びなした。それから此詩が森雨衫の称と共に江戸文人の間に伝はり、一時甚だ有名になつた。或は「森函関」と呼ぶ者も有つたと云ふ。平心に観て、それ程評判に値する詩でもないばかりか、格調が卑《ひく》く第三句殊に陋と言はねばならぬ。立場が違ふから一概に言へぬが、前述の湖山の「函嶺」に比すれば、詩品の高下全く牀の上下を分つ。然し此詩は次に引く詩と共に春濤詩中の双絶の如く言はれるやうになつたのである。春濤本人も評判になつてうれしかつたのか、数年後「寄懐大沼枕山③」の詩を作り「函関不鎖相思夢。記

①『春濤詩鈔』巻一、一丁表
②『春濤詩鈔』巻六、十三丁裏
③『春濤詩鈔』巻八、二丁表

否書生森雨衫」といひ、自注に枕山嘗て予が「風雨踰函嶺」詩を激賞し予を呼んで森雨衫と為すと記してゐる。昭和の初青厓先生の吟社の中には、少き日春濤の門に遊んだ人も何人か居て、春濤の話が出て此詩に及んだ時、誰も之を褒める者は無く、岡崎春石翁は春濤の七絶を特に称揚するが此詩だけは可としなかつた。青厓先生も嫌ひだと言つて居られた。

安政元年甲寅の春、春濤は「村童牧牛図」と題する一絶を賦した。

中興覇略説豊公。公亦微時是牧童。煙雨満村春䨪䨴。可無牛背出英雄①。

春色満つる尾張平野に牛をかふ童子たち、あの中から何時また豊公のやうな素晴しい英雄が出るかも知れない、豊公も昔はここで牛かひのわらべであつた。着想の妙は言はずもがな、尾張の地に宜しく有るべき詩、それがいみじくも尾張の詩人によつて詠出《うたひだ》されたのである。昔或大名が此詩を読んで感服し、礼を厚くして春濤を招かうとしたとか、真偽はともかく、そんな風説まで生むに至つた詩である。昭和十一年秋、尾張の中村公園に此詩を刻した詩碑が建てられたと聞いたが、事実なら、人、所、詩、尽く条件が揃つて意義まことに深い。

春石翁は『近世詩人叢話』を書かれた中で、この詩は「議論の中へ第三の一句景語を点出して無限の情韻を生ぜしめたのは好手段である。然し中興覇略の四字は当否の議を受けてゐる。如何にも推敲の餘地があるやうだ」と。青厓翁も是れと同じ意見を言はれてゐた。

餘談になるが、昔聞いたことである。春濤の書幅は此詩と「風雨踰函嶺」の二つが名古屋あたりでは格別高値だと。今はもう有るまいが、大正の末昭和の初頃までは下谷の黒門町あたりへ行けば、枕山でも春濤でも、三洲、一六その他儒者物と共によく見かけたもので、枕山の物は「富嶽賛」の詩が最も高いと言つてゐた。

水精花上月依微。著意聴時聞得稀。但是空山人寐後。雲埋老樹一声飛。　聞鵑[2]

春石翁曰く「春濤の詩、精博は枕山に及ばず、豪宕は湖山に及ばないが、繊麗新脆は枕湖以外に一幟を建て、特に絶句に於て其の長を見る、余は尤も聞鵑の一首を愛す、聞鵑の詩として古来の絶唱であらう」と。前半は杜鵑を聞く時の景色、夜将に闌《たけなは》ならんとする、而も注意して聴耳《きゝみゝ》を聳ててゐる時は仲々聞けないものである。後半、空山人の寐静まつた後、陰森として雲に埋められた老樹のあたりにたつた一声、飛びながら啼くのが聞かれたと。「雲埋老樹」といふ句は、唐人の「雲埋老樹空山裏。髣髴千声一度飛」の四字をそのまま使用し痕跡を留めず、出藍の妙ありと謂ふべきである。絶句の上乗であらう。

桑三軒吟社は文久三年春濤四十五歳で名古屋に来て開いたのである。いくら詩名高くなつても詩で生活は出来ない。医の成らなかつた春濤は何で生活してゐたか。「陋巷宜貧貧亦宜。何須汲汲走名為。……自疑吾有仙風骨。間嚼梅花復忘飢[3]」、霞を吸ふ仙人のやうに、梅をかじつて飢を忘れてゐると言ふのである。『有隣舎と其学徒』大正十四年刊は篤学な郷土史家の著と思ふ、この詩を引いて「勤倹で利に敏い尾張の人には春濤の之は常態ではなかつた、呑だくれの食つめ者、借銭だらけの不義理者のやうに郷党から軽蔑されて居たのは、此心を解してくれる人が無かつたからである。近来東京でやかましくなつて其遺墨が珍重せられるに及んで、そんなに偉かつたかと驚いた人も有るやうだ」と言つてある。春濤は美濃、飛驒から越前に、又京阪に、人を頼つて遊歴し、得意の竹枝など作つてゐるがやはり生活の為であ

① 『春濤詩鈔』巻七、一丁表
② 『春濤詩鈔』巻三、五丁裏
③ 『春濤詩鈔』巻六、四丁表

る。

桑三吟社には贄《にへ》を執り教を乞ふ者が少くなかつた。中には丹羽花南、神波即山、永坂石埭、奥田香雨など後に名を成した人も有つた。

嘉永七年（安政元年）は黒船が再び浦賀に来た年である。幕府は米、英、露と、次〻に和親条約を訂結し国論が沸騰した年である。時に枕山は「偶感」と題し、

孤身謝俗罷奔馳。且免竿頭百尺危。薄命何妨過壮歳。菲才未必補清時。
莫求杜牧論兵筆。且検淵明飲酒詩。小室垂幃温旧業。残樽断簡是生涯①。

奔りまはることをせず、危いことをせず、薄命、菲才の身は、兵を論ぜず、酒を飲み詩を作る、これが我生涯だと言ふ。安政五年は井伊大老が所謂戊午の大獄を起して次〻と志士を捕殺し、国中騒然となつた年である。春濤に「諸公」と題する詩がある。

諸公底事走京華。長短亭塵鬧馬車。問著詩人渾不識。春江負手看桃花②。

京は風塵立ちこめ、王公たちが走りまはつてゐる、我は詩人、そんなことは一切識らないで、手を背にして桃の花でも見てゐよう。

湖山も毅堂も言つてゐるやうに、枕山と春濤は「詩を以て命と為し」「煙霞に嘯ぶき花月に吟じ」、世外に超然主義を取る人である。同時に「東西に角立し詩権を執る」二人であつた。それが明治七年春濤が大決心して上京してから、同じ東京で角逐することになつたのである。枕山は少年の日から詩一筋に生き、五山、星巌の後の江戸詩壇を一手に掌握しようと、自分も考へ人も認めた自他免許の職業詩人である。湖山は第三者である、湖山が詩人を以て自ら居らなかつたことは既に言つた。中村敬宇は明治十三年『湖山近稿』に序して「湖山先生詩ヲ以テ称セラルルヲ喜バズ。而シテ詩人ノ名終《ツヒ》ニ免ルル能ハズ」

と言ひ、更に「余ヲ以テ之ヲ観ルニ、先生学根柢アリ、師友ニ乏シカラズ。志経済ニ存シ、多ク実効ヲ見ル。独リ其ノ大イニ用ヒラレザルヲ憾ムノミ。余先生ヲ知ルトキ、先生巍然トシテ都下ノ名家、歯徳倶ニ崇シ」。敬宇ほどの人がかうまで言つてゐるのである。

九

私は本稿の首に於て、明治時代に漢詩隆盛を致した主なる原因三つを挙げた。而して其の一は大体説き終つた。其の二の、当時台閣諸公が皆詩を能くし文運を鼓吹した事、これに就て、ここに簡単に説明して置きたいと思ふ。

維新の三傑を始め台閣の諸公が幾《ほと》んど漢学書生の出身で、政事と共に文事を兼ね、詩の出来ないやうな者は居なかつたし、当時の侯伯にも、韻事に熱心な者が幾人か居り、聖代の文運を鼓吹する上に大いに力になつた。

西郷南洲の詩の如き頗る人口に膾炙し、殊に其の「我家遺法人知否。不為児孫買美田」の句の如き、万人之を吟誦し、或は紳に書して戒とした。餘程無知の者でない限り之を知らない者は無く、移風易俗の上にも其の功は没することが出来ない。木戸松菊の詩に風韻のある、其の人想ふべしである。大久保甲東の詩は、私は公の嗣子利武侯に辱知であつたので親しく其の詩稿を見せて貰つたが、多く重野成斎が批閲して居り、雌黄の跡極めて少いことを知つた。福井の春嶽松平慶永公、佐賀の閑叟鍋島直正公、土

① 『枕山詩鈔』巻之中、十五丁裏
② 『春濤詩鈔』巻七、十四丁裏

佐の容堂山内豊信公、皆作者であり、斯道の援護者であつた。梨堂三条実美公は其の墨堤の別墅対鷗荘に、屢〻文人韻士を延て雅集を催した。明治初期に盛んに刊行された詩の選集、総集の類には、以上諸公の作を見ないものは無い程である。大臣は春畝伊藤博文を推さねばならぬ、頗る詩に熱心で、記室に槐南を置いた位であるから、其の作る所必ずしも工とは言へないが、矢張り宰相の風格を具へてゐる。上の好む所、下これより甚しく、当時の吏僚文事を解する者の多きこと次の一事によつても察しられよう。

明治の初、東京の中央である大手町は官衙が多く、内務、大蔵、農商務の三省が鼎峙し、三省の官吏の詩を能くする者は「大手吟社」を組織し、明治十六年、大手の名に因《ちな》んで『扛鼎集』（大きな手は鼎を扛《あ》ぐるに足る）と言ふ機関誌を出した。巻頭に細川潤次郎と編輯者の漢文の序が載つてをり、今読んで見ても仲〻面白い。仮名交りにし、摘録して茲に掲げる。

……作者ノ姓名ヲ閲スルニ、我政府ノ官長ト僚員ニ非ザルナシ。蓋シ今日翰墨ヲ弄シ韻語ヲ学ブ者、朝野ニ遍クシテ、在官人ノ詩ヲ善クスル者ノ多キコト此ノ如シ。……夫レ行ニ随ヒ隊ヲ逐ヒ、晨ニ入リ夜帰ルハ、作詩ノ人ニ非ザルナリ。都会ノ地、車馬喧闐《テン》、作詩ノ地ニ非ザルナリ。案牘形ヲ労シ銭穀念ニ縈《マト》フ、渾テ是レ詩情ヲ絶チ詩興ヲ破ルノ事、而シテ巻中ノ諸君餘力文ヲ学ビ、吟詠ヲ以テ性情ヲ発ス。雍容和平ノ音、繡絵雕琢ノ辞、休明ヲ鼓吹シ、大化ヲ粉飾ス。洋洋乎大観ナル哉。云云。

各詩には大沼枕山、菊池三渓、植村蘆洲三家の評が附してある。各巻、人は五十人前後、詩は二百数十首。明治十六年に始つて何年に及んだかを詳にしない。私の手許には正続四巻あるのみだが、一寸見ただけでも当時大臣級の者の名十人許《ばかり》は数へられる。その盛んなる推して知るべしである。

十

明治七年、森春濤が東京に出て来たのは、中央の詩壇に一旗幟を樹《た》てたといふ宿志を果さんが為である。嘉永四年江戸に遊んだ時も已に其の志が有つたが果すことを得なかつたのである。

其後二十年、時世は一変した。春濤が国に居て養成した門人の中、才能ある士は皆東京に出てそれぞれ仕途に就いてゐる。殊に老友鷲津毅堂は学者として官吏を兼ね、登米《とよま》県令を歴《へ》て司法省に仕へ権大法官となり、門下第一の俊才丹羽花南も三重県令から司法少丞権大検事になつてゐる。これ等の有力な門生が皆春濤に出京を促し、且つ援助を約したもの、如くである。

当時東京の漢詩壇は大沼枕山の独擅場である。大槻磐渓は明治四年から東京に来たが、奥羽諸藩挙兵の際の罪を赦されて出獄したばかりで世を憚つて居る。湖山も松塘も枕山を尊重して別の旗幟を樹てないで居る。かくて枕山は一代の宗師として自他共に許した者である。然るに春濤及び其の友人門生の側から見れば、枕山には長所も有れば短所も有る。枕山は骨の髄からの保守家で、王政一新の時世に適応することを知らない、明治二年已に文字の獄を起こしてゐる。枕山の詩学に博通せるは言ふまでもないが、其の門生の造就には頗る欠くる所があるやうだ。その上枕山は餘りに早く大家となり、已に二十餘年、其の詩風は幕末流行した宋詩を今に守り続け、世は已に之に飽きてゐる。此際、是非春濤先生を起し、枕山と抗衡して中央に一旗幟を樹て、詩界に新風を吹き込んで貰ひたいといふ訳だつたのである。それから春濤と春濤を擁立する一派の運動が始まつた。先づ茉莉吟社を開設し、機関誌『新文詩』を創刊し、其他詩に関する諸種の編纂物を出版した。『新文詩』は実に我国に於ける漢詩文雑誌の嚆矢を為すものであつた。一つの雑誌を持つといふ事は文学的に大きな勢力を持つといふ事である。その上、詩壇の主権を得るには時代の権力者たる官吏の後援に待たねばならぬとし、大いに此の方面に手を伸し、『新文詩』は殆ど其の全編を大小官員の詩を以て埋めた。かくして出来上つた春濤の勢力は数年ならずして枕山に取つて代るに至つたのである。

『新文詩』が出たのは明治八年七月からであるが、その前、春濤は上京後半年で、早くも東京の詩人百六十六家、其の詩五百六十三首を集めて編輯し『東京才人絶句』上下二巻を刊行してゐる。東京は人才の輻湊する所で、人才は文藝の士に限らない、餘事を以つて詩を作る者は之を才人と謂うて差支へない、才人諸家の詩、得るに随つて之を録した、絶句以外は後日に待つ。かう言ふ意味のことを述べてある。巻頭の人名を見ただけで、明治の初め早くもこれ程の人才が東京に集つてゐたのかと驚くばかりである。このやうな選集の開巻第一に置く人と詩は餘程考へなければならないが、枕山、湖山、三渓、柳北四人を上巻の首に据え、その末尾に毅堂を置き、下巻には先づ磐渓、松塘、末尾に春濤自身を置いた。枕山、湖山の位置は当然として、その次に三渓、又次に柳北を置いたことは春濤の明鑑と用意の深さを示すもので、よく此二人の器量の恐るべきを察したものである。巻頭の序は、当時漢文家として、重野成斎と一二を争ふ川田甕江の手を煩はした。「東京ハ一ナリ、而シテ今ノ東京ハ昔ノ東京ニ非ズ。才人ハ一ナリ、而シテ今ノ才人ハ昔ノ才人ニ非ズ」に始まつて「昔ハ詠物、花鳥風月、而シテ今ハ石室電機、汽車輪船、耳目触ルル所、一トシテ新題目ニ非ザルナシ。故ニ今ノ詩ヲ読メバ今ノ東京ヲ知ル、今ノ東京ヲ知レバ今ノ才人ヲ知ル」等言ひ、最後に「吁《アヽ》、詩小技ト雖モ、以テ世運ヲ見ルベシ」云云（原漢文）。頗る新時代の才筆を想はせるものであつた。かくて『東京才人絶句』は一世の歓迎する所となり、春濤の詩名は一時に高くなつた。

『新文詩』は即ち新聞紙である。日日新聞が新しい事実を伝へる如く、月ゝ新しい詩文を知らせるといふ訳である。新聞が創《はじ》まつて十年に足らず、まだ人目に新奇である。雑誌に至つては寥々たるもので、昨明治七年『明六雑誌』が出て、天下の人心を傾動してゐる最中である。そこへ文学の新雑誌が出たのである。春濤一派は巧みに時好に投じた。総て枕山等の夢想だに及ばぬ所であつた。『新文詩』の製本には最も意匠を凝らした。小型で紙数は十二葉、詩箋風の用紙で三方を梅花を染め出した藍色の幅広い縁《ふち》で囲み、赤罫七行、板下は巖谷一六門下の巧手の筆に成り、一見瀟洒たる美本である。定価八銭であつた。これが天下の歓迎を博しない筈はない。第一集巻首に一六の題字と、序に代へて「読新文詩」といふ川田甕江の題言がある。曰く「旧ヲ厭ヒ新ヲ喜ブ、人情皆然リ。然レバ挙世新ニ趨リ、耳目触ルル所、物トシテ新ナラザルナシ。是《コノ》時ニ当リ、新ヲ新ニ求メバ、新ナルモノ新ニ非ズ。洋学ノ盛ナルヨリ、蟹文横行シ、鳥跡漸ク少シ。而シテ春濤老人独リ旧業ヲ守リ、近著ヲ諸友ニ徴ス。毎篇批評、毎月刊行、覧者ヲシテ唯其ノ喜ブベキヲ見テ、其ノ厭フベキヲ覚エシメズ、腐ヲ化シテ新ト為ス、工亦甚シ。官報物価翻訳書目、陳々相因リ、屋上屋ヲ架ス、近日、新聞紙乃チ然リ。人亦蓋《ナン》ゾ彼ヲ置テ此ノ新文詩ヲ読マザル」。新時代に旧文学を鼓吹するのだから「腐ヲ化シテ新ト為ス」と言つた。簡潔にして巧緻を極めた名文だ。創刊第一集は甕江、湖山、黄石以下選ばれたる二十一人も大半が官員である。詩を主とし、文を従とし、毎月定つて十二葉の小誌に二十人ばかりの作を載せた。江戸幕府時代には各年代毎に詩の選集本が行はれたが、毎月新しい詩を選集して刊行するといふことは、明治八年森春濤の『新文詩』より始まつた。是れ実に漢文学史上見遁すべからざる事である。

　それから春濤は、旧を厭ひ新を喜ぶ人心に投ずる為め、又自分の詩風を弘める目的から、清詩を紹介し提唱した。清詩はこれまでにも日本に伝はつてゐたが、たゞ種類が少く流行するまでに至つてゐない。そこで春濤は従来殆んど知られなかつた張船山、陳碧城、郭頻伽の如き最も新しい詩人の詩を選んで『清三家絶句』を作り、十年十月之を刊した。続いて『清廿四家詩』を編して十一年十月之を刊した。人ゝは読み馴れた唐詩や宋詩よりも此等新奇な詩を喜んで読んだ。之と並行して春濤の詩も喜び読まれ、『新文詩』は盛んに世に行はれた。清詩及び春濤の詩が明治の詩界に与へた影響は決して鮮浅ではない。

漢詩人大江敬香が明治二十年代に書いた「明治詩家評論」は此の種の文献として殆んど唯一無二のものである。而も其の所論が極めて公正で、大いに聴くべきものがある。私は其の中から枕山、春濤の事に関するものを選んで左に録する。敬香曰ふ。

枕山が東都詩壇の主権を握りしや久し。枕山が自知の明は春濤の好敵手なるを認めたり。之を認むると雖も畏れて之を認むるに非ず、愛して之を認めたり。勁敵と見なさず、与し易き者とせり。蓋し枕山は東都を根拠地とし東都詩壇の主権は生前に他人の手裏に掌握せらるゝが如き夢想だも及ばざる所なり。則ち詩壇の主権は星巖以後我が有と自信せしもの、而して詩友亦十分に其の自信力を確実ならしめたり。黄石は其の境遇より、湖山は其の抱負より、松塘は其の謙譲より皆枕山を推し、蘆洲、黄村、梅潭は独り師として重んずるのみならず、天斯道の維持の為に斯《この》人を下せし者として重んじたり。枕山より見、及門の徒より見れば、春濤は纔かに官人の扶植によりて立つ者と認むるより、却て無勢力ならんと断定せり。これ一見解を具したるもの、所謂詩人的観念然るべき所なり。吾人を以て之を評せしめば、枕山は別に春濤に対して取りし方針なるものなく、却て春濤をして自由運動を為さしめたり。是れ春濤の勢力を有するを得たる一大原因なり。

春濤は自信に篤き人なり、麗詞綺語以て詩壇に独歩すべきを自信せり。而して詩壇の主権は官吏の扶植あるを得策と自信せり。乃ち新文詩に於て務めて在官者の詩を録せり。新文詩の製や極めて美なり、以て在官者左右の珍となすに足る。其の需要の意外に多かりしは新文詩の販路に於てするよりも春濤其の人あるを知らしむるに於て至大の効を奏し、知らず識らず枕山の主権を春濤に移したり。

東京才人絶句二冊、東京詩壇の消息は就て知るべし。而して江湖争うて之を歓迎し、其の新穎の点は忽ち春濤の声誉を来せり。枕山の淡は世少しく厭倦せし時にして、春濤の濃は好奇心に投ずるものあればなり。且つ春濤は枕山に比すれば処世の才に長じ、兼て交友に富み、其の交友や皆有力者なりしを以て、扶植の効正に之れ有るを見る。凡そ事を為す、之を達する機関あるを要す。機関を有する者は事を為し易く、機関を有せざる者は事を為し難し。春濤、東京才人絶句の進行如何に見て気運の正に到るを知る。即ち茉莉詩社として彼の有名なる新文詩を発刊し以て世に問ふ。新文詩は新聞紙と声音相通ず、新聞紙は社会の事情を報道するが如く新文詩は藝林の消息を報道するの任に当る。明治丙子の頃は此れが発生に好時期なりしも亦春濤に取りて至幸なりしと云はざる可らず。況や詩学上文学上雑誌は新文詩の一あるのみなるに於てをや。云云。

『新文詩』第二集中、毅堂が春濤に贈る詩に「城中早已伝佳句。皆恨才人相遇遅①。」とあるは、春濤の詩が東京詩人間に伝はり、人〻は春濤の出現の遅きを恨んだといふので、春濤は之に対し、「余ハ客冬東京ニ移住シ爾後唱和ノ夥シキ数百家ヲ下ラズ」と言つてゐるから、必ずしも誇張ではあるまい。第六集（八年十二月）には左の詩がある。

雪朝早起　　掃雪山童泰二郎

屋簷寒雀一群喧。数点疎梅照短垣。応有客携佳句到。山童掃雪暁開門②。

① 『新文詩』第二集、四丁裏
② 『新文詩』第六集、九丁裏

神波即山の評注に「山童、年甫メテ十二年二個月、専ラ英学ニ従事ス、詩ハ未ダ曾テ学バズシテ偶《タマタ》マ筆ヲ執レバ此ノ如シ、真ニ詩種子ナリ」とある。乃ち泰二郎後の槐南が十三歳の作である。父春濤は洋学盛行の時世に鑑み、児泰二郎を或外国語の学校に入れ英語を学ばせた。其の頃森の家には同じ尾張の人で永井敏、号は三橋なる人が寄寓してゐた。詩を春濤に学び毎朝絶句一首を日課としてゐた。泰二郎より六歳年長で、泰二郎は之に誘はれて詩を作るやうになり、さうして出来た詩を一日父春濤に見せた所、父は「お前もまた詩をやるのか」と言つて憮然としたと云ふ。春濤は其の子が父に似て詩など翫《もてあそ》び貧乏詩人となることを欲しなかつたのである。其の頃又春濤の弟子徳山樗堂が死んで、其の蔵書が売られた中に水滸伝訓点本があり、泰二郎は之を手に入れて読み、大いに小説に興味を覚えた。爾来学校を休んで図書館に通ひ小説類を読み漁《あさ》つた。之を知つた父は大いに泰二郎を叱り、且つ此の事を鷲津毅堂に語り相談した。毅堂は人各〻好む所あり、英語を好まぬ者に之を強ゆるも無益だらうと言つたので、遂に学校を罷めて詩や小説に耽ることを黙許した。然し処世の道は自ら別で、毅堂等の世話により、明治十四年一月十九歳になつたばかりの泰二郎は司法省の「編纂課雇申付月俸八円」の辞令を貰つた。これが槐南の出世の初である。因に永井三橋は後《のち》阪本蘋園と謂ひ、官は枢密顧問官に至つた。春濤の旧門下槐南の旧詩友は阪本氏と杉山三郊氏の二人が長生して国分青厓翁の詠社に参加した。私は蘋園、三郊両翁から聞いた昔話を、今切に思ひ出すのである。

　春濤一派の詩人として、最初から茉莉吟社及び『新文詩』に関係深い官員は、甕江、毅堂、花南の外、次の諸人がある。巌谷一六、野口松陽、北川雲沼、日下部翠雨、股野藍田、長松秋琴、徳山樗堂、広瀬雪堂、岩崎秋溟、青木碧処、神波即山、鈴木蓼処、矢土錦山、長三洲等で、其の援護者ともいふべき有力官員には土方秦山、西岡宜軒、玉乃五竜、田中夢山、松岡毅軒、杉聴雨、細川十洲、伊藤春畝、芳川越山、末松青萍等があつた。当時太政官と云へば、幕府倒れて後国家の最高権力を掌握した所で、其の官員たちの地位は万民の具瞻する所であつた。さうして其の官の絶頂に居たのが太政大臣三条実美である、梨堂と号して詩を能くし、屢〻墨堤の別墅対鷗荘に詩人を招いて詩酒の宴を張つた。森春濤が初めて梨堂公の詩宴に招かれたのは明治十二年の春で、『春濤詩鈔』に左の詩がある。

梨堂相公対鷗荘雅集席上恭賦奉呈

春風穀雨牡丹天。被酒叨陪翰墨筵。綾瀬水光霞散綺。月波山色暮生煙。
路傍無復牛相喘。門外任他鷗対眠。欲写新詩邀雅賞。侍児先展彩雲箋①。

春風穀雨牡丹ノ天、酒ヲ被リ叨《ミダ》リニ陪ス翰墨ノ莚。綾瀬ノ水光 霞 綺ヲ散ジ、月波ノ山色 暮ニ煙ヲ生ズ。路傍マタ牛ノ相喘グナク、門外任《マカ》ス他ノ鷗ノ対眠。新詩ヲ写シテ雅賞ヲ邀《ムカ》ヘント欲ス、侍児先ヅ展《ノ》ブ彩雲箋。

墨堤の対鷗荘の在つた所は、史蹟として標識が立てられてゐたことを記憶する。第六句対鷗二字を詠み込んで喘牛（漢の丙吉の故事）と対せしめ、泰平の象を表はして相公の治を頌した所に工を見る、穏雅の作である。十三年には「五月九日陪梨堂相公宴於煙霞深処席上賦呈②」の七絶四首あり。其の中に「劉安陪上春風坐。花下仙觴酔九霞。」の句がある。春濤の自注によれば、公は親しく霞色の巨杯を挙げて春濤に酒を賜ひ、更に其の杯を賜はつたと云ふ。又「明日榜来三大字。草堂頓覚一重深。」の句の注によると、翌日相公は「三李堂」といふ扁額の三字を書して春濤に贈つた。三李堂は春濤が李太白、李長

---

① 『春濤詩鈔』巻十四、二丁表
② 『春濤詩鈔』巻十四、十一丁表

吉、李義山の詩を愛して自ら其の草堂に名けたものである。十五年の春にも春濤は対鷗荘の雅集に招かれ七絶を十首賦してゐる①。

知を三条公に得た春濤は、公の前に平伏叩頭して一子泰二郎の推挽を懇請したと云ふ。其の効かどうか司法省の一雇員であつた泰二郎は、十四年七月「任二等繕写」といふ太政官の辞令を戴いた。所属は修史館で、当時修史館の官制は、館長、編修官（一等より四等まで）、掌記（一等より八等まで）、繕写（一等と二等）があり、繕写は最下であつた。春濤は十五年「壬午歳旦②」の詩に「乃児劣是弱冠年。藝俸相仍数口全。」又「恩及煙波餘暖足。老夫眠在白鷗前。」等と言つてゐるのを見れば、薄禄でも児の仕官に相当満足し、老の身の隠居安眠を願つてゐるやうである。却つて本人槐南は自身の仕途に就き何も詠じてゐない。

十一

明治十年二月西南の役が起り、戦争は九月まで続いた。其の間歌ふべく泣くべき詩料に乏しくない筈だが、実際には観るべき詩が殆ど無い。『新文詩』を閲すると、二月から七八月に至るまで、戦争に関する詩は僅か二三首に過ぎず、詩人は皆沈黙を守つてゐる。それが九月戦乱将に平定せんとする時期に至ると、俄かに官軍を讃《たた》へ南洲を罵詈讒謗する詩が現はれ、第二十四集と二十五集は全編ことごとく此等の詩で塡《うづ》まつてゐる。中に三島中洲の「戯題新文詩第二十四集後③」の一文がある。曰く「明治十年九月薩賊誅ニ伏ス。藝苑諸子争ツテ其事ヲ賦シ、以テ詩史ニ擬ス。春濤髯史之ヲ新文詩ニ収メ、後世乱臣賊子ヲシテ懼レシム。乃チ知ル世ノ此集ヲ読ム者、之ヲ新文詩ト謂ハズシテ、之ヲ新春秋ト謂フヲ。」（原漢文）。春濤は之を喜んで「新春秋ノ字極メテ妙、小冊此ノ賛誉ヲ蒙ル、実ニ大幸ト為ス。」（原漢文）と言つてゐる。元来『新文詩』は台閣作者の詩文を多く採る雑誌だから、当然政府の意を迎へ賊軍を罵るやうになるは致し方ないが、それにしても賊に対する罵詈を以て政府に対する諂諛とする見えすいた態度は人をして嘔せしめんとする。これは当時官員、言論人士の間に一様の現象であつたらしい。春濤の「九月廿四日詠史④」の詩四首の中の二首を録する。

百方奔竄免生擒。重聚残兵拠故岑。一死老狐如老賊。首丘才得了初心。

百方奔竄生擒ヲ免ル。重ネテ残兵ヲ聚メテ故岑ニ拠ル。一死老孤　老賊ノ如シ。首丘才《ワヅカ》ニ得テ初心ヲ了ス。

百方逃げまわつて生擒《いけどり》されることを免れ、敗残兵を集めて再び故山に拠つたが、老賊も遂に一死に及んだ。老狐は死ぬる時、首を故山の方に向けて死ぬるさうだが、老賊も老狐と同じく、故山に死にたい初心を遂げ得たことだわい。老賊、老狐の如しと言はず、語を転倒した、古人に此の句法がある。

昨日雲台生有像。今朝王土死無霊。狗猶不食敗餘肉。焉得魂為天上星。

昨日雲台生キテ像アリ。今朝王土死シテ霊ナシ。狗猶ホ食ハズ敗餘ノ肉。焉ゾ得ン　魂ハ天上ノ星ト為ル。

昨日は国家の功臣として肖像を雲台に画かれた身が、今日は死して王土に容れられざる叛臣となつた。賊将敗餘の肉は犬でも食はぬ。どうして其の魂が昇つて天上の星となり得よう。これは死屍に鞭《むちう》つもの

---

① 『春濤詩鈔』巻十五、十三丁表
② 『春濤詩鈔』巻十五、十丁裏
③ 『新文詩』第二十四集、十丁表
④ 『春濤詩鈔』巻十四、十丁裏

である。ひどい句だ。南洲の没後、彗星が現れると、人々は之を西郷星と呼び、南洲の魂魄が化したものとした。其の死を惜む餘りである。

碧処静士の「九月廿四日偶成①」

身与家亡豈偶然。功名未滅醜名伝。応期一敗無遺類。不為児孫買美田。

身ト家ト亡ブ豈偶然ナランヤ。功名未ダ滅セズ醜名伝フ。応ニ期スベシ一敗遺類無キヲ。児孫ノ為ニ美田ヲ買ハシメズ。

叛臣は身も家も共に亡びるは偶然でない。前功未だ滅せざるに早くも醜名を伝へた。此輩の遺類を生存せしめず、児孫が美田を買うて世に再生する餘地を与へてはならぬと、南洲の句を以て南洲を伐つものである。

即山漫士の「得鹿児島捷報喜賦②」

捷書一読眼双明。辺海煙塵忽廓清。窃賀中興青史上。乱臣絶筆是西征。

捷書一読眼双明、辺海ノ煙塵忽チ廓清。窃ニ賀ス中興青史ノ上、乱臣絶筆是レ西征。

官軍捷利の報を読んで双眼の明かなるを覚える。南海の兵塵も廓清された。賀すべきことは明治中興の歴史が、人臣の叛乱は西南役を以て絶筆となることである。集中此の詩だけが其体を得たるに庶幾《ちか》い。

明治十一年一月成島柳北の編輯する『花月新誌』が創刊され佐田白茅の発行する『明治詩文』と並び、一世の歓迎する所となつた。而して『花月新誌』は、西南役並に南洲に関する片言隻辞をも載せてゐない。柳北の高邁なる見識に基《もとづ》くものであらう。白茅は嘗て遣韓使節となり、征韓を建白したことがあり、南洲の廟堂を去つて後は時を慨し世を謝して専ら翰墨を事とした人である。『明治詩文』に次の如き記述がある。

南洲ニ係ル詩文、吾社ニ投寄スル者頗ル多シ。然ルニ皆之ニ下スニ賊名ヲ以テス。譏謗百出、是レ一時為ニスル所アリテ然リ、蓋シ公論ニ非ズ。故ニ録セザルナリ。夫レ南洲ノ如キ、当《マサ》ニ之ヲ王臣伝ニ載セ、某月某日西郷隆盛叛スト書スベシ。以テ賊名ヲ下ス可カラズ。云云。（原漢文）

誠に確論と謂ふべきである。之は福沢諭吉が『丁丑公論』に於て論ずる所と正に揆を一にする。諭吉は曰ふ。

西郷ハ実ニ今ノ官員ノ敵ニシテ、西郷勝テバ官員ノ身モ聊カ安ンゼザル所アレバ、如何様ニモ名ヲ付ケテ之ヲ謗ルモ尤モナル次第ナリ。然ルニ身ヲ恐ルル役人世界ニモ非ズ、学者士君子ヲ以テ自ラ居ル論客ニシテ、本年西南ノ騒動ニ及ビ西郷桐野等ノ官位ヲ剝脱シタル其日ヨリ之ヲ罵詈譏謗シテ至ラザル所ナシ。其有様ハ恰モ官許ヲ得テ人ヲ譏謗スル者ノ如シ。論者ハ之ニ由テ今ノ政府ニ媚ヲ献ゼント欲スルカ、政府ノ中ニ苟モ具眼ノ士アラバ忽チ之ヲ看破シテ却テ其賤劣ヲ愍笑スルコトナラン。或ハ之ニ由テ社会ヲ籠絡セント欲スルカ、斯《カカ》ル賤シキ筆端ニ欺カレテ其籠絡ニ罹ル者ハ社会中ノ糟粕ノミ。此度西郷ノ企ハ唯政府ノ一部分ヲ変動スルノミ、二三ノ貴顕ガ其処ヲ失フテ之ニ随従スル群小吏ガ一時ニ勢力ヲ落スノミニシテ、政府ハ依然タル政府タルベキナリ。之ヲ名ケテ政府ノ顚覆ト云フベカラズ、其実ハ官吏ノ黜陟タルニ過ギズ。初ニハ西郷ニ許スニ忠義ノ名ヲ以テシ、後ニハ之ニ附スルニ賊名ヲ以テス、論者ハ果シテ何等ノ目安ニ拠リテ之ヲ判断シタルカ。

西郷が勝つたらどうなるか、忌憚なくこれ程の事を言ひ得るは流石に福沢翁である。俗吏、俗詩人輩

---

①『新文詩』第二十四集、七丁表
②『新文詩』第二十五集、七丁表

をして愧死せしむるに足る。

春濤の艶体の詩を学ぶ者が多く、『新文詩』が広く読まれ、春濤の提唱する清詩、それも袁、趙以下末流の詩が流行すると、一方に之を詩道の堕落とし、春濤を目するに「詩魔」を以てする者も少なくなかつた。そこで春濤は「詩魔自詠①」と題する七絶八首を賦した。その引《はしがき》に、予を目して詩魔と為す者があるが、昔楊鉄崖（元人、名は維楨、詩酒歌舞の間に放浪し、鉄崖古楽府の著あり）が文妖を以て目されたのは、竹枝香匳等の作が有るからだ。予も香匳竹枝を喜ぶ者、他日文妖と並称されれば、一生の情願了る。と言つて「詩魔」の名を甘受した。「詩魔自詠」八首は明治十二年に作る所である。其の第一首、

空中之語写魂銷。可見才人結習饒。永劫不磨脂粉気。詩魔頼得並文妖。

空中ノ語魂銷ヲ写ス。見ルベシ才人結習ノ饒キヲ。永劫磨セズ脂粉ノ気。詩魔頼《サヒハヒ》ニ文妖ニ並ブヲ得ン。

春濤一派は詩壇の軟派である。脂粉臭《おしろいくさ》い酒と女の詩、詩魔、詩妖と言つて硬派から排斥されても、大小官員を背景に持つ此の一派は已に詩壇の最大勢力にふくれ上つてゐた。

十二

私が阪本蘋園翁から直接聞いた所では、春濤詩魔の説は岡本黄石から出たと云ふ。それに成島柳北も、春濤一派の繊細綺靡の詩風を、若僧の恋わづらひのやうだと嘲つたと云ふことである。これに対し、春濤が甘んじて詩魔の名を受けた為に、毀誉褒貶が盛んに起り、小野湖山はひたすら春濤を廻護する側に立ち、「詩魔歌②」といふ七古を作つて『新文詩』に載せた。やがて其の冗長を嫌ひ、更に七絶一首を作り、且つ「詩魔酒顛」と刻した印章を作り、春濤に贈つて之を慰めた。印は唐の詩人の「心知洛下間才

子。不作詩魔即酒顚」の句から取つたのである。永坂石埭は「詩魔ノ説一タビ出デテ、満城紛紛、衆毀競ヒ起ル、湖山翁独リ始終之ヲ廻護スル者ニ似タリ」（原漢文）と言つてゐる。

春濤門下の俊秀橋本蓉塘も、「詩魔歌③」の七古を作り、その引に、「某先輩、吾髯翁（春濤髯史）ヲ目シテ詩中ノ魔ト為ス、翁欣然之ヲ受ク、詩魔ノ印ヲ刻シ余ニ示ス、予乃チ詩魔歌ヲ作リ、翁ニ贈ル」と言ひ、更に又絶句五首を作り、自らも「魔弟子」と称し、それが世に伝はり一時の談柄となつたといふことである。

当時詩界では枕山、湖山に次で、黄石を推して三大家と称する者もあつた。黄石は旧彦根藩の家老で、維新の際国事に功労あり、其の詩は其の人に称《かな》ひ、格調頗る高く、決して春濤に劣るものでは無かつたが、詩人と目せらるゝを嫌ひ、吟社は開いても極く少数の同好に限つたから、春濤ほど大きな影響を詩界に与へず、多くの人は春濤を以て三家の一人と見た。成島柳北が『花月新誌』を創《はじ》めたのは、当時、『新文詩』が売れて、春濤一派の艶体詩が流行するのを傍看してゐられなくなつたからである。

柳北の事はこゝに贅言するまでもない。当時天下の大名士で、旧幕時代からの閲歴と声望、それに新政府に仕へざる高邁な操守が、世人の敬重を受くるに十分であつた。明治七年朝野新聞社長と為り、社説の外雑録に縦横の才筆を奮つた。柳北歿後、『朝野新聞』に載つた「柳北先生小伝」に「筆頭神あり墨端鬼あり、忽ちにして笑ひ忽ちにして怒り忽ちにして悲しみ、心想千態、奇思百出して、世を規し俗を

① 『新文詩』第六十集、九丁裏
② 『新文詩』第五十八集、一丁裏
③ 『新文詩』第六十集、八丁裏

諷する、未だ曾て其の中にあらざるはなし。是に於て朝野新聞の名嘖々として天下に噪《さわが》し」とある。詩は固より餘技であるが、奇警の才と俊逸の想は、優に一流大家に伍して恥ぢざるものであつた。大江敬香は明治二十年代に次の如く評論してゐる。

文士は相忌み相軽んず。詩壇に於て枕山の一派あり、黄石の一派あり、松塘の一派あり。而して柳北は枕山、黄石、松塘、春濤と親善なれば、四子皆柳北に対しては畏友として交はれり。独り詩壇のみに非ず、文壇に於ても亦た甕江の一派あり、成斎の一派あり、幾分の軋轢《あつれき》なきに非ざりしも、甕江、成斎、篁村、三子皆柳北に対しては良友として交はれり。是れ柳北が文士たるの故に因るに非ず。其の実は幕府の遺臣にして忠節を全うし、仕を再びせざるに因る。其の畏友視し良友視するは自然文墨社会に映射し来る。花月新誌の行はれたる偶然に非ず。若し夫れ花月新誌の販売方法に至りては、到底新文詩の学び得る所に非ず。当時の朝野新聞は、東京日日新聞、郵便報知新聞、東京曙新聞と併せて東京四大新聞と称せられ、就中朝野新聞は、漢学分子七分、洋学分子三分の編輯体裁を基礎とし、全紙四号活字を用ひ、毎日餘白を塡《うず》むるに詩又は歌の投稿を以てせり。購読者殊に之を賞揚したれば、毎日刊行の紙数、実に東京第一に位せり。柳北は之に長たり。花月新誌の刊成るや、乃ち朝野新聞を以て之を天下に公告し、以て読者を俟《ま》ちたり。読者は枕山門下又は松塘門下に籍を掲ぐるもの多数にして、春濤の門下に名を列するもの少数なるを免れず。其の少数者に供給するは新文詩の有るあり、別に花月新誌を要せざるなり。

斯文を振作するは名士の事業なり。然れども詩壇は一人の詩壇に非ず、柳北夙に此の機微を知る。群雄網羅の術策し来りて遺す所なし、此の境及ぶべからず。柳北の花月新誌を編輯するや、殊に心を材料の配合に用ひ、剛柔相和し、濃淡相交ゆるの巧なる、殆ど人の意想外に在り。……明治十年代に於ける読者の嗜好に投ずる手段にして、漢文、時文の両《ふた》つながら有益なるを証明するに足れり。花月新誌の顧客、全国に遍ねくして、柳北の名を成すの偶然ならざる亦以て知るべし。而して此の機関の為めに詩文の気運を振作したるの効果、実に偉大なるものあり。

『花月新誌』は漢詩漢文を主とし、和歌和文あり、時文あり、翻訳あり。小型にして紙数十数葉、月刊、定価四銭で、新文詩の半額であつた。敬香は又云ふ。

時世は之を歓迎し、毎刊販売の盛んなる、一部をも剰さざりしは新文詩と天淵の差あり。新文詩は春濤一派の詩に限りて登載し、一二小品文を添へ、唯台閣に依頼して成るを仰ぎしに過ぎず。其の勢力の消長固より日を同じうして語るべきに非ず。

ともかく『新文詩』や『花月新誌』が出て、小冊ながら其の鼓吹の力は想像を絶するものがあり、朝野一般の読者に多大な影響を与へた。すなはち維新開国以来、洪水の如く流れ込む西洋文化に心目を奪はれてゐた者が、明治十年前後から再び漢詩文を顧《かへりみ》るやうになつたのである。明治初期の文学界に於て、漢詩文は矢張り其の第一座を占むるものであつた。近代文学はまだ其の萌芽すら露はして居らず、有識階級の教養は第一が漢学に在つたのである。当時世の中から尊敬された学者として、福沢諭吉、中村敬宇、安井息軒、芳野金陵、林鶴梁、それに栗本鋤雲、成島柳北など皆漢学出身の人で、国学者洋学者等の追随を許さぬものがあつた。福沢諭吉は少《わか》くして漢学を修め、諭吉をもぢつて雪池と号し、漢詩を作りそれを揮毫したものが世に遺つてゐる。彼の平易に出来た名文は、其の愛読する『春秋左伝』に力を得たと云ふことである。尾崎紅葉がまだ名を成さぬ明治十年代、縁山の号を以て漢詩を作つてゐたことがある。其の「墨堤嬉春詞」の七絶「橋東買酔追晴暖。十里如雲花不断。日暮江風堤上途。花紅軽点美人傘」の如き、優に作家の域に入るものであらう。山田美妙も「紅葉山人と起臥を共にした頃、漢詩人のやる闘詩といふものに耽つて、線香一炷に詩幾首と競ひ合つた」と自述してゐる。

紅葉、美妙等の『我楽多文庫』は、其の序に「上は詩文の真面目より、下は都々逸トッチリトンの心意気にいたるまで一切網羅し」云々とある、詩文は漢詩漢文を指すものであつたやうだ。同じ頃、幸田露伴もまだ文学修業時代で、盛んに漢詩を作り、「日本歌」などいふ長篇があり、旧い日本の伝統を活かし、新しい西洋の長所を採り入れ、新日本を建設すべきだとの意趣を詠じ、又東海散士の『佳人之奇遇』中の詩に倣つて作つたものなど、『露伴全集』中に見る所である。

新体詩「自由の歌」で有名な小室屈山も本来漢詩人であつた。新体詩創作者の一人外山正一も、明治十五年の『新体詩抄』中の訳詩は、中村敬宇に添削を乞ひ、敬宇が朱筆を以て直した通りに従つてゐると云ふ。『敬宇詩集』は勿論漢詩だが、「普魯斯詩」や「僻村牧師歌」や「打鉄匠歌」等の長篇は、皆英詩の漢訳である。従つて『新体詩抄』の訳詩も、元は敬宇あたりの漢詩に模倣したものと言へるかも知れない。次の明治二十二年、新声社同人の『於母影』には、西詩を漢詩に訳したものが多く、森鷗外も其の作者の一人であつた。

森鷗外の小説「雁」に次の一節がある。「岡田が古本屋を覗くのは、今の詞《ことば》で云へば、文学趣味があるからであつた。併しまだ新しい小説や脚本は出てゐぬし、抒情詩では子規の俳句や、鉄幹の歌の生れぬ先であつたから、誰でも唐紙に摺《す》つた花月新誌や白紙に摺つた桂林一枝のやうな雑誌を読んで、槐南、夢香なんぞの香奩体の詩を最も気の利いた物だと思ふ位の事であつた」。小説の主人公岡田は明治十三年頃東京大学の医科学生といふことになつてをり、その頃の学生が『花月新誌』を読み、槐南や夢香の香奩体を最も気の利いたものと思つてゐたといふのは面白い。明治十三年前後は、夙慧の槐南が『新文詩』に艶《つや》つぽい詩を載せ、父春濤を助けて詩の選や評をしてゐた頃で、実際、森一派の詩は天下を風靡したもの丶やうだ。夢香は上真行《うへさねみち》といふ宮内省楽部の楽長を勤めた人で、槐南より十幾歳も年上で、早く詩名を成し、晩年は青厓の詠社同人であつた。鷗外は自分のことを岡田の名を仮りて言つてゐるかのやうである。鷗外は少くして漢詩を能くし、大沼枕山に師事しようと思つたことがあるらしい。「雁」には右の文に引続いて「僕も花月新誌の愛読者であつた。西洋小説の翻訳といふものはあの雑誌が始て出したのである。それが僕の西洋小説と云ふものを読んだ始であつたやうだ。さう云ふ時代だから、岡田の文学趣味も漢学者が新しい世間の出来事を詩文に書いたのを面白がつて読むに過ぎなかつた」。西洋小説といふのは、『花月新誌』第二十二号から数回連載された「揚牙児《ヨンゲル》ノ奇獄」のことで、成島柳北は幕末の時、神田孝平の訳した「和蘭美政録」といふ二件各一巻の奇書を読み、餘りに面白いので之を徳川昭徳公に見せ、其後書は火に燬けたが、後また亡友の遺書中から其の一巻を得て、少し節約を加へ新誌に載せたと云ふ。同じ頃、丹羽純一郎の訳書『花柳春話』は、明治翻訳小説の嚆矢と云はれ、之に成島柳北の序があり、其の一節に「礼運ニ云ハズヤ、人情ハ聖王ノ田ナリト。情無ケレバ聖人モ亦食ラハスシテ死センカ。聖既ニ多情、痴固ヨリ多情。然ラハ則全地球上一切情界ノミ。……噫吾徒ノ情人、此ノ情界ニ生レテ以テ情史ヲ読ム、是レ亦造物主ノ賜ナリ。人豈草木ト同シカランヤ。花柳亦情有ルカ如シ。人豈花柳ニ如カサル可ケンヤ。」などとある、之が当時としては頗る進歩した見解で、坪内の『小説神髄』の先駆をなしたものとして注目すべき価値ありと、或文学者の説のあつたことを記憶する。

絶代の才人成島柳北も、天仮すに寿を以てせず、可惜《あたら》四十八歳で世を去つた。時に明治十七年十一月三十日。『花月新誌』は同年十月第百五十五号を最後として廃刊した。新誌の第二号に、「丙子歳晩感懐」といふ柳北の詩が載つてゐる。

隙駒駆我疾於梭。四十星霜容易過。文苑偏憐才子句。教坊徒聴美人歌。

青雲黄壌旧知少。緑酒紅灯新感多。好是寒梅花上月。稜稜風骨奈君何。

隙駒我ヲ駆ツテ梭ヨリモ疾《ハヤ》シ。四十ノ星霜容易ニ過グ。文苑偏ヘニ憐ム才子ノ句。教坊徒ラニ聴ク美人ノ歌。青雲黄壌旧知少《マレ》ニ。緑酒紅灯新感多シ。好シ是レ寒梅花上ノ月。稜稜タル風骨君ヲ奈何セン。

歳月は我を駆つて梭よりも疾《はや》く過ぎゆく。我が四十の年も過ぎんとするが、唯だ文苑に才子の句を憐れみ、花街に美人の歌を聴くのみであつた。旧知の友は或は青雲に、或は黄泉に去つて我が周囲には少くなつた。ひとり紅灯緑酒に対して新たな感慨を覚える。寒月に照し出された寒梅の花よ、我は風骨稜々たる君の姿を愛する、我心事を知つてくれる者は君であらう。

旧幕臣として柳北と終始其の出処進退を同じくした栗本鋤雲は之を評して、前聯は柳北の写真画、後聯は其の履歴書、結尾は画にも描けず、口にも言へない其の精神、先生の此の精神を知る者は既に僅々数輩に過ぎなくなつた、則ち「旧知少」と歎ずる所以だと言つてゐる。

『新文詩』は明治十六年十二月第百集を以て一旦廃刊し、十八年五月から『新新文詩』と改題して復刊し、二十年第三十集に至つて廃刊した。二十二年十一月廿一日春濤が没した。年七十一。

横山健堂の『新人国記』は『旧藩と新人物』と並び、彼が得意の人物評論を以て、明治四十年代の世に著はれた名著である。其の中「中京」の項に、森春濤を評した個所があり、頗る肯綮に中れるものと思ふから左に録する。

森春濤は、中京趣味を代表するの詩人にして、而して幸運にも大成功せるものなり。

幸にして、彼の香奩体の詩は世俗に歓迎せられて、遂に大師匠となり了せり。

墨染の衣を纏へる僧侶が、藝者の手を引きて、細雨の相合傘に、広き片袖を濡らしつ、行くは、中元に於て見るべくして、而して他にて容易に見るべからざるの光景ならずんばあらず。香奩体詩のお祖師が此地に出現せること、善く言はゞ玉は崑岡より出づるにも譬へつべし。中京の脂粉艶冶の気、凝りて香奩体の詩となるものなり。

彼や人格高華ならず。其の詩も、格調を以て論ずれば神韻に乏しく気力少く、到底大家の域に入るべきものに非ず。

唯だ彼や頗る俗才あり。其の人物及び趣味は、遺憾なく俗にして円満なる彼の筆蹟に現はる。

春濤は艶体の詩ばかり作つたわけでもないが、大体これを其の本色とし、これに由つて世俗時好に投じ、遂に三大家の一に数へられたことは寧ろ僥倖であつた。健堂の見る所、蓋し確論であらう。私が枕山や湖山の事よりも、春濤の事に就いて稍詳しく述べたのは、明治の詩界に最も大きな影響を与へた者は実に春濤だつたからである。春濤の没後、槐南は乃父を凌いで、更に大きな影響を詩界に及ぼした。

明治二十二三年の頃森鷗外が大沼枕山に謁した事は、永井荷風が『下谷叢話』に次のやうに書いてゐる。「明治四十四年の夏、わたくしはこゝに森鷗外先生と相会して倶に荷花を観たことを忘れ得ない。その時先生は曾て枕山に謁して贄を執らんことを欲して拒絶せられた事を語られた。枕山が花園町に住してゐた時だと言はれたから其の没した年である」。小見清潭の『狐禅狸詩①』にも此の事に説《とき》及んだ個所がある。清潭は鷗外が枕山を訪ねた其の場に居合《ゐあは》せたといふことである。曰く「世は先師が守旧思想と最も容れざる文明の風潮は滔々ともて来り、市街鉄道なるもの上野駅より秋葉原に通ぜんとす。宛かも先師が四十年来住み慣れし家屋の中央を貫通せんとするの止むを得ざるに至る。是に於て宅を上野権現

① 『狐禅狸詩』二百三十九頁

祠畔の花園街に移す。下谷を念頭に去らしむる能はざるが為である。移宅して三年にして没せらる。花園街の宅は一塀を隔て丶森鷗外軍医の楼屋である。一日鷗外が其の主幹せる「しがらみ草紙」とやらいふ雑誌を携へて先師を訪ふ。鷗外去て後其雑誌を余に与へられる事を記憶する。軍医も尚ほ記憶せる事であらう」云云。清潭の此の文は明治の末年に作られた、荷風が鷗外から話を聞いたのと略ぼ同じ頃である。清潭は枕山が花園町に「移宅して三年にして没せらる」と言ふが、荷風は「明治二十三年の春……恰も第三回内国勧業博覧会の上野公園に開始せられんとする頃、枕山は仲御徒町の旧居を売払つて下谷花園町暗闇坂に移つた……廿四年十月一日枕山は暗闇坂の新居に没した」と言つてゐる。僅かに年月の差があるが大したことではない。枕山の没した時、年七十四であつた。荷風は春濤の門人岩渓裳川に詩を問ひ、春門一流の艶体の詩を作つてゐる。荷風の父永井禾原は少き日名古屋で鷲津毅堂の門に学び、同時に春濤に詩を問ひ、後年東京に於ても茉莉吟社に出入してゐたやうである。毅堂の長女を娶り、その間に荷風が生れた。永井三橋即ち後の阪本蘋園は其の弟である。

十三

鷗外の小説に、当時、誰でも槐南、夢香などの香奩体の詩を最も気の利いた物だと思つてゐた、と言つてゐるのを見れば、当時如何に春門一派の詩が流行して、天下の文学青年たちを魅了してゐたかゞ分るといふものである。拙稿の初めに引用した正岡子規の「日本の漢詩界を振はした者は後進の青年であつて、天保臭気の老人ではない」と言つてゐるのでも分るやうに、明治も十年以上経過すると、枕山や湖山が如何に老練な詩を作つても、最早や天保臭いとして顧られず、若くて綺麗な詩を作る槐南などが新進の詩人として歓迎され出したのである。私はこゝで、明治の初期から中期に移る前、明治十年から二十年までの間の槐南の事に就いて、少し書いておきたいと思ふ。国分青厓の二十年頃までの経歴は既にその概略を述べた。青厓翁は長生されたにも拘らず、人に対して自己の過去を語らず、外に文献の徴すべきものも無く、詳しいことは何も分らない。然るに槐南はその作品が殆ど完全に遺《のこ》つた上に、蘋園、三郊などの故《ふる》い友人が、自然に口碑の役を果すやうになつたので、この方は却つて蹤迹し易いものがある。拙稿も餘り長くなつて多くの紙面を費しては申訳ないから、成るべく簡要を旨として述べたいと思ふ。

最初に引用した大町桂月の所論の一節「春濤、枕山、黄石、湖山、松塘など、明治前半の漢詩壇を飾りしも、さまで奇とするに足らず。春濤の子槐南勃興するに及びて、千餘年間の日本の漢詩壇、はじめて天才者を見たり」。桂月は槐南をこれほどの天才と見た。五十年にも満たなかつた槐南の詩の一生は、短いけれど実に華〻《はなばな》しかつた。それに比《くら》べ青厓の詩の一生は、長く而も地味であつた。桂月は明治三十年代、まのあたり槐南の華〻しい詩業に眩惑され、地味な青厓の詩の真価を見ぬけなかつたのであらう。桂月の此の批評と並べ観るべきものは、大正の初め、小見清潭の槐南評である。「学問文藝すべて市に定価がある、而も定価の無きは此の人に於て之を見る。讃《ほ》める者は非常に讃《ほ》め、誹《そし》る者は非常に誹る。青厓と種竹は略ぼ定価が有りしやうなるも、三家の一人槐南其人は不思議にも定価が無い。蓋し余を以て槐南其人を見るに、袁枚が漁洋を評したるの言を移して以て此の人を評せば、良《まこ》とに的確と思へる。袁枚は曰く、漁洋の詩を称讃する者は、其人の詩必ず薄弱、誹謗する者は其人の詩必ず粗豪と①」云云。清潭の槐南評に就いては、後にまた詳しく触れることがあるから、今はこれだけに止めて置く。

---

①『狐禅狸詩』二百八十七頁

近時、明治文学史の類は（私は再び繰返して言ふ）漢詩漢詩人を文学史上から抹殺してしまつてゐるが、私は槐南と青厓を近代日本が生んだ二人の天才詩人と思ふ。天の配剤は実に妙である、青厓と槐南、此の人物、詩風の極端に相反した二人を、同じく明治の全盛時代に降し、千有餘年の日本の漢詩の最後を飾らしめたのである。

本稿は、明治、大正、昭和三代に亙る国分青厓の詩の一生を中心として三代の漢詩史話を綴らんとするもので、貴重な本誌の紙面を徒らに費すことなく、簡要を旨とし記述する積りであつたが、世に知られざる明治詩壇の話は書き伝へたいこと餘りにも多く、それも体系整然たる学問的叙述となつては面白くないと思ひ、筆のおもむくに任せたから、つい多くの紙面を費し半歳を経過してしまつた。そこで此の一回に明治初期の枕山、湖山、春濤から青厓、槐南、種竹の時代へ、新旧詩人の交替期の事を述べて、以後数回、明治の世に我国漢詩の極盛時代を齎《もたら》した青厓、槐南等の事を力説し、尚ほ大正以後を略叙して稿を終りたいと思ふ。

青厓が年十二三で詩を作り、大槻磐渓に励まされたことは既に述べた。それから法学校に学び、新聞記者となり、筆を載せて各地に転々すること五年、明治十六年東京に帰り、一時学習院寮監になつたりした青厓、明治二十年までの青厓は、本来の詩人が詩に専らなることを得ず、詩を作つても散佚に任《まか》せ、その間どんな詩が有つたか詳しいことは更に分らない。たゞ明治十一年富士山に登り作つた所の「登嶽三十首」は、その中の数首、『新文詩』に採録されたものだけが遺《のこ》つてゐる①。私が青厓先生から直接聞いた話では、先生は富士山を降りると、東海道を徒歩で名古屋を過ぎ、伊勢に入り大神宮に参拝し、引返して途を信州に取り、木曾路を通つて浅間山の下を過ぎ、関東に出て東京に帰つた。一夏の旅を終始下駄ばきで、こつこつ歩きながら途中見る所を詩に作つたとのこと。『新新文詩』に「木曾道上東帰雑詩[2]」といふ詩が二回に分ち九首ほど載つてゐる、此の時の作である。先生は登嶽に因て感ずる所あり、爾来国中の名山大川を跋渉して詩を作らうとの志を起し、暇を見ては四方に出掛け登山された。さうして「遊名山詩[3]」と題する詩が続々出来たが、其の二十首ばかりが又何回かに分ち『新文詩』『新新文詩』に登載された。明治十五年から二十年にかけての事である。先生の旧《ふる》い詩冊が数種残つてゐる、其の中に「遊名山詩」の目録があり、それによると『新新文詩』に載つたのは其の一斑に過ぎないことが分る。

今日、『新文詩』や『新新文詩』を反復して見て、誌上諸家の詩各体に亙り佳作に乏しくないが、格調高朗にして気象雄大なる青厓山人の詩の如きは無い。僅かに高野竹隠なる人の作が風格高雅で、之に雁行すると思はれるのみである。青厓の詩は遊山ばかりでなく、其他の類も計《かぞ》へて見ると二十首ばかり『新新文詩』に出てゐる。総じて誌上に採録された詩は春濤、湖山、槐南等の批評が附せられてゐるが、青厓詩に対する諸家の評を読んで見ると仲〻面白い。就中最も注目に値するものをこゝに摘録する、原漢文を仮名交りに改めて。

「其詩ヲ読ンデ其人ヲ思フニ、真ニ是レ後来有望ノ人」これは明治十六年七十歳の小野湖山が、二十七歳の青厓の詩に与へた評で、人を知り詩を知る、流石《さすが》に湖山である。湖山は又「奥州ノ詩人、磐渓、竹堂以後、寥々人無シ、今青厓氏ヲ得、喜ブベキナリ、青厓コレヲ勉メヨ」と云ひ、更に「青厓君、余ハ一面アルノミ、而シテ新新文詩中、数々其詩ヲ観、観ル毎ニ歎服ス、他日其ノ成ル有ルヤ必セリ」と云

①『新新文詩』第九集、八丁表
②『新新文詩』第十三集、七丁表
③『新新文詩』第十集、九丁裏・同十一集、四丁表・同十二集、八丁裏・同十四集、七丁裏

つたのは明治十九年であるが、実に二十一年から青厓の評林詩が創《はじ》まり、明治の詩界はこの辺から劃然として青厓・槐南の時代に入るのである。湖山は早くから槐南の詩才を認め「春翁ノ家佳児アリ、社中才俊多シ、何等ノ厚福」と言つてゐるが、彼は春門第一の才子橋本蓉塘と槐南を並称する外は、青厓と竹隠の二人を推し極めて高く評価してゐたのであつた。後になつて竹隠は世に出ず、本田種竹が顕はれ青、槐と並んだが、湖山の先見の明は誤つてゐなかつた。高野竹隠、名は清雄、尾張の人、槐南より一歳年上で、少くして藩儒佐藤牧山に経史を学び造詣する所深く、尤も詩及び詞を善くし、自ら本朝人の詩を読まずと謂ひ、人品詩品ともに高く、名聞を求めず、地方の中学の漢文教師などして世を終つた。大正十年没する時年六十、遺言して詩を刊せしめず、今全く世に知られず、惜むべきである。

春濤は青厓の遊山の詩は天下無比と見たらしく、「天下山水ノ奇境、皆国分青厓ニ抉剔シ出サル、竊ニ謂フ復タ嗣響無カラン」と歎じてゐる。青厓が春濤を訪ねた年時は詳にし難いが、凡そ明治十四年頃と思はれる。春翁が「自分はもう老いて詩は駄目だ、伜《せがれ》がやつてゐるから一緒にやられてはどうか」と云つたといふことは前に述べたが、早熟児槐南は学校にも行かず、小説、詩詞に耽つて異常の天才を発揮し、十六歳頃からの詩は春門の才俊に比して毫も遜色なく、自家の雑誌のみならず、盛んに『花月新誌』に投稿して柳北に認められ、遂に父を助けて雑誌の編纂に従ひ、十九歳頃からは誌上詩の批評までするやうになり、人も之を怪まざるのみならず、一代の才人として世評に上る程になつたのである。当時、槐南が青厓の出現をどのやうに見たか、畏るべき好敵手と見たであらうことは容易に想像される、其の青厓詩に対する批評を見よう。

「青厓遊山ノ什、殆ド一時ヲ陵轢ス。幽思泉ノゴトク発シ警句雨ノゴトク集ル。蓋シ胸間硉兀《ロッコツ》ノ気、施シテ崛奇魁壘タラザル無キナリ。尤モ難キモノ、意必ズ沈錬、語必ズ渾雄、絶テ叫囂ノ習ナシ、真ニ得易カラザルノ才」。大いに称揚し且つ的確な評である。同時に兀兀の気、崛奇巖の如く、沈錬、雄渾、すべて春門一派の繊麗花の如き詩とは、天地の違ひあることを示したもので、両者が明治詩壇の両極に対立するに至ることは、この時已に約束されたやうなものであつた。春濤も青厓の詩を評した中に「青厓ノ詩、概ネ皆鉤章棘句、東野再生ト謂フベシ」と謂つてゐる。春濤、槐南等から見れば、青厓の詩はとげとげしく手強《ごは》くて仕方のないものであつたに違ひない。艱渋の句を作つた孟東野に比したわけだ。それでも詩の鑑識に深い槐南は、青厓の山の詩中「山魅有声時笑人」の句を挙げ、竹隠の「古墳花発鬼懐春」の句と並べ、「斉シク鬼句ナリ」と歎じ、青厓の如きは「句豈人為ナランヤ、筆ニ神助アリ」とか「筆ニ化工アリ神カ仙ナリ」と云つてゐる。又、青厓が友人の欧洲に赴くを送つた七律二首を評しては「落筆豪宕、一世ヲ睥睨スルノ概アリ。是レ吾青厓ノ独歩、今人気魄雄ナラザルニ非ズ、顧《オモ》フニ天分及ブ能ハザルナリ」と、青厓の衆に傑出して独歩することを云ひ、的確な評である。槐南は十分に、嫌といふほど青厓の実力を知つたのである。

　青厓が十九年冬学習院を辞し江湖に落魄した時作つた「雑感」の五律十首は、青厓の一生中最も窮苦を極めた時らしく、「世事年年改。乾坤日日非。窮猶餘父剣。典已及妻衣。素志有誰問。孤身無所依。詩成皆涕涙。一読一歔欷。」など幾分詩的誇張もあるかも知れないが、槐南は大いに同情し、「青厓、高才不遇、性又孤介、益〻窮苦ヲ致ス。十首二百言、心血ヲ尽ス。一字一涙ノミナラザルナリ」と言つてゐる。「破屋無他物。孤身一剣随。疎狂数招禍。狷介不容時。故旧悲離散。妻孥泣凍飢。倚軒長大息。此意只天知。」これに対しては「范叔一寒ツヒニ此ニ到ルカ」云云と歎じてゐる。古《いにしへ》から詩人に窮苦はつきものである、この頃槐南も修史局の掌記といふ下僚に沈淪し、高才不遇といふ点で青厓と相憐れむ気持があつたのであらう。十八年六月の雑誌の詩話に、槐南は古詩「別人騎馬我騎驢。仔細思量我不如。回頭只一看。還有挑脚漢。」を引き、次のやうなことを言つてゐる。最近乗馬令といふものが出て、軍、官人の多くは馬に乗り、人力車は衰へた。余は赤坂門外を過ぎる毎に、右の詩を思うて、ひそかに騎驢の二字を乗車に代へて吟誦して見たが、何ぞ知らん、弊衣破帽、蹌踉《よろよろ》として騎馬の後から役所の門に入つて行く自分の姿は一個の挑脚漢（足をあげて地をはしる）ではないか、仔細思量《よくよくかんがへ》て見ると詩も殺風景な話になつてしまつた。

槐南は青厓より六歳下であるが、詩人として名を成すことは遥かに青厓に先んじた。青厓は法律書生出身で、経世の志を抱く夢想的な政治記者である。自ら詩人を以て居らず、世も亦詩人青厓の在ることを知らない。好んで詩を作つても之を発表する機関なく、所属の吟社も無く詩友も無い、春濤父子の雑誌に頼る外はなかつた。然るに槐南は学校にも行かず文学に溺れ、天才に任せて盛んに詩を作り、詞も作り、伝奇まで書く。その頭から尾《しつぽ》まで、どこを切つても出て来る本質は詩である、文学である。詩界の人気も父春濤を凌いで多く彼に集つてゐた。

青厓と槐南、この二人は全く詩に対する宗旨を異にした。青厓は盛唐を祖述し、元遺山や李空同を喜び、格調派の詩を尚《たつと》んだが、槐南は清朝も袁随園や趙甌北以下を範とし性霊派の説を奉じたから、両者は詩人として全く肌が合はない。両人も勿論それを知つてゐるから、互に胸襟を披いて詩を談論したり、詩を唱和するといふことも無かつた。天の配剤は何時《いつ》も同じことで、唐代の李白と杜甫、韓愈と白居易、降つて清代の沈帰愚と袁子才など皆是れで、同時に両極に立つ者であつた。同じ明治の世に、漢文家は重野成斎と川田甕江と相対立し、概して文学派は川田に附き、経学派は重野に附き、互に確執があつた。書家は長三洲と金井金洞と相対立した。

明治二十年の秋、七十近い春濤が青厓の郷里仙台に遊び松島、金華山の勝を探りたいと言つた時は、青厓は喜んで七律三首を賦し之を送つた。春濤も次韻して之に答へた。青厓の詩は『新新文詩』に載つたが、春濤の詩は載らず、『春濤詩鈔』にも載せてないが、青厓の旧い詩冊に之が写してある、珍しいことである。「丁亥十月、余将遊仙台。青厓国分仁兄詩壇、有詩見贈。次其韻留別。」と念の入つた題で、詩中「聞説仙台君旧里。盍同帰去慰分離。」と言ひ、松島を覧《み》た時には「翼如黄鶴伸頭待。太白山人早晩来。」と言ひ、濃かな情を示してゐる。太白山人は青厓の別号である。更に面白いのは次韻の詩中「家裏有児称跨竈。未妨行色太蕭々。」といふ句である。わが家には世間で跨竈と評判する一児が居る。この度老父に随つて来ず、太《はなは》ださびしい旅行になるが構《かま》はない、といふのである。跨竈は辞書に「子、父ニ勝ルヲ言フ。」とあり、良馬は後蹄の跡が前蹄の前に在るが故にいふとある。槐南は父に勝るとの世評があり、春濤はそれを認めてゐるわけである。二十年十月といへば、この年七月槐南は「任内閣属、総理大臣秘書官附申付」の辞令を得、伊藤博文の知を得たばかりで、父の旅行に随へないのは已むを得ない。十一月には伊藤総理の沖縄外三県の巡視に随行を命ぜられた。春濤は愛児の出世と思つて喜んだのであらう、七律一首を賦し之を送つてゐる。本人槐南に至つては「有随春畝大臣巡閲沖縄長崎鹿児島広島各県之命。喜極成詩、不知筆之所如。」と題し七律四首を賦した。喜び極つて詩を成し筆の如《ゆ》く所を知らずと、狂喜の状が目に見えるやうである。以後二十餘日の旅に、長短幷せて七十首の詩を得た。縦筆自在、佳作観るべきものが多い。この間、青厓も小笠原島に旅行し、亡命の志士金玉均を尋ねて贈答してゐる。帰つて土産物を携へ春濤を訪ひ、春濤が之を謝した七律一首が『春濤詩鈔』に見えてゐる。

槐南が十六歳の時、巖谷一六は之を戒めて「古人云フ、少年高科ニ登ルハ一不幸ナリト。余ハ謂フ、妙齢綺語ヲ善クスルモ亦是レ一不幸ナリ」と云つた。槐南が少くして艶体の詩ばかり作り、早く名を成すのを却つて不幸だとした。小野湖山も大先輩の立場から「余嚮《サキ》ニ槐南ノ詩ヲ読ミ、其ノ少年ニシテ淫靡ニ流ル、ヲ恐レ、之ヲ戒シムル再三」と言つてゐる。西岡宜軒も槐南の詩を評して「音韻流麗ナルモ気象活潑ヲ欠ク。青年望ミ有リ、後来大家ヲ以テ自ラ期スベシ、小局面ニ安ンズベカラズ」と云ひ、其の小詩を作り小成に安んずるを戒めた。清末の詩人で、明治十年、駐日公使館参賛として来朝した黄公度も、春濤に致した書翰に「郎君天才秀発、望ムラクハ先生其ノ大ナル者遠キ者ヲ以テ之ヲ教ヘンコトヲ」と、其の雕虫の末技のみ事とせず、遠大な所に着眼せよと忠告した。依田学海も「森泰二郎ニ与フ」といふ書で、文辞に妙なる一才子で終つてはならぬ、堅忍して大成を期せよと説き、其の「夢説」といふ文を評し「極メテ妙、但《タダ》一有リテ二有ルベカラズ」と釘をさしてゐる。

少年才子をして小成に安んぜず大成せしめたいといふ先輩長老たちの忠言が、槐南に分らない筈は無かつた。然るに家伝の詩風は少年才子の骨の髄まで浸染してゐた。彼が同門の永井三橋の詩を評して「兄亦漸ク魔境ニ入ル、予輩同病相憐マザルヲ得ズ」と云ひ、杉山三郊の詩を評しては「此ノ首亦謂ハユル魔力、魔能ク此ノ如シ。吾ハタヾ其ノ魔タラザルヲ恐ル、ノミ」と言ひ放つてゐる。更に其の詩話で「今人口ヲ開ケバ綺語ヲ作ル者ヲ罵ル、真ニ一笑ニ当ルニ足ラズ」と、父同様に詩魔を以て自ら傲つてゐるのである。遂に学海をして「牛鬼蛇神、是レ小髯ノ本色」と言はしむるに至つた。唐人は怪誕の詩を牛首の鬼蛇身の神に喩へた。春濤は誌上常に春濤髯史と称したから、人は槐南を小髯、春濤を老髯と呼んだ。

既に述べた如く、成島柳北は『新文詩』を圧倒する積りで『花月新誌』を創めた。其の序言に「斯誌ヲ観閲スル者、請フ之ヲ詩文集視スルコト莫《ナカ》レ、又之ヲ新聞紙視スルコト莫レ」と云つたのは明かに『新文詩』に対する挑戦であつた。然るに柳北其人は一面風流才子であり、艶体の詩にも理解が無いわけではなく、新誌には春濤始め茉莉園一派の詩も多く採録したから、却つて槐南等の宣伝に助けとなつた位である。さうして柳北を景慕し、朝野新聞に操觚に従つたことのある青厓の詩が、曾て一たびも『花月新誌』に載つたことが無いのは私の不可解に堪へない所である。

柳北は屢《しばしば》槐南の詩を批評してゐるが、その中に「小髯詩才亦恐ルベキナリ」又「小髯詩ヲ学ブ個《カク》ノ如シ、老髯庭訓想フベキナリ」、又「乃翁ノ衣鉢肯テ他人ニ伝ヘズ」など云ひ、大いに森氏の家学を認めたやうな結果になつたのである。

槐南の艶体の詩を一首、題は「青山」である。

青山如影水迢々。南浦離愁落暮潮。僕本恨人悲命薄。卿須憐我奈魂消。
雨絲風片春帰夢。明月珠簾夜奏簫。回首歌残酒醒処。小紅楼又小紅橋。

青山影ノ如ク水迢々。南浦ノ離愁 暮潮落ツ。僕本《モト》恨人 命薄キヲ悲シミ、卿須ラク我ヲ憐ムベシ 魂消ユルヲ奈《イカン》セン。雨絲風片 春 夢ニ帰シ、明月珠簾 夜 簫ヲ奏ス。首ヲ回ス歌残シ酒醒ムル処。小紅楼 又 小紅橋。

何とも言へぬ甘美な口調。一読魂《たましひ》の消《き》えいるやうな詩である。槐南十七歳の時の作、当時文学好きの、いはゞ軟派の青年たちを悩殺したもので、鷗外が「槐南、夢香なんぞの香奩体の詩を最も気の利いたもの」と思つたといふのは是れである。永井荷風が「私は既に放蕩の詩趣、文字から呼び起される藝術的快感に冒され初めた。香奩体と称する支那詩中の美麗なる形式がいかに私の心を迷はしたであらう」と云つてゐるのも是れなのである。

明治十六年十二月一旦廃刊された『新文詩』は、一年半の後、『新新文詩』となつて復刊され、槐南が主として編纂に当り、新たに「詩問」と「詩話」の二欄を設け、後には「詩餘」の欄まで加へ、槐南詩学の蘊蓄を傾けたところは実に詩界の偉観であつた。時に槐南は二十三の若さで、其の才藻と詩学は已に父を凌駕するほどになつてゐたと思はれる。枕山は勿論湖山も已に時代離れのした存在となりつゝあり、詩壇の人気も殆《ほとん》ど彼の一身に集りつゝあつた。青厓の崛起まではまだ数年を俟たねばならなかつた。『新新文詩』は二十年十一月第三十集を出して終りを告げた。これは槐南が公務に忙しくなり、雑誌に従事出来なくなつた為と、雑誌の経営は経済的にも楽では無い為らしい。三十集に春濤の「自遣」の詩絶句五首が載つてゐる。「桂玉十年成底事。咲開春店売新詩。」売文生活十年を顧みて自嘲したのである。

酒不可一日不飲。詩不可一月不刊。酔中事業領仙福。選定諸公金玉看。

酒 一日モ飲マザル可カラズ。詩 一月モ刊セザル可カラズ。酔中ノ事業仙福ヲ領ス。諸公金玉ヲ選定シテ看ル。

月旦私評筆有権。歳闌窮計夢難円。可歎無用閑文字。買者雖多不送銭。

月旦私評 筆 権アリ。歳闌窮計 夢 円ナリ難シ。歎ズベシ 無用ノ閑文字。買フ者多シト雖モ銭ヲ送ラズ。

前首は精神的楽しみを云ひ、後首は物質的の困難を云つた。畢竟文学わけても詩といふものは、決して職業とすべきものではない。槐南が詩名天下に高くなつても、長く小吏の職に甘んじた所以である。内閣属を拝命し伊藤博文の知遇を得た時の槐南の喜びは「七月十一日作」の七律四首に遺憾なく詠出されてゐる。「豈敢上書干貴戚。所嗟売字累厳親。」韓愈が王侯貴人に上書して自己推薦したやうな真似《まね》はしないが、厳親《おやじ》に売文生活させたことは悲しい。「睽隔天涯窮父子《おやこ》。一時双涙各沾巾」。我ゝ困窮した父子―今父は遠地に出かけてゐるが―私の仕進の報を聞いたら私と同じくうれし涙を流すだらう。絶世の才を抱きながら、微々たる官職をこれほどまで有難がらねばならなかつたかと、詩人槐南が悲惨である。四首中の句に「小技嘔心誤半生」とか「蟋蟀吟声須少歇」とかあるのは、雕虫の小技に血を吐くばかりの苦心をした。秋虫の泣くやうな吟詩は暫く止めたい、蟹行の横文字の大流行の世の中だ、との意で、その通り数月の後に『新新文詩』を廃刊した。「疏狂未悔成名早。脱略還愁速謗多。」自分は疏忽者ながら名を成すことは早かつた、これからは職事をゆるがせにして謗《そしり》を速《まね》くやうなことがあつてはならぬ。「丞相憐才不論官」、宰相がわが才を愛して下さる以上、官の高い低いは問題でない、と云つてゐるのである。

十四

明治二十一年四月、陸羯南が新聞『東京電報』を創め、七月から青厓の評林を紙上に載せ始めたことは既に述べた。『東京電報』といふのは、内閣官報局長青木貞三が退職して東京米穀取引所頭取となり『東京商業電報』といふ株式相場新聞を経営してゐたのが、時世に感ずる所があり、相場新聞を政治新聞に変更せんとし、旧部下の官報局次長高橋健三、同編輯課長陸羯南の二人に相談し、その結果、陸は退官して新聞経営に従事することに決心し、新聞を『東京電報』と改称し、その社主兼主筆となり、高橋や谷干城が応援することを約して発足したものである。然るに皆素人のこととて、未だ一年ならずして経営困難に陥り、陸や高橋は杉浦重剛に就て相談し、杉浦の斡旋で、福富孝季、千頭清臣、宮崎道正、小村寿太郎、長谷川芳之助等平生の友人同志が相集つて熟議し、資金の調達は谷干城、三浦梧楼、鳥尾得庵、浅野長勲等の有力者が之に当り同志的協同の力を以て新聞の基礎を固め、明年は憲法発布、明後年は国会開設、それに欧化主義と国粋主義の対立、条約改正問題の紛糾があり、政治的に急迫した重大な時勢であることに鑑みて、新聞を同志の政治的主張の機関として更に大いに発展せしめようとの合議が成立し、『東京電報』を『日本』と改名して再出発することになつた。社主兼主筆は陸、会計責任者は宮崎道正、編輯責任者は古島一雄に決《きま》り、国分青厓、福本日南といふ陸の法学校以来の旧友に、井上毅（当時法制局長官）の秘書国友重章が加はつて筆陣を整へ、社屋も日本橋蠣殻町から神田雉子町にあつた『団団珍聞』社の跡を買取つて移転した。かくて十分な準備の下に、新聞『日本』は明治二十二年二月十一日紀元節、帝国憲法発布の日を以て其の第一号を発刊した。時に羯南、青厓とも同じく年歯三十三であつた。

やがて羯南は其の人物、学問、文章に於て他に匹儔する者なき新聞界の第一人者となり、明治四十年九月易簀するに至るまで、其の言論を以て時事を論評し、政府に忠告し、国民を啓発すること十八年、真に所謂る一世の木鐸であつた。而して青厓は、『日本』の文苑と評林に拠り、十分に其の天分を発揮して明治の文運に特殊の貢献をしたことはこれから述べる。

『東京電報』は『日本』の前身として一年にも足らぬ短命に終つたが、羯南の政治論説は早く已に其の鋒芒を紙上に現はし、青厓の評林も亦紙上の異彩として世の注目を惹き始めてゐたのである。羯南が自分の新聞に、終始青厓の詩を登載したこと、『日本』に文苑と評林の二つの欄を設け、之を挙げて青厓に委ねたことは、単に自分の趣味とか友人に対する情誼とかいふものに因るのではなかつた。明治も已に二十年代に入つた。新聞界に於ける福地桜癡、福沢諭吉の時代は既に去つて、陸羯南、朝比奈碌堂、徳富蘇峯の時代が開けつつあつた。同時に漢詩界も、枕山、湖山、春濤の時代ではなく、槐南の率ゐる茉莉園一派が依然として詩界の主流を以て任じてはゐるが、世はいつまでも彼等軟派詩人の艶体にばかり随喜してはゐない、新時代に相応《ふさは》しい詩人の出現を望んでゐるのである。かういふ見地に立つ羯南は、青厓の力によつて詩界の革新を遂げさせたいと思つた。同時に落合直文の国文界に於ける新しい運動にも紙面を提供し、三年の後には正岡子規を「日本」に入れて、俳句の新興運動から和歌の革新まで手を伸ばさせたのである。

『花月新誌』も『新文詩』も『新新文詩』も已に無いが、当時東京の新聞――朝野、毎日、大同、江湖、東京自由、国民、東京日日の各新聞、東京新報、東京公論等、いづれも皆詩欄を設けて居り、就中『東京日日』には槐南が菊如澹人、『国民新聞』には同じく槐南が説詩軒主人の名を以て、詩の選評を行ひ、世間はこれを詩壇の中心的権威として視てゐた。この時に当り『日本』の文苑と評林の出現は、槐南一派にとつて、正に一敵国の出現と映つたに違ひない。

明治二十年の何時《いつ》頃か、どういふ目的か分らないが、青厓が八丈島、小笠原島に遊び、更に鹿児島に入り琉球に遊んで帰つたことがあるが、その時羯南がこれを見送つた詩と、それに和した青厓の詩がある。

酔倚高楼暮笛哀。長風破浪一帆開。臥竜自有三分策。雛鳳元非百里才。
敢把雄図追燕雀。難将壮志付蒿萊。胸中憤鬱知多少。総向南溟発洩来。　羯南

砕尽唾壷歌莫哀。風塵双眼与誰開。名場未減疎豪気。官海難容狷介才。
半世詩歌皆涕涙。十年身迹半蒿萊。好傾万里南溟水。一洗胸中磊塊来。　青厓

詩は率易に成つたもので傑作ではないが、二人が大志を抱きながら不遇に沈淪してゐる鬱憤が、十分に吐露されてゐて面白い。二人は年少の時から詩を能くし、詩風も骨力を以て勝り極めて相類似してゐる。かういふ豪宕の詩を以て、茉莉一派の繊細な詩に対抗しようといふのだから、両者到底相容れる筈はなかつた。

十五

評林は明治二十一年七月、岩代の磐梯山の噴火を詠じた七言長篇を始めとする。それから一年足らず

の間に長短百餘首の詩を『東京電報』に載せた。『青厓詩存』には其の大半を収録してある。今その中の目星いものに就いて少しく説明したい。その前に評林の意義に就いて青厓自ら解明した文があるから、原漢文を分り易く仮名交《まじ》りに書き改めて左に抄録する。

詩ハ志ナリ、志ヲ言フナリ。詩ハ史ナリ、事ヲ紀スナリ。詩ハ刺ナリ、世ヲ諷スルナリ。言フ者罪ナク、聞ク者戒シムルニ足ル。詩ノ世道人心ニ裨益スル所以ナリ。其ノ事ヲ悪ンデ、其ノ人ヲ悪マズ。詩ノ優柔敦厚ヲ尚《タフト》ブ所以ナリ。評林ノ宗旨此《コレ》ニ外ナラズ。

時勢ノ変遷、政事ノ得喪、人心ノ淑慝ニ於テ、大ナル者必ズ録シ、小ナル者遺サズ。後ノ史ヲ作ル者、其レ或ハ此《ココ》ニ取ル有ラン。

人物ヲ臧否スル、豈容易ナランヤ。我ノ非トスル所、人必ズシモ非トセズ。人ノ是トスル所、我必ズシモ是トセズ。百年公論固ヨリ宜シク之ヲ身後ニ期スベシ。語ニ曰フ棺ヲ蓋《オホヒ》テ論定マルト。非カ。」

語ハ坦易ヲ取リ、調ハ流暢ヲ重ンズ。意ハ剴切ヲ主トシ、断ハ公允ヲ期ス。坦易ニ非ザレバ義理暁《アキラカ》ナリ難シ。流暢ニ非ザレバ諷誦ニ便ナラズ。剴切ニ非ザレバ人ヲ警《イマシ》ムル能ハズ。公允ニ非ザレバ世ヲ服スル能ハズ。此《コレ》ヲ評林ノ体トナス。

評林一体、之ヲ詩ト謂フモ可、之ヲ詩ニ非ズト謂フモ亦可。之ヲ青厓別調ト謂フモ亦可、之ヲ青厓本色ト謂フモ亦可。人必ズシモ問ハズ、我必ズシモ答ヘズ。之ヲ忘言ニ置ク。極メテ体ヲ得トナス。」

評林ノ詩、概《オホム》ネ題ヲ標セズ、蓋シ言ヒ難キ所アルナリ。句中ノ三字ヲ摘デ題ニ換フ、亦検索ニ便スルノミ。

詩ノ足ラザル所、評以テ之ヲ補フ。詩中ノ本事典故、評ヲ待テ始テ明カ。題シテ評ト曰《イ》フト雖モ、実ハ評注ノ間ニ在リ。尚ホ未ダ尽サザル有レバ、評後更ニ詩ヲ附シ、以テ餘意ヲ闡発ス①。

つまり日日の政事、人事、天変、地異の取つて以て詩材と為すべきものあれば、直ちに取つて詩に詠じ、日日の新聞に載せたのである。『日本』紙上、約十八年間に載つた評林の詩だけでも万首に近いものがあり、平均毎日一首乃至二首作つた割合になる、驚歎すべきである。漢詩は和歌や俳句などとは違ひ、字句も多く格律も厳しく、絶句一首作るも簡単にはいかぬ。況や律詩古詩に至つては容易のことではないのである。青厓の絶人の霊腕と精力を以て、始めて之を能くし得たのである。

磐梯山噴火の詩は、詩中の三字「哭群鬼②」を取て題とした。以下之に倣ふ。戊辰戦禍の瘡痍が未だ癒えぬ東北の地に降つた天災であるが、一方上流階級が遊惰宴飲を事とするに対する天の警告であるといふ、政府の欧化主義、鹿鳴館の狂態に対する平生の憤懣が評語として添へられてゐる。「一西洋③」は眼中ただ西洋あるのみ、祖国を忘れたかの如き欧化主義者、外相として条約改正に失敗した井上の事を云ふ。「挟天子④」は君寵めでたき伊藤が、或は首相となり、或は枢府の長となり、憲法取調のため多くの属僚に法文を作らせて、一字にも苦心するかと思へば、忽ち舟を浮べ妓女を載せて風流の遊を恣にする、威福並ぶ者なき宰臣の得意ぶりを詠じた。「監陸師⑤」は昔奇兵隊の一員として奮戦した山縣が、老て不慣れな政事に服し、孜々として勤労し、碌々として無為に終つたをいふ。「新党派⑥」は後藤象二郎

①『詩董狐』発凡三十六則
②『青厓詩存』巻一、一丁裏
③『青厓詩存』巻一、二丁裏
④『青厓詩存』巻一、二丁裏
⑤『青厓詩存』巻一、三丁表
⑥『青厓詩存』巻一、三丁表

が単身東北各地に遊説し、白河以北は一山百文と嘲られ、薩長人は肩で風を切り勢威を逞しうするを説いて、民心を喚起したことを詠じた。「松爵位①」は板垣退助が伯爵を授与するとの恩命を拝辞して、郷里の茅屋に帰臥した、その傲骨を讃《たた》へた。「古大臣②」は谷干城が農相の位に在て西洋視察に赴き、帰朝して政弊を弾劾する万言の書を首相に呈して辞職したこと。谷が平生官に居て廉潔なることを称した。「尽不平③」は、鳥尾得庵居士が、武臣にして能く禅理に通じ、世の欧風に沈溺し、国俗の日に敗壊するを慨すること甚しく、天下不平の士と言へば、世は第一に将軍を挙ぐるに至つたことをいふ。「変為海④」は大垣の洪水を詠じ、磐梯の噴火を詠じた詩と並ぶ長篇力作である。「斉物我⑤」は山岡鉄舟の死を悼んだもの。鉄舟は西郷南洲を品川の陣営に訪ひ徳川慶喜の恭順の意を伝へ、戦禍を免れしめた功は海舟にも譲らない。病で逝く時座禅の姿のまま瞑目したといふ、剣と禅に徹した哲人であつた。「泣孤島⑥」は高島炭坑事件を詠じ、前の噴火、洪水の二詩と並ぶべき大作である。炭坑は長崎を距る海上七里の小島にあり、三菱の経営に係る。三千人の坑夫が奴隷の如く牛馬にも若《し》かざる虐待酷使に泣いてゐると、炭坑社員吉本某なる者、其の実況を詳しく記して雑誌『日本人』に寄せ、一たび『日本人』に載ると、都下の新聞雑誌は争つて之を伝へ、三宅雪嶺は「三千の奴隷を如何にすべき」と題した痛烈なる論文を書き、政府と三菱に痛撃を加へた。遂に天下の輿論を捲起し、警保局長の出張視察となり、問題は解決した。青厓の詩と雪嶺の文は幷せて後世に伝ふべきである。

万民斉唱太平謡。此日丹書下九霄。咫尺鳳凰城外邸。雪花和血灑春朝⑦

明治二十二年二月十一日、紀元節を以て宮中に憲法発布式を挙行せられ、此日早朝より降雪紛〻として、人〻は天が吉辰に当り下界を清めるものと語り合ひ、太平を謳歌してゐた。文相森有礼は此の朝式典に列せんとして邸を出る時、一刺客に出匁庖丁を以て腸を刺され、翌日死亡した。刺客は警衛の者により其の場に斬殺された。

寺門香火未全消。不用黄泉恨寂寥。却怪青山一抔土。供花人絶雨蕭々。」

撃筑悲歌易水波。壮図一蹶恨如何。春風今日天王寺。刺客墓前香火多⑧。

刺客は山口県萩の神官の子、西野文太郎二十五歳、内務省土木局の雇員で、懐中の「斬奸趣意書」には、森が伊勢大廟に不敬を加へたるを以て、敢て宝刀を其の首に加ふとあつた。その不敬といふのは、『伊勢新聞』に山田記者の目撃談記事が載つたのを『東京電報』が転載し、それを読んだ西野は、自ら伊勢に到り事実を探訪し、遂にこの凶行に及んだ。検屍の際、刺客は眇たる小男で、恰も笑を含むが如く、さも満足げな死顔であつたと云ふ。父母と弟妹に与へる遺書があり、私心なく身を抛つたことと幷せ世人の同情を引き、墓前に香火が絶えなかつた。之に反し森の墓には参詣者の供花も少く、生前と死後、冷熱の変化の甚しきに人〻は驚いたと云ふ。詩はこれ等の事を詠じたもの。詩と並んで『日本』紙上に、無名氏の時事狂句二首が載り、頗る世人の話題となつたと云ふ。

ゆうれいが無礼の者にしてやられ

---

①『青厓詩存』巻一、三丁裏
②『青厓詩存』巻一、三丁裏
③『青厓詩存』巻一、四丁表
④『青厓詩存』巻一、六丁裏
⑤『青厓詩存』巻一、七丁表
⑥『青厓詩存』巻一、八丁裏
⑦『青厓詩存』巻一、二十四丁表
⑧『青厓詩存』巻一、二十四丁表

廃刀者出刄庖丁を横にさし

森の殺される前、人あつて森に剣難の相ありと言ひ、森は「殺されたら幽霊になつて出る」と言つた。森の名有礼と幽霊と音が相通ずる。又森は早く明治二年に廃刀令を提唱し、一部から悪まれたことがあり、欧化主義者の最たる者として、不敬問題の外にも兎角の批評の多い人物であつた。

烽煙無影壮図休。百二山河鎖暮愁。兎尽狗烹多一轍。瓦全玉砕共千秋。功名誰以韓彭比。才略曾推伊呂寿。今日春風及枯骨。恩讎斉祭老南洲①。

烽煙影ナク壮図休《ヤ》ム。百二ノ山河 暮愁鎖《トザ》ス。兎尽狗烹 多ク一轍。瓦全玉砕 共ニ千秋。功名誰カ韓彭ヲ以テ比セン。才略曾テ推ス伊呂ノ儔。今日春風枯骨ニ及ビ、恩讎斉シク祭ル老南洲。

憲法発布と共に大赦令が出て、西郷隆盛に正三位が追贈された。九州の地に烽火の影が絶えても、乱後十年の山河はまだ愁色に鎖されてゐた。それが聖恩枯骨に及んで、敵も味方もなく共に南洲翁の霊を祭る。王佐の材としては伊尹、呂尚にも比すべく、功臣にして賊となること亦韓信、彭越に比すべきである。兎死して狗烹《に》らるるは古今一轍、流芳も遺臭も後世には無に帰するばかり。

大赦令成天地新。回頭尽是旧功臣。独憐贈位君恩渥。不及南洲以下人②。

大赦令成ツテ天地新タナリ。頭ヲ回ラセバ尽ク是レ旧功臣。独リ憐ム贈位君恩渥ク、及バズ南洲以下ノ人。

大赦が行はれて、天地清新の気を覚えるのに、同じ維新の功臣でありながら、江藤、前原、桐野、篠原、村田等、南洲以外の人に恩典が及ばなかつたのは気の毒に堪へない。

燕尾高冠不適身。只看一様服装新。鹿鳴館上彬々客。多是団珍画裏人③。

燕尾高冠 身ニ適《カナ》ハズ。只《タダ》看《ミ》ル一様服装ノ新タナルヲ。鹿鳴館上彬々ノ客。多クハ是レ団珍画裏ノ人。

鹿鳴館裏伍嘉賓。意気揚揚服飾新。献費元知奸猾策。買来勲位嚇良民④。

鹿鳴館裏　嘉賓ニ伍ス。意気揚揚　服飾新タナリ。献費元《モト》知ル奸猾ノ策。勲位ヲ買ヒ来ツテ良民ヲ嚇ス。

鹿鳴館に招待される者は、外国使臣、外人御雇教師と其の夫人令嬢。日本人は皇族、華族、政府高官と其の夫人令嬢に限られてゐた。服装は男子は燕尾服、女子は洋装もしくは白襟紋服か袿袴《うちかけ》と定められてゐた。詩は燕尾服に山高帽が身体に合はぬ男たちの滑稽至極な姿態は、その頃『団団珍聞』といふ漫画の多い雑誌があり、あの漫画中の人物にそつくりである。又その頃の所謂紳商なる者、政府に多額の献金をして勲何等、男爵を頂戴し、鹿鳴館に出入を許される身となり、燕尾服など着て意気揚揚としてゐるが、狡猾な彼等は金で勲位を買つて、平民を嚇《おど》すのが目的である。

護衛森厳道路中。由来廊廟重諸公。我聞仁者本無敵。単騎幾人朝帝宮⑤。

護衛森厳　道路ノ中。由来廊廟　諸公ヲ重ンズ。我聞ク仁者本《モト》敵ナシト。単騎幾人カ帝宮ニ朝ス。

当時政争が劇しく、大臣の護衛が厳重なのは昭代の美事ではないことを詠じた。

山河磅礴壮蜻蜓。独剔寒灯閲地経。昨夜北風吹怪雨。室蘭港上月冥々⑥。

---

① 『青厓詩存』巻一、二十五丁裏
② 『青厓詩存』巻一、二十六丁表
③ 明治二十二年三月十五日「評林」
④ 明治二十三年四月二十八日「評林」
⑤ 『青厓詩存』巻一、二十八丁表
⑥ 『青厓詩存』巻一、二十九丁裏

山河磅礴　蜻蜓ヲ壮ニス。独リ寒灯ヲ剔《キ》ツテ地経ヲ閲ス。昨夜北風怪雨ヲ吹キ、室蘭港上月冥々。

青厓は奥州の人で、北門の鎮護といふことに関心が深かつたのであらう。羯南は津軽藩弘前城下に生れた人で、少時、元藩儒古川他山の塾に居り、「風濤自鞅羯南来」の句を作り、他山から激賞され、遂に羯南の二字を取つて号としたと云ふ。この青厓の詩も羯南の句も、用意は同じものである。

聞説文章感鬼神。誰令我筆易逡巡。諷時五罹停刊厄。矯俗重生下獄人。
只道官途足風浪。従来世路尽荊榛。肺肝須記古賢句。慎勿近前丞相嗔①。

聞クナラク文章鬼神ヲ感ゼシムト。誰カ我筆ヲシテ逡巡シ易カラシム。時ヲ諷シテ五タビ罹ル停刊ノ厄。俗ヲ矯メテ重ネテ生ズ下獄ノ人。只道《イ》フ官途風浪足ルト。従来世路尽ク荊榛。肺肝須ラク記スベシ古賢ノ句。慎ミテ近前スル勿レ丞相嗔ル。

我筆拙く、文章鬼神を感ぜしむる能はず。諷時、矯俗を期して、それが反つて禍の本になり、新聞は停刊、記者は下獄。官途に風浪ありと言ふが、世路の荊棘の方がよほど険しい。杜甫が、権勢に近づくな危険だと戒しめた句がある、肝に銘しておかねばならぬ。これは二十三年八月四日の作。当時藩閥政府の『日本』に対する言論の圧迫は相当に激しいものであつた。

十六

明治二十年代の初期、日本には五大新聞なるものが存在した。『郵便報知』『朝野』『曙』『東京日日』『大阪日報』が是れで、『日本』は其の間に出現し、独特の風格を以て、忽ち五大新聞と肩を並べるに至つた。『日本』の特色と云へば、何と云つても陸羯南の社論と国分青厓の評林が其の最たるもので、これは此の二人の識見と技倆によるもので、断じて他の追随を許さざるものであつた。さうして『日本』全体として、論説を第一とし、報道は第二、それも政治と教育に重きを置き、文藝に力を入れ、経済は商況を報じ物価表を掲げる程度に止め、世俗の所謂《いはゆ》る三面記事は一切載せず、広告も低俗誇大なものは排除した。さうして全紙活字にルビを附けず、荘重な文章を以て、天下の広居に居り、天下の正位に立つといふ気概が全紙面に漲《みなぎ》つてゐたから、忽ち世の知識階級の重視する所となり、特に教養ある学生の間に歓迎愛読されたと云ふ。今日では想像出来ぬ事実であつて、当時の日本はさういふ新聞が存在した、誠に好き時代であつたのである。

羯南と青厓と、今一人原敬は、同じ陸奥国《みちのく》の出身で、同じ学窓に学び、その学窓を逐はれた時ともに相談して、将来操觚者として立つことを誓ひ合つた。以来それを履行し、一時原敬と青厓は大阪の大東日報で机を並べた。然るに原が新聞を去つて外務省に入り、陸が青森新聞を罷《や》めて太政官に仕へ、青厓も知己に報ゆる為とはいへ一時宮内省の禄を食《は》んだ。人事は誠に測り難いもので、十年の転変を経た今日、羯南と青厓とは同じ新創立の新聞に、共に筆を執るやうになつたのである。

日本新聞（標題を『日本』とし、『日本』といふのが新聞の名であつたが、一般に「日本新聞」と呼ばれ、遂にそれが本名の如くになつた）の記者として編輯を主宰した古島一雄は、東京電報以来の記者で、後年政界に入り、貴族院に勅選議員となつたが、新聞『日本』から雑誌『日本及日本人』に至るまで、終始青厓と共に之が支持に任じ、青厓との交情は死に至るまで渝《かは》らなかつた人である。その古島（号を古一念と云ふ）が長生して戦後の政界の指導者、吉田茂の指南番と云はれたことは皆人の知る所であるが、彼が晩年新聞記者に語つた話が、単行本として毎日新聞から出たことがある。その中に、新聞『日本』

①『青厓詩存』巻二、四十一丁裏

と羯南・青厓に就て語つてゐる所は、彼自身の生〻しい経験談であつて、私が単に史実として記述するより多くの真実味が有り、聞く人にも興味が深いであらう。左に抄録する。

日本新聞は羯南が発刊の辞に於て「新聞紙は政権を争ふの機関にあらず、私利を射るの商品にあらず。一旦亡失せる国民精神を回復し、且つ之を発揚せんことを以て自ら任ず」と喝破した主旨に基づき、社説は羯南のものに限り、他は論説として、社論と一家言との別を明かにし、論説は雪嶺以下なるべく署名せしめたものだ。記事は全部振仮名抜きの漢文口調だから、一般向きではないが、雄健なる文章と、溢れる熱情とは青年の血を沸かし、当時神田の下宿屋では、この新聞を購読することを誇りとしてゐた。

当時羯南は原稿を書くのに毛筆を用ゐてゐたが、急ぐ時には書くそばから一枚づつ植字場に渡し、最後に通読したこともあつた。しかしそれが印刷になつたのを見ると、堂々たる達意の文章で、正に笏《しやく》を執《と》つて廟堂に立つの概があつた。

国分青厓が正岡子規の俳句及び和歌に与へた功績の大なることは言ふまでもないが、青厓の漢詩界に遺《のこ》した足跡も大したものだ。

羯南は青厓を迎へて文苑を担当させ、更に評林の一欄を設け、漢詩を以て時事を諷刺せしめたが、それが忽ち評判になつた。時代も時代だが、日本新聞の読者には、特にさういふ趣味の人が多かつた。これは羯南の着限も好かつたが、青厓といふ適材を得たことが大成功だつた。

ここまでの古島氏の話は大体今まで私の述べた所の証拠になるやうなもので、これから引続き彼が語る二三の秘話は、実に明治漢詩史上の画期的な出来事であつたのである。それを今ここに抄録して、それから更にそれを敷演して説くこととしたい。古島は曰ふ、忘れもしないのは青厓が日光に遊んで、華厳の滝を詠《よ》んだ七古長篇だ。その構想の雄大にして格調の整然たる、しかも字句の豪壮瑰奇《くわいき》にして、変幻出没の妙を極めたる、真に神気を戦《をのゝ》かしめたものだ。これを見た、時の枢密顧問官副島《そへじま》蒼海伯は、直ちにその和韻を寄稿した。これがまた豪宕《がうたう》雄渾、その骨力といひ、風格といひ、廟堂にこの人あるかと驚かしめた。これに感じた青厓は、更にその蘊蓄を傾けて韻を畳《たた》めば、蒼海伯もまた好敵ござんなれと次韻を呵成する。三篇、四篇、いよ出《いで》ていよいよ奇、苟《いやし》くも詩人にしてこれに和せざれば詩人に非ずとの感を抱かしめ、日本新聞の漢詩欄は、忽ち天下を風靡し、青厓の詩名は一躍当時の吟社を圧倒したものだ。

青厓は、一方ではかうした本格の詩で、詩名を天下に轟《とどろ》かすと共に、一方には毎日、評林欄に於て時事を諷刺した。それが大は天下国家の大問題より、小は市井の雑事にまで及ぶのだから、まづ平易な文字を用ゐなければならぬ、従つて浅俗のそしりは免れないが、しかし直ちに人心にアッピールする。殊に漢詩には、人心を鼓舞作興する上に特有の力があるから、僕は盛んにこれを誘ひすゝめて、宣伝に利用し、青厓も亦興味をもつてこの事に当つたものだ。

僕は〝これこそ明治の詩史だ〟と称して、「詩董狐」と題する小冊子を出版させ、青厓はますます乗《の》気《き》になつたまではいいが、肝腎の本職たる文苑は一切自分の創作を発表しないばかりか、投吟の募集さへしなくなつた。

時の政府は発行停止が武器で、記者も罰せられた。日本新聞はよく発行停止を食つたものだ。後で調べてみると二十三回もやられてゐる。一首の七言絶句で発行停止を食つたことさへあつた。

編輯責任者の立場に居て、実地に青厓の評林詩を見、之を取扱つた古島の言は的確にして信ずべきものがある。評林が「忽ち評判になつた」といふこと。「時代も時代だがさういふ趣味の人が多かつた」といふこと。「羯南の着眼も好く青厓といふ適材を得た」といふこと。「直ちに人心にアッピールした」「明治の詩史だ」といふこと。これだけのことを言ひ遺し、歴史の証人になつてくれたことを古島に感謝しなければならぬ。ついでだから蛇足を加へたい、後学の私が『青厓詩存』に序して、評林の事に就き述べた一節である。

羯南東京電報ヲ経営シ、数《シバシバ》先生ノ詩ヲ採リ、之ヲ報端ニ刊ス。凡ソ時事ヲ諷刺スルモノ、称シテ評林ト曰《イ》フ。既ニシテ羯南日本新聞ヲ創始シ、先生ニ請ウテ文苑ヲ主持シ、別ニ評林一目ヲ設ク。乃《スナハ》チ上ハ社稷ノ大事ヨリ、下ハ閭閻ノ瑣屑ニ至ルマデ、一一之ヲ詩ニ託ス。時ヲ警シ俗ヲ箴シ、略《ホボ》虚日ナシ。而シテ人物月旦ニ於テ、尤モ力ヲ致ス。所謂情ハ風霜ノ若《ゴト》ク、義ハ金石ヲ貫クモノナリ。毎篇一タビ出デ、人争ヒ伝誦ス。竟《ツヒ》ニ当路ノ嫌忌スル所トナリ、屢《シバシバ》停刊ノ厄ニ遭《ア》フ。而シテ先生権勢ヲ避ケズ、苟合ヲ求メズ、益〻《マスマス》諍言シテ諱《イ》ムナシ。是《コヽ》ニ於テ評林子ノ名、遂ニ一世ニ噪《サワガ》シ。（原漢文）

新聞『日本』の編輯室は、真中《まんなか》に大きな角火鉢が置かれ、記者は皆これを囲《かこ》んで、断えず訪ね来る客も加はり、持ち寄つた情報や意見を述べて、天下国家を論じ合つた。本《もと》より同志的の結合だから、誰憚かることも無く、その間から生れ出た論説であり、評林の詩であつたわけである。古島の言ふ如く、羯南の雄健荘重な文章も、すらすらと出来上り、すぐ活字に現はれたといはれ、三宅雪嶺はまた古島が「一字一句苦心の結晶」と言つた名工の技で、非常な遅筆であつたが、国友重章の論説は亦非常な達筆で、後に朝鮮に創立された『漢城新報』に主筆となつた時は、漢文の論説を自在に書いて、清、韓人を驚かしたと云ふことである。福本日南は「経世的文字よりは、その鋭き史眼と叙事の妙によつて読者を喜ばせた」と古島は言つてゐる。さうして青厓は、格律厳重な律詩でも筆を落せば立地《たちどころ》に成るといふ神技を以て、其の日の出来事を其の日の中に詩にした。到底他所《よそ》では見ることも想像することも出来ない新聞『日本』の卓絶した筆陣であつた。

話がやゝ岐路に入つたが本筋に戻つて、青厓と蒼海伯、文苑と評林に関する軼事秘話を説明しなければならない。それには青厓と槐南の交渉の初めから説き起すべきであるが、実はこの二人は何時《いつ》どうして会つたのかも分らない。既に述べた如く青厓先生は昔の詩界詩人のことを口にしなかつたし、私も強ひて聞くことを遠慮したが、先生の詩を編纂するに当り、国会図書館に通うて新聞『日本』を閲覧し、「文苑」と「評林」を追究していく中に、次のやうなものを発見した。

一つは明治二十二年四月某日の「文苑」で、桂湖村の七言短古一篇に、槐南、寧斎の批評と、後に青厓の批評が附してある。槐南の評は評にならず、顧みて他をいふもので、青厓は、当世の詩風を厳しく批判して、蹇渋にして声調に乏しく、諷誦に堪へるもの十に一つも無い、と言ひ、更に「余は湖村の詩を好む、尤も此の詩を愛誦す、其の流俗に超越するを以てなり。槐南冷冷《れいれい》看過す、故に特に表して之を出す。」と言つてゐる。湖村は詩に於て頗る青厓と傾向を同じくする者で、槐南はその詩を好まないから、いゝ加減な評をしたのに対し、青厓は露骨に槐南にあたつたわけである。

一つは明治二十三年四月一日の「文苑」で、矢土錦山の「太白山房歌」七言三十四句の長篇が載つてゐる。それによると、錦山は槐南を介して青厓を知り、三人鼎坐し、酒を置て談論したことがあり、三人は『三国志』の桃園の三士の如く、名が大都に伝はつたと言ひ、青厓の事を叙して、天は仙台の地、大白山下に一才賢を生んだ。年少郷を辞し、慷慨国を憂へ、嘗て南溟万里の無人島を探り、安政年間、松本実甫の南島探険と異世同心である。男児三十猶ほ青衫の書生で、諷刺の詩（評林）は議論偏《かたよ》らず、詩中の董狐、詩胆斗の如く、筆、椽《てん》の如し、と称揚してゐる。錦山は名は勝之、伊勢の人、嘉永四年に生れ、青厓より六歳年長で、漢学詩文の造詣深く、槐南と共に伊藤博文の知遇を得て、長くその右筆を勤めた。伊藤の死後、郷に帰り国会議員に選出されたこともある人である。

『槐南集』には、明治二十三年の四月三日田辺碧堂、国分青厓と星岡茶寮に飲み席上で作つたといふ詩が一首[1]。四月五日本田種竹、青厓、碧堂と再び星岡茶寮に飲む、といふ詩が一首[2]ある。それまでに、槐南と青厓と接触又は応酬したという詩は一首も無い。ところが、二十三年の夏（月日は不詳）巖谷古梅、錦山、青厓と槐南自身、四人で日光に遊んだといふ「晃山紀遊一百韻[3]」と題する五言の長篇があり、其の中に「晩陪午橋醼。杯饌羅侯鯖。狂懐始一放。同載皆俊英。礼略官崇卑。」の数句が見える。さうして槐南は晃山に遊ぶこと三日で東京に還り「看山不看瀑。搔首起浩歎。」と、華厳の瀑布を見なかつたことを残念がつてゐるが、青厓は尚ほ晃山に留り、華厳瀑を見て七言長古一篇を作り、還つて之を九月九日の『日本』紙上「文苑」に発表したのである。それが古島の力説してゐる通り、副島蒼海伯の感歎し和韻する所となり、詩界の大評判となつたのである。

華厳瀑の詩を説く前に、槐南のいふ「午橋醼」の事を語つて置かなければならない。これは丁度その頃日光の別荘に避暑に来てゐた三条実美公が、槐南等四人を招待した（或は云ふ、公は槐南に命じて特に青厓を案内せしめたのであると）。この時の事は青厓先生も時ゝ人に語られたやうで、私も聞いたがその話では、客は四人の外に公の右筆久保檜谷が居た、四人が座に入ると公は「これへ」と言つて、先づ青厓を上席に坐せしめ、あとは巖谷古梅、錦山、槐南といふ順位で、席定まるや、誰よりも先に青厓に盃を賜ふという応接ぶりであつた。公にして見れば、青厓は此の日生面の賓客であり、巖谷（内閣大書記官）や錦山、槐南（枢密院属）等は、曾て太政官の下僚で、常に門下に伺候する家来のやうな者である。その中でも年歯の最も少《わか》い槐南が末席に置かれたわけである。公の考へも分らないことではない。然るに槐南は布衣の青厓、競争相手の青厓が上席に居るのを見、自分の末席を深く恥《はじ》とし、爾来青厓に対する競争意識が一層甚しくなつたやうである。

明治の元勲功臣に詩を善くした者の多いことは人の皆知る所であるが、中でも副島蒼海伯の詩に至つては絶特のもので、その気魄の大きく、その風神の遠き、何人の追随をも許さない。さうして伯は「詩は漢魏」といふのが持論だから、宋詩とか清詩とか云つて、時流を追うてゐる軽薄な世の詩人たちは全く眼中に無かつた。

ところが、九月九日『日本』紙上で「風雨観華厳瀑歌」といふ青厓の詩を読んだ伯は、その全く時流に超越した雄渾な詩風に感服し、七言を以て四十句に及ぶ長篇の原作に対し、即日、次韻の一篇を作り上げ、未見の詩人である国分青厓に宛てゝ送つた。詩を受取つた青厓は、直ちに之を槐南に示して批評を書かせ、自分も長い批評を書き、早くも十四日の新聞第一頁の「文苑」に掲載した。青厓は華厳瀑の詩が出来た時も、之を同じく日光に遊んだ古梅、錦山、槐南の三人に見せて批評を求め、并せて新聞に載せたのである。青厓の原作も立派な出来栄であるが、一見して即坐に次韻し、而も措辞の穏、落想の奇を極めた蒼海の老手も驚くべきである。槐南の評語に、「青厓と共に詩を観て、瞠然たるもの之を久しうす」と言つてゐるのである。

詩そのものを掲げないで説明だけしても、聞く人は捕風捉影の歎があるであらうが、七言四十句の詩

① 『槐南集』巻十二、六丁裏
② 『槐南集』巻十二、七丁表
③ 『槐南集』巻十二、十三丁裏

は長く、多く紙幅を費すし、活字に無い字も多く、残念ながらこゝに掲げることが出来ない。蒼海の詩の要点だけ取つて訳すれば下の如くである。「余は嘗て西遊して廬山に至り、千年の昔李白が「飛流直下三千尺」と詠じた廬山の瀑布を見たことがあるが、李白の詞鋒の雄大さは、かの瀑布の気勢に似たものがある。後人は一向に李白のやうな気象を発揮し得ないが、青厓居士は胡為《なにする》者であるか、李白と英風を争はんとするではないか。今その華厳瀑布歌といふものを読んで文情陸離たるに驚いた。……我は老て時に小詩を試みるだけで、諸君に対し何等奇工の誇るべきものもない。青年の時は長虹を掃ふの意気があつた、獅を駆り牛を掣するの熱血もあつた。然し今は君の詩句に驚いて心胆がをののいてゐる。君にお尋ねするが、天下に君のやうな、文中の虎、人中の竜に譬ふべき者、能く幾人を数へ得るであらうか。」

　これに対する青厓の評語は相当に長いが、その末に次の語があるのは頗る注目に値する。

吾観二近世人之詩一。非レ不レ佳。非レ不レ工。只飣餖糟粕。絶無二生気一也。公此篇。一気斡旋。神完魄足。使二彼排青比白。詹々自喜者一。却走三十里矣。可レ称二快絶一。

近人の詩は下手ではないが、綺麗で生気がない。蒼海公の此の気力溢るゝ詩を読んだら、驚いて逃げ出すだらう。痛快だ。

　これは青厓の本心から出た言葉である。茉莉園一派の者は之を何と聞いたであらうか。

　次韻の詩を青厓に送つた蒼海は、間もなく馬車を駆つて、小石川春日町に青厓の居を訪ねた。不案内のまゝ行つて見ると、馬車も入らぬ陋巷で、はるか手前で下車して歩いた。突然の賓客に青厓は驚いたが、来意に感激し、一見旧の如く、歓談して別れたと云ふ。

十七

青厓の華厳観瀑の詩が九月九日の新聞『日本』に発表され、蒼海の和韻の作が十四日同紙紙上に発表され、これで詩の一唱和は終つたのである。然るに其後間もなく蒼海は二たび同じ韻を用ゐて詩を作り青厓に寄せた。青厓は之に答へねばならず、二たび原韻を用ゐて、詩を作つた。それからといふもの、蒼海と青厓、それに槐南、錦山、古梅、寧斎、雲外、六石等、当時有数の詩人が加はつて一大唱和の合奏が演じられ、延々五十餘日に亙つて、天下の詩人、読者の視聴をこの一点に集めた。さうして古島一雄の云ふ如く、新聞『日本』の文苑は忽ち天下を風靡し、青厓の詩名は一時に重くなつた。爾来、槐南と青厓は明治中期漢詩壇の双柱として並び、蒼海は其の大きな背景となつたのである。これは明治漢詩史上看過することの出来ぬ一事実であるから、私は煩を厭はず其の詳細の経過をこゝに述べて置きたいと思ふ。

　同じ韻を何度も用《つか》つて詩を作るのは畳韻と云つて、昔から詩人の間に行はれた。豊かな詩思と詞藻を、存分に駆使し発揮して、己の技倆を誇らうといふ、半ば文字の遊戯に類する。蒼海は二度目の詩にどんなことを云つてゐるか、長いからその骨子だけ挙げて説くこととする。「秋風の浩蕩たるに対して我が懐を開き、吟興たちまち至つて吟肩を聳やかす、誰が我輩をしてこのやうにさせるのか、青厓居士である。居士は文騒に雄なる者、久しく朝市に在て山水に接しなかつたのが、この度二荒の峰を攀ぢて、人界を渺々たる煙霧の外に隔て、玉女のさゝふる青松の蓋、蛟竜の棲む清潭、明媚なる風日、脚下に懸瀑の音淙々と響き、北斗低迷し、九霞囲繞し、遠くかの廬山の勝を尋ねるに及ばない。青天白日の下に立ち、上下四方に無窮の思を馳せ、君が文心益〻壮《さかん》に万丈の虹を吐く。屈平、宋玉の詞賦の工も何か有らん、新秋霜露の生ずる時節、予も君に従つて山に遊びたいが、吾《わが》才の陸士竜に非ざるを愧づる。」これに対《こた》へて青厓は云ふ、「吾は昔層空を凌いで富嶽に登り、麓には崇巒複嶺が児孫の如く羅列するのを見、絶頂に立つて衣を振ひ、天下を小とするの概があつた。この時我詩胆の大なる、誰が我と雄を争ふことが出来よう、更に銀槎に乗じて月宮に溯りたいと思つたほどである。それが近年二豎に祟《たた》られて病に臥し、床上の剣は塵を蒙つた、憐れな我姿である。偶《たまた》ま晃山に来つて華厳の瀑声を聴き、山中六月の晴雪を浴び、宿痾は一洗され豪気勃々となつた。その上瓊玉の詩篇を贈られて、耳に天鼓の音を聴く思ひがする。愧づる所は我才の短くして、之が音を嗣ぐ能はざることである、黄鐘大呂の音など思ひもよらない。たゞ雕絵を用ゐず、率直に我胸臆を抒《の》べて公の詩に答へよう。公の詩は神工に出で、光彩陸離、鬼神を驚かすものである。かの翠を刻み紅を剪《き》るやうな小手先の細工を弄する者と同日の談ではない、吾は嗟歎し瞠目するばかりである。このやうなことを言へば誰しも胸を震はせて畏れるであらう。我は公に従つて更に五千巻を読みたい、徒らに屠竜の技を学んだことを悔ゆる。」

蒼海の詩に対し、槐南は「天に蟠り地を極む、之を読んで五体地に投ず」と激賞し、青厓は「金銀銅鉄を一炉に熔解して其の雑を覚えず、酸鹹甘辛を一鼎に調理して愈《いよいよ》其の和を覚ゆるもの、此等《これら》の鉅作は今日老伯を措《お》いて他に作り得る者が無い。世の鬚眉男子にして、脂粉を塗抹し喜んで女郎の詩を作る者、之を読んで能く愧死することなきか。」と云つてゐる。青厓の詩に対しては、槐南は「富嶽に登つて詩を作つた、これは平生青厓が大得意の事で、こゝで又これに言及し、登嶽を観瀑の陪客としてゐる。後段に老伯の詩を賛へてゐる所は一々適切だ。」と言つてゐる。当時、蒼海老伯が如何に偉大な存在として二人の目に映じたか、維新の元勲、天皇の師傅、廟堂の大臣、官は外務卿、参議、元老院議官を経て、枢密院顧問官である。それに槐南は枢密院の一属官、青厓は布衣の一新聞記者に過ぎない。年歯もこの時老伯は六十三、青厓は三十四、槐南は僅に二十八である。全く親子ほどの差がある。だから伯の詩に対しても、餘人の詩に対するやうに、頭から某曰くとせず、評言の後に某拝識とか某妄批といふやうに書いてゐる。ただ蒼海は識見高く度量の大きな人であるから、若い二人の才を愛し、之を策励して大成せしめたいと思つてゐるのである。二人は蒼海の詩を借りて、互に忌憚ないことを言ひ合つてゐる、読者の明察を要する所である。

右の唱和は九月二十九日と十月二日の紙上に載つた。それから僅か数日、三度目の和韻を蒼海から青厓に寄せて来た。畳韻唱和は同じ韻字を用ひ乍ら、語、意とも毎々之を新しくしなければならない、同じことを言ふのは禁物である。蒼海の詩の大意「騒客の吟詠は架空の楼閣を築くやうなものである。先づ腹中にその構造が出来ねばならぬ。千年の昔楚の大夫が俑を作つた、百怪を鞭つて鬼雄となり、深思は九淵に入り逸思は九穹に上つた。青厓は之に次で起る者、二荒山麓を走り廻ること七日、将軍の白骨は今何《いづ》くに在る、区々たる覇王の宮、富貴は浮雲の如く顧るに足らぬ。上層の峰〻には石楠花が開き、曽て斧斤を知らぬ古松は高嶺に秀でゝゐる。山霊と問答し大いに文気を養つて来た青厓は、同時に又英雄の気を離れぬ者だ。今の世界は邦国互ひに幷呑し雄長を競ふ、神州の男子戦伐を忘れてはならぬ。青厓は山に在るべき者ではない、満腔の熱血、気を吐くこと長虹の如くなるべし、吾《わが》歌は叩けど飛ばざる土竜の如し。」と、故事熟語を縦横に駆使して述べてある。青厓も受けて起たねばならぬ、三度目の応酬に出た。たゞ尋常の応酬ではなく、半分は胸に蟠《わだかま》る平生の持論を吐露したもので、時流に対する一種の挑戦のやうなものである。大意は「今日の詩道は下り坂に在る、途は荊棘に塞がれ雲霧が暗い。鬚眉男子が艶治の態を学び、繊細な字句を並べて喜んでゐる、そのやうな輩の蛙鳴蟬噪には堪へられぬ、吾は聾を装うて聴かない。桃李の顔は栄えたと見る間に凋む、澗底の松の鬱々たるに若かない。予は蒼海公と共に去つて二荒山麓に遊び、絶壁に立つて瀑布を俯瞰し、山神木客と相語り、洞鹿林猿と追逐し、深夜将軍廟に歴代将軍の霊を弔つた。公は廟宇の雕絵が山林を汚す、山霊も人工に眩惑されるかと一喝された。四山に鐘鼓の音が響き幽寂が破られると共に、一夢忽ち醒めて万象は泡の如く消えた。」蒼海のいふ詩人架空の辞、英雄人を欺くものがある。

之に対する槐南の評「浮艶を削去し、駢麗を屏《しりぞ》けるは青厓の持論、蛙鳴蟬噪に伴《いつは》つて聾を病むといふは青厓の身分。其の高く自ら位置し、李杜数仞の牆も睥睨して憚らぬこと、畏るべきものである。与レ公去遊二荒麓から以下、馳思杳冥、縦筆寥廓、読者をして真に其の事あるかと疑はしむる、巧に鬼を瞞し神を嗛《すか》すのみならず、空中楼閣を架して列仙の玩ぶに供へたるもの、吾《わが》筆の孱弱を愧づる。」同時に蒼海の詩に対しては「何等の大本領、沈帰愚は杜少陵の詩を評して、之を心に得て之を手に応ず、化工ありて人力なしと云つたが、此の詩が其の通り」と感歎してゐる。槐南の目から観ると、蒼海と青厓と、其の詩風が極めて類似し、豪宕にして矯健、才情を以て勝り、骨力を以て勝り、辞気厲しく人の肺腑を刺すものがある。春濤以来の艶体の詩、流麗宛転、媚嫵の語人耳に入り易きものとは到底相容れない。青厓は既に之を公言し、槐南も之を認めてゐる。今までは自分たちの詩が天下を風靡して来たが、料らずもこゝに大敵が現れた、と槐南は考へたに違ひない。虚々実々の批評の中にもこの気持は隠して居ない。右の蒼海の詩は十月五日、青厓の詩は六日、皆槐南の評を附して『日本』紙上に載つた。その少し前に青厓は蒼海から二度も和韻を受取り、二人だけで唱和してゐるので、これを更に拡大して、槐南、錦山、古梅にも和を索めて、此の一段の韻事を盛んにしたいと考へ、之を三人に謀つたらしく、果して十月七日の『日本』紙上には「贈青厓居士用其華厳瀑詩原韻」といふ槐南の詩が載つた。

詩には序が附してあり、「青厓の風雨観瀑歌は藝林に伝誦せられ、副島先輩は一再之に和し、青厓も畳韻する毎に之を森子に示し、且つ云ふには、予は嘗て芙嶽の高きを凌ぎ南溟の険しきを渉つた、近ごろ居を春日山荘に卜したが、こゝには髑髏池とか天狗巖とか種々の勝景があり、其間に吟嘯自如してゐる。君も予が為に一詩を試みてくれよと。そこで森子は欣然として筆を執り、疾書して此の一篇を成した。」と言つてゐる。詩の大意は「天下の名山を看尽して胸中に五嶽を蔵し、それを詠出して長句となす、意気の雄なる、能く青厓に及ぶ者は無い。神光突々初日の谷を出づるが如く、元精耿々星の空に輝くが如し。鬚髯張り風骨聳え、嘗て芙峰の絶頂に登り、蒼茫として青天に独立し、出日入月、昼夜の分るゝを見、神仙幽怪の窟宅を窺ひ、大いに陰陽変化の理を悟り、帰来詩を作つて風雨雷電の威を帯び、人〻を驚倒させた。今は髑髏池、天狗巖など、小児は名を聞いただけで震へるやうな所に住み、昨日は巨鯨の泳ぎ潮の逆巻く荒海に船出し、颶母に攻め立てられ帆は裂けても檣楼に吟じて動かず。大丈夫は窮途に処することもあるが、山海を詩料として気宇は大きく、観瀑の一篇を善くした位で誇りとはしてゐない。華厳百丈の瀑は予はまだ見ないので、冥捜して句を作つてみたが、思はしくない。寧ろ君が得意の事を賦した方がよいと思ひ、登嶽の事を叙べて此の硬語を綴り、児曹が驚くも顧みず、風に臨んで一たび浩唱した。君が為め無睛の竜に点破したことにならないか。」之を評して錦山は「此の篇、青厓の原作と一一学人の和韻に対して一筆も相犯すなく、以て重複を避けたるは良工苦心の所」と言つてゐる、適評である。青厓は「神光、元精の二句は青厓の当る所ではない、移して槐南の此の詩を評したら宜しからう。」と言ひ、更に「槐南は幼時香匳体を喜び、中年発憤して大いに前轍を改めた、漢魏六朝に出入し、唐宋元明を上下し、諸体善くせざるなく、蔚然として大家と為る。然るに先入主となるものあり、昧者は猶ほ目するに綺語の冬郎を以てす、吾は槐南の為に之を悲しみ一言せざるを得ず、若し予が言を真ならずと言ふ者あらば、請ふ此の篇を把つて反覆朗誦せよ。」と言つてゐる。青厓は詩の中にも評の間にも、数〻《しばしば》春門一派によつて醸成された当時の詩風を排撃してゐる。さうしてこゝでは槐南は発憤して前轍を改め、面目を一新したとしてゐるが、少し言ひ過ぎの感がある。槐南も幼少にして詩を作り、今に十四五年、絢爛から平澹に入るは自然であり、聡明なる彼が其の少作を悔ゐ、縁情の作は漸次之を刪汰しつゝあつたことは事実のやうだ。然しかくまで露骨な青厓の批評は槐南に於て苦ゝしく思はれたに違ひない。その辺の消息は私は四五十年前多少伝聞する所があつた。

右の詩の出た翌日十月八日には、槐南のみならず古梅、錦山にも和を索める意味の青厓の詩が『日本』紙上に載つた。「槐南の僊筆、錦山の文気、古梅の翰墨、各ゝ虎視竜驤して互に雄を争つてゐるが、一藝の長なき青厓は徒らに盤空の硬語を吐くのみである。曩者四人相携へて晃山に遊んだ。二荒の林麓は雲嵐濛々として昼も暗く、翌暁予は槐南を促して金碧煌々たる将軍の閟宮に謁し、雪を噴き林壑を震はす飛瀑も見た。帰つて午橋の宴に赴き、盤上に八珍、巨觥に美酒、節を拍つて高吟した。席上又詩を作り、杜城韓壘相撃つたが、三人は戦勝つて驕るの色あり、皆青厓の才力窮すと言つて笑つた。青厓は応酬の筆に嫺《なら》はず、君曹《きみたち》が詩句の工を誇るに任せた。予は独り華厳瀑を観て、刻意して之を形容しようと、夜深まで灯火に向つて眠らなかつた。雲竜の如しといはれた韓愈と孟郊の唱和は千古に伝はるが、さて我ゝは誰が雲たり、誰が竜たることであらうか。」此の詩は「戯似槐南兼柬古梅錦山二先輩索和三畳韻」と題し、戯れに槐南に似《しめ》す、としてゐる所が注意に値する。詩中にも「三人戦勝有驕色。皆笑青厓才力窮。青厓不嫺応酬筆。且使君曹誇句工。」とある、当日筆戦の模様が想像される、時に古梅は五十七で最年長である、次の錦山は四十である。錦山は明治の初め東京に出て古梅の門に学び、その推薦により伊藤博文に用ゐられたのである。槐南も同じく古梅が伊藤に推薦したのである。二人は古梅を大先輩とし師として尊敬する理由があるが、青厓にはそんなものは何も無い。たゞ詩壇の先輩といふだけである。梅、錦、槐三人が一致して青厓が孤立する、当然の所である。それを青厓は露骨に詩に表はしてゐる。従つて年長の二人を踰えて上座に据えられたことは痛快であつたらう。

右の詩槐南は評して云ふ「晃山の勝は大来（槐南の字）已に百韻を賦して之を紀した。今また此篇を得、之を千古に伝へて愧づるなし。此韻には大来は一たび和した、正に且使君曹誇句工である。大来は戒むる所を知る、敢て多く贅せず」。何となく奥歯に物のはさまつた言方《いひかた》である。錦山は「原作風雨観瀑歌、蒼海枢密一見して激賞し、三たび其韻を畳む、栄亦た多し」と云ひ、こゝに珍しく野口寧斎が批評の嘴を容れてゐる。「縦横奔放、語に諧謔を帯ぶるは袁随園に似、奇字を捜索するは趙甌北に似たり、要するに青厓の本領に非ず。其の隠然自負し、掀髯微笑するの状、躍々として前に在り、巻を覆うて之を読むも、吾は猶ほ其の青厓の詩たるを知る。」と。寧斎は槐南を視ること師の如く、夙に清詩を奉ずる者である。青厓とは肌が合はない。

それから僅か二日、十月十日の紙上には四畳韻の蒼海の詩が載つた。而も四韻を増加（原作二十一韻）してゐる、多々益〻弁ずといふわけであらう。詩の概略は「俊鶻の層空を凌ぎ、百禽を侮る気象の盛んなる、其の雄健なる羽翼を持つからである。吾は曾て森子と枢府の中に相語つた、子は青厓を称して其の詩は李空同の如く、世間に俊才は多いが青厓に比肩する者は無いと云ふ。我は曩《さき》に彼の韻に和すること三たび、詰崛贅牙の詩を作つた。青厓は游歴を好み、富士、二荒など霊秀の鍾《あつま》る所を詩に賦したが、余も前年禹の九州に遊び、大江の波浪洶々たる、七沢雲夢の洞庭に連れる、赤壁の往事空しく、六朝の遺跡の花草に埋もれたる、立馬呉山第一峰と詠《うた》つた完顔の気宇を想ひ、西湖の岳飛の祠、浙江の胥濤、杭州の城郭も見た。髪匪の乱後、城郭朝暮の鐘鼓も聞かれず、物換り星移り、千秋の感慨は訴へるべき所も無かつた。鬢髪蒼々として我も老いたが、今猶ほ風塵に奔走し、詞藻の工を念ふ暇もない。満目一是なく、中心微紅あるのみ。聊か俚拙の句を以て瓊琚の贈に報い、森子に謝する、我は屠竜の技を学ぶ者ではない。」この詩の題は「四用青厓華厳瀑布歌更増加数韻以為寄」とあり、詩は青厓・槐南両人に示す意味が詠じられてゐる。槐南の評がある「此篇始めて成るや、老伯は特に書柬を以て寄示せらる、この日予偶ま老伯を越前堀の邸に訪問し、清談半日、多くの益を受け、一詩を賦す、詩に云（略）翌日公は之に次韻し寄せらる、曰く（略）」、さうして老伯の書柬が掲げられてゐる。書柬は「両君子無恙、是賀、」に始まる漢文である、以下を仮名交りに改めると次の如くである。「抑〻《そもそも》僕は詩を知る者に非ざるなり、詩を知らずして詩を作る、是れ大方の笑はんとする所、而して両君子亦予の為に之を恥ぢず。近来日本新聞毎々詩を録す、余をして一誦三歎して懐に忘れざらしむる者、国分青厓の詩なり。国分青厓の為人《ひととなり》、余は之を森子に聞けり。夫れ人嗟歎すれば、則ち言を永くし高歌す、勢の已むべからざるなり。僕今又一篇を贈る、両君子之を教へて可なり。十月三日種臣再拝。」

詩を二人に寄する意を、一書にして二人に宛てたのである。右に続いて蒼海の詩に対する青厓の評が出てゐる、「此等の文字、当今絶無僅有のもの、他人三日苦思するも一句をも着け得ず。老伯は咄嗟に篇を成す、何ぞ筆勢の壮なる。昨、寧斎を訪ひ、談老伯の詩に及ぶ。寧斎曰く、老伯は佐命の元勲、足跡禹域に遍ねく、君が輩登嶽遊晃、漫りに壮観を誇る者と同じからず。其の詩に大小洪繊の別ある、怪しむに足らざるなりと。余曰く、然らず、天稟の限る所、何ぞ身分閲歴に関せんと。寧斎点頭善と称す。」

翌十月十一日、同じく文苑に、高雲外といふ人の「和青厓居士華厳瀑歌次韻」の詩が載つた。考へてみれば、この一月餘り、新聞『日本』文苑に於て、殆ど毎日のやうに、青厓、蒼海の唱和、槐南、錦山、古梅等の批評ばかり目にして来た読者には、已に飽きた者、益〻興を覚える者、唯《たゞ》〻驚き呆れる者、様〻であらうが、中には技癢に堪へず、おれも一つ仲間になつてやらう、といふ人も現はれるであらう。たゞ相手が蒼海青厓では、餘程の自信が無ければ手が出せない。こゝに現はれた高雲外とは如何なる人か、これまで『日本』紙上にも適《たま》に其の詩を見ることがあり、相当の力量あることは確かだが、詩人仲間には入らなかつた人らしい。和韻の作は頗る観るに足るものだが、長くなるのでこゝには略するが、当時文章家として知られた亀谷省軒の短評が附してあるのも面白い。次に槐南が之を評して「青厓観瀑歌一たび出で、蒼海老伯其の韻に畳和すること再三、読者驚心駭目、終に一人の能く其音を嗣で作る者なし。雲外先生の此篇、戛々独造、別に生面を開く」云云と言ひ、大来拝識として居り、相当敬意を払つたことが分る。青厓は「雲外先生、博聞強記、学漢洋に渉り、最も古文を善くす。而して其詩能く景物を模し、人情を写し、委曲詳尽せざるなし、方今文壇に一機軸を出せり。此篇遒勁挺抜、尤も其の筆力を見る」云云と称揚してゐるのである。

翌十二日には、矢土錦山の「答青厓索和」といふ和韻の詩が載つた。其の大意に云ふ「青厓の詩胆は天地とともに大きい。其の華厳瀑が一たび新聞に印せられてから、詩名は大都に喧しくなつた。青厓は世に不遇で、環堵蕭然たる中に居るが、高世の風があり、蒼海枢密は之を朝に薦めんとせられるから、いづれ褐を釈いて朱紫を帯び、佩玉珊々として登朝する日が来るであらう。然し彼は硬骨で人と合はないから、棟梁の松も往々樵斧に伐たれる如く、聰明が却つて累をなすかも知れない。結局青厓が官海に投ずることは危険であらう。天が大丈夫を生ずるのは、国家に有用だからである。東洋は強虜の久しく覬覦する所、今や漸く多事ならんとする。此の時枢密の如き人が居られるのである。文章経国は青厓平生の志で、文字を並べ織工を争ふは其の為さざる所である。……河津に桃花の浪起らんとする、風雲に一躍して、魚は竜に化するであらう。」随分意匠を凝らしたものであるが、中間の一段は最も俗悪、高世の人に似合はざること甚しい。槐南の評に云ふ「唱和の諸作、篇を連ね牘を累《かさ》ね、世人の駭き怪しむをも顧みず、皆経営惨澹して新異を立てんとしてゐる。吾輩の如きも局中自ら迷うて其の非を覚らない。錦山の此の作は実に奇想天外である。」云云と。青厓は「頃者《このごろ》槐南を訪ねた。種竹道人が先に来て居り、錦山先輩が又後れて来た。共に詩を論じ、錦山が云ふ。青厓は気魄餘あつて才華が足らぬ、種竹は才華餘あつて気魄が足らぬ、之を兼ぬる者は独り錦山あるのみだと。青厓は名言だとした。此の和韻は絢爛にして錦繡の如く、粲然として明珠の如く、人目を眩するに足る。一座これを名言だとした。……錦山は閲歴に富み、世故に熟し、人を評するに確《たしか》で己を知るに明かな者である。青厓は一弱国である、料らずも大敵蒼海公の来襲に遇ひ、狼狽して自ら支へず、古梅錦山二先輩に和を索めるのは、援を求める所以で、決して挑戦ではない、幸ひに青厓の意を誤る勿れ。」高胤妄批としてある。詼謔を以て局面の転換を図つたもので、作者も読者も、もう十分飽きが来てゐるのである。たゞ蒼海老独り倦むことなく、これでもか、これでもかとばかり迫つて来る。青厓槐南等の全く思ひ設けなかつた事で、槐南が「局中自迷、不覚其非」と言ひ、青厓が「倉皇狼狽、勢将難支」と言つたのは正直で面白い。老伯としては、若い新進気鋭の詩人に期待して、其の腕試しをやつてゐる訳であらう。かういふ所にも鬱勃たる明治の精神を睹るやうな気がする。

十八

青厓と蒼海の一唱和が段々大きなことになり、当時一流の詩人が相尋《つ》いで之に参加し、遂に無名にして実力ある二三の詩人が現はれたり、読者から野次が起つたり、詩人十二人、長篇大作二十五首、それに一々批評が附いて、二個月餘に亙り虚々実々のやりとりが行はれたのであつた。私は前回で、その経過の一半を叙べた、これから更に終局に至るまでの概略を叙べなければならない。

蒼海は明治の元勲として知られたが、詩は年五十に及んで始めたと云はれ、その瑰偉絶特の詩が、世の驚異となつたのは、明治二十年代に入つてからの事で、同じくその頃、世に現はれたばかりの青厓は、蒼海の推重によつて忽ち九天の高きに祭り上げられたのである。これは前に掲げた古島一雄の談に「いよいよ出《いで》ていよいよ奇、苟《いやし》くも詩人にして之に和せざれば詩人に非ずとの感を抱かしめ、日本新聞の漢詩欄は忽ち天下を風靡し、青厓の詩名は一躍当時の吟社を圧倒した、」とあるのが何よりの証拠で、これは何等誇張の言ではない。

古島が又「時代も時代だが、さういふ趣味の人が多かつた」と云ふのは、明治二十年代初頭の日本は、文学といへば漢詩文がその首座を占め、生れたばかりの新体詩や西洋模倣の小説などは比較にもならないやうな時代であつたのである。今からは想像も出来ないことだが、之はよく了解して置く必要がある。

十月十三日の『日本』紙上に載つた青厓の四畳韻の詩は「酔歌行似《シメス》二寧斎琴荘一」とある。つまり唱和も回を重ねるにつれ、詩が陳套に流れ、読者を倦ましめては拙《まず》いから、相手を更《か》へ内容も酔中の放歌だといふことにしたのであるが、実は九月の某日、琴荘が春日町の青厓の茅屋を訪ね、春日山荘の十二勝を詠ずとして七絶十二首を作り、青厓は之を『日本』の文苑に載せ、之を見た寧斎は、春日山荘十二勝に寄題す、といふ詩を作つて送つて来たのに対し、両人に示す意味の事を詠じたのである。琴荘は松村氏、当時新聞『日本』の記者で、漢学を島田篁村に学び、頗る詩を能くし青厓に兄事してゐた。

その頃青厓は春日町に住み、詩名漸く高くなると共に、訪ねて来る客も多くなり、殊に蒼海伯の訪問があつてからは一層繁くなつたやうである。そこで「酔歌行」の結末に次のやうな数句がある。

青厓才粗志徒大。安得吐レ気成二長虹一。病起誅レ茅修二廃屋一。蘚石瀟洒花卉紅。
柴扉却怕俗人叩。数聴二跫音一心竊恂。蜿蜒破壁蟠二蜥蜴一。笑曰此亦吾家竜。

青厓は才なくして志のみ大きく、虹のやうな気を吐いてゐる。わらぶきの廃屋を修繕して入り、苔むした石、紅い花を見て。柴の戸を俗人に叩かせたくない。人の足音を聞く毎に俗客かと恐れる。破れた壁にうねうねと蟠るあの蜥蜴《とかげ》を、これが吾家の竜だと眺めることにしよう。

奇異な詩である。「春日山荘十二勝」などいへば、如何に宏壮な屋敷かと思はれるが、当時或人が琴荘の詩を評して「一廃屋のみ、十二勝の名を撰す、已に誇張に失す、人をして青厓暴富かと疑はしむ、俗士と道ひ《い》難きものあり。」と言つてゐる。青厓も之を「文苑」に載せて厭はない。ただ之に対する槐南の批評が問題である。槐南は曰ふ、

虎を画いて反つて狗《いぬ》に類すといふことがあるが、破壁の蜥蜴を見て竜と為し、自ら臥竜を気取るは青厓の大志である（三国志に諸葛孔明は臥竜なりとあり、臥竜は英雄の潜伏の状に喩へる）。然るに柴扉を叩く足音の主は、一半が借金取りの鬼である。孔明の廬に三顧の礼をとる劉玄徳の如き者は一人もない。これでは折角の青厓の技能も用を為さないではないか、吾は青厓の為に之を悲しむ。

更に語を継いで曰ふ。

青厓の詩（酔歌行）は前半は李太白の筆法、後半は杜少陵の門径である。而して青厓は自ら子美（杜少陵の字）を字とし、その居を太白山房といふ。一人で李杜両家を兼ね、世人の異とするをも顧みない。その自ら期し自ら許すところ大なりと謂ふべきだ。太白を知る者は賀知章、少陵を知る者は厳武であつた。槐南は青厓を知る者だが、未だ賀、厳二公の如く顕栄でないから、青厓の価を増してやることが出来ない。甚だあきたらず思ふのみ。（原漢文）

と言つてゐる。これは少し可怪《おかし》やうだ、顕栄赫赫たる蒼海伯が駕を枉《ま》げて青厓を顧《かへり》み、青厓の名声を一時に重からしめたのは、つい前月の事ではないか。その又前月には三条公の礼遇の事もある。これ等の事実を槐南は故らに無視してゐる。青厓は之を何と受け取つたか分らないが、次の琴荘の評と共に紙上に載せてゐる。琴荘は曰ふ、

世は青厓居士の詩を、雄渾とか勁健とか評してゐるが、この詩は飄逸を極め、自ら青厓居士の語気、他人は夢想も及ばない。古人に神竜を蜥蜴と視た者はあるが、蜥蜴を神竜と視た者はない。何等の奇想ぞや。（原漢文）

十五日の紙上に蒼海の五畳韻の作が載つた。煩を避けてここに縷説しないが、次の数句、

如今天下称㆓泰平㆒。国家久謝錐人艟。旋是文士多輩出。漫将㆓詞鋒㆒互撃攻。

詩人たちの互に鎬《しのぎ》を削ることを言つたものと見える。然し青厓に対しては、

青厓青厓。吾又但愧㆔汝文若㆓百尺之游竜㆒。

と言つてゐるのである。

十七日の紙上には、巖谷古梅の和韻「答青厓索和」の詩が載つた。老練にして穏雅の作であるが、ここには割愛して唯錦山の評を挙げて置く、曰く、

近日詩壇に幟を樹つる者、曰く槐南、曰く青厓。槐南は詞藻に富み、青厓は骨力多し。今吾《わが》古梅先生の和韻を観るに、青厓槐南の二勝を兼ね、一一学人（蒼海）の根帯を帯ぶ。浅薄予が如き者、何ぞ其の間に歯するを得んや。（原漢文）

錦山は古梅の門人だから諛辞を呈したのであらう。ただ当時の詩壇が槐南、青厓を両大宗とすることを認め、之を明言した、注意すべき所である。

続いて十八日の紙上に出た米渓居士山吉盛義なる人の和韻「贈青厓居士」の詩は、当時一流作家に伍して愧ぢざるの大作である。米渓は今まで全く世に知られざる名であるだけ奥床しい気がする。時世愈《いよい》よ下つて詩風愈よ下るを慨し、重きを青厓に帰してゐる。槐南の評に曰ふ、

此《これ》はこれ一種神奇の文字。余未だ居士を識らず。友人本田種竹、屢〻其の為人《ひととなり》を言ふ。傾想殊に深

し。前に先君子の輓歌一章を賜ふ。此に附記して感銘を志す。（原漢文）

青厓は亦曰ふ「近ごろ非無名氏なる者あり、書を寄せて唱和諸作を評せらる、言簡に意切、唱和の終るを待つて之を録せん」と。世には隠れたる人物に、恐るべき者の在ることを二人は感じたであらう。

二十二日には佐藤六石の和韻「贈国分子美」の詩が出た。それから二日の後、又六石の再用前韻の詩が出た。前後二詩ともに佳《よ》く、六石の才藻は、古梅、錦山、寧斎諸人に比して少しも遜色がない。後の詩の結末に云ふ、

坫壇有レ人建ニ旗幟一。当路荊棘何足レ恂。詩中彪炳見ニ奎運一。風已従レ虎雲従レ竜。

槐南は之を「小子を拉して、陰に青厓と対峙せしむ」と云ひ、青厓は「末段、虎を以て青厓に喩へ、竜を以て槐南に喩ふ。槐南則ち然り、青厓何ぞ敢て当らん。若し槐南を以て竜と為さば、青厓は蜥蜴と為して可なり呵呵。」と、謙遜に諧謔を雑へてゐる。

それから十一月三日の紙上には、六石の「奉呈副島枢密三用国分子美原韻」の作を載せてゐる。その結末に「公是騒壇劉玄徳。高臥応起隆中竜。」とあるのは、公の青厓に於けるを、劉備が隆中の臥竜諸葛孔明を起したことに喩へたのである。槐南は云ふ、畳韻唱和の作が数十首も出て、読者は之に厭きた頃になつて、六石は三首も和韻を試み、而も人をして快く読ませるのは驚歎すべき力だと。六石の詩と並んで、米渓居士の畳韻「呈青厓詞兄」の詩が出てゐる。前回の作に劣らざる佳構で、中に、

対レ此忽憶西遊事。曾記山嶂与ニ水渹一。北極ニ長城一南瓊島。三百四城一剣衝。立レ馬天山一峰月。
振レ衣黄海万里艟。

の句あるを見れば、大陸の南北を窮めた人であることが分る。青厓の評に「米渓君曾て禹域に在り、彼邦文人と徴逐す故に其の筆和習を帯びず」とある。隠れた作手であらう。

右に引続いて、串川学人の和韻一首、福原燧洋の畳韻三首、野口寧斎の和韻、九言の詩一首が載つてゐる。寧斎以外は皆世に無名の人で、而も詩は相当の力量を示してゐる。燧洋は大いに当世の詩風の卑俗なるを慨し、「久矣世間蟬蛙満。微吹細曲漫洶々。」又「嗟予固菲質。才思自易レ窮。傍看宜叉手。那肯擬二鉅公一。但慨詩天大観日消歇。曾無雄篇如二亙レ天虹一。」と言ひ、華厳瀑の一篇を見て歓《よろこ》び且惧《おそ》れたと言つてゐる。

青厓の評は「串川、燧洋二兄は、未だ一面識もない。愚の華厳瀑の詩が、誤つて蒼海公の高和を辱くしてから、槐南、錦山、古梅、雲外、六石、米渓、寧斎諸吟壇が陸続として畳和し、五色の彪章、大いに人目を眩した。二兄の和韻は最も晩《おそ》く出て、忽ち別境を開き、一は骨気に富み、一は才思が饒《おほ》い、皆好詩である。此の好詩を獲、青厓は驚喜して已まず、此に記して謝意を表する。」と結んである。寧斎の詩は苦心の力作と見られるが、槐南、青厓の長い評語と共に皆略することとする。

十一月九日、一大唱和は終つたと見たのであらう。非無名氏なる者の寄書と、蓮池之水と称する人の和韻の戯作が載つた。寄書は、『日本』記者に忠告す、と題し次の如く短いものである。

『日本』文苑近来載する所の「華厳瀑唱和諸作」詩を見るに、詰屈聱牙、艱渋にして生硬、果たして何の趣味かある。総じて日本人の詩は只管聱牙の文字を並べ立てるのみにて、支那人の如き風趣あることなし、且つ評語の如きも万篇一律的の語句を繰返し、其の長きこと長崎褌の連綿として半空より舞ひ下るが如し、人をして嘔吐を催さしむ。記者諸君少しく注意して可なり。

之に対する天眼道人（恐らく青厓の変名）の答は

瑕疵を指摘せらる、吾輩頂門の一針と謂ふべし。然れども唱和諸作、同韻を畳押し、勢ひ此に至らざるを得ず、奇屈も亦詩の一体、直ちに之を斥くるを得ず。昌黎の詩、一として佶屈聱牙ならざるなし、而して大家たるを失はず。従来の作者、艶麗と曰《い》ひ、幽澹と曰ひ、流暢と曰ひ、穏妥と曰ふ。此《これ》に非ざれば直ちに目して悪詩と為す、是れ本邦人の通弊なり。故に本邦人の詩、多く平易にして奇屈少し。非無名氏、蓋し篤学の人、一たび忠告に接し、欽仰に堪へず。其の名字を明示せられば幸甚。（原漢文）

蓮池之水と称する人の詩は、和韻ではあるが、俗語と仏語を雑《まじ》へて怪奇を極め、唱和作者を野次つたものである。一種の愛嬌《あいきょう》として掲げたものであらう、ここには略する。

十九

日光の三条公の雅宴に招かれ、思はぬ屈辱感を味はされた槐南は、家に帰ると直ちに「晃山紀遊詩一百韻」の長篇を作り上げて、『毎日新聞』八月二十八日号の自分が主宰する「滄海拾珠」欄に発表した。これは槐南の才力を十分に発揮した大作で、青厓の華厳瀑布歌をして独り声価を恣《ほしいまま》にせしめざるものと言へよう。詩の首《はじめ》に「巖君玉堂彦。許㆑我載㆑酒行。錦山亦佳士。視㆑我如㆓諸甥㆒。酔輙歓握㆑手。渇則茶同烹。往往痛飲夕。談劇三四更。」は敬愛する先輩巖谷古梅と矢土錦山と同行することを云ひ、「更有不㆑速客。気誼偏合幷。詞場相掎角。皆識青厓名。」は初め三人で行く筈のところ、「速《め》さざるの客」青厓が加はることになつたことを言つてゐる。一説によると、三条公が初め三人を招き間際になつて青厓を伴つて来いと言はれたのであると云ふ。つまり三条公にとつて三人は熟知だが、近来詩名の高い青厓は未知であるので、この際一緒に引見して見ようと考へた次第であらう。

この詩が『毎日新聞』に載つてから十二日後に、青厓の華厳瀑の詩が新聞『日本』に載つた。さうして蒼海の畳韻につれて青厓の詩ばかりが喧伝せられ、槐南の詩は如何に傑作でも、百韻とあつては和韻など誰も企てる者はない。それから又十数日経た九月二十五日、『毎日新聞』に載つた槐南の七律四首は、明治漢詩界の最大の出来事である星社成立の事を詠じたもので、題辞が詳しく、下の如く叙べてある。

庚寅九月二十三日、矢土錦山、国分青厓、本田種竹、大江敬香、小川岐山、関沢霞庵、野口寧斎、佐藤六石、大久保湘南、松村琴荘、宮崎晴瀾諸友を招き、麴墨之旧窠に会し、星社の新号を創む。竜集鳳会、霞蔚雲蒸、詩道ここに於て振興す。小子不敏、豈敢て公に騒壇の幟を建てんや。先君霊有り、大雅の輪を冥扶するを思ひ、ここに七律四章を賦し、以て謝意を申べ、兼て盛事を紀す①。

麴墨の旧窠とは当時枢密院属であつた槐南の住む麴町の官舎である。槐南はここを霞挙説詩軒とも名づけた。ここに槐南共《ども》十二人の詩星が会し、星社を創めたのである。従来の流説は皆星ケ岡茶寮に会合したと云ふが誤りである。十二人の中、森門の系統に属しない者は、青厓、種竹、敬香、琴荘の四人だけである。

ここ数年来の事を顧ると、明治二十年には『新々文詩』が廃刊となり、詩界の長老で多年森門の援護者であつた小野湖山も東京を去つて京都に移住した。二十二年には春濤が没した。独り残つた大沼枕山は病み、明年は世を去るべき宿命に在つて、老詩人の凋落、文運の代謝が目立つた。東都詩壇の覇権は依然森門の一派に握られてゐるが、青厓が評林を創め『日本』に拠つてからは、森門の詩風に同調し得ぬ人〻が、同気相求めて自然青厓や『日本』の周囲に集るやうになつた。その中に青厓と槐南の接触が始まり、両派の往来が繁くなると、お互ひ新進の作者ばかり集つて一大吟社を興さうではないかといふ議が持ち上つた。麴墨の功臣を以て自任する野口寧斎は、槐南を推し立てて盟主にしようとし、盛んに

① 『槐南集』巻十二、十八丁裏

詩人の間を説き廻り、本田種竹は年歯と実力の上から青厓を盟主に推すべきだとし、之を青厓に謀つた。然るに青厓は槐南や寧斎の意図を見抜いて、之と争ふことを嫌ひ、槐南は春濤以来詩家の系統を承け、門人も多く、自分でも盟主にならうとしてゐるのだから、彼に譲るが可《い》いであらうと言ひ、遂に盟主は槐南といふことに決つたのである。毎月例会を槐南宅に開き、各自新作を携へ来つて討論研鑽に資することとした。其後多くの詩人が相尋《つ》いで星社に加盟した。その中の重なる者だけ挙げれば、永坂石埭、森川竹磎、岩渓裳川、阪本三橋、田辺碧堂、落合東郭、谷楓橋、横川唐陽、土居香国、北条鷗所、田辺松坡等である。

　当時矢土錦山が「此の会創《はじ》まりて、門戸の陋習撤廃されて跡なし、洵《まこと》に熙朝詩運振興の機なり。」と云つたやうに、星社は我国漢詩界の一大中心となり、且つ原動力となつてやがて明治中期の漢詩全盛時代を現出するに至つたのである。このやうな訳で当時世間の常識としては、天下第一の詩人は槐南、次が青厓、又次が種竹と視てゐたやうである。同時に之に異る観察も一部に有つたことは言ふまでもない。而して此の三人が、枕山、湖山、春濤等、前の三家に継ぐ後の三家として、一時並び称せられたのであつた。蒼海の華厳瀑歌の畳韻は『日本』紙上に其の五畳まで載つて止んだが、『蒼海全集』には六畳まで見えてゐる。題に「戯評諸君子六用青厓華厳瀑布歌韻①」とあり、当時の詩家七人に対する品評が為されてゐる。

　国分青厓挟二顥気一。秋郊一株百尺松。巌谷一六余旧友。大声疾呼邇二人聾一。槐南屢々共言レ志。
学海浪険漫澒洶。矢土錦山壮士似。怒髪往往欲二上衝一。其他六石雲外徒。各争艤浮千艨艟。

　国分青厓を秋郊に孤立して聳ゆる百尺の松に喩へたのは頗る当を得てゐる。巌谷も矢土も顔色なきに近い。『蒼海全集』を繙けば、当時一二流の詩人にして蒼海の門に趨教しない者は無いやうである。蒼海も喜んで之を迎へ、大いに文を論じ詩を賦してゐる。蒼海は槐南、青厓に長ずること三十年以上であるが、二人の才器を愛重すること他と比較を絶してゐる。集中二人の事を言うた句が非常に多い。今「論詩②」の五古一首の中から随意数句を摘録する。

赫赫明治朝。孰関六義正。青厓与二槐南一。近来居二季孟一。
自レ古興王際。各揚一代盛。凡其所レ言者。規諷兼二頌慶一。

赫赫たる明治の聖代に際会し、大雅の正声を揚ぐべき詩人は青厓と槐南であり、二人の力量は伯仲の間に在るとの観察である。王業中興の際、詩人一代の歌詠は規と頌に在ること言ふまでもない。

先輩黄石翁。是尚為レ可レ敬。黄村湖山徒。並立互炳映。
錦山及二一六一。才力各強横。及其行険語。意気頗剽軽。

旧幕の遺老にして詩人なる黄石、黄村、湖山の如きは最も敬重すべく、新人では錦山、一六（古梅）の才力を認めた。

俊秀諸君在。寧斎稍後勁。風霜隕二蒲柳一。哀渠多二疾病一。

星社に俊秀は多いが、青厓、槐南、錦山、一六の後勁たるべき者は寧斎であるが、不幸多病である、と。寧斎は蒼海同郷の後輩で、特に眷憐が深かつたやうだ。

「春日柬友人③」の詩、

---

① 『蒼海全集』巻四、四十四丁表
② 『蒼海全集』巻四、五十一丁表
③ 『蒼海全集』巻五、十丁裏

懐レ人上二高台一。望断碧雲隈。常称雨山真。又愛寧斎才。青厓好二遊山一。藻思一悠哉。
槐南困二簿領一。春日坐挙レ杯。如何此良節。徒令二吾懐一摧。聞レ鶯倚二深竹一。嗅レ馨対二古梅一。
車轍雖レ不レ到。衡門相為開。還見門前路。日日長二緑苔一。

春日高台に上つて懐《おも》ふ所の人は誰々であるか。雨山の真、寧斎の才、遊山に詩思を伸《の》ばす青厓、簿書の労に困《くる》しむ槐南。衡門を開いて友を待てども到らず。門径の緑苔日に長ずるのみ。

蒼海の詩には、槐南が吏務に労することに対する同情の語が多い。「乍憶城東大来子。事繁官劇幾詩删。」槐南は枢密院の属僚で、伊藤博文の記室を兼ね、これだけで一人一日分の仕事である。それに多くの友人や門下の詩を一々批閲し、新聞の詩の選評をし、読書著述研究詩作に従事する。非常な労苦であつたらうと思ふ。蒼海が槐南に与へた書牘に「僕、槐南先生と同じく枢府に出入し、暇餘吟詩放浪す。亦莫逆の友なり、断金の交なり。頃《このごろ》途の阻り且長き、消息を知るに由無し。殊に眷恋に堪へず。」云云とある。枢相の地位に在る者が、枢府の属官、己より三十五六年下の者を先生と呼び、莫逆の友と呼んでゐる。又「槐南先生得得来。余亦欣欣迎レ入レ堂。」などの句がある。

伊藤博文の槐南、錦山を遇する態度はどうであつたか。横山健堂の「伊藤公の詩を添削す」に次の文がある。

公、詩稿の成るや、ベルを押してボーイを呼ぶ、公曰く、矢土をよべ、矢土至る。

公、詩稿を錦山に示す、錦山一揖して恭く之を捧持し低誦一過、更に朗誦一過、頓首して、漢文調を以て曰く、情あり景あり、至れり尽せり、一辞を賛する能はずと。

公曰く、果たして然るか、唯だ前聯一箇処妥当ならざるものあるを覚ゆ、云々と修正する如何、錦山則ち改めて吟誦再過、頓首して曰く、尊言誤らず、若し之を云々と訂正せば適当なるべし、公、低誦して曰く、諾、諾、錦山更に詩稿を捧持し、丁寧に誦読し了りて曰く、完璧なり、公曰く、可、可、往け、矢土去る。

副島と伊藤と、その態度の相違の甚しきに驚くのである。私は嘗て横山健堂氏から、健堂が伊藤博文に謁した時目撃したといふ槐南、錦山両人が伊藤に事へる時の態度について語るのを聞いたことがある。右の文に云ふ通りである。

二十

星社が成立し、森槐南が其の盟主に推されたことは、明治中期の漢詩界が森門一派によつて統一されたことに外ならない。森門は春濤以来の実績と地盤があり、青厓等の新進勢力の企て及ばざるものがあつた。青厓は寡欲恬澹な性格から、人と争はず、門戸を張らず、超然として詩界に対し、何等の野心も持たなかつた。然るに槐南は之と全く対照的であつた。本人は固より、其の父執、先輩、友人等は挙つて槐南を擁立し、春濤が苦辛十年漸く掌握した詩界の主権を、確乎不動のものにしようとの欲望は極めて熾烈であつた。

槐南、通称泰二郎は幼にして母を喪ひ、父春濤は貧乏の中に男手一つで之を鞠育した。幸ひ泰二郎は天縦生知、学ばずして詩を能くし、十で神童、十五で才子の諺の如く、春濤の門に詣《いた》る者は、皆、師家の詩種子と謂ひ、呼ぶに「泰坊」の愛称を以てし、深く其の将来に望を嘱した。春濤は鍾愛の餘り、泰二郎十八の時、早くも各務氏十六歳の女を迎へて妻《めあ》はした。月下氷人は春濤が平生賓礼を執つた巖谷古梅（一六の別号を以て知られる）で、各務氏は古梅門下の才媛であつた。巖谷は各務氏に対し、槐南が「将来天下第一の詩人」たるべきを保証したと云ふ。それから十年果して槐南は星社の主盟天下第一の詩人として世に顕はれたわけである。

天下第一を誇る槐南も、唯一人の青厓に対しては竊かに畏れをなさざるを得ず、青厓も亦槐南の奇才には舌を捲いた。「華巖瀑」の詩が新聞『日本』に現はれる直前の事である。同紙上に蒼海の三条公に寄する詩が載り、それに槐南と青厓の長い識語が附せられてあつた。今それを仮名まじりに改めて抄録する、槐南は云ふ、

公、枢府賛画ノ暇、特ニ小子ヲ召シ、示スニ詩ヲ以テシ、又問フ、当世才人、子ノ見ル所ヲ以テ誰カ当《マサ》ニ第一ナルベキト。小子、仙台ノ国分青厓ヲ以テ之ニ応《コタ》フ。公曰ク、日本新聞ノ詩権ヲ秉《ト》ル者ニ非ズヤ、予モ亦其ノ名ヲ耳ニスルコト久シト。小子因テ請フ、是《コノ》詩ヲ以テ青厓ニ属シ、コレヲ文苑選中ニ登サンコトヲト。公欣然允諾ス。顧《オモ》フニ青厓声名早ク江湖ヲ動カシ、台閣諸公ノ賞識此ノ如シ、栄ニ非ズト謂フベカラズ。

之に続いて青厓は云ふ、

高胤不才、諸詩人ノ下ニ出ヅ。雅整ハ種竹ニ如《シ》カズ。沖澹ハ霞庵ニ如カズ。挺抜ハ寧斎ニ如カズ。冶艶ハ湘南ニ如カズ。魁傑ハ晴瀾ニ如カズ。快利ハ六石ニ如カズ。清疎ハ岐山ニ如カズ。尖麗ハ琴荘ニ如カズ。而シテ槐南輙《スナハ》チ第一ヲ以テ之ニ許ス。推奨過当、高胤ヲシテ覚エズ赧然タラシム①。

青厓は当代の才人八家の名を挙げ、各〻二字を以て其特色を評してゐるが、雄渾とか健勁とかいふ自家の本色は決して他人には許さない。随つて「諸人の下に出づ」といふのは表向きの謙辞に過ぎないのである。それから一月も経《た》たず、星社発会の日にこの八人が全部招かれてゐる。その中種竹一人を除く外は、揃ひも揃つて皆槐南の門下である。親譲りとはいへ、年而立に達せぬ槐南が統率力の尋常でなかつたことが想はれる。而も彼等の結束力は堅く、党派心の熾《さか》んなること亦異常なものがあつたのである。

星社発足の日、槐南が作つた七律四首の一に曰ふ、

白袷烏巾聚二草堂一。黄花翠竹傍二苔牆一。会無二規約一惟真率。酒有二觥籌一任二放狂一。
厨恥一盤堆二苜蓿一。筆期万丈吐二光芒一。胸羅廿八星為レ社。終勝金釵十二行②。

白袷烏巾《しろえりくろづきん》と黄《き》花《ぎく》翠竹《あをだけ》の相映ずるところ。我ゝのこの会には規約など面倒なものは無い。酒杯の数とりして、放歌狂吟するばかり。貧厨は馬ごやしのやうな粗菜を盤に盛つて出すだけだが。我ゝの筆は万丈の光芒を吐く。天に四方七星、合せて二十八宿ある如く、此日《このひ》一堂に会した詩星十二人を以て、星社と名づけよう。古詩に「頭上金釵十二行」と云へる華やかさにも勝る一吟社に綺羅星の如き十二人ではないか。

爾来、「星社の十二星」の名が其の作品と共に江湖に喧伝されるやうになつた。その中、青厓、種竹、敬香の三人以外、皆森門の門徒である。この外にも、同門で槐南よりやゝ先輩の永坂石埭、阪本三橋、杉山三郊、岩渓裳川、やゝ後輩の落合東郭、森川竹磎、谷楓橋、横川唐陽等が控へて居り、皆星社に出入し、これ等の群星が一団となつて槐南を北斗の座に据えたわけである。だから星社と云つても、殆んど森門の拡大延長に過ぎなかつた。明治の漢詩界を前後に区分して、前半は春濤の時代、後半は槐南の時代と云つても強《あなが》ち不当ではない、事実その頃一般には其のやうに観られてゐたのである。但《ただ》星社は其後十年で、内訌のため瓦解したが、槐南の全盛はそれから尚ほ十年その死去の日まで続くのである。

小見清潭が大正の初め著はした『狐禅狸詩』に「森槐南」の一項がある、中に云ふ、

① 新聞『日本』明治二十三年九月八日
② 『槐南集』巻十二、十八丁裏

此の先生が明治詩壇を噪《さは》がしたるは、猶ほ袁随園が乾隆年間を噪がしたると似て居る。曾て国分青厓と本田種竹と此の人とを三作家と並称せらる。詩才は天稟にて、十七歳の時、来朝の清人王紫詮をして讃歎せしめしより、詩名頓に揚り、竟に苟も詩を言ふ者は森槐南を知らざるもの無きに至る。加之《しかのみ》ならず春畝公の記室として台閣の中を翺翔し、伯子縉紳をして自ら主宰せる星社へ臨ましめ、所謂高処に在つて呼ぶ声大ならずして響くの地位を占め、名を成す機関は自然と整頓ができた。此の間自身の経営惨澹たるものも有らうが、すべて幸運に出会せられたるは疑ふべくもない。

能く槐南得意の状を叙したるものである。たゞ少しく誇張の嫌ひがあるやうに思ふ。「春畝公の記室として台閣の中を翺翔し」とあるが、内閣属から枢密院属、伊藤総理の秘書となつた槐南の官は極めて卑《ひく》く、「台閣の中を翺翔し」など言ふ羽振のものではない。然し漢詩家としての槐南の才能は、当時漢文の三大家と称せられた重野成斎、川田甕江、三島中洲等の才能に比しても、決して劣るものではなかつた。然るに重野等は藩閥政府から美官を以て優遇せられ、槐南の一生下僚に沈淪せしめられたのとは雲泥の違ひがある。この点は私の全く不可解とする所である。而も槐南は吏務の才あり且つ勤勉で、伊藤以下、時の権門、有力者に密着した為め、却つて幇間詩人の汚名さへ蒙つたのである。昔の漢土ならば詩を善くするだけで翰林学士に召されるのであつた。英国でも優れた詩人は宮内官に列し桂冠詩人の名誉を与へられる。然し日本では詩を作つて飯は食へない、詩を作るには先づ生を謀らなければならない。橋本蓉塘は春濤門下屈指の才俊で、槐南は早く之に兄事したが、生来多病にして明治十七年齢四十にして逝く時、其の自ら宮内省に奉ずる所の式部属掌典補の微官を、槐南に譲りたく種々図る所ありしと伝へられる。己が身に引き比《くら》べ、詩人が処世の容易ならざるを思ふ至情に出たもので、涙の出るやうな話である。

「伯子縉紳をして自ら主宰せる星社へ臨ましめ」とあるは事実であるが、真に詩を好んで星社に出入した顕位名爵の徒はさして多くはない。蒼海伯の如きは異例で、星社の会ある毎に務めて出席し、老を忘れて若い詩人たちと接触した。『蒼海全集』を披けば、蒼海が如何に人才を愛し、謙虚に之を迎へたか、人才が如何に蒼海に心悦誠服したか、手に取る如く分るのである。

明治二十三年十二月二十日、星社の第三集が槐南宅で開かれた。蒼海も出席し、席上「冬日星社集会」と題し五律一首を賦した。其の冒頭の二句「天上文星集。人間議会開」は実に破天荒の語である。同年同月、挙国待望の第一回帝国議会が開かれた。帝国議会と星社集会では、その事の大小軽重、固より同日の談ではない。然るに蒼海は両者を天上と人間に分ち、重きを星社に帰してゐるのである。この詩は二句が奇抜なだけであるが、槐南は直ちに之を『毎日新聞』の詩欄に載せ、且つ評して曰ふ「枢密宏㆓奨風流㆒。提㆓倡雅道㆒。特枉㆓高軒㆒。光㆓吾陋屋㆒。誘㆓掖星社諸俊㆒。示以㆓学詩之正宗㆒。為㆓諸俊㆒者。其可㆑不㆑勉哉。」蒼海といふ大きな背景を負ひ、社中の詩人に対し訓誨めいた語を為してゐる。槐南得意の情が想像される。

明けて明治二十四年辛卯の歳、槐南が「新年試筆」四首の一に曰ふ。

酔対㆓野梅㆒拚㆓独眠㆒。春生御柳早吹㆑煙。省台俊乂何多士。輦轂詞人尽少年。
騒雅也応持有㆑主。風塵敢即脱如㆑仙。一官雖㆑拙才難㆑棄。詩巻倶期後世伝。　新年試筆①

『書経』に「俊乂在㆑官」とある如く、明治政府の台閣には多士済々である。（明治十八年伊藤博文が初めて内閣を組織した時は四十五であつた。明治二十三年星社の創立に加はつた）輦下の詩人は尽

① 『槐南集』巻十三、一丁表

く少《わか》い。風雅の道は之を主持する者が無くてはならぬ。風塵を脱しては即ち仙客の如くなるべし。仕官には拙くとも、吾才は棄てたものではない、詩巻長く後世に伝へんことを期する。

「輦轂詩人尽少年」に就て少しく説明せねばならぬ。星社成立の時の十二詩星の年齢をしらべて見ると、錦山四十、青厓三十四、種竹二十九、敬香三十四、岐山三十三、霞庵三十七、寧斎二十四、六石二十七、湘南二十六、琴荘二十七、晴瀾二十三、槐南は二十八である。石埭以下八人をしらべると、石埭四十六、三橋三十四、三郊三十四、裳川三十五、東郭二十四、竹磎二十、楓橋二十二、唐陽二十三である。即ち彼等の多くは皆二十代であつた。正岡子規が「明治維新の改革を成就した者は二十歳前後の田舎の青年であつて、幕府の老人ではなかつた。日本の漢詩界を振はした者はやはり後進の青年であつて、天保臭気の老人ではない。」と云つてゐるのはこの事である。然るに同じ明治二十三年に、竹村某なる人が「東京八大家一覧」といふものを印行し、書、画、詩、文、歌、俳等の各界に於ける八大家を列挙してゐる。大体穏当な選だといふ評判で、詩は枕山、湖山、春濤、黄石、松塘、黄村（向山）、聴秋（伊藤）、痴堂（関根）を挙げ、春濤を除けば皆当時生存し、多年東都に大家の名を擅《ほしいまま》にし来つた人々である。明治の初期から中期にかけて、右の八大詩家の外、菊池三渓、堤静斎、長三洲、杉浦梅潭等の如き、八大家と殆ど軒輊し難い名家も存在した。両者を合すると其数亦十二人である。愚見を言へば、八大家中痴堂に代《かへ》るに三渓を以てしたら一層妥当であらう。これ等老大家の明治二十三年に於ける年歯を見ると、枕山は七十三、湖山は七十七（既に西京に移居）、黄石は八十、松塘は六十八、黄村は六十五、聴秋は六十九、痴堂は五十四、三渓は七十二、静斎は六十三、三洲は五十九、梅潭は六十五。つまり二十三年といふ年は、維新以来遺老の大家の時代から、星社を中心とする新進の詩人の時代へ移行する一大転機に当つてゐた。

二十一

遺老十二家の中、本稿に於て曾て言及する所の無かつた人と其の詩に就て、少し記述しておきたいと思ふ。

伊藤聴秋《ていしう》、名は起雲、淡路の人。詩を梁川星巌に問ひ、明治の初め徳島藩庁に仕へ、後、太政官、司法省に歴仕し、明治二十八年没した。最も七絶に長じ、春濤と並び称せられた。

夕雨霏々燕子飛。清和門外送春帰。東風不道仙凡別。乱下宮花点布衣。　都門餞鳴①

夕雨霏々《ヒヒ》燕子飛ブ。清和門外春帰ヲ送ル。東風道《イ》ハズ 仙凡ノ別。宮花ヲ乱下シテ布衣ニ点ス。

これは京都御所の外を過ぎて、たまたま御所の桜の花が風に吹かれ、自分のやうな布衣の身にも、はらはらと降りかゝつたといふ恐悦の情を詠じたのである。

丈大何魚躍有声。阿山屼立淡山横。好奇男子寧辞険。風雨鳴門載酒行。　鳴門観濤②

丈大何ノ魚カ躍ツテ声アリ。阿山屼《コツ》立 淡山横《ヨコタ》ハル。好奇男子 寧《ナン》ゾ険ヲ辞セン。風雨鳴門 酒ヲ載セテ行ク。

慶応元年の春、聴秋は来訪の客藤井竹外を導いて鳴門に到り、風雨中に舟を浮《うか》べ、共に酒を飲み詩を作つたが、豪快なこの一詩により、爾来聴秋の詩名は竹外を凌ぐに至つたと云ふ。餘談になるが、もう二十年ばかり前の事である。私は徳島に遊び鳴門を過ぎ、附近の一名所に至つた。観光客らしい一団に其処《そこ》の案内者が話をしてゐる、見れば屋内の壁に一幅の書が掛《かか》り「これは鳴門の景を詠《よ》んだものらしい

① 『聴秋書閣集』巻之上、九丁裏
② 『聴秋書閣集』巻之下、九丁表

が、作者はどういふ人か、詩の読み方も分らない」と云ふ。よく見ると聴秋の此の詩である。筆力雄健、詩の内容に適《ふさは》しい大作である。そこで私が読んで少しく説明すると、案内者は驚喜して言ふ「私は多年こゝに居て、こゝを訪れる幾万の客に接したが、誰一人として之を読み得た人は無かつた。さういふ偉い人の詩と分り、こんな嬉しいことはない」と。聴秋は詩と共に書を善くし、殊に草書に長じ、一時双絶の名を肆《ほしいまま》にしたが、今人は既に之を知らない。

関根痴堂、名は柔、尾張の人。維新後の東京の風俗を詠じて『東京新詠』を著はし、附するに「横浜雑詩」を以てし、弘く都鄙に伝誦された。就中左の二篇は有名である。

難学鴛鴦双浴遊。温泉此段未風流。生憎一片槽中板。匹似星河隔女牛①。

学ビ難シ鴛鴦双浴ノ遊、温泉此段《コノ》風流ナラズ。生憎《アイニク》ヤ一片槽中ノ板、匹似ス星河ノ女牛ヲ隔ツルニ。

明治の初年、男女混浴の禁令が出た事を、庶民の口吻に擬して作つた。「この度の御布令《おふれ》はまことに不粋で、今までのやうに鴛鴦《おしどり》を学んで、男女混浴するの風流はもう許されなくなつた。憎《にく》やあの一枚の板は、湯槽《ゆおけ》の中を二つに区切つた。恰も銀河《あまのかは》が牽牛、織女の両星を遮《さへぎ》つてゐるやうに。」

郎言鉄路太便宜。妾恨汽機奇未奇。設使火輪如妾意。来時更疾去時遅②。

郎ハ言フ鉄路太《ハナハ》ダ便宜ト、妾ハ恨ム汽機奇未ダ奇ナラズ。設《モシ》火輪ヲシテ妾ガ意ノ如クナラシメバ、来ル時ハ更ニ疾《ハヤ》ク去ル時ハ遅シ。

東京と横浜の間に始めて汽車が通じた時の作。「郎君《あなた》は鉄道は甚だ便利だと仰有《おつしや》いますが、妾《わたし》はそれほど結構なものとは思ひません。若し妾《わたし》の意の如くなるものならば、郎君《あなた》を乗せて来る時は更に疾《はや》く、あなたが帰去《かへ》る時はもつと遅くさせたいものです。」

菊池三渓、名は純、江戸の人。元幕府の奥儒者で、将軍に侍読し、職事の上から成島柳北と莫逆の交を結んだ。詩文の才は柳北以上と言はれたが、晩年は西京に住み、詩文とも遊戯の作が多くなり、『西京伝新記』の如き、柳北の『柳橋新誌』と同じく大いに世に行はれた。明治二十四年没。

　月落梟川第幾橋。暁煙罩柳白於綃。街頭千点玻璃影。照到天明紅未消。　京華小詠

　月ハ落ツ梟川ノ第幾橋、暁煙柳ヲ罩《コメ》テ綃ヨリモ白シ。街頭千点玻璃ノ影、照シテ天明ニ到ツテ紅未ダ消セズ。

『西京伝新記』に、「西京ニ四條橋アルハ猶ホ東京ニ両国橋アルガ如シ。西京ニ鴨河アルハ猶ホ東京ニ隅田川アルガ如シ。」と云ひ、四條橋から鴨川の両岸の灯火を「不知火《シラヌヒ》ヲ紫海《ツクシ》ニ観ルガ如ク、戦蛍《ホタルカツセン》ヲ宇治ニ賞スルガ如シ」と言つてゐる。詩はその玻璃《ガラス》ばりの灯火が、夜を徹して天明《あけがた》に到るまで照《て》り続ける、文明開化する世相の一端を詠じた。

　水縮風乾石瀬寒。葦簾竹屋擁闌干。店灯色色題新味。紅葉湯還黒牡丹。　同

　水縮《チヂ》マリ風乾イテ石瀬寒シ、葦簾竹屋　欄干ヲ擁ス。店灯色色新味ヲ題ス、紅葉湯　還《マタ》黒牡丹。

「納涼ノ候已ニ逝キ、沙磧水縮マリ風霜骨ニ鍼《ハリ》ス。橋下ノ矮屋、葦壁茅簷、以テ数人ヲ容ルベシ。店頭、紙灯ヲ掲ゲ、曰ク紅葉羹、価幾銭。曰ク牡丹鍋、価若干銭。蓋シ都人鹿肉ヲ指シテ紅葉ト謂ヒ、野猪ヲ名《ナツ》ケテ牡丹ト謂フ」と『西京伝新記』に見えてゐる。

　堤静斎、名は正勝、豊後の人。始め広瀬淡窓の塾に入り、後、昌平黌に学び、幕府に仕へた。維新後、志を官途に得ず、知訴学舎を開いて徒に授け、傍ら玉川吟社を主宰し、隠然たる在野の大家であつた。明

---

① 『東京新詠』上、六丁裏
② 『東京新詠』下、二丁裏

治二十五年に没した。

稚児応待阿爺還。十日猶遊紫翠間。残夜月孤呼子鳥。掠人啼度不忘山。　刈田嶽温泉①

稚児応《マサ》ニ待ツベシ 阿爺ノ還ルヲ、十日猶ホ遊ブ 紫翠ノ間。残夜月ハ孤ナリ呼子鳥、人ヲ掠《カス》メテ啼キ度《ワタ》ル不忘山。

「刈田嶽ハ一名不忘山、山中ニ鳥アリ、夜深ク人定マルヤ、必ズ山ニ沿ウテ飛鳴ス。土人呼《ヨブ》子《コ》鳥《トリ》ト名ヅク」と作者の注がある。夜ふけて不忘山に啼く呼子鳥の声を聞き、呼子とか不忘とか、名を聞くだに情に堪へぬものを、都に残り父の帰りを待つ幼い女児のことが思はれて、もはや悠々と山に遊んでは居れなくなつたと云ふ、情味掬すべき詩である。

長三洲は豊後の人、幼にして淡窓の門に学び、維新の際国事に奔走し、木戸孝允の推重する所となり、文部大丞に官し、兼て至尊及び東宮に侍書した。明治中、詩書画三絶の名に値する者、三洲を以て最とする。明治二十七年に没す。

紙衣淡薄竹身軽。野草幽花画得成。挂向軒窗涼若水。一灯風影看秋生。　岐阜灯《ゴト》②

紙衣淡薄 竹身軽シ、野草幽花 画キ得テ成ル。挂《カ》ケテ軒窗ニ向ヘバ 涼 水ノ若シ、一灯ノ風影 秋ノ生ズルヲ看ル。

岐阜提灯を詠じ、淡々として而も優雅なる筆致、詠物の上乗であらう。

杉浦梅潭、名は誠、江戸の人。幕府に仕へて箱館奉行となり、維新後は開拓使判官に任じた。枕山、湖山を師友として交り、向山黄村と共に晩翠吟社を主持した。明治三十三年没。

夜静松雲堕古壇。鐘魚声断石灯闌。秋心一片潔于鶴。月満虚廊風露寒。　寄愚庵③

夜静カニシテ松雲古壇ニ堕ツ、鐘魚声断エテ石灯闌ナリ。秋心一片鶴ヨリモ潔《キヨ》ク、月ハ虚廊ニ満チテ風露寒シ。

清僧が入定の状《サマ》を想像して作つたのである。

硯海才毫捲紫瀾。妙媛名字遍長安。悄繙遺稿空斎夕。秋雨梧桐一葉寒。　悼一葉女史④

硯海ノ才毫　紫瀾ヲ捲ク、妙媛ノ名字　長安ニ遍シ。悄トシテ遺稿ヲ繙ク空斎ノ夕、秋雨梧桐一葉寒シ。

老詩人が若くして死んだ才媛一葉女史を悼んで作つた。硯海に紫瀾を捲くとは、女史の文筆を紫式部に比したのである。才名満都に聞えた女史の遺文を繙けば、桐の一葉が秋雨に打たれて散る、眼前の景を寂しい女史の死に譬へたのである。

二十二

これから星社を中心とする諸詩人の動き、並に其の詩作に就いて年次を逐うて述べたいと思ふ。差当り上述の森槐南の「新年試筆」の詩、其他に就いて少し語るべきことがある。

野口寧斎の書いたものによると、槐南の「所謂る試筆の詩なるものは八首あり、一半は格調を宗とし、一半は性霊を旨とし、戯に前者を貴族的と名《なづ》け、後者を平民的と名け、以て同社の和を募られしもの」とある。『槐南集』を繙くと、「新年試筆」は七律四首で、続いて「新春漫興」の七律四首が有る。乃《すなは》ち

①『皆山閣詩鈔』巻之下、二十六丁表
②『三洲居士集』巻九
③『梅潭詩鈔』巻之下、三十四丁表
④『梅潭詩鈔』巻之下、四十二丁表

槐南の意では、前者を格調を宗とした貴族的の詩、後者を性霊を旨とした平民的の詩と云ふのであらう。読んで見ると全く其の通りで、槐南の才にして始めて能くこの使ひ分けが出来たものと思はれるし、かくまでして詩作し、以て同社に示し且その和を募る主盟の用心の至れるに感服せざるを得ない。

格調といひ、性霊といひ、皆な清朝時代に格別強調された詩説である。それに神韻の説といふものもあり、それ等の諸説が日本に伝はり、明治になつて清詩の流行すると共に、盛んに詩人の間に研究され、その作る所に影響した。春濤は神韻を奉じたやうだが、其の七絶はたしかに神韻を帯びたものがある。槐南は性霊を重んじたことは、自ら其の詩話に明言する所である。槐南は又その門人たちに対し、次のやうに説いてゐたと云ふ。「従来の詩人の如く、唐詩選、三体詩から精々唐宋詩醇くらゐまでを墨守してゐたのでは陳套に陥るを免れないから、新人は別途を開拓しなければならぬ、それには清詩の斬新な所を学ぶが好い」と。これを自ら実行して人にも勧めたのである。乃《すなは》ち乾隆三家を首とし、降つて嘉慶、道光の諸家にまで及んだ。嘉道諸家の詩は清詩の本色の最も濃厚なもので、同時に清詩の最後だつたのである。平心に論ずれば、清詩の流行は決して明治詩界の為に幸ではなかつた。袁随園、趙甌北の詩の軽薄なる、降つて張船山、郭頻伽、陳碧城、呉蘭雪等小家数の卑俗浮靡に至つては、正雅に志す者の近づくべからざるものである。かゝる詩は本来我が明治の豁達なる気象に合ふ筈はなかつた。結局森門一派の影響力が強過ぎたと謂ふ外はない。

黄金斗大紀勲庸。憶昔函山始撤烽。東下六師如破竹。中興五爵得攀竜。
回巒拄笏煙霞涌。合殿垂裳雨露濃。二十年来銷甲尽。可能満地鋳春農[1]。

黄金斗大 勲庸ヲ紀ス、憶フ 昔函山始メテ烽ヲ撤スルヲ。東下ノ六師破竹ノ如ク、中興ノ五爵攀竜ヲ得タリ。回巒笏ヲ拄《ササ》ヘテ煙霞涌キ、合殿裳ヲ垂レテ雨露濃《コマヤ》カナリ。二十年来銷甲尽キ、能クスベケンヤ満地春農ヲ鋳ス。

王政復古の業成つて、論功行賞も終り、函嶺《はこね》の関所は已に撤去された。当時東下の王師は勢ひ破竹の如く、今日五等の受爵者は中興の飛竜に従つて居る。金章紫綬、拄笏垂裳、宮廷の雨露は濃《こまや》かである。金甲を銷し春農を事とするもの二十年、天下は正に泰平である。これは唐人が早朝の諸作にも比すべき格調の高い詩である。前聯の対句は奇巧の極といふべく、官制が整ひ、華族令が出て間も無く、真に明治中興の盛を表章するに足るものであらう。

禁談時事忌論銭。吾輩中人別一天。繁法如毛不曾読。耽吟較奕似猶賢。

平生除酒頒何令。大抵於詩選有権。昨夜梅花笑相告。絶無春処占春先②。

時事ヲ談ズルヲ禁ジ銭ヲ論ズルヲ忌ム、吾輩中人 別一天。繁法毛ノ如ク曾テ読マズ、耽吟奕ニ較べ猶ホ賢ニ似タリ。平生酒ヲ除イテ 頒ツ何ノ令ゾ、大抵詩ニ於テ 選ブニ権アリ。昨夜梅花笑ツテ相告グ、絶エテ春ナキトコロ 春ノ先ヲ占ム。

時事を談ぜず金銭を口にせず。吾輩中人の世界は別だ。法令は頻繁に出るが曾て読んだこともない。吟詠にばかり耽るのも奕棊《ご》を打つよりは賢《まさ》つてゐよう。平生飲酒に当り頒《わか》つ酒令以外に法を知らぬが。天下の詩を選定する権利は大体自分の手に在る。昨夜梅花が笑つて告げることには。まだ春は来ないが、春を先取りして咲いてゐると、自分の詩も同じ事だ。これは言ひ廻しの妙にねちねちした詩である。筆を使ふこと舌の如しといふ袁随園等の詩を模倣したもの、槐南の技巧の悪い方面を代表したものと見るべ

---

① 『槐南集』巻十三、一丁裏
② 『槐南集』巻十三、一丁裏

きであらう。

槐南の詩が父春濤の風を承《う》けて、概ね綺語艶体を以て始まつたこと、それに湖山、古梅、学海、宜軒等の先輩長者から、度ゝ誡告が与へられたこと、それを槐南が如何受取つたかに就いては簡単ながら既に述べた。明治二十二年湖山が京都から出て来た時、槐南が賦して呈した詩に「少年本合悔生遅。有限才華涴二粉脂一①」の句が有り、又友人に示した詩にも「治思嘗求綺語工。漸知色相本応空②。」と言つてゐる。ところが二十三年には「戒後本事詩③」四首が有り、之を読むと、多年の積習は容易に抜けず、時に戒を破つて間情を写してゐたことが知れる。又二十四年春東台に遊んで作つた七律四首の題言には「予戒二綺語一已久。一時興会所レ到、不レ能二自禁一④。」云々と云つて居り、四首皆歯の浮くやうな、靡々の調卒読に堪へない。二十三年新年の作の如き、前者は持戒のもの、後者は破戒のものと言つても不可ないであらう。両者を読めば其の区別が判然としてゐる。以後の槐南の詩を読むには、この点に了得して居なくてはならない。

二十三

明治二十四年二月十八日、内大臣三条実美の病篤く、聖上自《みづか》ら公の邸に臨んで慰問したまひ、正一位に叙し勅語を賜はつた。その薨ずるや、廃朝三日、国葬の礼を以て音羽護国寺に葬られた。明治維新の大業が三条、岩倉、西郷、木戸、大久保等の力によつて成就したことは言ふまでもない。而して実美は三傑及び岩倉の没後も、独り明治政府の柱石として常時輔弼の重責に膺《あた》つた。すなはち明治四年太政大臣となり、一時賞勲局総裁、修史館総裁を兼ね、十八年官制改まるや、内大臣に転じ、二十二年には一時内閣総理大臣を兼ねた。公が儒雅風流で頗る文事有り、詩人を愛したことは既に述べた。国分青厓、森槐南等は当然ながら詩を作つて公の死を悼んだ。乃ち二月二十日の新聞『日本』評林欄には「奪斯人⑤」の題下に青厓の七律一首と絶句三首。二十二日の同紙文苑には「哀辞一章」と題する槐南の五古一首が載り、更に二十五日の文苑には「紀事五章」の題を以て青厓の七律五首が載つた。その餘の作者にも詩は有つたであらうが、それは一切略して、私はこゝに青厓、槐南二家の詩を録し、少しく解説を加へようと思ふ。

四海安危繋一身。功成黄閣画麒麟。精忠不負英明主。大節魏然柱石臣。
赤子真同喪吾父。蒼天何意奪斯人。中興元老今無幾。欲薦蘋蘩涙満巾。

「四海ノ安危一身ニ繋《ツナガ》ル。功成ツテ黄閣麒麟ニ画《エガ》ク」。公の一身は四海の安危に繋《つなが》り、維新の功成つて黄閣（宰相の官署、漢唐の頃その門を黄色に塗つた）に坐し、麒麟（漢の宣帝は功臣十一人の像を画いて麒麟閣の上に掲げしめた）に画かるべき、明治功臣の第一に屈指される人であつた。「精忠負《ソム》カズ英明ノ主。大節魏然柱石ノ臣」。これは説明を要しない、習見の字面を用ひた何でもない句のやうであるが、精確な対句を以て一聯を成すと、陳言がみな生動し、清新な辞気を発揮して来るのを感じる。「赤子真ニ同ジ吾《ワガ》父ヲ喪《ウシナ》フニ。蒼天何ノ意ゾ斯《コノ》人ヲ奪フ。」公は清華家の名門に生れ、王事に勤労して功臣の第一に推され、其の地位は畏くも至尊に次ぐ国民崇敬の的であつたから、其の死が国民から親を喪へる如く

①『槐南集』巻十一、十一丁表
②『槐南集』巻十一、十二丁裏
③『槐南集』巻十二、八丁裏
④『槐南集』巻十三、七丁裏
⑤『青厓詩存』巻二、四十六丁

思はれたのも尤もである。三宅雪嶺は、「公は明治維新の中枢にして元勲の筆頭に居り、全国を通じ哀悼の意を表せらる、人臣の国葬は官葬又は吏葬の観あり、独り公の国葬は心からの官民合同と見ゆ」と言つてゐる。青厓の句は単なる形容ではないことが知れる。「中興ノ元老　今　幾《イクバク》モ無シ。蘋蘩ヲ薦《スス》メント欲シテ　涙　巾ニ満ツ。」維新の三傑は明治十、十一年に相継で世を去り、十六年には岩倉公も逝き、今また三条公が逝かれると、中興の元老は「今無幾」と言ふより寧ろ絶えたと言ふに近い。蘋蘩は、うきくさとしろよもぎ、微物ではあるが鬼神に供へられた。此の結びの二句は平凡過ぎるやうであるが、格律厳重なる律詩は、句々みな典実の文字で埋め尽しては、読む者が息苦しく感ずるから、このやうな平凡な句を用ひて緩和を図ることもあるのである。次の三絶句は二首だけ取る。

　干戈流落七雲卿。惨澹竜蛇日闘争。今日乾坤誰再造。春風人酔鳳凰城。

「干戈流落七雲卿、惨澹竜蛇日ニ闘争。」三条公と云へば誰しもかの「七卿落《キャウオチ》」の故事を聯想する。文久三年八月十八日の政変により、三条以下七人の堂上は流落して長州に到つた。尊王といひ佐幕といひ、時論沸騰して干戈に及び、京闕をめぐる列藩の闘争は、『易』の「竜野ニ戦ヒ其ノ血玄黄」といふが如き惨劇の連続であつた。惨澹竜蛇の七字は杜甫の句である、このやうに古人の成句を借用することは作詩の一法であるが、他の句が之に副ひ得るものでなければならぬ、此詩の如きは其の点成功せるものと言へよう。雲卿は雲客月卿即ち殿上人のことである。「今日乾坤誰カ再造。春風人ハ酔フ鳳凰城。」乾坤を再造するやうな御一新の大業は、公の力に俟つ所頗る多かつた。今や春風吹きわたる鳳凰城に、満都の人は聖世を謳歌して、酔へるが如くである。

　温顔接士気如春。吐握何慚古大臣。別見雍容儒雅気。憐才当日及詩人。

「温顔士ニ接シテ気春ノ如シ。吐握何ゾ慚《ハ》ヂン古大臣《コダイジン》。」温顔以て人に接し、人は公に対する時春風に坐するの思ひをなした。周公は「我 一沐ニ三タビ髪ヲ握リ、一飯ニ三タビ哺《ホ》ヲ吐キ、起《タツ》テ以テ士ヲ待ツ、猶ホ天下ノ士ヲ失ハンコトヲ恐ル」と言つたが、条公は平生賢士を求めるに頗る熱心で、古名相にも慚ぢざるものがあつた。「別ニ見ル雍容儒雅ノ気。憐才当日詩人ニ及ブ。」求賢は愛才に通ずる。公の文雅に富める、愛才は遂に詩人にまで及んだ。詩人の如きは抑ゝ末であるの意にも取れる。

文苑欄に載つた五首は其の最初と最後の二首を取ることゝする。

鸞姿鳳影杳難尋。海内蒼生慟哭深。傾厦曾支天下勢。急流誰識大臣心。

鳳城花木春風惨。竜闕山川白日陰。三復遺言腸欲裂。伝聞聖主悩宸襟。

「鸞姿鳳影 杳トシテ尋ネ難シ。海内蒼生 慟哭深シ。」鸞鳳は大人の容姿に喩へられる、句意明かで説明を要しない。「傾厦曾テ支フ天下ノ勢。急流誰カ識ラン大臣ノ心。」天下の形勢危急を告げ、大厦の将《まさ》に倒れんとする時、公は一木となつて之を支えた。中興後、太政大臣となり位人臣の極に達するや、急流中に勇退せんことを思ひ、再三骸骨を乞うたが、その都度慰留の勅を賜はり、感激して思ひ止つた。その間の公の心事を誰が知らうぞ。「鳳城ノ花木春風惨ニ、竜闕ノ山川白日陰《クモ》ル。」花木惨として山川陰《くも》る、国葬とは言へ、満城の愁色を形容して辞を極めてゐる。三条公なればこそである。明治中、国葬の盛儀を極めたるもの、前には三条、後には伊藤、といはれた。明治天皇は伊藤の葬儀を、出来る限り盛大にせよ、但《ただ》三条のそれを超えぬやうに、と仰せられたと云ふ。「遺言ヲ三復シテ腸裂ケント欲ス。伝聞ス聖主宸襟ヲ悩マスト。」詩意明白である。此の詩には鳳の字が重複し、前の詩には気の字が重複してゐる。詩は字の重複して差支ない場合もあるが大体禁忌とする。新聞の詩、殊に評林の如き時事を取扱ふものは即事即成でなければならぬ。青厓は詩才敏捷で、筆を落《おと》せば即ち成るの概があり、久しきに亙り能く之に堪へたが、往々即成の餘り、文字の重複その他拙速の譏を招くことがあつた。翔南は之を病み屢ゝ青厓に注意したが、青厓は平然として一向意に介しなかつたと、仙台出身の漢学者で、青厓に引かれて新聞『日本』の校正係をした館森袖海の直話である。

　儒雅風流気象温。陪莚三日酔仙源。渓光欲動月臨閣。林影乍晴雲満軒。
　讌飲曾経追北海。文章肯比記南園。他時晃嶽尋陳跡。極目煙霞尽断魂。

「儒雅風流 気象温《オン》ニ、陪莚三日 仙源ニ酔フ。」儒雅風流なる条公に招かれて、晃山の仙境に遊ぶこと三日、詩酒の筵に陪したのは僅に半年前の事であつた。「渓光動カント欲シテ 月 閣ニ臨ミ、林影乍《タチマ》チ晴レテ 雲 軒ニ満ツ。」当日目にした所の景を追憶して叙べたのである。「讌飲曾テ経テ北海ヲ追ヒ、文章肯《アヘ》テ比センヤ南園ヲ記スルニ。」前漢の孔融は魯国の人、孔子の後裔で、北海国の相となり孔北海と称せられた。性、客を好み、口癖のやうに「坐上客常ニ満チ、樽中酒空シカラザレバ、吾憂《ワレウレヘ》ナシ」と言つてゐた。条公の讌席は北海のそれを追ふものゝ如く、我〻詩人は招かれて大いに詩酒に酔うた。南宋の寧宗の時、権相韓侂冑《タクチウ》は霊隠山下に南園を営み、之が記を有名な詩人陸放翁に属し、放翁は南園記を作つた。韓の敗るゝに及び、放翁は清議に譏《そし》られ、大詩人の名節に疵《きず》がついた。我〻の晃山に於ける詩文は、放翁が南園記を作つたことに比せらるべきではない。「他時晃嶽陳跡ヲ尋ヌレバ、極目ノ煙霞尽ク断魂。」他日、晃山に昔遊の跡を尋ねたら、満目の煙霞も尽く断腸の種となるであらう。これには槐南の評が附してある、仮名文に改める。「此首《コノシュ》、晃山陪讌ノ栄ヲ紀ス。公ノ別墅、翰墨ノ興アリテ、後堂、絲竹ノ好ナシ。謙虚士ニ下リ、春風靄如、同遊スル者ノ感戴シテ忘レザル所ナリ。誦シテ末句ニ到リ、泫然トシテ涙ヲ垂ル。料《ハカ》ルニ巖谷古梅、矢土錦山諸賢、亦余ト感ヲ同ジウシ、泣《ナンダ》数行下ルモノアラン。」古梅巖谷修も評して曰ふ「青厓一タビ識韓ノ知遇ニ感ズルコト此ノ如シ、況ンヤ修ガ如キ、親炙二十餘年、豈、五内為《タメ》ニ裂ケザルヲ得ンヤ。」錦山の評は略する。

新聞の詩はあまり長いものは喜ばれない、勢ひ近体の律、絶が多くなる。青厓は対句を作ることに卓絶した手腕があつたから、複雑な時事を巧みに対句にして、多く七律を作つた。これが当時の読者の好尚に投じた。右の輓詩は青厓としては決して上出来ではないが、事柄を重んじて取つたのである。青厓は律詩、槐南は古詩、各〻其の所長を擅《ほしいまま》にして詩界に雄視した。

さて、槐南の「哀辞一章」である。五言三百九十字、賄韻。賄韻は僅に六十字しか無い険韻である、その中から三十九字取つて押韻し一篇を成した。到底凡手の能くし得る所ではない、槐南の手腕を十分に発揮した傑作である。

乗箕忽焉往。風雲二十載。人間下仙鶴。天下想風采。汎源俟舟楫。和羹望鼎鼐。
梁木一旦摧。哀哉失元宰。緬昔中興初。天心禍未悔。操戈同室兵。激変京闕殆。
外国眈虎視。列藩動驕怠。幕議徒沮喪。廷論紛冗猥。公以瑚璉器。唱義徇朝寀。
同済誓扶顚。七卿倶引罪。濁浪排長門。横流不可匯。筑紫何冥冥。鬼火射鍪鎧。
寒声聞月明。馬骨傷霜嶉。百艱志不移。烱烱寸丹在。王業当維新。草創百度改。
魚水諧君臣。拳拳鞠躬毎。廟略掌絲綸。積弊除痱瘣。大事先憂虞。小心敢萎腇。
端厳貴持重。醇謹不自紿。清節推再世。勲徳冠八愷。伯仲見伊呂。視丕才十倍。
東閣延名賢。緑野面爽塏。下有汎汎鷗。漁歌答欸乃。丹篆留印賞。珍異絶珠琲。
翰墨騰晶輝。光豈在組綵。相業亦如斯。袍笏羞傀儡。晩営晃山墅。林亭倚崔嵬。
沸水鳴潺湲。危巖峙礌磊。当崖産紫芝。沿沢長芬茝。笑濯簪纓塵。臨闌手承頮。
觴詠従鄒枚。悠然楽嵲嶵。如余樗櫟材。亦忝青眼待。長記鸞鳳姿。俄驚晦光彩。
至尊親哭臨。四海気頓餒。擗膺喪慈母、哭泣任衣浼。時維辛卯春。二月花破蕾。

花木亦惨澹。風煙空蕩駘。回首対鷗荘。春水自漼々。浩蕩没不回。鷗波涙成海①。

「箕ニ乗ジ忽焉トシテ往ク、風雲二十載。人間仙鶴下リ、天下風采ヲ想フ。」乗箕とは、殷の高宗の名相傳説《えつ》が高宗を佐《たす》けて天下を治め、死して天に昇り、星となつて箕尾二星の間に位したといふ故事。以て三条公の死に喩へた。風雲の二字、雲は竜に従ひ、風は虎に従ふといふ如く、明君と賢相の際会することを表はす。又、竜が風雲を得て天地の間に飛躍する如く、英雄が時世の変に乗じて功業を成すに言ふ。三条公は風雲に際会し、明治四年太政大臣に任じ、二十四年内大臣を以て歿するまで、実に二十年であつた。其の高貴なる人品は、仙鶴が下界に下つたかの如く、天下みな其の風采を想望した。「源ニ汎《ウカン》デ舟楫《シウシフ》ヲ俟《マ》チ、羹《カウ》ヲ和シテ鼎鼐《テイダイ》ヲ望ム。梁木一旦摧《クダ》ケ、哀《カナ》シイ哉元宰ヲ失フ。」水にうかんで源を窮むるには舟楫に俟《ま》たねばならず、五味を調和して羹《あつもの》を作るには鼎鼐（鼐は大かなへ）を必要とする。国家といふ屋を支へる梁木が摧《くだ》け、哀しい哉我国は大宰相を失つた。以上が第一段、全篇を六段に分つて説明する。

「緬昔《オモフムカシ》中興ノ初メ、天心禍《ワザワヒ》未ダ悔イズ。戈ヲ操《ト》ル同室ノ兵、激変京闕殆《アヤフ》シ。外国虎視眈《タン》タリ、列藩動《ヤヤモスレバ》驕怠。幕議徒ラニ沮喪シ、廷論紛トシテ冗猥《ジヨウワイ》。」緬ははるかの意、又思ふ貌、緬昔は、おもふむかし、とよむが可。維新中興の初め、災禍しきりに降るも天は之を悔いざるもの丶如く、国内互ひに兵戈を操《と》つて相争ひ、文久三年八月の政変の如き京闕は非常な危殆に陥つた。外国は虎視眈々として神州を窺ひ、列藩は心おごつて事を怠り、幕府は何を議しても之を実行する力なく、朝廷は議論紛々として定まらず。「公ハ瑚璉《コレン》ノ器ヲ以テ、義ヲ唱ヘテ朝寀《サイ》ニ徇《トナ》フ。同済《サイ》扶顚ヲ誓ヒ、七卿倶《トモ》ニ罪ヲ引ク。」この時、公は宗廟に用ふる瑚璉といふ器の如く、公卿中第一の器量を以て、率先して正義を唱へ、之をあまねく朝寀（寀は官）に示し（徇はとなへる、あまねく示す）患難を共にし、社稷の顚《くつがへ》るを扶《たす》けんことを誓ひ合つた（同済は同舟共済の略、同じ舟に乗つて川を済《わた》る、即ち患難を共にするの喩）。禁門の変には公卿七人が罪を引き、公は七人の領袖として都を落ち長州に走つた。「濁浪長門ヲ排シ、横流匯《クワイ》スベカラズ。筑紫何ゾ冥々タル、鬼火鍪鎧《ボウガイ》ヲ射ル。寒声月明ニ聞キ、馬骨霜皠《サイ》ニ傷《キヅツ》ク。百難志移ラズ、炯《ケイ》々寸丹在リ。」既にして征長の役起り、滔天の濁浪は横流となつて、挽《ひ》き回《めぐ》らすべからざるの勢ひを呈した。七卿は席暖かなる暇もなく、長州より筑紫《つくし》に遷された。筑紫の海は冥《くら》く、不知火《しらぬひ》は冥途を照す鬼火《おにび》の如く我《わが》鎧を射る。月明に潮声の寒きを聞き、秋霜の白きは我《わが》馬の骨に沁みとほるばかり。いかに百難に遇ふも志は堅く移らず。一寸の丹心は耿々として内に自ら燃えてゐる。以上第二段。

「王業維新ニ当リ、草創百度改マル。魚水君臣諧《トトノ》ヒ、拳々鞠躬毎《ツネ》ニス。廟略絲綸ヲ掌リ、積弊痱瘤《ヒライ》ヲ除ク。大事先ヅ憂虞、小心敢テ萎腇《ヰタイ》センヤ。」王政維新、百度草創の際、公と主上との間は水魚の如く諧《ととの》ひ、拳々（まごころある貌）として毎《つね》に王事に鞠躬尽瘁した。絲綸《みことのり》を掌り、廟謨をして綸旨に違はしめず、積弊を除くこと痱瘤《はれもの》を除くが如くした。大事は人に先んじて憂へ、心を配ること細かく、而も萎縮退嬰《ちぢまりひつこむ》といふことを知らない（萎腇はよわし、ちぢまる。弱くして事を怠るの義）。征韓論の際、三条は征韓派と内治派の板挟みとなり、憂虞の極、病に倒れたが、岩倉は職権を以て高圧に出で、断然征韓派を斥けた。是を以て世には三条を優柔不断とし、岩倉の剛毅決断を称揚する説が多い。然しこれに就て私は三宅雪嶺の所説を極めて穏当と見る。その説、三条は「人に接して丁寧、敢て争ふこと無く、岩倉の如く盤根錯節に堪へざるも、岩倉の如く利権に惑ひ、進退を二三にせず、決断にこそ躊躇すれ、威嚇に対し毅然変ぜず、岩倉の為し得ざる所に出づ」。是れに依て観ると、槐南の条公を詠ずる、字々みな確切、大事、

① 『槐南集』巻十三、四丁裏

小心二句の如き、征韓論に於ける公を弁護するものと見ることも出来よう。この二句は立派な対句を成す。「端厳 持重《ジチヨウ》ヲ貴ビ、醇謹自ラ紿《アザム》カズ。清節 再世ヲ推シ、勲徳 八愷《ガイ》ニ冠タリ。伯仲 伊呂ヲ見、丕《ヒ》ニ視《クラ》ベ 才《サイ》十倍。」公は事に処し身を持すること、正しくおごそかなれば、従つておもおもしき所があり、てあつく謹しみ深く、行ひに表裏がない。公の父実万《サネツム》も光格、仁孝、孝明の三朝に歴事し、良相の誉が高かつた。父子二代の勲徳は当日廷臣の冠と目せられた。八愷は『史記』に昔高陽氏ニ才子八人アリ、世ソノ利ヲ得テ之ヲ八剴トイフ」とある。杜甫は諸葛孔明を詠じて「伯仲之間見伊呂」（殷の伊尹、周の呂尚、共に天下の名相）と言ひ、蜀漢の昭烈帝は崩ずるに臨み後事を孔明に託し、「君ノ才ハ曹丕ニ十倍ス、必ズ能ク国家ヲ安ンジ大事ヲ定メン」と言つた。伯仲、視丕の二句はいづれも条公を孔明に比したもので、昭烈帝と孔明の異体同心、君臣水魚の交りは、之を明治帝と三条公の関係に比するに頗る恰好と思はれる。以上が第三段。

「東閣名賢ヲ延キ、緑野爽塏ニ面ス。下ニ汎汎ノ鷗アリ、漁歌欸乃ニ答フ。丹篆印賞ヲ留メ、珍異珠琲ヲ絶ツ。翰墨晶輝ヲ騰シ、光《ヒカリ》豈組綵ニ在ランヤ。相業モ亦斯ノ如シ、袍笏傀儡ヲ羞ヅ。」漢の公孫弘は丞相と為り、東閣を開いて四方の賢士を招いた。唐の裴度《ハイド》は天下の重きに任ずるもの三十年、老て洛陽の南十里、午橋に別墅緑野堂を営んだ。当時の名士皆之に従つて遊び、詩人白居易、劉禹錫の如きも与《とも》に其の間に觴詠した。東閣、緑野の二句は此の二つの故事を以て、条公の門庭に賓従の盛んにして、中に幾個か有名な詩人の有りしことに喩へたのである。東閣はその官邸或は私第と見るべく、緑野は橋場の別墅対鷗荘に当るやうだ。

「竜の臥す岡の白雪踏みわけて草の廬《いほり》をとふ人や誰」明治天皇の御製である。蜀漢の昭烈帝が賢臣を得たいといふ至願から、臥竜と云はれた諸葛孔明を三度もその草廬に尋ねて出廬を求めたといふ故事に、同じ帝者の身として明治天皇が如何に深く御感あつたか窺ひ知ることが出来る。その明治帝は三条を明治第一の功臣とし「諠師父の如し」と云つて敬重せられ、三条の生前六度もその邸に行幸された。他の諸臣に対しては無いことである。詩は此の君臣の関係を叙べるに、杜甫が孔明を殷周の名相伊尹や呂尚と伯仲の間に在りとし、昭烈帝が孔明の才は敵国の主曹丕に十倍すると言つた、此の二つの故事を用ゐて、僅か十字で表現した。これは漢詩ならでは出来ぬ藝で、故事運用の妙を発揮した漢詩の特長であることを知らねばならない。

対鷗荘は高燥で爽明な境地を占め、前面は溶々たる墨田川の流れで、煙波の間に汎汎たる白鷗の影を望み、漁夫の歌ふ声は櫓の響と相和して聞こえる。条公は屢ば此地に名士雅流を招き、翰墨風流の筵を張つた。公には愛印の癖があり、丹色篆字の印譜など作つて客と賞翫を共にした。印材の如きも公は故《ことさ》らに珍異を索めず、名珠琲玉の如き珍異（琲は玉に穴をあけ、ひもで綴つたもの）を絶つて極く普通のものを用ゐた。其の興に乗じて毫を揮ふ時は雲煙飛動して座中みな目を側《そばた》てたと云ふ。対鷗荘雅集のことは『新文詩』に諸家の詩文が見えてゐる。

公には巖谷一六（古梅）の如き当時長三洲と並び称せられた大書家が附いており、公が翰墨に発揮する光輝は、組《あみいと》や綵《あやぎぬ》のやうな装飾すなはち外観の美に在るのではない。（其の内容すなはち精神の充実に在る。）公が宰相としての功業も亦これと同じことで、公は身に袍（朝衣）を着け手に笏《しやく》を持つた行儀のよい人形のやうなお公卿《くげ》様ではなかつた、そんなのは公の最も恥づる所であつた。公が人臣の極地に在り、卿相としても岩倉具視の上に坐つて居たのは、家格にもよるが実際の功績も之に称《かな》うたわけである。

以上が第四段。

「晩ニ営ム晃山ノ墅、林亭崔嵬ニ倚ル。沸水鳴ツテ潺湲《センクワン》、危巌 磊磊《ライクワイ》ニ峙《ソバタ》ツ。崖ニ当ツテ紫芝ヲ産シ、沢ニ沿ウテ芬茝《フンサイ》ヲ長ズ。笑ツテ簪纓ノ塵ヲ濯《アラ》ヒ、闌ニ臨ンデ手　頦《ガイ》ヲ承《ウ》ク。」公は晩年に別墅を日光に営んだ。亭台は林木を帯び巖石の山に倚《よ》つてゐる。山には泉水が沸いて潺湲と静かな音を立てゝゐる。傍らには巖石が嶮しく峙ち、その下には崖に沿うて紫芝、一名霊芝といふ瑞草が生じ、沼沢の岸には茝また芷といふ白花芳香の草が生えてゐる。かゝる処へ公は来つて衣冠の塵を払ひ、闌干に臨んで手に頦《あご》をうけ、悠然として日光の山〻を眺めて居られる。（「仁者は山を楽しむ」といふ風である。）

「觴詠　鄒枚《スウバイ》ヲ従へ、悠然　嵎崋《ライサイ》ヲ楽シム。余ガ如キ樗櫟《チヨレキ》ノ材、亦　忝《カタジケナ》クス青眼ノ待。」時に詩酒の雅宴を張り、お招きに与《あずか》る者は、昔梁の孝王に従った鄒陽とか枚乗のやうな一流の文人である。（悠然の句は臨闌の句に続く。）自分の如き無能の材も、公は忝《かたじけな》くも青眼を以て待遇された。（青眼は人を喜び迎へる表情、白眼は其の反。）以上を第五段とする。

「長ク記ス鸞鳳ノ姿、俄《ニハカ》ニ驚ク　光彩ヲ晦《クラ》クスルヲ。至尊親シク哭臨シ、四海　気頓《トミ》ニ餒《ウ》ユ。擗膺《ヘキヨウ》慈母ヲ喪《ウシナ》ヒ、哭泣衣ノ涴《ケガ》ル、ニ任《マカ》ス。」自分の長く記憶する鸞鳳の如き気《ケ》高い公の姿が、にはかに其の光彩を闇の中に消さうとは真に驚愕に堪へない。至尊は麻布市兵衛町なる公の邸に親臨して御涙と共に慰問の御言葉を賜はつた。（これは当時の新聞にも「公の顔色衰へたるを見そなはせられ、竜顔に御涙を浮べたまひ」と報ぜられてゐる。）四海万民は頓《とみ》に気の餒《う》えたる如く打ちしをれてゐる。自分は恰も慈母を喪《うしな》つたやうに擗膺（親を喪つた者が手もて胸をうち足もて地をうつて哭泣する）して涙に衣をよごしたことである。以上第五段。

「時維《コ》レ辛卯ノ春、二月花蕾《ハナライ》ヲ破ル。花木亦惨澹、風煙空シク蕩駘《タウタイ》。首《カウベ》ヲ回《メグ》ラス対鷗荘、春水自ラ漼々《サイ》。浩蕩没シテ回《カヘ》ラズ、鷗波涙《ナミダ》海ヲ成ス。」時はこれ辛卯の春、二月、花は巳に蕾《つぼみ》を破つて開いたが、我〻《われわれ》の目には花木も惨澹として色なく、風煙の駘蕩《のびひろがり》たるを見ても空虚な感じがする。かの対鷗荘は如何にと顧《かへりみ》れば、墨田川の春の流れは漼々として（漼は一に水の深き貌、一に涕の垂るゝ貌。作者はどちらの意味に取つたか、春の水かさの増しての意か、春水も涙と化して公の亡を傷むが如しの意か、いづれに取るも差支ないやうだ。）白鷗が浩蕩《ひろびろ》たる煙波の間に其の影を没して回らざる如く、鷗に対すと号した荘の主人の姿はもう見えない。（杜詩に「白鷗没浩蕩」とある。）鷗の浮んだ墨田の川波は一面涙の海と化した心地がする。

対鷗荘は明治六年の暮、条公が病んでこゝに静養してゐた時、明治天皇は両国橋より小船に御して橋場に至り、公の病を問はせ給うたことがある。

此の詩は三条公の人品勲績文雅を一一列叙して餘蘊なく、千言万語を費すほどの内容を、洗練し尽した三百九十字に、簡潔精明に詠出し、一字も忽《ゆるがせ》にしてゐない。その手際は驚歎に値する。冒頭の「乗箕」の故事も条公其人だから確当するのである。『大日本維新史』に重野安繹は「為首相二十餘年、退為内大臣」と書いてゐる。「忽焉往」の往は逝などでは拙《まづ》いのである。「二十載」も正確な数字だが、載の一字は韻といふことを別にしても年などでは拙い。「人間下仙鶴」は公の人品、「天下想風采」は其の徳望を表はし極めて適切である。青厓の公を弔した七律五首の最初の句は「鸞姿鳳影杳難尋」である。槐南は之を評して「杜少陵ノ哀曲江相ノ句ニ云フ、仙鶴下人間、独立霜毛整……移シテ以テ吾ガ梨堂内府ヲ賛スルニ当ラザルナシ。而シテ内府薨逝シ、至尊惋惜シ、蒼生慟哭ス」云云。これは青厓の句といふより槐南自身の句に自ら注したものと見るべきである。杜詩の句の各二字を倒置して意味は変らない所が面白い。当時『日本』紙上に「条公の徳性」と題し、「三条公は生前にても人〻三条公又は三条さん、三条殿と唱へ未だ曾て三条と呼捨に為せしものを聞かず、其他の顕要の地位に在りしもの又は現に之にあるものは伊藤と云ひ黒田と云ひ山縣と云ひ、未だ曾て「公」「様」は扨措き「さん」をすら附加するものあるを聞かず、是れ彼此人物技倆の優劣に繋らざるなり、条公の徳望は他の以て企及すべからざるものありしが如し」とあつた。「天下想風采」の注とすべきだ。このやうにして細かに説いたら果しの無い位である。

条公の没後四日、二月二十二日の『毎日新聞』は槐南のこの詩を黒框《わく》に囲み、第三頁紙面の中央に掲げた。同日新聞『日本』にも載つた。青厓は二十二日と二十五日幷せて九首の詩を『日本』に載せた。青厓、槐南は僅か三、四日の間に大作を成し、餘人の企て及ばざるものを示した。その後、依田百川（号は学海）の「輓梨堂相公次森大来韻」の一首が『毎日』に載つた。学海は槐南に長ずること三十歳、槐南は十五六頃から此人に就いて支那の小説、伝奇を読むことを学んだが、既に十餘年、詩は学海の方から槐南に政を乞ふやうになつてゐた。然しかゝる詩を人の韻に次して作るとはおかしな話である。条公は明治二年以来修史局総裁に任じ、学海はその下に編修となり、槐南は書記に採用された。やがて槐南は詩を以て公の知遇を受けるやうになり、春濤と父子二代深く公を徳とした。槐南に此の名作ある所以である。

『槐南集』を繙くと、この詩の韻たる風采の采、承頬の頬が、彩、顔と誤つてゐる。風采は風彩にも作るが、この詩は後に「晦光彩」と彩字が出て来て重複は許されない。事実新聞に載つた原作は誤つてゐない。以後この詩を載せた二三の書籍、雑誌が皆この誤を踏襲してゐるのには呆れる。詩をろくに読まず、いゝ加減に編纂してゐるのである。明治の末から漢詩は衰へる一方で、槐南の名も詩も忘れられてしまつた。近代文学の研究は益〻盛んなやうだが、明治の世を風靡した漢詩は置き去りにされたまゝ、一代の天才が苦心の作、一代の詩史も読む人なく読める人も無くなつたやうだ。

青厓の詩には一六が評して「青厓一タビ識韓ノ知遇ニ感ズルコト此ノ如シ、況ンヤ修ガ如キ親炙二十餘年ナル者ヲヤ」と云つたやうに、青厓は一度日光で公に特別の優待を受けたが、別に私情を以て輓詩を賦したわけではなく、評林の作者として史実を詠じただけである。但日光の一事を略するわけにいかぬから「讌飲曾経追北海。文章肯比記南園」の句を成した。則ち青厓の梨堂相公に於ける、単に讌宴に陪して詩を作つたといふだけで、南宋の大詩人陸游が権相韓侂冑に於ける如き、故らに南園記を作つて諛を献じたのとは違ふ、といふ意味である。青厓は自ら布衣を以て傲《おご》り、一六、錦山、槐南等が官栄に屑々たる態度を軽蔑してゐた。然し青厓とて梨堂公を徳としない筈はない、時には公の門にも候したらしい。詳しいことは何も分らないが、当時新聞『日本』へ次のやうな寄書が載つた、「青厓殿の御なまけ想ひ見るべし、忽ちにして橋場の別荘、忽ちにして浦和の出張所、旅行と聞けば却て東京に在り、病気と布れて偏に旅の空にさまよひ、その間何れに御座るやら凡人の知るべき所ならず。高く止つて済まし顔に見ゆるは此御方の一徳なるべし」云云。橋場の別荘は対鷗荘であらう。青厓も認めて載せたものと思はれる。青厓は実際このやうに風変りで、飄々乎として仙人の如く捉《とら》へ所がない。交友も新聞社も特別扱ひで、全く青厓の一徳といふものであつた。之に反し槐南は実に几帳面な事務的の人であつた。両者の比較は明治二十二年以後の『日本』と『毎日』を把つて見れば一目瞭然である。『毎日新聞』の詩欄は「滄海拾珠」と標題し、槐南が之を担当し、槐南の吟社、同人の詩を主とし、他社の詩、地方の寄稿も加へ、少きは二、三首、多きは十数首、一一槐南の批評を附し、時には餘人の評もまじへ、連日或は一日おき二、三日おきに、きまつて第一頁の最下段左方に登載した。詩の後に和歌、俳句が少し載ることもあつた。詩人槐南の名は天下に知られた。

新聞『日本』の文苑は殆ど毎日漢詩、漢文、和歌、和文、俳句、其他当時の文学作品を載せた。必ずしも場所を定めず、辺幅も長短定まらず、それに評林あり、全国の新聞中『日本』ほど文学の盛んなものは無かつた。文苑、評林みな青厓の担当だが大いに餘人の参画を容《ゆる》した。それが後に落合直文の和文和歌、正岡子規の俳句和歌に於ける革新運動の源となつたことは後に述べる。だが青厓は仕事が興味本位で放慢になり、右の寄書の文にあるやうな読者の不満を招き、新聞社も困惑したことがあるやうだ。槐南と青厓は全く其の性格を異にし、それが二人の詩業の上に顕著に現はれた。当時の諸新聞の詩欄の事に就いては後に詳しく述べる。

梨堂公は詩人を愛して屢ば雅集を催したが、自分では詩を作らなかつたやうである。明治大正間坊刻の書に、公の詩として載せたものが二三あるが信を措き難い。私は嘗て漢詩講座（アトリエ社刊）を編纂した時、その中に「明治大正名詩選」を加へ、人二百餘家、詩二千首ばかりを収録した。就中幾許《いくばく》か明治功臣の詩を取り、梨堂の詩は「明治開国功臣詩集」といふ坊本に載つた七絶一首を取つた。この本は内大臣秘書官工藤氏が珍しいからと言つて私に贈られたもので、疑はしいとは思ひながら取ることゝした。これが間違ひであつたことが後に判明した。誠に申訳ないことで、他にはこのやうな誤は無いと自ら信じてゐる。右の誤も之を発見し指摘してくれた人は今までに全く無い。その頃私は宮内省で先帝御製詩の編纂を承はつてゐたので、右の書を皇太后陛下の台覧に供へ奉つたが、三条公の詩として誤を伝へ恐懼に堪へない次第を皇太后宮大夫を通じて申上げた。公の嫡嗣三条公輝公は其の頃御歌所長で、後に御製編纂員を兼ね、私は屢ば接触の機会があつた。梨堂公の姪に当る河鰭実英氏は大正天皇の侍従、図書寮御用掛を勤めた人で、最近此人に会つて聞くと、坊間に伝はる詩があれば「一六などが代作でもしたものでせう」と。一六は自ら梨堂公に親炙する二十餘年と称してゐる如く、公の翰墨に関与する所最も大で、公の墓誌は一六の撰に成り、それが一たび新聞に公表されると、直ちに『日本』に「三条公墓誌を読みて」と題する投書が載つた。文中の疵を指摘した上「諺に曰く餅は餅屋と、文章は文章家が筆を執るを可とす、余は未だ巖谷君の文章家なることを聞かず」と。やがて甲論乙駁、諸《もろもろ》の投書が載つた。

各の説の当否はとも角、当時の世間一般に漢文は漢詩と共に習見のもので、漢文力の水準の高かつたことが分り今昔の感に堪へない。

話が少し岐路に亙るが、昭和十年秋の事である。三条公父子（実万、実美）を祀る京都の梨木神社鎮座五十年祭に当り、献詩を四方に索めるといふので、大久保利武侯が熱心に奔走され、宮内省に来られて私にも委嘱される所があり、私も国分青厓翁等と梨堂相公の事を詠じて献じた。その時梨堂公の文雅について人〻と話し合つたことがあり、私は公の晃山の別墅に雅名がある筈と思ひ尋ねて見たが誰も知らず、その後、詩友の荒浪煙厓氏が「日光の鳴虫山は紅葉で名高く、昔から日光八勝の一であり、梨堂公は別墅に鳴虫荘と名けた」と教へてくれられた。副島蒼海に「読笑山楼唱和之什寄懐梨堂相国①」の詩があり、これは晃山に於ける青厓、錦山、一六、槐南の唱和に相違ないと思はれるが、この詩以外諸家の詩が伝はらず、笑山楼などいふ変な名は信じ難いやうな気がする。

対鷗荘は大正十二年の大震災の後、東京市の区画整理の為め、橋場から南多摩郡蓮光寺向ケ岡に原状のまゝ移され、昭和八年史蹟に指定された。その向ケ岡に移されたわけは、明治天皇が南多摩の山川風物を愛せられ、明治十四年から十七年にかけ六度も遊幸して兎狩や鮎漁に興じ給うた所であり、天皇に仕へて長く宮相を勤めた田中光顕伯が昭和初年率先して聖蹟保存の会を起し、此地に記念館を建設し、明治天皇の尊像を安置し、その御遺品の外勤王志士の遺墨を多数陳列し、一般に公開した。爾来今日に至るまで多摩聖蹟として世に聞えたが、東京市は此の聖蹟の境内を対鷗荘移転の好適地として選んだものと見える。昭和六、七年頃と思ふが、聖蹟記念館が出来たばかりの時、私は田中伯に随つて此地を訪れ

---

①『蒼海全集』巻四、八丁裏

対鷗荘を見たことがある。太政大臣の遺宅として其の餘りにも質素なるに驚いたことを記憶する。今秋私は四十餘年ぶりで再び此の聖蹟を尋ねた。然るに対鷗荘は同じ多摩ではあるが、別の場所に移され、且つ心なき者の手により無残に冒瀆されてゐるのである。傍らには荒草の中に石標が立ち「明治天皇行幸所対鷗荘」「史蹟天然記念物保存法により史蹟として昭和八年十一月文部大臣指定」と記してある。而も実際は保存に非ずして委棄である。かの伊藤博文の滄浪閣、山縣有朋の椿山荘も亦皆な之と同じ運命に遭つてゐる。明治元勲の遺蹟に対する此の亡状を見て、私は黯然として言ふ所を知らないのである。

二十四

茉莉吟社から星社へ――詩社の背景に有力官員を持つと云ふことは森門の伝統である。三条梨堂に知られ、伊藤春畝に用ゐられ、副島蒼海に推された槐南は、更に山縣含雪有朋の知を受け、伊藤内閣の内閣書記官長であつた田中青山光顕に交を得た。山縣と田中は維新以来の盟友で、共に詩歌の嗜みが深く、互に唱和した詩があり、そこに槐南が介在した。山縣と田中は東京の目白に其の邸宅が隣合つてゐた、有名な椿山荘と芭蕉庵である。明治二十四年十月槐南が作つた「椿山荘歌」は槐南一代の名作である。既に「哀辞一章」を解説した私は、引続きこの「椿山荘歌」を解説して読者に饗したく思ふのである。

椿山荘は小石川区目白台に在つた。小石川の地は南に江戸川を帯び、之に並行して走る丘陵が二つ、其の東なるを小日向台、西なるを目白台と云つた。目白台は江戸川を前にし東西に連亙すること約三十町、台の東端に有名な目白不動堂及び蓮華寺があり、その辺一帯を椿山と呼んだ。明治十年西南の役から帰つた山縣は、暇日毎《ごと》に、東京の近郊に遠乗《とほのり》して、目白の椿山に阿波の人岡本監輔の所有に係る旧旗本の下屋敷が有るのを見、之を購入して旧宅を改築し、更に隣近の土地を買ひ足して大いに林泉を経営し、以て棲息の所とした。広袤一万八千坪、その三分の二は渓及び山である。自然の湧水が渓流をなし、或は澱《よど》んで潭となり、或は懸《かか》つて瀑となり、渓を夾《さしはさ》む両丘の上には老松七八株亭々として聳ゆる下に、松、柏、楓、椿、竹、雑木、笹など欝然として茂り合ひ、山荘の外は南に江戸川の清流が帯の如く縈廻し、南から西にかけては早稲田村の田圃が一面に打続き、遠く西の空には白雪を戴《いただ》く富士山が望まれた。山縣は杜甫の句「窗含西嶺千秋雪」から取つて含雪と号し、友人長三洲をして杜甫の句を書せしめ、扁額として楣間に掲げた。

　是より先、明治の初め皇族ならざる大将は西郷隆盛一人といふ時、已に中将に栄進してゐた山縣は、東京に邸宅を構へんとし、土地を物色して郊外の駒込に広大な売地があり、当時の価で二千円といふに垂涎しつゝ手が出せなかつた。已にして西南の役が起り、征討参軍として出征し、功を遂げて東京に返つた山縣は、再び土地を物色して遂に椿山を得、其の値《あたひ》また二千円であつたと云ふ。椿山は甚だ平地に乏しく、その為め造園に天稟の才能を有した山縣も、後年小田原に古稀庵を営んだ時ほど思ふ存分の事は出来なかつたが、それでも樹木の配合、泉石の布置など多く其の意匠に出たものであつた。駒込の方は其後、富豪岩崎の手に入つて六義園となり、幾ばくもなく、椿山荘と六義園と、相並んで東都の二名園と称せらるゝに至つた。

　山縣含雪将軍有朋椿山荘歌①

山茶谿水鳴琤鏘。寒雲棘樹秋蒼蒼。昔為乞丐峪。今作将軍荘。」
将軍昔亦起卒伍。暗唖叱咤風雲聚。時来指揮衛霍軍。功成密勿伊呂輔。」

①『槐南集』巻十三、二十一丁表

侯王将相有種哉。同是附鳳攀竜来。今日君恩紀鐘鼎。当年此地委蒿萊。」
自従別墅開緑野。松台竹菴潭影瀉。接羅酔挿黄花帰。行人皆識山公馬。」
豈無絲竹娯。未憶秋風鱸。誰謂謝安石。老欲棲西都。」
一丘一壑頗自足。何人為唱椿山曲。我来問訊第五橋。笑看庭草随意緑。」
平生拄笏望嶽雲。為我倒屣情何殷。菲才謬許草堂杜。此園何愧何将軍。」
将軍達而曠。酒酣拓戟恕疏放。英雄不作寒乞声。詩人願洗窮愁相。」
鬚眉軒昂老気横。哀壑松濤知此情。芭蕉庵裏雨数点。蓮華寺中鐘一声。

「山茶谿水 鳴ル琤鏘《サウシヤウ》、寒雲棘樹《キヨクジユ》 秋蒼蒼。昔ハ乞丐《キツガイ》ノ峪ト為リ、今ハ将軍ノ荘ト作《ナ》ル。」山茶渓《つばきだに》の水は琤々と音を立て、寒雲と雑木は秋の色蒼々として椿山を覆《おほ》てゐる。こゝは昔は乞丐谷《こじきだに》と云はれた所で、今は山縣将軍の山荘となつてゐる。」こじき谷と云ふのは、椿山の南側江戸川に面した崖《がけ》は日当りがよく、当時多くの乞食が集つて、かまぼこ小屋を作り住んで居たから此名が生じたのである。

「将軍昔亦《ムカシマタ》卒伍ニ起リ、暗唖叱咤風雲聚《アツマ》ル。時来ツテ指揮ス衛霍《カク》ノ軍。功成ツテ密勿《ミツフツ》伊呂ノ輔。」将軍も昔は卑しき卒伍の間から身を起し、風雲に乗じて三軍を叱咤し、時を得て衛青や霍去病にも比すべき大将となり、所部の軍を指揮する外、功業成つて君側に伊尹、呂尚の如き輔佐の大役を努める身となつた。」衛、霍はともに漢の名将、匈奴を討つて功があつた。密勿は種々の義があるが、こゝでは精励する意。輔は輔佐。

「侯王将相 種《シユ》有ランヤ、同ジク是レ鳳ニ附シ竜ニ攀《ヨ》ヂテ来ル。今日君恩鐘鼎ニ紀シ、当年此地蒿萊ニ委ス。」王侯や将相の地位に至る者は特別の血統がある訳《わけ》ではない。将軍も外の功臣と同じく聖天子中興の運に附随して登り、今や勲名を鐘鼎に紀《しる》されるまでになつて、始めて山荘を営むべく、荒草に埋れてゐた此の土地を求めたのである。」附鳳攀竜の竜鳳は天子、英主に従うて功を立てる。
「別墅《ベツシヨ》緑野ヲ開キテヨリ、松台竹菴 潭影瀉《ソソ》グ。接羅《セツリ》酔ウテ黄花ヲ挿《サシハサ》ンデ帰ル、行人皆識ル山公ノ馬。豈絲竹ノ娯《タノシミ》無カランヤ、未ダ憶《オモ》ハズ秋風ノ鱸《ロ》。誰カ謂フ謝安石、老テ西都ニ棲《ス》マント欲スト。」かくて別墅緑野堂が開かれて、松の台《うてな》あり竹の菴《いほり》あり、其の影を映した潭水が下に流れ注《そそ》いでゐる。日に其の間に逍遥するは勿論であるが、風流な将軍は梅や桜や菊などの時節になると、朝早く馬に乗つて遠くへ花を見に出かけ、手折つた花を帽子に挿んで帰つて来る。路傍の人もあれが山公だと馬上を指さして知つてゐる。謝安石は東山に高臥して絲竹をほしいまゝにし、西都に出て富貴を極めても、常に東山を忘れることが出来なかつたと云ふ。我が公も東山に比すべき此の椿山に、時々絲竹の娯みを催して、故郷の蓴鱸に心を引かれるやうなことは無い。緑野は後世専ら顕達の別墅の代名詞に用ひられる。接羅は白帽、晋の征南将軍山簡は常に習家の園池に遊び、酔へば倒《さかさま》に接羅を着け馬に乗つて帰つた。ここでは山簡を山縣と通じ用ゐた。黄花は菊の異名、この詩は秋の十月に作つたから此の語を用ゐた。秋風鱸は晋の張翰が秋風の起るや故郷の蓴菜《じゆんさい》のあつもの、鱸魚《すずき》のなますを思ひ、官を棄て、帰つた故事。謝安石は晋の人、東山に高臥した。時人皆云ふ、安石出でずんば蒼生を如何せんと、出でて孝武帝に事《つか》へ功業を立てたが、常に心に東山を忘るゝ能はず、遂に都に卒した。

「一丘一壑頗ル自ラ足ル、何人カ為ニ唱ヘン椿山ノ曲。我来ツテ問訊《モンシン》ス第五橋、笑ツテ看《ミ》ル庭草随意ニ緑ナルヲ。」山荘には丘あり壑《たに》あり、景物は十分に足りてゐる。誰かこれを詩に詠《うた》つて椿山の曲を唱へ出さないものか。自分は江戸川の橋を尋ねて渡り、山荘に入つて庭園の芳草意のまゝに緑を呈してゐるのを眺めた。問訊第五橋、これは杜甫が長安の近郊韋曲にある何将軍の山林に遊び、前後作る所の詩十五首の中、「不識南塘路。今知第五橋。」「問訊東橋竹。将軍有報書。」等の句があり、第五は橋名。こゝでは槐南が山縣将軍の山荘に赴くに、江戸川橋を尋ねて渡ることを云ふ。橋を渡つて左に急阪を登ること数町にして山荘に達する。

「平生笏ヲ拄《ササ》ヘテ嶽雲ヲ望ム、我ガ為ニ屣《シ》ヲ倒ニ《サカサマ》ス情何ゾ殷ナル。菲才謬《アヤマ》ツテ許ス草堂ノ杜、此ノ園寧《ナン》ゾ愧《ハ》ヂン何将軍。」平生は悠然と頬杖をついて富嶽の雲を望まれる公が、今日はあわただしく下駄をさかさまに穿《は》かんばかりに、自分を歓《よろこ》び迎へて下さつた。自分は菲才ながら聊《いささ》か詩を作るので、草堂の杜甫が何《か》将軍に招かれたやうな御もてなしを受けるとは忝《かたじ》けない。況《ま》して此の園は何氏のそれに比してはづかしいやうなものではない。拄笏、拄は音シユ、ささへる。笏は音コツ、しやく。しやくにてほほづゑをつく。倒屣、はきものをさかさまに穿くは人を迎へる意のあわたゞしく情の切なるにいふ。拄笏と倒屣と句を隔てて、照応させた所が面白い。殷、さかん、殷勤の殷。草堂杜、杜甫は曾て蜀の成都に浣花草堂を築いて住んだ。

「将軍達ニシテ曠、酒酣ニシテ拓戟疏放ヲ恕ス。英雄作《ナ》サズ寒乞ノ声、詩人願ハクハ洗ハン窮愁ノ相《サウ》。」将軍はなかなか通人で而も度量が広い。だから酒がたけなはになると起つて剣舞などやり出す自分のこの不作法も恕して下さる。公は一代の英雄であれば、詩や歌をうたつても詩人の物欲《ほ》しげな卑《ひく》い調子などは為さない。一介の詩人もこゝへ来てはふだんの貧乏くさい愁へ顔は洗つて了《しま》はねばならぬ。達而曠、達は物事に通達し、曠は心ひろし。拓戟、かゝる熟字はない、何かの訛《あやまり》であらう。作者の意は槍や刀など振りまはすことを言つたものか。疏放は気まゝに振舞ふ状。

「鬚眉軒昂老気横《ヨコ》タハル、哀壑ノ松濤此ノ情ヲ知ル。芭蕉庵裏 雨数点、蓮華寺中 鐘一声。」見れば公は鬚《ひげ》はり眉あがり、武将らしき老練の気概まさに軒昂たるものがある。下の壑《たに》からものすごく吹き上げる風に、濤のやうに涌《わ》く松籟の音も、自分の此の心を知つて調子を合せてくれてゐるかのやうだ。さて参上してからもう時間も長く日も暮れかかつた。あの有名な五月雨の句の芭蕉庵に、ぱらぱらと雨が降りそそいで。蓮華寺の入相の鐘が、一《ひと》声二《ふた》声聞えて来た。老気、杜甫の詩に「老気横九州」とある。芭蕉庵は目白の崖下関口に在り、松尾芭蕉は寛文中江戸に出て、関口の上水堀割の工事に役務した時、目白より早稲田を望んで、江州粟津ケ原の趣ありと言ひ歎称した。因て後の俳人宗瑞、馬光等こゝを芭蕉の旧蹟となし「五月雨に隠れぬものや瀬田の橋」といふ芭蕉の短冊を塚に築いて五月塚と称した。後に至り別に芭蕉を祀る庵を作り芭蕉庵と称したといふが其の縁起は明かでない。田中光顕が邸宅を椿山荘の西隣に営んだ時、芭蕉庵は其の園中に入つたと云ふ。蓮華寺は目白不動堂の西隣、椿山荘の東隣に在つた寺。芭蕉と蓮華と、自然対照の妙を成した。目白不動の本尊は弘法大師が羽州湯殿山荒沢の滝に造つた二仏の一体で、早く此地に移され、寛永中将軍鷹狩の時、城南の目黒不動堂に対し目白と称すべしと命じたと伝へられ、東都五色不動の一。

もう四十年の昔になる、明治大正の詩を選ぶに当り、私は鈴木豹軒先生と、槐南の詩に就て論じたことがある。『槐南集』中の圧巻が問題になり、私は「椿山荘歌」か「帰舟一百韻①」かと言つたところ、先生は其の前者を取ると言はれ、但《ただ》結末の二句が古詩の音調でないと言はれたのを思ひ出す。

明治二十四年といへば、其の五月まで山縣内閣が続いた年である。当時槐南は年僅に二十九、官は眇たる枢密院の属。而も詩は天下第一の称さへあつた。翌二十五年の春には、副島蒼海に上《たてまつ》る五言二十四韻の詩②を作つた。字字心血を尽し、哀辞一章に並ぶべき傑作である。哀辞と椿山と上蒼海の三首だけ

---

① 『槐南集』巻二十七、十二丁裏
② 『槐南集』巻十四、一丁裏

でも、詩人槐南に対する評価は定まると言つて可《よい》であらう。然るにこゝに面白いのは、二十四年歳末の除夕、永坂石埭が詩人仲間を其の祭詩龕に招いた時、槐南が作つた七絶十首中の最後の四首①である。

太白山人笑擲觴。天風海水自浪浪。蒼然気骨凌前輩。此事空同独擅場。　謂国分青厓

太白山人笑ツテ觴ヲ擲ツ。天風海水自ラ浪浪。蒼然気骨前輩ヲ凌グ。此事《コノコト》空同ノ独擅場《ドクセンヂヤウ》。

青厓は星社その他の詩会に出ても、詩人と伍をなすことを喜ばぬかの如く、酒も飲まず早退することが多い。気骨蒼然として前輩を凌ぐの態がある。格調を重んずる詩は明の李空同そのままで、これは彼の独擅場である。この日除夕の集りでも青厓は早退したことが他家の詩に見えてゐる。笑擲觴とは早く酒を止めて去つたことを言うたのであらう。天風の句は太白山人の詩の形容か意味幽晦を免れない。此の詩は平生槐南が青厓をどのやうに視てゐたかが解つて面白い。独擅場は多く好い意味に用ゐられる語だが、こゝでは詞場に孤独の意味にも取れるやうだ。

竹君神韻抵新城。酌緑斟紅熨貼平。来日花開鶯満樹。画船春水賦清明。　謂本田種竹

竹君ノ神韻　新城ニ抵《イタ》ル。酌緑斟紅　熨貼《イテフ》平カナリ。来日花開キ鶯樹ニ満ツレバ、画船春水　清明ヲ賦セン。

種竹君の詩は新城の王氏の神韻説を奉じ、辞を措くこと頗る穏妥である。花開き鶯啼く頃になつたら、春水に画船を泛べ王氏に仿《なら》うて清明の詩でも作るか。「平山堂下五清明」は人口に膾炙した王漁洋の句である。

青厓、種竹は槐南と東都の詩壇に鼎立する者である。但青厓は介然として特立し、之に対する槐南の対抗意識は極めて熾んであつた。

徴絲撰竹俊遊曾。又共詩龕此夜灯。欲問吾生何位置。可為蕩子可為僧。

徴絲撰竹 俊遊曾《カツ》テス。又共《トモ》ニス詩龕此夜ノ灯。問ハント欲ス吾《ワガ》生何ノ位置。蕩子タル可ケンヤ僧タル可ケンヤ。

曾て大いに絲竹を徴し素晴しい遊興をしたことがあるが、今夜は又その時の友人と共に詩龕の灯火を守る。一体自分の詩的立場はどうなのか。破戒の蕩児かそもそも持戒の清僧か。

大胆な言ひ方をしたものである、綺語艶体から出発した槐南は、年而立に達せんとして尚ほ此のやうな心境に在つたのか、要するに自嘲である。

升平無補悔応遅。句不堪伝況祭之。笑殺毀誉尚相半。槐南三十以前詩。

升平 補《オギナヒ》無ク悔《クイ》応《マサ》ニ遅カルベシ。句伝フルニ堪ヘズ況ヤ之ヲ祭ルヲヤ。笑殺ス毀誉尚ホ相半《アヒナカバ》ス。槐南三十以前ノ詩。

男として何等升平に裨補することも出来なかつた、悔いても遅い。詩は伝ふるに足るものなく、況や之を祭るをや。笑ふべきはいまだに毀誉の定まらない、吾輩三十以前の詩ではある。

愈《いよいよ》出でて愈妙なるものがある。これも自嘲であるが読む者は言外の意を察しなければならぬ。

話は本筋から外れるが、椿山荘の其後に就て一言触れたい。明治四十二年五月二十四日、当時東宮に在した後の大正天皇は、椿山荘に行啓遊ばされ、庭園を御逍遥、紀念の松樹を御手植あり、次の如き御詩をお作りになつた。

軽風嫩日夏初天。緑野堂開樹色鮮。園圃時聞採茶曲。坐中筆墨見雲煙。

大正六年六月、山縣は八十歳の寿筵を此処に開いたのを名残として、四十年間住み馴れた山荘を男爵

① 『槐南集』巻十三、二十四丁裏

藤田平太郎に譲つた。その時園中の一草一木も故のままとして保全し、家屋は如何に改むるも自由との約束であつた。平太郎の父伝三郎は長州萩の出身で、維新の際山縣と共に王事に奔走し、明治以後実業界に投じて大阪に於ける斯界の長老となり、男爵を授けられた。昭和に入り戦前と戦後と、私は宮内省の用務を以て二度椿山荘を尋ねた。その頃は藤田の所有に変りはなかつたが、荒廃が甚しく、殊に戦後訪うた時は兵燹の為め山林も邸宅も大きな被害を受け、昔東宮殿下が御手植の松も既に枯れ、山公遺愛の老松も老椿も殆ど枯死し又兵燹に焼け、雑草のみ茫々と生ひ茂つてゐた。それから又三十年、椿山荘は藤田の手を離れ、今料理屋になつてゐる、これは都人士の既に周知の所であらう。伊藤公の滄浪閣も全く同じ運命に在ることを私は既に見た。それに前月見て来た対鷗荘の惨状といひ、国史の上に特筆大書せらるべき此等《これら》明治の元勲の歴史的遺蹟を、無残に蹂躙し冒瀆して顧みぬ現代日本人の心理状態に、私は何ともいへぬ失望と公憤を禁じ得ないのである。

二十五

最近『陸羯南全集』九巻が、みすず書房から刊行された。羯南没して七十年、その出づる何ぞ遅かりしの歎はあるが、多くの歳月を費し、周到なる用意の下に編せられた殆ど完璧の全集であることはうれしい。明治四十三年即ち羯南の没後三年に、梶井盛編『羯南文集』が出たことがある。それを見ると羯南の論文の餘白は大半が青厓の評林で埋められてゐる。編者自ら「本編は羯南先生の論文の外、当時の文豪奇才の咳唾にして、一代を驚倒したる評林、諷叢、紀行文、雑録の類も、時代思潮の一班を知るに供せんが為に採録」したと言つてゐる。明治二十年代から三十年代は、我国ジヤーナリズムの黄金時代で、同時に又漢詩の黄金時代であつた、かういふ時代は其後もう二度と来ない。羯南は当時に於ける唯一無二の論客であり、青厓は代表的な詩人であつた。此の二人が同じ時代に同じ新聞に拠つて、共に椽大の筆を奮つたことは正に天下の壮観であつた。明治時代の読者は羯南の漢文調の文章が読める位なら、同様に青厓の詩も読めた、それほど漢詩文の力があつたのである。今では到底望めないことで、まだ羯南の文を読む人はあつても、青厓の詩を読む人は殆んど居なくなつた。「ではお前の詩話など書いてどうする」と言はれるかも知れないが、今私が書いて置かなければ、青厓はじめ明治漢詩人の事など永久に分らなくなる恐れがあるのである。

新聞『日本』は同志の士の集りである。社説として羯南の文が出ると、同じ思想をもつた青厓の詩が評林に出て、恰も二者相呼応するが如き観があつた。由来、文は米の飯のやうなもので、詩は米から造つた酒のやうなものである。飯は誰しも食べねばならぬもの、酒は飲まねばならぬことはないが、飯とは違つて人を酔はせるものがある。天下大小の事、羯南が飯にし青厓が酒にした例は紙上無数であるが、今その幾つかを挙げて少し解説を加へることとする。

明治二十三年一月二十九日の『日本』に「不幸なる姉妹を救ふの一策」といふ羯南の文が載つた。大意は、廃娼の論、一たび世に出てより、真面目な男子婦人ばかりでなく、軽佻浮薄の徒も従つて之に和し、甚しきは時の流行に便乗して虚誉を釣らんとする輩もあり、暗夜に買娼して白昼に廃娼を説く者さへ有るに至つた。群馬県会が廃娼を可決し（明治十三年群馬基督教徒が先づ廃娼の狼火《のろし》を挙げた）、次で宮崎県会が可決し、東京府会では否決されたが、転じて大阪、名古屋、神奈川、栃木の諸地方に波及した。「抑ゝ売淫なるものは人類の弱点即ち獣欲より生ずるの流弊にして、男女の交際は真愛を以て成立すべきの理に背きたるは、独り基督教徒のみ之を知るに非ず……非義の義ほど人を誤るものはあらじ、彼等娼妓の中には孝道のため止むを得ざる行為となし、其の徳義たるを信ずるものあり。彼等の社会風習の教化の書ともいふべき常磐津、清元、新内、葉唄等の俗謡には、彼等の境界をば泣くが如く、訴ふるが如く、歎《かこ》つが如く、詫ぶるが如く抑揚し、而して暗に其の心志の殊勝なるを憐惜するものあるに非ずや。彼等もとより売淫の不正なるを知らざるに非ず、然れども父母の為め又夫の為めには却て義なりと信ずるもの、如し。憂き河竹に身を沈め父母の難儀を救ふとか、夫の為めに苦海の身とかいふ文句は、一として良家の子女が不幸なる境遇を写し出し、其の心志を慰籍するの辞に非ざるはなし……売淫者にして真に自家の獣行放蕩よりなすものならしめば、暫く之を人外の人として待遇せん、然れども社会上一種の風習、非義の義に迫り、潔白の身体をみすみす泥土の中に陥る者あらば、焉《いづく》んぞ之を救ふの道を怠るべけんや」云云と、情理を尽して説いた長文である。更に二月二十四日には「遊廓の取締」と題し、一層具体的な意見を陳べてゐる。之に対し、二月十九日の評林には左の二首を見る。

不幸堪憐姉妹情。擁旗成隊大呼行。青山長奉一神教。北里驚伝万歳声。

誰道救兄還救父。多看傾国又傾城。教門亦有風流士。百二紅楼尽記名①。

不幸憐ムニ堪ヘタリ姉妹ノ情。旗ヲ擁シ隊ヲ成シ大呼シテ行ク。青山 長ク奉ズ一神教。北里 驚キ伝フ万歳ノ声。誰カ道《イ》フ兄ヲ救ヒ還《マタ》父ヲ救フト。多ク看《ミ》ル国ヲ傾ケ又城ヲ傾クルヲ。教門亦アリ風流ノ士。百二紅楼尽ク名ヲ記ス。

万歳声中入鉄関。一行壮士髪衝冠。美人不識耶蘇徳。到処青楼冷笑看②。

万歳声中鉄関ニ入ル。一行ノ壮士 髪 冠ヲ衝ク。美人識ラズ耶蘇ノ徳。到ル処青楼冷笑シテ看ル。

娼妓に身を落した姉妹の不幸を憐れむと言つて、かの一神教の基督教徒が隊を組み、旗を立て、万歳を叫びながら、北里すなはち吉原の遊廓に繰り込んで行き、大声で廃娼論をぶつのである。一体娼女等は、親兄弟や夫の難儀を救ふ為めと云ふが（これは非義の義といふものである）女の中には、男をして国や城を亡ぼして顧みぬまでに溺れさせる尤物も居る（まして人の家産や身代を傾けさす位は当前《あたりまえ》のことである）。聞けば基督教徒の中には、昼は廃娼を言ひ夜は買娼を為す偽善者も居れば、あの百、二百とある吉原の青楼の名を尽く記憶してゐる風流人も居ると云ふ。風流の二字は色事《いろごと》の意味にも用ひ、色街を風流藪沢などとも言つた。後聯、己が父兄の難儀を救ふと云ひながら、人の家庭を破壊する非義、不徳の事柄《ことがら》も、俗にならず穏かに詠じられてゐる。全体として人騒がせな偽善者を悪む所に意のあることは、この詩と同時に評林に「拝娼」と題する次のやうな和文が載つてゐることでも知れる。作者の名は無いが、新聞『日本』にはよく此の種の面白い和歌和文が載つた。

むかし男ありけり。いみしきすきものなりけり。ふとはい娼論を唱へ出てけり。世の人あやしみてありけり。ある夜この男しのびしのび北里にものしけり。をりあしく友にあひてけり。その友にはい娼論はと問はれてけり。しばしうち案じて、

はい娼と君はいへどもおのがいふはいは娼妓ををがむなりけり

とて更にはづるけしきもあらさりけりとなん。

この詩より先に二月八日には左の詩がある。

流行聞已及浮屠。廃妓如今説不孤。陳説雷同招世笑。教規瀾倒有誰扶。

演壇漫罵鬻情女。精舎翻容破戒徒。柳緑花紅千万戸。月明処々見円顱③。

① 『青厓詩存』巻二、三十五丁裏
② 『青厓詩存』巻二、三十五丁裏
③ 『青厓詩存』巻二、三十四丁裏

流行聞ク已ニ浮屠《フト》ニ及ブト。廃妓如今 説 孤《コ》ナラズ。陳説雷同 世ノ笑ヲ招キ、教規瀾倒 誰アツテカ扶《タス》ケン。演壇漫《マン》ニ罵ル情ヲ鬻《ヒサ》グノ女。精舎翻《カヘツ》テ容《イ》ル破戒ノ徒。柳緑花紅千万戸。月明処々円顱ヲ見ル。

廃娼論は基督教徒の専売ではない、一種の流行で今や仏門の浮屠にまで及んだと聞く。然しこんな陳腐の説（明治五年の藝娼妓解放の布令以来のもの）に雷同して、世の物笑ひとなるより、仏教の規模が頽れてしまつてゐるのを扶け起す者は居ないのか。演壇に立つて売笑の女を罵りながら、精舎《てら》の中には反《かへ》つて破戒の生臭坊主を容れてゐるではないか。月明の夜の京の町、そこには頭顱《あたま》を円《まる》めた人の姿が、柳暗花明、緑酒紅灯の間に隠顕するのを見るであらう。

俗悪の事を詠ずるに能く雅馴の文字を以てした。詩には文では表はせない妙趣がある。前後の七律二首、ともに結末の十四字が面白い、一は青年の教徒、一は緇衣の僧侶、自ら対照の妙をなす。殊に柳緑、月明の句に至つては、鴨東春夜の景、一幅の画の如くだ。

明治二十三年三月十二日から十四日にかけ三回に亙つた羯南の「歴史家及考証」といふ論文は、当時漢学者にして国史家を兼ね、学界の重鎮であつた重野安繹博士に筆誅を加へたものである。大刀をふりかぶつて正面から斬りつけたやうな羯南の文章は、痛烈にして毫も仮借する所なき青厓の詩と相俟つて、当時の学界を震撼したものであつた。羯南は云ふ「歴史家の一褒一貶は千古の英豪を賞罰すべく甚しきは史上の事実を抹殺し、若くは構造することなしとせず。歴史家たる者、其業や難く其責や大なり。……水戸公の大日本史、頼襄の日本外史は実に王政維新の大業を喚起せしこと少からず。故に欧洲各国の如きは深く国史教育に注意し、依りて以て国民の愛国心を養成するのみならず、歴史上仁人君子の嘉言善行は、縦令多少小説的の伝説に類することあるものと雖も、尚ほ力めて之を保存し、以て国民徳性涵養の源となさざるはなし。……今、人あり、居然として史家の地に立ち、考証の説を以て国史上に於ける聖賢忠孝の偉蹟を一筆の下に抹殺し去らんとす、是れ等閑に看過すべからず。今の時、其人を誰とかなす。文学博士、学士会員、文科大学教授、重野安繹氏是れなり。……氏は嘗て修史の職に在りて一流の地を占められたれば、氏が学者社会に於ける地位は殆んど一世の師表たるべきものあり。故に若し尋常書生の論説にてあらば、漫然冷笑に附し去るべきも、如此学者社会の師表たるべき人の口より出でては、其世に影響を及ぼすこと甚だ大、決して軽々に看過すべからず。況んや氏が考説は一場の私話に止まらず、学士会院の講壇にまで演ぜられたるをや。氏が考証の結果として始めて奇説の世に出でたるは、桜井の駅にて楠公父子訣別の事は虚伝なり、次に小楠公に弁内侍を賜はる事もなければ「とても世にながらふべくもあらぬ身のかりの契りをいかでむすばん」の歌も偽作なり、次に又児島備後三郎高徳は元来其人なし「天莫空勾践」の題詩は好奇者の構造に出でたりとて、太平記の著者児島法師なるものは元来小説家なれば、此等の事跡も恐く法師が小説的の伝奇ならん云々と、見事に一抹し去られたるは去ぬる年の事なり。此頃又〻第二篇史徴墨宝考証といへる書中に於て、平重盛が其父清盛の法皇を幽し奉らんとせしを切諌する為め兵を聚めて脅制し、其の後死を熊野の祠に祈りて薨去すといふは虚誕なり、重盛は胃病に罹りて必死を期したれば後世を祈念せしなり云々とて、重盛の兵諌孝死も亦一抹に帰せり。右に叙する所を一見する者は直に感覚すべし、重野博士の博識なる、其穿鑿（考証とはいはず）の行届ける、遂には神皇の征韓も虚伝なり、和気公の忠節も妄誕なりとて、我国古来聖賢の忠義孝節も次第に湮没し去るに至らんかと。是れ固より杞憂なれども、亦以て史家たる者の古史を論断するに慎重ならざるべからざるを猛省すべし」云々。

史官幾歳負恩栄。寂寞著書何所成。考証趁時庸博士。誌銘諛墓俗儒生。

拾来断紙零翰跡。抹去忠臣孝子名。章句漫称図不朽。孔仁孟義已榛荊①。　俗儒生

史官幾歳カ恩栄ヲ負《オ》フ。寂寞著書何ノ成ル所ゾ。考証時ヲ趁フ庸博士。誌銘墓ニ諛《コ》ブ俗儒生。拾ヒ来ル断紙零翰ノ跡。抹シ去ル忠臣孝子ノ名。章句漫《マン》ニ称ス不朽ヲ図ルト。孔仁孟義已ニ榛荊。

千年正史故捜探。獲鬼頭来喜不堪。楠子遺言帰俗説。平公忠諫付虚談。
散官養老至勲五。金屋貯嬌其数三。未必文章関世道。諂碑諛碣有餘慙②。　有餘慙

千年正史故《コトサ》ラニ捜探ス、鬼頭ヲ獲《エ》来ツテ喜ビ堪ヘズ。楠子ノ遺言　俗説ニ帰シ、平公ノ忠諫　虚談ニ付ス。散官老ヲ養フテ勲五ニ至リ、金屋嬌ヲ貯ヘテ其数《ソノスウ》三。未ダ必ズシモ文章世道ニ関セズ、諂碑諛碣餘慙アリ。

重野は史官として朝に仕へ多大の恩栄を受けながら、何等観るべき著述の成果もない。而も考証の名の下に断翰零墨を拾集して、忠臣孝子を抹殺する。その上人の金品を受けて墓誌碑銘などを作り、死者にこびて濫りに称揚の辞をなす。実に庸劣卑俗の学者である。さうして自家文章の不朽を図つても出来ることではない、已に自分から孔子の仁も孟子の義も棄てゝしまつてゐるではないか。

千年の国史を粗探《あらさがし》して、鬼の首でも取つたかのやうに喜んでゐる。さうして楠正成の遺訓も平重盛の忠諫もみな虚妄の談にしてしまふ。官に老て勲五等、屋に貯ふ妾三人。文は世道人心に益なきのみならず、碑に碣に諂諛《こびへつら》うたものの多いこと、何と恥づべきことではないか。

諷刺猶ほ以て足れりとせず、尚ほ絶句四首ある其の中の二首③。

牽強頻求新案誉。誰知虫蠹鼠饞餘。漫称博士顔何厚。未見堂堂大著書。」

地下名賢哭合深。生前美跡尽消沈。従今青史無師表。攪乱人間忠孝心。」

これには和歌が三首、後に続き、右詩中の一句を取て評にあててゐる。

心の塵芥

箒《ははき》もて己《おの》が心の塵《ちり》あくたはかせぞ君が務《つとめ》なりける

評云、漫称博士顔何厚。

醜の物知

今もかも醜《しこ》のもの知《しり》なかなかに横《よこ》さの道に人迷はすも

評云、攪乱人間忠孝心。

参照、本居翁歌曰志留辺須登醜乃物識中中爾横狭之径爾人迷波寿毛。

二十三年五月一日紙上の羯南の文に云ふ「一時天下の人心を鼓動し其の視線を牽引して集中せしめしは、志勢の海参尾の野に於て挙行せられし陸海軍聯合大演習なりき。此役や海には海軍の殆ど全部を集め、陸には陸軍の一半を会合し、陛下にも之に親臨せられ、皇族大臣も之に会し、海防献金者も之に会し、新聞記者も亦之に会したり。……此大演習に於て吾人が最も感歎したるは陛下の御奮励となす。通宵寝ねず終日憩はず、入ては軍事を聞き政機を視、出でて海に浮び山に登り、櫛風沐雨、将士の労を分たせたまひたり。陸海の将士は為めに泣き全国の臣民は為めに動く。聖皇一たび足を挙げ、天下勤王の心を鼓舞し報国の志を作興せり。其徳亦大なる哉。」

演習は三月末から四月初に及び、羯南も新聞記者として之に会し陪観した。青厓は如何であつたか明かでないが、四月五日の評林に左の詩が見える。

---

① 『青厓詩存』巻二、三十七丁裏
② 『青厓詩存』巻二、三十七丁裏
③ 『青厓詩存』巻二、三十七丁裏

六師演武壮皇猷。聖駕親臨閲未休。万馬驚塵鳴剣戟。千山暁日閃旗旒。
至尊不忘干戈事。清世長懐社稷憂。独有諸公愛春色。金城暮雨美人楼①。
六師演武 皇猷ヲ壮ニス、聖駕親臨 閲未ダ休《ヤ》マズ。万馬驚塵 剣戟鳴リ、千山ノ暁日 旗旒閃《ヒラメ》ク。至尊忘レズ干戈ノ事、清世長ク懐ク社稷ノ憂。独リ諸公ノ春色ヲ愛スルアリ、金城ノ暮雨美人ノ楼。

これは杜甫の句「独使至尊憂社稷。諸君何以答昇平。」の寓意がある。則ち至尊は常に干戈の備へを忘れず、社稷の事を憂へさせ給ふにも拘らず、扈従の大臣共はたゞ金鯱城下の春色を愛《め》で、美人の酒に酔うてゐるとは何事だと云ふわけである。

沐雨櫛風親閲兵。翠華過処泣蒼生。諸公不問干戈事。夜暖春深浪越城②。

浪越は名古屋の異名、名古屋は由来美人国として艶称せられる所である。

天皇の大演習統監は実に此の役に始まり爾後恒例となつた。当時天皇は非常な御精励で、名古屋では八事山の御座所に未明より午時まで殆んど起立のまゝでゐらせられたと云ふ。後、大正二年十一月、大正天皇は又こゝを御野立所として大演習を統監し給ひ、先帝の往事を追想して七古一篇を製せられた。

癸丑秋統監陸軍大演習有此作。

晴日跨馬出城行。路傍民庶送又迎。揚鞭直登八事山。山下幾処聞軍声。青紅樹色相掩映。
百里曠原一望平。憶起二十年前事。先帝此地閲大兵。桜樹猶護駐蹕処。秋風蕭颯難為情。

『大正天皇御製詩集』に御収めしてある。大正四年居民相謀り紀念の碑を建て、碑面に「御統監之所」と刻した。

二十六

新聞『日本』の文苑には漢詩の外、漢文や和文を載せ殊に和歌、俳句を多く取つた。それ等は大抵作者の寄稿に系るもので、実名を記したものもあるが、筆名を用ゐるか無記名のものが多かつた。歌の内容によつては評林欄に載せたものも少くない。それは評林の詩に模倣し、歌で時世を諷刺し人物を月旦したもので、評云として漢文を以て評語を附してゐる。則ち詩と歌の違ひだけで、形式は全く一種評林独特のものである。時には評云のところが唐詩七絶の一句を引き来つて漢文の評語に代えたものもある。之は恐らく青厓の所為であらう、他人の真似《まね》の出来ぬことである。

青厓が落合直亮、直文父子と親交のあつたことは既に述べた。落合直文、萩野由之、池辺（小中村）義象等が明治中興の文運に乗じて、国学の振興、和歌、和文の改革を図つた時、羯南、青厓は喜んで彼等の為に『日本』の紙面を提供した。羯南が漢詩のみならず和歌をも善くしたことは『羯南文録』を読めば自ら明かである。

福本日南は羯南・青厓とは法学校の時からの親友で、『日本』の創刊以来記者として健筆を奮《ふる》つてゐた。才学頗る多方面に亙り、和歌は殊にその長ずる所であつた。日南が落合、萩野等と相許した仲であることは、彼が大正中に著した「石臼のへそ」文中に散見するし、又彼が明治四十年に書いた「国文管見」に依つても明かな所である。日南は平野国臣の歌を愛し、国臣の歌を集めた『寒梅集』に序を書いて、優れた歌論を示してゐる。『日本』に出た歌に彼の名は殆ど見えないが、万葉調の歌で彼の作でないかと思

① 『青厓詩存』巻二、三十八丁裏
② 『青厓詩存』巻二、三十九丁表

はれるものが少くない。是に依て観れば、明治二十五年『日本』に入社して、俳句次で和歌の革新運動を行つた正岡子規に先んじて、既にこれ等の人が先鞭を着けてゐたと言へるであらう。又明治国文の振興に大きく貢献した直文、由之、義象諸人が、『日本』並に『日本』の同人と深く文を以て結ばれてゐたことの史的意義は十分に認められなければならない。この点が今の文学史には欠けてゐるのではあるまいか。

正岡子規の万葉調への開眼が、天田愚庵に啓発される所の多かつたことは一般に知られてゐるが、日南の影響も少くなかつたらうと私は思ふのである。又愚庵の万葉調が、多く桂湖村の影響を受け、更に子規に及んだことは餘り世に知られてゐない。この事は昭和二十八年刊『明治文化史論集』に載つた桂泰蔵氏の「新興明治歌壇史の考証」に詳しい。文学史家の宜しく注視すべきものであらう。愚庵や子規の事は後に述べる。

明治二十三年十二月二十三、四日『日本』の文苑に載つた左の一文は、上に述べ来つたことに関連し、頗る興味深いものがある。本詩話としては少し旁径に入るが敢て抄録することゝした。

日南がこたび南洋に赴くとて四季会結べる人〻と一日玉川亭に打ち集《つど》ふ。杯幾たびかめぐりて、おのもおのも耳熱く顔《かほばせ》赤らむほどに、日南我を忘れて歌ひ出でぬ。

去来《いざ》やわれ行きて尋ねむ南の海あるじ無しとて島山の待つ

(次で諸人の歌六首あるもこゝには略す)

青厓の国分高胤は文《ふみ》の林の猛者《もさ》なりけり。漢詩《からうた》は更なり、日本歌《やまとうた》をも亦よめり。柱により手《た》な節《ふし》うちて、

雄〻しくも真帆ひきあげて鰐のすむ真韮の海にむかふ君かも

と歌ふ。こは蓋し大江千里の流れかも、源順の類ひかも、歌の中に何処となく漢うたごゝろを含みけり。去年の春日南を送りしときの漢うたの中に南海泛船蛟鰐淵といふ句ありしに髣髴《さもに》たり。日南笑ひながら曰ひけらく、世に青圧ほど怪しく奇《くす》しき人はあらじ、山には虎、豹、犀、象を使ひ、水には蛟、竜、鯨、鰐を走らす、人の君を指して仙人《やまひと》といふもげに宜《うべ》なりけりと。

青圧は尚も、

あすよりはいかにみるらむ南の海真韮の山にすめる月影

とつけゝり。是れ真韮の浦とはいはで、山といふに仙人の意辞《こころことば》なるらむとていよいよ人ゝ打ち興す。

井上通泰独りさきより物思へる面もちなりしが、乃《やが》て日南を呼びかけて

天《あま》さかる真韮の島に君ゆかばよく手向せよ貞風《さだかぜ》が墓に

貞風とは去年の秋真韮の浦にてみまかり、此頃其奥津城建てたりと『日本』に載せたりし菅沼貞風が事なりけり。情けある人の言葉かなと日南は更なり、人ゝ何れも鼻うちかむ。

此時まで只一人《ひとり》「此酒は洋酒《からさけ》ならで瑞穂《みづほ》もて天《あめ》の厳瓮《いつべ》に醸《かみ》しみきとも」といはむばかりひた飲みに飲み居たる落合直文、

わかれゆく君が舟路をながむれば遠き波間にかりも鳴くなり

とゐらゐらに歌ふ。巴戟天舎《ひいらぎのや》の小中村義象亦起ちて、

波荒き南の海は人草のかしこき邦ぞこゝろして行け

と告ぐ。蓋し呂宋《るそみ》の海辺《うみべ》には昔より白波さわぎ野山には人取食ふ荒ふる蛮《えみし》の住む処なればなり。日南深く打喜ふ。巴戟天舎は尚も亦、

天つ日の豊さかのぼる朝な朝な本つみ国を君はしのばむ

とほがらほがらに歌ひけり。心ある人の贈言《おくりこと》や。

文はこゝに終る。「去年の春日南を送りし時の詩」といふのは、青厓の二律である。

送日南子之呂宋①

離筵把酒話尊前。慷慨悲歌夜不眠。豪気何人能蓋世。壮心此日欲衝天。
北門臥雪熊狼窟。南海泛船蛟鰐淵。亦我遠征曾久企。輸君先著祖生鞭。」
気暖四時無雪霜。地形近接大南洋。林間橄欖秋多興。海底珊瑚夜有光。
夢斬巨鯨心合壮。身居九貊道何妨。浮雲漠漠蔽天日。慎勿登臨望故郷。」

青厓の詩としては二首とも上出来ではないが、「南海船ヲ泛ブ蛟鰐ノ淵」も面白いし、「林間ノ橄欖 秋 興多ク、海底ノ珊瑚 夜 光アリ」が稍観るべきものであらうか。国友重章、号峡雲、にも二律がある。

誰賦図南万里遊。鵬程直指大瀛洲。他時馬伏標当建。此日班超筆始投。
梁稲田肥天長夏。芭蕉野茂不知秋。若令蛮貊帰王土。麟閣功題第一流。」
千古無人墾草莱。南洋風物独佳哉。乱雲低野驚雷走。涼気撩秋快雨来。
滄海月明珠可拾。蜃楼夕麗画全開。富源応講陶朱術。天府長懐貨殖才。」

「梁稲田肥エテ 天 長夏、芭蕉野ニ茂《シゲリ》テ秋ヲ知ラズ」長夏はとこなつ、二句とも其地の風土に切なるものである。「乱雲野ニ低《タ》レテ驚雷走リ、涼気秋ヲ撩《カス》メテ快雨来ル。」驚雷は人を驚かすやうなはげしきかみなり。広い野に雲が低れ雷がはげしく鳴りわたる。秋気をかすめ取つたやうな涼しい急風《スコール》がもたらし来る驟雨の快さ。二句とも面白い、まるで実地に経験したやうに言ひ得てゐる。「滄海ノ月明 珠 拾フベシ。蜃楼ノ夕麗《セキレイ》 画 全ク開ク。」夕麗はゆふげしきの美しさ、それが画のやうに展開するといふ。呂宋は物産豊かなる南洋の天府である、誰か能く貨殖の才、陶朱（古の富者）の術を以て此の富源を開く者はゐないか、我は其人を懐うて已まぬの意。

萩野由之は号を和庵といひ、「次青厓後韻」として次の詩が有る。

万里雲遊鬢未霜。又懐壮志向南洋。千秋業肯甘人後。四海外応揚国光。

蛮貊納撫誰建策。玄黄包匭彼何妨。邦家今日謀強富。休道投身蛟鰐郷。

南洋に版図を開いて彼から納貢せしめよ、富強の国策に寄与すべく、蛟鰐の境に身を投ずるを厭ふ勿れと。玄黄、包匭、ともに『書経』の語で、煩はしいから解釈は略する。国学者にして漢籍に通じ漢詩を能くする此の如きは多とすべきである。呂宋《ルソン》はヒリッピン諸島中の主要島、マニラは其の首都で東洋貿易の基地であつた。真韮《マニラ》の宛字は日南等が案じたものであらう。当時ヒリッピンはまだ西班牙の領有であつたが、島民の反乱あり、米国は之を狙つてゐた。

菅沼貞風は『日南集』に其の伝がある。慶応元年、肥前平戸に生れた、明治二十一年帝国大学の古典科を卒へ、『大日本商業史』の大著を成した。明年四月雄志を抱いて呂宋に航し、七月急に病んで彼地に没した、年僅に二十五。日南の貞風伝は字々血涙ならぬはない、中に云ふ、「平戸は三世紀前の大貿易港にして、所謂朱印船なるものは年々此港を発して、支那に之《ゆ》き、朝鮮に之き、呂宋に之き、安南に之き、暹羅《シャム》に之き、瓜哇《ジャワ》に之き、印度に之き、進みては則ち西洋に之き……徳川氏の二百餘年若し之に制禁を加へずして、以て自然の発達に任ぜしめなば、旭章の旌旗は宇内各港に翻り、国運の隆盛今日の比に非ざりしや必せり。君が平生慨歎せし所は実に此に在り。此心一発して対外の事業を復興せんと欲するの志と為り、再発して大日本商業史の述作と為り、終に三発して対外的事業の実行と為りしのみ。……君

---

① 『日南集』五四二頁

平生好みて詩を賦し文を属す。……将《まさ》に東京を発し呂宋に赴かんとするに臨み、慨然として七古一篇を賦して諸君に留めて曰く……」。

貞風の詩は後に録する。日南は貞風に後るること一月、亦航して真韮に至り、二人館を同じくして起居し、共に探求の事に従ふこと三月餘、忽ち不運の見舞ふところとなり、日南は貞風の遺骸を仮埋葬して空しく日本に帰つた。明年十二月再び呂宋に至り、其の墳墓を修めて一片の大理石に「菅沼貞風墓」と題した。

将赴呂宋慨然而賦

北極之南南極北。地勢雄濶多島国。久抱遠交近攻謀。欲向何処展我力。
太閤雄図徒労民。七郎奇計空頼人。功名別有必成術。当途何為事逡巡。
沖縄遙望濠洲路。青螺点綴山無数。葬身元分鰐魚腹。埋骨豈期旧墳墓。
君不見天下虎騰又竜蟠。小者常危大者安。不知誰能拓我地。変小為大危為安。
又不見天公委我好版籍。多島海辺皆可略。不知識能植我民。視機察変取溟漠。
西土密雲近雨期。恰是蛟竜飛躍時。苟能一変攻守勢。真韮之麻足以繋日本旗。

二十五の若さで素人の詩としては立派なものである。何よりも貴いのは其の行間に溢れる勃々たる精神気魄である、明治日本の勃興の気運に合つたもの、今いふ所の侵略主義の意味もあるが、それは当時の世界の趨勢であつた。「苟クモ能ク攻守ノ勢ヲ一変セバ、真韮ノ麻以テ日本ノ旗ヲ繋グニ足ル。」西力の東漸を前にして、日本青年の謳つた句として深い感興を引く。

一面に於て明治の二十年前後は、欧化主義の風潮が最高調に達した時で、新聞『日本』に次のやうな評林の歌が見える。

青人草
土地《くに》も売り判事《つかさ》もやとひ此の後は青人草の色を白めて
評云。羡他碧瞳紅毛、恥己黒髪黄顔。外人崇拝之弊、一至此歟。

新聞『日本』が創刊早々に当面した問題は、懸案になつてゐた条約改正の件であつた。安政以来の不平等条約を改正するに当つて、政府が尚ほ欧米に特権を与へ過ぎる、外人法官任命の件、外人の土地所有の件など、改正の実を挙げてゐないとして、『日本』は之に反対し、堂々の陣を張り続けた。此の間政府は条約改正の側面工作として、盛んに欧化主義を唱へた。さうなると日本人の性質として直《す》ぐ行過《いきす》ぎてしまふ。国語を廃して英語に換へよとか、外人と雑婚して種族の改良を図れとか、突飛極まる説が大真面目に論じられた。右の歌は其の時のものである。明治十八年鹿鳴館が出来て、そこで演ぜられた、ダンスだのパーティーだのバザーだの、西洋猿まねの騒ぎは、囂々たる世の非難を浴びて数年にして止んだが、新聞『日本』の創刊が今五六年早かつたら、青厓の痛烈な諷刺の詩がたくさん見られただらうにと残念に思ふのである。

その頃有名な外山正一が、男女交際論を唱へ、東京帝大生と華族女学校生のダンスパーティが開かれ、世間を驚かせたことがある。羯南の「女子教育家の注意を望む」文中に曰ふ。「教育家其の人にして長上の意を迎へ、或は青年の男女を教へて、恋慕の自由を奨励するものあり。……生徒に装飾を教へ、修容を勧め、又は其の意中の人を問ひて幽情の赴く所を言はしめ、或は男子と共に仮装演藝を為さしめ、又は男女相携へて舞踏を学ばしめ、或は広く他人の対談笑話以て衆人稠坐に入るの実験を為さしむるに至る……月黒く人稀なる処に、男女の書生双々相携へて低話緩歩するものある、豈に所謂る男女同権の説に基きたる施設の弊に非ずや」云云。直ちに之に呼応する如く評林子青厓の詩がある。

美少娘随美少年。誰言男女不同権。双々携手何辺去。去向人稀月黒辺。」

満轡少女尽懐春。不学儀容学笑顰。誰識文明新教育。殷勤先問意中人①。」

これに続いて、

習《なら》はしを基とすてふ民の法《のり》など外国《とつくに》をまねんとすらん
黄金にも玉にもかへぬくろ鉄《がね》の道こそ国の宝なりけれ

如何にも国粋保存主義者の詠らしくて面白い。序《ついで》に評林の長歌を一首、作者の名が無い、やはり青厓の筆ではないかと思ふが、今日穿鑿の仕様がない。

弥生の花

春の弥生の、花ざかり。のどけき風に、かをるなり。

桜は風の、友なるか。風はさくらの、敵なるか。

昨日は梢に、吹すさび。今日は木蔭に、通ふなり。

花の心を、尋ねなば。仇なる風とや、歎つらむ。仇なる風とや、歎つらむ。

評に云く。このころ南洲翁の祭典ありき。集へる人〻は、翁の知己ならさるもの多かりしとか。さためなきは浮世の常なれど。


評を読んで歌の意味がよく解《わか》る。青厓の詩には西郷に対する同情と景仰の意を表したものが多い。槐南に至つては明治十年の乱の時、二十年伊藤に随つて鹿児島に往つた時、いづれも盛んに詩を作つて西郷を賊とし罵倒してゐる。青厓と槐南と立場の相違にも因《よ》るが、それぱかりとも言へない、二人の性格に因る所が多いやうだ。

伊藤、井上等の主唱した欧化の行過ぎは、明治二十二年の伊藤の首相官邸で催された仮装舞踏会に至つて極つた。宋の欧陽脩が死んだ時、蘇東坡が之を祭る文に「深淵大沢竜亡而虎逝、則変怪雑出、舞鰌鱓而号狐狸。」とある。深山大沢に竜亡《う》せて虎逝けば、さまざまの妖怪変怪が現はれ出て、鰌《どぢやう》や鱓《うみへび》まで舞ひ出し、狐《きつね》や狸《たぬき》などが鳴いたり号《さけ》んだりする。大人物欧陽公が居なくなると、小人共は畏るゝ所なく、自ら時を得たりとなし、勝手な真似をし出したことを巧《うま》く譬《たと》へたのである。之と全く同じ事で、鹿鳴館に集つた当時の顕官名流たちは、西郷、大久保等、虎の如く竜の如き人物が亡せて、意外に早く到来した「我世の春」を謳歌するに、誰憚る所なく有頂天になつたのである。

二十七

新聞『日本』の創刊は鹿鳴館の騒ぎが終つた後であつた。極端な欧化主義を鼓吹した首相伊藤博文、外相井上馨（時に之を井伊内閣と呼んだ）の後を承《う》けて、黒田清隆が内閣を組織してゐた。

是滅劉②

拓北帰来尚黒頭。将軍跋扈幾時休。遼人勲業憐群豕。楚客衣冠笑沐猴。
諸相多図藩閥利。至尊独抱国家憂。只言重厚同周勃。或恐安劉是滅劉。

黒田は戊辰の役に従ひ、明治二年五陵廓に拠つた榎本武揚を攻め、武揚の材を惜んで之に降を勧め、その降るや上奏して己が戦功を以て武揚の罪を償《つぐな》つた。三年政府の北海道開拓を計ると共に開拓次官となり、四年米国に渡つて米国の開拓事業を研究し、米大統領に請うて農林大臣ケプロン以下六十餘人の技

---

① 明治二十二年六月十一日『日本』評林
② 『青厓詩存』巻一、三十二丁裏

術者を日本に聘し、その指導に依つて北海道の開拓を進めた。屯田兵制度を設け、札幌農学校を創《はじ》め、有名なクラーク博士を招いたのも皆黒田のした事である。黒田長官の功績の陰《かげ》には又開拓民の苦難に満ちた痛史もあつた。然るに国家から巨大な予算を取つた開拓使官有物の払下げにまつはる事件は、一世の非難を浴びて黒田は職を抛《なげう》ち、十五年東京に帰つたが、髪は黒く働き盛りの身を、二十年伊藤内閣の農相となり、二十二年総理大臣となるまで失意の苦を味はつた。黒田は生来酒乱の癖があり、一生直《なほ》らなかつた。酔つて其の妻を斬《きり》殺した話は有名で、平生は極めて重厚誠実な彼が、一たび大酔すると人が変つたやうに、所かまはず狂態を演じ、人々の目を側《そばだ》てしめる。「跋扈将軍」と綽名《あだな》された後漢の梁冀もかくやと思はれるばかりであつた。彼が政商五代友厚を信用し過ぎたことは、彼一生の不覚で、昔し遼人が自分の家の白豕《しろぶた》を珍異とし、他人より見れば毫も異とするに足らざるを知らなかつたやうなものだ。楚の項羽が衣冠を着けたところを、沐猴にして冠するものと笑つた者があるといふが、黒田が総理大臣になれたのも、西南役で西郷以下薩州の人材が大半死に、長閥との権衡上、生残つた黒田が薩閥の代表として立たされた、言はゞ拾ひ物をしたに過ぎなかつた。大臣たちは藩閥の利を図るに急で、天子様は独りで国家の事を憂へて居られる。漢の高祖は、将来我が劉氏の社稷を安んずる者は木強漢の周勃だらうと言つた。藩閥の巨頭といふだけで何等能力の見るべき無き黒田が周勃に比せられてゐるが、果して社稷を安んずる者か、それとも滅ぼす者か。例によつて絶句が補つてある。

謀窮策尽只跳梁。宰相門前草棘荒。天子促来不開議。自称臣是酔中狂①。

黒田は前内閣同様条約改正問題で行詰り万策尽き果て、首相の門前雀羅の状となつた。さうなると又酒を被つて跋扈跳梁しだす。陛下は頻りに軫念せられ、黒田に対し、伊藤枢密院議長、大隈外務大臣と三人で熟議し、朕の面前で御前会議を開くようにと御下命になつた。愈々窮した黒田は唐の李白を真似て、臣は酒中の狂人で御座りましてとでもお詫《わび》する外ないだらう。この詩が新聞に出たのは十月十二日、それから九日後に黒田は辞表を奉つた。

　一西洋

眼中只有一西洋。又抱奇謀入廟堂。曾聚公卿学歌舞。暫兼父老話農桑。
外交策略訣強国。内地経営役猾商。最是行蔵関気運。人間物価幾低昂。

外相として欧化熱を煽つた井上が、今度は農相となつて又台閣に列した。曾ては上流の士女を集め鹿鳴館で華奢な歌や踊りを演じ、今は粗樸な老農たちと何を語るか。外に向つては強国の意を迎えるに汲々とし、内に在つては狡猾な商人を役《つか》つてうまい事をしようと計る。進むも退くも時運に随つて抜《ぬ》かりは無い。物価が昂《あが》つたり低《さが》つたり庶民が困るのも、かういふ政治屋や御用商人が居るからだ。

明治三年井上馨が大蔵大輔として事実上卿の事を行つてゐた時の事である。薩長の諸豪が一日某処に宴会し、酒酣なる時、井上は一薩人と高声に闘論し、遂に相搏《う》たんとするに至つた。西郷隆盛も坐に在り、忽ち声を厲まして「三井の番頭黙れ」と。井上は赤面して黙し、木戸と大久保は苦笑し、長の人士は相顧みて色を失つたと云ふ。井上が権力を背景に、三井を始め多くの御用商人と繋《つな》がつたことは、当時に於て已に物議があつた。政府の役人と政府の御用を勤める商人、その間に利権をめぐつて取引が行はれる、疑獄が発生する、新聞の種になり、清議の容《ゆる》さざる所となる。当然の成行《なりゆき》である。明治二十三年四月二十六日から三十日に渉り、「駆紳商檄」が新聞『日本』社説に出た。羯南の筆である。頗る長いから要点を抄出する。

---

① 明治二十二年十月十二日「評林」

米価の騰貴、年豊なりと雖も細民飢に泣く。金融の渋滞、業盛なりと雖も良賈窮を訴ふ。何故に然るか、曰く姦商あるを以てなり。姦商は何者ぞ、所謂る紳商是れなり。何をか紳商と云ふ、官吏と姦通する所の商賈を云ふ。商の技なくして商の利を占むるもの、商の実なくして商の名あるもの、其の外を商にして其の内を官にするもの、高帽を戴きて商売と利を争ふもの、算盤を挟みて権門に款を通ずるもの、是れ皆な紳商なり。紳商、一名は官賈なり。故に世人皆な曰く、紳商官賈と。蓋し商賈なるものは元と有無を通じ盈欠を均し高低を平にし、而して什一の利を獲て其の労劬を償ひ、以て自己の私富を殖するものなり。彼の紳商は之に反す。権門に進むるに酒色を以てし、官家に説くに禍福を以てし、官権の力を仮りて一攫万金の利を博するものなり。是れ博奕の徒なり。商賈にあらざるなり。博奕の徒は殖産の事業に益なく、経済の秩序に害あり。今日米価の騰貴は恒理の外に在り。金融の渋滞は常因の外に出づ。是れ博奕の徒上流社会に横行するを以てなり。……嗚呼、紳商、姦商、御用商人、藩閥商人、博奕商人、天下の良民は汝の為に窘《くるし》められ、汝の為に抑《おさ》へられたること其れ幾何ぞや。苟も公義心あるものは皆な汝の肉を啖《くら》はんと欲するも亦宜《む》べなり。……官権は以て人を貧にすべく以て人を富ますべし。以て人を禍《わざはひ》すべく以て人を福《さいはひ》すべし。以て人を殺すべく以て人を生かすべし。此の実権は何処にか在る。上み在位の諸公に在らず、下も多数の人民に在らず。紳商なるもの実に此の権力を握れり。……今日の勢、諸公復た紳商を役する能はず、寧ろ紳商は諸公を役するに至る。故に吾輩は直に諸公を責めずして先づ紳商を攻む。紳商を駆るにあらざれば国家の百弊除くべからず。嗚呼紳商を駆除するは今日の急務、是れ天の意なり、人の意なり、祖宗在天の意なり、日本国民全般の意なり。而して又た立憲政治の意なり。志士盍《な》んぞ思はざる。

……柳は粉牆を払ひ花は深院を囲み、郭外に勝地を占め市隅に閑処を卜し、大厦の峨然四隣を睥睨して白日門を掩ふものは紳商の別荘なり。土曜の日に当り晩に垂んとして鎖を開く。長者あり、駢馬其の車を駆り、轟々として門に入ること数町始めて止まる。玉声軽き者釵色艶なる者之を擁して一室に至る。管絃響低くして而して夜漸く深し。主人客と更らに席を移して密談数刻、護衛の人屢ゝ欠伸して四隣寥々たり。是果して何の象ぞ。果せる哉、数日を隔てゝ某会社に保護金を与ふ。其の株俄然騰貴の色を現はす。商賈馳せ赴きて買はんとすれば、大抵早既に一二紳商の手に在り。騰貴既に其の極に達するや始めて市場に出づ。一夕の談数万金立どころに之を攫む。……国を誤るものは紳商なり。国を売るものは紳商なり。後世日本国を亡すものは其れ此の紳商ならん。紳商は国民の共敵なり。紳商除かざれば国振はず。

維新勲功の餘業を以て自ら居り、明治時代の実務家を以て自ら居り、文明世界の猗頓を以て自ら居り、上流社会の人士を以て自ら居り、而して常に世の良賈良民を睥睨し軽蔑し威嚇し又た籠絡する者、是れ所謂る紳商なり。彼れ其の営業は他にあらず、官海の事情を察して其の機密を探り、世人に先ちて法律政令の向ふ所を知り、市上の物価騰貴せざるに早く買占の計を為す。五以て之を買占め十以て之を売出し、一日の内千万金立どころに攫取するを得。世人之を称して紳商の相場と曰《い》ふ。或は権家の歓を迎へて 之に啗《くら》はしむるに厚利を以てし、或は功宦の心を攬りて之に結ぶに姻事を以てし、公共の土工を請負ひ、官家の建築を請負ひ、数千の労夫を苛役し、数万の物料を廉買し、而して不当の金額を官府に取る。袖手して万金の利を博する往々此の術に依る。世人之を称して紳商の請負と曰ふ。斯《かか》る相場斯る請負、其他払受、其の他用達、凡そ紳商の業は大抵此の類なり。……天下の志士若し長く一皇権の下に平民主義を建て日本国民の統一を固くせんと欲せば、盍んぞ彼の厭ふべき貴族主義の萌芽を刈除せざる。紳商なる者は悪貴族の萌芽なり、蠱《こ》国賊民の魁なり。……
……紳商なる者は政府の顧問にあらず。然れども其の位地、其の経歴、其の財産、勢ひ実業上の大柄を朝野の間に有するに至る。天下の志士宜しく留意すべし、輿論の制裁宜しく指向する所を定むべし。

右の文と日を同じくして、次の詩が連載された。社説と評林、即ち羯南と青厓は常に同類相従ひ、同声相応ずるものであつた。

是豺狼①

青雲結託尽同郷。半在江湖半廟堂。藩蘖蔓延長蠱国。覇謀蹉跌枉勤王。
舟車恃勢水兼陸。府庫竊財官混商。漫道西陲多将相。食民不飽是豺狼。」
青雲結託 尽ク同郷、半《ナカ》バ江湖ニ在リ 半バ廟堂。藩蘖《ゲツ》蔓延 長ク国ヲ蠱《マドハ》シ、覇謀蹉跌 枉《マゲ》テ勤王。舟車 勢ヲ恃《タノ》ム水ト陸、府庫 財ヲ竊《ヌス》ム 官 商ニ混ズ。漫ニ道《イ》フ西陲 将相多シト、食民飽カズ 是レ豺狼。

碌々庸才尽瓦全。竊官盗位漫専権。九原応有英雄哭。只為児孫買美田。」
碌《ロク》々庸才尽ク瓦全、官ヲ竊ミ位ヲ盗ミ 漫《ミダリ》ニ権ヲ専ラニス。九原応《マサ》ニ有ルベシ英雄ノ哭《ナ》ク、只《タダ》児孫ノ為ニ美田ヲ買フ。

維新の風雲に際会し運よく青雲に上つた者は、薩か長か大抵同郷である。一半は江湖に下つて商となり、一半は廟堂に留り、互ひに相結託した。藩閥の芽は絶えず蔓延して国家を惑乱する。彼等は覇業を謀つて跌《つまづ》いた為め、枉げて名を勤王に仮りたまでだ。汽船や汽車や、水と陸と皆な利権が伴ふ。官府も公庫も、官と商が馴れ合ひで財を竊む。西国の薩長は多くの将相を出したと云ふが、人民を食ひ物にして飽くなき彼等は豺《やまいぬ》か狼《おほかみ》か。昔から要路に居る奸人を豺狼に喩へ、地方官の悪者を狐狸に喩へた。青厓は（羯南も）幼い時、朝敵にされた奥州の地に育つたから、藩閥を悪む念が強い。藩蘖、覇謀の両句ある所以であらう。たゞ覇謀の句は史実に合はないやうに思ふ。

碌々凡庸の徒が生き残つて、不相応な官位と権力を得、ひたすら子孫の計を為して居る。児孫の為に美田を買はずと言つた英雄は地下に泣いてゐるであらう。明治の初、大西郷の「我家遺法人知否。不為児孫買美田」の詩は一世に伝誦せられ、心ある者は皆な紳に書して戒とした程だが、それも太平が続く中に次第に忘れられたといふわけである。一説に「我家遺法」は原作には「一家遺事」とあつたのを或人がかく改めたのだと云ふ。詩としては改めた方が好い。薩人は財に鄙しく、長人は財に淡し、とは明治以来よく云はれたことである。而して長人の例外は井上、薩人の例外は西郷、と云ふ、これは確言であらう。

泣細民②

万金一攫屢驚人。多是維新僥倖臣。白水苞苴官邸夜。紅裙枕席別荘春。
貨財似瓦奢権吏。米穀如珠泣細民。機密先知廟謨改。市中商即幕中賓。」

万金一攫　屢《シバシバ》人ヲ驚カス、多クハ是レ維新僥倖《ゲウカウ》ノ臣。白水ノ苞苴《ハウショ》　官邸ノ夜。紅裙ノ枕席　別荘ノ春。
貨財瓦ニ似テ　権吏奢リ、米穀珠ノ如ク　細民泣ク。機密先ヅ知ル廟謨ノ改マルヲ、市中ノ商ハ即チ幕中ノ賓。

① 『青厓詩存』巻二、三十九丁裏
② 『青厓詩存』巻二、三十九丁裏

騙取公財巧免辜。平生商術似樗蒲。万金一攫富何暴。不是偸児即博徒。」

公財ヲ騙取シテ巧ニ辜ヲ免ル、平生ノ商術 樗蒲《チヨホ》ニ似タリ。万金一攫 富何ゾ暴ナル、是レ偸児ナラズンバ即チ博徒。

巨商権吏本同心。不顧蒼生独陸沈。一夜別荘車馬走。有人明日博千金。」

巨商権吏 本《モト》同心、顧ミズ蒼生独リ陸沈スルヲ。一夜別荘車馬走リ、人アリ明日千金ヲ博ス。

財理商機両不通。只因騙策計奇功。非官非賈還非盗。一種人間蠧国虫。」

財理商機 両《フタツナガラ》 通ゼズ、只騙策ニ因ツテ奇功ヲ計《ハカ》ル。官ニ非ズ賈ニ非ズ還《マタ》盗ニ非ズ、一種人間蠧国ノ虫。


万金一攫の紳商は、維新の乱に僥倖に生残つた者である。暗夜の官邸に白水を包んだ苞苴《おくりもの》。春夜の別荘に紅裙の侍《はべ》る枕席。いづれも商人が官吏を籠絡する手段である。財を弄《もてあそ》ぶこと瓦礫《ぐわれき》の如く権吏は奢《おご》り、米は貴《たか》くて珠玉の如く細民は泣いてゐる。政府の経済政策が変ると逸早く知つて手を打つ。市中の商人実は大官幕中の賓である。泉は銭の異名、泉字を分けると白水となる、亦銭の意に用ひられる。銭の人に用ひられること泉の地に流行するが如きに喩へた。三絶句の意味は甚だ明かである。

羯南の檄文、青厓の詩、其の筆鋒の痛烈なるに驚く。然しこれが新聞『日本』の公義であり清議であつた。当時『日本』の同人であつた三宅雪嶺が後に著した『同時代史』に次の一文があるから抄出して置く。「薩長藩閥が私利を営むとの疑惑を深くせるを如何にすべきや。国家の必要に応じ、鞠躬尽力し、何等かの成績を挙げたれど、絶えず疑惑を伴ひ、誠意を以て当りし事さへ、私利の為めと考へらる。国家の歳出入に比し金額の甚だ少きにせよ、私利は即ち私利にして、御用商人と結託し、私利を営むの事実を抹殺すべからず。……風説が風説を産み、官吏は悉く私利を営むかに噂せらる。印刷局の写真を老西郷に贈り、大久保の私邸と報ぜしと伝ふるが、この類の事が常に行はる」。

明治二十年代の事を詠じた評林の詩、既に八九十年を隔てた今日之を読んで、意の解すべからざるもの、多きは已むを得ない。次に掲ぐる二詩は上述の諸詩と亦た類を同じくする。二十三年十二月中、同日に発表のものである。当時『日本』の校正係を勤めてゐた館森袖海翁が、昭和の初年、往訪の私に、特にこの二詩を挙げて語られた。これが当時『日本』の同人間に頗る評判であつたこと、後首尤も殊絶だとして、其の評判であつた所以の本事を実に面白く語られたことを記憶する。

錦絲荘①

錦絲渠畔貴人荘。雲雨巫山幾断腸。教化淵湛深雨露。乾坤和燮理陰陽。
残楓日照枝枝赤。老菊霜侵蕤蕤香。怪底狸奴不平甚。楚台今見五襄王。

錦絲渠畔 貴人ノ荘、雲雨巫山 幾断腸。教化淵湛 雨露深ク、乾坤和燮《ワセフ》 陰陽ヲ理ス。残楓日照シテ枝枝赤ク、老菊霜侵シテ蕤《ズイ》々香シ。怪シム 狸奴不平甚シ、楚台今見ル五襄王。

日月間②

蘭麝香中拭酔顔。空斎語笑枕衾間。芙蓉洞穴寒含雪。駅路輪鈴夜越山。
秘密買春憂摘抉。喧呼論事笑冥頑。小森陵下留連好。誰識英雄日月間。

蘭麝香中 酔顔ヲ拭フ、空斎ノ語笑 枕衾ノ間。芙蓉ノ洞穴 寒 雪ヲ含ミ、駅路ノ輪鈴 夜 山ヲ越ユ。秘密 春ヲ買ウテ摘抉ヲ憂へ、喧呼 事ヲ論ジテ冥頑ヲ笑フ。小森陵下留連好シ、誰カ識ラン英雄日

① 『青厓詩存』巻二、四十四丁裏
② 『青厓詩存』巻二、四十四丁裏

月間ナルヲ。

含雪はいふまでもなく山縣有朋の号、有朋時に首相。越山は芳川顕正の号。

二十八

前回は、最後に評林の詩「錦絲荘」と「日月閑」の二首を掲げ、これが当時『日本』の同人や読者の間に、頗る高評であつたことを述べただけで終つた。今回はこの二詩に就て説明せねばならぬ。

伊藤博文は財利には極めて淡白であつた。従つて「白水苞苴官邸夜」は伊藤にはあてはまらない。その点は井上に比しては勿論、山縣や大隈に比しても清廉を誇るに足りた。然し彼には色を好むこと人に過ぎたるものがあり、人臣の最高、一国の儀表たるべき地位に居ながら、毫も自制する所なく、「紅裙枕席別荘春」は殆ど彼の為に言へるかの如くであつた。「錦絲荘」の詩は其の顕著な一例であつたのである。この詩を説く前に、どうしても看過することの出来ぬ詩が前後二つある。先づそれから説かねばならぬ。前者は明治二十一年『東京電報』に載り、後者は二十二年四月『日本』に載つた。

金亀贈①

桜雲匼匝画楼台。吾嬬橋東墨水隈。暴富人間誇一代。貴賓座上列三台。
主翁寧惜金亀贈。仕女誰成紅葉媒。咫尺煙波蓬島現。漁郎曾拝玉奩来。

評云。亀状《カメノカタチ》ノ煎餅《センベイ》、中ニ金玉充《ミ》ツ、之ヲ贈ツテ以テ賄賂ニ代フ。婢様ノ諸媛、身ニ錦繡ヲ着ク、之ヲ役シテ以テ枕席ヲ薦《スヽ》ム。凡ソ今日、権家ノ歓ヲ迎フルモノ、色ト金ニ若《シ》クハナシ。主翁蓋《ケダ》シ其ノ秘訣ヲ得タリ。(原漢文)

仙女羅裙映水紅。蜃楼貝闕現竜宮。風流却憶仮装会。自扮当年浦島翁。

政商として一代に暴富を成した大倉喜八郎は、明治十年代に吾妻橋の東、墨田川に臨んだ向島の桜花雲とたなびく中に、楼閣画の如き別荘を営んだ。別荘はたゞの別荘ではなかつた。彼は此処《こゝ》に台閣の貴賓を招いて大いに酒をふるまひ、その上金亀を贈つたり、枕席を薦《すゝ》めたり、色と金で時の顕官を籠絡した。かつて伊藤首相の官邸に仮装会が催された時、大倉も紳商の一人として招かれ、漁夫浦島太郎に扮したことがあるが、浦島が訪れたといふ蓬島《ほうらい》の竜宮にも比すべき向島の別荘である。竜宮には乙姫様に仕へる仙女がたくさん居たが、向島にもそれに似たのが居る。浦島はお土産に玉手箱をもらつて、往く時と同じく亀に乗つて帰つたが、向島の賓客はお土産に金の亀をもらつて帰るのであつた。詩だから美化して竜宮に譬へたのだが、大倉が嘗て浦島に扮したといふ所から趣向を立てたのは面白い。別荘の内幕を実に巧みに詠出してゐる。もう六十年の昔になるが、我〻少年の頃よく向島に遊んで、桜の並木も大倉の別荘も見た。それから同じく大正中のこと、矢田挿雲の著した『江戸から東京へ』を読んだが、それには次の如くあつた。

言問団子の側《かたは》らなる「墨堤植桜之碑」と称するものを読むと、何年には誰が何本を何処《どこ》に植ゑたといふことを列記した末に、大倉喜八郎が隅田河畔に別荘を建てゝ柳北と相謀り、白鷗社中の賛成を得て千株補植の功を遂げたことを刻してある。大倉喜八郎なる者の別荘なるものは即ち家斉《いへなり》将軍の嬖臣《へいしん》中野播磨守の屋敷跡で、日清戦争前後当路の顕官が御馳走政略を受けたのもこゝ、「牛肉の罐詰《くわんづめ》よりも石の罐詰の方が美味《うま》からう」と考へついたのも此処《こゝ》、向島の伏魔殿と唄《うた》はれたのもこゝ、である。

---

①『青厓詩存』巻一、十九丁裏

石の罐詰は風説に過ぎないであらうが、一代で富を成すには大倉も相当あくどい事をしたのであらう、世間からは終始善く言はれなかつた。明治天皇の御在世中は、官から何度授爵を奏請しても、終に御裁可がなかつた。明治四十年東朝紙上に連載され、後単行本になり夏目漱石が序文を書いた俗本『東京見物』に、次のやうなことが出てゐる。餘談ながらちよつと面白いから掲げて置く。

小松島といふ処で川蒸気に乗つた。少し川を下ると左側の屋敷を指《ゆび》さして苔野が「大倉の別荘ですよ、立派なもんでせう。今に男爵になるんですとさ、此前《このまへ》にも其噂《うはさ》が度〻あつて其都度に男爵の大礼服を作つて叙爵の御沙汰を待ち構へたさうです、今頃は復《ま》た新調して居るんでせう。エライ者ですね」。苔野は痛く感服の体である。自分は大倉といふ人はどんなてがらの有る方《かた》か知らぬ、男爵になる人も格別珍らしくない事ぢやから尋ねても見ぬ。

伊藤はどういふものか其の大倉を格別に親近した。さうして向島の別荘にも遊んで詩を作つたりしてゐるのである。私が杉渓六橋翁（明治大正昭和に亙り、公卿出身の子爵で貴族院議員で、詩書画三絶、非常な博識で且つ大の通人であつた）から聞いた話では、伊藤はこの別荘を下田歌子との出合ひに使つてゐた。世間の眼を避けるに最適の場所であつたからである。右の「錦絲荘」の詩は伊藤と歌子との情交を詠じたもので、実際は「錦絲渠畔」ではなく「墨田河畔」で、「錦絲荘」は「墨田荘」とでもいふべき所を、詩人は何か考へる所あつて実名を避けたのであらう、とのことであつた。もつとも錦絲堀といへば、幕末から明治にかけ、諸大名の下屋敷や旗本の家敷が数多く存在し、仙台様とか津軽様とかはその代表的のものであつた。錦絲堀から柳島、向島に及んでは、諸大名の下屋敷や、町家に交つて日本橋辺の豪商の別荘が多く残つてゐたと云ふ。だから或は貴人の錦絲荘なるものが本当に有つたのかも知れない。もう一つの詩は、

多艶跡①

翠華休過一橋辺。鶯舌含嬌奏九天。漫説英雄深好色。却憐女子欲求銭。

寄情風月歌千首。招議科程書幾篇。自古美人多艶跡。春温熱海浴霊泉。

評云。学ハ和漢ヲ兼ネ、文ハ古今ニ渉ル。元是レ姫中ノオ、身ハ教化ヲ司《ツカサド》リ、議 書林ヲ動カス。亦是レ女中ノ傑。淑徳修ラズ、艶聞世ニ伝フ。好色者、豈タヾニ英雄ノミナランヤ。（原漢文）

これは英雄と美人――伊藤と下田歌子の関係を言つたのである。下田歌子、原《モト》の名は平尾せき、美濃国岩村の藩士で代々漢学者の出る家に生れた。五歳にして和歌、漢詩を作り神童の称があつた。明治五年、年十九にして宮中に召し出され、皇后の御所望に答へて作つた「敷島の道をそれともわかぬ身にかしこく渡る雲のかけ橋」その他数首の歌が皇后の御感に入り、「歌子」の名を賜はつた。それから女官として両宮の御側に仕へること七年、宮中出仕の碩学高崎正風、八田知紀、元田永孚、加藤弘之、福羽美静等の提撕を受けて和漢の学を修め、尚ほ仏人セラゼンに就き仏語を学んだ。時の宮内卿伊藤博文は、才色兼備、聡慧絶倫のこの女官歌子に公私となく目を掛けるやうになつた。然るに十二年に至り、歌子は宮中を辞して剣客下田猛雄に嫁した。伊藤等苟も歌子を知る者は、皆名媛の野に埋もれるを惜み、十四年、勧めて私塾を其の麹町の自宅に開かしめ、桃夭女塾と名《なづ》け、伊藤、山縣、田中（光顕）、土方（久元）、後藤（象二郎）、井上（毅）等、時めく顕官は皆競うてその妻や娘を塾に通はせ歌子に就て学ばしめた。

十七年、夫下田氏を喪《うしな》ひ、歌子は再び宮中に召されて宮内省御用掛を拝命した。明年九月、華族女学

① 明治二十二年四月九日「評林」

校の開校と共に幹事兼教授となり、十九年二月学監となり、三十三歳の寡婦は年俸千八百円を賜はつた。米一斗が僅か五、六十銭の時代である。この破格の抜擢が、伊藤宮内大臣の推挽によることは言ふまでもない。

華族女学校教授となつた歌子は、十八年『和文教科書』三巻を編著し、更に二十年には『小学読本』八巻の大編著を成した。文部当局はこの読本を高く評価し、全国の小学校に教科書として採用せしめんとし、大臣の名を以て各県知事に通達した。然るに猛烈な反対が起つて、遂に実現を見るに至らなかつたが、世間では之を以て、伊藤が歌子を愛護するの餘り、教科書で大いに儲《まう》けさせてやらうと計つた事だと為し、伊藤と歌子と一緒に非難の的にされてしまつた。この頃の事である、即ち二十年四月二十日の伊藤首相官邸に於ける仮装会の席上、源氏物語の夕顔に扮して出た下田歌子のあでやかな姿が、内外貴顕紳士を悩殺した揚句、伊藤の腕にもたれて卒倒したのである。二人の関係は噂に噂を生んで、江湖に広がつていつた。況んや世は華やかな鹿鳴館時代、人ゝの憧憬する上流社会の子女をあづかる華族女学校、そこに宮室の庇護を受けて、新しい教育の指導者として現れた下田歌子、而も若き美貌の寡婦である。瞻望と嫉妬を交《まじ》へた様ゝのスキヤンダルの起るのも当然免れ難いことであつた。

「翠華休過一橋辺」明治四年華族に対し「勧学の勅諭」が下され、五年神田一ツ橋に開かれた東京女学校は小規模ながら華族の女子を就学させたが、十年には学習院が華族の男女子弟を収容し、十八年に至り華族女学校が創設された。「鶯舌含嬌奏九天」歌子のなまめかしく美しい歌が、明治十二年と二十年の宮中新年御歌会の選歌に入選してゐるし、情を風月に寄せた歌は数知れずある。

当時、伊藤は大変な英雄気取りで、「天下英雄在眼中」といふ彼の詩は天下知らざる者なきに至り、当代の英雄と云へば、先づ第一に指を伊藤に屈しなければならなかつた。歌子の方は亦「姫中の才、女中の傑」即ち才女にして女傑である。ところが其の英雄たる、「深好色」深く色を好み、女子は「欲求銭」銭を求めるのみならず、あちこちに艶聞の跡を留めてゐる。今は熱海に沐浴してゐるが、こゝから又艶声が伝はりはしないか。

評に「好色者、豈タヾニ英雄ノミナランヤ」と言つたのは、この才女の色の相手は、英雄氏一人だけでは無い筈だ、と暗に巧《たくみ》に伊藤を揶揄したのである。この詩には尚ほ左の二絶が附いてゐる。

愛色憐才両絶儔。太平宰相本風流。四渓門外新黌舎。人喚空中蜃気楼。」

湖海曾伝烈女風。寧知艶話満城中。時清台閣多閑暇。門外銀鞍又相公。」

太平の世の中、風流宰相と謳はれた伊藤である。この女子の才色を愛することに於て、人一倍も二倍ものものがあつた。四渓（四谷）の仲町、赤坂仮皇居の正門前に新築された華族女学校は、殆どこの才女の一手に切りまはされてゐる。そこで世の人〻は、この学校を、大蜃《おほはまぐり》の吐き出す息によつて生じた空中の蜃気楼かの如くに見てゐる。

学習院長谷干城は、歌子の著した宮内省蔵版『和文教科書』に漢文で序を書き、大いに之を推奨した上、「女史姓源、名歌子、香雪其号、淑徳嫺礼、有古烈女之風。非区区詞章衒才者、宜乎其為皇后宮所寵遇也」云々と言つた。それほどの賢女史が、何ぞ知らん近頃都中に艶つぽい噂を立てられてゐるのである。時は清平、台閣もお間暇《ひま》と見え、今日も又、美しい相公の馬車《くるま》が学校の門前に停《とま》つてゐる。

話が長くなつた序《ついで》に、私は明治大正間、人物評論家として聞えた鵜崎鷺城が書いた「下田歌子」の一文から、伊藤と下田に関する部分だけ抄出して、こゝに掲げて置く。

女史が問題の人となつたのは華族女学校学監時代で、伊藤を筆頭として西郷従道、黒田長成を口舌股掌の間に翻弄したとか、或は医学博士三島某、望月某との間に妙な関係があるとか、いろいろ浮名を伝へられた。……さる疑ひを招くべき原因のないでもない。今日こそ齢《とし》を取つた為めに容貌も衰へたれ、当時は豊艶細膩、多情の男子を悩殺すべき天成の美貌家であつた。殊に年増後家であるといふことが益ゝ世間の誤解を招く種となつた。第二に女史は朝野の政治家と交はり、殊に時の有力者に務めて接近した。是れは彼等を利用し、依りて勢力扶植を策する為めに相違ない。女史が洋行したのも学監として華族女学校を切廻したのも、伊藤の勢力を利用したことが餘程与《あづか》つて居る。然るに伊藤は婦人関係に於て最も多く世間に材料を供給した人であるから、随つて女史に疑ひの及ぶべき道理である。

鷺城はこの文の冒頭に「凡そ近世の著名なる女流中、下田歌子の如く毀誉褒貶の目標になつたものは無い。褒める者は曰く、女史は才略ある政治家的婦人……貶する者は婦徳を屁とも思はぬ妖婦の如くいひ、今日は以前程酷論を下さぬが、依然として人物上の論定を見ない」と説き起し、其の結末に「現に大隈の如きは大臣の器ありとして、其の男子に生れざりしを惜んだといふ、かく総ての点に於て傑出するが故に、自然嫉妬も起り讒誣も生じた」と言つてゐる。褒めるのも真実、貶するのも真実、下田女史はその両方に該当するものがあつたやうだ。女史が総ての点に傑出した稀有の女傑であつたことは間違ひない。女史亡き後、復《ま》た女史ほどの女傑を見ない。

評林が、人物月旦に最も力を用ゐたことは既に述べたが、他の新聞と違つて、小説、三面記事を載せなかつた『日本』だから、人物の私行を云云するやうなことは本来屑《いさぎよ》しとせざる所であつた。然し伊藤と下田の関係の如く、一世の視聴を集めた問題は別であつた。それが「錦絲荘」の詩である。もとよりヴエールに包まれた人の秘事であるから、十分信憑すべき事実を入手して始めて詩にしたに違ひない。だから此の詩が一たび新聞に出ると、読者は直ちに詩意を了解し、快哉を呼ばざるは無かつたといふことである。而も伊藤と並び立つた山縣の秘事をも同時に詠じて発表し、二詩とも詩として其の妙を極めてゐたから、是によつて評林の声価を更に高くしたと言はれる。

「錦絲荘畔貴人荘。雲雨巫山幾断腸」。李白の詩に「一枝濃艶露凝香。雲雨巫山枉断腸」といふ句がある。楚の襄王は巫山の下に遊んで、一夜夢に巫山の神女に会ひ、神女から「朝には丕山の雲となり、夕には巫山の雨となる」と言はれ、夢さめて巫山を望み、再び歓会の遂げられぬに、枉げて断腸したと云ふのである。断腸するのは相思の切なる為である。作者は「枉」の一字を「幾」に代へただけで、歓会の幾度か重ねられたことを表はした。「教化淵湛深雨露。乾坤和燮理陰陽」。雨露の如き皇室の深き恵みに浴して、華族の子女の教化の事を司《つかさど》る。陰陽を燮理し、天地の調和を図るは宰相の任である。雨露といひ、陰陽といひ、広い意味に応用し得られる、恩愛の深きを雨露に譬へ、男女の和を陰陽に譬へたと解しても不可でない。「残楓日照枝枝赤。老菊霜侵蕋蕋香」。残楓の枝まで赤いのは動物では狒狒《ひひ》の面の赤きを聯想させる、狒狒は淫獣、好色の人にたとへる、又老いたる猿にもいふ。老菊は霜に侵されることによつて、蕋《しべ》に潤ひを生じ、残香を発する。色香の失せぬ老女に比した。「怪底狸奴不平甚。楚台今見五襄王」。あの狸《たぬき》親父は、それでも満足せず、甚だ不平らしい。といふのは、巫山の神女の相手になつた楚の襄王は一人だつたが、今は襄王が五、六人もゐるらしいからだ。これは前の詩の評云に、「好色者豈啻英雄」とある、あの意味である。鷺城氏が指摘した者と数に於て一致してゐるのが面白い。

「日月閑」の詩。「蘭麝香中拭酔顔。空斎語笑枕衾間」。餘人をしりぞけた斎《へや》の中、蘭麝の香を焚《た》きしめ、枕衾をのべた中に、酔顔を撫でながら笑語する者がある。「芙蓉洞穴寒含雪。駅路輪鈴夜越山」。この二句、中冓の言だが実に工妙といふの外はない。袖海翁の説に「寒 雪ヲ含ム」の「寒」は「春」であつたのを、後聯に、「春」を用ゐ、その方は動かせぬから、こちらを「寒」に改めたのだと。「春」の方が好いに決つてゐる。含雪と越山、山縣と芳川二人の異《ことな》つた遊び様を、各の号を以て巧《たくみ》に詠じた。巧は巧だが、言葉に言ひ表はすわけにいかないのである。繰返し反復すれば自然に明かになるであらう。「秘密買春憂摘抉。喧呼論事笑冥頑」、秘密の遊びは新聞記者や好事者の摘発に逢ふのが恐《こは》いのである。明治政府の要人、薩長の田舎侍は、国事の討議に託《かこつ》けては新橋に集つた。新橋は彼等によつて繁栄した。酒を被つて喧呼し、放歌し、乱舞するのは彼等の常態であつた。冥頑を笑ふの意味は明かでない。「小森陛下流連好。誰識英雄日月閑」。小森陛下は烏森を指したものか。新橋を中に、北が銀座、南が烏森である。明治五年の大火で銀座が焼けると、金春の藝妓たちは橋を越えて南の烏森に遷り、銀座八丁が煉瓦地となると又戻つて来た。煉瓦地と烏森は幷せて新橋と呼ばれるやうになつた。伊藤、山縣等が国家の中心人物となつて、日本の政治は新橋の待合で行はれるかと思はれた時代があつた。何といつても其の頃は世の中がゆるやかで、天下国家を双肩に担ふ彼等も、時に「英雄閑日月あり」と、狭斜の巷、絃歌の間に流連したのである。

　青厓が伊藤と下田歌子の事を詠じた詩は、それが、英雄と美人、といふ古来の詩家の好題目であり、而《しか》もその美人が尋常一様の美人ではなく、天下に名高き才媛であり、二人の間は久しく世間から疑惑の眼を以て見られてゐた事だけに、此の詩一たび出づるや忽ち天下の艶誦する所となつたのである。山縣、芳川の治遊も、簡単に看過出来ぬ理由があつた。一は首相であり、一は文相であり、陛下は当時深く教育の事に軫念せられ、屢〻文部当局に国民道徳に関する起案を御命じになり、芳川の親任式に当つては特に強く之を御要望になつた。芳川は感激して旨を奉じ、首相として式に侍立した山縣は、後に人に語つて「予は屢〻大臣の親任式に侍したが、未だ曾て天語の懇到なる此の日の如きを知らない」と言つたほどである。さうして二十三年十月教育勅語が御下賜になつた。それから僅か二個月も経《た》たぬ中に、態度最も謹慎して居るべき首相と文相が、打《うち》つれて狭斜の巷に流連荒亡しつゝあることが分り、遂に青厓の詩となつたのである。伊藤も山縣も元勲として優遇を賜はりながら、そんな情態でどうして聖明に答へることが出来るかと、欧化政策と共に風教問題として非難されてゐるわけなのである。

二十九

新聞『日本』として「評林」として言ふべきことは甚だ多い。大臣宰相と雖も、其の私行情事などは敢て問題にしない筈である。事実、伊藤、山縣その他藩閥政府に対する批判の文や詩は殆んど毎日の仕事になつてゐる。元来、政府の欧化政策に反対して起つた『日本』であり、伊藤に対する論難攻撃は絶える日が無かつた、と同時に伊藤が我国初代の内閣総理、枢府議長としての献替、憲法制定に尽した功績に対しては、亦大いに之を認め、称揚の辞を惜むものではなかつた。左の詩の如き其の一例である。

決然払袂出埃塵。赤志何曾忘此民。廿歳廟廊如一日。数章法憲自千春。
勲藩専政久憂弊。魏闕挂冠初見真。眼裏英雄今有幾。世間未許臥雲身①。

これは二十二年十月十九日の評林に出たもので、伊藤の近作七律と七絶に和したもの丶一である。其頃の伊藤は、既に憲法制定の業も終り、内閣総理兼宮内大臣も辞し、近々枢密院議長も罷めて、一旦野に下り、二十年一日の如き勤労から解放され、心身の休養を計りたいものと、小田原に新築中であつた別荘が十月落成して、夏島の別荘も高輪の本邸も引払ひ、別荘は滄浪閣と名《なづ》け、巖谷一六に三字の揮毫を乞ひ、扁額に刻して門楣に懸けたといふ時であつた。

① 『青厓詩存』巻一、三十一丁裏

伊藤の近作二首はその時の心境を詠じたものだが甚だ出来が好くない。七律の前聯に「天日韜光六百歳。神孫垂統二千春」は六百年の覇政から王政に復し、二千年の皇統を万世のものとしたと言ひ、絶句では「鶱翮凌霄志已非。老来豈復憶雄飛」と言つてゐるのは、詩だからかく言ふので本志でないことは言ふまでもない。青厓の和韻も青厓としては平凡である。「廿歳廟廊 一日ノ如ク、数章ノ法憲 自ラ千春」は無上の頌辞であらう。勲藩の句は、藩閥々々と攻撃するが、伊藤は寧ろ藩閥が維新の勲業に驕つて専政するの弊を憂へてゐる、と伊藤に対し却つて知己の語を成してゐる。「眼裏英雄今有幾」は、伊藤の旧作で頗る世に知られた「天下英雄在眼中」といふ句があり、眼一世を空しうする豪語であるが、謂ふ所の英雄は皆死んで今は幾人も居ない。公の責任は益〻重く、一時廟堂を去つても、長く白雲に臥して居れる身ではあるまい、といふのである。

この詩の前に、いま一首、伊藤の事を言うた詩がある。

去就元来有密謀。挟将天子令諸侯。只言世界文明日。寧識邦家危急秋。

制度連労腐儒筆。風流去棹美人舟。千論万説無名案。十二功臣尽白頭[1]。

天子を挟《さしはさ》んで諸侯に令するのは、我国中古以来覇者の常套手段である。伊藤は首相にして宮相を兼ね、君寵を恃んで臣僚に臨むの風がある、覇者の故智を追うてはならぬと戒めた、仲〻の見識である。「制度 連《シキリ》二労ス腐儒ノ筆。風流 去テ棹《サオサ》ス美人ノ舟」。立憲制度の草案を井上に骨折つて作らせ、夏島の海に舟を浮べ、妓を載せて遊ぶことをいふのである。井上は優秀な法制官で、本来漢学者である、それを腐儒と言つたのは、明治八年井上が新聞条例を改め、更に讒謗律を作つて言論の取締を厳重にした為め、言論人は非常に苦しめられ、深く之を憎んだからである。

明治の初頃《はじめごろ》から、盛んに政客、壮士、書生たちの間に高吟された、詩とも言へない七言の聯句があつた。

酔枕窈窕美人膝。醒握堂堂天下権。

酔《ヨ》ウテハ枕ス　窈窕《エウテウ》美人ノ膝。醒《サ》メテハ握ル　堂堂天下ノ権。

誰の作とも分らぬ、又分る必要もない駄作であるが、当時世間では、これは伊藤が幕末馬関の狭斜で遊んでゐた頃作つたものとか、愛吟したものとか言はれてゐたと云ふ。無論伊藤が作つたのではあるまいが、女遊びの甚しかつた伊藤が文字通り天下の権を握るに至つて、こんなことが言はれ出したのかも知れない。明治初めの数年間、伊藤、井上、大隈の三豪傑が、東京の築地に隣接して屋敷を構へ、朝夕相往来して天下国家を論じ合つた時代があり、世人は之を築地の梁山泊と称した。朝比奈知泉の『明治功臣録』に其の有様を述べて云ふ。

> 連日連夜少壮血気の政客其の門に集まり、盛んに天下の形情を論じ国家の前途を説き、興到れば即ち酒を呼んで放歌高吟四壁を驚かした。所謂〝酔枕窈窕美人膝。醒握堂堂天下権〟とは当時の青年が理想とせる所にして〝妻は陰麗華、子は孫仲謀〟などいへる言葉も彼等の唇頭に上つた。豪懐一世を曠しうし、杯盤狼藉の間、耳熱し来れば眼中又何等憚るの状なかりし得意の光景、覚えず道行く人をして其歩を停《とど》めしめざるを得なかつた。

伊藤の妻梅子は馬関の名妓小梅の後身である。才色ともに優れ、後には餘程修業して、皇后宮から賜はる御歌にも、自ら御答へする歌を作り得るやうになり、伊藤に対する内助の功は最も大であつた。高杉晋作に一生の操を立て通した梅処尼はやはり馬関の妓であつた。木戸孝允の夫人も元は京都三本木の

①『青厓詩存』巻一、三十一丁裏

俠妓幾松で、維新史の裏面を飾る二人の情話は餘りにも有名である。山縣の側室貞子は新橋で嬌名を謳はれた美妓老松で、諸藝に秀で殊に和歌を能くし、含雪の歌に和し得て玄人の域に達したと云ふ。昔と今は時世も違ひ、風習も違ひ、藝者の素質も違つてゐた。

放歌高吟について面白い話がある。明治の何時頃《いつ》の事か、政府は法令を以て高吟放歌して道路を往来することを禁じ罰則を定めた。西洋式の観念で、住民の安眠を妨害するからといふのが主な理由であらう。軍人政治家谷干城は早速伊藤首相に向ひ異議を陳べた。青年書生の血気正に旺《さかん》なる者が、鬱勃《うつぼつ》たる胸中の壘塊《るいくわい》を洩らさんとして高歌放吟すること、之は何ものを以てしても抑へることは出来ない、若し強《しい》て法を以て之を禁ずれば、血気は沈滞し、流れて惰弱淫靡とならざるを得ない。考へても見よ、近世維新の大業は多くは放歌高吟の書生輩によつて成し遂げられた、而もこれは我〻同士の皆経験し来つた所ではないか。自分は之を為《な》し、人には之を禁ずるといふ、そんな法律があるものかと。流石の伊藤も黙して答へることが出来なかつたと云ふ。

その伊藤が自ら作つて自ら高吟したであらう詩がある。「飲某楼」といふ七絶で、明治十年、十一年に刊行の詩誌『近世詩文』や『明治詩鈔』等に載り、参議兼工部卿の官名が附せられたのもある。彼が築地の梁山泊時代か、それから後数年の間の作に違ひない。彼の女婿末松謙澄が編した『藤公詩存』には「豪気」と題し明治初年作との注がある。明治初年以来、伊藤の詩として之くらゐ広く世に知られたものはない。

豪気堂堂横大空。日東誰使帝威隆。高楼傾尽三杯酒。天下英雄在眼中。

書生気分まる出しの粗豪な詩である。何の文藻も工力も見られない、唯だ自負自大の気焔をあげ痛快がつてゐるだけである。維新志士の詩に往々此種のものが見られる。豪気が「大空ニ横タハル」の三字、天下の英雄が「眼中ニ在リ」の三字、いづれも詩として語を成すかどうか、本人の意味する所が分らないことはないといふだけである。「高楼傾ケ尽ス三杯ノ酒」など誰でも言ひ得る句だし、「日東誰カ帝威ヲシテ隆《サカン》ナラシム」は起句の続きから考へて当然それは吾輩だといふことになる。眼、一世を空しうするとはこの事で、伊藤だからこんなことが言へ、人も許したのかも知れない。それどころか俗世間には却つてこんな詩が持てるものらしく、伊藤は晩年市井の詩人某に向つて言つた、「世人みな此の詩の揮毫を求める、予の詩の誦すべきもの他にあり、何故に然るか」と、某は「詩は多く其の事によつて伝はる、作の可不可《よいわるい》ではない、維新前後の詩みな然り」と答へたところ「公、笑つて他を云ふ」と、某の自ら記録する所である。

池辺三山（羯南、青厓よりは少し後輩で、新聞『日本』にも執筆し、後、『朝日新聞』の主筆となつた政論家）が伊藤を評して「公はえらい功名心家であつた、公の詩に英雄とか豪傑とかいふ字面がよく見えて、これを慕ふ意味のものが沢山ある。詰るところ伊藤公は名が好き誉が好き、その名と誉を華々しく飾り立てることが大好きだ、陽気な性質で罪はない」と言つてゐる。適評である、豪気堂々の詩が最もよく伊藤の為人《ひととなり》を表はしてゐる、世人は意識してか意識せずしてか、伊藤といへば此の詩を思ひ、此の詩を求めるのである。

春畝山人伊藤は詩は相当好きで、詩人槐南や錦山を左右に置き、時々の感懐は皆詩に託した。然し天分に乏しく佳作の見るべきもの殆ど無い。之に反し書は実に天成の能筆家であつた。明治は多くの能書家を出したが、公はそれ等の第一流の中に数へられるであらう。歌は殆ど作らない、明治天皇が非常に多く優れた御歌を詠まれたので、時に「歌の小学生伊藤博文」などと署して、不出来な歌を御覧に供し、御加筆を戴いて喜んだといふ秘話がある。伊藤の天真爛漫なる、明治の君臣の和楽の情もしのばれることである。山縣含雪は優に一家を成す程の歌人で、歌を御覧に供え、時に御朱を賜はつたりしてゐる。井上通泰を師友とし、刻苦して学び工夫を凝して作つた迹がある。これは御歌所寄人で通泰に随つて山縣邸の歌会に赴いたことのある人から聞いた話である。山縣は詩も作つたが、この道は伊藤と兄たり難く弟たり難い程度である。一体に吟詠の天分に於ては山縣は伊藤よりも上であつたやうに思はれる。右の豪気堂堂は伊藤の悪詩の一例に過ぎないが、同じ明治初年頃の山縣の佳《よ》い詩の例を挙げて置かう。明治十八年官員の詩誌『扛鼎集』に載つたものである。

　春寺鐘声野水隈。前峰一角夕陽頽。帰雲風落函関路。知是明朝山雨来。　小田原駅途上口占

小田原駅から騎馬で山荘に帰る途上、どこかの寺の鐘が野水に沿うて原野の面を低迷する如く伝はつて来る。見れば前峰の一角に夕日が落ちかゝつて、箱根の山に風はぱつたり止んで夕雲が動かない。これは明日山の方から雨が降つて来る兆候《きざし》なのである。従来この詩の善さを品評した人あるを聞かないが、『椿山詩存』中の秀逸であらう。一介の武弁と謙称しながら、このやうな蘊藉《うんしや》な詩を作り得る含雪はたしかに詩人である。

　争取鎦銖費若塵。絃歌涌出満城春。金殿煌煌夜如昼。不照寒村菜色人。

隈山将軍谷干城の詩である。谷は伊藤内閣の農商務大臣に在職中、十九年三月欧州各国視察の途に上り、翌年六月帰朝した。伊藤は谷の人と為り忠誠愨勤なるを知り、将来立憲政治家として大成させ、己の兼任する宮内大臣の職も之に譲らんと考へ、新時代の知識を吸収するために洋行させたのである。然るに谷はかねて伊藤の欧化政策に反対であつたのが、益〻強硬な反対意見を抱いて帰つて来た。さうして一万八千餘字の意見書を作つて首相に呈したが其の容るゝ所とならず、参内して之を奏上し内閣を去つた。右の詩はその時の作で、「読仏国史」と題し、仏国大革命が下民の上に対する不平怨嗟が原因であ

るに鑑み、我国家の近情を憂へたのである。鉄錙を争ひ零細な利害にも血眼になる官員商賈の輩が、大金を塵芥の如く濫費して太平の春を歌ひ且つ踊つてゐるが、寒村に飢ゑてなつぱの如く青ざめた人たちの事を考へて見よといふわけで、詩は甚だ平易、人〻の意中にある事をそのまゝ直言した。「絃歌涌キ出ヅ満城ノ春」など少し漢文を読んだ者なら誰でも作れさうな句である。七言の句調が如何にも快い響を以て人の心を捉へる。「金殿煌煌　夜　昼ノ如シ」も同じことが言へる。鹿鳴館や首相外相官邸の夜会を言うたものである。

折から閣員の一人隈山子爵が海外から帰朝して此の猿芝居的欧化政策に同感すると思ひの外慨然として靖献遺言的の建白をし、維新以来二十年間沈黙した海舟伯までが恭謹なる候文の意見書を提出したので、国論忽ち一時に沸騰して日本の危機を絶叫し、舞踏会の子女佳人は恰も阪東武者に襲はれた平家の公達上臈のやうに影を潜めて屏息した。さすが剛情我慢の井上雷侯も国論には敵し難くて、終に欧化政策の張本人としての責を引いて挂冠した。

これは内田魯庵の著『明治の作家』中の一節である。魯庵は又「当時の欧化熱の中心地は永田町で、此のあたりは右も左も洋風の家屋や庭園を連接し、瀟洒な洋装をした貴婦人の二人や三人に必ず邂逅《であ》つたもんだ」と言つてゐる。

鹿鳴館は実に槿花一朝の栄であつた。明治十六年十一月に開館して、二十年九月井上馨が外相の椅子から落ちた時は、一葉落ちて天下の秋を知るものであつた。鹿鳴の二字は『詩経』に立派な出典がある。然し鹿鳴館の内外で演じられた一切万事は欧化の二字に尽きる。漢詩の材料には最も不向きである。従つて明治以来こゝを詠じた詩の佳なるもの有るを聞かない。たゞ『槐南集』に「麹街冶春詞」といふものが有る。これは槐南が麹町の永田町に居住して附近の風俗を観察し、七絶に詠じたものである。凡て十四首ある。魯庵の「当時欧化熱の中心は永田町に在つた」と云ふのは確かにその通りであらう。

麹街冶春詞①

墨水西湖迹已陳。今年試譜麹街春。満街羅綺香車馬。不断春風漲麹塵。　一

墨水西湖　迹已ニ陳。今年試ミニ譜ス　麹《キク》街ノ春。満街ノ羅綺　香車馬。不断春風　麹塵ヲ漲ラス。

墨田川や西湖（上野の不忍池、杭州の西湖に擬していふ）はもう陳腐だ。今年から麹街の春を謳《うた》ふとしよう。街を行く女人の衣はうすぎぬあやぎぬ、乗り物は香車宝馬。それから起る塵は酒の麹《かうぢ》のやうな色、塵でも麹街《かうぢまち》に立つ塵は格別だ。

桃花並馬柳彎腰。情似宮溝水蕩揺。翡翠忽然回避去。一双人影戯蘭苕。　二

桃花馬ヲ並ブ　柳彎ノ腰。情ハ似タリ　宮溝ノ水蕩揺。翡翠忽然　回避シ去ル。一双ノ人影　蘭苕ニ戯ル。

白毛に薄く桃色を帯びたきれいな馬。柳の枝のやうにしなやかな腰。一組の男女が馬を並べ、宮城の御溝《おほり》に沿うて行く。二人の心は御溝《おほり》の水のやうに揺蕩《たゆた》ふ。今しも水辺の蘭苕に相戯れてゐた一双の翡翠《ヒスヰ》（かはせみ）は、馬の足音に驚いて急に飛び去つた。その翡翠のやうに相戯れる一双の人影がそこに在る（水面に映つて）。

朱邸啼花鳥也嬌。蕭郎路上与魂銷。外辺知道春消息。漏洩難防是柳條。　三

朱邸花ニ啼キ鳥マタ嬌《コ》ブ。蕭郎路上　与《タメ》ニ魂銷《コンセウ》。外辺知道《チダウ》ス　春消息。漏洩《ロウエイ》防ギ難キハ是レ柳条。

朱門富貴の家、花に来て啼《な》く鳥の声も嬌《なまめか》しい。路行く蕭郎《おとこ》（単に男子の意）も悩ましい春が来たことを知《し》道り、魂も消え入らんばかり。遠く外《そと》から伝はり来る春の消息を知ることが出来るのは柳の条《えだ》が芽ぐみ青み、それを漏洩《もら》すからだ。

聯臂行看馬上郎。女児一半是洋装。略通眉語微微笑。今夕相逢踏舞場。四

聯臂《レンピ》 行《ユクユク》 看《ミ》ル 馬上ノ郎《ラウ》。女児一半是レ洋装。略《ホボ》眉語ヲ通ジ微々トシテ笑フ。今夕相逢フ踏舞場。

麴街を行く上流の子女たち、殆んどその半分は洋装である。今しも数人の子女、互ひに臂《ひぢ》をとりあつて歩いてゐる。たまたま瀟洒な服装をした馬上の郎《おとこ》をみとめて、微《かす》かなる笑を浮べ、眉目を以て意を通ぜんとする、平生相知る仲らしく「今夕は（鹿鳴館の）舞踏場《ダンス》でお逢ひしませう」と言つてゐるやうである。麴町区永田町は当時欧化の中心地であつた。明治十八年四谷仲町に開設された華族女学校も、二十二年永田町に新校舎を建てゝ移転して来た。

明治初年、伊藤等の建議により、御衣を始め宮廷の服制が革《あらた》められ洋装が採用された。皇后以下宮女の方はかなり後れたが、華族女学校の生徒の制服も洋装と定められ、上流社会に急速に洋装が流行した。時に宮内省式部顧問の独逸人フオン・モールは之を否とし、宮中婦人の和装の優美典雅にして、洋服は日本人の身体に適せぬ所以を力説し、旧章の維持を主張したが、宮内卿伊藤は頑として之に従はなかつた。

鹿鳴館では独逸人ヤンソン夫人やアメリカ帰りの新しい女山川捨松を教師として、紳士淑女等にダンスを習はせた。伊藤夫人梅子は大臣、華族の夫人から宮中の女官まで説得してダンスの稽古に駆り出した。明治十九年十月某日の『朝野新聞』に次の如き記述がある。

男女交際の道を開かざる可からずとは、社会改良論者の口癖なるが、或る貴顕は、大学の学生と高等女学校の生徒とを打ち混ぜて舞踏会を開かしむれば、自ら教育ある男女の交際を円滑にするに至

①『槐南集』巻十、五丁表

るべしと、主張し居らるゝとか聞けり。成る程教育ある男女をして交際を為さしむるは社会改良の要務なるべけれども、之をして一足飛びに舞踏会に出掛けしむるは、少しく其の順序を誤りたるものに非ざるか、男女相抱きて舞踏を為さざるとも、交際の道は他に何程もあるべし。今日我邦の年若き男女をして舞踏会を為さしむる時は、種々の弊害の之が為に生ずること無しと云ふべからず。第一学生をして学問の外に心を動かさしむると、無用の入費を蒙らしむるの恐れもあれば、我ゝは少しまじめなる交際法の取調べあらんことを望むなり。

何と言つても伊藤、井上等政府者が真先《まつさき》に立つて音頭を取ることだから、舞踏の流行は上流社会を席捲してしまつた。儒教道徳の厳しく、殊に男女の別のやかましい時代の良家の子女が、若い男と路上に相逢うて目笑眉語し、ダンスの約束をするなど、全く新しい風俗、欧化主義の所産であつた。大正の末年、文士内田魯庵は「四十年前の欧化熱」と題し、帝都の中心麴町辺の風俗を端的に表現して左の如く云ふ。

欧化熱の中心地は永田町で、此のあたりは右も左も洋風の家屋や庭園を連接し、瀟洒な洋装をした貴婦人の二人や三人に必ず邂逅《であ》つたもんだ。ダアクの操り人形然と妙な内鰐の足どりでシヤナリシヤナリと蓮歩を運ぶものもあつたが、中には其頃流行《はや》つた横乗りで夫婦轡《くつわ》をならべて行くものもあつた。此のエキゾチツクな貴族臭い雰囲気に浸りながら霞ケ関を下りると、其頃練兵場であつた日比谷の原を隔て、鹿鳴館の白い壁からオーケストラの美くしい旋律が行人を誘つて文明の微醺を与へた。頗る放胆な自由恋愛説が官学の中から鼓吹され、当の文部大臣の家庭に三角恋愛の破綻を生じた如き、当時の欧化熱は今どころぢや無かつた。

先年侯井上が薨去した時、侯の憶ひ出咄として新聞を賑はしたのは此の鹿鳴館の舞踏会であつた。殊に大臣大将が役者のやうに白粉を塗り鬘《かつら》を着けて踊つた前代未聞の仮装会は当時を驚かしたばかりぢや無い。今聴いてさへも餘り突拍子も無くて、初めて聞くものには作り咄としか思はれないだらう。

鏡影肩随酒半醺。口吹蘭気自氤氳。薔薇一滴難為水。髪束烏絲不是雲。　五

鏡影肩随　酒半バ醺《クン》ズ。口　蘭気ヲ吹イテ自ラ氤氳《インウン》。薔薇一滴　水ヲ為シ難シ。髪ハ烏絲ヲ束《ツカ》ネテ是レ雲ナラズ。

窓のガラス（鏡）に映《うつ》つた人影、肩と肩と相接し、や丶酒気を含んで吐く息の蒸すばかり匂ふのは（氤氳）蘭ではないかと怪しまれるが、実は薔薇の花の精を取つて造つた香水の一滴々々が醸《かも》すので、水と云つても水ではないのだ。頭の方はと見れば、烏絲《くろいいと》のやうな毛髪をぐるぐる束《つか》ねた様は、ふわふわ浮《うか》んだ雲のやうに見えるが雲ではない。

その頃紳士淑女の身だしなみとして香水が使用され出した。夜会に赴く時などは忘れてはならないもの丶一つであつた。婦人の洋装と同時に洋風束髪が流行し出した。明治十八年ドクトル渡辺、雑誌記者石川の両人が「婦人束髪会」を起し、我国女子の結髪が窮屈不便で、衛生に害あり、経済に不利だとして、軽便清潔な束髪を奨励し、新聞雑誌に宣伝これ務めたため、先づ上流婦人界に始まつて漸次一般に普及するに至つた。

官舎梅花落尽時。微寒雨潤緑綃帷。愛聴隣院箏声緩。故掲疏簾散篆絲。　六

官舎ノ梅花　落チ尽スノ時。微寒　雨ハ潤《ウルホ》ス緑綃帷《リヨクセウヰ》。愛シ聴ク隣院箏《サウ》声緩《クワン》ニ。故《コトサ》ラニ疏簾ヲ掲ゲテ篆《テン》絲ヲ散ズ。

官舎の梅が散つて、春まだ浅く微寒を覚える頃、窓の緑のカーテン（綃《うすぎぬ》の帷《とばり》）は雨に濡《ぬ》れてゐる。隣

家の令嬢の奏でる箏《こと》の音が緩《ゆる》やかに聞えて来た。珍しいもの、よく聴かうと思つて、窓の疏簾《すだれ》を掲げれば、床の香炉から、篆字のやうに曲《まが》りくねつた絲のやうに細い煙が、吸はれるやうに窓の外へ出ていつた。

何でもない眼前の景だが矢張り時代的意味がある。その頃文相森有礼は極端な欧化主義者で、文部省直轄の高等女学校では英語を重要課目とし、且つ洋楽と舞踏を必習させた。日となく夜となく鹿鳴館から漏れる洋楽の音に、路行く人は歩を止めて耳を欹《そばだ》てたと云ふ。それと同じ意味の事を詩は言つてゐるのである。詩に一字を以て表はす時は、琴も瑟も箏も月琴も胡弓もピアノもオルガンも渾《すべ》て区別は無くなる。明治二十年代には一般家庭では琴か三味線くらゐのもので、ピアノなどどこにも無かつた。然し永田町あたりでは珍しいピアノの音も聞けたのかも知れない。

七

聴尽鶯歌看過花。游春日日不思家。残醒未免将人困。且向星岡去喫茶。

聴キ尽スノ鶯歌　看尽スノ花。游春日日家ヲ思ハズ。残醒未ダ免レズ人ヲ将《モツ》テ困《クルシ》ムルヲ。且《カツ》星岡ニ向ツテ去ツテ茶ヲ喫ス。

春ともなれば人〻の心は浮立ち、日〻家を忘れて、今日《けふ》は上野の桜、明日《あす》は根岸の鶯などと遊び歩くのである。散々遊んだ末は、花見酒の宿酔が消えやらず、頭が重く人を困《くるし》めること甚しい。そこであの星ケ岡の幽静閑雅の境に歩を運んで、渋い茶を喫して見たくなる。

星ケ岡は永田町山王台、日枝神社の境内で、赤坂溜池の東、小高い丘陵で、明治十四年以来、公園となり、老杉古松鬱蒼として塵埃絶え、人出の多からぬ幽境である。南面に掛茶屋、又星ケ岡茶寮が有る。こゝは元〻茶道の席で、普通の料亭とは異り、給仕の女に至るまで坐作進退礼式に遵《したが》ひ、頗る高尚なる仕組を以て都下に著はれたものである。槐南等詩人も屢〻こゝに詩莚を開いてゐる。

緑陰陰処有茶煙。瞥見雛姫分外妍。翠鬟剛纔竹遮住。不移半歩出人前。　八

緑《ミドリ》陰陰ノ処　茶煙有リ。瞥見《ベツケン》ス雛姫分外《フングワイ》ニ妍《ケン》ナリ。翠鬟剛《マサ》ニ纔《ワヅカ》ニ　竹　遮住《シャヂユウ》ス。半歩ヲ移シテ人前ニ出《イ》デズ。

緑陰深き処に茶亭があり、茶を煮る煙が立つてゐる。一人《ひとり》年の少《わか》い女の子の、分外《かくべつ》に妍《うつく》しいのが見える。日本髪の翠《みどり》の鬟の其の美しい姿も、植込の竹に遮《さへぎ》られて、見え隠れするだけである。いま半歩前に出て、人の方に近づいてくれると好いのだが……。

可憐な少女の姿は、花や竹を隔てゝ、ちらりと瞥見《べつけん》するくらゐが魅力があつて好いのではあるまいか。詩も結局それが本意であるかのやうだ。

剛、詩に用ふる俗語で、まさにと訓ずる、てうどの意。纔、わづかと訓ずる、俗語の、ちよつとばかりの意。

日枝山下水盈盈。宿粉残妝洗不清。三両誰家間姉妹。褪紅裙子踏花行。　九

日枝《ヒエ》山下　水盈盈《エイエイ》。宿粉残妝《シャウ》　洗ヒ清カラズ。三両誰ガ家ノ間姉妹。褪《トン》紅裙存　花ヲ踏ンデ行ク。

日枝神社の麓、溜池の水は盈々と満ち溢れてゐる。今は赤坂藝者が宿粉残粧を洗ふところになつてゐる。池水は残粧を洗つても、きれいな化粧の水にはならない。何家《や》の妓か、姉妹《きやうだい》くらゐなのが二三人、ぶらぶらと連れ立つて行く。や、色あせた紅裙が散つた桜の花を踏んでゐるかのやうに。

日枝神社の麓を西から東南に繞る池水を溜池《ためいけ》と云ひ、周辺高台の谷水が集つて此の名を成した。江戸の昔或はそれ以前からであらう、神田、玉川の両上水がまだ江戸城内に引かれぬ前は、この池水が上水として用ひられた。「日枝山下水盈々」とあるのを見れば、この詩が作られた明治二十年代の始頃《はじめころ》溜池はまだ池であつたのであらう。昔は蓮花の名所であつたが、後に桜を池畔に植えたといふ。明治の何時頃

か、埋立《うめた》てられて名ばかり地名として残り今に至つてゐる。
日枝神社は俗に山王様の名で知られ、東京府下第一の大社である。慈覚大師が比叡山の日枝神社から分霊して武蔵の星野山無量寺に祀つたものを、太田道潅が江戸城内に遷し、城の鎮守として祀り、其後徳川氏の尊信厚く、山王祭は神田明神の明神祭と共に天下祭の称があつた。

清渓水濺碧苔滋。約伴湔裙任蝶随。小鳥不関児女事。街花啼上保公碑。　十

清渓水濺《ミヅソソ》ギ　碧苔滋《シゲ》シ。約伴湔裙《ヤクハンセンクン》（伴ヲ約シ裙ヲ湔《アラ》ヒ）蝶随フニ任《マカ》ス。小鳥関セズ児女ノ事。花ヲ銜《フク》ンデ啼キ上ル保公ノ碑。

清水谷（清渓）の水清く苔の色も滋きところ。衣《きぬ》洗ひしませうと、児女《おんなのこ》たちは言ひ合せ連れ立つて来たものであらう。したがつて大久保公遭難の跡の碑など、もとより関心はない。女の衣裳や頭飾《あたまかざり》に蝶がひらひら縺《もつ》れて離れない。ところが小鳥は少しく違ふやうだ、大久保公を弔ふかの如く、しきりに花を銜《ふく》んで碑に飛び上り、花をふりまいては啼いてゐる。
清水谷は麹町区紀尾井坂下に在り、昔時清泉が流れて清水谷と呼ばれた。明治十一年五月十四日、参議内務卿大久保利通は馬車に搭じて霞関の自邸を出で参朝の途上、清水谷に於て島田一郎等刺客の手に斃れた。二十一年、遭難の地に巨大な碑が建ち「贈右大臣大久保公哀悼碑」と題せられた。附近の地を開いて公園と為し、桜、藤、楓《もみじ》、躑躅《つつじ》などが植ゑられた。
槐南の此の詩は、清朝初期の詩人黄莘田の「西湖雑詩」の一。

画羅紈扇総如雲。細草新泥簇蝶裙。孤憤何関児女事。踏青争上岳王墳。

措辞、構想とも頗る酷似してゐる。槐南は少くして清詩を愛誦し爛読した、このやうな事があつても怪しむべきではない。

霞関一帯接桜田。平地楼台起鬱然。却憶井侯旧門第。紅扉相映夕陽天。　十一

霞関一帯 桜田ニ接ス。平地楼台 起ル鬱然。却テ憶フ 井侯旧門第。紅扉相映ズ 夕陽ノ天。

霞ケ関の道は桜田御門に連つてゐる。霞関一帯の地は、維新前は全国各藩の侯邸士宅が櫛《くし》の歯の如く密接してゐたが、今は諸官衙其他の高大なる建築が鬱然として聳えてゐる。参謀本部のあつた所が昔の井伊掃部頭《かもんのかみ》の屋敷で、朱塗《しゆぬり》の門が夕陽の天《そら》に照り映《は》えてゐたと云ふ。

「掃部頭は今生きてゐれば〝赤いネキタイの会〟の会長とでも云ひさうな赤好きで、兜《かぶと》も鎧《よろい》も赤く塗り井伊の悪鬼、赤備《あかぞなへ》と云へば鳴したもの。彦根から江戸詰になつても赤隊の昔を忘れず、屋敷の門まで赤くして喜んでゐた。」矢田挿雲の『江戸から東京へ』の中にかうある。

井伊掃部頭の屋敷は明治四年分割して官に収められ、弾正台が置かれたが、次で兵部省に属し、陸軍傭教師館、幼年学校を置き、後、参謀本部となつた。明治五年永田町の町名を立て、この辺りは永田町一丁目、桜田門外の城池弁慶堀は町の東北に当り、内濠第一の勝景で、こゝから北、半蔵門へかけての眺望は東京一であるばかりか、世界的美観の一として内外識者の共に歎称する所となつてゐる。この間の皇居の内側は吹上御苑に当り、戦前は禁垣、禁樹の奥に振天府、懐遠府の屋根を仰いだことであつた。たゞ明治二十年代の初頃にはまだそれは無かつた。城池水碧く、老松枝を交へ間鷗波に戯るゝ所、これのみは今も昔に変らぬ天下の絶景である。

禁樹猶伝隠隠笳。酔兵散尽暮煙遮。半蔵門外烏啼柳。月上英蘭館裏花。　十二

禁樹猶ホ伝フ隠隠ノ笳、酔兵散ジ尽シテ暮煙遮ル。半蔵門外 烏 柳ニ啼キ、月ハ上《ノボ》ル英蘭館裏ノ花。

禁苑の樹木鬱蒼と立ち籠めた間から、衛兵の喇叭《ラッパ》の声がかすかに伝はつて来る。衛兵も散じて暮煙のたなびく頃となると、半蔵門外の揚柳に烏が啼き、やがて英蘭《イギリス》公使館の屋上に月が出て、館内の花園を

照すことであらう。

酔兵の二字は晋の竹林七賢の一人阮籍に関する故事で、説明すれば長くなるので略するが、こゝでは単に禁衛の兵といふ意味に用ひられた。英国公使館といふだけでは何等詩の題材にはならない。東京第一の眺望を擅《ほしいまま》にするところから好詩材たり得ること此の如しと言ひたい。

花香草碧雨黄昏。聴到新鵑有涙痕。一叫一回腸一断。九壇祠上去招魂。　十三

花香草碧（花香シク草碧《ミドリ》ニ）雨黄昏。新鵑ヲ聴到《キキイタ》ツテ涙痕アリ。一叫一回 腸一断。九壇祠上 去ツテ招魂。

靖国神社は言ふまでもなく、嘉永以降国事に死した人を祀る。明治二年に創建し、初め招魂社と称し、後今の名に改められた。毎年五月、十一月の五、六、七日に大祭を行はれた。この詩の心は五月の大祭にある。九段の段は詩に用ふるには俗に過ぎ且つ平仄が合はぬから壇を用ゐたが適切である。

花香しく草碧《みどり》なる残春初夏の候。杜鵑の初音を聴いて、「有涙痕」は鳥の涙と人の涙と双方へ係る。「一叫」は鳥の啼くを叫といひ、己《おのれ》も亦叫ぶのである。「一回」は啼く鳥も聴く人己《おのれ》も一回毎にの意である。「腸一断」鳥も断腸し、人も断腸する。さうして、五月の九段の招魂祭にお参りするのである。

李白の「宣城見杜鵑花」に曰ふ。

蜀国曾聞子規鳥。宣城還見杜鵑花。一叫一回腸一断。三春三月憶三巴。

一、三の両字を重畳して用ゐた。李白には往々この種の遊戯文字がある。乾隆帝は之を評して「諺ノ如ク謡ノ如シ、却ツテ是レ絶句ノ本色、之ニ効フハ癡ナリ」と言つた。槐南はこの第三句を巧に借用した。和名ほととぎすは漢字では十幾種にも書くが、子規と杜鵑が常用される。杜鵑花は和名さつき。旧暦三月に花が開く。啼いて血を吐くほととぎす、その血に染つてさつきは咲くと云ふ、昔から和漢に共

通した観念があつた。この鳥、この花、而して招魂祭、まことに哀切である。

聞言北里簇蹄輪。多半看花為麗人。那有間情問詞客。古梅門巷月如賓。　十四

聞クナラク 北里 蹄輪簇《ムラガ》ルト。多半花ヲ看《ミ》ルハ麗人ノ為ナリ。那《ナン》ゾ開情詞客ニ問フアランヤ。古梅門巷 月 賓ノ如シ。

聞けば、北里の吉原では、毎年の事、夜桜を見る客が馬車や人力で簇《むらが》り集るさうだ。然しその客も多くは花を見るよりも女を見る為に来るのである。さういつた風流心は我〻詞客に問はれても無駄だ、古梅先生の門辺《かどべ》を見よ、お客はお月さまだけだ。

吉原仲の町の夜桜は江戸の昔からの古い伝統があり、四月から五月にかけ一月餘り続き、七月の盆灯籠、九月の俄踊《にはかおどり》と共に吉原三大景物の一で、見物客の多く集つたこと夜桜を最とした。樋口一葉の『たけくらべ』に「春は桜の賑はひ」と言つたのは是れである。

槐南は父春濤に随つて下谷仲御仲町に住んでゐたが、明治二十年内閣属に任官してから、麴町永田町の官舎に移つたのである。彼の集に明確な移居の詩は無いが、それと察しられる句は少くない。その頃永田町には巖谷古梅、矢土錦山も住んで、旦夕往来してゐたやうである。「麴街冶春詞」は二十一年の作である。

三十

「麴街冶春詞」の冒頭に「墨水西湖迹已陳」とある。すなはち作者槐南は、明治二十年麴町に来り住むまで、下谷の父春濤の家に部屋住の身で、父の門人永坂石埭、橋本蓉塘、杉山三郊、永井三橋等の風流才子と、盛んに墨水、西湖に遊んで詩酒の楽みに耽つてゐた。当時東都の名勝は、墨水を推して第一と

なし、東台西湖は之に次ぐものとされてゐた。今、『槐南集』を繙くと、「湖上冶春絶句[1]」七首、「墨水嬉春絶句[2]」十二首、「墨上観花[3]」十絶、「東台観花[4]」三首、「湖山雑興[5]」十首等、まとまつた連作の外、断片的の詩句に至つては枚挙に遑ないほどである。それは僅か十年足らずの間で、皆この早熟の天才児が弱冠前後の年に成つたものばかりである。さうして此の類の遊閑文字は、「麴街冶春詞」を収束として、明治二十三、四年以後は殆ど見られなくなつた。つまり其頃になると作者は墨水、東台の風物、遊興にはすつかり食傷してしまつたのであらう。そこへ麴町の官舎へ入らねばならぬめぐりあはせとなつたわけである。明年、新年の作に「微臣居卜皇衢後。幽谷鶯遷御柳前[6]」とあるのは、小吏の身が皇居周辺の街衢《まち》に住み、御濠《おほり》の柳を目の前にするとは、暗い谷間の鶯が明るい春山の木に遷つて来たやうなものだと言ふのである。

さうして墨水や東台の如き伝統ある名勝の地とは違つて、飽までも都会的な、詩の無い境地に、能く詩を見出した所に「麴街冶春詞」の面白味がある。而もいはゆる鹿鳴館時代の異質的な雰囲気を巧みに写し出した点に一層の面白味を感ぜしめるのである。

墨水の詩には麴街の詩ほどまとまつた面白いものは少ないやうである、僅に数首を取つて説明することゝしたい。明治の人ゞが如何に墨水を愛したか、今の我ゞの想像を絶するものがある。勿論それは江戸時代以来の事であるが、明治人の作つた多くの詩歌、文章、絵画によつて其の一斑を知ることが出来る。

明治十四年刊行の『墨水廿四景記』二巻の書は、依田学海の弟子杉山三郊、依田耕雨の二人が選んで小記を作り、学海が補筆したもので、従来云ひ伝へられた「隅田八景」を、増して二十四とし、能く其の勝を尽し、且つ之を絵にして添へた。一時伝へられて江湖の佳話をなした。其の廿四景は、

東橋暁靄　嬉林酒旗　枕橋春月　筑波秀黛　三囲驟雨　待乳夕陽
牛祠新緑　長命晴雪　弘福香煙　秋葉霜楓　柳圃虫声　蓮華断碑
寺島梅花　白鬚松籟　橋場浮鷗　水神涼颸　梅塚残柳　庵崎暮霞
丹頂芙蕖　綾瀬遠帆　鐘潭秋月　牛田帰雁　関屋寒草　墨堤桜雲

杉山三郊、名は令、通称令吉、安政四年に生れ、美濃の人である。年少にして永井三橋と共に春濤の門に入り、槐南に長ずること六歳、槐南一生の莫逆の友であつた。十八歳で早婚した槐南は其の翌年川田甕江先生の女を娶る三郊の為に「催妝詞⑦」四首を賦して贈つた、今の人には分らぬ藝である。三郊、三橋は青厓と皆同年の生れで、大正末年から昭和十幾年かまで、常に青厓の詠社に出入されたので、私は両翁の語る槐南の話、明治の話を楽しんで聴くことが出来た。三橋は中年以後阪本蘋園といひ、枢密顧問官を以て昭和十一年に没し、青厓翁は十九年に、三郊翁は二十年終戦の直前に没した。昭和の初め、私が青厓翁に逢ふ宿命を持たなかつたなら、三郊、蘋園両翁にも逢へなかつた。両翁に逢へなかつたら、私は槐南に就いて、其の詩以外何も知ることは出来なかつたらう。槐南の集に最も多く出て来る人の名

---

① 『槐南集』巻三、十九丁表
② 『槐南集』巻五、九丁表
③ 『槐南集』巻七、八丁表
④ 『槐南集』巻七、七丁裏
⑤ 『槐南集』巻八、九丁表
⑥ 『槐南集』巻十、一丁裏
⑦ 『槐南集』巻一、十一丁表

は此の両人である。明治の文学界に漢詩の黄金時代を築いた森槐南の名も、今の世の幾人が知つてゐるであらうか。槐南と並立した青厓の名もとつくに忘れられてゐる。私が老いて自ら料らず、槐南を語り青厓を語り、明治の詩話を書く所以である。

明治十九年大沼枕山の高弟溝口桂巌は、二十四景に更に六景を増して三十景とし、各〻七絶を以て其の勝を詠じ、小引を附し、且つ之を絵画にし、枕山、湖山、春濤、学海、痴堂、聴秋、諸家から序跋評語を徴し、三郊、槐南も文を寄せてゐる。かくて『墨水三十景詩』二巻は、廿四景記以後の佳著として世に行はれた。

依田学海は明治八年向島須崎町の柳畑に居を卜した。此地は昔、柳が多かつたので此の名が残つた。詩人は柳圃と呼んだ。学海は其の居を柳蔭精廬と名づけ、成島柳北の四顧皆花楼と東西相対した。殆ど時を同じくして榎本梁川武揚が邸宅を其の北に営み、同年伊藤聴秋も来り住み、十二年には関根痴堂が廬を営み、皆な柳圃に居て衡宇相望み、時々往来して風月を談じ詩酒を楽しんだ。その頃痴堂の作つた詩がある。

非山非市小繁華。喧寂之間占静嘉。野史亭前仙史宅。詩人屋後美人家①。

山ニ非ズ 市ニ非ズ 小繁華。喧寂ノ間 静嘉ヲ占ム。野史亭前 仙史ノ宅。詩人屋後 美人ノ家。

野史亭は、稗史小説家として有名な依田学海の家をいひ、それが柳北仙史の宅と向ひ合つてゐる。詩人は伊藤聴秋や痴堂自身を指す、「美人家」は附近に置屋でも有つたのであらう。「葉桜藝者」の称があるのは、長命寺の桜餅から出たものであらうか。

拚把春魂酔裏銷。翠裙紅屐一般嬌。渡江要看花真色。不信吾妻是仮橋②。

春魂ヲ把《ト》ツテ酔裏ニ銷スルヲ拚《ハン》ス、翠裙紅屐《ゲキ》一般嬌《コ》ブ。江ヲ渡リ看ルヲ要ス 花ノ真色、信ゼズ 吾《ア》

妻《ヅマ》 是レ仮橋。

槐南の「墨上看花十絶」の第一首、明治十九年の作である。——春は気持が浮き浮きして落着かぬ。まゝよ酔つて酒にまぎらしてしまはう。拚は棄てる、かまはぬの意、俗語である。翠裙紅屐《もえぎのすそあかいげた》の嬌《なまめ》きたる女人が一般の姿。今や真盛《まさか》りの花の色を見ようと。夢中に吾妻橋を渡り向島さして行く。こんなに多勢の人が一時に橋を渡つて危《あぶな》くないか。吾妻橋が仮橋《かりばし》だといふことは分つてゐても分らうとしない。

文化八年八月、深川の富岡八幡の祭礼に、大勢の参詣人が潮の如く押寄せ、永代橋を渡つた為に、橋は重みに耐へず折れ、四、五百人の者が川に落ちて死んだ。其の時隅田川に架かつてゐた両国橋を除く吾妻、新大橋、永代の三橋は皆仮橋であつた（仮普請《ふしん》で橋幅も狭く闌干は丸太であつた）。幕府は慌てゝ三橋を本普請に改造した。吾妻橋は浅草から江東に往く交通上最も重要な橋、「江東第一橋」である。それが明治十八年七月洪水のため流失し、政府は応急的に仮橋を架け交通出来るやうにしたが、詩人は曾ての永代の惨事を思ひ、このやうに詠じたのである。やがて改修工事が起され、二十年十二月最新式鉄橋が竣成した。

吾妻橋は東橋とも書く。橋を渡つて北に二町ばかり、源森川が隅田川に注ぐ所、咫尺の間に橋が二つ並んでゐる、俗に枕橋といふ。橋北を嬉《うれし》の森といふ、詩人は嬉林と書く、昔この辺り一帯が森林であつた名残である。枕橋から北して木母寺に至る、約一里の間、隅田、寺島、須崎、小梅の四村を含めた地域を総称して向島といふ。又、隅田堤といひ、詩人は墨堤と呼んだ。小野湖山は「向島吾嫌地名俗。従

---

① 『東京新詠』下、十二丁表
② 『槐南集』巻七、八丁表

今呼做夢香洲」の句を為した。小唄に「嬉《うれし》の森や枕橋」「ふたつ双《なら》べし枕橋」など歌ひ、枕橋の名は隅田川の波音よりも遠く聞えたと云ふが、『三十景詩』の「枕橋春月」は曰ふ「短橋如枕影成双。行客回頭恨満腔。空見遊舟載歌管。併将花月棹春江」。痴堂も同一の情趣を詠じて曰ふ「夜水茫茫白一篙。帰舟載夢入支濠。玉人歌罷楼台静。双枕橋頭春月高①」。――隅田川の夜の水に篙《ふなざを》の色も白く、舟は人の夢を載せて下り、東橋の手前、源森の支流に入る、やがて枕橋、橋の袂の八百松楼に着く。夜は更けて美人の歌も罷み、春月高く、おぼろに楼台を照してゐる。

さて槐南の詩である。

小橋如枕臥春江。暁起何人送画艭。一櫂筑波山翠破。欲揺鬟影去成双②。

小橋 枕ノ如ク 春江ニ臥ス、暁起 何人カ 画艭《サウ》ヲ送ル。一櫂《タウ》 筑波山翠破レ、鬟《クワン》影ヲ揺《ウゴカ》シ去ツテ双ヲ成サント欲ス。

川に橋が、二つならんで枕のやうに臥せつてゐる。誰だか早く起きて客舟を送つた。静かに大川に映つた筑波ねの、男体、女体の山影を破るやうに、櫂《かひ》は川波をかきわけて行つた。枕に臥した二人のもとどりのやうな山の形をこはしたが、波が静まれば、また元の双《ふたつ》になるのだ。

長命寺荒芳草新。万花深処葬才人。即今弔柳伝嘉会。蝶板鶯簧閙一春③。

長命寺荒レテ 芳草新《アラタ》ナリ。万花深キ処 才人ヲ葬ル。即今弔柳 嘉会ヲ伝へ、蝶板鶯簧 一春ニ閙《カマビス》シ。

成島柳北は幕府瓦解後、向島須崎町に移居し、其の家を松菊荘と名けた。一時他処に去り、明治六年再び帰来し、十一年荘を改築し「松菊荘ノ略記」に次の如く云ふ。

……門ニ入テ右スレバ園ニ入ル、左スレバ厨ニ到ル、中央ハ磚石ヲ列シ、以テ客ヲ堂ニ延ク、堂ニ面シテ梅数十株ヲ栽エ、尽ク雑樹ヲ外圃ニ移ス、堂ノ左ハ翠松白桜若干首ヲ排列シ、下ニ蘭菊ヲ点綴ス。……春日墨堤ノ花ヲ望ンデ会飲セント欲ス、楼南ハ我ガ梅花ニ対シ、東ハ我ガ桜花ヲ揖シ、西ト北トハ遠ク堤上ノ花ヲ望ム、命ヅケテ四顧皆花楼ト云フ、……

梅は特に柳北の愛したもので「漁史性花ヲ愛スル人ニ過ギタリ、就中梅花ヲ愛シ年毎ニ探梅ノ遊ビヲ為サザル無シ」と云つてゐる。柳北の外孫大島氏の『柳北談叢』に「柳北は家にゐると訪客たえず、応接にいとまなかつた。暇な日には、ひとり堤上を散歩した。気の向くまゝに長命寺を訪れたり、言問に寄つたり、或は百花園の草花を見て楽しんだ。百花園は、漁史の草廬と相距る咫尺、といつてゐるやうに、四顧皆花楼からは、ほど近かつた」。「柳北は、たしかに向島が好きであつた。その手紙の中によく墨水の宅と書き、みづから濹上漁史あるひは濹上隠士と号し、墨堤に居を定めて十七年、真に墨水を愛した一人であつた」とある。柳北の没したのは明治十七年十一月三十日。

向島を酷愛し、晩年の十七年を向島に過した柳北は、死して向島の小梅村本法寺に葬られた。柳北没後半歳、白鷗社の同人が追弔の筵を開いた時、槐南は七古の長篇を賦して霊前に奠したが、其中に大意次の如く述べてゐる。

君は不覊倜儻の人で、聖世に遭逢しながら幕府の遺老に甘んじ、長安の布衣となつた。墨堤の鶯花二三月の候、柳橋に柳の絮《わた》の飛ぶ頃、日毎《ごと》川に画船を浮べ、簫鼓を催し歌舞を徴し、其の豪華さは風流の楊鉄崖、江南第一の唐伯虎を兼ねたる如くであつた。その境地は朝に非ず、市に非ず、山林に非ず、たゞ煙水と相沈浸した。花月の史を撰しては一字千金、世に流伝した。笑罵の文章、伝家

①『東京新詠』下、十五丁裏
②『槐南集』巻七、八丁裏
③『槐南集』巻五、九丁裏

の翰墨、それは館閣諸臣のそれと固より相合ふものではない。滑稽の雄に倣うて諷諭を事とし、自らは風騒の将を以て任じ、百城を圧する南面の王の概があつた。又、楚王に名馬と美人が有つたやうな君の境涯に、世人は艶羨の目を注いだ。然るに今は如何、曾て墨水に泛々として君と相馴れた白鷗は、浩蕩に没して見えず。桃花は冷落し、楊柳は婆娑として遊船を遮る。渡口を過ぎる者、誰か君を懐うて帳然たらざるを得よう……①。

かく柳北を哀弔する槐南であつた。右の「長命寺荒」の絶句は、同じ年の春、向島に遊び、長命寺に柳北を弔したものである。——長命寺は荒れて草ばかりが新しい。花を愛した才人柳北は、万花深きところ小梅の里に葬られた。この頃柳北追弔の嘉会があると伝へられるが、柳北を慕ふ妓どもが蝶の如く鶯の如く、多勢来て音曲を奏で、春日を賑《にぎや》かにするのも柳北にふさはしい事かも知れない。

柳北逝いて一年の後、「柳北翁建碑追福会」が長命寺で催された。柳北の葬式には会する者三千人と云はれた程で、この日も大勢集り、近隣の大倉別荘を第二席、八洲園を第三席とし、盛会であつたと云ふ。碑は共済五百名社の建立で、大内青巒の撰文、巖谷一六の書。碑面の下半に柳北の上半身を浮彫にした珍しいもので、爾来九十餘年の今日尚ほ寺の境内に存立する。

同じ境内に柳北の碑より幾年か早く建てられた「墨水看花詩」の碑は、湮滅して已に久しい。枕山、松塘、雪江三人の七律を刻したと云ふ、伝へられる其の詩は全く下らないものである。

四顧楼空花影横。門前新水夕陽明。可憐仍旧鵝黄柳。重嫁才人最有情②。

四顧楼空シク　花影横タハル、門前ノ新水　夕陽明カナリ。憐ム可シ　旧ニ仍《ヨ》ル鵝黄ノ柳、重ネテ才人ニ嫁ス　最モ情アリ。

花影は縦横に重なり、夕日は静かに門前の春水を照す、これは昔ながらの景である。異つた所は、鵝児のやうな黄みを帯びた可憐《かれん》な柳が、新しい才人に再嫁して情を含んでゐること是れである。――柳北没して一年半の後、槐南は四顧皆花楼を尋ねて、楼は已に関根痴堂の寓居になつてゐるのを見、驚いて此の詩を作つた、意味深長である。痴堂も向島を酷愛し、「墨水観花詩」四十餘篇を遺して明治二十三年九月に没した。

崔護門頭記不真。漁郎今日又迷津。重来応悔尋君飲。別有桃花似酒人。　訪伊藤聴秋已移家去矣③

崔護門頭　記　真ナラズ、漁郎今日　又津ニ迷フ。重来応ニ悔ユベシ　君ヲ尋ネテ飲ミシヲ。別ニ有リ　桃花酒人ニ似タル。

崔護には下の如き故事がある。――唐の人崔護なる者、清明の日、城南の地に遊ぶ。荘居の桃花を見、門を叩けば女子出で丶関を開く。其人姿色濃艶、情意甚だ殷。明年清明に復た往く。門已に鎖《と》づ、因て詩を左扉に題す、曰く。

去年今日此門中。人面桃花相映紅。人面祇今何処去。桃花依旧笑春風。

後数日再び往く、老父出で丶云ふ、吾女左扉の詩を読み、絶食して死すと。護入りて祝《いの》る、女復た活《い》く、遂に之に帰す。

自分は崔護が同じ家を二たび尋ねたやうに、聴秋を訪ねたが、最初訪ねた時の記憶が間違つてゐたのか、かの「桃花源記」の漁夫のやうに途に迷つた。それも無理はない、聴秋は已に移転してゐたのである。嘗て君を尋ねて飲んだやうな楽しみは出来なくて、酒人の面のやうに紅《あか》い桃花を見ただけだ。

① 『槐南集』巻五、十三丁裏
② 『槐南集』巻七、九丁裏
③ 『槐南集』巻七、八丁裏

文に書けば随分長くなる複雑な意味を、巧みに故事を運用すれば、かく簡潔明瞭に言ひ表はせるのである。

浅草の今戸から橋場にかけての一帯の地は、川を隔てゝ向島と相対し、墨水の勝を占めるに恰好の所で、有名な橋場の渡しのあつた、古来名所旧跡の多いことで知られてゐる。明治以来は上流貴族の別荘が軒並に連なつた。小松宮、三条公、有馬伯、大河内子等々枚挙に堪へない。対鷗荘の事は既に説いた。伊藤聴秋の「秋夕」と題する詩、

不将往事問沙鷗。明月蘆花無限秋。隔水楼台新結構。弄簫人是故諸侯①。

往事ヲ将ツテ沙鷗ニ問ハズ、明月蘆花無限ノ秋。隔水ノ楼台 新結構、 弄簫 人ハ是レ故諸侯。

向島の方から対岸を望むと、結構の新しい楼台の出現するのをよく見る。と同時に楼に上《のぼ》つて簫を吹く人の姿が認められる。あれは旧大名何某《なにがし》と聞かされて、なるほどと頷《うなづ》くことである。廃藩置県後の明治（東京）風物史の一であらうか。詩人にして酒人であつた聴秋は明治二十八年四月向島に没し、墓は「聴秋居士埋酔骨処」と標し、寺島町蓮華寺にある。

大名華族の別荘が橋場から今戸にかけ続々建つた中、最も早く建ち最も世に聞えたのは、山内容堂の綾瀬草堂であつた。綾瀬川の清流が隅田川に注ぐ所を咫尺に望めた為めにかく名《なつ》けたと云ふ。別に「酔擁美人楼」と名け、此の五字を書して楼に掲げた。公は維新に功あり、当時旧諸侯中第一の傑物で、三条、岩倉始め大臣参議も公を憚つたと云ふ。詩を能くし書を能くするのみならず、酒を愛し美人を愛すること亦人に過ぎ、其の墨水に於ける豪遊は屢〻世の耳目を側《そばだ》てしめた。「墨水竹枝②」十二首の作があり、就中左の一首は甚だ有名で一時に伝唱されたものである。

水楼宴罷燭光微。一隊紅妝帯酔帰。繊手煩張蛇眼傘。二州橋畔雨霏霏。

水楼宴罷《ヤ》ンデ燭光微ナリ。一隊ノ紅妝 酔ヲ帯ビテ帰ル。纖手張ルヲ煩《ワヅラ》ハス蛇眼傘《ジヤガンサン》、二州橋畔 雨霏々《ヒヒ》。

二州橋は両国橋、「下総国本所へ江戸浅草より百間餘の橋を懸させらる、武蔵下総両国へかゝりたる橋ゆゑに両国橋と名つく」と古書にある。両国は墨水と言つても墨堤、向島とは別であり、柳橋と地続きの狭斜で『江戸名所図会』に「両岸飛楼高閣は大川に臨み、茶亭の床几は水辺に立連ね、灯の光は玲瓏として流に映ず」と書かれてゐる。これで詩の前二句の説明になるであらう。蛇《じや》の目傘《めがさ》は和名であるが字面が面白く、蛇眼傘とすれば詩に用ひられ、頗る風雅である。容堂公の独占ではなく、公より先に用ひた者がゐるが、このやうに面白く、前後の句も工妙に詠まれた詩は恐らく無いであらう。「纖手張ルヲ煩《ワヅラ》ハス」纖細な藝者の手をわづらはして、傘をさすのである。さうして春雨の中を橋を渡り悠々と帰つて来る、風流太守の伊達姿、目に睹《み》るやうである。公は絶句のみならず、古詩も能くした、「飲于二州酒楼③」の如き、その自称する鯨海酔侯の号にふさはしい痛快の作である。容堂は明治二年橋場の邸を営み、三年箱崎の本邸を去つて橋場に移り、五年六月病で没した。明《あ》くる明治六年三月三条相公の対鷗荘が営まれ、二十四年まで公が遊息の所となつた。関根痴堂の詩二首、

朱邸連村栖翠娥。憐他百姓話豪華。黄茅屋上尋常燕。飛入春風王謝家④。

朱邸 村ニ連ナリ 翠娥ヲ栖《ス》マシム、憐レム他ノ百姓ノ豪華ヲ話スルヲ。黄茅屋上尋常ノ燕、飛デ入ル春風王謝ノ家。

① 『聴秋書閣集』巻之下、二十一丁裏
② 『鯨海酔侯集』五十七丁裏
③ 『鯨海酔侯集』五十七丁表
④ 『東京新詠』下、十四丁裏

貴人の邸（門を朱塗りにした）が、この墨上の村にも建ち並ぶほどになつた。其の豪華な生活《くらし》を百姓達は面《ま》の当《あた》りに見て話の種にしてゐる。茅葺《かやぶき》の百姓の屋根に栖《す》んでゐた燕が、今は某、某の高貴な家に飛び入り、平気で巣くつてゐる有様である。――これは唐詩「朱雀橋辺野草花。烏衣巷口夕陽斜。旧時王謝堂前燕。飛入尋常百姓家」に胚胎してゐる。王、謝両家は東晋の朱雀橋、烏衣巷に住んだ高貴の身分であるが、唐の時代には已に絶えて跡方もなく、その辺は尋常百姓の家ばかりであつた。詩人は王謝の朱邸、変じて百姓の茅屋となる、と言はずして、王謝の燕、百姓の家に入る、と蘊藉に言ひ表はした。痴堂の詩は巧みに之を翻案し、唐詩の悲愴を変じて和易にした。老錬である。

絃歌声涌水之傍。某閣某楼春幾場。便知対鷗高一等。無人知是相公荘①。

絃歌声ハ涌ク水ノ傍、某閣某楼　春幾場。便チ《スナハ》知ル対鷗ノ高（キコト）一等（ナルヲ）、人ノ是レ相公ノ荘ナルヲ知ル無シ。

隅田の川沿ひの家に絃歌の声が起る。某の閣、某の楼、各〻春の宴が開かれたのである。中でも一段と高く地歩を占めた対鷗荘。あれは三条相公の下屋敷だと知つてゐる者は餘《あま》り無いやうだ。これは餘りに多く建ち並んだので、住民は、此《これ》は誰の邸、彼は誰の宅と一一知つてはゐないといふことを表はしてゐる。

旧大名といへば、明治維新の頃、越前の松平春嶽、肥前の鍋島閑叟は、土佐の山内容堂と幷せて、三名君との評判があつた。而して三人とも友とし善く、且つ詩を能くし、共に墨水に遊んで応酬した詩が幾つも伝はつてゐる。容堂の「二州橋畔②」に比すべき佳作は無いやうであるが、春嶽の「東閑叟老兄③」の詩、

諸官一日賜清間。况是秋晴爛漫天。数騎吾遊二州畔。不知君亦向何辺。

諸官一日　清間ヲ賜フ。況ヤ是レ秋晴爛漫ノ天。数騎吾ハ遊ブ　二州ノ畔。知ラズ君亦何ノ辺ニ向フ。

諸官《もろもろのつかさ》は、今日一日の休暇をいたゞいた。それに秋晴《あきばれ》の好天気。私はお伴《とも》数騎を従へて両国のあたりに遊ばうと思ふ。老兄もぢつとしては居られまい、どちらの方へお出かけでせうか。閑叟の「花時謝客」の詩、

開遍隅田両岸花。酔歓不覚夕陽斜。清明時節君休訪。日在扁舟不在家。

開キ遍《アマネ》シ　隅田両岸ノ花、酔歓覚エズ夕陽斜ナリ。清明時節　君訪フヲ休《ヤ》メヨ。日ニ扁舟ニ在ツテ家ニ在ラズ。

墨堤の花が開いた。毎日扁舟に棹し、日の暮れるのも知らず、花を見て廻る。四月清明の時節、私を訪ねても家には居ない。右の二首、詩は平々だが、如何にも天下泰平で大名らしい気分がよく出てゐる。

子爵長岡護美、号雲海、は大名ではないが、肥後藩主細川護久の弟として兄を助け、維新の際、王事に尽して功あり、容堂等三名君とも親交あり、詩を能くすることは彼の三人に勝るものがあつた。細川家の別墅が今戸にあり、常に此《ここ》に遊んで墨水に関する詩が甚だ多い。其の明治十三年、年三十九にして和蘭国駐在公使を命ぜられ、(雲海は明治五年英国に留学して法律を修め、十二年帰朝した) 将《まさ》に赴任せんとするに当り、諸友を今戸の別墅に招いて留別の宴を張り、賦して諸友に示した詩、七律の後半に曰ふ、

小梅村外舟揺月。浅草寺辺鐘盪霞。不恨墨江春已老。送行詩句艶於花。

---

① 『東京新詠』下、十四丁裏
② 『鯨海酔侯集』五十七丁裏
③ 『春嶽遺稿』巻二、四十丁表「柬閑叟」

小梅村と浅草寺、自然の対句を成す、春霞を排して伝はり来る浅草寺の鐘、小梅村、枕橋あたり、月下の金波に揺れる舟。これから墨江の春に疎遠になるとも恨むまい、花よりも美しい諸友の詩句に送られて私は行く。この日、春嶽も来つて座に在り、次韻した詩の末句に曰ふ「駐劄数年期実効。不妨孤負墨江花」。数年墨江の花に孤負《そむ》いても構はんではないか、公事に報効を期せよ、と云ふのである。杉聴雨孫七郎、元田東野永孚、成島柳北等、皆これに和した。詩は集めて一帖に製し、三条実美公が「墨江雅集」の四字を署した。

酣酔看花堤上行。白頭猶有少年情。枕橋歌舞能留客。夜夜帰蹄趁月明。」
画舟放散水如煙。人倚高楼月在天。記得江東春酒好。満身花影共酣眠。」

二首みな雲海が墨江に於ける作である。別に佳構ではないが、亦自ら琅琅誦すべきものがある。

当時、旧諸侯中、漢学に於て其の右に出づる者なしと言はれ、官は民部卿にして大蔵卿を兼ねた旧伊予宇和島の藩主伊達宗城も、橋場に別墅を営み、容堂等三君並に長岡子と親交あり、相往来したやうである。明治六年十二月十九日、橋場の対鷗荘に行幸し、三条実美の病を見舞はれた明治天皇は、遷幸の途次、宗城の別墅に立寄られ、墨江の風景を眺めて「いつ見ても飽かぬ景色は隅田川なみ路の花は冬も咲きつゝ」の御製一首を留められた。宗城は漢学に深いが詩は作らず、特に和歌に優れてゐた。明治二十五年易簀の時は橋場に於てであつたらうか、雲海が「伊達宗城侯の追悼に水辺落花」と題する歌に「隅田川ちりにし花の水かゝみけふは涙にくもりける哉」とある。

明治四年我国は清国と近代国家としての国交を修め条約を結ばんとし、特に使者を派遣することゝし、その人選に当つて、時務に通ずるのみならず、漢学殊に、『資治通鑑』に通じた伊達宗城が適任といふことになり、宗城は天皇に謁して勅を賜ひ、全権を委せられて清国に赴き、能く其の使命を果した。相手は大政治家として世界的に名高い李鴻章で、宗城の人物材幹は清廷も之を高く評価した。

雲海は英国に学び、外務省に官し、欧州に駐劄したが、平生心を東亜の問題に専らにした。明治十三年朝野人士の東亜の事に関心する者が集つて興亜会を起した時、雲海は挙げられて初代会長に任じたが、幾何もなく欧州に派遣せられ、会長は伊達宗城が之を継いだ。十五年雲海は帰朝して再び会長となり、爾後二十餘年、その易簀に至るまで、殆ど全力を傾けて両国の修交に尽した。寛厚なる人格と東西に亙る該博なる学殖とは、彼国人士の絶大なる尊敬と信頼を博した。且つ雲海は詩を能くし、文字を以て彼土人士と交はり、禹域南北を跋渉したから、墨江の別墅には清客の来訪が常に絶えなかつた。従つて彼此応酬の詩文、翰墨の類は『長岡雲海公伝附録』として一大冊を成してゐる。当日の盛況以て知るべきである。凡そ近世百年間の日本に於て、中国人が心から感服した人物と言へば、先づ雲海其人を挙げねばなるまい。尚ほ外には伊達宗城、副島蒼海、近衛霞山篤麿の数人を数へることが出来る。これ等前賢の遺蹤を継ぐ人材無く、両国今日の破局を致したのと思ふ。

隅田川の歴史的故事で、古来最も世に知られたものは、橋場の渡《わたし》と梅若の塚であらう。古今和歌集に見える在原業平の歌、「名にしおはゞいざ言問はむ都鳥我思ふ人はありやなしやと」は、橋場の辺で詠《よ》まれたといふことになつてゐる。墨水廿四景の「橋場浮鷗」は即ち是《これ》である。記文に「橋場ノ渡、即チ在五中将業平白鷗ヲ賦スルノ処、水烟蒼蒼、蘆灘十里、白鷗浮沈、今猶ホ昔ノゴトシ」云々とある。槐南の詩、

古渡春風水拍村。村姑鬟上野花繁。王孫如問無名草。不似閑鷗不肯言①。

---

①『槐南集』巻七、八丁裏

古渡ノ春風 水 村ヲ拍《ウ》ツ、村姑鬢上 野花繁シ。王孫如《モシ》無名草ヲ問ハヾ、似ズ 閑鷗ノ肯《アヘ》テ言ハザルニ。

明治二十年頃の向島の民家は、田園に花卉を栽培し、之を東京に売ることを業とする者が多く、車や籠に花を一ぱい盛つた村婦野娘は、鬢髪も花に埋もれんばかり。朝早く吾妻橋を渡る者、竹屋、橋場の渡しを渡る者、陸続として絶えない。(洛中に花を売る大原女や八瀬女のやうなものであらう)若し都の男子が、(中には業平のやうな貴公子が居て)その花の名は……と問うたなら、在五中将の問ひかけにも、肯て答へようとしなかつた、あの閑鷗の真似《まね》はしないだらう……。これも巧みに古歌を翻案して、情趣溢るゝばかり、凡手の夢想も及ばぬ技倆である。

墨堤の北端、木母寺の梅若塚に就ては寺伝に云ふところ次の如くである。人皇六十二代村上天皇の時、吉田少将惟房卿の一子梅若丸は、五歳にして父を喪ひ、七歳にして叡山に登り修行し、十二歳の時奥州の人買《ひとかひ》に欺かれ、はるばる東に下り隅田川に至つて病み、「尋ね来て問はゞ答へよ都鳥隅田川原の露と消えぬと」の歌を遺し仏名を唱へつ絶命した。時に貞元元年三月十五日。出羽羽黒山の僧忠円阿闍梨は適《たまたま》こゝに来り会し、里人と謀り無上菩提の作善を為し、塚を築いて梅若を葬り、柳を植ゑて標《しるし》とした。爾来毎年三月十五日大念仏供養を行ふを例とし、この日は如何に晴天であつても必ず多少の雨を見るので、里人は之を梅若の涙雨と云ひ、香火の絶えることがない。古来無数の詩人がこゝを過ぎて薄命の公子を弔ひ無数の詩を遺した。就中、柏木如亭の、

隔柳香羅雑沓過。醒人来哭酔人歌。黄昏一片蘼蕪雨。偏傍王孫墓上多。

柳ヲ隔テテ香羅雑沓シテ過グ、醒人ハ来リ哭シ酔人ハ歌フ。黄昏一片蘼蕪《ビブ》ノ雨、偏《ヒトヘ》ニ王孫墓上ニ傍《ソ》ウテ多シ。

これは絶唱として江戸から明治にかけ頗る人口に膾炙したものである。大沼枕山の、

隅田堤上落花塵。木母寺中香火人。唯為王孫留古墓。一株垂柳亦千春①。
隅田堤上落花ノ塵、木母寺中香火ノ人。唯王孫ノ古墓ヲ留ルガ為ニ、一株ノ垂柳亦千春。

前者に比しや丶劣るが亦誦するに足るものがある。槐南が梅若塚を詠じたものには観るべきものが無い。槐南は古来万人によつて詠じ尽された此の題材を、詩に為《つく》るよりは文に為ることに意を用ゐたので、明治十三年十月雑誌『明治詩文』に載つた「弔梅児墳記」の一篇が是である。その説頗る警抜で人の頤を解くに足るものがある、到底十八歳少年の作とは思へぬ。こ丶に引きたいが餘りに長くなるので省略し、代りに『墨水廿四景記』中の一文を引いて置く。

梅児伝フル所詳ナラズ。其名ヲ以テ考フレバ、蓋シ凡種ニ非ズ。王室中ゴロ衰へ、貴紳流離シ、公子王孫凶賊ノ手ニ斃レ、蕙折レ蘭摧クルモノ、誰カ哀痛シテ涙下ラザラン。然レドモ当時公卿多ク采邑ヲ失ヒ、命ヲ鋒鏑ニ殞《オト》シ、身ヲ奴虜ニ委ス、其ノ姓名ヲ留メ弔祭ヲ受クル者、果シテ幾人ゾ。梅児ハ一少年、花下骨ヲ埋メ魂魄尚ホ香シ。天下ノ美人才子ヲシテ声ヲ斉シクシ同ジク哭セシム。亦何ゾ幸ナルヤ。毎歳三月十五日微雨アリ、土人之ヲ涙雨ト謂フ。詩人柏如亭ノ句ニ云ク、黄昏一片蘼蕪雨。偏向王孫墓上多。コノ雨コノ涙、今猶ホ昔ノゴトキナリ②。（原漢文）

梅児の事、伝説区々、真偽のほども確かでない。然るに日本人は之を語り伝へ、之を祀《まつ》り、香火の絶えざること一千年、或は詩に歌に為《つく》られ、或は謡曲に歌舞伎に取入れられ、長く善男善女の涙の種となる。日本人とは何といふ人情深い人種であらうか。

---

① 『枕山詩鈔』三編巻之中、十六丁表
② 『墨水二十四景記』巻下、八丁裏

明治の人〻が如何に墨水を愛したか、今日想像を絶するものがある。依田学海の「墨水春詞」四首の一に云ふ。

春風吹遍水之涯。慚愧連朝不在家。今日参衙天尚早。停車橋上且看花。

春風吹キ遍シ 水ノ涯、慚愧ス連朝家ニ在ラズ。今日参衙 天尚ホ早シ、車ヲ停《トド》メテ橋上且ツ花ヲ看ル。

墨水に春が来ると、連日家を外にして遊びまはる。今日は官衙に出勤すべく家を出たが、吾妻橋の上にさしかゝると、両岸見渡す限りの花である。時間も少し早いやうだ、すぐ車を停《とど》め、寸刻を惜み花に眺め入つたことである。こゝに言ふ車は人力車のことである。巖谷一六は此の詩を見て次韻した。

遊遍東台又墨涯、退衙日日少帰家。俸銭一擲三春酒。不負君恩不負花。

遊ビ遍ネシ東台又墨涯、退衙日日家ニ帰ル少シ。俸銭一擲 三春ノ酒、君恩ニ負カズ花ニ負カズ。

役所から退出すると、東台に遊ぶか墨水に遊ぶか、家に帰る日は少い。俸給は全部三春の間飲み歩く酒代になつてしまふ。君にいただいた俸銭も、かうして有意義に用へば君恩に負かぬことになり、折角美しく開いてくれた花にも負かないことになる。これは誇張もあるが、明治の詩人の闊達な気分を表はしてゐるやうで、一読痛快を覚える。次に槐南の「墨水嬉春絶句」の一を掲げて、墨水に関する詩話を終ることゝする。

横塘人散欲黄昏。深柳煙蔵月一痕。好与携壷登岸去。乱鴉啼繞八洲園[1]。

横塘人散ジテ黄昏ナラント欲ス。深柳煙ハ蔵ス月一痕。好《ヨ》シ与《トモ》ニ壺ヲ携ヘ岸ニ登リ去ラン。乱鴉啼キ繞ル八洲園。

私は少年の頃浅草を過ぎ、吾妻橋の下から一銭蒸気に乗つて、川をゆつくり溯り、言問、橋場、小松島を経て千住まで行つたことを記憶してゐる。詩の八洲園は小松島の庭園である。此地は昔八島の郷といひ、明治の初め小野某なる者、此地を開拓して庭園を築き、八洲園と称した。芳塘を繞らし花木を植ゑ、花時一般に公開した。後、奥州の松島に擬して園を改修し小松島と称し、一時向島の名所であつた。日は暮れ塘《つつみ》を行く人も無く、煙れる柳に一痕の月影がかすんでゐる。さて酒壷を携さへ、小松島の渡し場から岸に上らうとすれば、八洲園を繞つて盛んに鴉が啼《な》いてゐる。

八洲園は幾度か主人を換へ、大正の頃は全く荒廃してゐた。聞けば今は鉄工場になつてゐるとか。世は走馬灯の如く移り変つて行く、隅田川の流れは万古に改まらぬであらうとも、岸には工場が立ち並び、水は汚染してどす黒く、魚も棲みかねて都鳥は姿を消した。もう昔の墨堤を偲ぶことは出来ない。明治の面影はおろか、大正から昭和の面影さへ、既に震災に失はれ、又戦火に滅び、今は何一つ見出すことも出来ないのである。

三十一

上野の山を東台と呼び、不忍池《しのばずのいけ》を西湖と称し、詩人が此地に遊んで作つた詩の多きこと、墨水、墨堤のそれに譲らない。こゝでそれに触れると又長くなるので省略することにし、唯《ただ》東台西湖を中心とする下谷の地――今はこの由緒ある下谷の名も東京の地図から抹消されてしまつた――が幕末から明治にかけて、一時学者詩人の淵叢であつたことと、それに関《かか》はりある事に就て少し述べて置きたいと思ふ。

中根香亭、名は淑、大儒朝川善庵の外孫、旧幕臣で明治以後も才藝に富み詩文に秀で且奇行を以て聞えた人、この人が明治十六年に著した『香亭雅談』に、下谷の学者の事が出てゐる。漢文であるが其の

---

①『槐南集』巻五、九丁表

必要な部分を仮名交りに改めて抄出する。括弧内は筆者の記入である。

余、江都《エド》長者巷（下谷長者町）ニ生ル。聞ク舎ノ西ニ、旧《モト》市河寛斎（幕府儒官、最モ詩ニ長ズ、文政三年没、米庵ハ寛斎ノ長子、能書家）ノ宅アリト。

長者巷ノ東ヲ御徒巷（下谷御徒町《オカチマチ》）ト為ス。成島稼堂（幕府需官、成島柳北ノ父、嘉永七年没）コ、ニ居ル。御徒巷ノ南、練屏《ネリヘイ》巷、大窪詩仏（詩画ヲ以テ著ハル、天保八年没）ノ故居アリ。対門ヲ海保漁村（幕府儒官、慶応二年没）ト為ス。巷尽キテ東ニ折レ、和泉巷ニ出ヅ。其ノ西北角ハ羽倉簡堂（幕府ノ世臣ニシテ漢学家、文久二年没）、又北百餘歩 菊池五山（高松藩儒、詩人、安政六年没）、北二三百歩 関雪江（詩人、書家、明治十年没）ノ家ト為ス。南楼翁（土浦藩儒、雪江ノ曾祖父）ヨリ以来久シク此ニ宅スト云フ。雪江 後屢家ヲ移ス、然レドモ竟ニ下谷ヲ去ラズ。後、安井息軒（幕府儒官、明治九年没）雪江ノ故宅ノ南ニ住ム、其ノ北二三百歩 芳野金陵（幕府儒官、明治十一年没）ノ宅アリ。左折スレバ藤森弘庵（土浦藩儒、文久二年没）ノ宅アリ。

余 幼ニシテ中根氏ニ養ハル、家ハ御徒巷ニ在リ、巷北三枚橋畔ニ居ル。南隣ハ則チ大沼枕山ナリ。当時、晴湖（奥原氏、画人）春濤諸人、未ダ此ニ家セザルナリ。橋東ハ即チ和泉巷、塩谷宕陰（幕府儒官、慶応三年没）巷ノ極北ニ住ス。

余ノ幼時、五山、漁村、簡堂相尋《ツ》イデ没ス。息軒、金陵、宕陰ノト居スル、皆其ノ後ニ在リ。又数年ヲ経、三子前後淪謝ス。雪江最後山下（上野山下町）ニ住ミ、居ルコト数年、亦下世ス。独リ枕山先生詞壇ノ老将、今尚ホ健在ス、誠ニ貴ブベキナリ。之ヲ要スルニ、諸賢ノ故宅、已ニ屡《シバシバ》主ヲ易《カ》ヘ、面目一変ス、人得テ之ヲ知ルナキナリ。嗟乎《アア》召伯ノ棠、朽枯已ニ久シト雖モ、後ノ学者、其ノ詩ニ由ツテ其ノ人ヲ想フ。我ノ此《コレ》ヲ叙スルモノ、亦此《ココ》ニ意ナクンバアラザルナリ①。

息軒、金陵、宕陰は皆幕末の大儒で、文久二年同時に幕府の昌平学校の教官と為り「文久三博士」の称があつた。寛斎、如亭（栢木氏）、詩仏、五山を普通「江戸詩学四大家」といふ。枕山は五山の門下で、この系統の最後である。関雪江と植村蘆洲は枕山の最も早い弟子であるが、師よりも早く没した。明治年間広く世に流行した雑誌『風俗画報』の増刊『新撰東京名所図会』に、右の『香亭雅談』の文を引用した後に次のやうな一節がある。

大沼枕山先生の家は下谷御徒町三丁目七十一番にて熙々堂、下谷吟社は其の処なり。又植村蘆洲先生の家は下谷車坂町八十二番地なりし、共に記者の詩師にて常に其の門に出入せしを以て之を知れり。又森春濤翁の居りしは仲御徒町三丁目の摩利支天横丁とす。其の居の摩利支天横丁に在るより茉莉吟社と名づけしなり。蘆洲先生・雪江翁は実に枕山先生の高足弟子なり。而して明治以前より同十年頃までの詩風は全く枕山先生に風靡せられ、下谷吟社は当時中央詩壇に於ける号令の出づる所なりし。春濤翁は其の後ち枕山先生に頼りて東京に来り、遂に新詩旗を翻へし、是れ亦盛んに行はれたり。

明治の雑誌記者が当時の事を当時に書いたものとしての確《たしか》さがあり、書き方も変つてゐて面白い。大沼枕山が下谷仲御徒町に一戸を構へたのは嘉永二年で、明治二十四年没する前僅に一二年下谷花園町に移居しただけで、四十年間下谷を愛し下谷を離れなかつた。小野湖山が王政復古の際、徴士に挙げられ、間もなく罷めて郷に帰り、明治五年再び入都して上野の不忍池《しのばず》畔に居を構へたこと、それから明治七年十月に森春濤が一子泰二郎を伴うて上京し、枕山と同じ仲御徒町の三枚橋畔に住み、翌年の春同じ町内

① 『香亭雅談』巻上、三丁裏

の摩利支天横町に移り、こゝから『新文詩』を出したことは既に述べた。是に因て観れば、幕末の大儒所謂文久三博士と明治初期の漢詩三大家が、同じ下谷の東台の南一帯の地に略ぼ前後して居住したわけである。それに枕山・春濤の竹馬の友である鷲津毅堂も、枕山に後るゝこと数年下谷御徒町に来り住み、後に同町の東側なる下谷竹町に家を構へた。春濤父子が上京して来た時も毅堂が主として其の世話をしたのである。

明治十五年橋本蓉塘は「槐南詩集序」を作り、冒頭に次の如く曰ふ、「余ガ友森大来、東台ノ南ニ寓シ、因テ号シテ槐南ト曰フ、槐、台、音近キヲ以テナリ」（原漢文）と。この時槐南の年甫めて二十である、已に一巻の詩集を成してゐた。「大来俊秀ノ才ヲ以テ、乃父春濤先生ノ衣鉢ヲ伝へ、妙齢詩ヲ以テ都下ニ鳴ル。故ニ方今ノ才子ヲ称スル者、必ズ大来ヲ称ス。」とも曰《い》つてゐる。

明治二十四、五年の頃、国分青厓は小石川春日町から下谷根岸町に移居し、根岸は東台の北に当るところから、自ら台北散人、台北隠士など称し、『日本』紙上に多くこれ等の名を用ゐてゐる。同じ頃、本田種竹は谷中真島町に来り新居を定めた。谷中は、根岸に隣接し共に東台の北に当る。種竹の「台北間居」の詩が『日本』に載り、一時の詩人が争つて之に和したのはそれから一二年後の事である。

雨中東台書感

三百鴻基殆鑠磨。満山金碧亦如何。疎疎空際灑花雨。不似感時愁涙多。

三百ノ鴻基殆ド鑠磨。満山ノ金碧亦如何。疎々空際花ニ灑《ソソ》グノ雨。似ズ 時ニ感ジテ愁涙ノ多キニ。

これは枕山の詩である。東台のすぐ南に住んで、戊辰の上野の戦争も目撃したであらう枕山の感懐である。江戸幕府が三百年かゝつて築いた鴻基も一朝にして崩れ去つた。上野全山を蔽《おほ》ふばかりだつた金碧燦爛たる伽藍は如何《どう》なつたか、いふまでも無く兵火に銷滅してしまつた。廃墟にも春は来て、桜の花が空一面に開いてゐる。折からの小雨がぱらぱらと花に降りそそぐ。杜甫に「感時花濺涙」といふ句があるが、自分も今、時に感じ花を見て泣く、その涙は雨よりも多いのだ。東台がまだ燬《や》けなかつた幕末の頃、枕山は請はれて東台に書を講じ、僧侶の詩を作る者は殆ど皆枕門に贄を執つたと云ふことである。

　不忍池弔織田房之、房之戊辰五月戦死忍岡

碧血曾埋此水濆。採蓮人弔夜台雲。池呼不忍地呼忍。也似当年我与君。

碧血曾テ埋ム此ノ水濆。採蓮人ハ弔《トブラ》フ夜台ノ雲。池ハ不忍《シノバズ》ト呼ビ地ハ忍ブト呼ブ。也《マタ》似タリ当年我ト君ト。

成島柳北の詩である。わが友は忍岡に戦つて死に、その血は此の不忍池の水濆《みぎわ》に埋められた。すなはち池は友の夜台《はかば》である。自分は今舟を池に浮《うか》べ、池中の蓮を採りながら、池上の雲を仰いで君の死を弔はんとする。さて同じ上野で、池は不忍《しのばず》と呼び岡は忍《しのぶ》と呼ぶ。これは彼《あ》の時主家の滅ぶる屈辱に忍びずして死んだ君と、それを忍んで来た自分との違ひに似てゐるやうだ。いかにも柳北らしい気の利いた詩である。

小野湖山は池の端に居を構へると「不忍池新居雑吟」絶句十二首を作つて友人に分ち和を索めた所、和する者数十人に及び、湖山は之を集めて『蓮塘唱和集』と題し、六年二月上梓した。然るに其後も和詩を寄せる者が絶えないので、湖山は再び前韻に因て十二首を作り、之に和した人の詩と併せて続編を作り、八年十二月を以て刊した。同じことは、それから二十年の後、本田種竹が「東台間居」の五絶を七首、王半山の「緑陰幽草勝花時」の七字を韻にして作り、その頃種竹は新聞『日本』の文苑に関係してゐたので、之を紙上に発表し、四方の和を索めた所、大きな反応があり、種竹は興に乗じて前韻を再畳し三畳して遂に六畳に及び、和詩は積んで千首に達し、大いに詩壇を賑はしたことがある。明治の漢詩界に於て、湖山は前の三大家の一人で、種竹は後の三大家の一人である。当時大家が一たび唱へ出せば、四方凡百の作者は争うて之に和したものと見える。つまりそれだけ詩運が盛んであつたのである。「台北間居①」の数首を録する、

不説人間事。空山水自流。百年惟一夢。花落払龕幽。

説カズ人間ノ事。空山水自ラ流ル。百年タゞ一夢。花落チテ仏龕《ガン》幽ナリ。

昔は谷中の中央に藍染川の渓流があつた。寺院の多い土地である。

紅薬水辺村。緑蕪山下道。美人遅暮心。四月憐芳草。

紅薬水辺ノ村。緑蕪山下ノ道。美人遅暮ノ心。四月芳草ヲ憐レム。

水辺の村に赤い芍薬の花の咲いたのを見た後、山下の道に緑の雑草の生い茂れるを見れば、青春の去りゆくを悲しむ美人の心が思ひやられる。

桑麻晡里村。松柏谷中道。窮巷有詩人。門栽書帯草。

桑麻晡里ノ村。松柏谷中ノ道。窮巷詩人アリ。門ニハ栽ス書帯草。

晡里は日暮里の三字を二字に縮めた、晡の一字に日暮の意がある。桑麻の村、松柏の道、日暮里は谷中の西北地続きである。漢の鄭康成が読書の処に生じた書帯草、その草を門に移しうゑ、詩人は窮屈な路次の奥に住んでゐる。

偶訪天台寺。山僧不在家。微風如有意。吹払石牀花。

偶《タマタマ》訪フ天台ノ寺。山僧家ニ在ラズ。微風意アルガ如シ。吹キ払フ石牀ノ花。

詩意自ら明かで説明を要しない。谷中の天王寺は東台の寛永寺に亜《つ》ぐ名刹で、ともに天台に属する。境内は風景絶佳で古来騒人韻士の雅懐を暢べた所であつた。戊辰の兵燹に罹り本坊と五重塔を餘すのみ、広

大な寺領は共同墓地となり今日に至つた。面白いのは湖山がこの墓地を過ぎて作つた「天王寺所見」の詩である。

北邙山上暮鴉啼。早晩誰能免寄栖。一笑名心終未止。墓碑猶競石高低。

北邙山上暮鴉啼ク。早晩誰カ能ク寄栖ヲ免カレン。一笑ス 名心終《ツヒ》ニ止マズ。墓碑猶ホ競フ 石ノ高低。

北邙の墓地に夕暮の鴉《からす》が啼く、凄絶である。然し、誰しも早晩こゝを栖《すみか》とせねばならないのだ。どこまでも名誉心の強い人間は、死んだ後も猶ほ墓石の高低を競ひ、人を凌がんとしてゐる、笑ふべきである。

天王寺には塩谷宕陰、芳野金陵、鷲津毅堂の墓がある。大沼枕山の墓は谷中瑞輪寺に、森春濤の墓は日暮里経王寺にある。

本田種竹が谷中真島町に住んだ明治二十四五年の頃、同じ谷中の天王寺町に小説家幸田露伴が住んでゐた。名作『五重塔』は此の時書いたものといふ。同時に真島町、天王寺町から目と鼻の間の花園町に枕山の家があり、垣を隔てゝ森鷗外の家と相対し、鷗外が『しがらみ草紙』を携へて枕山を訪ねたのも此の頃の事のやうである。

明治の二十四、五年といへば、その少し前から尾崎紅葉を中心に硯友社が結ばれ、『我楽多文庫』を発行し、紅葉が略ぼ文壇に覇を成したところ、突如として露伴が登場し、所謂紅露時代を現出した時期である。一方に於ては、茉莉吟社を結び『新文詩』を出してゐた槐南が、独り詩壇に覇を成さんとする時、

① 『懐古田舎詩存』巻二、三十六丁裏

青厓が現はれて漢詩壇の青槐時代ともいふべき時代を現はした。時を同じうして全く相類似した二つの文学現象が起つてゐる。

今日露伴、鷗外、紅葉といへば明治の文豪として三尺の童子も之を知る。然るに種竹、枕山、槐南、青厓等に至つては今日殆ど其の名を知る者はない。それが明治の時代、少くとも明治二三十年代までは、詩壇の大宗として世に著聞した。漢詩は和歌と並んで殆んど文学の首座を占めてゐた。思へば文運の変も実に甚しいものである。此の事は既に露伴によつて指摘されてゐる。『露伴全集』第十八巻「明治初期文学界」の中から主要の部分を選び左に抄録する。

こゝに明治初期といふのはおよそ同二十年頃までの事とする。……社会の文権はかゝる期間に何様いふ人の手にあつたかといふと……今の人〻の文学などといふものは数まへらるゝにも足らぬ下層のものとして見做されて居り、やはり漢学者国学者が正面をきつてゐたのであり……川田甕江、重野成斎、三島中洲、岡千仭、阪谷朗廬、依田学海、鹽谷氏、青山氏等、これ等漢学者、本居豊穎、黒川真頼、井上頼圀、小中村清矩、権田直助等、これ等の国学者、さういふ漢学国学に通じた人達を以て、世の文学の権威として世の認めてゐたことは事実である。……此の傾向が後になつても猶存してゐたことは、柴東海の佳人之奇遇が何故にあれほど世の賞讃を博し、陸奥宗光が利学正宗を世に出すにあたつて何故に殊更に漢文を以てしたかといふことに就いても明らかに看取さるゝことである。

当時の純文学的のもの……漢詩と和歌とが首座を占めてゐたことは勿論である。漢詩は幕末から引つゞいたもので明治になつてからとて特に際立つた変化はなかつたやうである。大沼枕山や小野湖山、森春濤、其他沢山な詩人、漢学先生、台閣の方〻、新聞等文筆の士、長三洲のやうな多才な風流人、書家、画家、それらに支持されて随分栄えてゐた一方、幕末志士豪傑風の流を酌む人〻の気焔を盛る具にもなつて、今日に比ぶれば驚くべく盛行した……然し詩其物は山陽時代より多く進歩したとも評しかねるのであつて、二十年頃より後の、春濤の子の槐南、仙台の国分青厓等出づるに及んで、明治初期盛時の結果が有つたのだと云つて却つて当つてゐるかと思ふのである。

雑記文学といふのもちと異様だが、社会の描写や短評を主としたものは割合に盛んに萌立つた。……寺門静軒の江戸繁昌記が幕末に出て大に喧伝されてから、漢学者や詞客の遊戯文学的な然様いふ質のものが出て、明治になつて成島柳北や松本万年や田島某、某々等の綺筆綵筆、或は蕪詞穢詞、其弊に至つては随分厭はしいものが随分多量に世に提供された。柳橋新誌や東京新繁昌記が俑をなして、木版ずりの書冊体から、後には活版ずりの鳳鳴新誌の如き雑誌体のものまで現はれたが、佳いものは整つた漢文、悪いものは怪しい漢文、いづれにしても漢文でそんなものが出たことは、明治でなくては見られぬ現象であつた。此の一圃のものは後に漢学衰頽と共に亡びるに至つたが、漢文と一定せずに性質はこれ等とや〻類似してゐて、その他の分子をも含んだものの中、上品なのは花月新誌、狂詩以外は仮名交り文で、俚俗雑駁なのは団〻珍聞の類、いづれも当時に盛行したものであつた。団珍は滑稽的に政界及び世態の描写と批評を試み……如何にもよく新旧混淆時代を反映したものであつたため上下都鄙に恐ろしい勢で行渡つたものであつた。此雑誌の解消した後に始めて新しい形貌色彩を以て種々の雑誌が世に現はれるに至つた事を思へば、微々たるものであつたとは云へ、文運の史を考へるものに取つては忘却し去るべからざるものである。

三十二

明治一代の漢詩は、明治文学の一ジヤンルである。然るに明治の末から近時に至るまで、世の明治文学史、近代文学史の類は、寡聞なる私の窺ひ得た限りに於て、皆この一ジヤンルを無視してゐる、と云ふよりは殆んど抹殺してゐる。その中に在て独り沙中に金を拾ふの思ひをなさしめたものは、幸田露伴の「明治初期の文学界」の一編で、就中その漢詩に関する部分である。前回は之を抄録した後に、更に文意を敷衍して置いたが、編輯の都合で次回に廻されることになつた。今之を増補して左に録することゝする。露伴は、「漢詩は幕末から引つゞいたもので、明治になつたからとて特に際立つた変化はなかつたやうである。」と云ひ、枕山、湖山、春濤の名を挙げ、其他沢山な詩人、学者、台閣、新聞、文筆の士によつて漢詩は支持され、「随分栄えてゐた」「今日に比ぶれば驚くべく盛行した」「然し詩其物は山陽時代より多く進歩したとも評しかねる」と云つてゐる。一々肯綮に中《あた》り、簡明にして的確なる評である。明治維新に当り、漢学は真先に旧弊、無用の長物として斥けられた。さういふ時に狂瀾を既倒に回す如く漢詩の伝統を支持し之を次代に引継いだ枕、湖、春三家の功は没すべきでないが、三家の力は之が精一杯で、更に詩を新しい時代に適応させ、際立つた進歩変化を遂げさせることは出来なかつた。さうした大作を示すことも出来なかつた。そこで露伴は云ふ、「二十年頃より後の、春濤の子の槐南、仙台の国分青厓等出づるに及んで、明治初期盛時の結果が有つた。」この言葉には一語千鈞の重み、力がある。枕山等が扶植し支持した明治初期の「盛時」を、槐南、青厓の二大天才が出て遂に極盛の域に達せしめ、山陽時代を遠く引き離したのである。枕山等の詩は歴史の上からいへば明治のものであるが、詩その物からいへば旧幕の連続である。真の明治の詩といふものは、明治の教養を身に着けて成長した青厓、槐南等から創まつたと云つてよい。では明治初期二十年もの間、明治の詩らしい詩は無かつたかといへば必

ずしもさうではない。そこを露伴は見事に説破して云ふ、

明治になつて成島柳北や松本万年や田島某、某々等の綺筆彩色、或は蕪詞穢詞……いづれにしても漢文でそんなものが出たことは、明治でなくては見られぬ現象であつた。上品なのは花月新誌、狂詩以外は仮名交り文で俚俗雑駁なのは団〻珍聞の類、いづれも当時に盛行した。団珍は滑稽的に政界及び世態の描写と批評を試み……都鄙上下に恐ろしい勢で行渡つたものである……文運の史を考へるものに取つて忘却し去るべからざるものである。

これは狂詩狂文の隆盛を云つたのである。明治の初期から中期にかけ、狂詩が非常な勢で一世を風靡したことは、如何にも明治らしい、明治でなくては見られぬ現象であつた。この事実を今全く忘却し去つてゐる文学史家に対し、露伴は注意を与へてゐるかの如くである。

少し狂詩を説明して置きたい。狂詩とは即ち狂体の詩で、正体の詩即ち正詩に対して云ふ。和歌に於ける狂歌の如きもので、江戸時代から行はれ明治に引続いたものである。江戸時代士大夫の文学に対して庶民の文学、すなはち稗史、小説、浄瑠璃、俳句、狂歌、川柳などが発達したが、寛政以来漢文が庶民階級にまで普及すると、庶民文学の影響を受けて平易化し遊戯化した漢詩漢文すなはち狂詩狂文が士民の間に流行し出した。それが其のまゝ明治の世に引継がれたのみならず、却つて盛んになり、内容的に著しい変化と進歩を遂げるに至つたのである。枕山、春濤等の正詩が、江戸時代から餘り変化も進歩もしなかつたのに対し、正に正反対の現象であつた。而して最も狂詩を鼓吹し、誘導に力を致した者は成島柳北である。柳北が朝野新聞に拠り、その雑録欄に狂詩を載せて之を鼓吹してから、各新聞雑誌も競うて狂詩欄を設け、同時に石井南橋、原無水、総生寛、田島任天、関槎盆、三木愛花、中島玩球等の作家が続々輩出して一時の盛を鳴らし、世人の喝釆を博したものであつた。

急に封建の社会制度が崩れて西洋物質文明が侵入して来ると、文明開化を合言葉に世態、人情、風俗の大変化、甚しきは昔の足軽、草履取の輩が今は成上り大官、博徒も成上り紳商、曾ての藝妓、娼婦も其の令夫人、権夫人。それが社会の上流に位して、果《はて》は鹿鳴館に天下御免の乱痴気騒ぎを演ずるといふ有様。これはとても正気では立ち向へない、正詩は暫らく措き、狂詩を以て此の混然雑然たる時代世相を活写してやらう、由来、滑稽、皮肉、辛辣を生命とする狂詩だとばかり、狂詩家に正詩家も混《まじ》つて、其の機智、頓才を振絞《ふりしぼ》つてこゝに従事した。

汽車、蒸気、瓦斯灯、自転車、電信、煉瓦等々あらゆる文明の利器の前に、他愛もなく驚倒し眩倒する庶民たちの愚かさは揶揄され、文明政治の新しい政治も軽く皮肉られてしまふ。かくて無数の活きた詩料、面白い題目が、当時の世の中に在ては狂詩家たちの俯して拾ふに任された。而して『団団珍聞』は狂詩界の新聞『日本』ともいふべき存在で、狂詩家たちの牙城となり、狂詩の一大宣伝機関であつた。しかも一般からは「団珍」の愛称を以て喜び迎へられた。さうして一時雨後の筍の如く出た狂詩の雑誌並に作品には、露伴の云ふ「蕪詞穢詞」も尠くなかつた。

狂詩は飽までも庶民的、正詩は士大夫的である。狂詩を端唄、都々逸に譬へれば、正詩は謡曲の如きものである。巖谷一六、野口寧斎、佐藤六石の如き名高い詩人も、朝比奈知泉、小室屈山、巖谷小波、黒岩涙香、大橋乙羽等当時文壇の名士まで、興に乗つて一時狂詩にその才腕を競うた。戯作といへば戯作、生真面目《きまじめ》な学者、正人君子をして眉を顰めしめるかも知れないが、彼の時代の彼の社会には之が最も相応《ふさは》しい文学であつた。だから狂詩は明治初中期の代表的文学、狂詩を読まずして明治は語れぬと言つても過言ではないであらう。詩人が道楽半分にやつただけと見たら間違ふのである。今や百年近い時を隔てゝ之を眺めると、実に貴重な文化資料である。「微々たるものとは云へ、文運の史を考へる者に取つて忘却すべからざるものである」いみじくも道破した露伴の言葉である。

狂詩といつても作例を示さねば了解し難いであらうが、狂詩を語るのが本意ではないから、これで措くとして、たゞ成島柳北の「狂詩談」が面白いから左に抄録して置く。

狂詩々々とけなす人あれど、狂詩を旨《うま》く作るは正詩より骨でごす（翁の仮声）。なぜといふに、正詩は典故の引用、平仄の並べ方、すべて古来の軌範がある故、之に当はめれば一通りの詩にはなる。狂詩は堅くるしき典故を引くわけにはいかず、平仄とても常用の漢字ならぬ俗字俗語多いゆゑ、やり方頗る面倒にて、殊に律絶の対句と来ては其の難きこと正詩の比にあらず。曾て熱海の客舎で秋山必山が新年の題にて作りし狂詩の中、

百人一首骨牌始　　百人一首骨牌《カルタ》始《ハジ》マリ
千里同風手紙来　　千里同風手紙《テガミ》来《キタ》ル

の句など、近来の名対句であらう。若し韻字平仄なしに勝手な出鱈目を吐くことにしたならば、狂詩は俗物の手に渡り、猫でも杓子でも狂詩を作り、詩といふ趣味は無くなるでごせう。矢張り正詩の通り格法を崩さずに旨く作るのは、少くも正詩を作り左右源に逢ふだけの力ある人ならでは出来ぬ。凡庸の才気で幼学詩韻の輩が狂詩をけなすなど片腹痛いことでごす。

柳北はかういふ見識で狂詩を唱道した。談中の新年の対句は絶妙である。百人一首は新年の行事、千里同風は年賀の用語、極く当りまへな誰しも口にすることを、さて此のやうに自然に、平易に、完璧の句は作り出せない。狂詩の典型である。隆盛を極めた狂詩も、明治後期を俟たずして終つた。

青厓の評林が正詩であることは言ふまでもないが、狂詩と同じく時世を諷刺することを主眼とした為め、詩壇の評論家を以て任ずる野口寧斎は、評林は「詩と狂詩の合の子」と言ひ、当時詩壇で問題とな

つたことがある。その上更に「遊戯三昧に人気を博せんとする評林の特に真詩なりと月旦せらるべき理は何処に在るべき」と言つた。寧斎は青厓と対立した槐南の高弟だからかく言つたものであらう、勿論不当である。ともかく正詩狂詩相並んで盛行し、明治初中期の文学界に漢詩がその王座を占めてゐたことは確かのやうだ。

露伴は又、明治初期に於て漢学が如何に権威の有るものであつたかといふことは、

柴東海の佳人之奇遇が何故にあれほど世の賞讃を博し、陸奥宗光の利学正宗を世に出すにあたつて何故殊更に漢文を以てしたかといふことに就いても明かに看取される。

と云つてゐる。『佳人之奇遇』といへば、此の書と青厓の関係に就き、私には一の懸案がある。少し話が横道にそれるが、この際是非一言しておきたい。四十年以上も前の事である、私は偶然手に入れた明治の古雑誌『文華』で左の如き文を読んだ。

続文壇漫録に云く、青厓嘗て東海散士の為めに代りて詩を作る。陸羯南傍に在りて曰く「君のやうにソウ字句を鍛錬しては東海散士の詩らしく見えぬ、今少しく悪く作り給へ」。青厓顧て曰く「詩は初から悪く作る積りで作れるものではない」と。近日散士の新著「佳人之奇遇」続編を見る、巻中の詩皆な拙なり、若し是も青厓の代作ならば今度は悪く作る積りで作りしと見えたり。

実に面白い話である。「文壇漫録」は明治三十年某月、『毎日新聞』に載つたもので、筆者の名は明かでない。右はその転載で、「近日散士の」以下は転載者の言葉である。『佳人之奇遇』は東海散士の名著として知られ、一時洛陽の紙価を貴からしめた。文も佳いが詩は更に佳いとは昔から定評がある。当時天下の青年は争て之を吟誦し熱血の沸くを覚えたと云ふ。然るに同書は実は文人高橋太華の代作との説があり、久しく問題になつてゐる。又西村天囚が加筆したとの説もある。散士には此書以外に観るべき

文も詩も無いとか、右の羯南の語が之を証してゐる。高橋太華の詩といふものは全く世に聞えてゐない。西村天囚は文に長じ詩に短である、且つ『佳人之奇遇』が世に出た時は弱冠二十一歳に過ぎない。高橋、西村の説はどうも怪しい。

散士は会津、青厓は仙台の人である。年歯は散士が五歳年上で、少時同じく戊辰の難に遭遇してゐる。『佳人之奇遇』の初版は明治十八年十月の刊行である。第一巻に谷干城の序がある。同年十二月谷は農商務大臣に任じ、翌十九年二月散士は谷の秘書官に任じ、三月散士は谷に随行して欧洲に出張した。青厓が谷の推挙を以て宮内省に官し学習院寮監に任じたのは十七年二月である。谷は新聞『日本』創立者の最も有力な一人である。二十二年五月二十二日の『日本』紙上の社告に「東海散士柴四朗氏は是まで大阪毎日新聞の主筆なりしが今般同新聞を謝絶し健筆の力を『日本』に分つこと、なれり」云々とある。散士と青厓が「日本」社中で顔を合せるよりも早く、二人の間に交際が有つたであらう事は容易に想像される。かく観て来ると『佳人之奇遇』の詩が青厓の作といふ説は、人をして首肯せしめるに足るものがある。而もその格調といひ感慨といひ、総て青厓の評林調である。槐南一派の詩と全く其の撰を異にし、当時青厓の外に此の様な詩の作者ありとは殆ど想像し難い。私は曾て此の疑問を一度青厓先生に質したいと考へたことがあるが、いつしか失念してしまひ長く懸案となつた。然したとひ先生の作であつたとしても、先生は決してそれを口にするやうな人ではない。作者不詳の原因がそこに在るやうな気もする。

『佳人之奇遇』は十八年から二十四年の間に十巻を刊し、中絶すること六年、三十年に至り後の六巻を出し完了した。右に掲げた漫録の文は三十年に成り、『佳人之奇遇』続編と云ふのは後の六巻の事であることは明か。但《ただ》後の詩が拙で悪く作られたとは如何にも論者の僻目のやうだ。

三十三

本稿も連載すでに二十数回に及んだ。貴重な誌面をかくまで潰さうとは預期してゐなかつたのが、何故このやうに長くなつたか、今後は如何。この事につき、聊さか愚考を陳べて、拙文を読んで下さる方〻にお断りして置きたいと思ふ。

最初は『青厓詩存』が上梓されたけれども、今日、青厓の名も業績も殆ど知る人なく、今の中にそれを書き遺しておかねば長く湮滅の恐れがあると思ひ、幸ひ安岡先生は青厓を善く識る人であり、その許しを得て本誌に執筆することになつた。それも五、六回位で終る積りであつたが、書き始めて見ると、青厓の詩を説くには青厓以前、明治初期の詩界から説かねばならず、それはそれで極く概略に止め、明治中期、星社成立の段に及ぶと、以後直ちに青厓・槐南等の活躍した漢詩の全盛時代をや〻詳しく叙述し、明治の末から大正昭和に至る衰亡の時代を略説して筆を擱かうと考へたが、歴史的に記述すれば、勢ひ代表的作品に触れずには措けず、作品は注釈を施さねば分らず、注釈の後には鑑賞と批評を加へねば満足し難い。結局、史的叙述と代表作品の解釈と鑑賞批評を併せ行ふこととし、山口編輯長とも相談した結果、私の考へ通り、何等拘束されず、水到り渠成る式に自由に筆を進め得ること〻なつた次第である。従つて其の間に詳略宜しきを得ぬものがあつたり、話が前後したり重複したりするを免れなかつたが、どうやら時代年次を逐うて、今や明治中期の盛時にさしか〻つて来た。この時代はこの詩話のピークで、拙筆の能く其の神を伝へ得るか否かを恐る〻が、駑鈍を竭す積りである。種々のエピソードも多く、筆の横径にそれることも屢〻あるかと思ふ。又、代表作品と云つても、作品の工拙といふことも大切だが、その詩の時代、環境との関係、意義に重きを置いて取捨したいと思ふものである。

尚ほ此際、明確にして置きたい事がある。既に述べた事と重複する点も有らうが、敢て記すこととする。明治以来の漢詩の歴史を眺めると、大体二十年位《くらゐ》で一期を画し、一期の中も略《ほ》ぼ十年で前後に小区分すべき変遷をなしてゐるやうだ。第一期は明治維新に始まり、急激な欧化を経て、やがて鹿鳴館時代の終る頃までとする。その間、明治十年の頃、旧文物破壊の最中に一縷の命脈を保ち得た漢詩が、『新文詩』や『花月新誌』の発行によつて頓《とみ》に再生の気運に向つた時期を以て、明かに前後に小区分することが出来る。第二期は明治二十一、二年から三十八、九年までとする。則ち欧化主義に反撥して国粋保存論が興り、新聞『日本』が創刊され、憲法発布、国会開設から日清、日露の両役を経て、日本の国運の絶頂に達した二十年間である。その間にも、日清戦争を界《さかひ》として明かに前後に区画される。前半は明治二十年代。枕山、湖山、春濤に替《かは》つて、槐南、青厓、種竹が現はれ、星社を中心として漢詩の全盛を来した時。後半の三十年代は、星社が解散し、詩運の衰兆を見つ、尚ほ全盛の餘威を保つた時期である。第三期は日露戦争の直後から始まつて、大正の末期に終る約二十年。その間、新聞『日本』の廃刊、青厓の隠遁、種竹の死、槐南の死等、詩壇の不幸が打続き、漢詩の衰落その極に達した時である。これも大正六年、青厓が明治以来の旧詩人田辺碧堂等の懇請黙し難く、山を出て詩壇の再興を図つた時を以て、前後を画さなければならない。然し大正の詩は結局明治の惰勢、餘波に過ぎなかつた。昭和に入つて、一時頽勢を挽回するかに見えたが、それも長くは続かず、沈みゆく夕日の返照を見たに止つた。之を要するに漢詩は明治一代を以て実質的に終末を告げたと謂ふべきであらう。以上の如く、私は明治以来の漢詩の歴史を前、中、後期の三段に分つて見ようとする者である。

私の尊敬する学者神田喜一郎先生が二十年前に書かれた「日本の漢文学」に、日露戦争を過ぎた頃、我が漢詩文は全く其の生命を喪ひ、「その作品はもう特殊な専門家の間にだけ通用するに止つて、一般の人〻とは何の関係ももたない無縁の存在となつてしまつた」と云ひ、「明治時代には、各新聞や雑誌に漢詩欄が設けられ、かなり華やかに競うて漢詩を載せた。漢詩人のちよつとした挙動が新聞のゴシップにも取りあげられた。一般大衆もこれに関心を寄せてゐた。しかるに日露戦争以後になると、それ等の漢詩欄が一つ減り、二つ減りして、つひに全く影を没してしまつた。これこそ日本の漢文学の衰滅をもつとも端的に告げたものではなかつたらうか」と結論されてゐる。確論である、一辞も賛することが出来ない。今日漢詩は亡びたが、明治の詩人たちが其の心血を注ぎ尽した幾多の詩篇は、長く天地の間に留まるであらう、いや、留めなくてはならない。私は拙き詩話にそのことを書き遺さうと思ふ。

三十四

已に百年近い過去であるけれども、明治二十年代漢詩全盛の情況を知るには、当時の人の遺した集類を始め、尚ほ文献の徴すべきものが相当にある。とりわけ文学評論雑誌の類には、我〻の考証の上に大いに役立つものが尠くない。第一に挙ぐべきは『早稲田文学』である。『早稲田文学』が明治二十四年十月二十日今の早大の前身東京専門学校から、坪内逍遥が編輯を主宰して創刊されたことは周知の如くであるが、其の発行の主意といふものを見るに、

方今新聞紙、雑誌の類百を以て数ふべし、しかるに明治文学全体に関したる専門の文学雑誌は未だ一つだにあるを見ず、大なる闕典にあらずや……

早稲田文学は我文学をして円満ならしむべき第一の方便は和漢洋三文学の調和にあるべきを信ず……

時文評論の欄を置きて苟も明治文学に関係ある百般の事実を報道し、且至公至平なる評論を加へ云云

とあり、果して和漢洋三文学を偏頗なく公平に取扱つたから、漢詩に対する報道、評論、作品の掲載等すべてに於て至れり尽せりの感がある。それに同誌の創刊明治二十四年十月から、一応の廃刊三十一年十月までの七年間は、恰も漢詩の絶頂に相当し、坪内逍遥等の響導した明治新文学はまだ漸く開花したばかりであつたから、同誌の漢詩を重視し取扱ひの鄭重であつた所以がよく解《わか》る。これを後《おく》れて明治二十八年一月に発足した『帝国文学』に比較して見ると、その事が一層はつきりする。すなはち『帝国文学』も漢詩の報道、評論には意を用ひたが、当時勃興しつゝあつた新体詩の扶植に格別熱心なる餘り、とかく漢詩を冷遇する傾きがあつたことは否めない。

『早稲田文学』創刊号を披いて見よう。「漢詩のおとづれ」なる標題下に、過来しかた、近世の三大家、枕山翁の易簀、現代の老輩、少壮の名家、三派、通俗三体、以上の七項目に分つて、それぞれ精細な記述がある。「過来しかた」には、江戸時代に於ける漢詩、荻生徂徠から梁川星巌に至り、近世から現代にかけての六大家は皆星巌の門から出たと説き、「近世の三大家」について、

大沼枕山、小野湖山、森春濤の三詩家なり。枕山翁は最も才を以て勝り、湖山翁は最も情を以て勝り、春濤翁は最も韻を以て勝れりと評するものあり。又其失を論ずる者の言を聴けば曰く、甲は俗に流れ易く乙は粗に流れ易く丙は奇に流れ易しと。吾人没風流漢、もとより其当否を知らず、兎に角に三傑が維新以後雷名を詩壇に轟かし、児童さへ其名を記するに至り、地方人の新東京に出づるや必ず枕山翁の詩と奥原女史の画とを携へ帰り、詩を解せざる輩だに両山の比較を口にして茶筵酒席の清話となせしこと豈偶然ならんや。而して春濤翁が「新文詩」発兌の如きは詩学の好尚を普からしめ目下の盛運を誘致するに頗る与りて力ありき云々。

これで逍遥以下早稲田の文学者たちが明治初期の三大家並びに漢詩壇に対する評価の如何を知ること

が出来る。三家を「三傑」と呼び、「雷名を詩壇に轟かし児童さへ其名を記す」と云ひ、地方人の上京した者が必ず枕山の詩と奥原晴湖（女流南画家で詩を能くした）の画を買つて帰り、茶に酒に、枕山・湖山の比較を話題にしたと云へば、当時文学といへば先づ漢詩、漢詩人が如何に世に持てたか想像の外である。それを早稲田の文学者は故らに「豈偶然ならんや」と明かに肯定してゐるわけである。逍遥の『小説神髄』や『書生気質』が出て五、六年、当時は小説などまだ漢詩の足下にも寄りつけなかつた。又、森春濤が『新文詩』を発行して詩学を普及させたことが「目下の盛運」を致したと言つてゐる。「盛運」の二字に注意する必要がある。

次に「枕山翁の易簀」。『早稲田文学』が出る僅か十九日前、十月一日に枕山が死んだ。「名家相つぎて世を辞し枕山翁もまた逝きぬ」と弔意を表し、当時『国会』といふ新聞に載つた枕山の小伝を転載してゐる。続いて「現代の老輩」として、岡本黄石、鱸松塘、伊藤聴秋、三家の名を挙げて「黄石氏の如きは其門下に台閣諸公甚だ多し、三家共に名声籍甚」と結んでゐる。次に、

少壮の名家には森槐南、国分青厓、本田種竹、小川岐山、野口寧斎諸家をはじめとして裳川、衣洲、湘南、学圃、黄木等其他にも名ある才人雲の如し。皆おのおの拠る所ありて秀霊の筆を揮ひ、句々珠玉を鏤め錦繡を懸け、人をしてそゞろに「春の花をこゝにあつめて開くらむ此のさかりはもこのさかりはも」の歌を想ひ起さしむ。

とある。当時漢詩に人才雲の如く、詞華文藻を擅《ほしいまま》にして一代の盛運を致したことを、古歌になぞらへて謳つてゐるのである。今日私が明治二十年代の漢詩を如何に口を極め称揚しても、恐らく人は信じないであらう。然るに幸ひなる哉、早稲田の文学者たちは既に当日に於て此のやうに讃歎の意を籠めた証言をしてくれてゐるのである。但だ槐南、青厓、種竹に次で岐山、寧斎を挙げたのは可とするも、更に

続く五人の名は妥当を欠く。当時まだ判定がつかなかつたからであらう、これに就いては又後に述べる。次は、

三派　今の漢詩を大別して格調派、神韻派、性霊派の三派に分つべしと聞く。其中格調派は極めて句法を強うし句格を高うし、一意盛唐の面目を現ぜんと力むるものなり。雄壮偉大なるはこれが為なり。神韻派は文字の清く麗しくして幽美ならむことを専とし、神韻縹渺を貴めり。性霊派は心に思ふまゝを打いづるを旨とす。自然派とも評すべきにや。十一年以前より神韻派大に行はれぬるが、為に漸く文字の末にのみ流れて繊巧を旨とするもの多く成もてきたり。好題目にも大手腕の添はずして追ゝ浮靡に流れゆく傾きありとぞ。しかしながら機運大にあらたまり老壮相代りて詩壇の流弊を一掃すべき時遠からずと、意気軒昂大掃除をもてみづから任ずる英才壮名家の中に其人あるべしと聞けり。徒に今を歎くべきにはあらじ。

明治二十年前後は政治、文物其他一切の上に一新時期を画した。漢詩壇も老大家と少壮名家と完全に交替し、旧来の流弊を一掃して新機運を開かんものと、少壮詩人は意気軒昂であつた。星社はかくして成立した。格調は青厓の一派、神韻は種竹の一派、性霊は槐南の一派といふのが当時の評定であつた。「十一年以前より神韻派大に行はれ」云々といふのは、森春濤の詩が神韻を主とし、其の一派の詩が大いに流行し、其の直系である槐南・寧斎が又別に性霊の詩を作り、二者とも文字繊巧にして声調浮靡に流れる傾向のあつたことは確かである。青厓・湖村の一派は雄健な格調を以て之に抗衡せんとした。「少壮名家の中に其人あるべし」とは暗に青厓等を指して言つたのである。

通俗《ポピラル》三体とも称すべきは所謂慷慨詩、西詩体、評林体の三なり。甲は『佳人之奇遇』中に見えたるが如きを代表者となすべく、乙は西洋の詩趣を加味して一派をなせる者にて末松青萍、井上巽軒、志

賀矧川、大江敬香など此派の名家なり。而して内は嘲風罵俗を主とするものなれど大かたは楽屋に落つるが如し。天狗星判新白眼、一家言、木鐸など題して間〻新聞紙上に見えたりしは是なり。いつれも只一時の遊戯文字なるべし。

『佳人之奇遇』中の詩が大層立派で、青厓の作と思はれること。青厓の創めた評林体が政治詩であり、従つて慷慨調を帯び、『佳人之奇遇』の詩と符節を合するが如くであることは既に前回に述べた。こゝに評林体を解して「嘲風罵俗を主とするものなれど、大かたは楽屋に落つるが如し」と云つてゐるのは、青厓の詩もその傾きのあることは事実だが、実は青厓の評林体が出て評判になると共に、之に模倣した詩を作る者が多くなり、様〻の筆名を用ひ、勝手な題名を附けて新聞紙上に現はれ、一時の流行となつた。概ね時の政治、風俗を嘲弄して痛快がること、かの狂詩と区別し難いものであつた。政治詩となればとかく楽屋落して人に分らず、遊戯文字と見なされ易いことは已むを得ない。

　西洋の詩を参酌して漢詩を体裁、内容とももつと幅広いものにしようとの考へは、明治初期の欧化の風潮が遂に漢詩界にまで及んだことを示すものである。こゝには末松、井上、志賀、大江諸氏の名が挙げられてゐるが、末松青萍は明治十一年から十九年に至る英国留学中、英国の詩人希昰《グレー》の「塋上感懐詩」、買倫《バイロン》の「髑髏杯歌」、錫磊《シエレー》の「雲雀詩」を漢詩に訳出した。原詩はいづれも相当長いものであるが、訳者は能く原作の体裁を崩さず、而も漢詩の法則に従つて韻まで押してゐる。さうして「東洋詩家幸ニ規律ノ新ヲ咎ムル勿レ」と言つてゐるが、実はその「新」にこそ意義があつた筈である。「雲雀詩」の訳は明治十五年、末松二十八歳、剣橋《ケンブリッヂ》大学の学生であつた。末松は英詩の漢訳の外、『源氏物語』を英文に訳し、倫敦に於て出版した。邦人の英文による著述は之を嚆矢とすると云ふ。英人は之によつて初めて日本に『源氏物語』の如き名作のあるを知り驚いたと云ふ。末松は安政二年豊前に生れ、十歳の時村上仏山の門に入り、経史詩文を修め神童の称があつた。西南の役には山縣参軍の帷幕に参して文牘を掌り、傍ら詩五十餘篇を得て『明治鉄壁集』と名《なづ》け、世に刊して詩名一時に揚つた。

大江敬香は安政四年阿波に生れ、明治五年十六歳にして東京に出、慶応義塾、外国語学校に学んだ。「余が青萍と相識るは明治七年の春、同窓英書を読むの際に在り」とは大江が自ら記する所である。大江は其の頃英学と西洋史を修め、戈登《ゴルドン》将軍（英国武官一八六三年常勝軍を率ゐ清軍を援けて太平天国の乱を平定するに大功を建てた）の事を漢詩に詠じ、之を友人志賀矧川に示した。志賀は英詩漢詩とも之を能くし、大江の詩を読んで、之は唐詩と西詩を折衷して新機軸を出したものと激賞した。爾来大江、志賀に末松も加はり、所詩漢詩改良論を唱へた。今、『敬香詩鈔』を繙くと、戈登の詩は見えないが、「麻理亜哲列沙《マリアテレサ》歌」「徐世賓《ジヨセフヒヌ》歌」「惹謨斯哥克《ジエームスクツク》歌」の七言古詩三首が有る。いづれも明治二十四、五年頃の作。マリア・テレサ（一七一七―八〇）は墺太利《オーストリア》の女帝、英明にして才徳を兼ね、戦事に国政に偉大な業績を遺した其の一生を詠じた。ジヨセフヒヌ（一七六三―一八一四）は天成の麗質望まれて那翁《ナポレオン》一世の妃となり、麻村《マルメーソン》の邸館に驕奢を極め、やがて破鏡の歎に沈み、那翁は瑛島《エルバ》に流され妃は憂愁の中に死ぬる事を叙した。ジエームス・クツクは英人太平洋探検家である。これ等の詩は皆な好い題目を選び、彼の瑰麗優婉なる清の呉梅村の詩を学んだもので、仲ゝの出来栄《ばえ》である。たゞ事実を西史に取つただけで、どこにも西詩を参酌した痕跡は見えない。まだ末松の方が形体上西詩を取入れてゐる所が多い。中村敬宇が西詩を漢訳したのは是より二十年位ゐ早く、森鷗外等が『於母影』で日本及び西洋のものを漢詩したのは二三年早い。だから明治初中期にかけて西詩漢詩の融合につき学者たちは随分研究してゐたことが分る。さうして中村でも末松でも大江でも森でも、その集中の詩を見れば、西詩に関《かかは》りあるものは皆一時の嘗試に過ぎず、他は尽く旧体を以て成つてゐる。両者の融合といふことは結局成果が無かつたやうである。「東は東、西は西」といふわけであらうか。これに就いては後で重ねて述べること、したい。

以上『早稲田文学』創刊号の「漢詩のおとづれ」に就いて気づく所を述べた。更に同誌第三号を見ると、再び「漢詩のおとづれ」として（第二報）（K・Y・N投書）とある。投書者は故意に名を表はさないが、Kは桂湖村、Yは柳井絅斎、Nは新田柑園、いづれも東京専門学校文学部出身の新進文学者で、二十四、五年の交、文学青年を糾合して「青年詩文会」を組織し、文学改革の手始めとして漢詩改革に大いに熱意を燃やしてゐた人たちである。

三十五

『早稲田文学』第三号（明治二十四年十一月十五日）に掲載された「漢詩のおとづれ第二報」なる書翰文は、

前略、今般御発行に相成候早稲田文学第一号拝読仕候。世評の通り近来出色の雑誌と存候。唯其中漢詩のおとづれに付きいさゝか思ふふし有之候間、唐突を顧みず左に一言仕候。

と冒頭して、最初に述べてある二三の異見は取立てゝ言ふほどでもないが、次に、

現今の老輩として黄石、松塘、聴秋の三家を挙げられたるは御尤もの事と存じ候得共、猶相加へたきは向山黄村氏などなり。その他咸宜園派の老輩も可有之歟。少壮の名家として挙げられたるは現今錚々たる人々なること勿論なれど、多くは星社一派の作家と見受け申候。猶此ほかにも指をるべき人無之にや。三派の別は星社諸公の中にての定めには無御坐候哉。然らざれは此に解釈したる格調・神韻・性霊の三体にては現今全般の詩風を網羅し難かるべしと存候。たとへば韋柳派の如き詩人は何れに加ふ可きにや。

『早稲田文学』の編者は、漢学漢詩を相当に重視し公正に取扱つてゐるが、「……の言に聴けば曰く」とか「吾人没風流漢もとより其当否を知らず」と言つてゐるやうに、其の道に精しい専門家ではない。桂湖村、柳井絅斎等は早稲田の英語科出身でも、幼少の時から漢学を修め、此の頃は已に漢詩に於て一家を成してゐた者である。従つて其の指摘する所は総て的に中つてゐる。『早稲田文学』の出た丁度一年前に星社が成立して、天下、詩といへば星社、星社は全詩界を籠蓋せるかの観をなした。ところが星社の前身ともいふべき茉莉吟社と殆ど時を同じうして、向山黄村が幕府の遺老を中心にして組織した所の晩翠吟社は、今に至るまで存続してゐるではないか。これを見落してはならぬ。その外にも咸宜園の流れを汲む韋柳派の存在を何処へ持つて行かうとするのか。それから格調、神韻、性霊の三体を以て星社の詩風を分別することは出来ても、世の全般の詩はもつと広大なものがあらうと云ふのである。向山黄村の事は、本稿の「六」と「二十」に於て簡単に触れただけで、韋柳派の詩人に至つては全然触れてゐない。大体本稿は国分青厓を中心に、明大昭三代の詩を概説する積りであつたので、明治初期の事は甚だ疎略に過ごしてしまつた。今更ら後戻りは出来ず、いささか欠を補ふ積りで黄村等の事に後《あと》で触れることゝしたい。書翰文は更に云ふ、

……現今漢詩人一般の傾向を察するに、其の執る所の意見固より一ならずと雖、之を大別して進取・守旧の二派と為すを得べし。所謂進取派とは従来の漢詩に西詩の趣味を注入して一種の新詩体を組織せんとするものにして其勢力猶ほ甚だ盛ならず、寧ろ後者守旧の方はるかに勢力を有するもの、如し。斯く意見を異にし互に相陵轢するは老輩作家の内にはあらずして重に少壮作家の間に在るもの、如し。其の故如何にとなれば、老輩作家は詩学の成り行きに関しては概して無頓着なるやうなれば、別に意見とて主張せらる、処あるべしとも見えず。或は永世今日のま、にて伝はり行くなら

んと思ふもあるべく、或は世人が古器物を賞翫すると斉しく唯古代の遺物として存し伝ふるならんと思ふもあるべければなり。されど後来消滅すべきものなど、思ふ人は有らじと聞きぬ。又少年作家は一見進取主義を取るもの多からんと思ひの外、大概は守旧派なりといふを聞くに、是其師とするところ多くは守旧説を唱ふるが為に自然感化せらるゝにも因るべく……少年作家は重に壮年作家に付属して働くものにして、壮年作家の方針如何に伴ふを以て……今日に在りて尤も注目すべきは壮年作家中に起りつゝある両派の傾向如何にあるべき歟。

書翰文はここで止り、以下略となつてゐる。右は前回述べた末松謙澄、大江敬香等を指して進取派といひ、その派がまだ守旧派の勢力に及ばぬことを言つた。明治二十年前後世上の風潮に刺戟されて、漢詩界にも所謂改革論なるものが生じた。進取派とは是れである。実際その頃は上下を挙げて欧化に狂奔し、制度文物の大から学問、美術、音楽、演劇、衣服、飲食の末に至るまで、総て欧米風に改造しようといふ風潮になつてゐた。漢字廃止、羅馬字採用も盛んに唱道された。今では笑ひ話だが、明治十七年高橋某の人種改良論など、日本人種を劣等として白人との雑婚を主張し、それでは日本人の血脈を滅すではないかと言へば、それは牛肉を食へば身体が牛化するといふのと同じで取るに足らずと云うたとか。帝国大学教授外山正一は同じく十七年に、「男女交際と基督教」なるものを著はし、「釈迦や孔子や日蓮や水天宮や金比羅を信ずる如き人民を相手に為さんとする時はたゞ理屈ではかなふまじ」と、耶蘇教の採用を主張したと云ふ。外山正一等と『新体詩抄』を発表した井上哲次郎は、一方に於て漢詩改良論者でもあつたのである。かういふ時勢だから桂、新田、柳井等の若い文学者も、時の風潮に随つて漢詩の改革といふことを真面目に考へてゐたやうである。

『早稲田文学』第六号には「漢詩家二派」の題で、又四頁に亙る長論文を載せてゐる。冒頭に「漢詩家中に改革を唱ふる人〻ありといふことは前号の報道にも見えたりしが、今また少しく探り得たる所あれば左に掲ぐべし」とあり、これは早稲田文学記者が改革派の者恐らく湖村、絅斎あたりに就いて両派の意見を聴き、それをそのまま記録したものらしく、末尾に、

以上二派の説は中庸の所説によりて概略を記しぬ。其の極端なるに至りては一方は毫末も旧套旧式を脱すべからずと主張し、一方は平仄韻等をも廃すべしと主張すとなり。吾人は門外漢なりと雖も此件につきて多少の意見なきにあらず。極端の改革派は或意味に於て吾人が賛成する所なれども、其の賛成する所以は殆ど漢詩を全廃すべしといふと同意味なるべきゆゑに、其実は漢詩改革の新説が吾人が大不賛成の議論なりといふべし。此言頗る含糊にして首鼠両端の譏あらんか。乞ふ新年の初刷に於て少しく吾人が所思を陳ぜん。

と言ひ、問題を後に持越してゐる。早稲田文学記者が漢詩の問題を取扱ふことの熱心なる、実に驚くべきである。果して第七号（二十五年一月十五日）には「漢詩改革家」といふ三頁半に及ぶ論文が出てゐる。主として改革派の説に記者の意見を加味したもので、最後に、

之を要するに吾人は支那詩をもて詩想の一大宝蔵なりと信じ、永く我国に栄えんことを願ふと同時に、支那詩の改革は形式の上に於てよりもむしろ思想の上に於て行はれんことを望み敢て其他は顧はざるものなり。但し漢詩改革に就きては該派の勇将として知られたる大江敬香氏特に本紙の為に「敬香文学論」といふ一雄篇をものして普く文学を論ぜらるゝと同時に論じ及ばるべき筈なれば、読者側の没偏見の眼を以て氏が論旨の在る所を味ふべし。吾人が爰に陳じたる所は固より吾人が私見のみ。是非の大断定は今軽〻しく下すべきにあらず。

と言ひ、専門家ならぬ記者の手に負へぬ問題として、其決論を敬香先生の雄篇に期待したものである。

『早稲田文学』第九号「敬香文学論　漢詩篇」は九頁を超える大論文である。

漢詩論何が為に興るや、漢詩上改良を要するものあればなり。改良何が為に急務なるや、時勢之を促せばなり。時勢の之を外より促すのみならず改良の之を内より促すなかりせば、漢詩は他年竟《つひ》に衰亡の運命を免る可からざればなり。

かう説き起した、論旨よりも先づ文章に魅せられる。

吾人は平生文学を嗜好する者なり。吾人は文学上に就ては最も詩を嗜好する者なり。漢詩西詩を嗜好すと雖も独り之を解して之を喜ぶ者に非ず、又独り之を草して之を吟ずる者にも非ず。漢詩の美処長処を保存し之に参《まじ》ゆるに西詩の優処妙処を以てせんと欲す。

改良論は皆このやうに言ふ、さうして漢詩は叙情に長じ叙事に短である、西詩に倣ひ長大なる叙事の法を試みること、難解な故事典故を省略すること、是が其の一致して主張する点である。甚しきは漢詩は既に国詩化した、国詩に平仄韻字は無意味だ、宜しく廃すべしと云ふ者あるに至る。幸田露伴は之を評して、

吾が邦人の詩は訓読的朗吟をするものなので、もとより支那人の如く棒読をするのではないから平仄などは何様《どう》でもよい、一首の情景が面白くさへあれば宜い、といふので平仄の定規を無視した最大自由論が一部には起つた。勿論一般からは取合はれないで終つたが、俳句は三句十七字には限らない、詩美さへあれば宜い筈だ、といふ論が起つたのと丁度同じやうなものであつたが、如何にも時代の反映されたをかしい現象であつた。

と、確論である。漢詩改革論は喧しく議論されたが、結局議論倒れに終つた。数千年の世代を経て、あらゆる変化を極め尽した漢詩である。最早この上変化の餘地は無いのかも知れない。ここに第六号以下

の諸論文は一々引用しなかつたのは、議論倒れに終つた議論を再録して見ても始まらないからである。敬香は「詩は文学の大半を占むるものなり、詩微《なか》りせば文学は其形を為さゞるものなり」と言つてゐるが、それから僅か数十年で詩は小説に取て代られ、現に見るやうな詩なき文学が横行する世の中となつた。

創刊以来僅か四箇月の間の『早稲田文学』誌上、漢詩に関する論説の一部の梗概だけ記してもこれ位ある。盛んなりと謂ふべきである。漢詩同様、漢学に関する論説も亦豊富である。但《ただ》、明治二十年代を過ぎ去ると、これが年々減少して、四十年代に入ると殆んど全く見られなくなる。時の勢はどうすることも出来ないものである。

三十六

明治の初、旧幕臣として相当の地位に在つた者で、野に隠れ吟詠自適して終つた者甚だ尠しとせぬ。成島柳北、栗本鋤雲は餘りにも有名だが、その外、向山黄村、杉浦梅潭、小永井小舟、植村蘆洲、隄静斎、田辺蓮舟等、皆詩界の名家で、二流以下ではない。明治十一年向山黄村が晩翠吟社を創めた時、参加する者二十餘人、旧幕臣が中心であつた。毎月一回、不忍《しのばず》の湖心亭に会し、其の詩を集めて枕山の批正を請ひ、枕山没後は黄村自ら之に当つた。岡崎春石は格式ある幕臣の家に生れ、後れて晩翠吟社に参したが、黄村以下諸老に親炙することを得、明治三十年黄村が没し三十九年吟社が解散した時、社中の詩積んで三百三十四輯に至り、春石は之を其の家に保存した。又、旧幕臣で曾て外国方たりし者、相会して昔を語り合ひ、昔の字に因んで廿一日を会日と定め昔話会と名づけた。田辺蓮舟が座長に推された。明治二十三年当時の事である。二十八年に至り、昔話会の会員中詩を好む者、詩会を創めて昔社と称し、蓮舟を推して主盟とした。初め昌平黌の出身者が其の多数を占めたが、後門戸を解放し、蓮舟は大正四年八十五を以て没したが、会は春石の主持により長く存続した。社中の詩四百輯に達し、春石は之を家に保存した。

私は春石翁から度〻明治詩壇の昔話を聞いた。『漢詩講座』を編纂した時、其の第十二巻に翁の話を「近世詩人叢話」として載せた。今、向山黄村の人及び詩に関することで最も印象深かつた話を書きたい。

黄村は外国奉行支配組頭に任ぜられ、慶応三年仏国に使しナポレオン三世に謁し、公使として駐ること二年。蓮舟も同じく外国奉行支配組頭に任ぜられ、黄村に随つて仏国に赴いた。維新後も欧洲及び清国に使し、臨時代理公使として北京に駐ること数年に及んだ。明治十五年清国から帰つた蓮舟は、多年彼地に在て入手した書画古董の類を家に陳列し、一日友人を招いて賞翫に供した。中に明の名臣趙忠毅公の鉄如意あるを見た黄村は、垂涎に堪へず、忽ち之を腰に挟んで挨拶もせずに帰つた。翌日蓮舟は黄村の手紙を得た、披けば唯一首の詩が録してあるだけであつた。

明趙忠毅公鉄如意歌。田辺蓮舟自北京携帰見贈。賦此為謝①。

鉄如意誰能器使。東林巨擘趙夫子。一揮欲令百廃起。事不如意遭讒毀。
鉄兮汝在公握裏。盍早一撃姦宄。不然当従公南徙。公死之日殉公死。
胡為後公不自恥。不幸流落北京市。尚幸為田君所喜。知己海外蓋有俟。
田君亦是慷慨士。対客奮髯快抵几。脱手贈我非偶爾。謂我頑骨鉄相似。
頑骨似鉄今老矣。倚馬無才肉生髀。唾壷敲缺空歔欷。縦談今古代麈尾。

鉄如意《テツニョイ》 誰カ能ク器使ス。東林ノ巨擘《キョハク》趙夫子。一揮 百廃ヲシテ起サシメント欲ス。事 意ノ如クナラズ讒毀《ザンキ》ニ遭フ。鉄カ汝公ノ握裏ニ在リ、盍《ナン》ゾ早ク一撃姦宄《カンキ》ヲ斃サザル。然ラザレバ当《マサ》ニ公ニ従ツテ南徙《シ》シ、公ノ死スル日 公ニ殉ジテ死スベシ。胡為《ナンスレゾ》ゾ公ニ後《オク》レテ自ラ恥ヂズ、不幸流落ス 北京ノ市。

尚ホ幸ニ田君ノ喜ブ所ト為リ、知己海外蓋シ俟《マ》ツアリ。田君亦是レ慷慨ノ士。客ニ対シ髯ヲ奮《フル》ヒ快 几《キ》ヲ抵《ウ》ツ。手ヲ脱シ我ニ贈ル 偶爾ニ非ズ。謂フ 我頑骨 鉄相似タリト。頑骨鉄ニ似テ 我老イタリ。倚馬《イバ》才ナク 肉 髀《ヒ》ニ生ズ。唾壺《ダコ》敲欠《カウケツ》 空シク歔欷《キョキ》。縦《ショウ》談今古 麈《シュ》尾ニ代《カ》フ。

此の鉄（製の）如意《によい》は誰が器とし使つたものか。東林党の巨頭趙夫子の物だといふ。趙忠毅公は明末の名臣、天下を澄清せんとの志あり、公が一たび之を手にして指揮すれば、天下の百廃も忽ち起つたであらうに。事は意の如くならず、却つて公は讒毀に遭《あ》はれた。鉄（如意）よ、汝《おまへ》は公の手の裏に在りながら、どうして彼の奸臣魏忠賢を一撃の下に斃さなかつたか。でなければ公が南の代州に左遷されるに従ひ、公の死する時公に殉じて死すべきであつた。それをどうして公に後《おく》れたことを恥ともせず、不幸にも落ちぶれた姿を北京の市《いち》にさらすのか。でも幸ひに田君といふ海外の知己が、待つてゐたかの如く喜んで汝《おまへ》を買ひ取つた。田君も亦趙公の如き慷慨の士で、客と相対し談が熱して来ると、髯を奮《ふる》ひ几《つくゑ》を抵《う》つて快哉を叫ぶ。今日は手にした如意を私に贈られたが、それも偶然ではない。平生私は頑骨鉄の如き男と言つてゐたからだ。鉄の如き頑骨も今は老いた。倚馬の才も無く、髀には肉を生じた。慷慨悲憤して唾壺をたゝきこはし泣くだけだ。まあ思ふ存分天下古今を談じつ汝《おまへ》を麈尾《しゅび》の代りにしようか。人の物を無断で持ち帰り、贈られたことにして詩を作り感謝するとは、善謔もこゝに至つて極るといふべきである。黄村は天性機敏な人であつたと云ふ。これが伝へて佳話とされたとは明治は羨しい時代であつた。

黄村は栗本鋤雲とは同じく幕府に仕へて早く外交の事に従ひ、相前後して仏国に使したりした。鋤雲

---

①『景蘇軒詩鈔』巻上、十九丁裏

も詩を能くし、「門巷蕭條夜色悲。鵂鶹声在月前枝。誰憐孤帳寒檠下。白髪遺臣読楚辞」は一時に伝承され、人は其の志を憐んだ。明治三十年三月鋤雲七十六にして没した時、黄村は七律二首を賦し之を弔した。その一に曰ふ、

髯兄与弟義相親。出処升沈五十春。曾愧為医長売薬。遂能報国不謀身。
晩年有子尚総角。旧雨于今存幾人。碑石憑誰題七字。江都幕府一遺臣①。

出処升沈を同じくすること五十年。義は兄弟の如く親しかつた。鋤雲は黄村に長ずること四歳。鋤雲は初め幕府の奥詰医師で、医事製薬を掌つた。壮に及んで医籍を改め士籍に列せられ、身の危きを顧みず、国事に尽した。晩年の生子なほ幼く、旧友今に生存する者幾人も無い。墓石には唯七字を題すれば足りる。「江都幕府一遺臣」と。「白髪遺臣」の句から考へて言つたものであらう。鋤雲が没して半歳もたゝぬに黄村も亦続いて没した。旧幕臣にして新政府に仕へ、爵禄を求めて恥なき者多き中に、鋤雲、黄村の如きは真に節義を全うした人と言つてよい。

三十七

向山黄村が慶応二年の正月、公使として法国《フランス》に派遣せられる時作つた「将赴法国留別諸友」と題する詩。

柳色青青雨洗清。東風送我出江城。菲才叨忝二千石。遠役何辞三月程。
老去壮懐猶未減。酔来逸気忽横生。王家大鼎依然在。不許荆蛮問重軽②。

柳色青青雨洗ツテ清シ。東風我ヲ送ツテ江城ヲ出ヅ。菲才叨《ミダリ》ニ忝《カタジケナク》ス二千石。遠役何ゾ辞セン三月ノ程。老去テ壮懐猶ホ未ダ減ゼズ。酔来逸気忽チ横生。王家ノ大鼎依然トシテ在リ。許サズ荆蛮ノ

重軽ヲ問フ。

江城は言ふまでもなく江戸城である。菲才を以て二千石の高禄を忝くする身。三個月の長い旅程を要する外国に遠く使することを何で辞しようか。当時はフランスまで行くに三月もかゝつたのであらう、此の二句極く自然に対《つい》を成す。注意して視ると、黄村の詩には対句の奇にして巧なるものが甚だ多い、大家の手腕である。結句、幕臣と雖も尊王の志に変りはない、外人が我朝の鼎の軽重を問ふことを許さぬと云ふ、正に日本使臣の覚悟を示したものである。この時巴里では万国博覧会が開かれ曠世の偉観に接するを得た。更に瑞《スイス》、白《ベルギー》、荷《オランダ》、伊、英の諸国を歴訪し、絶好の詩料を得て大いに詩嚢を満すべき筈なのに、何故か黄村はこの間一首の詩も無かつた。それを二年後帰国した時の詩に告白してゐる。『景蘇軒詩鈔』には右の詩の直《す》ぐあとに「自海外還紀喜」（海外ヨリ還リ喜ヲ紀ス）の詩がある。

竹葉発醅香満卮。好邀旧雨話襟期。小亭臨水開三面。垂柳分煙覆半池。
新僕欲呼名未熟。古書重読味殊滋。此行自笑極廉潔。万里江山無一詩③。

竹葉醅ヲ発シテ 香 卮《シ》ニ満ツ。好シ 旧雨ヲ邀《ムカ》ヘテ襟期ヲ話セン。小亭水ニ臨ンデ三面ヲ開キ、垂柳煙ヲ分ツテ半池ヲ覆《オホ》フ。新僕呼バント欲シテ 名未ダ熟セズ。古書重ネテ読ンデ味殊ニ滋《シゲ》シ。此ノ行自ラ笑フ極メテ廉潔。万里江山一詩ナシ。

久しぶり故国に還り旧友を迎へて酒を酌み、古書を読んで滋味を味はふ、皆喜びである。海外万里の江山を経て来て一詩も無いことを「廉潔」といひ、さつぱりしたものだと自笑してゐるのである。随行

① 『景蘇軒詩鈔』巻下、二十八丁裏
② 『景蘇軒詩鈔』巻上、三丁裏
③ 『景蘇軒詩鈔』巻上、三丁裏

した田辺蓮舟の遺稿にも、法国《フランス》から瑞、白諸国を旅しながら一詩も無い。一体これはどうしたことか。但《ただ》蓮舟には『航西日記』の著が有り、公使黄村と各国を経歴した踪跡を詳細に記録してゐる。話が横道にそれるが、私が嘗て『明治大正名詩選』を編んだ時、黄村の詩を十一首採り、その中に右の詩が有るが、第七八句が違つてゐる、「奚嚢点検無他物。万里行程一巻詩」とある。かくしては意味が全然反対になる。若し本当に一巻の詩が有つたのなら『景蘇軒詩鈔』に幾首か載つてゐなければならない筈だが、事実一首も無い。『景蘇軒詩鈔』は黄村の没後、その詩六千餘首から三百餘首を選んで上梓したものである。私が選詩に使用したのは『景蘇軒詩鈔』ではなかつたのか、何に拠つたのか、もう四十年以上も前の事で記憶がない。それに、この選詩に当つて使用した大量の資料は幾《ほと》んど戦火に燬け、今再検討することも出来ない。由来古人の詩句に異同が有つて真偽の判定し難い例は珍しくない。右の詩は色〻の点から考へて「無一詩」の方が真であらうと思ふ。野口寧斎が黄村の詩を評した中に次の語がある。

……帰来すれば則ち滄桑已に変じて、其の才を仕途に伸すに由なく、徒に「此行自笑極廉潔。万里江山無一詩」を唱へ「白社江東盟未冷。復将文字了前因」を唱ふるに過ぎず。惜むべきの限ならずや、然れども「古書重読味殊滋」なるによりて、遂に未了の因を尋ね、文壇の飛将を以て一方に雄視し、一時の功を捨てゝ千秋の名を取り、孰れか得にして孰れか失なる、智者を待て後に知らざるなり……

寧斎も当時に在て「無一詩」の句を取つてゐるのである。

『海舟全集』に海舟の黄村評が見える。

向山黄村はたゞの詩人ではない。あれは学問の素養があるから、ちよつと餘興に作つても傑作が出来るのだ。将軍家茂公が天下の大勢に鑑み、攘夷は到底お受け出来ませぬと、辞表を呈して京都を去られる時、その辞表は大勢の幕臣の中から、特に栄五郎（黄村）を選抜して書かせられたのだ。……慶喜公が将軍になられてから、将軍の上表の類はまた大方栄五郎の手に成つたといふことだ。明治の世になつてから、栄五郎は一切を擲ち去つて……田安、一橋の両家以外には一切関係せぬと決心して、ちよつとも俗累をこしらへず、かたはら文墨を楽しんで残年を送つた。ともかくも一世の人物さ。

時世の変に逢うて、枉げて詩人となり、晩翠吟社を創め一派の大宗と仰がれた所以が分る。

同諸子飲墨水酒楼①

昨日少年今白頭。幾回酔倚酒家楼。已欣雨露無偏沢。唯恨江河不倒流。
歌妓夢牽桃葉渡。騒人目送木蘭舟。千秋欲弔中郎跡。浩蕩波間出没鷗。

別段佳作といふものではない。黄村も盛んに墨水や東台に遊んで詩酒を楽しんでゐた。第四句には寓意が有るやうだ、滔々たる時世に慊らぬものがあつたのであらう。墨水には「木蘭舟中斬蛾眉」といふ名妓高尾に関する伝説の詩がある。「いざこと問はむ」といふ在五中将の歌に至つては誰知らぬものも無い。

成島柳北在りし日、墨水の地に結成された白鷗吟社の事を懐ひ、柳北の住んだ四顧皆花楼の跡を弔うては、

追悼成島柳北②

① 『景蘇軒詩鈔』巻上、三十七丁裏
② 『景蘇軒詩鈔』巻上、二十七丁表

白鷗盟已冷。春草夢猶牽。花月三千首。才名四十年。
遍論朝野事。微寓是非權。旧雨来相弔。空楼鎖暮煙。

花月才名、朝野是非、この両聯四句は柳北に対する諭賛として恐らくこれ以上のものは有るまい。第二句は「未醒池塘春草夢」の句を想起させ、頗る墨堤に切である。年毎に新しく墨堤に萠え出る春草は、とこしへに遊人の夢を牽いて止まないが、白鷗社の盟は柳北を喪《うしな》つては再び之を温めることは出来ない。弔意まことに深いものがある。この詩と次の詩、

題杜少陵像①

深知宋玉悲。屢入武侯祠。天地両行涙。艱難双鬢絲。
賦同清廟頌。貧欠草堂貲。可惜経時略。空言不一施。

二首は『景蘇軒集』中稀に見るの傑作である。清廟に進めて聖王の徳を讃《たた》ふる詞賦をものすべき人が、貧しくして一草堂を営む費にも事欠《ことか》くのである。宋玉の悲しみを知り武侯の終を傷み、天を仰ぎ時に感じく泣く涙は尽く化して詩となる。一代の経略を抱きながら施す道なく、詩即ち空言を以て終つた。是れが杜甫だといふのである。

幕府以来の盟友木村芥舟の作「苦寒行」二十八韻の古詩に和した詩も亦傑作と言へよう。利器を懐抱しながら、清貧に甘んじ苦節を守り通した黄村に、当然有りさうな詩である。長篇で難字が多いから、こゝには大意だけ訳して置く。

今年は貧困の極立錐の餘地もない。大雪屋を圧するが温い綿衣《わたいれ》もない。顔鬢凋落し形容枯槁し、庭の老樹に却つて生意の有るを見る。半身枯れて半身活き、花まで着けてゐるではないか。我は一酔を以て之に対し、痩骨を聳やかし苦寒に耐へ、やがて暖い東風の音づれを信じて心だけは安舒である。妻子は

どうかと思へば、飢や寒さに泣きもせず、ごたごたも起さない。吾が友は高士孟浩然に比すべき人、流俗と清濁の別がある。この日人日（正月七日）の作を寄せて来た。韓愈の豪と李賀の怪、誦すべく模すべからず。自ら量《はか》らず敢て大作に和したが、魚目を装うて明珠と欺くやうなものだ。さて拙者は、園に独楽と名づけ、自ら迂叟と号して迂書を著した司馬温公を慕ふ者。志を高尚にし軒冕を塵土と視る。昔の繁華は一場の夢。書を著して微辞に託し褒貶を寓するも徒爾ではあるまい。憶《ああ》、我は行年已に六十。一事も成す無くして霜は頭に満ちた。今に記憶する。昔君と同じく浪華の客となり、花晨月夕、歓楽を尋ね、城南城北、酒ある所必ず互ひに招き合つた事を（筆者注、長州征伐で将軍家茂を奉じ大阪に駐つた時の事を云ふ）。帰り来れば形勢一変し、お互ひの身は華表の鶴。故郷の風味を回想したとて如何《どう》にもならぬ、昨是今非を説くことは止《や》めにしよう。ただ陳徐の交り、旧日の情誼は決して忘れまい。林学士の育英は相変らず俊秀を門下に集めてゐるが、我は狂奴の故態、酔吟風雅は香山の白氏、学問の淵源は紫陽の朱子に在ること、昔のまゝである。幸ひ吾兄の在るあり、世変を閲し尽して盟好は渝《かは》らず。旧学は荒蕪して旧の如くではないが、願ふ所は互ひに遺教を奉じ聊《いささ》か相揄揚する事である。予は蒲柳の質、寒を禦ぐ術なく、肌の粟も粒々皆凍るばかり。久しく伏櫪の駑駘に甘んじ、今さら世の騏驥と並駆することなど出来るものではない。首を縮めて小廬を出でず、壁の蝸牛《かたつむり》が涎を吐くやうに、君が苦寒の詩に和して苦吟したが、到底我に東坡蘇氏の才なきを歎くのみ。

幕府遺老の述懐として興味深いものがある。これが福沢諭吉のいふ「痩我慢」の真骨頭であらう。では黄村は諭吉と同様、勝海舟、榎本武揚、大鳥圭介等を変節漢として斥けたかといふと決してさう

---

①『景蘇軒詩鈔』巻上、二十五丁裏

ではない。向島に遊んで榎本の別荘を尋ね、千束池の勝の家に招かれ詩会などやつてゐる。田辺蓮舟に対しても同様である。彼と等しく節義を貫徹した小永井小舟が「率士みな王臣、仕ふるも義に於て害なし、但《ただ》幕府廃せられて我身廃せられざるは心に快からざるものあり」と言つたといふ此の精神であらう。本来同じ王臣である、幕府に節を立つるも立てざるも第三者の是非するを容さぬ事である。

木村芥舟、名は毅、幕府に仕へ摂津守、後ち兵庫頭、海軍伝習の事を監し、万延元年遣米使節となり米国に赴いた。維新後、出でゝ仕へず、其の出処は黄村と頗る相似たものがあつた。黄村より少《わか》きこと四歳、明治三十四年、黄村の死に後るゝこと四年、黄村と同じく七十二歳を以て終つた。『景蘇軒詩鈔』は首に芥舟の序文を載せ、後には杉浦梅潭の題詩を附した。芥舟の序文中黄村の詩を評した部分を仮名交りに改めて左に録する。

……遠ク大海ノ険ヲ渉リ、近ク人事ノ変ニ遭ヒ、閲歴既ニ深ク、鍛錬亦精シ。之ヲ運スルニ天才ノ超特ト学問ノ淵博ヲ以テス。詩ノ高妙警世、問ハズシテ知ルベキノミ。然リト雖モ雕琢摸絵、風流自ラ玩ブ、豈君ノ志ナランヤ。将ニ以テ諷刺ヲ隻幅ニ寓シ、感慨ヲ片詞ニ寄セントス……尋常応答ノ作ト雖モ、百世ノ下、以テ治乱ノ由ル所ヲ詳核シ、是非ノ在ル所ヲ判別スベシ、乃チ知ル、文章、気節ニ根柢スルノ空論ニ非ザルヲ……

幕府時代、黄村、芥舟と同じく外国方に任じ、後、詩を以て心契する所深かつた者に河田貫堂がある。貫堂名は熙、外国局組頭より監察に進み、文久三年開国の事に関し諸国と折衝の為め欧洲に赴いた。黄村は之を送るに七律一首を以てし、「万里鵬程持壮節。他年麟閣画英姿」①の句が有る。後、明治十年旧主徳川氏の英国に遊学するや、貫堂も其の行に従ひ、黄村は又七律二首を以て之を送つた。中に「嗟吾短髪心猶壮。臨別長教羨遠遊」、又「俊傑応須識時務。雕虫小技壮夫羞」②等の句が有る。時に黄村の年

五十二、壮心未だ衰へず、年四十にして仏国《フランス》に使した事を思ひ、友の遠遊を羨んだものと見える。さうして無為にして詩ばかり作つてゐる自分を歎いて、友の時務を励ましたのである。貫堂は時に四十三である。明治十四年在英の貫堂は左の詩を黄村に寄せた。

辛巳元日在基利布墩迎歳奉寄黄村先生

水光微白樹如煙。方是正陽欲曙天。一事報君無恙外。渓山佳処遇新年。

基利布墩は蘇格蘭《スコットランド》に在り、山水の美しい土地であつたのであらう。黄村は之に次韻して曰ふ。

新春先占好風煙。最是詩人得意天。多謝寸心千里外。寄将佳句慰残年。

詩は両者とも上出来とは言へないが、唱和の楽しみは工拙の外である。この年元日、黄村は諸友と共に墨上に遊んで左の詩を賦した。

同為明治太平民。贏得白頭無事身。好是新年第一日。来尋長命寺中春。

明治太平の民は、白頭無事の身である、新年第一日に、長命寺中の春を尋ねた。事実ありのまゝを漢字に並べただけで既に詩になつたやうな、面白い詩である。

黄村の詩に出てくる詩人は、大抵旧幕関係の人であり、それ以外の人は少数である。その少数の中に国分青厓が有る。「喜国分青厓見過」③といふ七律の一首である。年次は記していないが、前後の詩から考えて明治二十三、四年の作と推測される。

①『景蘇軒詩鈔』巻上、三丁表
②『景蘇軒詩鈔』巻上、九丁裏
③『景蘇軒詩鈔』巻下、七丁裏

片石支門絶送迎。南簷曝背愛暄晴。誰図玩世奇才子。来慰耽詩太痩生。

白髪所餘唯病懶。青山不合著功名。何妨対榻談捫蝨。也勝双柑去聴鶯。

門に賓客を送迎することも絶え、南簷の下、日向に背を曝《さら》してゐる所へ、図らずも玩世の奇才子青厓が訪ねて来て、詩に耽つて痩せこけた此の老人を慰めてくれた。白髪にして病懶、青山は功名をあらはす場所ではない。蝨《しらみ》をつぶしながら対談するは、双柑と斗酒を携えて鶯を聴きに往くよりもましだ。

二人は年齢に於て三十年の開きがあるが、恐らく当時の詩界に在て詩風の最も相近似した者、二人の如きは稀であらう。黄村は青厓の「評林」を善く読んで青厓を「玩世奇才子」と視たのであらう。慧眼と言ふべきである。玩の字は単にもてあそぶといふだけの意味ではない。「玩世」は一世を呑んでかゝつた態度をいふ。青厓の「評林」がこれである。芥舟が黄村を評した「諷刺を隻幅に寓し、感慨を片詞に寄す」は直ちに移して青厓の評林の評とすることが出来る。奇才子と太痩生の対句、無理のやうでもあるが、奇抜で面白い。

三十八

田辺蓮舟は年十八にして昌平黌を甲科で登第（卒業）した稀有の俊才で、在黌中、中村敬宇と双璧の称があつた。幕府は特に教授に抜擢したが、幾《いくばく》も無く外国方調役に補せられ、欧洲に出使すること両度に及んだ。維新後は、明治四年岩倉具視等の欧米視察に随行し、七年台湾問題が起ると、全権大久保利通に随つて北京に赴き、爾後十五年まで同地に留り、代理公使をも勤めた。蓮舟ほどの学問文章が有つて長く漢土に于役して居れば、自然彼土の士大夫との間に、盛んな応酬が行はれたであらう、山川風物の佳作も多いことであらう、と想像されるのであるが、今、『蓮舟遺稿』を繙いて見ると、漢土に在ての作は、たゞ「遊西山①」の五古長篇と「円明園②」の七古一篇と、その外に三首の詩を見るだけである。いづれも珠玉の名篇であるが、餘りにも其の数の少いのに失望するのである。

蓮舟は詩文を作つても草稿を留めず其の散佚に任せた。八十歳になつた時の詩③に「存稿三千嬾自編」とある。蓮舟に子なく、没後その甥田辺朔郎は、蓮舟の門人豊島氏に嘱して、詩二百八十六首、文四十六篇を選んで『蓮舟遺稿』を刻した。三千首の十分の一しか遺らないことになる。こんな風で、漢土での作も多く捨てられたのかも知れない、惜しいことである。三百近い詩は、一の浅語一の凡句なく、その警策に感歎せずには居れない。世は黄村を大家とし、蓮舟を名家として来た。確かにそんな感じがするが、二者幾《ほと》ど軒輊はない。黄村には多く其の風格を見、蓮舟には多く其の才気を見る。之を同時の文章家に譬へれば、黄村は重野成斎に似、蓮舟は中村敬宇に似ると言へよう。読んで面白いのは成斎よりも敬宇、黄村よりも蓮舟である。

「遊西山」は五言、六十二韻、計百二十餘句の長篇で、大家の技倆を十分に発揮した力作である。全篇を掲げたいが、餘りに紙幅を費すので、訓みと意義だけを記すことゝする。

宦跡燕山ニ滞リ、三度鶗鴂ヲ換《カ》フ。
埋頭簿書空シク、束身簪笏《シンコツ》ニ困《クルシ》ム。
婦ノ閉サレテ車ニ在ルニ似タリ、兎ノ罼ニ罹《カカ》ルガ如シ。

① 『蓮舟遺稿』詩、三丁表
② 『蓮舟遺稿』詩、四丁裏
③ 『蓮舟遺稿』詩、五十四丁裏

壮懐申《ノ》ブベカラズ、梁ヲ仰《アオ》イデ漫《マン》ニ鬱怫。
漸ク偸《ヌス》ム公事ノ間、車ニ膏《アブラ》シテ一出ヲ試ム。

北京の辺は古の燕国である、こゝに官遊して、鶊《うぐひす》から蟀《こほろぎ》へ、即ち春から秋へ三たび年の換《かは》るを見た。外交文書に没頭し、衣冠に束縛され、この国の婦人が（外出の際、人に面を見られぬやうに）ほろ馬車の中に閉ぢこめられてゐるやうに、兎が罨《あみ》にひつ罹《かか》つたやうに、役所の中にばかり居て、外に向つて壮懐を発散させる由なく、天井の梁《はり》を仰いだまゝ塞《ふさ》ぎこんでゐる。やつと公事の閑《ひま》を得て、車に油をさし、一つ外出を試みた。

恵風微和ヲ扇シ、恰モ遇フ暮春ノ日。
駆ツテ西直門ヲ出デ、驥《キ》ノ繮《キヤウ》ヲ脱シテ逸スルガ如シ。
城裏ノ塵ヲ免レ得テ、征衣払フヲ須《モチ》ヒズ。

恰も好し恵風微和を扇《せん》し、晴れたる暮春の一日。車を駆つて西直門を出た、千里の馬がたづなを解かれたやうに。北京城を離れゝば、はや征衣にかゝる塵もない。

湯山古ノ離宮、温泉今猶ホ沸《ワ》ク。
天子宵旰《セウカン》ニ労シ、復《マ》タ玉蹕《ヒツ》ヲ駐メズ。
悲シイ哉十三陵、憑弔客心怵《イタ》ム。
石人夾《ケフ》路ニ立チ、介冑シテ黼黻《ホフツ》ス。
摩挲《マサ》誰カ涙ヲ垂ル、遺事史氏述ブ。

湯山の離宮に今も温泉は沸いてゐるが、皇帝は政務に忙しく、来つてこゝに蹕を駐《とど》め給ふ暇は無いやうだ。思へば悲しき彼の十三陵である、旅人我《われ》の心はいたむ。石人は狭い路に立つて甲冑に身を固め、天子を扶け護るかの如く身構へてゐる。手もて石人をさすりいたはりながら涙を落すは誰か、前朝の遺事に就いては史家の述ぶる所により私も知つてゐる。

伏莽鴟張ヲ肆《ホシイママ》ニシ、厄ハ陽九ノ孽《ゲツ》ニ遭《ア》フ。
青衣辱何ゾ甘ンゼン、泥馬走ルヲ屑《イサギヨシ》トセズ。
慷慨社稷ニ殉ズ、景山帛一匹。
遺詔民ヲ傷《キヅツク》ル莫レ、君有リテ臣ノ弼無シ。
興敗真ニ数アリ、奈何《イカン》セン其ノ亡ノ忽。

草賊李自成の凶威は、悪鳥の羽を張る如く遂に京師を犯し、荘烈帝は陽九の厄に遭はれた。この上は青衣を著けて酒を酌まされた亡国天子の辱《はづかしめ》は受けられぬ、泥馬に乗せられて江南に走つた宋康王の真似も出来ない。社稷に殉ずるのみと、帛一匹もて自ら景山に縊れた。遺詔して生民を傷《きづつ》く莫れと云ひ、君あれども君を弼《たす》くる臣なく、興るも敗るゝも前定の数なれば、忽焉として前朝の亡びたる奈何ともし難いことであつた。

居庸山屏ノ如ク、雄関第一ヲ推ス。
字ハ刻ス景泰ノ字、国歩知ンヌ鼿卼《ゲツゴツ》。
独木傾厦ヲ支ヘ、于公邦ノ傑。
遺廟尚ホ輪奐、千載壮烈ヲ仰グ。
関ヲ出ヅレバ孔道仄《ソバダ》ツ、谿石苦《ネンゴロ》ニ凹凸《アフトツ》。
蹇驢鞭《ムチウ》テド前《スス》マズ、十歩三四歇《ケツ》。
冷冷水流ヲ聴ク、耳ニ入ツテ声清越。

名ヲ得　弾琴峡、憐ム其ノ呂律ニ協フヲ。

居庸の山は屏風《びやうぶ》を立てたやう、そこに天下第一の雄関が聳え、関門には居庸関の三字と共に景泰の年号が刻してある。当時国歩が危く、傾く大厦を独木となつて支へた于謙は明代の英雄、公を祀つた廟は今に輪奐の美を保ち、人は長《とこしへ》に其の遺烈を仰ぐのである。関門を出れば道はいよいよ険しく石がでこぼこし、鞭てど驢馬の足どりは前まず、十歩行くにも三四度歇《やす》む。冷冷たる谷水の音、清く澄んで調子高く聞えて来る。名も弾琴峡と呼ばれるのは、其の律呂に協つた音色を愛でてのことであらうか。

八達嶺雲ニ挿ミ、登臨心胸濶《クワツ》ナリ。
罡《コウ》風　人ヲ吹テ倒シ、瞪目又撟舌。
荒草高ク腰ヲ没シ、鉄砲埋モレテ半《ナカバ》折ル。
低回当時ヲ認ム、崇禎字髣髴。
妙峯山峨々、縈紆石磴屈ス。
香火娘々祠、孩ヲ抱ク必スベキヲ期ス。
愚氓《バウ》愚憐ムニ堪ヘタリ、一歩一屈膝。

八達の嶺《みね》は高く雲に挿《さしはさ》まれ、登臨して心胸の濶然とひろくなるを覚えた。同時に北風が強く吹きつけて倒されさうになり、驚いた拍子に目をみはり舌を出した。荒草《あれ》は伸び放題深く人の腰を没する、見れば鉄砲の半ば折れたのが地に埋つてゐる。「崇禎」と刻した二字がかすかに読めて、当時の物と認めることが出来るのである。峨々とそびえる妙峯山に、うねうねと石だたみの道が続き、登りつめた処が娘娘廟である。必ず孩《こども》が授かるようにと期待し香火を供へ、一歩行つては膝をつき祈つてゐる愚婦の姿は憐れである。

行《ユ》キ到ル翠屏山、山気真ニ幽絶。

上ニ喬木ノ茂ルアリ、下ニ清泉ノ渫《モル》ルアリ。

愧ヅラクハ謝康楽ニ非ズ、毫ヲ舐《ナ》メテオノ竭《ツ》クルヲ嗟《ナゲ》ク。

長林伽藍ヲ抱キ、褒《ボウ》然臥仏アリ。

静カニ現ズ涅槃《ネハン》ノ姿、塵妄ヲシテ滅セシムルニ足ル。

翠屏山に到着した、山気は幽絶。上には喬木が茂り、下には清泉がもれ、これを詩に詠ぜんと筆を舐めつ我才の謝康楽に非ざるを塊づるのみ。林中の伽藍には大きな仏様が横になり静かに涅集の姿を現はしてゐる。人間をして塵界の妄念を絶たしむるに足る。

聞クナラク此間ノ寺、前明ノ末ヨリ建ツ。

椓奴威権ヲ弄シ、内ニ顧ミテ自ラ悚慄。

来生ノ福ヲ修メント願ヒ、苦海済抜ヲ祈ル。

知ラズ　功徳無キヲ、金碧塗血ニ比ス。

聞けばこの辺《あた》りの寺は前明の末に建てられたもので、彼の宦官魏忠賢が、餘りに威権を肆《ほしいまま》にした為め、自ら顧みて罪障の深きにおの、き、来生の福を修め苦海から済抜されようとの悲願を起し建てたのだと云ふ。何の功徳も積まない者が寺を建て、いくら仏体に金碧を施しても、それは人民の膏血を塗つたやうなものではないか。

清冷玉泉ノ水、瀆沫白雪ノ如シ。

一掬肺肝ニ沁ミ、文園渇ヲ医スベシ。

石橋長サ百尺、遥ニ望メバ虹霓ニ似タリ。

石舟重サ万斤、蔵壑人竊ム無シ。

清冷なる玉泉山の水は噴出して雪の如く、一掬して肺肝に沁《し》み透り、司馬文園の渇でも忽ち医えさうだ。遥かに望めば長さ百尺の石橋は虹の如く、重さ万斤の石舟は安全のところに蔵せられてゐる。


円明園長ク閉ザシ、土牆処処欠ク。

猶ホ堆《ウヅタカ》シ劫《ゴフ》餘ノ灰、往事細説ヲ怕ル。

信ヲ失シテ強敵ヲ挑ミ、禍生ジテ倉卒ニ愕《オドロ》ク。

千万犒軍ノ金、纔ニ免ル社稷ノ失。

平生華夏ヲ誇リ、城下盟何ノ衊《ベツ》ゾ。

円明園は久しく閉ざされたまゝである、土牆が処ゝ《ところどころ》欠けて中が見える。往年の戦火の灰がまだ堆く積つてゐる、当時の事は今詳しく語るに忍びない。強敵を挑発するやうな不信を敢てし、にわかに禍の迫れるに驚き、敵に莫大な償金を払つて、纔に社稷の亡を免れた。平生自ら華夏を誇称しても、城下の盟を訂するに至るとは何といふ衊（けがれ、はづかしめ）であるか。


寺アリ檀柘《シャ》ト名《ナヅ》ケ、年歳閲歴多シ。

聞ク李唐ノ時ヨリスト、残碑折蹶多シ。

地古ク松亦古シ、老幹 強倔ヲ詡《ホコ》ル。

状ハ狂竜ノ狂スルニ似、珠ヲ争ウテ互ニ拏掣ス。

檀柘寺は李唐の世から千年の閲歴ある古い寺で、無数の古碑が折れたり倒れたりしてゐる。地が古いから松も古く、倔強な老幹は何本も互に相抑制して、恰も狂竜珠を争ふの状をなしてゐる。


喜ビ得タリ数月ノ遊、胸間ノ結ベルヲ解クニ足ル。

杜陵北征ヲ賦シ、体物悉ク曲折ス。
退之南山ヲ詠ジ、辞ヲ遣《ヤ》ル奇詘《クツ》ト称ス。
古人既ニ逝ケリ、遺風 庶《コヒネガハ》クハ掇《ト》ルベシ。
飛黄其ノ影ヲ絶チ、仰跂跛鼈《ハベツ》ヲ愧ヅ。
帰来小斎ノ裡、坳《エウ》硯墨汁滑カナリ。
三更青灯熒《ケイ》タリ、漫然一タビ筆ヲ走ラス。

自分は数月かゝつて西山を遊歴し、胸中の鬱結を解くことが出来て喜んでゐる。杜少陵は北征を賦して体物に委曲を悉し、韓退之は南山を詠じて辞を遣《や》ること奇崛を極めた。古人は既に亡《な》いが、其の遺風は取れども尽きぬものがある。古の名馬飛黄の影を想望して、跂《つまだ》ち望めば、跛鼈も千里を行くことが出来る。帰来小斎に坐して、凹《くぼ》んだ硯にたつぷり墨汁をたゝへ、ほのかな灯火《ともしび》の下、そゞろに筆を走らせてこの詩を書いた。

円明園は、北京の西北、西直門外十三里（漢土の十三里は日本の二里ばかり）海淀にあつた清朝の離京で、歴代経営の絶えざること二百年、中西の建築藝術を綜合して成つた、世界にも稀な荘厳華麗の宮殿であつた。

英仏聯軍の役、世に謂ふ第二次鴉片戦争に当り、既に広東を侵した聯軍は、北上して大沽、天津を陥れ、更に張家湾、八里橋に清軍を破つて北京に逼つた。恰も円明園に駐輦中の文宗皇帝は報を得て驚き、倉皇として宮を出で熱河に走つた。敵は遂に海淀を攻めて円明園に闖入し、有る所の御物珍宝を掠奪し尽した後、火を縦《はな》つて之を燬いた。火絶えざること三昼夜であつたと云ふ。時に咸豊十年（一八六〇）我が万延元年に当る。

蓮舟が円明園を過ぎたのは明治十年の頃と思はれるから、園が燬けて十七年の後である。

円明園

十里宮垣傍水涯。朱門昼鎖満蛛絲。道是官家避暑地。牆缺儘従馬上窺。

石人無首石柱倒。何辨当年堂与奥。琉璃瓦砕委蒿萊。狐兎驕跳鴉鵲噪。

荒涼若許何由然。低回吾欲問青天。傍有野老揮涙説。時在咸豊辛酉年。

失信招寇将誰咎。聞有蕃王為戎首。火輪破浪鉄鎖沈。十万横磨剣何有。

八里橋頭暗氛埃。一朝胡騎駭飛来。三月未滅咸陽火。歴劫空餘昆明灰。

既不知彼何知己。一蹴浪試黔驢技。可憐謀国無有人。城下之盟春秋恥。

君不見康熙御極我武揚。北辺羅刹曾跳梁。剪之朝食非不難。猶託唱蘭費協商。

明主自有経邦策。畢竟隣交重玉帛。奈何後昆不能遵。空使行客泣陳迹。嗚呼空使行客泣陳迹。


十里宮垣 水涯ニ傍《ソ》フ、朱門昼鎖《トザ》シテ蛛絲満ツ。

道《イ》フ是レ官家避暑ノ地、牆缺《カ》ケテ儘《ママ》馬上ヨリ窺フ。

石人首ナク石柱倒レ、何ゾ辨ゼン当年堂ト奥ト。

琉璃瓦砕ケテ蒿萊ニ委シ、狐兎驕跳シ鴉鵲噪《サワ》グ。

荒涼若 許《カクノゴトク》何ニ由《ヨッ》テ然ル、低回吾ハ青天ニ問ハント欲ス。

傍《カタハラ》ニ野老アリ涙ヲ揮ツテ説ク、時ハ咸豊辛酉ノ年ニ在リ。

信ヲ失シ寇ヲ招ク將《ハタ》誰ヲカ咎メン、聞ク蕃王アリ戎首ト為ルト。

火輪浪ヲ破ツテ鉄鎖沈ミ、十万横磨《ワウマ》剣何カ有ル。

八里橋頭氛埃暗シ、一朝胡騎飛来ニ駭《オドロ》ク。

三月未ダ滅セズ咸陽ノ火、歴劫空シク餘ス昆明ノ灰。
既ニ彼ヲ知ラズ何ゾ己ヲ知ラン。一蹴浪《ミダリ》ニ試ム黔《ケン》驢ノ技。
憐ムベシ謀国人有ルナシ。城下ノ盟春秋ノ恥。
君見ズヤ康熙極ニ御《ギョ》シテ我武揚《アガ》ル。
北辺ノ羅刹《ラセツ》曾テ跳梁ス、之ヲ剪《キ》ツテ朝食スル難カラザルニ非ズ。
猶ホ唱蘭ニ託シテ協商ヲ費ス、明主自ラ有リ経邦ノ策。
畢竟隣交玉帛ヲ重ンズ、奈何《イカン》ゾ後昆遵《シタガ》フ能ハズ。
空シク行客ヲシテ陳迹ニ泣カシム、嗚呼行客ヲシテ陳迹ニ泣カシム。

海淀は西山の一部、遠く元の時代から湖山の勝を以て聞え、清朝がこゝに離宮を創めたのは康熙の時からで、乾隆の時、玉泉山の水を引き西湖を浚《さら》へて昆明湖を造り、湖水は運河となつて北京に注いだ。離宮は湖山の勝に依つて爽塏であるから最も暑を避くるに宜しい、代々の清帝は公私の事みな堅苦しい禁城を遁れて、屢ゝこゝに遊息を求めるのが常であつた。円明園が燬かれた時は、清朝は多年の内憂外患で疲弊の極に在り、修復も行はれず、廃墟として放置されてゐた。作者は驢馬に跨りながら宮牆の欠壊したところから内部を覗《のぞ》いてゐるのである。園には初め多数の西人技師が来てゐて、洋式建築や造園に従ひ、大理石で造つた人や動物の像、大理石の円柱などたくさん有つた。それが今みな破壊されて首の無い人間が転《ころ》がり、青玉の瓦が散らばつてゐる。殿堂の位置した所もまるで見当がつかない。さうして狐兎、鴉鵲の棲《すみか》となつてゐる。一体どうしてこんな事になつたのか。偶《たま》ま一人の年老いた野人が傍《そば》へやつて来て涙ながらに時は咸豊辛酉の年（実は辛酉の前の年庚申である）の事を語り出した。

「失信招寇」から以下「春秋恥」に至る十二句は、老人の話として解しても好いし、作者の感言と見ても好い。詩面には其の区別はないから拘泥して考へることはない。英仏聯軍の役は、其の発端たるアロー号の事件から其後の外交軍事の上に、清廷に不信の行為が無かつたとは言へない。殊に科爾沁《コールチン》王僧格林《ソンコリン》沁《チン》の如き大沽の小勝に心驕り、徒らに敵を挑発し、一旦退いた敵は兵二万兵艦百余隻を以て再び大挙し来り、輪を鼓し波を蹴つて、鉄鎖は沈み水棚は破れ、清軍十万横磨の剣も何かあらん。八里橋頭の戦塵は直ちに北京を暗くした。清帝は敵兵城下に逼ると聞き驚いて熱河に走り、円明園は咸陽三月の火に滅びた秦の阿房宮の運命を免れなかつた。これは要するに彼を知らず己を知らざるの致す所である。僧王は黔驢のやうな者である。黔驢は一度は大きな鳴声で虎を嚇し得意になつてゐたが、虎はやがて驢の実力を見抜き之を啖ひ殺した。恭親王は出で、和を請ひ、恥を包んで城下の盟を結んだ。国家の危難に当り、大事を謀るべき人材が無かつたのである。「蕃王」は僧王を指して言つたのである。清廷が愚だからとて、英仏の侵略行為を是認する理由にはならない。彼等の事を「輸送文明」の野獣と中国人が言つたのも無理ではない。

康熙皇帝が在位の日は、清国の武威は大いに揚《あが》り、その頃北辺の地に跳梁し初めた悪鬼羅刹、即ち俄羅斯《オロス》人が黒竜江の清の警備兵と衝突したりするので、康熙二十四年帝は都統彭真に命じ、俄人の築《きづ》けるアルバジン城（雅克薩）を攻略せしめ、翌年再び兵を向けたが、結局干戈に換ふるに玉帛を以てし、二十八年、俄と折衝して尼布楚《ニプチエ》条約を訂結した。これは中国が外国と結んだ近代第一次の国際条約である。当時帝の武力を以て俄人を剪伐することは真に朝食《あさめし》前の事であつたが、それでも帝は唱蘭（この二字並に一句の意味後考に待つこと、する）、明主には確たる経国の方策があり、外交により隣交を修めたが、帝の子孫は帝の遺訓を遵守することが出来ず、空しく自分のやうな行客をして廃墟の前に立ち泣かせるのである。

蓮舟の詩よりも数年前、清の同治十年（一八七一）我明治四年、清末の大学者大詩人王闓運の作つた「円明園詞」がある。王氏は湖南の人で円明園が燬けて十一年の後、其の旧址を尋ね、園の終始を考へ、国の現状を思ひ、詠歎の中に憂勤の意を寓して此の大作を成した。七言古詩で蓮舟の詩に数倍する長篇である。中国は古来王朝の興亡を繰返し、その度に詩史とか宮詩とか詩家の好題目が提供される。王闓運の「円明園詞」は清末の詩史として、将た宮詞として最大の傑作で、明末の呉梅村の「永和宮詞」、遡つて唐の白楽天の「長恨歌」、元微之の「連昌宮詞」と其の美を並べるものである。王闓運は此の大作には畢生の心血を竭したであらうが、蓮舟の方はそれほどの力を入れてはゐない。それは外国人の立場として、この国の宮廷の不祥事について餘り立入つた事は言へないからである。

三十九

今日、田辺蓮舟の名を知る人は極めて稀であらう。稀に知る人あれば、それは『幕末外交談』の著者としての蓮舟であらう。蓮舟は安政六年、年二十九にして幕府外国方に挙げられ、以後幕府の廃せらるゝまで約十年間外事に鞅掌した。それから二十餘年の後、昔日の経験と見聞を追憶し、豊富な史料を用ひて書いたのが此の外交談である。名著の評があつた。明治三年、年四十にして新政府に出仕し外務少丞に任ぜられ、十五年、代理公使を以て官を辞するまで、又十餘年間外交に服務した。然るに此の間の事は何も書いてゐない。それは同じ蓮舟が、『梅潭詩鈔』に序を書いて、梅潭が箱館奉行としての事蹟を述べ、明治後、開拓使判官としての事蹟には全然触れなかつた、それと同じ訳合《わけあひ》で、旧幕臣としてせめてもの節を立てゝゐることが分る。然し蓮舟は北京に在任した前後の数年間に、清国総理衙門と往復の文書に於て、其の得意とする漢文の力を十分に発揮し、彼国当路の人士を驚倒した事実がある。尤も蓮舟一人ではない、井上毅、竹添井井の二人も文章並びに詩を以て彼土士大夫たちを後《しりへ》に瞠若たらしめた。これは尋常の儒者文人輩の夢想だになし能はざる所で、彼我国交史上空前にして絶後の盛観であつた。但、後来これに雁行するだけの技倆を示した人才も一二人は数へることが出来る。これは日本人一般の漢学の水準が極めて高かつた、ずつと以前の話で、さうした中から非常の人才が現はれ得た訳である。輓近の我国では最早や想像することも出来ない。これ等の消息は今の世に幾《ほとん》ど全く知られてゐない。今は餘裕がないが別の機会に此の点に触れて見たいと思つてゐる。

蓮舟の甥に田辺朔郎といふ人が居た。今では此の人の方がよく知られてゐる世界的名声を馳せた土木工学者で、東大、京大に教授し、琵琶湖の疏水工事を完成した人である。『蓮舟遺稿』は此の人が「叔父蓮舟先生、詩文ヲ善クシ、家ニ稿ヲ存セズ、朔郎其ノ散逸ヲ患ヒ」貲を出して上梓し、親戚故旧に頒つたと云ふことである。蓮舟には一子一女が有つたが、早く一子を喪ひ、晩年人の為に負債し又火災に遇ひ、頗る困厄したが、賢甥は能く之を庇護し、且つ其の次子をして蓮舟の後を嗣がしめたと云ふ。

依田学海の名も今の文学界では忘れられてゐるが、明治一代、漢詩文に国文に、稗史に戯曲に、多方面に亙り作者として又評論家として、文名一世に鳴つた人である。その学海が書いた「杉浦梅潭先生伝」に次のやうに云つてゐる。

晩年刻苦シテ詩ヲ作ル、此《コレ》ヲ以テ名天下ニ著ハル、黄村、貫堂、蓮舟諸人ト並称セラル。蓋シ幕府衰フト雖モ、三百年ノ遺沢、亦能ク此等ノ人ヲ生メルカ。(原漢文)

つまり江戸幕府三百年間の文治、養士の結果として、梅潭、黄村、貫堂、蓮舟といつたやうな大家を生んだ、と云ふのである。それは以前の安土桃山、室町、鎌倉などの武門の到底企て及ばない所だつたと云ふことにもなる。実際幕府が学問を奨励し昌平黌に一代の碩儒を集めて、幕臣の子弟の教育を主とし、更に諸藩の子弟にまで及んだ結果は、漢学ばかりではない凡有る《あらゆる》方面に多くの人材を出した。維新の際、薩長土肥等から多くの人材が出て明治の盛世を開いたが、其の個々の人物の教養といふ点から観ると、幕府の側が一段と立勝つてゐたやうに思はれる。一朝一夕の事ではないのである。学海は、梅、黄、貫、蓮、四人を代表的に挙げてゐるが、此の四人は学問文章に於て、確かに旧幕臣中の最も卓出した者であり、常に晩翠吟社を中心にして集り、其の交情は極めて濃かで、当時同じ逆境に処して、その心境を詩に託し、互に唱和したり、批評し合つたりして相慰めたわけであつた。蓮舟と梅潭は出で丶新政府に仕へ、黄村、貫堂は終始野に処し、各人の出処進退は異つたが、各の友情は之によつて少しも変らなかつたやうである。

蓮舟は同じく幕府外国方で、年歯に於て一年前輩であつた木村芥舟の死後一年忌に、之を祭る文を作り、

徳川幕府、士ヲ養フコト三百年、末造ニ至ルニ及ンデ其ノ良ニ匱《トボ》シカラズ（原漢文）

と云ひ、成島柳北、栗本鋤雲、向山黄村、杉浦梅潭四人の名を挙げ、且つ其の功績を述べて、

此ノ数前輩ノ者、固ヨリ像ヲ麟閣ノ上ニ画カレ、名ヲ燕然ノ陽ニ勒セラル丶ニ足ル。而シテ志多ク干格シ、世変滄桑、遂ニ虫臂鼠肝ノ餘ヲ以テ、吟風弄月ノ場ニ遊ブ。将ニ後世史ヲ編スル者ヲシテ、文苑伝中、両三行ヲ記セシムルニ止マラントス。是レ豈数前輩ノ甘ンズル所ナランヤ、而シテ先生亦自ラ顧ミテ心傷ム莫《ナ》キヲ得ンヤ。

と云ひ、上の四人に芥舟を加へ、此等《これら》の人材が、天地造化の自然と運命に身を任せて、風月を吟弄して世を終つたが、将来は史家によつて、わづかに文苑伝中に二三行に書かれるに過ぎないであらうと、沈痛なる言を成してゐる。

河田貫堂が没した時、梅潭の之を哭した詩、

儒嗣箕裘夙擅名。果看才学秀群英。天涯風浪当年夢。机上文章故旧情。
長病憐君身竟逝。餘生笑我眼猶明。北邙埋玉鐘声寂。落日寒林老鶴声[1]。

貫堂の父は名を興、号を迪斎と云ひ、幕府の名高い儒官で、母は大儒佐藤一斎の女である。貫堂は父祖の箕裘を嗣いで学者となつたが、曾て万里の風濤を凌いで欧洲に使したのも一時の夢であつた。その貫堂は黄村の没した翌年から病むこと三年、その間黄村の碑文を作ることに専念し、その死する日、机上には其の草稿が展げられたまゝであつたと云ふ、詩はその事を詠じ、彼等が故旧に厚きの情を示す一例として観るべきである。

貫堂には子無く、四人の弟があり、季を休といひ、貫堂の後を嗣いだ。其の長子を烈といひ、近衛内閣の蔵相、終戦の時は台湾拓殖総裁として世に聞えた人である。この人は幼時貫堂に育てられ、四書の素読から詩の作り方まで教へられたと云つてゐた。文所と号し、昭和の初から青厓の詠社に参し、熱心に詩を作られた。社中の亀島春江翁が文所に贈る七律に「血承迪貫鴻儒裔。文趁韓蘇大雅壇」の句が有つた。戦後、文所翁は中華民国と講和の為め我国の全権として台湾に派遣せられ、時ゝ彼地人士と詩を応酬した。父祖以来の血は争へず、文彩風流大いに彼方の歎称する所となつた。これは其後私が台湾に往き実地に聞き得た所である。其頃詠社の同人は既に皆凋落し、独り文所と私の二人が生存して昔を語り、談の貫堂、一斎に及ぶこと屢《しばしば》であつた。其の文所翁も今已に亡く、与《とも》に青厓、詠社の事を語るべき人は一人も居ない。私が拙き詩話を書くのも、後死の責を思ふからに外ならない。

岡崎春石翁は、私に旧幕遺老の風雅に就いて語つてくれられた唯一の人で、今になつて私は、何故もつと多く且つ深く聞いて置かなかつたかと残念に思ふばかりである。翁の父は名を規遵、号を撫松、又西江とも曰ひ、家は幕府の世臣であつた。蓮舟が作つた「岡崎撫松君墓表[2]」によれば撫松は天保八年江戸下谷に生れ、佐藤一斎、安積艮斎、藤森弘庵の門に歴遊し、昌平黌に入り大試に及第し、外国方に勤め、文久元年竹内下野守に従つて欧洲に赴き、仏・英・蘭・独・葡・露の各国を経て帰り、開成所頭取、外国奉行並から兵庫奉行に至つた。明治の世となり、司法省に入り判事を以て各地に歴職し、二十三年官を辞した。晩翠吟社に参し、三十一年六十二歳を以て没した、長子壮太郎が家を嗣いだ。春石は壮太郎の号である。壮太郎は明治元年に生れ、幼にして素読を父に授かり、弱冠に及び、詩を大沼枕山に文を依田学海に学んだ。少時、父に伴はれ勝海舟の家に詣《いた》つた、海舟は壮太郎に其の能くする所を問うた、壮太郎は聊さか詩を作ることを学んだと答へた。海舟は直ちに『荘子』の語「人皆知有用之用。而莫知無用之用也」を書して与へた。父は壮太郎に遺言して、「終生出でて仕へるな」と云つた。爾来、壮太郎は詩を命とし、父の跡を追つて晩翠吟社に入つた。後、来り詩を問ふ者が多くなり、家に清風吟社を設け、傍ら雑誌『日本及日本人』の詩欄を担当すること久しきに及んだ。晩翠吟社が解散した時、春石は社中同人の詩三百餘輯を家に保管したことは既に述べたが、春石は昭和十八年に没し、詩輯は果してどうなつたか、今に知る由も無い。

旧幕臣の詩、晩翠吟社の詩人。語るべきことはまだ甚だ多い、殆んど其の多きに堪へない。然し一応このあたりで段落をつけ、先を急がねばならない。木村芥舟、小永井小舟、中根香亭、乙骨華陽、これ等の人に就いてはすべて割愛し、たゞ一人、幕末明治に於ける碩学で、高士で、奇人で、晩翠社の詩人として異色の存在であつた吉田竹里の人と詩に就いて少し語りたいと思ふ。

---

① 『梅潭詩鈔』巻下、五十六丁裏
② 『蓮舟遺稿』文、十八丁表

竹里、名は賢輔、江戸の人、天保八年九月の生、黄村よりは十一、蓮舟よりは六つ、福沢諭吉よりは三つ少い。幼くして蓮舟の父田辺石庵の門に漢学を、やゝ長じて古賀茶渓に漢学と洋学を学んだ。茶渓は古賀精里以来三代目の幕府儒官であり、兼て洋学者として安政以来、洋学所改名して蕃書調所を督してゐた。賢輔の学問は日と共に進み、万延元年、年二十四にして蕃書調所に勤務する身となつた、茶渓の推挽である。それから石庵に代り其の門人に授業するまでになつた。此の頃洋学の士尺《せき》振八や福沢諭吉と相識り、尺は石庵に漢学を学んで同門の誼があつた。幕府の末期には賢輔は外国奉行調役並、兼て儒者勤方を拝命してゐた。維新後は福沢の慶応義塾や、尺の共立学舎で洋学を教授し、傍ら大部の英和字典や洋学啓蒙書の著作に従事し、学界に多大の稗益をした。時世が変ると、旧幕臣の身を以て新政府に媚を売り、栄達是れ図る徒の多きを、賢輔は諭吉と共に苦ゝしく眺めてゐた。

明治五年大蔵省の翻訳御用を申付けられ、七年同省紙幣寮御雇を申付けられたのは、餘人を以てし難い仕事に己の知識を提供する為で、月給百五拾円は当時としては頗る高額であらうが、資格は、判任の心得たるべき事といふのであつた、賢輔は故らに地位を求めず、敢て此の卑官に甘んじたといふ。十年には御用掛を申付られたが、月給は却つて下つた。五年の歳月を費して『大日本貨幣史』の大著を完成し、十二年自ら願うて退官した。十五年強て懇請され文部省御用掛となつたが、准判任の取扱で月俸は大蔵省の半額にも足らなかつた。賢輔はたゞ仕事の為めを思ひ此のやうな冷遇にも甘んじた。薩長の禄を食むを屑しとせなかつた為もあらう。『日本教育史資料』の編纂を成就し、十八年非職を申付られ、二十一年非職年限満期を以て退職した。岡崎春石は賢輔を評して「一体奇僻の人で兎角不遇であつた」と云ひ、三宅雪嶺は「平素世と合ふを欲せず、不平を抱きつゝ之を漏らさず」と云つた。賢輔自身は何とも思つてゐなかつたらうが、世にも稀な学者を、雇員属官並《なみ》に取扱ふ官界なるものの非情冷酷さに驚くのである。

福沢諭吉は、勝海舟、榎本武揚を以て旧幕臣の最も無節操なる者とし、不快に思ふの餘り、其の事を筆にして「瘠我慢の説」を書き、自ら深く蔵して死後に発表することとし、但批判の対象たる勝と榎本には其の写本を直送した。これは当然の処置とも言へようが、面白いのは同じ写本を一冊賢輔にだけ送つたことである。幕臣としての節操を変へぬ賢輔こそは、真に自分の所説を理解してくれる唯一の人と思つたからであらう。諭吉と賢輔と、平生知己を以て相許し、名節を砥礪してゐたことが思はれて奥床しき限りである。

更に面白い挿話が一つある。晩年の賢輔即ち竹里は、好きな詩と酒に耽溺した。晩翠吟社に入つて、毎月一回午後から不忍の湖心亭に会し、各人近作を持寄つて批評し合ひ、酒を斟み交すことは無上の楽みであつた。殆んど皆旧幕人のこととて、城府を設けず話すことが出来た。ところが或日、何人の紹介か、貴族院議員子爵何某と称する者が、始めて入会して来た。例の如く詩の批評が始まり、某の詩が俎上に載つた時、竹里の評が気に入らぬと、二人の間に二言三言交された後、子爵某は「貴様のやうな車夫みたいな奴と口をきかぬ」と怒鳴つて席を立つた。竹里は落着いて杯を銜《ふく》みつゝ、何も言はなかつた。元来達筆で、好んで揮毫する竹里が、此の事あつて以来、落款に「下谷車夫」と署することが多くなつた。下谷は竹里の住む所である。有名な墨堤の植半の二階に「江東第一楼　下谷車夫」と書いた扁額が長く懸つてゐたと云ふ。その頃詩人たちは植半を呼ぶに「江東第一楼」の称を以てした。子爵某の本名は私は聞いて知つてゐるが、こゝには諱むことにしよう。年は竹里より十五六も下である、子爵互選で議員となり、後に或不始末から華族の礼遇を停止された者である。

以上を以て竹里其の人の面目を想像することが出来よう。春石は云ふ「此の如き人故、詩も一種特色があつたが、没する前に、日記其の他著書の稿本を、尽く自ら火中に投じたので、今は其の家に何も残つて居らぬ」と。胸中の鬱抑を遣る為に飲んだ酒の度が過ぎて、竹里は未だ甚だ老いざるに、明治二十六年の秋、五十七歳を以て逝いた。

こゝで私は纔かに伝はつた竹里の詩を紹介する前に、話の順序として、晩翠社の故老たちが此の不遇の詩人竹里の死をどのやうに哀《かな》しんだかを見よう。蓮舟の詩「詣吉田竹里墓①」。

阮籍多白眼。灌夫亦罵坐。古之傷心人。狂態時間作。
先生抱異質。不屑巴人和。字字珠与玉。随風散咳唾。
吾久与君友。文詩相切磋。談到心契処。傾倒顔為破。
豎子漫成名。斯人竟坎坷。一杯酬九原。新墳黄泥涴。

阮籍白眼多ク、灌夫亦坐ヲ罵ル。古ノ傷心人《ショウシンジン》、狂態時ニ間作《カンサク》。
先生異質ヲ抱キ、巴人ノ和ヲ屑《イサギヨシト》セズ。字字珠ト玉ト、風ニ随ツテ咳唾《ガイダ》散ズ。
吾久シク君ト友タリ、文詩相切磋ス。談ジテ心契ノ処ニ到ル、傾倒顔為《ガンタメ》ニ破《ハ》ス。
豎子漫《ジュシマン》ニ名ヲ成シ、斯《コノ》人竟ニ坎坷《カンカ》。一杯九原ニ酬ヒ、新墳黄泥涴《ケガ》ル。

晋の阮籍は気心の合つた者が来れば青眼を以て迎へ、俗物が来れば白眼（しろ目でにらむ）を以てした。漢の灌夫は権貴の面前でおへつらひする奴をその場で罵倒した。我が竹里先生がそんな風であつた。古来心に殷憂を抱く人が、発作的に狂態を演ずるのも無理がない。先生は非凡の天質を抱き、凡人といゝ加減な調和は我慢出来ない。作る所の詩は一字一字が皆珠玉だ、風に向つて咳唾《つばき》を吐くやうに棄《す》て去つて、少しも惜《おし》くないらしい。私は久しく君を友とし、詩文を切磋して来た。語れば両心契合、逢へば破顔一笑、世の中はつまらぬ奴ほど名を成し、こんな立派な人物は坎坷不遇に終る。昔の恩に酬いようと、新しい墳《はか》に君の好きな酒をかけたら、黄土《はかつち》を涴《けが》しただけだ（もう君の口には入らない）。

梅潭の「哭吉田竹里②」の詩。

遊戯名場詩酒中。読騒痛飲古賢風。九重雲闕魂何在。一去塵寰事竟空。
白露如人泣残蕙。青灯無語冷鳴虫。社称晩翠凋零甚。八月之間哭二翁。
遊戯ス名場詩酒ノ中、騒ヲ読ミ痛飲ス古賢ノ風。九重ノ雲闕魂何《イヅ》クニ在ル、一去塵寰事竟《ツヒ》ニ空シ。
白露人ノ如ク残蕙ニ泣キ、青灯語ナク鳴虫冷カナリ。社ハ晩翠ト称シ凋零甚シ、八月ノ間二翁ヲ哭ス。

いかなる名場の詩酒も君にとつては遊戯のみ。痛飲して離騒を読むところは古賢の風あり。君が召された天上の白玉楼は雲の奥深く魂魄は今何《いづ》れぞ。塵の世を去るに当り詩も文も焼き一切を空にして未練なく逝つた君の死様《しにざま》。枯れ残つた香草に置く露の白きは人の涙か。黙して灯火に向へば鳴く虫の声の冷たさ。晩翠と称しながら我社同人の凋落の頻りなる。この八月間哭いて二人の翁を送つた。（黄村の詩略す。）

四十

「詩酒」の語が示すやうに、詩に酒は附きもので、詩人は多く酒人である。吉田竹里と乙骨《おつこつ》華陽は、幕末同じく漢学、洋学を修め、明治以後、共に共立学舎に英書を講じ、共に英和辞典の編訳に従つた朋友の仲であるが、詩酒にも交りが深かつた。春石翁は「二人は文事の外、杯酌の好伴侶で、酒の上に於て種々の談柄を遺した」と、其の珍奇な談柄を面白く話されるのを私は聞いたが、今は殆んど忘れて了つ

① 『蓮舟遺稿』詩、八丁裏
② 『梅潭詩鈔』巻下、十九丁表

て、別に『香亭雅談』その他で読んだ奇談の幾つかに忘れられないものがある。華陽の父、耐軒は昌平黌の助教で、当時有名な詩人で酒人であつた。泥酔しては道路《みち》に臥し、屢〻溝渠《みぞ》に落ちた。「乙骨翁は江戸中の溝渠の深浅を知る」と人〻は評判した。一夜浅草の溝渠に落ちそのま〻眠つて了つた。近所の寺僧がそれを見つけ、溝に入つて扶《たす》け起し、びしよ濡《ぬれ》の着物を脱《ぬ》がし、仕方がないから法衣《ころも》を着せて帰した。家に帰ると、身籠《みごも》つた妻が之を見て吃驚《びつくり》仰天し、急に産気づいて生み落したのが華陽の弟であつた。竹里の酒は、世変に遇うて鬱抑した胸中を医するものは、この外に無かつたからで、家に居れば終日酔ひ、役所へ出れば日中《ひる》から酒気を帯びてゐた。その為め病を得、友人は皆心配した。依田学海は一日「禁酒」二字を以て竹里に詰寄つた、酔つてゐた竹里は少しも怒らず「その通りです、実は今日も古賀師が見えて旧友が相尋《つい》で世を去り、頼む所は君等数人に過ぎなくなつた、戒めるのではない頼むのだ、老人が故旧の情を憐んで酒を止めてくれ、と言はれました。今君の言はれる所と伺じく、薬石の言には従はねばなりません」と、止酒を誓つたと云ふ。黄村は元来酒を好まず、竹里の事を憂へていたが、竹里が来て止酒の次第をいふので、直ちに七律一首作つて竹里に与へた。其の詩をこゝに掲げたいと思つたが、一句甚だ解すべからざるものがあり、已むを得ず、中の一聯だけ挙げる。「老我安貧臥顔巷。先生止酒和陶詩」これは何でもない句のやうだが仲〻含蓄がある。詩人陶淵明は酒を愛し、其の「飲酒」二十首は古今の名作と称され、古来の詩人は盛んに之に和する詩を作つた。其の淵明に「止酒」の詩が一首だけ有る。今、竹里は陶詩の止酒に和する詩を作ると言ふが、拙者は夙に顔回を学んで、陋巷に一瓢の飲に安んじて居るのだ、と云ふ意味である。竹里は、屢〻止めたが屢〻破つた、遂に酒の為に命を縮めた。

　竹里の詩は湮滅して世に伝はらず、春石が『漢詩大講座』の為に書いて遺した「李太白祠」の七古と「避雨」の七絶と、この外同時に示された詩が一首有つた、左に録する。

一日訪某先生見岳飛書、余不知書法、但感其事、書此以呈先生

朔風吹血腥九州。殺気惨澹白日幽。時危天生岳武穆。欲為趙家復祖讎。
雄気堂堂貫斗牛。丹心不譲諸葛儔。運用之妙戦必勝。不滅此虜不肯休。」
拐子馬軍万餘騎。大刀触処血殷地。指日克復旧山河。直抵黄竜共一酔。
金牌班師功不遂。東向拝拭英雄涙。十年大業廃一旦。万里長城壊三字。」
紹興天下事可知。江南半壁任傾危。金人横行何足怪。挙朝甘聴好檜為。
読史慨然想当時。又見公書増債悲。悲硬塡膺無由遣。猛風驟雨入書帷。

朔風から不肯休に至る八句、第一解。金なる北虜が中原に寇して趙家の宋が危い。此のとき天は岳飛（謚は武穆、後、忠武と改む）を降した。「雄気堂堂貫斗牛。自将直節報君讎」と詠じた飛の忠義は諸葛孔明のそれに匹儔する。用兵の妙は向ふ所敵なく、此の虜《えびす》を滅ぼさずんば断じて休《や》まずの慨があつた。拐子馬軍以下八句、第二解。騎馬を生活とする北虜は、三騎毎に革《かは》の索《なは》を以て一列に連貫し、万五千騎を仕立て、南進し来つた。岳飛は歩卒に命じ、大刀を振つて敵陣に入り、馬上を見ず馬足を払へと言ひ、一馬を斬れば二馬従つて倒れ、拐子馬軍は潰滅し、其の血は殷《あか》く大地を染めた。飛は「直ちに敵都黄竜府を衝いて諸君と痛飲せん」と豪語したが、宋の奸臣秦檜は、莫須有の三字を以て獄を構へ、金牌を連発して岳軍の班師《いくさをかへす》を促した。「十年の功一旦に廃す」と飛は痛憤の涙を流したが、万里の長城とも頼むべき岳飛を殺して宋はやがて自滅する。以下第三解。宋高宗の紹興の年は、奸檜一人の為すがまゝで、江南半壁の地、金人の横行するも怪しむに足らず。史を読み、岳公の書を見て、当時を思へば悲憤遣る方なく、天も此の心を察してか、風雨猛然として我が書斎の帷《とばり》に吹き込んで来た。詞気凛然として竹里の人柄があらはれ面白い。

我国古今を通じて最も多く詩人の詠歎に上つた漢土の歴史的人物といへば、先づ諸葛亮、文天祥、岳飛に指を屈すべきであらう。それに三人には歴史上の事蹟の外、それと相表裏する文事が有つたことが、特に人心を感孚せしめた所以だと思ふ。則ち諸葛亮の「出師の表」、文天祥の「正気歌」、岳飛の詩及び書（出師の表を写した書蹟は最も有名である）が是である。副島蒼海に「観岳飛書」の七絶が有る。左に録する。

我今獲見岳飛書。雄筆昂々慷慨餘。有宋朝廷公死後。赤心報国一人無①。

有宋の朝廷が滅んだのは、暗主と奸臣が忠臣岳飛を殺したからである。岳公が死んで後、一人の忠臣も居なくなつた。公の背には「尽忠報国」の四字が入墨《いれずみ》してあつたと云ふ。蒼海は明治九年から一年有半、禹域に漫遊し、杭州に岳飛の墓を弔ひ「岳武穆墓」の七古を賦した。元来蒼海の詩は佶屈聱牙で読みづらいが、此の詩は朗暢で而も闊達なる蒼海の気宇を見《あら》はし、其の集中最も異色の作である。左に録する。

嗚呼岳公何早死。若不早死国之祉。中原可復敵可殲。王室豈至詠如燬。
奸人誤国古来同。忠而得死不独公。唯公之死尤惨怛。唯公之忠尤大忠。」
帝鑑孔彰霊在天。墓木南向非偶然。鼓励天下忠義気。後賢宜須則前賢。
千載之下欽高義。自東海来表敬意。維時十月天如拭。湖山呈送清明色②。

嗚呼岳公何ゾ早ク死セル、若シ早ク死セザレバ国ノ祉《サヒワヒ》。
中原復スベシ敵殲スベシ、王室豈燬《ヤ》クガ如キヲ詠ズルニ至ラン。
奸人国ヲ誤ル古来同ジ、忠ニシテ死ヲ得ル独リ公ノミナラズ。
唯公ノ死尤モ惨怛、唯公ノ忠尤モ大忠。
帝艦孔《ハナハ》ダ彰《アキラカ》霊天ニ在リ、墓木南ニ向フ偶然ニ非ズ。

鼓励ス天下忠義ノ気、後賢宜シク須ラク前賢ニ則ルベシ。
千載ノ下高義ヲ欽シ、東海ヨリ来ツテ敬意ヲ表ス。
維《コレ》時十月天拭フガ如シ、湖山呈送ス清明ノ色。

解釈を待たず意味甚だ明かである。序に蓮舟の「謁岳忠武廟」も逸するわけにいかない。

両宮沙漠痛何言。千古人悲三字寃。臣志未能終北伐。天心自欲棄中原。
霊旗猶有風雲気。祠樹長含涕涙痕。寂寞騎驢湖上客。一般遺恨一般論③。

最後の二句は甚だ解を費すが、其他の意味は明かである。「一般遺恨一般論」と言ふのは、三字の寃獄や、班師を強要する金牌や、北伐が挫折し中原を失つた事など、千古の遺恨は既に一般に論じ尽されてゐる。自分も遠く湖上の客となつて岳廟に謁し、又同じ事を論《あげつら》ふ外は無い。このやうな意であらうか、誠に蓮舟らしい才人の言である。前に述べた如く、蓮舟は漢土に留ること数年、多数の詩作が有つて然るべきである。此の詩も実際杭州まで往き岳廟に詣でたのであれば、尚ほ多くの詩が無くてはならぬ筈、一向それが無いのは実に不可解である。遺稿中「題文信国遺像④」の七古は頗る傑作で、又「諸葛春耕図⑤」は五言排律で完璧の作、木村芥舟は「意《おも》はざりき当代この傑作有らんとは」と云ひ、依田学海は「今日此等の筆墨を弁ずる者、知らず幾人か有る」と云ひ、蓮舟の才一世を曠しうすることは、誰しも

① 『蒼海全集』巻三、二十四丁裏
② 『蒼海全集』巻一、十丁表
③ 『蓮舟遺稿』詩、四丁裏
④ 『蓮舟遺稿』詩、三十丁裏
⑤ 『蓮舟遺稿』詩、三十二丁裏

認めたやうだ。信国は文天祥の謚である。詩はこゝには略する。

又繰返すが、福沢が「瘠我慢の説」を書いたのは明治二十四年の冬で、直ちに之を勝安芳、榎本武揚の二人に寄せ、其の腹蔵なき意見を徴した。文稿を写し一本を吉田竹里に送つた、竹里は当然人に秘すべきものだが、漢詩及び英学の後輩で、後れて晩翠吟社に入つた田辺松坡（名、新之助）だけに内見を許した。春石は松坡から其の話を聞いたとのことである。松坡は晩翠社の遺老として昭和の初期にも生存した人で、私は鎌倉の長寿寺で一度お目にかゝつた事がある、其の頃は鎌倉に住み東京の詩界とは殆ど没交渉であつたが、明治大正には詩名を知られた人で、明治三十一年雑誌『日本人』に書いた「晩翠詩話」は同人の詩を選録し、半途で終つたが貴重な文献である。

福沢は二十五年二月再び書を勝、榎本に致して其の回答を促し、二人の答書を得た。その前後と思はれるが福沢は稿本を懐にして栗本鋤雲を訪うた、鋤雲は老病の為め視力衰へ読むことが出来ず、福沢が一篇の大意を語るを聞き、「善くも書かれた、ゆるゆる熟読したし」と言ひ非常に喜んだと云ふ。鋤雲と福沢とは交り深く、二人は旧幕臣としての勝の行為を不快とし、相逢ふ毎に語の此の事に及ばざるはなかつたと云ふ。福沢は又「当分は世に公にせず、之を示すは只貴君と木村芥舟翁とのみ」と言つたといふことである。ただ芥舟は勝に対し、福沢、栗本ほど甚しい反感は抱いてゐなかつたらしく、勝を訪ね詩を応酬したことも有るやうである。芥舟が明治二十四年、幕末の編年史『三十年史』を著した時、福沢は之に長文の序を書き、中に次のやうに曰ふ。

木村芥舟先生は旧幕府旗下の士にして摂津守と称し時の海軍奉行たり。即ち我開国の後徳川政府にて新に編製したる海軍の長官なり……幕議遠洋の航海を試みんとて軍艦咸臨丸を艤装し摂津守を総督に任じて、随行には勝麟太郎（今の勝安芳）以下長崎伝習生を以てし、太平洋を渡りて北米桑港に往くことを命じ……是れぞ我大日本帝国の開闢以来自国人の手を以て自国の軍艦を運転し遠く外国に渡りたる濫觴にして……木村摂津守の名は今尚ほ米国に於て記録に存し又古老の記憶する所にして、我海軍の歴史に湮没す可らざるものなり。当時諭吉は旧中津藩の士族にして夙に洋学に志し江戸に来て藩邸内に在りしが、軍艦の遠洋航海を聞き外行の念自ら禁ずる能はず、乃ち紹介を求めて軍艦奉行の邸に伺候し従僕となりて随行せんことを懇願せしに、奉行は唯一面識の下に容易く之を許して航海の列に加はるを得たり……

末尾に「明治二十四年十月十六日木村旧軍艦奉行の従僕福沢諭吉誌」と署してゐる。何といふ謙抑、福沢は木村を恩人として礼を尽したのである。此の序を書いた直後に、「瘠我慢の説」は出来上つてゐる。福沢は同じ旧幕臣にして、今は朝に顕栄を誇る勝と、朝の召に応ぜず、清貧の中に苦節を守る木村とを比《くら》べて観ずには居れなかつたのである。木村は福沢に長ずること四歳のみ、勝より少きこと七歳である。「瘠我慢の説」が『時事新報』紙上に出たのは三十四年一月一日で、同月二十五日木村は福沢を訪ひ、二月三日福沢の没するや、木村の「福沢先生を憶ふ」の長文が『時事』紙上に載つた。「嗚呼先生は我国の聖人なり、其の碩徳偉業宇宙に炳琅として内外幾多の新聞皆口を極め讃称し天下の人の熟知する所」等の語があつた。それから同じ年の十二月九日、木村芥舟も世を辞した。蓮舟に「祭芥舟木村先生文①」がある。

時事新報社は「瘠我慢の説」に続いて、二月一日から「丁丑公論」を紙上に公表した。これは福沢が明治十年西南の役の後直ちに執筆し、爾来二十余年の久しき筐底に秘してゐたものである。それから四

①『蓮舟遺稿』文、三十八丁裏

月に至り二者を幷せて一本とし刊行した。忽ち今日の所謂るベストセラーになつた。

当時、漢学者牧野謙次郎（号藻洲）は新聞『日本』に陸羯南の囑を以て漢文の随筆を寄稿し、其の居る所が根岸の音無《おとなし》川の畔であつたから「黙水居随筆」と署した。その中に「旧幕遺臣」の一章がある。今その要所を抄出して仮名交りに改めると次の如くである。

福沢雪池の瘠我慢の説が世に公にせられ、見る者は皆驚いて奇異の感をなし、出処進退の論が世人の口に上るやうになつた。

誰知孤帳寒檠下。白髪遺臣読楚辞。

栗本匏庵の句である。

微臣何幸滄桑後。白髪完身拝閟宮。

向山黄村の句である。余は嘗て河田貫堂の介で三田に黄村を訪ねた。其の時「遊晃小詩」を示され、右は其の東照公廟の詩である。今この二詩を比べると二老の気象眼前に彷彿するの感がある。（筆者注、『景蘇軒詩鈔』に此の詩を載せてゐない。意味は、滄桑の変で幕府は倒壊したが、己は白髪の今日まで身を完うし、東照公の閟宮《おたみや》も祀を絶つことなくかうして参拝することが出来るとは何と幸なことか）。或《あるひと》が匏庵の詩を難じて云ふには、楚辞は異朝の逐臣の詩ではないか、君が愚で讒を信じ、外敵が迫つて国が危いのを見、悲憤にたへず、詞章に託して思ひを遣つたものである。今、匏庵なる者、身は神州に生れ王政復古に遭ひながら、自ら衰国の逐臣に比擬するとは、聖天子の御代を何と心得てゐるのかと。藻洲子は云ふ、否《いや》、詩はそのやうに解するものではない、孟子に、詩を説く者は、一字に拘《かかは》つて一句の意を誤らぬこと、一句の意に拘つて詩全体の意を誤らぬこと、己の意を以て作者の志の在る所を察すること、かくてこそ詩の真意が解《わか》るといふものである。とあるではないか。幕府の遺臣で、隠居して仕へず、所謂る瘠我慢の行を為す者が往々にしてある。林鶴梁の如きも其の一人で、彼は、他日国家に続大日本史の撰があつたら、幸に名を其の将軍家臣伝の末に列ねてもらへたら十分だ、と云つた。我が維新の変は、君を以て臣に代へたので、臣を以て君を奪つたのではない、王政復古たる所以だ。

私は藻洲の意見は極めて穏当と思ふ。右の鋤雲（匏庵）の詩は、起承に「門巷蕭条夜色悲。鵂鶹声在月前枝」とあり、明治以来頗る人口に膾炙した。鋤雲といへば人は必ず此の詩を思ひ、此の詩を読む者は殆ど無条件で鋤雲の節義を欽慕する気になる。結びの一句「白髪遺臣読楚辞」が魅力である。別に工力の見るべきものが有るわけではないが、何となく句調が好く、自然に人の口に上る。それに『楚辞』を読むといへば、古来哀国の逐臣屈原に対して注がれた同情が、前代の遺臣を以て任ずる鋤雲にそのまゝ転嫁される。犬養木堂は若い頃「郵便報知新聞」で鋤雲に師事したが、嘗て此の詩を読んで「覚えず泫然として涙を流した」と言つてゐる。詩の人を感ぜしむる力は恐るべきである。鋤雲の詩は黄村、蓮舟には到底及ばないが、それでも学問閲歴に富み、詩の心得があるから、不図このやうな天来の句が得られたのであらう。これと全く同じ事が菅公の「去年今夜侍清涼」や、上杉謙信の「霜満軍営秋気清」や、西郷南洲の「不為児孫買美田」や、乃木将軍の「金州城外立斜陽」に就いても言へるのである。

四十一

昔からよく言はれた事だが、日本人が漢詩文を作るのは漢人の真似《まね》事で、到底彼には及ばない、殊に和習又和臭といふものが有つて、往々漢人から指摘され軽蔑される、結局日本人に漢詩は向かない、と言ふのであつた。この和習の問題を論議すれば、仲々面倒なことで簡単にはいかない。神田喜一郎先生は曾て「和習談義」といふものを書いて之を詳論された。私の一辞を賛する能はざる所である。私の言ひたいことは、日本人が日本の風土の中に生活し、その中に養はれた人情を漢詩に表現しようとすれば、日本人的な詩になるのは当然のことである。漢土の雄大な山川、莽々蒼々の気に培はれて出来た詩とは、自ら異るのが当然である。漢人が好い詩の出来ることを「江山の助《たすけ》」又「山川の助」と云ふ所以である。ところが、身は日本人に生れても、長く漢土に住み漢人の生活をし、漢人的教養を積めば、全然和習の無い漢人の作か日人の作か分らない詩を作るようになる。その人の天分詩の良否は別として、之は古来の明白な事実である。だから大雑把に日本人の詩的才能が漢人に較べて劣るなどとは言へない。日本人は日本に居れば日本人らしい詩を作つて居ればよい、漢詩としての可否を度外に措き、日本人らしい詩でも好いものは好いのだ。彼国人を驚歎させることも出来る。右に述べたやうに、日本人で漢土に在つて漢人に違はぬ詩を作つた者の例として、先づ第一に挙ぐべきは阿倍仲麿、漢名晁衡その人であらう。在唐五十餘年終に彼土に死し、伝はる所の詩たゞ一首に過ぎないが、唐賢に伍して毫も遜色が無い立派なものである。次は五山の詩僧絶海であらう、絶海の外にも五山の僧で、留学して長く彼土に住み、佳作を遺し彼土の総集に録入された者も二三に止らない。

小見清潭は大正の初め『狐禅狸詩』を著はし、絶海の「銭塘懐古」の七律二首を引き「日本人の詩とは全く思はれない、順に読んでも逆に読んでも漢土の名家の手になるものと疑はれる。初盛唐の諸賢の塁壁へは尚ほ一溝を隔てるも、晩唐の劉滄と許渾の間に入るれば美事に勝を取ることが出来る。如蘭法師が絶海を評して、誠為海東魁、想無出其右者、と言ひたるは流石に自負心強き漢土の僧も、中心より敬服したものであらう」と云つた。確評といふべきである。絶海が彼土に留つた時は、明代の初で彼地一流の詩人に比して愧づるなきこと、猶ほ晁衡の唐に於けるが如くである。私は早く清潭の文を読み、大正の末頃、鈴木豹軒先生に見《まみ》えて話が右の事に及んだ時、先生は「それは清譚の言ふ通り、許渾の詩、経過此地無窮事、一望凄然感廃興とか、風景蒼々多少恨、寒山半出白雲層とかに至つては我ゝがやるのなら兎も角、これが唐賢の句と思へるだらうか」と言はれ、更に「王維ほどの大家でも、楊柳青青渡水人は名句だが、その上の、落花寂寂啼山鳥に至つては何といふ凡句か」と、其他多くの例を引いて彼土名家の作にも随分怪しいものがあると言はれた。さて其の絶海、在明十年幾多の傑作を遺した絶海も、一たび日本に帰つて来ると、もう昔のやうな傑作は出来なくなつた。漢土の「江山の助」が無くなつた為か、これは掩ふべからざる事実、奈何ともし難いものがあるやうだ。

私が往年『漢詩大講座』を編んだ時、清潭翁を尋ね、王朝及び五山の詩の評釈を依頼した所、翁は盛んに絶海を称《たた》へ、絶海は日本に在ては前に古人無く後に来者無き者である、彼が明に在て交はつた者は全室を初め皆一代に名高い詩僧であつたが、その唱和の作を読んでみるに、一人として絶海の右に出る者がない。と例を挙げて説明した後、次のやうな経験を語られた。明治中の事、翁は漢土に遊び杭州に岳飛の廟に謁して七律を一首作り、之を一清人に示した、然るに彼は日本人にこんな詩が出来る筈がないと言ふので、持合せた他の自作を示した所、始めて首肯し驚いてゐたと。

明治の世となるや、彼我の交通大いに開け、邦人の彼土に往来する者も多く、彼此文字の交際も漸く繁くなつたが、晁衡、絶海の先蹤を継ぐだけの作者が出たか如何《どう》か、これは興味ある問題である。私は先づこゝで、明治の初期、漢土に遊び佳作を遺した数人の作者に就て語らうと思ふ。

副島蒼海、田辺蓮舟の二人よりも早く、明治四年漢土に赴いて立派な詩を作つた人がある、長三洲である。三洲名は炗《ひかる》、字は世章、通称は光太郎。由来書家を以て聞えたが、詩書画三絶の妙あり、詩に於ても当時の一流であつた。豊後日田の出身で、幼にして家学を受け、年十一、二の時詩を作つて神童と称せられ、十五にして広瀬淡窓の門に入り、淡窓は「我門第一の才子」と称許したと云ふ。然し咸宜園一派の長所と共に、其の短所繊巧な詩風に染み、それが三洲一生の詩に附きまとうた。元来、志士国士の風格を備へた人で、それが詩に反映したものには佳製が多い。明治四年四月、日本は清国と修好条約を訂結する為、全権大臣として伊達宗城を派遣し、三洲は之に随つて彼土に赴き、其の間に作つた詩殆んど皆七絶で十八首を数へる、その中の殊に佳なるもの、

草樹連天緑似苔。白河引帯抱城回。蒼茫客思欲無際。七十二沽秋色来。　天津城晩望①

星槎奉使海悠々。故国清光望裏浮。万里同明一天月。燕京城上作中秋。　北京中秋②

万家佳節送簫笙。蕭寺関門漢月明。月裏遠人三十二。秋風一夜夢東京。　同

北京城で中秋の月を望んでゐると、いつしか望中に日本の景色が浮んで来る、異郷に居て故郷を思ふからである。一天の月は万里を同じく照す、北京も東京も一緒《しょ》に。これは阿倍仲麿が漢土に居て「天の原ふりさけみれば春日なる三笠の山に出でし月かも」とうたつたのに似て同工異曲である。

渚宮水殿帯残霞。秋柳蕭疎太液波。独自金鰲橋上望。景山満目夕陽多。　燕京雑句③

各句尽く個有名詞を挿み、それが実によくあてはまり、少しも繁重を覚えしめず、却つて自然の雅趣を成してゐる。和名を以てしては如何《どう》にもならぬ。「近江の海夕浪千鳥」とか、「さざなみの滋賀の唐崎」とか和名の自然に和歌に適してゐるのと同じわけである。

明治六年外務卿副島種臣は、日清修交条約を交換し、清帝に謁して大婚を賀し、清国と台湾及び韓国の関繋を質す等の使命を帯び、特命全権大使として三月十二日竜驤艦に乗じて清国に向ひ、使命を果して七月二十六日帰朝した。明治七年台湾問題が紛糾して日清の国交危殆に瀕した時、内務卿大久保利通は全権弁理大臣として和戦の大権を委せられ、非常な決意を以て八月六日清国に向ひ、談判折衝五十二

日に及んで漸く問題解決し、十一月二十六日帰朝した。副島と大久保と両年の中に相継で清国に使し、其の正々堂々たる折衝ぶりに清廷を震撼したのみならず、副島の如きは北京外交界に於て数年来懸案のままになつてゐた覲見問題を美事に解決して、列国公使をして感発悦服し、一時その下風に拝せしめたと云ふ。それでも論難交渉の続く中には、副島も決然袂を払つて帰国せんとし、一夜使館の中庭、月下の槐陰に佇《たたず》んで、「豈其吾道非。奉使事多違。」云云との詠歎を発してゐる。而して遂に使命を果し帰路に就いた時は、

　使事完成持節還。猶嗤身世未全間。通州夜雨篷窓夢。重謁清皇咫尺間。　通州④

使命を全うし、通州から白河を下る船中の夢も安らかである。夢中重ねて清皇に謁すといふのは、覲見問題で如何に心思を労したかを表はす。清皇は、英、米、仏、露、蘭、五箇国公使の誰よりも「日本副島大使の礼節態度最も佳なり」と仰《おほ》せられたと、後で清廷の一大臣が漏らしたと云ふ。

この詩を、大久保が北京談判で盤根錯節を経て遂に和議が成立し、前年副島が通つたと同じ路、通州から天津までの船中で作つた左の詩に較べて見ると、興味が深い。

　星使乗竜馳北京。黒煙堆裏蹴波行。和成忽下通州水。間臥篷窓夢自平。　下通州偶成

副島も大久保も、軍艦竜驤に乗つて清国に向つたが、大久保はそれを「星使乗竜」と言つたのは面白い。素人だからこんな奇抜な語が吐け、天を衝くの気概を示すことが出来た。これを後に「奉勅単航向

---

①『三洲居士集』巻六
②『三洲居士集』巻六
③『三洲居士集』巻六
④『蒼海全集』巻一、二丁表

北京」と改めたのは重野成斎の筆であつたと思ふ。これなら疵《きず》は無いが折角の大久保の気概が失はれてしまふ。詩は疵の無い平凡な句ばかりでは嫌気が差す、疵が有つてもよい、奇句警句が必要なのである。転結の二句は、平和に局を結んだことで如何に大久保が安心したかが分る。蒼海と甲東と申し合せた訳ではないが、「通州の水」、「篷窓の夢」、全く同じ境地、同じ心境であるのも妙だ。

副島は帰途天津で直隷総督李鴻章に会ひ、太沽から米国船で上海に向つた。李総督の命で、太沽の砲台及び軍艦は一斉に礼砲を放ち、軍艦には日章旗を掲げ、兵営は軍楽を吹奏し、最高の儀仗敬礼を以て副島大使の行を送つた。

悠悠白水向東馳。陸堡海船装置宜。斉発砲声為我寿。薫風吹動両朝旗。　発天津①

その時の光景が目に睹る如く詠じられてゐる。米人の船長は副島大使に見え「我が船は幸に大使を乗せた為に、清国未曾有の儀礼を見ることを得た」と、鄭重な謝意を表したと云ふ。

大久保は帰途台湾に寄港し、征台軍を統率する西郷従道に会ひ、北京談判の始末を報告し、石門の新戦場に至り詩を賦した。

王師一到服頑兇。戦克三千兵気雄。請看皇威覃異域。石門堡上旭旗風。　訪石門戦場

甲東の努力で清国は王師の征台を義挙と認め、償金を払ふことになつたから、頑兇を懲し、兵気雄に、皇威異域に覃《およ》ぶと詠じ得た公の心気は如何に爽快であつたか、詩に遺憾なく表現されてゐる。昭和の初年私は宮内省に入り、大久保甲東の第二子牧野伸顕内大臣、第三子大久保利武侯爵の知を受けるやうになり、適《たまたま》『漢詩大講座』の「明治大正名詩選」を編輯するに当り、大久保侯に請うて甲東の詩稿を閲覧することゝなり、四谷南伊賀町の侯の邸に赴いた。詩稿は丁寧に装釘し保存をされてゐた。重野成斎の朱筆がところどころ施されてあるだけで、原作の大観を悉すことが出来た。重野は薩州出身で、甲東の

文事に参与した。木戸松菊の文事には長三洲が預かつてゐた。重野は文章は大家だが詩は平々である。

明治七年、北京談判の開かる丶当時、蓮舟田辺太一は外務少丞四等出仕の記録局長心得であつた。田辺は大久保の命を受け、政府の内訓を携へて北京に先行し、柳原駐清公使に之を伝達し、公使を助けて清国総理衙門に折衝する所があつた。『蓮舟遺稿』を見ると、田辺は後年次の如く書いてゐる。「特派参議大久保公、燕京ニ至リ其ノ事ヲ弁理ス。時ニ予先ンヂテ燕京ニ在リ、公ノ到ル比《コロホヒ》、幕末ヲ叨《ミダリ》ニシ、文書ノ事ニ参ス」(原漢文)。大久保は明治四年欧米視察の時から田辺の才能を知り、此度の談判に田辺を必要としたわけである。大久保は随員に各方面の人材二十餘人を集めたが、就中文筆の士として金井之恭、小牧昌業の二人が居た。二人が如何に有能でも田辺には到底及ばない。大久保は東京を立つ前、司法七等出仕井上毅が提出した意見書を船中で読み、井上の用ゆべきを知り、途中から電報を以て井上を召喚した。北京に於ける大久保全権の帷幕には此の四人が文事に預り、金井は談判を筆記し、小牧は文件を編輯し、井上と田辺は専ら照会文を起草した。当時は毎回談判の行はれた後、その内容を精細に記録に作り、お互ひに交換して確認し合ひ、口頭以外の論議は総て文書を以て照会した。

北京談判が如何に困難を極めたか、弁論の反覆十数回、照会書の往復十数回、我が使臣は最後の通告をして断然帰国せんとすること三回に及んだ。それが我方の主張を貫徹し和議を成立し得たことは、大久保全権の人格力量に頼ることは勿論だが、同時に田辺、井上の文章の力に負ふものであることを忘れてはならない。十数回に及ぶ照会、実に連篇累牘であるが、其の中から最も生彩ある名文を少し抄出して見よう。交渉談判数回皆不調に終り、最早や区々口舌の能くし難いことを察した大久保全権は、十月

①『蒼海全集』巻一、一丁裏

五日の談判で帰朝の已むべからざるを断言し、照会書を総署に発し、猶ほ五日を限って之が決答を求めた。その文中に云ふ、

本大臣明知、貴王大臣已不以好意待我国也。夫両国大事、不同于匹夫匹婦、口角勃窣、随罵随笑者。今日之事知有所定、是天未欲成両国之好也。本大臣亦何所求、而久踟蹰所于都門哉。抑我国再三派使、不為不恪。本大臣輸誠致歎、不為不竭。啓衅滋端、共咎孰任。尽言至此、万非得已。而貴王大臣、中夜清閲一再、致思衡平鑑明之間、固已瞭然矣。今期五日、欲知貴王大臣果欲保全好誼、必翻然改図別有両便辨法。是実見大国雍々気象也。我国素非貪土佳兵者。両国人民之慶、本大臣固有深望。若乃過期不覆、別無改図、則是貴王大臣、口説保全和好、而其実委之塗泥也。本大臣臨去惓々於両国和好、莫非以尽其分也。

本大臣明カニ知ル、貴王大臣已ニ好意ヲ以テ我国ヲ待タザルナリ。夫レ両国ノ大事、匹夫匹婦、口角勃窣《ボツソツ》、随テ罵リ随テ笑フ者ニ同ジカラズ。今日ノ事定マル所アルヲ知ル、是レ天未ダ両国ノ好ヲ成スヲ欲セザルナリ。本大臣亦何ノ求ムル所アリテ、久シク都門ニ踟蹰センヤ。抑《ソモソモ》我国再三使ヲ派ス、恪《ツツシマ》ズト為サズ。本大臣誠ヲ輸《イタ》シ歎ヲ致ス、竭サズト為サズ。衅《キン》ヲ啓キ端ヲ滋《シゲ》クス、其ノ咎孰《トガタレ》カ任ゼン。言ヲ尽シテ此ニ至ル、万已ムヲ得ルニ非ズ。而シテ貴王大臣、中夜清閲一再、思ヒヲ衡平鑑明ノ間ニ致セバ、固ヨリ已ニ瞭然タラン。今五日ヲ期シ、貴王大臣果シテ好誼ヲ保全セント欲セバ、必ズ翻然図ヲ改メ別ニ両便ノ辨法アルヲ知ラント欲ス。是レ実ニ大国雍々ノ気象ヲ見ルナリ。我国素《モト》土ヲ貪リ兵ヲ佳《コノ》ム者ニ非ズ。両国人民ノ慶、本大臣固ヨリ深ク望ムアリ。若シ乃《スナハ》チ期ヲ過ギテ覆セズンバ、別ニ改図無シ、則チ是レ貴王大臣、口ニ和好ヲ保全スルヲ説キ、而モ其ノ実ハ之ヲ塗泥ニ委スルナリ。本大臣去ルニ臨ミ両国ノ和好ニ惓々タリ、以テ其ノ分ヲ尽スニ非ザルハ莫《ナ》キナリ。

両国の大事は区々たる口舌では解決しない、これほど誠意を以て人事を尽し、事こゝに至つたのは、天が両国の和を欲しないからであらう。本人は都門を去るに当り、今五日を限つて貴方が今までの態度を改め、大国らしく両便の法（両国の為に弁法）を再考するかどうか、拝見しませう。返事が無ければ和好は泥土に委せられたものとします。と決絶の中に一寸の餘地を残した。果然先方は態度を改め之に応じ来つた。彼の照会文に次の如く曰ふ。

両国大臣辨事、各有保全和好之責、則成此両国之好、仍在人而不在天。来文謂、翻然改図別有両便辨法、本王大臣原係惟好是図。歴次皆告以妥結此案、不再辨論者、自始至今、並無他意。唯貴大臣察之。

「貴下は此度の談判の不調を、是天未欲成両国之好と言つて、咎を天に帰して居られるが、両国の大臣は各〻和好を保全する責任がある。すなはち両国の好は人に在て天に在るのではない。貴書に別有両便弁法とあるが、本大臣は初からこの好を是れ図つて懸案の妥結を願ふことで終始他意は無い。かくて幾度繰返されて談判妥結に至らず、十月二十三日再び決裂を告げる照会文が送られた。その結語に云ふ。

本国発員派兵、内以報難民之讎、外以除航旅之害、今不一介相犒労、反以一矢不加遺相嚇、仁義之挙、変得寇讎之名、是為曠古之遺憾焉。夫人不知自立之計、人非其人也。国不為自護之図、国非其国也。我国自護我民、不得已而有懲蕃之挙。非可中沮。自今以往、山内山後、将益開闢榛莽、服者撫之、梗者鋤之、以終吾事、不得敢相擾也。要之、此案既非口舌之所能了、則両国只有各行所見、以達自主之権而已。不再須刺々、嗣後縦存千万辨論、本大臣断不領教。即有善巧辨法、亦不願聞也。本大臣倥偬起程、不能詣貴衙門告辞、惟貴王大臣与時珍重。

本国員ヲ発シ兵ヲ派シ、内以テ難民ノ讎ニ報イ、外以テ航旅ノ害ヲ除キ、今一モ相犒労スルヲ介セズ、反ツテ一矢ヲ以テ相嚇スルヲ加へ遺サズ、仁義ノ挙、変ジテ寇讎ノ名ヲ得ルハ、是曠古ノ遺憾ト為ス。夫レ人自立ノ計ヲ知ラズ、人其ノ人ニ非ザルナリ。国自護ノ図ヲ為サズ、国其ノ国ニ非ザルナリ。我国自ラ我民ヲ護ス、已ムヲ得ズシテ懲蕃ノ挙アリ。中沮スベキニ非ズ。今ヨリ以往《イワウ》、山内山後、将ニ益〻榛莽ヲ開闢シ、服スル者ハ之ヲ撫シ、梗《カウ》スル者ハ之ヲ鋤シ、以テ吾事ヲ終ヘ《ヲ》ントス。敢テ相擾《ミダ》スヲ得ザルナリ。之ヲ要スルニ、此ノ案、既ニ口舌ノ能ク了スル所ニ非ズ、則チ両国只〻所見ヲ行ヒ、以テ自主ノ権ヲ達センノミ。再ビ刺刺《セキセキ》ヲ須《モチ》ヒズ、嗣後縦《タト》ヒ千万辨論ヲ存ストモ、本大臣断ジテ教ヲ領セズ。即チ善巧弁法アルモ亦聞クヲ願ハザルナリ。本大臣倥偬《コウソウ》程ヲ起ス、貴衙門ニ詣《イタ》リ告辞スル能ハズ、惟貴王大臣時ト与《トモ》ニ珍重セヨ。

自分で自主の生計を立てぬ者は一人前の人間ではない、自分で自分の国を護らぬ者は独立国ではない。日本国は日本人民を保護せねばならぬ。台湾は政化の及ばざる所、生蕃は化外の民と言ふから、日本人民を虐殺した生蕃は無主の野蕃と見なして之を膺懲《ヨウチョウ》した。ところが清国は遽《には》かに台湾版図の説を持出し、再三照会を柳原公使に致して日本を不当とし、「用兵焚掠中国地土」とか「侵越邦土、違犯条約」とか、甚しきは「侵越疆土、不一矢加遺」と言ふに至つた。「一矢加遺」とは『左伝』に見える語で、お互ひに一矢参《まゐ》らする、即ち開戦を意味するもの、我が柳原公使は之を国際的無礼の語として、大久保全権に主戦論を開陳した。

今より以往、将《まさ》に益〻榛莽を開き、服する者は之を安撫し、立ち梗《ふさが》る者は之を誅鋤し、吾国は吾国の事を行ひ、両国各〻その見る所を行ひ、以て自主の権を達せんのみ、といふのは、日本は台湾に駐兵し、未開の土地と人民を開発するから、貴国は貴国の思ふやうにせよ、と断然たる決絶の意を表はした。此の十月二十三日の照会文は前《さき》の十月十日の照会文と并せて、前後の双絶をなすもので、発送十数回に及んだ我方の照会中、議論文章の最も高調に達し最も精彩に富む所である。二者とも篇幅頗る長く、多くの挟注を附し、引証該博、情理兼ね至るの名文である。全文を掲げることが出来ないから、一斑を以て全豹を察してもらふの外はない。私は当日の外交に就て語るのではなく、田辺、井上の漢文の力が如何に大きく我が外交の上に作用したかを言ひたいのである。

こゝに一挿話がある、もう五十数年も前、私が漢字新聞の一記者で、初めて京大教授狩野直喜博士に請益した時、博士は井上毅から直接聞いた話（博士は熊本の人で明治二十年代一高、帝大に学び、熊本の大先輩井上毅が其の保証人であつた）として次のやうな事を語られた——北京談判に当つて清国側総理衙門の背後には、中国外交のベテランとして自他共に許す李鴻章が黒幕として控えて居り、彼は日本側から来る照会文を一々読んで「これは到底外国人に書ける文章ではない、何者か中国人で日本に買収され其の代筆をする者が居るに違ひない、よく調《しら》べよ」と言ひ、談判が十月五日決裂に陥《おちい》つた時、日本からの照会文を読み「今日之事知有所定、是天未欲成両国之好也」といふ行《くだり》に至るや、案を拍《う》つて感歎し、よし、再び談判しよう、といふことになり、遂に彼をして「成此両国之好、仍在人而不在天」と応答せしむるに至つたのである、と。『左伝』に「結二国之好」の語があり、日本側の文が之に基くことは勿論彼の了得する所である。此の一段の故事は両国同文の佳話として後世に伝ふべき価値がある。

李鴻章が、外国人に書ける筈がない、と言つたのは寧ろ当然であつて、井上、田辺の如き大手筆は、日本に在ても其の比稀なる所で、中国に在ても決して得易からざるものである。こゝに至つては最早や和習などいうことは全く問題にならない。私は此の時の彼我往復の照会文を比較検討して、文章上に毫も軒輊なきのみか、我の筆鋒の犀利にして論法辛辣を極め、殆ど彼を圧倒するの概あるを認めないわけには行かないのである。

井上と田辺が文書起草の次第は、当日の大久保の日記によつて其の大概を知り得るだけで、外に何の資料もない。今、大久保日記を本とし、それに徳富蘇峯が『近世日本国民史　第九十巻　台湾役始末篇』に述ぶる所を参考として左に抄録する。

十月七日。照会につき種々議論有之、井上艸案を作、田辺之を修正す。此結局に付、黒白分明決絶に及候趣意云々を論ずるあり、或は其まゝにて引払候趣意云々論ずるあり。実に小子進退此《ここ》に谷《きはま》り候。一大事困苦の至り、依て反覆熟慮、此上は義の所有、理の所有を以て相決候外無之と決定す。

八日。今日田辺、井上両子入来、照会艸案成、尚少々以愚考添削。

蘇峯曰く、一篇の照会文に如何なる心力を究めたるかは以て想像に餘りありだ。

九日。田辺氏の見込有之、照会の艸稿持参、猶可及勘考旨申入置。……今次照会に付、和戦の両道に係り候大事故、各〻異同の見込を以て議論端あり、到底此決に於ける小子方寸にあり、豈軽易に之を断ずべけんや。併今次照会の文意即其奥意の有る処に由て、趣意を述ざるを得ず。……先井上艸案稿に付て之を補綴すべしと終に今日其稿成る。然るに猶種々の説あり、殊に田辺子別に稿を成し、平穏の趣意を以て普通の別を告去るに如かずの意なり。小子之を拒まず、今日中熟考すべしと答ふ。柳原公使論あり、云く断然和親を破、戦を以てするに如《し》かず。其名義とする所は彼照会中無礼の語あり、侵越彊土、不一矢加遺云々を鳴らし、且謁見の事もあれば十分名義の存するあり、名なきを憂へずと。井上、高崎等大同小異の論なり。一には戦の名義十分ならず、先づ半途のまゝにて引くに如かず。或は之を蕃地に十分手を伸し、彼地に於て必事端を啓くべしと、是福島参謀等の論。田辺、鄭此際先づ平穏を保つて餘地を残し、可図の機に投じ、再び手を尽すべしの意あるに似たり。福原、岩村は名義十分ならず、暴《にはか》に戦を啓くべからず。吉原も亦大同小異なり。此際に当り、殆んど一身に迫り、苦慮言ふ可らず。深思熟慮するに他に手段なし。若照会の答覆依然曖昧を以て来る時は小子断然去るに如かず。

蘇峯曰く、本文を一読すれば如何に大久保が苦慮したるかを知る可しだ。これに見れば、柳原公使、井上毅、高崎正風等は、尤も硬派であつた。随て井上起艸の照会文には、軟派の田辺は添削ばかりでなく、寧ろ別に艸案を具し来つた。

十日。今朝照会を総理衙門に送致す。是結末の照会にて十分に相認するに五日を以す。

蘇峯曰く、所謂る照会文は井上毅之を起草し、田辺太一之を潤色し、更に大久保其人の考定を経たるもの。惟《おも》ふに井上の原文を幾割か寛和し、妥穏ならしめたることは固より疑を容れない。恐らく当時の清廷にはこれ程の名文を綴り得る者多く無かつたであらう。

廿三日。総理衙門に至る、談判結局に至らず、彼両便の弁法我便の意のみを謀り、殊に書面条約いたしがたきとの断然たる答に付、此はいたし方これなく破談に及候。此に至り和好調はざるは実に残念に存候得共、十分に歩を譲り是をまとめ度、百方談じ候上如此にいたり候上は、誠に人力の不及所と愚考決断いたし候。来る廿六日発途帰朝を決す。

今一応照会を送致すること。趣意は万国公法と実拠との論に依り、十分弁説を書し、此上何様弁明あるも信用不致の大意なり。井上に命じて案を作らしむ。

蘇峯曰く、十月五日初度破談後の照会文も井上毅の起艸であつたが、それは田辺太一其他によりて潤色、添削を経たるもの。然るに二十三日破談後の再照会文は全く井上の起艸殆んど其のままとも認む可きもの。従て其の文字雄健にして、其の引証的確、宛《あたか》も老吏断獄の風あり。明治年間の公文、上は詔誥より、下は応酬の文書に至るまで、井上の手を経たるもの少くない。されど弁難、駁撃の文は、彼の尤も得意としたるものにして、此の再照会文の如きも、亦た其一と云ふ可きに幾《ちか》し。

廿七日。田辺を招、条約艸案を製せしむ。

二度の照会文は主として井上の手に成つたことが分る。これ以外尚ほ多くの照会文は、何れが井上の筆か、田辺の筆か殆ど判別が出来ない。今、『蓮舟遺稿』にも、井上の『梧陰存稿』にも、其の筆に成る公文の類は一切載つてゐない。私人の集に仮令本人の筆に成ると雖も公文は載せないのが当然である。ただ『蓮舟遺稿』には「擬外務大臣照会総理衙門論琉球事書①」の一文だけ存してある。編者の意図は不可解であるが、これは明治十二年琉球問題が紛糾して、同年三月宍戸璣が駐清公使として赴任すると同時に、外務大書記官の田辺も清国公使館在勤を命ぜられ宍戸を助けて此の問題に執掌した時の作であらう。この一文にも田辺の力倆は十分に現れてゐる。十四年三月宍戸が帰国した後、田辺は臨時代理公使を命ぜられ北京に留つたが、十五年九月榎本武揚が全権公使として来任するに及んで、事務を引継いで帰朝し、元老院議官に補せられ、外交界から全く引退したのである。

蓮舟の学問文章を以て、久しく禹域に官遊し外交に従事しながら、之について殆んど観るべき詩文を遺してゐないのは、公文以外に作らなかつたのか、作つても散佚したのか、何れにしても惜むべき事である。要するに明治以後の蓮舟は時世の滄桑に感じ、万事に消極的で、官途に栄達を求めず、大いに詩文を書遺《かきのこ》して後世の名を成さうなど云ふ欲望は更に無かつたらしい。これは向山黄村、河田貫堂、木村芥舟等も皆同じやうで、如何にも彼等が人品の高尚であつたことを示すものだ。中根香亭の「六舟記」に云ふ「仏典ニ曰ク、高原大陸、蓮華ヲ生ゼズ。卑湿淤泥、乃チ此ノ華ヲ生ズト。蓮舟ノ才ノ美ヲ以テ、朝ニ在リテハ大用セラレズ、家ニ居レバ文学ノ士皆之ヲ称ス。知ラズ名ノ実ニ循《シタガ》フカ、実ノ名ニ循フナリ」。（原漢文）

右文中の「以蓮舟之才之美、在朝則不大用」に就いてであるが、蓮舟は幕府時代外国奉行として名高い水野筑後守の知遇を得た。水野は小栗上野介と共に江戸開城に反対し主戦の議を唱へた者で、田辺もその影響を受けたのであらうか、幕府が倒れて浪人すると、直ちに横浜に去つて商人となり、榎本武揚が幕府海軍を率ゐて函館に走る時は、軍資金の調達に奔走した。蓮舟の「毒竜蟠処記[2]」に次の語がある。「既ニシテ世変ニ遭ヒ、生ヲ闤闠ノ間ニ偸ミ、風塵ノ中ニ奔走シ、市井ノ牙儈ト錐刀ノ利ヲ逐フ、今ヤ幸ニ洗刷登庸セラル」（原漢文）、世変に遭ひながら生を偸《ぬす》んで市井の牙儈《さいとり》の仲間になり、錐《きり》の先のやうな小さな利まで争ふ浅ましさ。榎本が官軍に降り、同類みな獄に繋がれると、司直の手は当然田辺にも及ばねばならぬ、それがどうした事か、反《かへ》つて洗刷《つみすすぎ》され登庸《あげもちひ》されることとなつたのである。旧幕臣群の罪せられた者が大赦に遇ひ、有能者の起用されたのは明治五年一月からで、蓮舟は四年一月早くも太政官に喚出され外務少丞に任ぜられてゐる。其の才之美を買《か》はれたものでなくてはならぬ。それでも明治七年柳原前光が公家の俊秀を以て年二十六にして第一代駐清公使となり、薩州人森有礼が年二十九にしてその後を襲いだことを思へば、旧幕の外国方以来外交通として閲歴に富む蓮舟が、明治十四年、年五十を過ぎて僅に代理公使を以て終つたのは、矢張り旧幕臣だからかも知れない。又「居家則文学之士皆称之」とあるが、蓮舟に従遊した「文学之士」といへば、多く晩翠吟社や昔社の詩人たちであらうが、別に国分青厓、本田種竹も亦蓮舟の門に遊んだらしく、蓮舟の詩に「同国青厓、松聴剣、訪和亭画伯寓」の七古が有り、その中に「青厓詩追唐賢風。騒壇王盧争前後[3]」の句あるを見る。これが明治の何時頃

① 『蓮舟遺稿』文、八丁裏
② 『蓮舟遺稿』文、十二丁裏
③ 『蓮舟遺稿』詩、三十七丁表

の作か分らないが、察するに明治二十年以後の事で、当時詩壇に於ては青厓、種竹、槐南等が互ひに名声を競ふ状態となり、それは恰も初唐の世に「王、楊、盧、駱」の称呼が行はれたが、四人の姓の順序は其の詩の優劣を表はしたもので、楊烱は「吾、盧前に在るを愧ぢ、王後に居るを恥づ」と言つた故事に似てゐる。青、槐互ひに前後を争ひつゝ、青厓は唐詩を追ひ、槐南は清朝に泥む、詩風亦た相合はざることを傍看者の立場から言つたもので仲〻面白い。尚ほその頃新体詩を作つた島崎藤村も蓮舟に就いて漢詩を学んだといふことである。

　井上毅が明治の法制局長官、文部大臣として、立法に教育に大きな功績の有つたことは皆人の知る所であるが、其の漢学に深く、尤も文章に長じたことは餘り知られてゐない。『梧陰存稿』を閲すると、作る所の漢文は皆焚《や》いて僅に十数篇だけ遺したとある、何といふ事であろう。徳富氏は井上に親炙し、最もよく井上の文章の価値を知る者であることは、右に引用した文にも明かである。「清廷には恐らくこれ程の名文を綴り得る者多くなかつたであらう」「明治年間の公文、上は詔誥より下は応酬の文書に至るまで、井上の手を経たるもの少くない」とあるが如き是れである。明治七年井上が清朝人を驚倒させる程の名文を作つた時、年僅に三十二である。既に漢文に於て大家であるのみならず、夙にフランス学を修め、明治五、六年欧洲に遊学し、七年にはフランス刑法を、八年には『王国建国法』を訳述してゐる。明治十四年の国会開設の勅諭、二十三年の教育勅語等、明治一代、井上の外に此の如き大文字を草し得る者は無い。井上は北京談判に於ける功績により、帰朝後、「先般清国出張苦労に存ずる」との勅語を下され、白羽二重二匹を賞賜された程で、この後三度も清国に差遣され、最後の明治十八年には伊藤博文に随ひ、天津で李鴻章と折衝して天津条約締結に当つてゐる。明治二十三年十二月宮内省に文事秘書局が置かれ、井上は法制局長官を以て文事秘書官長を兼ね、二十六年三月文部大臣に就任するまで、宮中文事を主掌した。井上去つて後、文事秘書官に人を得ず、二十八年三月井上逝去し、四十一年一月秘書局廃止せられて、宮中文事は統一を欠き、荒廃の徴掩ひ難く、大正十年西村碩園の宮内省御用掛となるや、識者は皆宮中の為に人を得たことを喜んだ。然るに数年にして碩園は逝き、荒廃更に甚しく、昭和戦後に至り、制誥も詔勅も一空に帰し去つた。

狩野直喜先生は又このやうなことも云はれた、「学生の頃、井上梧陰翁を訪ね先づ寒暄など叙べると、いらぬことを言はず要事を述べよ、と叱られた。さういふ厳しい人であつた。大学で漢学を修めたが、翁はしみじみ言はれた、漢文を作ることは実に難い、自分が今日病身なのは、少《わか》い時餘りに漢文に心骨を苦しめたからだ、汝は漢文を作る苦労だけは止めたが好からうと。これは梧陰翁が如何に文章に刻苦されたかを示すもので、やはり漢文を作ることは読むこと丶同じく努めなければならぬ。梧陰翁の文は峻峭にして王半山に似た、詩は殆んど作られなかつた」と。

四十二

明治以後、我邦漢詩人の漢土に遊んで大作を遺した者、先づ長三洲に指を屈し、次に副島蒼海、田辺蓮舟の在ること、既に述べた如くである。但《たゞ》恨むべきは、三人の詩その数甚だ少く、之を以て直ちに漢土諸名家の作と相較量することが出来ない。蒼海は足掛け三年も彼地に漫遊し、蓮舟も三、四年彼地に在官しながら、其の技倆を空しくしてゐる、全く解すべからざる事である。然るに茲に、二人と略ぼ前後して彼土に渡り、僅々一、二年の間に、遍く彼の名山大川を跋渉し、風俗を考へ政情を察し、史蹟名勝を尋ね、尽く之を文に綴り詩に詠じ、進んで彼国の士大夫と交り、所作を提示して其の品評を求めた、其の態度の積極的にして努力の真摯なる、一時両国人士をして瞠目せしめた者がある。其人は誰であるか、曰く、竹添井井である。

大江敬香が明治二十年代に明治詩壇を評論した文に、下の如く言つてゐる。「詩人兼学者の資格を有し、海外に出て其の景物人情を視察して之を詩に上せ、漢人に対して愧ぢざりし者、特に三洲、井井の手腕に帰せざるを得ず。三洲の北京に星使に随従して客たりし時に作りしものと、井井の巴蜀に歴遊し日日見聞せし所を写せしものとは、啻に邦人を驚かせしのみに非ず、漢客をして日本詩人の侮る可からざるを覚知せしめ、従て文学上対等の地位に居るものなるを覚知せしめたり」と。つまり敬香は蒼海と蓮舟を数に入れず、井井を以て「三洲已後只一人あるのみ」と言つてゐる。前に三洲、後に井井の観を成してゐるのである。敬香は更に語を継いで云ふ。

井井竹添光鴻は肥後の人なり、文学を以て名あり、天津総領事、朝鮮国公使の官職に歴任し、嘗て文科大学に教授たり。政治上、世或は之を議する者あり、然れども政治は政治なり文学は文学なり、政治上議すべき事行あるも、文学上服すべき才藝は之を称揚せざるべからず。政治上は見る所によりて是非を同ふせざるも、文学上の美は、人之を説いて差等あるものに非ず。井井の詩文双絶なるは人の常に歎賞する所、就中詩は諸体兼備し、各家の長所学ばざるなく、其の漫遊の地も広く且つ大なるより、之を三洲に比すれば更に趣を添ふるもの多し。

これは確論といふべく、当時世の識者の斉しく認めた所の事実である。私は更に之を敷衍して、井井の人及び詩に就て語りたいと思ふ。さうして明治初期の詩の話は、この竹添井井を以て一応終止とし、再び槐南、青厓、種竹等の時代に戻ること丶する。明治初期に就ては尚ほ多くの述べねばならぬものが残つてゐる。岡本黄石と其の麹坊吟社の一派、長三洲、隄静斎等の玉川吟社の一派、其他にも語らねばならぬ詩人は決して少くないが、この際皆省略して次に移ること丶する。

竹添井井、名は光鴻、字は漸卿、通称を進一郎といひ、井井は其の号である。天保十三年三月、肥後天草の里正の家に生れた。父の名は光強、筍園と号し、広瀬淡窓門下の詩人で、宜園十八才子の一人に数へられた。光鴻四、五歳の時から『孝経』と『尚書』の序を教へ、『論語』の素読を授けた。非常に厳格な人で、三度教へて解《わか》らない時は蝿叩きで叩き、光鴻は泣きながら読んだが、『論語』を終へて『史記』を読み、詩を作ることを学び、十一歳の時、同郷の儒医値賀氏に就いて『左伝』『国語』を読み、漢文の作り方を教へられた。早くから神童の称が有つた。年十五にして熊本に出で、藩儒木下犀潭《サイタン》の塾に入つた。犀潭、別に韡《イ》村とも号し、当時、安井息軒、塩谷宕陰と並び、日本三大文章家の一人で、学は程朱を主とした。有名な横井小楠、元田永孚も木下の門から出た。当時木下塾には、井上毅が居り、光鴻より一歳少く、二人は才器非凡で、木下門下の麒麟児と称せられた。光鴻は十八、九歳から、衆の要請で師の代講を勤め、且つ塾生の詩文を添削した。慶応元年二十五歳の時、犀潭の推薦で藩学時習館の訓導となつた。慶応三年犀潭が病没した。犀潭は光鴻の大器たることを知ると共に、其の才気煥発して議論を好むを憂へ、沈重に非ざれば大事を為す能はず、客気は事を誤り身を危くする、乱世に在ては尤も口禍を慎しまねばならぬ、と涙を流し訓誡したと云ふ。同門の井上毅も、師と同じ意を以て、次の如き詩句を作つて光鴻に示した。

酒過三酌便成祟。口到十分常速尤。

酒 三酌ヲ過グレバ便《スナハ》チ祟《タヽリ》ヲ成シ、口 十分ニ到レバ常ニ尤《トガメ》ヲ速《マネ》ク。

光鴻は大いに感謝し、この二句の前後を補足して一詩を成し、以て自ら戒しめた。

学道知憂始免愁。向人有恥得為羞。酒過三酌更成祟。口到十分常速尤。
謀慮易疎因使気。交情難遂為多求。静中看取霊台妙。月印千波千点浮。

時は幕末、天下多事に際し、光鴻は藩命を帯びて京都、江戸、奥州に使し、国事に奔走した。当時学者は治国平天下の儒学を修め、国事に奔走するのは当りまへの事であつた。光鴻が勝海舟と深く相知つたのも此の時である。その間の事、熊本藩の汽船万里丸が破損したので、上海に於て修理すること丶し、英語を能くする者と漢文を能くする者が之に赴くこととなり、光鴻は選ばれて乗船し上海に航した。明治改元の前年の秋である。其の時の光鴻の詩が頗る面白いから左に録する。

奉藩命搭火輪船航于上海

瀛海小於盆。日月互呑吐。黒痣点其間。成洲只有五。」
亜細亜対欧羅巴。血雨腥風髑髏多。在北者虎負嵎怒。
攫食靺鞨磨爪牙。在西者鰐跳奮鬣。掉破印度捲黒波。」
搏虎駆鰐男児事。天生狂生非無意。火輪為脚蹴陽侯。
飛到句呉海溢地。夷船蛮艦去復来。盈耳鴃舌兼侏離。
電信瞬間通万里。縮地穿海何快哉。煤灯照夜夜不夜。
千点万点連楼台。」細人如酔欧人笑。酔者是主笑者盗。
主拝盗兮盗驕主。非盗之罪主自導。」西風猟猟吹鬢毛。
起望星斗秋天高。坤輿一周従此始。笑撫腰間日本刀。

大海にかこまれた陸地は盆よりも小さく、日月はかはるがはる出たり入つたり。其の間に痣《ほくろ》のやうな洲《しま》が五つ点在し、五大洲などと言つてゐる中の、亜細亜《アジア》洲対欧羅巴《ヨーロッパ》洲の現状は如何《どう》か。腥風血雨吹きすさび、難に死した者は枯骨となり横たはつてゐる（欧人が亜洲を武力侵略するを云ふ）。北なる者は嵎を負ふ虎の如く、靺鞨《マッカツ》（北満洲から沿海洲）の土地人民を侵して其の爪牙につかみ。西なる者は鰐《わに》がたてがみを奮《ふる》ひ黒波を捲いて跳るが如く、印度を掉破《ゆさぶ》り取つた（露、英の亜細亜侵略を云ふ）。この虎を搏ち、鰐を駆ることは日本男児の任務でなければならぬ。天がこゝに一狂生を生んだ意味がある。そこで、火輪（汽船）を脚とし陽侯（晋の陽陵国の王は海に死して海神となり、往々海上に風雨を起す）を蹴とばし、呉の国の海浜、上海の地にやつて来た。見れば蛮夷の艦船が往つたり来たり、彼等の鴃舌侏離（もずのさへずるやうな聞き取りにくいえびすの言葉）が耳に盈《み》ち、海を穿つた海底電信は一瞬間に万里に通じ、地を縮める壮快さ。煤灯《ガストウ》の照すところ不夜城を現出し、楼台といふ楼台に万点の灯火が連なつてゐる。細人《アジア》は欧人《ヨーロッパ》の麻酔にかゝり、欧人は見て笑つてゐる。ところが、麻酔にかゝつた者は此地の主人で、それを冷笑する者は盗人である。主人が盗人を拝み、盗人が主人に驕つてゐる。一体これは盗人の罪悪といふより、主人が無知で自ら招いた事態である。西風に我が鬢髪を吹かれつゝ、起つて秋天の星を望めば、これから地球一周を試みんとの雄心動き、笑つて腰間の日本刀を撫《な》でた。

天草に生れて、昔天草に起つたキリシタンの乱を思ひ、今、阿片戦争に痛めつけられた支那の惨状と洋人の驕横を眼の前にし、一狂生を自称する光鴻の慷慨淋離たる姿を見るのである。

明治四年、廃藩置県により時習館訓導を辞した光鴻は、子弟の懇望もあり、熊本城外五里の田舎に私塾を開いた。各地から来り集る者四、五十人に達したが、七年夏大風のため塾舎が倒壊した。予《かね》て在京の井上毅や勝海舟からの勧誘もあり、此の機に郷を去り東京に移る決心をした。井上は明治三年から出京し、開成学舎の少舎中舎の長を歴て、四年司法省に出仕し、五年江藤司法卿に随つて欧洲に赴き、留ること年餘、七年には大久保内務卿に随つて清国に赴いた。この頃井上は参議伊藤博文の知を受けてゐたから、竹添の上京するや、直ちに之を伊藤に推薦した。其の結果、八年四月竹添は修史局二等協修に叙せられた。既にして、森有礼が清国公使として赴任することになり、勝海舟は竹添を森に随つて彼地に赴かしめんとし、政府に推薦した。これは竹添が上海を見て以来、支那に志を抱くやうになり、且つ儒学を政治上に実行するの意見が有ることを知るからである。それに又森は、早年英国に留学し、後米国に代理公使を勤め、西洋の事には通ずるが、東洋の学には疎《うと》いから、これから清国へ行くといふのに、竹添を附けて遣《や》れば、森の短所を補ふことが出来るのであらうとの配慮も有つたといふことである。

竹添の詩によると、八年十二月十二日船で山東の芝罘に着き、陸路西行、黄河を渡つた所で年が暮れた。当時汽車は無く、馬又は馬車で行つた、所謂る南船北馬である。馬車と言つても北支那の旅に、騾馬《らば》一頭又は二頭で挽かせる轎車《けうしや》のことである。「楽安県途上」の七律の二句に、

荒城寒色連平野。古駅残星帯瘦騾。

楽安県は晋以来の古城があり、今は荒廃した姿を寒寒と平野の間に曝してゐる。昨夜泊つた駅舎の前に、暁の星が瘦せた騾馬の背に垂れてゐる。これだけでも支那大陸特有の旅況を想像させるに十分である。「芝陽除夜」の五律、

明日逢元日。青樽酒不空。村荒寒色外。年尽馬蹄中。
守夜杯盤冷。囲爐榾柮紅。一行肥薩客。聚首話郷風。

毎日駅馬の蹄の音を伴として旅を続ける中に年は暮れた。行き着いた荒村の宿場で爐を囲みつゝ除夜の酒を酌み交す一行は、森公使と穎川書記官と竹添の三人だけ。而して森は薩摩、穎川は肥前、竹添は肥後、お互ひ隣国どうし額を聚めて故郷を語りつゝ夜を明かした。

北京公使館に数月を過した竹添井井は、公使に請うて四川省に大旅行を試みた。其の動機に就ては井井自ら云ふには、客の蜀中より来つて其の山水風土を談ずるのを聞く毎に、神飛び魂馳せて自ら禁ずる

ことが出来なかつたと。それに又当時支那には西洋の宣教師が多数入り込んで、其の足跡は殆んど全土に及んでゐるが、未だ蜀道の険を冒した者は無いと聞き、井井は外国人として奮つて此の旅行を思ひ立つたのだと云ふ。

九年五月二日、井井は同郷人津田君亮と共に北京を出発し、北京人侯志信を案内とし、直隷、河南、陝西を経て四川に入り、蜀の桟道を通つて成都から重慶に出で、長江を下り三峡の険を過ぎて、八月二十一日上海に着いた。同時に津田、侯の二人と別れ、帰国した井井は、同年の内に、『桟雲峡雨日記幷詩草』上中下三巻の大著を成した。而して九年から十一年にかけ、日本及び清国の諸名家に稿本を提示して、評、序、跋、題字を徴し、原文と幷せて、十二年三月東京に於て出版した。

『桟雲峡雨詩草』は古今体合せて百五十五首を算する。此の外にも、八年の「乗槎稿」六首、九年の「滬上遊草」九首、十年の「杭蘇詩草」二十一首、十二三年の「遊燕草」十四首の稿がある。これ等漢土に在て作る所の詩を合計すれば二百五首に達する。邦人の漢土に在ての詩として、量の大と質の美に於て、未だ曾て井井の右に出づる者を見ない。私はこゝに再び大江敬香の「桟雲峡雨評」を引く、これは敬香が明治の末年に書いたもので、二十年代に書いた前掲のものと稍重複した点もあるが、明治中『桟雲峡雨』が如何に識者に愛重されたかを知るよすがとなるからである。

当時邦人の清国に遊びし者は、北京に於ける日本公使館又は上海に於ける日本領事館の官吏を最とし、他は寥々算するに足らず。而して君が遠く巴蜀に遊びし如き実に破天荒の快挙にして、啻に邦人殊に藝林の士君子をして驚かせしのみならず、又清国の士大夫を驚かしめたるものなり。況や其の文其の詩は実に雄健高雅を以て鳴り、朝野争ふて之を閲読せしに於てをや。明治十二年前後中流の人士にして桟雲峡雨日記及詩草を繙かざるもの決して之無しと謂ふも可なり。余は其の和紙刷を見、又唐紙刷を見、又洋紙刷をも認めたり。以て其の需要の多かりしを信ずるなり。君が名声は其の朝鮮に公使たりしよりも、其の東京大学の教授たりしよりも、其の老来大著に専らなりしよりも、其の桟雲峡雨日記及詩草に於て湖海に喧伝するや明なり。文章の価値於是乎偉大なり、区々の爵禄何か有らん。

実際、『桟雲峡雨』の一書は当時洛陽の紙価を貴からしめた、今のいはゆるベストセラーであつた。此の書の扉には、其の評、序、跋、題字を寄せた日本の二十三人と清国の二十人の名が掲げてある。それも序列に注意した跡があり、一寸考へると風雅の道に似合はぬ俗な所作とも思へるが、此の書の性質から考へれば、井井の本心は決して俗なものではないであらう。乃ち、三条相公、伊藤公、副島公、勝公、長岡公、重野成斎、川田甕江、藤野海南、長三洲、井上毅、岡松甕谷、中村敬宇、四屋穂峯、三島中洲、草場船山、土井聱牙、大槻磐渓、那珂梧楼、萩原西疇、大沼枕山、小野湖山、阪谷朗廬、木下梅里、となつて居る、盛んなりと謂はねばならぬ。

清国人は、李氏中堂（李鴻章）、曾湘郷侯（曾紀澤）を始とし、以下兪氏、高氏と姓のみ挙げた。巻首に載せた李中堂と兪曲園の序、並に巻末の勝海舟の跋は確かに本書を重からしめてゐるやうだ。

同津田君亮発燕京留別駐京諸友

東来万里又西征。豈是尋常離別情。飛絮落花春尽路。差池帽影出燕京。

『桟雲峡雨詩草』の開巻第一首の詩である。「日記」によれば、公使館の僚友たちが二人の出発を送つて、正陽門外西河沿まで来て別れたとある。東の方日本から来たばかりで、又遠く西に向つて征《ゆ》く。大体分り易い詩である。差池《シチ》は燕が或は高く或は低く飛び交ふ貌である。行人の帽影が高く低く、やがて野の末に消えて見えなくなるまで、見送る人は立ち尽すであろう。春の暮、柳の絮《わた》や花が行人の肩にふりかゝるであらう。画のやうな詩である。

憶内

駅路千絲柳。難縫客子衣。臨別密密縫。衣破未言帰。

客中又為客。音信自茲違。遥想空閨夢。猶向燕都飛。

駅路の柳に千条の絲が垂れても、客衣のほころびを縫ふことは出来ぬ。国を出る時、妻が念には念を入れて縫つてくれた衣もほころびたが、そのまゝ着て旅から旅へ出た。これから音信も絶え勝ちになる。妻は私がまだ燕京に居ると思ひ、夢に見てゐるのではあるまいか。

井井は明治十二年一旦梓に付した『桟雲峡雨』の詩と文を、其後更に字句を推敲し修正して、明治四十三年『独抱楼文稿』三冊を刊した時、其の附録として二冊を刊した。今日、修正前の原本と修正本を把つて比較対照して見るに、巨匠が経営惨澹の跡はまことに敬服するが、修正の可なるものあり、原作の可なるものあり、詩は餘り考え過ぎてもいけないやうである。右の詩の如き、かなり修正されてあるが、私は原作の方を取つた。

天主堂

金碧耀日高煌煌。謂是西人天主堂。不独辺海架十字。中原半為祆教場。」

自称救世兼利物。不比空疎老与仏。時施医薬収孤児。籠絡蚩氓一可黠。」

誰将爛々巌下電。照破魔心装仏面。孟軻不作韓愈亡。世道之微微於線。

前年辺海の地 上海で十字架を見た時は、土地柄怪しまなかつたが、こゝ中原の地が半ば祆教の宣伝場になつてゐるのには驚いたといふ詩。「日記」に拠ると、北京を出て十日、直隷の順徳府に到り、一府に天主堂が二十幾つも建つ、其の用心恐るべしとある。次の作と幷せ観るべきである。

罌粟花
翠袖軽翻不受塵。嬌紅艶紫殿残春。前身応是傾城女。香色娯人又殺人。

紅に紫に、残春に殿《しんがり》して咲く罌粟《けし》の花は、美人が翠袖を翻へしたやう。その美人の前身は傾城傾国の婦、色香を以て人を娯《たのし》ませるが、又よく人を殺す。この花も美しいが毒がある、鴉片と化して人を殺す。「日記」に、近時鴉片が蔓延し、到るところ之を種《う》え、西に行くほど熾《さかん》である。品質は輸入の物が良く、その為め一年に二千万金を費す、四億の民の衰亡を救はねばならぬ、とある。

こゝで私は拙稿の読者にお断りしなければならぬ。実は十二月号で『桟雲峡雨』の詩を説き、一月号で竹添の詩と共に明治初期の詩を終ることとし、二月号から再び明治中期に戻つて、此の稿の本命とする国分青厓、並びに槐南、種竹等の詩の事を語る積《つも》りであつた。然るに編修の都合で、十二月は休載となつたので、『桟雲峡雨』の詩は半途ながら以上で止め、後日、明治末期に及んで竹添一生の詩『独抱楼集』を説く時に譲ることとし、以下再び明治中期に入る。要するに私の言ひたかつた事は、日本人の詩文が大江敬香の云ふ如く「漢人に対して愧ぢず、啻に邦人を驚かせしのみならず、漢客をして日本詩人の侮るべからざる、文学上対等の地位に居るものなることを覚知せしめたる」、副島、井上、田辺、竹添等の詩文の真価についてのもつと委《くは》しい話がしたかつた。これ等諸家の大手筆の如き、最早再び世に見ることは出来ない、それが今日我邦人にも漢人にも全く忘れ去られてゐるのである。

明治三十一年八月、森槐南は伊藤博文に随つて清韓二国に漫遊した。仁川、京城、天津を経て北京に入り、更に天津を経て上海に下り、漢口に赴き、南京、上海を経て帰国した。得る所の詩各体四十餘首、編して「浩蕩詩程」と名けた。要するに公務出張の餘に成つたもの、漢土にも知られずして了《おは》つた。其の翌三十二年の九月、本田種竹は万朝報記者として漢土に遊んだ。北は北京、南は南京、杭州、南昌に遊び、西は漢口に至り洞庭に浮んだ。其の間、李鴻章、呉汝綸、張之洞、兪曲園等を歴訪し、大いに日東詩人の為に気を吐いた。この点槐南の遊に勝るもの一等である。諸公と応酬の作、並に遊歴中作る所、幷せて百数十首あつた。然るに『懐古田舎詩存』には僅に其の一部しか載せてゐないのはどうしたことか、惜むべきである。

三洲、蒼海、梧陰、蓮舟、井井の後、復《ま》た漢人を驚倒させる程の作者は出なかつた。強て求めれば山根立庵一人であらうか。現在日本で立庵の名を知る者は絶無稀有である。然し此人は文に詩に天才を具有した。明治三十一年上海に赴き、漢字新聞『亜東時報』に主筆となり、文名彼土人士の間に高く、清廷の大臣李盛鐸は、山根の一文を以て慈禧太后の御覧に供へ、太后は之を読み「欧蘇の文に匹敵す」と激賞されたと云ふ。後、華北に遊び、文章を以て両国朝野の間に重んぜられたが、明治四十四年五十一歳を以て早く世を去つた。友人に依り『立庵遺稿』二巻が刊せられた。立庵の人と詩はいづれ後に又述べる。

餘談になり且つ私事に渉り恐縮だが、私は昭和四十二年台湾の中華民国に赴き、中華学術院日本研究所に教授たること八年に及んだ。その間我外務省に請うて『日本外交文書』既刊四十冊を中華学術院に寄贈され、中国側からは種々多数の中国書籍を以て之に返礼したことがある。『日本外交文書』に抄録された副島の『適清概略』や井上、田辺起草の照会文、其他竹添の『桟雲峡雨』、岡千仭号鹿門の『観光紀遊』、曾根俊虎号嘯雲の『法越交兵記』等、皆日本人が漢文で著はし、日本人も中国人も夙に忘れて了つた此等の名著を、私は常に研究所で講読に用ゐた。近代史家沈雲竜氏は私の提供した諸書の中、『法越交兵記』と『観光紀遊』を取り、影印して其の主宰する『近代中国史料叢刊』に編入した。

『観光紀遊』は、岡鹿門が明治十七年五月上海に航し、杭州蘇州に遊び、こゝで清仏戦争の起つたことを聞き、上海に滞在して秋に及び、北京に赴き保定・天津を過ぎて上海に帰り、翌年春広東に遊び、病を獲て香港に療養すること百日、四月東京に帰つた。其の間通邑大都を歴て見聞する所、名士要人を訪ねて談論する所、一一詳しく日記体に記録したもので、十九年東京に刊した。積弱老大国の政治の失、風俗の弊を忌憚なく指摘してゐる。漢学者として著述家として一流に居た鹿門の大著として、一世の耳目を動かし、竹添の『桟雲峡雨日記』に並ぶものと称せられた。たゞ竹添が先鞭を着けたといふだけの違ひで、後に来者なきこの二書は、文章は経国の大業といふ言葉の真によく該当するものであつた。

『法越交兵記』の著者曾根俊虎は、旧米沢藩儒者の家に生れ、少くして藩校に学び、維新後海軍に出身し、明治六年軍艦竜驤に乗組み、副島大使の清国に使するに従ひ、副島と詩を贈答した。七年上海駐在を命ぜられ、公務の間に彼国の政情兵事を視察した数種の書を著はし、当局の認むる所となり、十一年一海軍大尉を以て天皇に拝謁奏上するの光栄に浴した。又彼土士大夫と交遊し詩文を応酬した。十三年興亜会の創立に尽力し、十七年清仏戦争に当つては上海、福州、広東の間に往来して、実地に視察した所に多年の蘊蓄を傾けて『法越交兵記』を著し、十九年東京に刊した。大将有栖川宮熾仁親王は題字を賜ひ、中将曾我祐準、川田甕江、栗本鋤雲等の序、中国の名士六人の序が有り、時務に裨益する書として聞えた。後、当局の忌諱に触れて官を辞し、江湖に在て支那問題の先達として重きを為したが、晩年不遇に終つた。「法越」の法はフランス、越は越南別名安南のことである。近来我マスコミではベトナムなどと書くが、何故「越南」と書けないのか、越南は元漢字の国である。曾ての越共の首領胡志明もホーチミンと書いてゐたが、其の頃台湾か香港の新聞で胡の近作といふ七言絶句を見た記憶がある。

四十三

明治中期二十一年から二十三年までの青厓、槐南等の詩に就ては既に概略を説いた。これから二十四年以後、日清戦役の前年までの漢詩界に就いて説かうと思ふ。

『槐南集』を繙いて、試みに明治二十一年初から二十三年末までの詩の数をしらべると、合せて二百六十二首有る。二十四年から二十六年までは合せて二百九十三首、両者を合すると五百五十九首である。本田種竹の『懐古田舎詩存』をしらべると、二十一年から二十三年までは僅に三十九首、二十四年から二十六年までは百四十首、両者を合すれば百七十九首。但種竹は自作の三分の一を存し餘は捨てたと云ふから、実数はこの三倍位有つたであらう。槐南の詩は門人が一首餘さず録したと云ふ。

青厓は両人に比し非常な多作である。二十一年から二十四年まで三年間に六百十六首。二十五、二十六両年だけで合計九百九十三首、両者を合すると一千六百餘首の多きを算する。数量に於て槐南の三倍である。三人は各〻詩人としての稟質を異にした。青厓は筆を落せば即ち成る、古の温八叉を思はせる敏捷の才であり、従つて古詩に適してゐさうで実は律詩に長じた。槐南は長篇古詩を得意とし縦横変化の妙を示したに似ず、甚だ遅筆であつたと云ふ。種竹は一句一句彫心鏤骨したと云ふ。以後明治の末まで、三詩人中、青厓は詩作の量の多いことで他の二人を遠く引離した。槐南は二十一年から枢密院属、二十五年から内閣属で、毎日役所に出勤し吏務に服した上で、詩を作り詩餘も作り、新聞の詩欄を担当し、多くの詩を取捨し、点竄し、批評し、且つ著述もする。非常な負担で長篇大作を試みる遑は無いと思はれる位ゐであるのに、これだけの詩を作つてゐるのは寧ろ驚歎に値する。種竹は明治二十年代、初め東京府属、次で農商務属であつた。二人は同じく微官に縛られながら詩に傲を寄せてゐたのである。小見清潭は種竹の事を次の如く云ふ。

属官として官海に游泳したるも学問有るが為め却て妨害となりて俗吏と伍することが出来ない。世務には一通り通暁せる才人肌の人である。然れども処世には餘り巧ならざる証拠には、役所の事務室に唐本なんぞを携へ行き、己れは此の立派な書物即ち無点の本が読めるとばかりで、天狗を現はす所から他無学なる俗吏輩の憎しみを受けて自分から依願免官の辞令を頂戴するなどの事で明白である。

詩人の面目躍如たるものがある。二人に比し青厓は極めて自由な境涯であつた。『日本』の「評林」と「文苑」を担任し、常に時事に注目し、諷刺の詩を作つて「評林」欄を満すのも青厓としては苦労はないが、「文苑」には詩の種を寄せねばならない。投稿以外は自ら集める外ない。青厓は詩に先輩も少く門人も無く、気の合つた同輩が少し居るだけで詩会にも殆ど出ない。星社の同人は大半が槐南の一派で、詩風が全く合はず、互ひに交際もしない。槐南とは表面上の交際をし、詩を批評し合ふことが有るだけである。これは槐南が父以来の門人や先輩を多く持ち、詩は求めずして自ら集つて来るのとは訳が違ふ。特に青厓の詩を喜び青厓を慕うて来る人か、新聞『日本』の愛読者で特に「評林」か「文苑」を目指して投稿して来る人の詩を待つしか無い。「評林」は青厓自ら独占せず、人の詩でも時事に関繋あり佳作であれば取る。時には和歌でも取る。かうしてどうにか種切れにならず維持して来たが、新聞社としてはそれでは満足出来ず。明治二三十年代は詩が歌よりも俳句よりも尊重された時代である、青厓といふ大家を抱へて「評林」は天下一品の称を擅にするが、「文苑」の詩は他の諸新聞の詩欄に比して特色ありとは言へない。天下の佳作は槐南の手により多く『毎日新聞』に現はれる、其の編修ぶりも整斉である。これが新聞『日本』が出て数年にして新聞社内外に起つた批判であつた。『日本』に於て最初から編輯長の仕事をした古一念古島一雄が、後年の追憶談に云ふ。

青厓は、本職たる「文苑」には一切自分の創作を発表しないばかりか、投吟の募集さへしなくなつた。怒つたのは羯南だ、「青厓は本職を忘れて岐路に入てゐる、その青厓はもちろん悪いが君もおだてるからいけない」と二度も三度も叱られた。そこで青厓に「羯南が怒つてるから君の創作の発表はともかく、せめて名家の作品の募集だけはやつてくれ」といふと、彼は「実はあの吟社の連中が嫌ひなんだよ」といつてきかない。

当時漢詩壇の名家といへば、森槐南、矢土錦山などで、風流宰相伊藤春畝伯の幕賓として時めいてをつた。ところが青厓は「羯南でも君でも、あの連中を知らないから買ひかぶつてゐるが、僕はあんな連中と同席することを恥ぢる、うそと思ふなら一度会つて見たまへ」といふんだ。そんなら社で一席設けよう、といふことで不忍池畔の長酡亭に、槐南や錦山らを招いたことがある。さて会つて見ると、青厓はわが社中でも奇人と呼ばれた風格の持主だが、この連中には風格もなければ気品もない。まるで一種の高等幇間だ。これでは青厓のけいべつするのも無理はないと思つたよ。仕方がないから「文苑」の募集は桂湖村などに頼むことにしたが、以後青厓はますます本職の漢詩に遠ざかり、「評林」専門になつてしまつた。

青厓は一生自分の詩を整理したことがない。皆作り放しで、人が持ち去つて新聞にでも雑誌にでも登載するに任せ、何処へも自ら投稿するなどといふことはない。人の持ち去らぬものは自然散逸するのみであつた。独り「評林」だけは、新聞『日本』に載つたものを一々切抜いて帖に作つて置いた。「文苑」に出た詩は自他とも一首も切抜いてゐない。その「評林」も『日本』に出たものだけである。羯南は青厓を「懶怠骨に入る」とか「青厓性癖疎懶自ら誇り」などと書いてをり、同じ新聞社に居て、仕事の上ではその性癖のため随分困らされたやうであるが、弱冠同窓以来お互ひの友情は変らず、一生の知己であつたやうだ。私は青厓翁の口から度〻その羯南に対する深い友情の語を聞いた。

青厓は桂湖村が年少の日の詩を読んで、共の時流に染まず、格調の雄健なるを愛し、之を羯南に奨め、已れに代つて「文苑」を預からせたのである。明治二十四年の事であつた。青厓は新聞社に毎日規則的に出勤することなく、出たり出なかつたり、出て来ては「評林」の材料を求めるだけであるから、詩は幾らでも出来た。空前の多作者となつた所以、この点吏務に齷齪する槐南、種竹などより、餘程詩人として幸福であつたと言へよう。

明治二十三年五月二十三日、槐南の家に東京の漢詩人十一人が招かれ、主人槐南を加へた十二人によつて「星社」が創立され、二日後の二十五日の『毎日新聞』紙上に此の事が報道された。これは本稿「二十」に既に記した。ところが五月二十三日の新聞『日本』には、この十二詩人に対する月旦が載つてゐる。それは「当世詩人十二気評」「当世詩人十二曲評」といふもので、前者は「蜃気楼主投」、後者は「音曲博士投」とあり、投書といふことになつてゐるが実際はどうか分らない、或は新聞『日本』の楽屋に於ての工作かも知れない。兎も角として十二詩人の名と詩は当時殆ど定評があつたものと見なければならぬ。何しろ漢詩の盛行した時代で、詩人は世に名を知られ其の詩は人〻に読まれ且つ評価されてゐたことは確かである。

錦山……矜気　槐南……驕気　青厓……獷気　敬香……洋気
種竹……渋気　六石……傖気　寧斎……客気　湘南……粉気
霞庵……儒気　琴荘……市気　晴瀾……蛮気　岐山……梵気
錦山は義太夫の如く　敬香は新内節の如し
青厓は謡の如く　種竹は清元の如し

槐南は長唄の如く　六石は米山甚句の如し
寧斎は歌沢の如く　晴瀾は薩摩琵琶の如し
湘南は新潟節の如く　岐山は阿保陀羅経の如し
霞庵は一中節の如く　琴荘はカツポレの如し

前者は各詩人の気性を言ひ、後者はその詩風を言ひ、皆頗る適評で決して等閑《なほざり》のものではない。今後私はなるべく各詩人の詩を挙げて説明しようと思ふ、きつと読者は右の評に照して首肯される所が有るであらう。錦山、矜はほこる、尊大ぶる、十二人中の最年長で実力も相当あり威張つてゐる。槐南は詩の天下を取つたやうに甚だ気が驕《おご》つてゐる。青厓、獷は狂犬のやうに強くあらあらしい、青厓は晩年に至るまで、自分の詩の弊といへば獷の一字だと言はれた、右の評は青厓自身のものと私は思ふ。『日本』の楽屋話しと云つたのはこの意味。敬香は盛んに西洋を言ひ新しがつてゐる。種竹は派手なやうで実は渋いところが有る。六石は傖夫《いなかもの》の気が抜けない。寧斎は客気に駆られて何をやるか分らない。湘南は脂粉《おしろい》の気があつて厭味だ。霞庵は道学先生臭い。琴荘は大道商人のやうなところが有る。晴瀾は蛮カラだ。岐山は抹香臭い。

四十四

「当世詩人十二曲評」などと云つても、和楽《わがく》に味《くら》い今日の我〻には何のことか解《わか》らない。然るに明治の、文学を愛するほどの士人は、漢詩が解るし、和楽にも馴染《なじ》んでゐて「槐南は長唄の如く、種竹は清元の如し」などと云へば、直ちになるほどと頷《うなづ》けたものであらう。その頃の有名な詩人の詩は、新聞に雑誌に、人〻争ひ読んで鑑賞し、批評してゐたものであらう。さうして詩が盛んになればなるほど、詩に対する評論も盛んに行はれるやうになり、それが又各新聞を賑はした。明治二十三年十月九日の『日本』紙上に「二十四品」と題した表《へう》が掲げられ、青厓の名で次の如く前書《まへがき》してある。

近来詩評流行し、日として新聞紙上に見《あら》はれざるなし……昨日寧斎に会《あ》ふ、寧斎曰く、頃《このごろ》種竹、岐山、六石、晴瀾、琴荘、湘南と共に槐南の宅に会す、談、偶《たまたま》当世詩人に及び、遂に司空図の二十四品を以て之を擬評せり、已《おのれ》を除き二十三家この表即ち是れなりと……。

唐の司空図の撰『二十四詩品』は、詩の品格を、雄渾とか沖澹とか繊濃とか、凡そ二十四に分つて論じてゐる。そこで槐南、寧斎等八人は、当時新進の十二詩人の外、老輩の詩人十二を加へた二十四家の詩に就いて、某は雄渾、某は沖澹といふ風に品評して一の表にまとめたのである。其の表を今こゝに掲げて見ても、読者には恐らく何の興味もないであらうから略するとして、たゞ十二曲評だの、二十四品だの、その他これに類する詩評が流行した位《くらゐ》、当時は詩及び詩人が世間に持てはやされたといふ事を言つて置きたいのである。

同時に又こゝに見逃すことの出来ないものがある。右の表が出て間もなく、同じ『日本』紙上に載つた「東京各新聞詩欄十七字評」である。これは各新聞の詩欄を十七字の俳句を以て批評したもので「是れ墨上なる拈華庵の投ずる所、其の当否の如きは世間自ら燃犀の詩眼あるべし」と前書してある。前の十二曲評と同じく、餘程当時の詩界の情況と各詩欄の特色を知つた者でなければ何のことか解らないが、当時如何に漢詩欄が世の注目する所となり、人々の鑑賞を博してゐたかといふことの証拠にはなる。それだけでも意味があるから左に掲げる。

毎日新聞　紐解《ひもと》きや華麗《はで》な衣裳も親の慈悲

朝野新聞　末枯《うらか》れて鯔《どぢやう》も混《ま》ぢる八百屋の荷

東京新報　顔見勢《みせ》や揃ふ台詞《せりふ》も京訛《なま》り
大同新聞　繰《く》り返す昔話しや榾柮《ほた》の宿
江湖新聞　日の差せば直ぐ釣り替《か》へる干葉哉
自由新聞　初雪やまたの日頃と降り惜む
国民新聞　道筋は鳥になと問へ薬研堀
東京公論　親みは世の外にあり河豚《ふぐ》の友

『毎日新聞』の詩欄は初め森春濤が担任し、艶麗な詩風を以て時好に投じたが、槐南がその後を継承するに至つて、詩欄は一層充実したものとなり、東京新聞界の詩欄の白眉と見なされた。右の句は其の事を言つたものであらう。成島柳北が明治七年、『公文通誌』を改題して『朝野新聞』と為し、新たに雑録の一欄を設け、其の末尾に漢詩を掲げるや、文と詩と幷せて江湖の喝采を博し、それ以来「詩は新聞材料要素の一」となつたと、大江敬香が云つてゐるが正にその通りであつた。然るに十七年柳北没してより、雑録は跡なく詩欄は生彩を失つた。「末枯れて」の句は是れを言つたものである。以下諸新聞の詩は皆私の見たことのないもので、句の意味もよく解《わか》らないが、当時の人〻はこれで意味が解り、面白く読めたに違ひない。新聞『日本』の評が無いのを見ると、これは矢張り同紙記者たちの所作ではあるまいかと思はれる。

右は明治二十三年十一月の時点に於てのものだが、二十三十年代に亙つて、東京の新聞で詩欄を設けてゐたものは、この外にもまだ有る、『東京日日新聞』『郵便報知新聞』『民報』『国会』『東洋新報』『中正日報』『二六新報』等がこれである。「報知新聞は文苑の題に依り、栗本鋤雲氏の評を求め、毎日新聞は滄海拾珠の題に拠り、森春濤氏の評を乞ひ、各〻其の紙面を飾り、漢詩の声価凡そ一般文学を圧し去るの勢あり」と、敬香は云つてゐる。
右の十七字評の後、月餘にして十一月二十一日から三日間、今度は「各新聞社詩欄月旦」なる批評文が、冷眼隠士なる異名で同じく『日本』に載つた。取上げられたのは、『毎日新聞』『朝野新聞』『東京新報』『日本』『大同新聞』『東京公論』で、各紙の詩欄に載つた最近の詩に対する仮借なき批評である。軽妙な筆致に諧謔をまじへ、頗る人の頤を解くものがあり、当時の読者は、詩と評と合せ見て興味深く感じたであろうが、今こゝにそれを再現することは不可能に近い、批評だけ挙げて見ても無意味であるから、略して次に進むことゝする。

それから又、数日の後『日本』に「詩に就ての小言　解頤老人」なる一文が載つた。すると又一週間の後、『早稲田文学』第四号に「詩といふ字」と題して、右の文を紹介してゐる。今その要点を摘録すると左の如くである。

今人詩と言はずして皆漢詩と呼ぶ、是れ西詩国詩に対したる積りなるべけれど、漢詩といへば漢代の詩にして、猶唐詩といへば唐代の詩たるが如し。彼等が「うた」「ポエトリー」の訳字に窮して、竟に国詩西詩といへる文字を借りしは已むを得ざるとするも、其が為に本尊たる詩まで漢詩などと言はざるを得ざるは誠に迷惑千万の事といふべし。

彼等が漢詩々々と騒ぐより、西詩に暗き者の方にても亦西詩々々とわめくにて、或人此頃余に向つて言ひけるやう、昨今詩の改良といふ事が流行なるが、之を唱ふるものは大抵詩を知らぬ者なり、いつも漢詩は分らぬと云ふ、分らぬものが何んで改良が出来ようかとて大笑せり。

これは千年の伝統の下、詩といへば漢詩のことで、他に詩といふものゝ無く、以て歌に対したものが、近頃西洋の詩が伝はり、それを西詩といふと共に漢詩の称が始まつたのを、漢詩家が皆これを嫌つた、その気持ちを言つただけのものである。一方「新体詩」なるものが創《はじ》められてゐたが、少くとも明治一代、単に詩といへば漢詩のことであつたと断言してよいやうだ。

明治二十四年に入ると、二月九日から十一日まで『日本』紙上に、又、冷眼隠士の名で「東京各社新聞詩欄月旦」なる文が四回に亙り連載された。『毎日新聞』『民報』『東京新報』『日本』各紙の詩の月旦評で、末尾に「これより正に、国会、自由新聞、東洋新報、中正日報等に移り、縦横無尽に罵倒せんとす」云云。又「今の世に詩人と呼び才子と称へて各新聞の一隅に居城を構へ兵威を張れるは、是れ皆凡庸の輩に非ず……動《やや》もすれば雕虫の小技を恃みて自ら安んじ、盲《めくら》千人の世の中を幸ひとし」云云とあり、其の筆鋒あまりに辛辣を極めたので、忽ち詩界の問題となつて、四紙以外には及ばないで終つたやうである。それから僅か三日の後、『東京新報』に、神田詩道正人なる異名で「読日本詩欄月旦」といふ七絶二首が載り、続いて又、間髪を容れず、野口寧斎の之に対する批評が出るなど、一時大騒ぎとなつたものである。

明治二十五年一月十五日の『早稲田文学』第七号と次の号に、「明治廿四年詩界の現象」と題する評論が「局外道人寄」として、一年を前半期、後半期の二回に分け掲載された。合せて九頁に及ぶ長篇で、到底こゝに引用出来ないが、特に全豹の一斑を挙げて見よう。前に私は創刊以来の『早稲田文学』が、殆んど毎号漢詩界の消息を伝へ、評論を行ひ、漢詩に対する配慮が極めて周到であつたと言つたが、右論文の首にも、

今文学の一部たる詩海の現象にして、昨明治廿四年中に起りたる事実を摘み『早稲田文学』の餘白を仮りて之を江湖に質さんとす。

とあり、当時の漢詩は「文学の一部」として最も重要なる地位、則ちその首座を占めるものであつた。だ

から「詩海」と言っても直ちに漢詩界のことになり、漢の一字を加へる必要はなかつたのである。凡そ今日の人には想像も及ばぬ事実であつた。

……先づ前半期中に就て之を見るに、其の現象の尤も著しかりしは、冷眼隠士と称する者、東京各社新聞月旦といふを日本新聞に掲げたり……硬とは即ち雄偉勁健の詩体をいふなるべく、軟とは艶麗繊巧の風を称するならむ。後者の代表者ともいふべきは毎日新聞、しがらみ草紙等にして、前者の代表者は即ち日本、東京新報等なり。而して民報に至りては平易率直又自ら別調に属す。隠士の新聞詩欄を月旦せしもの、筆鋒鋭利、間〻《まま》嘲謔を含む、前輩後輩を択まず其の疵瑕を挙げて毫も仮借する所なし。又屢〻詩論の範囲を脱して他事に及べる所なきに非ず。特に其の口気甚だ激烈なりしを以て、遂に一時詩海の騒擾を惹起すに至りしなり。……稿を畳ぬこと四回にして終る、越えて三日、読日本詩欄月旦……神田詩道正人の異名を東京に掲げし者あり、詩中、寧斎、槐南を非するの文字あり、其の明日直に寧斎主人の名を表して名作評注と題し、詩道正人の七絶を評釈す。今其の最も寓意の存する箇所を指摘して以て当時一部詩人の熱度如何に高まりしかを示さんとす。

……是等の筆法全く春秋より出づ、学問根柢あり、主人の尋常詩人に非ざるを知るべし、

……隠士以外の罵倒尤も千万ながら続き工合十分ならぬやうなれど平仄の違はぬ処滅法有難し、

……博士になりともしてあげたし、悟入した処いよいよ御学者様なり、

是等の筆法読者をして暗に其の作者を知らしめんとしたるものにして其の語中諷刺を帯ぶるが如し。是より人〻匿名を以て或は辯護し、或は攻撃し、数日を歴て止まず、遂に他の仲裁を待ちて僅に一定せしといふ。時に詩人社会の説二派に分れたりと聞きぬ、曰く詩欄月旦の如きものは宜しく為すべからざるものなり、曰く宜しく為すべきものなり。

此半期間詩風の傾向を察するに格調派最も勢力を得たりしが如し。此派の作家には国分青厓氏李空同を唱ふるあり、小川岐山氏杜少陵を唱ふるあり、然も岐山氏は未だ全く清調を脱せざるに似たり。野口寧斎氏も亦好んで雄偉勁健の詩を作る。然れども他の一方を顧る時は、艶麗清新、繊巧華縟の風更に其の素を養ひつゝあるを見る。是等の青年作者を落合東郭、谷楓橋、森川竹渓等の諸氏とす。此の半期間如何なる詩体が最も行はれしかを見るに、七言律及七言絶句なりしが如し。毎日新聞の如きは稀に古詩あるのみにして七律其の多数を占む。其他の諸新聞は一様ならずと雖も、要するに大同小異のみ。又次韻の行はれたる、森槐南氏の新春漫興の次韻一月より三月に亙れる、又同氏の春遊六律の次韻四月より五月に連れるを以て、其の一斑を窺ふに足るべし。

詩の行はれしは独り江湖のみならずして、台閣に於ても之を見る、勝安房氏、副島種臣氏、佐野常民氏、杉孫七郎氏、巖谷修氏等の作、数〻新聞紙上に散見せしが如き其の一例なり。

かくて後半期に至りては詩海の風潮極めて平穏にして、又前半期の当初に起りたるが如き激烈の現象を見ず。六月三十日野口寧斎氏が、懺花君、鬢絲禅侶、花夢居士の名を借りて各〻其の詩風を真似び、七言絶句三首を作りて毎日新聞に掲げたり。是れ一場の遊戯に出でしに過ぎざりしも、鬢絲禅侶森川鍵氏は直ちに書を毎日に寄せて他人の悪戯に出でたるものにして自作にあらざるを弁明し取消しを要求したり。次で七月十七日杉原謙氏の論詩一篇毎日新聞紙上に見はる、一短篇に過ぎずと雖も多少現代詩風の傾向を窺ふに足るもの有るを以て摘録……

杉原氏の一篇とは、当時の詩風の弊を論じたもので、立派な漢文である。之に対する森槐南の漢文の批判、又森の文に対する春秋園主人といふ者の漢文の批判も、同時に録せられてゐる。明治の此の時代は、このやうな論争が漢文を以て行はれ、それが新聞に出て人〻は喜んで読んだものと見える、全く驚歎に堪へぬことである。尚ほ次を見よう。

此等の論、本題に緊切ならずと雖も、槐南氏は実に現今詩壇の牛耳を把るもの、其の持する所の主義の如何により詩海の現象自ら異ならざるを得ざるを以て故らに之を表出す。

十月三日岡本黄石、伊藤聴秋諸氏、故梁川星巖氏贈位式を星ケ岡に挙ぐ。此時を期して東京各詩社の聯合を図らんとせし者あり。思ふに此の聯合にして実行せられたらんには詩海の風潮必ず一変して新現象を呈するに至りしならむ。蓋し従来市下に成立する所の詩社其の数尠からず、而して其の執る所相同じからず、今其の弊処を挙ぐれば、麴坊吟社は庸熟に傾き、晩翠吟社は動《やや》もすれば俚俗に堕ち、玉川吟社は枯槁の風あり、而して星社は艱渋の態ありと云ふ。一は宋詩を唱ひ、一は韋柳体を奉じ、一は清詩或は明詩を唱ふ。其の相容れざること此の如ければなり。而して此の企望は遂に達せられずして止みぬ。

十一月廿三日の『日本』に、解頤老人の名を以て「詩に就ての小言」といふを載せたる者あり。世人が西詩国詩に対して支邦の詩を漢詩といふを誹《そし》りたるなり。其の指す所何くに在るやは得て知るべからずと雖も、改革非改革の説、詩人社会の注意を惹きたる一端として見るべし。或は曰く、解頤老人は森槐南氏の異名なりと、道人は其の果して然るや否を知らず。

十二月に至りて江湖散人といふ者、論詩絶句八首を作りて日本新聞に投ぜしより、詩海に稍動機を起したり。散人の詩一たび出づるや、台閣漫士一方に起り相互に唱和す、一時論詩の盛を極む。而して異むべきは同一江湖散人の名を以てして、前後其の人を異にし、同一台閣漫士の名を以てして亦其の人同じからざりしが如し。第一江湖散人の論じたるは、錦山、槐南、青厓、敬香、種竹、寧斎、湘南、竹磎、の八氏なり。筆法婉曲にして単に微意を字底に蔵するのみなりしが、第一台閣漫士の作に至りては即ち其の鋒を露はせり。第二江湖散人の詩は前者の補ひを為したるものにして、岩渓裳川、小川岐山、関沢霞庵、田辺松坡、田辺碧堂、落合東郭、谷楓橋、横川唐陽、の八氏を論ず。第二台閣漫士之に和す。時に指星道人といふ者あり、亦論詩絶句六首を作りて『日本』に投ず。言甚だ詭激にわたれるを以て唯其の一首を掲げて他は録せざりき。論詩の餘波延て今年に至りて未だ已まず。

此の半期間詩風一般の傾向を見るに、格調派其の最高頂に達したる時なりき、而して是と同一平行線を以て華麗の風も亦進歩せり、歳末に至るに及びて後者終に前者を凌駕せんとする傾向を生じぬ。詩体は前期と異なることなく律絶多かりき、唯次韻唱和の甚しく行はれざりしは前半期と流行を殊にせるものといふべし。

この僅かな文章の中にも、明治漢詩の盛時に就いて種〻の示唆を含んでゐることを読者は感得されたであらう。

四十五

今月は幾分多くの紙幅を与へられたので、一つ野口寧斎の詩に就いて語らうと思ふ。少し餘談が混じるのを許されたい。

私は去年十一月、博多の友人大石氏に招かれ北九州に遊んだ。博多から砂白く松青き海岸に沿うて唐津に至り、虹の松原を過ぎて鏡山、一名領巾振《ひれふる》山に登つた。こゝは万葉の歌に名高い松浦佐用姫にまつはる伝説の地である。大伴狭手彦が新羅征討に向ひ、此地から出船するのを、佐用姫は山頂から領巾を振つて送り、哀別の極、死して山上の石と化した。万葉以来多くの歌人に歌ひ継がれ、人〻に語り継がれて来たことは、皆人の知る所である。私は懐古の幽情に堪へず、かゝる名跡に、来り訪ふ人の為め、伝説を記した碑石か木札か、何か有るであらうと、山上、火口湖の辺りを歩き廻つたが、遂にそのやうなものは見当らなかつた。そこで又私は考へた、女人が死んで石になるなど云ふ話は、今日の人には最早や信じられない事だから、現地の人も故らに之を言はなくなつたのかも知れないと。而も之は元来漢土に起つた話である、『神異経』に「武昌ノ貞婦、夫ヲ望ミ化シテ石ト為ル」、其の他の古書にも「武昌ノ山ニ石アリ、状《カタチ》人ノ如シ、相伝フ、貞婦ノ夫遠征ス、妻、子ヲ携ヘテ山ニ上リ之ヲ望ム、遂ニ化シテ石ト為ル」等とあり、我が佐用姫の事と同一轍である。それが望夫石或は望夫山と名《なづ》けられ、彼土の所在に有るのである。それが我邦に伝はつて、鏡山のそれも望夫石、望夫山など呼ばれるやうになつた。広瀬淡窓の詩に「鏡山、松浦望夫石所在」と題する五絶があり。松本奎堂の左の詩は題して「望夫石」と言ひ、佐用姫の事を詠じてゐる。

望吾夫。吾夫遠。挙袂招。招不返。哀痛入骨命縷絶。化為介石立層巘。」
千年寂々鎖古苔。朝雲暮雨空去来。」滄海之水深千尺。海波難及山頭石。」
石不言。長銜寃。

唐津は昔肥前の小藩で、小笠原氏の所領であつた。明治の後、旧藩主小笠原長生は海軍に出身し、大尉を以て日清戦争に従軍し、台湾澎湖島に遠征するに当り、大尉と同じく肥前の人である野口寧斎は、七言古詩一篇を賦して贈り、其の行を壮にした。

贈小笠原海軍大尉、　大尉名長生、旧唐津藩主、唐津距名護屋不遠、有望夫石遺址

大尉郷近名護屋。征韓旧史夜深読。豊公一喝驚天呉。万馬不嘶秋森粛。」
我武維揚四百年。膺懲大詔今此宣。殺気昏昏夜烟合。中有蔽海之楼船。」

大尉決眥靺鞨北。南天何処是郷国。平生棨戟身早忘。同兵起臥同兵食。」
何来竜旆連天黄。劈雲者砲雷硠々。飛濤百尺皆血色。蛟竜駭走剣有芒。」
彼哉一挫翻海勢。魚腹前後鬼不祭。夕陽滅没大孤山。急雪縦横威海衛。」
鳳銜朝下帝念隆。按剣起舞心更雄。天意便錫霊鷹瑞。廷議亦論金鵄功。」
欃槍狂駆入煙瘴。乗風直破澎湖浪。往時徒窘李舜臣。水犀将士無此壮。」
舵楼回視望夫山。蒼茫独立雲濤間。山頭風雨石応語。会見大尉奏凱還。

大尉郷ハ近シ名護屋、征韓ノ旧史夜深ケテ読ム。豊公一喝天呉ヲ驚カシ、万馬嘶カズ秋森粛。我ガ武維《コ》レ揚ル四百年、膺懲ノ大詔今此《ココ》ニ宣ス。殺気昏昏夜烟合シ、中ニ蔽海ノ楼船アリ。大尉眥ヲ決ス靺鞨ノ北、南天何ノ処カ是レ郷国。平生ノ棨戟《ケイゲキ》 身早ク忘ル、兵ト同ジク起臥シ兵ト同ジク食ス。何来《カライ》ノ竜旆《ハイ》天ニ連ツテ黄ナリ、雲ヲ劈ク者ハ砲 雷硠〻。飛濤百尺 皆ナ血色、蛟竜駭キ走ツテ 剣 芒アリ。彼ヤ一タビ挫ク 翻海ノ勢ヒ、魚腹前後 鬼祭ラズ。夕陽滅没 大孤山、急雪縦横 威海衛。鳳銜《フク》ミ朝ヨリ下ル 帝念隆《アツ》シ、剣ヲ按ジテ起舞 心更ニ雄。天意便《スナハ》チ錫《タマ》フ 霊鷹ノ瑞、廷議亦論ズ 金鵄ノ功。欃槍《サンサウ》狂駆シテ煙瘴ニ入ル、風ニ乗ジテ直チニ破ル 澎湖ノ浪。往時徒ラニ窘《クルシ》ム 李舜臣、水犀《サイ》ノ将士 此ノ壮ナシ。舵楼回視ス 望夫山、蒼茫独立ス 雲濤ノ間。山頭ノ風雨 石応《マサ》ニ語ルベシ、会《カナラ》ズ見ン 大尉ノ凱ヲ奏シテ還ルヲ。

大尉の郷里唐津は名護屋に近い。名護屋は豊太閤が征韓の大本営を置いた所である。我軍《いくさ》がふたゝび韓土に進んだ今日、大尉は旧《ふる》い征韓の史《ふみ》を取り出して夜深《ふ》くるまで読んだことであらう。豊公の一喝が海神天呉を驚かしたやうに、四百年後の今日、我武維《こ》れ揚る時が来た。敵国膺懲の大詔が宣下されて、殺気みなぎり風烟為に暗く、その間に楼船《おほふね》は海を蔽《おほ》ふばかりに勢揃《せいぞろ》ひした。大尉は眥《まなじり》を決して北の方靺鞨の天《そら》を睥みつゝ、郷国肥前の唐津を南の天に望むであらう。平生《むかし》なら棨戟《はたほこ》に前後を擁せられてあるべき王侯の身分を忘れ、兵士と起臥を同じくし兵士と食を同じくしてゐる。「筑海の颶風天に連つて黒し」と詠《うた》はれた元寇に代り、今は黄竜旗の影天に連るを見る。雲を劈《つんざ》く雷の如き大砲《おほづつ》の響きと共に、百尺の海濤は忽ち戦血の色に染み、海中の蛟竜（清国黄竜旗）も我が剣《つるぎ》の光芒《ひかり》に駭《おどろ》いて逃走した。九月黄海に、十一月大連湾に、前後相ついで挫けた敵の軍勢は、海水の翻倒するが如く潰《つひ》え去つた。魚腹に葬られて祭られざる海底の鬼となつた敵兵の憐れさよ。開戦の初め我軍の上陸した大孤山の港に夕陽は没し、我海軍は雪ふりしきる威海衛の港に迫りつゝある。十月優渥なる鳳詔が下つて金鵄勲章令が公布され、感激した将士は雄心勃々剣を按じ起て舞はんとする。思へば黄海の戦に一羽の霊鷹飛来して、我旗艦の檣頭に止まつたことは、天の錫《たま》へる瑞兆であつた。欃槍《ははきぼし》の現はれてから戦はまさに闌《たけなは》である。君は更に万里の風濤を破り、瘴烟毒霧の澎湖島に向はんとする。往時征韓の役に、我が水軍の将士は韓将李舜臣の為に窘《くるし》められたが、今度の軍《いくさ》の壮烈《めざまし》さは我邦未曾有の事である。君が乗る船の舵楼《やぐら》に立つてふりかへつて見給へ。蒼茫たる雲と濤《なみ》の間に一際《ひときは》あざやかに映《うつ》るのは望夫山（ひれふりのみね）である。雨に打たれ風にさらされた山頭の石は言ふであらう、かならずや小笠原大尉の無事に凱旋するのが見たいと。

　千年の昔、狭手彦の還るを待ち得なかつた人の霊は石に化して、今は旧藩主の凱旋するを見ようと云ふ。誠に絶妙の趣向である。「句出で、神を驚かし、篇成つて鬼を泣かしむ」、又「夕陽の大孤山、急雪の威海衛、霊鷹の瑞、金鵄の功、直ちに事実を以て音節を為す、神且化と謂ふべし」云々の槐南の評も仲〻佳《よ》い。

　女が石になる、女の一心凝つて石になる、といふ話に何の疑ひもなく感銘し、伝へて佳話と為すものは東洋人であつて、恐らく西洋人には理解し難い事であらう。今は我国人も西洋化し、かゝる話に関心を示す人は殆ど無いであらう。所が不思議なことに、今の世の中にも私などと同じ考へを持つた人が有るのである。戦後の一時期、京都の学人の間に限つて行はれた『冊府』なる小雑誌がある。それに載つた大学教授らしい某氏の一文が、端なく私の心を打つた。文中の核心たる個所に云ふ、

最近私は華厳縁起の講義をして、義湘を思慕する美女善妙が石となつて彼をたすけた話のついでに、望夫石や貞女峡の石女や松浦佐用姫や、ないし聊斎志異の中の女が石になる話などに説き及んだ。するとその次の講義の日の帰りみちに、一人の美しい女子学生が立ち止まつて、私をじつと見つめて言つた、「女が石になるといふことを、家《うち》の男たちに言つても誰も信じないのです。けれど私はきつと石になります、石になりますね、先生。」と思ひつめたやうに言つた。私は「なりますとも、ならないでどうしませう」と言つて……石女伝説の深い意味を身にしみて知つたのである。

此の「美しい女子学生」の歎きは尤《もつと》もである。三千年も昔に漢人は既に詠つてゐる。「女也不爽。士貳其行。（女ヤ爽《タガ》ハズ。士其ノ行ヲ弐ニス。）」―女は一心なものである。之に反し男は気が多い、其の行ひを二三にする。この男女間の矛盾は永遠に休《や》む時はないであらう。昔は鎮守の森でよくお百度石を見た、踏むのは必ず女である、男が踏んだといふためしを聞いたことがない。

石女伝説に関する漢土の詩で、私が読んだことのあるものだけ、ざつと数へても三十数首は有る。その中の数首を録して、この話を終ることとする。

望夫山

望夫処。江悠悠。化為石。不回頭。山頭日日風復雨。行人帰来石応語。

唐の王建の作、石女の詩は之が圧巻だと私は思ふ。寧斎の詩も最後の二句は此の詩にヒントを得たのである。

望夫山

朝望夫。暮望夫。一夕化作山石枯。潮水去却回。行人来不来。

石婦操

山夫折山華。山頭朝石婦。行人幾時帰。東海山頭有時聚。行人帰。啼石柱。石婦岑々化黄土。

前は宋人、後は元人の作。

征夫詞

征夫語征婦。死生不可知。欲慰泉下魂。但視褓中児。

征婦詞

征婦語征夫。有身当殉国。君為塞下土。妾作山頭石。

出征する夫と出征する夫の婦《つま》との問答。夫が言ふには、生死は予測出来ない、私が死んだら、褓《むつき》の中の子を私と思つてよく視てくれ、それが霊魂に対する何よりの供養だと。婦が言ふには、男が国難に殉ずるのは当りまへの事、あなたが辺塞の土となつたら、妾《わたし》は山頭の石になりますと。明人の詩である。

此等の詩を万葉の松浦歌や防人歌に比《くら》べて見るも面白いと思ふ。

四十六

新聞と並んで、雑誌が明治の初中期文運の発達に多大の貢献をしたことは、皆人の知る所である。其の中専門的に漢詩文を取扱つたものに就き少しく検討して見たい。

明治八年に出た『新文詩』、九年に出た『明治詩文』、十年に出た『花月新誌』、この三誌が初期から中期にかけ、漢詩界に与へた影響の大なることは大略既に述べた。野口寧斎の『少年詩話』に「明治十五六年以来、詩教大に盛んに、雑誌紛出、所謂少年才子、蔚然として興り」云云と言つてゐるが、爾来百年、その才子は已に亡く、その雑誌は殆んど散佚消亡し尽し、今伝はる所極めて稀少である。晩生私の如き、僅にその一斑に触目したに過ぎないが、今記憶に存する所、右の三誌以後のものを、ざつと列挙して見よう。

初期の三誌の終る頃、三誌に代つて大いに世に迎えられたものは『古今詩文詳解』で、これに就ては大江敬香の書いたものに次の如く云つてゐる。「浅井某は事業を視るに敏なる人なり、詩文の漸く盛んにして之が注釈を要するに非ざれば之を解する能はず、新文詩なり花月新誌なり、唯之を登載するに止りて之を注釈するに非ず。苟も今にして之が解明を為す者あらば、詩文販売の度必ず増加するものあらんと信じ、明治辛巳（十四年）『詩文詳解』を発兊し、今人の詩文を登載して一々之を詳細解明し、山村海駅の人と雖も一たび之を繙けば、以て詩文に通じ以て詩文を作ることを得せしめたり。於是乎需用忽ち加はり、一時は毎号六千冊を印行するに及べり。唯詩文雑誌これのみにして此の如き盛大を現ぜり……南沖縄に達し北札幌に及び『詩文詳解』の横行を許せり」と。『詩文詳解』は明治二十年十二月、第二百五十一号を出して終つた。大江敬香、本田種竹が主となり編輯に手腕を奮つたから、内容も完善し、『新文詩』『花月新誌』以後、これほど一般から喜び迎へられたものは無い。文字通り海内に風行し、老少となく争ひ読んだものである。

これと並んで流行したものに『穎才新誌』がある。少年の投稿雑誌で、陽其二の主宰。その頃は誰でも漢詩を作り、中学生でも作り、全国から争つてこれに投稿した。雑誌は漢詩と盛衰を共にするかの如く、明治十年から三十五年まで続き、週刊で一千百三十七号に及んで止んだと云ふ。尾崎紅葉、山田美妙や大町桂月も少年投稿者であつた。昭和八年私が始めて与謝野鉄幹氏に会つた時、氏が、自分は子供の頃狂《きちがひ》のやうになつて詩を作り『穎才新誌』に投稿した、晩年再び詩を始めた、と言つて近作の五律を書いてくれられたことを記憶する。同じ頃同じく青少年の投稿雑誌で、東京薫風社から発行した『俊秀詩文』は、大沼枕山の高弟溝口桂巖が「社評」を加へて出した。社則が有つて「本社営業ノ要旨タルヤ江湖俊秀才子ノ詩文ヲ網羅編輯シテ毎月之ヲ発兌ス」「社員ハ壱千人ヲ以テ定限トス」「社員ノ詩文ハ都下諸名家ノ添削批評ヲ乞ハント欲セバ壱ケ月ニ詩弐首四ケ月ニ文壱篇迄ハ本社ニテ之ヲ周旋ス可シ別ニ謝義ヲ要セザルベシ但シ右定限ニ過レバ謝義ノ多少ヲ本社ヨリ照会ス可シ」などとあつて興味深い。兎に角当時は詩が盛んで、大人は名ある新聞、雑誌に投稿し、その詩が名家の評が附いて掲載されること、青少年は『穎才』や『俊秀』に評語附きで掲載されること、これが喜びであり、名誉であつたりしたわけである。これと同じ頃、益友社は多くの漢文物を出版し、二十五年から詩文専門の『麗沢雑誌』を出したが、これも頗る青少年に裨益する所があつた。

『圭玷新評』これは頭に「古今名家詩文」の八字を冠し、和漢の詩文に評正を加へたもので、絶特の才力を有した総生寛の主編に成り、詩文を学ぶ者に多大の裨益を与へた。半月刊で十七年から二十年まで続いた。『鳳文会誌』は十七年刊、半月刊で翌年『鳳文会萃』と改題し、石川鴻斎の主編で、我国のみならず清国名家の作品を収め、白綿紙木版の風雅な雑誌であつた。『侯鯖雑誌』は明治十七八年、関西文学界の重鎮大阪浪速文会から出た唐紙刷の小冊で初学に益ある故事、詩話を多く収めた。

『鷗夢新誌』は十九年から三十三年に至り、森川竹磎が刻意して編輯した、詩詞を兼ねた清雅な冊子として世に珍重せられた。『新詩府』は二十二年から松村琴荘の主宰したもの。『精神』は二十六年から二年ばかり大江敬香が詩文関係を主宰した。『精美』は二十六年から三十年にかけ岩渓裳川が主宰した。この三誌は内容頗る共通する所多く、権威ある雑誌として、よく学界の消息を伝へ後進を誘掖した。

青厓が桂湖村を見出して『日本』の文苑の仕事を分担させたのは明治二十四年で、湖村はまだ東京専門学校の学生であつた。翌年卒業して「日本」に入社すると、青厓は羯南に説いて、文苑欄の選評を主として湖村に委ねることとした。尤も其の少し前から、本田種竹にも文苑の仕事を分担させてゐた。種竹は東京府から農商務省に勤務の傍ら、大江敬香と共に雑誌『古今詩文詳解』の編輯に従事すること多年に及んだが、二十一年から同誌が廃刊したので、青厓は種竹を「日本」の客員とし迎へたのである。その頃、松村琴荘も「日本」に従事してゐたやうだが、両者は漢詩を取扱ふだけで、湖村は漢詩、和歌とも之に当らなければならなかつた。兎に角、青厓は文苑を避けて評林一途に没頭したかつたのである。

明治二十五年、大学を中退した正岡子規が、十二月一日から「日本」に入社し、湖村と机を並べ（湖村の机のすぐ左が子規の机であつたと云ふ）共に文苑に従事すること丶なつた。時に湖村二十五歳、子規二十六歳であつた。子規が叔父加藤拓川の紹介で、羯南及び青厓に見《まみ》えたのは明治十八年で、その前後子規は盛んに漢詩を作り、青厓の添削を請うてゐた。

湖村は横山健堂の『旧藩と新人物』に「詩人桂湖村、本名五十郎、新発田の豪農なり、桂氏一族教育の法特に伝ふべきものあり」云云とあるやうに、代々国学者の家に生れ、幼より家学を承けて、万葉以下二十一代集はいふに及ばず、『群書類従』の歌を全部読みたふし、更に天保明治に及ぶまでの歌を渉猟した上、更に漢詩に造詣し、「日本」に入つた頃は詩人として既に一家を成すまでになつて居た。此の異常な夙慧の才を誰よりも早く見出したのが実に青厓であつた。

青厓は少《わか》くして落合直亮、直文父子と相交り、国学にも素養があつたから、後年直文並に其の同人たちに勧めて和歌の改革を図り、特に政治や社会を諷刺した新規の歌を作らしめ、自分の詩と共に、皆本名を伏せて、変名か無署名のまゝで「評林」欄に発表した。
子規が『日本』文苑に拠つて多彩な文学活動を行ひ、俳句の改革、写生文の提唱から、和歌の改革にまで及んだ業績は、今日我文学史上に大書されて、万人周知の所であるが、其の背後に在つて羯南、青厓、湖村から僧愚庵に至るまで、如何に熱心に之を援護し、誘掖したかの事実に至つては殆んど世に知られてゐない。湖村の嗣子桂泰蔵氏が曾て『明治文化史論集』に載せた「新興明治歌壇史の考証」には、豊富な家蔵の資料を用ゐて個中の秘事を闡発してある。世の子規研究家たちは一体どれだけの関心をこゝに寄せてゐることであらうか。

明治二十五年十一月七日の『日本』紙上に、左に掲げるやうな表が載つた。当時の詩界に顕《あら》はれた新進の作者三十六人を選み（旧派の詩人や、故らに詩壇を敬遠した人は除外してある）各人の詩品が、高古とか雄渾とか、十種の品名の何れに該当するか、点数を以て之を評定し、得点の総計で其の力量の程度を示したのである。表を作つた者は妙な変名で、「麴町神算子投」となつてゐるが、これは「湖村一味の者が名を匿して新聞に掲載したものらしい」云云と桂泰蔵氏は考証してゐる。つまり『早稲田文学』に寄書し、NYKと署した新田柑園、柳井絅斎、桂湖村等が合議して作り、それに青厓が目を通して発表に及んだものではあるまいか。此の表は当時の詩を研究する上に甚だ価値がある。

三十六家といふのは、和歌の方で古来三十六歌仙の称があり、石川丈山は之に擬して三十六詩仙を選んだ、其の故事に依拠したものであらうが、明治二三十年代、表面に現はれた一、二流の詩人は略ぼ此に尽きると言へよう。採点は所謂る市に定価ありで、大体穏当のやうだが、今から考えて一二の失当は免れない。副島蒼海を独りづば抜けて高点にしたのは、最長老に対する礼であらう。次に槐南、青厓、種竹の順位としたのは、世間の大凡《おほよそ》の評価に従はねばならなかつたものと思はれる。この表の作られた明治二十五年といふ時代は、既に度〻述べた如く我国未曾有の漢詩全盛の運に当り、槐南、青厓、種竹に続いて群才並び起り、漢詩の声価は凡そ一般文学を圧倒し去るの勢であつた。それに比し和歌や俳句はずつと立遅れ、正岡子規の大活躍が始まつたわけである。

前置が長くなつた、其の三十六家の表は次頁の如くである。

三十六家の排列の順序は、各人の号の頭文字の属する韻の順に依つてゐるが（平声東韻の東に始まり入声陌韻の碧に終る）、これでは読者に解りにくい。今、煩を厭はず、得点の順に従つて排列し直す、かくすれば当時詩人の評価が一目瞭然となる。

蒼海	四二〇	槐南	四〇〇	青厓	三九〇	種竹	三八〇	古梅	三八〇	錦山	三六〇
石埭	三五〇	岐山	三三〇	寧斎	三二五	湘南	三二〇	琴荘	三二〇	鷗所	三一〇
雨山	三〇〇	碧堂	三〇〇	竹隠	二九〇	裳川	二九〇	香国	二八〇	霞庵	二七〇
晴瀾	二七〇	柳塘	二六〇	滄溟	二六〇	青萍	二六〇	敬香	二五〇	六石	二三〇
東陵	二三〇	松坡	二二〇	東郭	二一〇	竹磎	二〇〇	湖村	一九〇	唐陽	一九〇
網斎	一七〇	屈山	一六〇	寧宇	一五〇	楓橋	一四〇	雲心	一三〇	活泉	一二〇

蒼海は其の年歯、地位の上から全く別格扱ひしたのは当然である。古梅、錦山、石埭がやゝ之に次ぎ、星社の客星を以て自他共に許してゐた。末尾の屈山以下数人はこゝでは論外に置いてよい。つまり精々二十人ばかりの年少気鋭の詩人によつて全盛の局が開かれたわけであつた。而も其の半数以上が槐南の一派で、青厓の同調者は湖村と長尾雨山、それに石田東陵が稍近いといふだけである。種竹、敬香、琴荘、竹隠は不偏不党である。兎も角、槐、青、竹を鼎の足とし支へられた詩壇で、此の三大家が居なけ

◎三十六家詩品得点表

麹町神算子　投

	高古	雄渾	飄逸	悲壮	勁健	典雅	穠麗	淡遠	清新	奇警		合点
東陵	○	○	○	九○	九○	一○	○	一○	○	三○		二三○
東郭	○	○	○	○	○	○	九○	三○	九○	○		二一○
楓橋	○	○	○	○	○	○	五○	○	八○	一○		一四○
松坡	○	○	○	○	○	○	○	六五	八五	七○		二三○
岐山	○	一○	○	三五	四五	四○	五○	一○○	二○	三○		三三○
湖村	○	○	○	八○	八○	○	○	○	一○	二○		一九○
槐南	一○	二○	○	○	五○	一○○	一○○	○	九○	三○		四○○
雲心	○	○	○	二○	○	○	○	一○	七○	三○		一三○
霞庵	○	○	○	○	○	○	七○	一○○	六○	四○		二七○
蒼海	一○○	七○	○	二○	五○	一○○	一○	六○	○	一○		四二○
湘南	○	○	○	○	○	一○	一○○	三○	一○○	八○		三二○
裳川	○	○	○	○	○	○	五○	八○	八○	八○		二九○
香国	○	○	○	○	○	五	一○○	四五	八○	五○		二八○
滄溟	○	○	○	五○	三○	○	七○	○	四○	七○		二六○
唐陽	○	○	○	○	○	○	○	一○	九○	九○		一九○
晴瀾	○	○	二○	五○	○	○	八○	○	二○	一○○		二七○

青厓	〇	五〇	四〇	一〇〇	一〇〇	三〇	〇	〇	一〇	六〇	三九〇
寧斎	〇	〇	〇	〇	一〇〇	一五	六〇	〇	一〇〇	五〇	三二五
青萍	〇	〇	〇	一〇	〇	〇	六〇	八〇	九〇	二〇	二六〇
綱斎	〇	〇	〇	〇	〇	〇	七〇	三〇	五〇	二〇	一七〇
寧宇	〇	〇	〇	〇	〇	〇	〇	九〇	五〇	一〇	一五〇
鷗所	〇	〇	〇	一〇	〇	〇	一〇〇	四〇	一〇〇	六〇	三一〇
琴荘	〇	〇	〇	〇	一〇	二〇	一〇〇	〇	一〇〇	九〇	三二〇
種竹	〇	〇	〇	五〇	二〇	七〇	一〇〇	一〇〇	一〇	三〇	三八〇
古梅	〇	〇	五〇	〇	〇	二〇	五〇	六〇	一〇〇	一〇〇	三八〇
雨山	五〇	〇	〇	一〇	四〇	六〇	五〇	九〇	〇	〇	三〇〇
柳塘	〇	〇	〇	一〇	〇	〇	七〇	二〇	七〇	九〇	二六〇
錦山	〇	〇	〇	三〇	一〇〇	二五	五〇	二五	八〇	五〇	三六〇
敬香	〇	〇	〇	〇	〇	〇	五〇	九〇	一〇〇	一〇	二五〇
竹隠	〇	〇	〇	〇	〇	一〇	一〇〇	七〇	六〇	五〇	二九〇
竹磎	〇	〇	〇	〇	〇	〇	九〇	二〇	九〇	〇	二〇〇
六石	〇	〇	〇	二〇	〇	〇	八〇	一〇	六〇	六〇	二三〇
屈山	〇	〇	〇	一〇	〇	〇	三〇	一〇	七〇	四〇	一六〇
活泉	〇	〇	一〇	〇	〇	〇	〇	〇	五〇	六〇	一二〇
石埭	〇	〇	〇	〇	〇	三〇	一〇〇	七〇	一〇〇	五〇	三五〇
碧堂	〇	〇	〇	一五	二五	〇	一〇〇	〇	七五	八五	三〇〇

れば全盛の局は開かれなかつたであらう。三大家に次ぐ名家は、寧斎、湖村、雨山、竹隠で、更に鷗所、岐山、六石等みな後先を争ふに足る者であつた。

曾ての下谷吟社や晩翠吟社、昔社、麴坊吟社、玉川吟社には、故老の大家が幾人も存在したが、皆局外に超然として傍観者的立場を執つてゐた。

当時少壮を誇つた三十餘人も、其の殆んど半数は明治中に没し、大正を経過して昭和に尚ほ生存した者は、青厓以下九人に過ぎない、雨山、碧堂、裳川、晴瀾、東陵、松坡、東郭、湖村が是れ。昭和改元の後四月にして没した六石は加へられない。此の九人の中、私は雨山、青厓、碧堂、東郭の諸老に深く親炙することを得、餘の人〻にも一度や二度謦咳に接したことはある。

明治二三十年代は、今から数へてまだ百年に満たない。然るに一世に詩名を謳はれた是等《これら》三十餘名の詩人は、今何処《いづこ》に在るか。近代文学史の類は、きれいに之を一掃してしまつた。問題はこの古い千年の伝統ある漢詩が、何故急速に死文学化したかといふ事である。時代後れの、劣れるものなるが故に亡んだのであらうか、愚見を以てすれば答へはその正反対である。則ち餘りに善く美しく、餘りに工夫を凝らし過ぎて繁文縟礼に見える其の内容と形式が、現代に容れられなくなつたのである。日本人の思想感情を表はすには形が小さく手間隙のかゝらぬ俳句や和歌が有る。それに東洋的な審美が喪はれて西洋の審美が取つて替り、現代人の詩的感覚からは高古、雄渾、典雅、穠麗等々、漢詩特有の善さ美しさは全く解らないもの、といふより初めから読めないものになつてしまつたのである。

漢詩は明治に尽く、と言つて過言ではないであらう。大正は明治の惰勢のまゝ陵夷して昭和に入り、一時挽回の徴を見たが、それは青厓が長生して之を取巻く人〻が、暫時残局を維持したに過ぎない。昭和の初め青厓が存在しなかつたら、昭和の詩壇も存在しなかつたかも知れない。明治漢詩の全盛時代を代表した三十有餘の詩人の名さへ之を知つた現代人は居ないのだ。詩人が心血を竭し、一時に伝誦された幾多珠玉の名篇も、読む人なくして高閣に束ねられ、たゞ湮滅するに委されてゐる。

附　記

私は昭和十六年五月から、当時国分青厓翁が社長であつた政教社の発行する雑誌『日本及日本人』に「明治詩話」と題する一文を執筆すること二年餘に及んだ時、戦争で出版が段々窮屈になるので、早く本にせよとの友人の勧めにより、未完の稿をまとめて倉卒梓に付した。四六版三五七頁、三千部。『東京朝日』に尾佐竹猛氏が書評を書いた。それから十六年も経つて、岡山大学で私の業を受けてゐる学生が、丸善発行の雑誌『声』に中村光夫氏が『明治詩話』の書評を書いてゐることを知らせてくれた。一読して此の著名なる文藝評論家の明治漢詩に対する正しい理解に深く感服した。不備の著書を修正増補して再び世に問ひたいと思つたが、戦災で資料を喪ひ、十数年の努力を経て資料は漸く充実した。偶ま或人から、ドナルド・キーン氏（コロンビア大学日本文学科教授）の著『日本文学散歩』の訳本を贈られた。書中「大沼枕山」の一項があり、文中「木下彪の明治詩話が出て枕山のめづらしい作が再び手に入るやうになつた」云云とあり、日本人が夙に忘れてしまつた大沼枕山の詩を、外国人が発見し適評を下してゐるのを見て驚歎した。今年に入り、『文藝春秋』三月号に、キーン氏の近著『日本文学のなかへ』に関する学者の鼎談書評が載つた中にも、『明治詩話』の話が出てゐる。要するに今日、明治文学の研究は益〻進んでゐるが、明治一代に盛行した漢詩は、すつかり忘れられ置き去りにされ、今や現代人にとつて漢詩は全く解らない読めないものとして、完全に死文学化してしまつた。

清の名臣李紱の言葉に「凡そ人の遺文残稿を収拾して世に顕はすことは、棄児を哺《はぐく》み、枯骨を葬ると同じ功徳がある」と。私は浅学ながら明治の漢詩及び漢詩人に就いては、多少研究し、故老から伝聞したこともあるから、今の中にまとめて、之を世に伝へたいと思ふ。『明治詩話』と今本誌に書いてゐる詩話は、同じ明治でも全く筋を異にするものである。いづれ幷せて正、続二編としたいと思ふ。（三四二頁に続く。）

四十八

副島蒼海が当時の若い詩人たちから特殊の尊崇を受け、詩人たちは争つて其の門に趨《はし》り、維新の元勲、天子の侍講たる此の大人物から、直接教へを受けることを光栄としない者はなかつた。其の中でも蒼海が殊に頻繁に接見し、詩を応酬してゐた者は誰ゝであるか、『蒼海全集』に拠つて之をしらべて見ると、第一は森槐南と伊藤春畝である。伊藤は無論詩人ではないが、蒼海と宮中、府中に於て深い関係があり互に相敬重し、詩も盛んに応酬し、多く蒼海から贈つてゐることは見逃せない。槐南とは枢密院で、官の高下を忘れて文字の交りを結んだ。次いでは、国分青厓と野口寧斎、長尾雨山である。寧斎は同郷の誼があり、且つ後生畏るべき才として格別に寵愛された。雨山は青厓と友善で、二人相携へて屢ゝ蒼海を訪ね、蒼海は二人を器愛し、喜んで之を迎へたことは、集中多くの詩に表はれてゐる。その外には一六、錦山、種竹、湘南、碧堂、東郭、青萍等を数へるが、まだ多くあつたに違ひない。要するに蒼海は大所高所に立つて天下の詩壇を俯視し、詩人を包容し、之に対する評価を詩にし、一同を策励してゐたわけである。蒼海の事なれば天下誰も之に不服を言ふ者は無かつた。

蒼海の詩及び文を集めたものは、明治三十八年其の死後、嗣子道正及び門人三名の手により倉卒に編輯し刊行された『蒼海遺稿』と、大正六年再び同じ人〻の名を以て増補刊行された『蒼海全集』が有る。而して此の前後の二集たるや、序も跋も凡例も無く、編み方も、編年でも分類でもない、全く乱雑を極めてゐる。三名の門人以外、某専門家が編纂に当つてゐるらしいが、その無責任ぶりも亦呆れる外はない、某の名は何故か出されてゐない。大詩人蒼海の為に惜みても餘りあることである。

寧斎にはまだ全集も選集も無い。三十九歳で早世した為、その所作の一部、作者手定の稿本が有るだけである。外は新聞、雑誌、著書等に散見するのみ、詩人の不幸と謂はねばならぬ。寧斎、名は弌、通称一太郎、慶応三年に生れ、肥前諫早の人、嘯楼、謫天情仙の別号がある。父野口松陽は明治の初め太政官の修史館編修となり、書記官に至つた。漢学者で、詩は春濤の高足として知られたが早世した。寧斎は幼時父に随つて上京し、麹町番町の小学に入り、夙に父の薫陶を受け、春濤槐南父子に従遊し、星社の興るや、社中唯一の鬼才を以て目せられた。明治二十四年十月に創刊されて以来の『早稲田文学』を繙けば、殆んど毎号、槐南、寧斎の名の出てゐないことはない。其の文章は同誌を賑はし、「早稲田文学会」でも、槐南、寧斎は有力な成員であつた。二十四年十一月の同会に就いては「森槐南、坪内逍遥の二氏出席懇話あり、森氏は支那小説の事に就きて精確周到なる持説を陳べられたり、其中四大奇書の弁の如きは最も聴く者をして遺憾なからしめたり、他日『雑録』に掲載すべし」と『文学』第四号に出てゐる。其の次の同会に就いては「講師には関根、坪内の二氏、来賓には小中村義象、野口寧斎の二氏あり…」、野口氏は先づ其居を「唐宋皆師閣」と名けたる所以を語らんとて古今の詩話に及び、唐と宋とはいふに及ばず、其他何れの時の詩も皆模範とすべし、独り師とす可らざるは彼の徒らに唐代の詩を模倣せる偽唐詩なりとて、くさぐさの引証を挙げて弁じ……我輩の力を尽せるは飽までも支那の詩なれば、支那人が読みても感服するやうに作り、又千百年の後幸にして支那文学が世界文学の権柄を握るに至りたらんには、支那の詩の中には天晴《あつぱれ》寧斎の如き絶妙の詩ありと万人に喝采せられんとて骨を折るなりと、詼諧の調子にて述べられたるもをかしかりき」云云。当時二十五六歳の若き寧斎の意気かくの如く、人も亦これを聞いて怪しむ者は無かつた。すべて今日とは違つた世界であつたのである。

赫々たる蒼海伯が、馬車を駆つて一書生の青厓を訪問し、同じ頃又一弱輩の寧斎の居に駕を枉げたといふことは、当時美談として江湖に伝はつた。寧斎に「蒼海先生恵臨弊廬賦此奉呈」の五律三首がある。

嘯楼空突兀。喜鵲語窓櫳。車轍留長者。文章揖鉅公。
愛才看古道。開口発群蒙。落落盈嚢什。泱泱大国風。

嘯楼は寧斎の居る所の名である。鵲《かささぎ》は喜びを報ずるもの、その鳴くは吉兆とされた。果して長者蒼海伯の車が我が門の前に留《と》まつた。自分は此の文章の鉅公に対し、手をこまぬいて敬礼した。公は古道に従つて人才を愛し、諄々として群蒙を啓発される。其の嚢中に満つる詩は、泱々たる大国の風、まことに公の人品に称《かな》ふものである。

高軒過幾度。和気輒生春。公是郷先輩。誰知国大臣。
憂心関社稷。帰夢問鱸蓴。長立西風外。斜陽散九闉。

高軒の過ぎる所（唐の李賀の故事から貴人の来訪を高軒過といふ）必ず和気春を生ずるの感がある。公は我が郷（肥前）の先輩で、国家の大臣である。常に社稷を念とし、而も故郷の風味（鱸《すずき》のなます、蒓菜のあつもの）を忘れず、時々郷《くに》に帰つた夢を見られるといふ。公の帰りを送つて出て、九重《ここのへ》の門のあたりに、夕日の傾くのを望んで、長い時間立つてゐた。

蒼海に「過寧斎」の五律があり、この時の作と思はれるが左程の出来でないからこゝには略す。ただ両者の初対面の時の一挿話があるから記して置かう。寧斎が初めて蒼海の門に刺を通じた時の事である。

取次の者が「今日は会《あ》へぬ」との旨を伝へたので、已むを得ず去つて一二友人の家を廻り、家に帰れば先刻副島伯から使が来たといつて大騒ぎしてゐる。すなはち寧斎の去つた後、名刺の野口一太郎とは寧斎の事と分り、「それは気の毒なことをした。すぐ迎へに参り伴《つ》れて来よ」と言つて、使ひを自分の馬車に乗せ、当時副島の邸のあつた京橋から本郷まで遣はしたのであつた。やがて寧斎を引見した蒼海は「野口一太郎では分らない、何故寧斎と申さなかつた」と笑ひながら小言をいつたと云ふ。これは後に蒼海の没した時、『国民新聞』に載つた寧斎の文に見える話である。文中これと共に「蒼海先生の才を愛すること命の如き」例として、次のやうな話が出てゐる。大庭雲心（寧斎の詩友で三十六詩家の一人、名は景陽、長門の人、安政六年生）が江湖に流浪せる頃、刺を蒼海に通じ謁を請うたことがある。取次の者が奥に入り、また出て来て「頭上青天一片雲の雲心であるか伺つて見よ」とのことであると言ふ。これは雲心が官を罷めた時の句で、某新聞の文苑に載つたものを蒼海は記憶してゐて、かく問はしめたのであつた。「その雲心で御座います」と云ひ座に通された雲心の感激は固より、種々談話の末、多くの引出物まで与へて帰されたと云ふ。（筆者曰く、凡そ長者に対しては自ら名をいひ、号などいはぬもの、号でなければ分らぬ者は名に号を幷せていへばよい、それが礼であらう。）

　蒼海の集中「寧斎約来訪喜賦」の五律三首あり。それには「与子同郷里。誰如愛子多」。子《きみ》とは同郷である、私が子を愛することの多大なる、誰も及ぶものはあるまい。「子至期明日。不知何所迎」。子は明日を期して来訪するといふ、どうして迎へたら宜しいか分らない位。「此時畢家祭。哀慼未全間」。死んだ息《こども》の祭事が畢《をは》つたばかりで、哀愁の情はまだおさまらない。そこへ故人来訪の知らせがあり、死んだこどもの顔が見えるやうな気がする。蒼海は三十九歳も年下の寧斎を子の如く視た。外にも寧斎の疾病を哀《かな》しむといふ詩があり、皆、蒼海の慈愛深い人であることが知れる。

維新後、外務卿、参議を歴《へ》て、明治十二年、宮内省御用掛兼一等侍講となり政界を退いた蒼海は、二十一年枢密顧問官、二十四年同副議長となつた。然るに二十五年三月、松方内閣は史上空前の選挙大干渉をやり全国的騒擾を惹き起した。国民の激昂その極に達し、遂に品川内務大臣を辞職させ、蒼海をその後任に懇請し、この難局を打開せんとした。青厓は三月十二日の日本「評林」に「伍児童」と題する次の詩を載せた。

折衝勲業跡何雄。今剰乾坤矍鑠翁。理説神儒千古道。詩摸漢魏六朝風。

儲宮北国無消息。会長東邦善鞠躬。老去伏波鞍耐拠。朝堂挟笏伍児童①。

外務卿として卓絶した副島の識見と手腕は、国学と儒道を究めて打つて一丸とし、それに早く漢訳『万国公法』を熟読し、東洋主義を之に折衷して独特の人道外交を打出した。ペルー国の奴隷船を横浜に抑留し、清人奴隷の解放を断行して世界を驚倒し、北京に使しては清政府を説得し、外交団首席として清帝に謁見するの新例を開き、韓国、台湾の問題では我自由行動の権利を彼に認めしめる等、我外交史上不朽の勲跡を留めた。詩は漢魏六朝の古風に新思想を盛り、時流に超越した高雅の品位を保つた。二十四年の大津事件で、露国太子が日本の旅行を中止して帰国した事は、両国国交の将来に不安を懐かしめた。副島は樺太問題で露国と折衝した時、露国の野心は将来東洋の禍となることを知り、又清国と折衝して将来日本は朝鮮、満洲の事で清国と衝突する日あることを察し、明治二十年代初頭から東邦協会の設立に心を砕き、創立後は其の死に至るまで終始会頭として尽瘁した。

懇請されて松方内閣の内務大臣に任じた時、副島は六十四歳、一世の信望を負ひ、内閣の最長老として後輩の閣僚たちは児童《こども》のやうに見えたであらう。後漢の伏波将軍馬援が年六十二で、五渓の蛮夷の反を討伐に赴くに当り、光武帝の面前で甲を披《き》て馬に上り、鞍に拠つて顧眄し、その用ふべきを示した、帝は「矍鑠たる哉この翁や」と言つて感歎したといふ故事を彷彿せしめるものがある。副島が外務卿として参議として朝に在つた頃、内閣で会議のある時、副島の靴音を聞いただけで大臣参議等は容を改めたと云ふ。それ程副島は人々から畏敬された、束帯し笏《しやく》を挟《さしはさ》んで朝に立つ古の大臣の風格を副島に見たものであらう。詩は上作ではないが大体意を尽し得てゐる。此詩は更に絶句三首添へてある、其の一、

一夜春風到雀羅。先生詩況近如何。明朝車馬朝天去。従是門前俗客多。

一夜春風雀羅ニ到ル、先生詩況　近ゴロ如何。明朝車馬天ニ朝シ去ラバ、是ヨリ門前俗客多シ。

長らく政界を退いて門には雀羅を張り、近来詩人ばかり相手にして居られた先生の所へ、一夜の中に春風が見舞ひ、明朝は車馬を駆つて親任式にお出になる。是からは詩人は門前払ひ、政治家とやら俗客ばかり多くなることで御座いませう。青厓の評林詩は、蒼海伯に対しても此のやうな辛辣な評を加へるのである。そこが当時の読者に大いに受けたわけである。其の二、

憂心不顧一身危。満腹経綸何所施。今日廟堂多伴食。幾人能免素餐譏。

憂心顧ミズ　一身ノ危キヲ、満腹ノ経綸　何ノ施ス所ゾ。今日廟堂伴食多シ、幾人能ク免レン　素餐ノ譏。

「評林」の更に面白い所は、「評林」を詩に限らず歌にも適用したことで、左の歌は同じ副島の事を詠じて別種の趣がある。無署名で作者不詳である。

花咲の爺　冬かれて淋しさに得堪えず、おぼつかなくも花咲の爺をやとひ、枯木に花咲かせんとする人あり　其人の心こそ殊勝にもあはれなれとて或人より

①『青厓詩存』巻二、五十丁表

あれはてし田のもなからも今暫し　よき種うゑてこゝろ副へてん

副島種臣の名から二字取つてある。

副島は三月十一日就任して六月八日には辞職した、在任三個月に足らなかつた。寧斎の詩がある。

奉呈蒼海公

人間終齷齪。天歩夙艱難。後楽誰憂国。先生偶去官。
花前空涕涙。松下復盤桓。千載有公論。大臣時一寒。

これに就いては寧斎が新聞に寄せた文に「先生が内務大臣たりし時には、小生は一度も御伺ひ申上げざりしに、辞表を上りたまひし日、来れよとの御手紙を得て、越前堀の御邸へ参り候、其折の状況は槐南先生の筆に上りて東京日日新聞に出で候事故、こゝには具戴不致候得共、「官邸に参つて別に一世帯を持つことになり、いろいろの道具を新調させられたが、こんなに早く罷めて大変な損をした」など笑ひながら雑談なさるゝを承り候、されば「大臣偶一寒」と愚作に述べたるに、貧乏子のわたし一人だから、大臣時一寒と改めたが善からふ、との御話有之候」とある。

人間の世は皆あくせくし、国歩は艱難である。天下の憂へに先んじて憂へ、天下の楽みに後れて楽しむといふやうな人物は今誰が居るだらう。かゝる時世に先生が官を去られて、花にも涙をそゝぎ、孤松を撫し盤桓される。而も大臣なんかになつて却つて貧乏された。一寒は赤貧、素寒貧の意味だが、蒼海のいふ意味は、官邸では自分一人で、無用の失費をして貧乏しただけだつたの意味であらう。

附　記

今春、三月、四月の間に私は二人の友人を喪つた。岡山大学名誉教授林秀一、京都大学名誉教授吉川幸次郎の両君である。

私のこの拙き詩話は、題にもある如く明、大、昭三代の漢詩に就いて語らうとするもので、今後話が大正昭和に及んだ時は、当然、鈴木豹軒、吉川善之（幸次郎）二人の事に触れずには居れない、殊に豹軒は久保天随と共に大正昭和の詩界を代表する大家である。吉川君は詩家を以て目すべきではなく、詩よりも文に力を用ゐた、元来が学者であつた。然るに私と彼との間には〝詩を以て始まり詩を以て終つた〟長年に亙る特殊の交りがあつた。之は私の詩話の中に、是非書き遺して置きたい事柄である。今後と言はず、吉川君が亡くなつた今、直ちに書いて此の稿の次に附し、本誌に載せていたゞく事としたい。

私が初めて吉川君を知つたのは大正十四年の或日、鈴木先生の家に於てであつた。吉川君はまだ京大の学生で鈴木先生の業を受けてゐた。その日夜《よる》おそく先生の宅を辞して、電車もなくなつた道を二人話しながら歩いて、百万遍の辺りで再会を約して別れた。幾日か経て、私は吉川君の家を（下鴨辺りであつたやうに思ふ）訪ねた。こぢんまりした一戸建で、門の戸はすぐ開いたが主人は留守であつた。裏の方を覗けば京都風の簾が下つて午後の日があたり、花樹の影が映えて如何にも閑寂な趣である。不図《ふと》見れば郵便箱の端に紙片が挿まれて、何か字が書いてあるやうだ。引出して見ると「易哭阮車路非遠」と、もう一句あつて対句を成してゐる（あとの句は忘れ此の一句だけ今に鮮かに印象に残つた）。阮籍の故事、車轍の窮る所まで往き慟哭して還つたと云ふ。路非遠といへば遠くではない筈、直ぐ還るであらうと解釈し、暫く待つ間、右の句に因んで詩を按じてゐた。そこへ隣家の老媼が現れて「吉川さんお留守ですか、おとなしい好いお方ですな」と云ひ、立話しなどする中に黄昏近くになつたが、主人はなかなか還つて来ない。私は右の紙片に、鉛筆で左の如く書きつけて去つた。

風塵漭々少論文。洛下才名一訪君。易哭阮車人未返。夕陽凝望鴨東雲。

翌日又これを葉書に書いて送つた。転句は一作「花影半簾人不見」ともした。すぐ返書があり、次で本人が訪ねて来た。吉川君の曰ふには、狩野、鈴木両教授が、読むだけではいかん作れ、と言はれ、毎週詩又は文を作つて見てもらつてゐる、卒業したら大学院に入て唐詩を研究したいと思ふ、支那文学は詩が最高だと。お互ひ大いに詩を語り、趣味の一致を喜んだ。甲子を問へば、私が二歳上であつた。その頃私は盛京時報記者の身分を以て京都に来り、狩野君山師に請益してゐた。（三六四頁に続く。）

四十九

副島蒼海が、全盛時代の漢詩界に、最長老として別格の取扱ひを受け、詩品に於て唯一人最高点の評価を受けたに就いては、私はこゝで、蒼海其人《その》と其詩《その》が如何に絶特のものであるか、更に一層掘下《ほりさ》げて説明しなければならない。簡単ではないので、一先《ひと》づ明治二十五六年までの蒼海と其詩に就いて語らうと思ふ。今までも幾首かの詩を挙げて来たが、皆解《わか》り易く而も出来の佳い作ばかり選んだ。然し蒼海の詩は険しく解りにくいのが大半である。字法句法に常軌を外れたものが多く、読んで歯が立たぬといふのが定評である。外面は確かにその通りだが、内面は純粋な人柄から発したもの故、案外解り易い所もあり、中には率直で平易過ぎるものも有る程である。詩の説明に入る前に、蒼海が非常なる人物であることを、なるべく簡明に二三の例と前人の評を挙げて語つて置かねばならない。

明治維新の朝に在つて、学問文章で副島の右に出づる者はないと云はれ、当時の制誥など殆ど副島の手に成つたやうだ。維新前、佐賀藩で試験を受けた際、願書に所読の書を記すに当り、二万何千何百何十巻とだけ記して掛りの役人を驚かし、若し問はれたら一々書名を挙げて答弁する積りであつたと云ふ。実兄の枝吉神陽に至つては、三万巻の書を読破し、百四十一冊の『資治通鑑』を全部諳誦してゐたと云ふ。漢学、国学に精通し、文藻に富み、少《わか》い時昌平黌に学んで舎長となり、天下を遊歴して尊王を鼓吹し、帰つて藩校弘道館で多くの子弟を薫陶した。名声は江戸及び列藩の間に著聞したが、可惜《あたら》四十一歳で卒した。蒼海の撰した「神陽先生神道碑銘①」がある。碑文には書いてない逸話がある。

神陽の昌平黌に居た頃、一日同寮の諸生五六人と上野谷中の墓地を散策した。一人が言ふ、これから通る途中の墓標の文字をどれだけ記憶できるか、試《ため》して見ようではないかと、一同賛成した。それから寮へ帰つて各〻記憶する所を披露した。ところが神陽は数十の墓石の、何々院殿何々大居士、何々院何々居士大姉等々、一字も誤らず列挙して、一同を呆然たらしめたと云ふ。

蒼海の強記も兄に劣らなかつた。人が詩を出して「この句は唐詩の何〻の句に基づく」などと言へば、「唐詩にそんな句は無い」とか「どうある」とか直ちに指摘した。人が怪んで問うと「それは藩に居た時、一部全唐詩が有つて、通覧して置いたからだ」と言つたと。これは大沼枕山が『全唐詩』を全読してゐた話と好一対で、昔の学者には往〻記憶力のづば抜けた人がゐたやうである。『全唐詩』には五万首に近い詩がある。

大隈重信は神陽の弟子で、後に「師は西郷以上の人物」と評してゐたと云ふ。神陽は不幸コレラに罹り早世したが、其の人格学問は蒼海によつて紹述されたわけである。二人は一身同体で、所謂る神異の

①『蒼海全集』巻六、六十九丁裏

人、神か人か、神人の域に達した人であつた。これに就ては幾多前人の評論がある。私は明治中最も優れた人物評論家であつた鳥谷部春汀の蒼海評を、頗る長篇だが、就中詩人としての蒼海の特質を知る上に肝要と思はれる部分を選んで抄録する。

先生は大久保、木戸、広沢、前原の四氏と同じく参議たりき。今の元老と称せらるゝ諸侯伯は、当時大抵刀筆の属僚にして先生より之を見れば、恐らく囂々たる児曹に過ぎざりしならん。此の時代の蒼海先生は実に廟堂の重鎮たり、先生の跫音闥外に響けば、大臣参議も容を改めたりといふに非ずや。

或は先生を評して神秘の人といふ者あり、彼等は先生が毎朝天満宮に祈禱を捧げたるを見て、菅公の神霊と感通すと思へり。又先生が易を談じて玄奥に入るを聴き、先生の智、神明に通ずと信ぜり。其の他先生の奇蹟を伝ふる所、恰もアラビヤの神仙譚に類するものあり。然れども先生は鋭敏なる直覚力と、至誠の信仰とを有せる天才なりしは疑ふべからず。

先生は博覧強識、和漢の書に於て殆ど読まざるなく、其の読む所の書は悉く消化融合して先生の一家言を渾成せざるなし。故に先生の思想は、伝来の系統なく、古人の糟粕なく、其の表現するや、必ず独自一己の彩色を帯べるを見る、是れ豈天才の力に非ずや。

先生の思想は時代の思想に非ず、又修養したる思想に非ずして、天才の蘊醸なり。故に醇粋なり、明晃々なり、機に触れて発し、弦に応じて響き、停滞なく、窘束なし。先生の詩を作るや、長句短句口を衝いて出で、未だ曾て思索を費したることなし。一気呵成にして長古立ろに成る、咳唾皆珠玉なり。某詩人曾て詩会に赴き、先生が例に依て一気呵成の作詩滾々として竭きざるを見、問うて曰く、小子等一首を作るに尚ほ苦吟刻を移す、今先生は題に臨で思索を費さず、篇々皆一気呵成なるは何ぞや。先生笑つて曰く、識明かに気満つれば、万事は一気呵成なり、其の然らざるは識闇きか、気餒《う》ゆるが為のみと。嗚呼蒼海先生は詩人なりき。狭き意義に於ての詩人、句を錬り章を摘むの詩人に非ずして、広き意味に於ての詩人、万能の人としての詩人なりき。先生は表情の奕々たる容貌を有し、其の音吐荘厳にして、一種の音楽的諧調あり、態度落々として毫も辺幅を修めず、直に至誠を以て人に迫るの概、亦自然の詩人的風采なりき。

なかなかの名文である、能く蒼海の詩人的面目を鑿ち得てをり、決して誇張の言ではない。蒼海の詩を読むには、少くともこれだけのことは了解して置かなければならない。蒼海の神人たる所以を知つて始めて其の詩の神異なる所以が解るといふものである。

蒼海の集には到るところ菅公の後裔といふ文字が見える。其の先は漢の劉氏に出《い》で、後ち日本に帰化したと詳しく系図を述べてゐる。蒼海が平生家に菅公を祭つてゐたことは春汀の文にある通りで、当時世間に知れ渡つてゐた事らしい。此の事に就き詠じた詩が曾て『日本』に出た。それは青厓の評林詩「伍児童」が出ると、直ちに之に照応し「擬贈某老伯」と題した評林体の絶句七首である。無論当時蒼海の目にも触れたであらう。其の「某」とは蒼海を指すもので、蒼海の菅公に於ける神異を詠じてゐる、今その四首を抄出する。

夙持御幣祭菅公。自道《イフ》至誠天地通。巫祝如今応吐気。風雲台閣見斯翁。」
千古瞑心有所祈。蒲輪今日上竜墀。平生知己牡丹在。白髪多情簪一枝。」
唾手功名老後情。重登華省有餘栄。新平已逝民平老。善飯能詩憐一平。」
素袍烏帽祠官貌。蓬髪鶉衣儒者風。手向山中夕陽晩。誰愛残楓数日紅。

自ら御幣を持つて菅原道真公を祭り、至誠天地に通じ菅公と感応するといふ蒼海翁が、今風雲の台閣に立たれることになり、巫《み こ》や祝《かんぬし》たちは大いに意を強くしてゐるであらうと。これは老伯が今頃政争の渦中に立入られてもどうにもなるまい、唯何も知らぬ者が喜んでゐるだけだといふ意味になる。評林らしい作である。

次は、今日お召の車（蒲輪）で宮廷（竜墀）に上るに就いては、老伯の事だから定めし神前に瞑目静坐し、神意を伺つた上であらう。だがひよつとすると、平生知己を以て許し合つてゐる牡丹公（伊藤）の慫慂の方が効《き》いたのかも知れない。白髪《しらが》の頭に紅《あか》い牡丹の一枝をさしたやうな格恰《かつこう》は、多情《いろけおほく》に見えていただきかねると。巧な表現に厳しい諷刺である。

次は、老いても手に唾して起てば功名は容易だらう。再び朝に立つて餘栄に感じたとしても、曾て「肥前の三平」と謳はれた、江藤新平は殺され、大木民平は老いぼれ、古賀一平が独り健啖、能詩を誇つてゐるのも憐れであると。三平は皆神陽の高弟として聞えた者だ。大木喬任、通称民平は、参議から文部、司法各大臣を歴て伯爵。最も能のない晩年の一平に蒼海を比したところ愈〻辛辣である。

次は、しろいうはぎ、くろい烏帽子《ゑぼし》の神官姿、髪はみだれ、衣はつぎはぎの儒者風。これが菅公の後裔として常に菅公を祭る蒼海伯である。「このたびはぬさもとりあへず手向山もみぢのにしき神のまにまに」菅公の歌の中のもみぢ、それもどうせ数日のいのちしかない残楓が夕日に映《は》えた姿、これが新内務大臣蒼海伯の姿であらうとは……。果して未だ三月ならず詩人の預言は的中した。

青厓の評林詩が、江湖に喜び迎へられると、「倣評林体」とか「擬評林体」とか、又評林の何〻の詩に次韻すとかいふ詩が、頻りに『日本』に寄せられるやうになり、それが青厓等の取捨、删正を経て、本名を伏せて文苑や評林の欄に載せられた。蒼海にも「仿青厓体」といふ作がある位である。右の数首は、狂花道人といふ署名であり、一見投稿らしくあるが、前にも述べたことがあるやうに、青厓は評林の自作には署名せず、時と場合により種々の異称を用ふることがある。右の詩は諷諭の工を極めてゐる、或は青厓の作かも知れない。さうでなくても相当手腕ある作者である。青厓は私的には大いに蒼海を徳とするが、公の立場では自由な批判をしなければならない、相手が平生攻撃して止まない藩閥、その巨頭伊藤となれば尚更《なおさら》である。さういふ所から変名を用つたかも知れない。

副島邸を訪ねると、書生が出て「先生は只今天神様と御話し中ですから」と断られたり、待たされたりすることがあつたと云ふ。有名な話は、蒼海が病気で侍講を辞せんとした時、明治天皇は自ら宸翰を認め、侍輔土方久元をして之を副島の許に持参せしめられた。宸翰を拝読した副島は直ちに別室に入り、之を神明に告げて神慮を伺ひ、土方を待たしめること時餘に及んだと云ふ。

野口寧斎は初め、「先生が神様と話をなされたといふ噂《うはさ》も、佯《いつは》り狂じたまひしに非ずや」と思つたが、後、実地に蒼海の詩を作る状《さま》を見「親ら筆を執りたまひし事は無く、口づから述べて筆録させたまふに、十句百句立どころに成り、滾々として尽きず、一日築地の邸を御尋ね申上たるに、今しも一詩将に成らんとするの半ばにて、今日は仄韻を全用して、是だけ一息に出来た、こゝで茶を一杯飲めば、又すぐに出てくる、と笑ひたまひし後、またゝく中に何の苦もなく全用を全くし、たしかに「穽」といへる字を以て結了せられ候」と言ひ、これは人間業でないと思つたやうである。

長尾雨山翁は「天神様と御話し中」で待たされたことや、蒼海の語る詩文談、作詩の状など、皆親しく目睹し耳聞した所を、度〻私に話して下さつた、大正末年の事である。青厓翁は蒼海を明治第一の詩人として語られたが、神異の事は口にしないといふ考へであつた。然し蒼海の詩には鬼斧神工とでも言へば立派だが、全く鬼神の語とでも言ふ外はないやうなものが有る、誰も畏れて触れようとしないが、独り桂湖村は敢て蒼海詩中の難点を指摘すること剴切なものがあつた、と言はれた。

寧斎の言ふ「穽」字で結んだ詩といふのは、『蒼海集』巻四に見える「論詩二首」の一で、五百五十字即ち五十五韻の五古である。ひどい険韻で、韻本以外では殆ど見ることの無いやうな字が多い。蒼海は之を用ゐて、明治当代の詩から、漢土の詩三百篇以下唐詩までを論じ、更に自家の見を述べた。餘り艱渋でない所だけ択び出して見よう。

赫々明治朝。孰関六義正。青厓与槐南。近来居季孟。

赫々タル明治ノ朝、孰《タレ》カ関セン六義ノ正。青厓ト槐南ト、近来季孟ニ居ル。

起首極めて荘重である。季孟は伯仲。中間に至り、

夫詩豈易言。古人費論評。予与森子歎。訪問数相詗。
意向頗相同。気概常相併。簿書雖昏墊。不怠俾予儆。

夫レ詩豈言ヒ易カランヤ、古人論評ヲ費ス。予《ワレ》森子ト歎ズ、訪問数《シバシバ》相詗《ツ》グ。
意向頗ル相同ジ、気概常ニ相併《アハ》ス。簿書昏墊《コンテン》ト雖モ、怠ラズ予《ワレ》ヲシテ儆《イマシ》メシム。

この一節は最も明快で解り易いところである。詩の論評はやさしいものではない、予は森子槐南と互ひに訪問し合ひ相告げるのだが、意向も同じく気がよく合ふ。森子は役所の簿書に埋没しながら、怠らず勤めてゐる、自分も大いに戒められることである。蒼海が槐南をどんなに視てゐたかゞ分つて興味深い。

唐世李与杜。卓然立標榜。元白漫冗長。韓愈唯勁硬。
猶自称大家。学力其所竟。移風易俗教。且将択徳行。

唐世李ト杜ト、卓然標傍ヲ立ツ。元白漫ニ冗長、韓愈唯ダ勁硬。
猶自ラ大家ヲ称ス、学力其ノ竟《キハム》ル所、移風易俗ノ教、且将《マサ》ニ徳行ヲ択《エラ》バントス。

この段も解りよい所である。

回首昊天高。日月暠以晟。微誦古之詩。性情多涵泳。
吾欲竟此曲。豈敢為話柄。家人慮沈欝。数来労温清。国家法令明。弗畏陥危穽。
首《カウベ》ヲ回《メグラ》セバ昊《カフ》天高シ、日月暠《カウ》以テ晟《セイ》。微《カスカ》ニ誦ス古ノ詩、性情涵泳多シ。
吾此ノ曲ヲ竟《ヲ》ヘント欲ス、豈敢テ話柄ト為サンヤ。
家人沈欝ヲ慮リ、数《シバシバ》来ツテ温清ヲ労ス。国家法令明カニ、危穽ニ陥ルヲ畏レズ。

穽を用ゐる為め詩意の接続が悪くなつた、然し蒼海が故らにかういふことを言つたわけがあるが略す。

青厓は飽くまでも野人操觚者として権貴に屈することを肯じない剛骨の士である、その評林の価値ある所以である。之に反し槐南は世間から幇間詩人と言はれたやうに、伊藤に対しても蒼海に対しても、唯〻鞠躬如として追随し、両公に関する事は公私となく必ず之を詩にし、両公に詩あれば亦必ず之に和して上るのである。両公は肝胆相照し、屢〻相会して詩を唱和し、連句を作る。そこには必ず槐南が陪侍する。伊藤は詩は拙く、槐南の筆削に待たねばならぬが、一属僚として之を扱ふ。蒼海は一代の天才とし詩友として之を遇し、槐南の主宰する星社の会には務めて出席し之を策励して已まない。蒼海の集に、春畝、槐南と贈答の作の多いこと目を驚かすものがある。一方青厓となると、華厳瀑の詩の唱和以来、深く徳とし、且つ尊敬する蒼海であるから、屢〻友人を誘つて其の門に出入はするが、滅多に詩を作り、諛辞を呈するといふことはしない。それのみか「伍児童」や、上述の「擬贈某老伯」のやうな詩を新聞に公にして憚らないのである。蒼海も大度で、明鑑があるから青厓を詩人として槐南の下に置かず、二人を偏頗なく愛し、二人に依て大雅の興ることを期待したのであつた。

槐南にして見れば、古今稀に見る大政治家と大詩人に同時に遭遇し、其の知遇を得たのであるから、感激して其の才能を尽し之に事へたわけである。実際、明治の詩史に、槐南が伊藤の最期を詠じた「帰舟一百韻」、蒼海に上つた五古二十四韻、三条を悼んだ「哀辞」一章、山縣に呈した「椿山荘歌」等一連の大作が無かつたら、如何に寂しいものになるか。それを考へたら簡単に幇間詩人などと譏ることは出来ない筈である。それに又万首に近い青厓の評林が有つて、つまり二大天才の並立したことによつて、明治の詩史は不朽の盛事を誇ることが出来るのである。本詩話は此の二人を中心にして語るもので、まだ其の半にも達しない、先を急ぐの心日に切なるものがある。

五十

今回は紙幅を少し多くもらへたので、蒼海独特の奇異なる、風格ある詩を選んで、読者と共に玩味してみたいと思ふ。

馬車謡①

馬車馬車。奪我行途。幾蹂我児。居民允吁。官之馬車。汝之馬車。

明治の初年まで、士太夫以上の乗物は駕籠《かご》であつた。それが明治二、三年から西洋人の齎《もたら》した馬車と、邦人の製作した人力車が行はれて、やがて之に取つて替る勢となつた。ところが人力車はまだしも、馬車は路行く人の邪魔になり、屢〻《しば》往来の人、殊に老人小児を殺傷して市民の反感を買つた。てうど今日の自動車のやうなものである。それも乗合馬車なら一般人も利用するので我慢もするが、大道狭しと横行する大官の美々しい二頭立ての馬車は、殊に庶民の疾視する所となつた。

馬車よ馬車よ。私の行手《ゆくて》を奪つて行かせない。時には我《わが》（われらの）小児輩を踏み倒して行く。住民は允《まこと》に太息《ためいき》をつきなげいてゐる。官の馬車！お前の馬車だ！悪いのは官の馬車だといひ、更にたゝみかけて、お前の馬車だ！　と直接指差して叫ぶ荒い語気が聞えて来るやうだ。最後の四字一句の力で全篇が振ふ。崖から大石が落下する、初めは緩《ゆるや》かだが、段々急になり、激しくなり、最後大きな音を立て谷底で炸裂する、さういつた自然の律動《リズム》を具《そな》へた所に此の詩の妙を見る。車、途、吁、通韻になつてゐる。

　国家の元勲、天子の師傅たる蒼海も、根が詩人であるからこのやうな詩を能くした。私は大正の末、「大阪朝日」の主筆を罷めて蘆屋に隠棲してゐた鳥居素川翁の処で、翁が愛蔵する蒼海と池辺三山の詩幅と青厓の詩屏風を観たことがある。其の蒼海の詩は、当時華やかだつた両国の妓女の口吻を摸した竹枝体の珍しいものだが全集に載つてゐない。書は聯落ほどの大幅一杯に書かれ、筆力の雄渾、気魄の横溢せる、一見圧倒されてしまひさうな逸品であつた。詩幅は後に大阪の某実業家の手に遷つたままでは私は知つてゐるが、其後どうなつたか分らない。蒼海、三山、青厓、みな一世の雄である、其の詩其の書が其の人物に称《かな》つてゐることに、衷心感服したことであつた。

　政治家としての蒼海は明治六年までで、以後は天子の侍講として、又江湖の詩人として長い生涯を終つた。蒼海自ら言ふ所では、その詩を始めたのは年五十にして漢土に漫遊した時からだといふ。「一朝辞簪組。五十試吟魂。」とか「吁嗟昔高適。五十作新詩。嘻予遊華又五十。効作新詩情独悲。」とか言つてゐるのが是れである。唐の高適が五十から詩を始め唐代屈指の詩人となつたことは有名である。然し蒼海は実際には嘉永六年京師に在る時、明治六年清国に使する時の詩などが有る。当時の士人として少時から作詩の素養が有つたことは言ふまでもない、それに少しでも素養ある者が彼地に遊べば必ず詩を作りたくなる、佳い詩が出来易い。蒼海は彼地朝野の人士と交遊し、盛んに詩を応酬した。彼土に在ては

①『蒼海全集』巻二、十八丁表

苟くも詩を作らぬ者は、無学不術の徒として士人に歯《よはひ》されない。

蒼海と同じ時期に漢土に遊んだ竹添井井は『桟雲峡雨日記及詩草』を著して蒼海に贈つた。蒼海は之に詩を題してゐる。蒼海の漢土に於ての詩と竹添のそれとを比較すれば、いづれも大家の技倆、各〻特色があつて遽かに軒輊し難いが、竹添の詩は飽までも学者詩人らしい詩で、数も多く変化に富み、工整を極めた所は蒼海の及ばざる所であるが、蒼海の気魄の大きく奇気横生の所は井井には見られない。

「月落烏啼」といふ張継の「楓橋夜泊」の詩は、日本では昔は子供でも知つてゐた。従つて漢土に遊ぶ者は必ず寒山寺を訪ね、一詩作らねばならぬもの、やうになつてゐた。蒼海も漢土に遊び、一日彼国の士人数名と相携へて楓橋に遊び、皆で張継の詩の韻に次して作ることになつた。やがて各人の詩が出来て互ひに示し合つたが、蒼海はなかなか出来ない、最後になつて出来たものは、「月落烏啼霜満天。江楓漁火対愁眠。姑蘇城外寒山寺。無復鐘声到客船。」と。張継の原作をそのまゝ最後の句の頭二字を改めただけである。一同之を見て唖然としたが、其の頓才には感服したと云ふ。蓋し寒山寺は最近の長髪賊の乱で破壊され、寒山に附物《つきもの》の鐘声など聞くべくもなかつたからである。然しこれでは蒼海作の詩とも言へないから更に改作して、現に『蒼海全集』に載つてゐる詩は左の如くである。

月落烏啼霜満天。楓橋夜泊転蕭然。兵戈破却寒山寺。無復鐘声到客船①。

これなら実際に即して一点非の打どころもない、面白い詩である。然しかういふ事は、蒼海にして始めて為し得た所で、他人の真似るべき事ではない。大体、蒼海の詩そのものが、「一有りて二有るべからざる」性質のもので、決して摸倣してはならない。青厓、槐南もあれほど蒼海に敬事しながら、毫髪も蒼海の風を受けなかつた。

明治十六年の夏、蒼海は賜暇を得て箱根山の温泉に休沐した。詩には「賜暇五旬餘」とあるが、中途で東京に返り、再び山に来てゐるので実際の日数は分らない。その間暇《ひま》にまかせて山水に徜徉し、景勝を探り、一々之を詩に詠じた。前遊と後遊と并せて百四十餘首、古体、近体相半し、長篇大作の観るべきもの少くない。今一首最も変つた詩を取ること〻する。

山中観乞丐所為大神楽舞②

世間一種可憐児。是其為事堪諧嬉。頭上蒙被獅子帽。安南楽章昔伝之。」

紫宸殿上御覧日。翠簾捲鉤高不垂。後宮佳麗三千人。茲日相看共展眉。」

如今民間尚用此。名称神楽為神為。還今士論無神時。説神独存乞丐児。」

我入函根丐先入。山中日月草木蕤。人生百事歓不足。且観茲楽於我宜。」

一金一鼓一鳴笛。桐為其瑟声正悲。其舞蹁々又蹣々。玉幣奉神神和怡。」

在次数曲大抵謔。哲人君子亦解頤。其間手舞大醒目。婦人小子偕贊嘻。」

一球未降一球颺。以掌承球球争飛。将笻接球球乗笻。挙扇招球球扇随。用鼻承球球附鼻。

由額召球球額麗。以球乗球球乗球。球又乗扇扇乗頤。扇上乗笻球乗笻。以耳乗扇球不離。」

観罷小生亦出銭。乞丐喔々又咿々。衣襟爽然涼初満。日暮下山応未遅。


世間一種可憐児《カレンジ》、是レ其ノ事タル 諧嬉ニ堪ヘタリ。頭上蒙被ス 獅子帽、安南楽章 昔之ヲ伝フ。

一種世にも憐れな乞丐《こじき》の児《こ》が、諧謔《かいぎやく》の仕種《しぐさ》をして見せる。頭に獅子頭《ししがしら》をかぶつて舞ふが、これは昔我国に伝はつた安南国の楽曲である。

---

①『蒼海全集』巻一、十六丁裏
②『蒼海全集』巻二、四十八丁表

紫宸殿上御覧ノ日、翠簾鉤ニ捲イテ高ク垂レズ。後宮ノ佳麗三千人、コノ日相看テ共ニ眉ヲ展《ノ》ブ。
昔、天子様は紫宸殿上でこの舞を御覧になつた。その日は青竹の簾《すだれ》を鉤で高く捲きあげ、後宮の美女は総出で之を看《み》て、喜びの眉を開いたものである。

如今民間尚ホ此《コレ》ヲ用フ、名 神楽ヲ称ス 神ノ為ニ為ス。還今士論神無キノ時、神ヲ説ク 独リ存ス 乞《キツ》丐児《ガイジ》。
今日これは朝廷に行はれずして民間に行はれ、神楽と称して神様の為にするものになつた。今や無神論の行はれる時節、独り神を説く此の乞丐《こじき》の児がゐるとは珍しい。

我函根ニ入レバ丐先ニ入ル、山中ノ日月草木蕤《タ》ル。人生百事 歓足ラズ、且茲楽《コノガク》ヲ観ル 我ニ宜シ。
私が函根に来た時、丐は先に来てゐた。山中は今草木が繁り花が垂れてゐる。さういふ処で此の神楽を観るとは、人生万事に何の歓《よろこ》びも感じなくなつた私にとつて、誠に宜しきを得た事と言はねばならぬ。

一金一鼓一鳴笛、桐ソノ瑟ヲ為シ声正ニ悲シ。ソノ舞跚《サン》々又蹣《マン》々、玉幣 神ニ奉ジ 神和怡《ワイ》。
金属製の楽器、鼓、笛、それ等の合奏、桐の瑟《おほごと》のもの悲しい音色《ねいろ》。よろめくやうな舞の足どり。御《ご》幣《へい》を神様にさゝげ、神様はお怡《よろこ》びである。

在次数曲 大抵譃、哲人君子 亦頤《イ》ヲ解ク。其ノ間手舞大イニ目ヲ醒《サマ》ス、婦人小子偕《トモ》ニ賛嘻。
それから次第に数曲が奏せられるが、ほとんど詼譃《おどけ》たものばかり、哲人君子も笑ひ出さずにはをれない。音曲につれて演じられる手の舞《まひ》は、目の醒めるやうな、婦人小子《をんなこども》たちは皆喜んでほめたゝへる。

一球未ダ降リズ一球颺《アガ》ル、掌ヲ以テ球ヲ承《ウ》ケ球争ヒ飛ブ。笻《ツエ》ヲ将《モツ》テ球ニ接スレバ 球 笻ニ乗ル、扇ヲ挙ゲテ球ヲ招ケバ 球扇随フ。鼻ヲ用《モツ》テ球ヲ承《ウ》クレバ 球 鼻ニ附ク、額ヨリ球ヲ召《ヨ》ベバ 球額麗《ツ》ク。

球ヲ以テ球ニ乗セ　球　球ニ乗ル、球又扇ニ乗リ　扇　頤《アゴ》ニ乗ル。扇上笻ヲ乗セ　球　笻ニ乗ル、耳ヲ以テ扇ヲ乗セ　球離レズ。

掌から放つた球がまだ降りない中に次の球があがる。ひつきりなしに球を飛ばしては承《う》ける。それから竹のつえに球をつけ、又球を乗せる。又、扇を以て球を招けば、球は扇に随ふ。鼻を以て球を承けると、鼻に球が附く。額に球をよびよせると、額に球が附く。（麗、音り、附く）かくて笻、扇、鼻、額と随所にうけた球に球を乗せ、球が球に乗る。やがて扇を頤に乗せ、扇の上に笻を乗せ、その上に球を乗せる。それを又そつくり頤から耳に移し乗せるが、球は離れず落ちない。

これだけの大神楽舞《かぐらまひ》を観終《みおは》つた時、小生《わたし》は皆と同じやうに小銭をつかんで乞丐に与へた。乞丐は一々へらへら笑ひしてそれを受取つた。急に襟元《えりもと》に爽《さはや》かな涼しいものを感じ、日の暮れかゝつた山路を、遅くならない中にと下《お》りて来た。

可憐な丐児が球を弄する手際《てぎは》の鮮かさと、詩人が辞を弄する筆の巧みさと相待つて、此の一種奇々妙々の詩が出来た。昔日本に伝はり、朝廷でも行はれた舞楽であるが、已に廃《すた》れてわづかに民間に、それも山中の乞丐に伝はつてゐる。無神論の行はれる今日の世だから神楽も廃れたのだ、と蒼海の感慨が係《かか》つてゐる。

此の詩の作られた年から三年の後明治十九年に、当時世界的に有名な伊太利の曲馬師チヤリネの一団が東京に来て妙技を演じ、満都の人気を沸かし、遂に十一月一日宮中吹上御苑に於て天皇皇后の御覧を賜はり、それが錦絵にもなつて都鄙に流布したことがある。依田学海は当時この曲芸を見て漢文に作り、森槐南は七言長篇の詩に詠じ、何れも描写の巧緻を極めたこと、餘人の及ぶ所ではなかつた。同じく槐南は、これもその頃全国に人気を博した天勝の手品を見て、その端倪すべからざる幻術の状を活写した。

も一つ聯想されるのは菊池三渓の「観梯技①」である。毎歳一月四日恒例の消防出初式で、防火丁（消防夫）が梯《はしご》に昇つて吹流《ふきながし》とか亀児《かめのこ》とか魚虎《しやちほこ》とか、様〻の妙技を演ずる所を細かに描写したものである。普通、人〻は漢文漢詩といへば、粗大でやたら誇張を事とするものゝやうに思つてゐるが、少し明治諸大家の名作を読んで誤解を正してもらひたいと思ふ。右に挙げた蒼海の詩から、類似の作品として思ひついた所を記してみただけである。

尚ほ蒼海の集中、措辞立意とも善美を極め、所謂《いはゆる》風人の旨に称《かな》つた詩として、私の愛誦措かざるものがあるから次に掲げたい。多く読者の共感を得られるかと思ふのである。

邑有一男子②

邑有一男子。性質頗倔強。時或試射猟。未聞作禽荒。」
一日挟弾去。水中双鴛鴦。一射中其雄。驚愕雌飛翔。
乃取而視之。右足一支亡。還家食其妻。気色且楽康。」
翌日亦挟弾。前日射猟場。有雌又復射。羽翼乱文章。
復取而視之。左腋雄足蔵。還家語此事。妻怒責無良。」
告之東隣婦。隣婦欲断腸。告之西隣女。隣女亦沾裳。
三人相与謀。葬之川之傍。合祭雌雄魂。見者為惋傷。」
未出数日内。厥声載四疆。県官親探訪。容貌実堂堂。男子出相迎。笑談同平常。」
予儕雖不仁。亦頗聞義方。公等朝晡供。民膏其所嘗。
焉知無鴛鴦。且勿咎不祥。女子与小人。使人心茫茫。

邑ニ一男子アリ、性質頗ル倔強。時ニ或ハ射猟ヲ試ミ、未ダ聞カズ禽荒ヲ作スヲ。

村に一人の男がゐて、性質は頗る強情で、時〻射猟に出かけるが、別に禽荒（猟に耽溺し、荒む）といふ程ではない。

一日弾ヲ挟《サシハサ》ンデ去ル、水中双鴛鴦《エンアウ》。一射其ノ雄ニ中《アタ》リ、驚愕 雌飛翔ス。乃チ取ツテ之ヲ視レバ、右足一支亡ス。家ニ還ツテ其《ソ》ノ妻ニ食《ハ》マシメ、気色且ツ楽康。

この男が一日猟に出た、河水に番《つが》ひの鴛鴦《おしどり》がゐる、一発で雄《をす》を射とめたが、雌《めす》はびつくりして飛び去つた。雄を取つて視ると、右足が一本亡《な》い。家に帰つて鳥を妻に食はせ、男は楽しさうな気色《けしき》である。

翌日マタ弾ヲ挟ミ、前日射猟ノ場。雌アリ又《マタ》復射ル、羽翼文章乱ル。復取ツテ之ヲ視レバ、左腋《エキ》雄足蔵ス。家ニ還ツテ此事ヲ語ル、妻怒ツテ良ナキヲ責《セ》ム。

翌日また出かけ、前日の猟場に行つて見ると、雌がゐる、又弾が中つて、鳥の美しい文《あや》ある羽がばらばらと散つた。取つてよく見ると、左の腋《わき》の下に雄の右足を一本蔵《かく》して持つてゐた。家に帰ると、男は平気で此の事を妻に語つた。妻は怒つて、夫の良心の無さを責めた。

之ヲ告グ東隣ノ婦、隣婦断腸セント欲ス。之ヲ告グ西隣ノ女、隣女マタ裳ヲ沾《ウルホ》ス。三人相与《トモ》ニ謀リ、之ヲ葬ル川ノ傍。合祭ス 雌雄ノ魂、見ル者為《タメ》ニ惋傷《ワンシヤウ》ス。

さうして妻は走つて之を東隣の婦《おんな》に告げた、隣《となり》の婦もこの憐れな話に腸もちぎれんばかり。又之を西隣の女《むすめ》に告げた、西の女《むすめ》も涙で衣をぬらした。そこで三人が相談して、二羽のおしどりが射たれた川の傍《ほとり》に鳥を葬つて、雌雄の霊魂を合祭した。これを見た人たちは皆悲しみいたまぬは無かつた。

---

① 『奇文観止：本朝虞初新誌』巻中、七丁表

② 『蒼海全集』巻一、五丁表

未ダ出デズ 数日ノ内、ソノ声四疆ニ載ス。県官親シク探訪シ、容貌実ニ堂堂。男子出デテ相迎へ、
笑談平常ニ同ジ。

この事は数日を出《い》でず忽ち四方に伝はり、人〻の口に上つた。すると県の役人が聞きつけて親しく探訪に来ることになつた。役人は威張つていかめしい顔つき、男は之を出迎へて笑顔で話してゐるところは何も無かつたかのやうな風情である。

予儕《セイ》不仁ト雖モ、亦頗ル義方ヲ聞ク。公等朝晡ノ供、民膏ソノ嘗ムル所。焉ゾ知ラン 鴛鴦無キヲ、
且ツ不祥ヲ咎ムル勿《ナ》シ。女子ト小人ト、人ヲシテ心茫茫タラシム。

これから以下詩人の言ひ分である。たとひ仁徳なきわれわれでも、外少道理といふものを聞いて知つてゐる。公等《きみたち》役人は其の朝夕の供給が人民の汗膏《あせあぶら》であり、それる嘗めてゐるのだといふ事を考へたことがあるか、考へないから人民の前でそんな大きな顔をしてゐる、まして鴛鴦の事などてんで頭にない、従つて猟夫の不祥《よろしからぬ》を咎めることもしない。さて「女子と小人は養ひ難し」とは聖人の言である。この猟夫、役人ども小人の度し難いことは分る、然し女子たちの今度の行ひを見ると、度し難いどころか実に立派なものだ、これは一体どういふことになるのか、どうもはつきりしなくなつて来た。

徳禽獣に及ぶ、といふが、蒼海はそのやうな徳を持つた人であつたらうか。鴛鴦の事を詠じた右のやうな詩の外に、類似のものとして、雀、燕、雉、杜宇、蛍、蛙、蝙蝠、蛩、鼠に至るまで、蒼海は皆深い愛情を以て眺めてゐる。

「庭隅有雀①」といふ詩、

有雀有雀。休憩于林。力与羽称。匪願遠岑。彼鵬者何。大胆遐心。亦各有志。弄茲翠陰。

雀アリ雀アリ、林ニ休憩ス。力 羽ト称《カナ》フ、遠岑ヲ願フニアラズ。彼ノ鵬ナルモノ何ゾ、大胆遐心。

亦各〻志アリ、コノ翠陰ヲ弄ス。

有雀有雀。翶翔于林。有華有実。眷懐所依。彼鳳者何。高挙遠帰。日月照臨。亦不我遺。

雀アリ雀アリ、林ニ翶翔《カウシヤウ》ス。華アリ実アリ、眷懐依ル所。彼ノ鳳ナルモノ何ゾ、高挙遠帰。日月照臨ス、亦我ヲ遺《ステ》ズ。

雀は林に休憩する。雀は体が弱いことは、遠くへ飛べない羽の弱さと一致する。だから遠くの高い峯へ行かうなど考へてはゐない。彼のおほとりとは何ものだ、鵬程九万里などと途方もない大胆な心を起してゐる。まあ、それぞれの志があることだから、雀は雀で、こゝ翠《みどり》の木陰に遊んでゐればいゝのだ。雀が林の中を飛び廻つてゐる。林には華《はな》も実《み》もある、そこをかへりみて、わが依りどころとしたのだ。彼の鳳なるものは何だ、高く挙《あが》つて遠くへ往くが、同じ日月に照されるのだ、どこへ往かなくとも、雀ばかりが見放されるといふことはない。

有雀有雀。躑躅徘徊。誰謂牆短。亦足止棲。彼鶴者何。大声孔諧。学而無益。啁啾慰懐。

風吹柔芳。日照新條。有雀爰集。欣茲鬱標、彼鵠者何。千里求交。蓋非我類。我思勿労。

誰がせまい牆《かき》といふか、こゝに徘徊《さまよい》しこゝに棲止《とまる》には十分だ。〝鶴は九皐《かう》に鳴き、声天に聞ゆ〟などいふが、そんな馬鹿な真似をする必要はない。我〻は啁啾《ちうしう》、ちゆつちゆつとさへづつてゐれば、それで心がはれるのだ。

やはらかなかぐはしい草、新樹の小えだ、茂れる小ずゑ、これが雀の集るところ。あのこうのとりは何だ、友を千里の外に求めるといふ、そんなのは我〻の仲間ではない、そんなこと考へたくもない。

① 『蒼海全集』巻二、六十三丁表

分に安んじ命を楽しむといふことを、微物に託して説いた。これは『詩経』の詩に倣ひ、鴛鴦の詩は漢魏の楽府を摸したもので蒼海の独擅場であつた。

秋燕①

堂前燕子莫懐帰。此地雖寒兵燹稀。近日閩中天雨火。何人簾幕特堪依。

堂前燕子 帰ヲ懐フ莫レ、此地寒シト雖モ兵燹《セン》稀ナリ。近日閩《ビン》中 天 火ヲ雨《アメフラ》ス、何人ノ簾幕カ特《ヒト》リ依ルニ堪ヘタル。

明治十七年清仏戦争が起り、閩（福建）は仏国艦隊のため兵火の禍を受けた。秋になると南支那海の方に帰る燕子《つばめ》に、帰ることを見合せたがよいといふのである。簾《すだれ》や幕《まく》に巣《すく》ふのではないが、それのかゝつた堂やひさしをいふことになる。

鼠の詩といふのは、蒼海の仁徳も鼠にかゝつては却つて仇になつた次第を述べ、五言六十句の長きに及ぶ、如何にも蒼海らしい面白い詩だが、紙面がないから摘句して説明する。

夫鼠一微禽。大何望鹿豕。倚人蓋成事。常就倉中米。

鼠は禽《とりけもの》の中でも極く小さい、鹿や豕《ぶた》の大に比すべくもない。人に依頼し、人の倉の米を食ふだけが仕事である。逐うても遠くへは行かず、同じ家の中で梁《はり》の上から人間を注視してゐる。

夫豈有長物。所怙唯利歯。穿屋又穿墉。饕餮《とうてつ》無復忌。

身に何の長物もない、怙《たの》むのはするどい歯だけである。屋を穿ち穴をあけ、悪獣饕餮《とうてつ》のやうに米を貪り食ふ。

勿謂是暴行。亦図其生耳。異物貴相食。何物為無似。

それを暴行と言つてはいけない、生きることを図つてゐるだけだ、同類に非ざれば相食《あひは》むことは悪い事ではない、皆さうやつてゐるのだ。猫を使へばいゝ、ではないかと人が言ふ、然し自分は慈悲を重んずる。

取米盛盆中。且置空室裏。自謂寧養鼠。安得不垂尾。

そこで米を盆に盛つて空《あ》いた部屋へ置いた。こちらから鼠を食はせてやれば、尾を垂れておとなしく悪いことをしなくなるであらうと。

如是四五日。遠自四隣徙。食尽一呼間。有物無不食。

かくすること四五日、鼠は四方から同類を集めて来て鼠算式に増加し、忽ち数百匹にもなつた。盆の米など一呼吸の間に食ひ尽し、その外の物何でも食はないものは無い。

喧擾無昼夜。家人大披靡。衣物為所嚙。畏鼠甚於鬼。

数百匹が昼夜なしの喧騒、衣類までかみだした。家人はたぢたぢ、鼠は鬼より怖《こは》い存在となつた。

吾術已云窮。黙黙将何恃。一旦餌毒薬。大患従此弭。

わが術こゝに窮まつて、どうしたらよいか黙々として考へたが、已むを得ず餌に毒薬を盛つた、これでやつと大患を止めることが出来た。

豺狼或横道。狐狸未足紀。何況於鼠輩。吾詩無遠旨。

考へて見れば、豺《やまいぬ》や狼《おほかみ》のやうな人間が大道に横たはり、狐《きつね》や狸《たぬき》のやうな狡猾な奴まで、その害たる紀《のり》や法則でどうすることも出来ない、鼠のやうな小さな害虫は到るところ皆これだ。迂遠なことを考へても仕方がない、私の詩はそれが云ひたいのだ。

①『蒼海全集』巻三、六十一丁表

附　記（承前）

そこで私は吉川君に〝近作があれば是非示されたい〟と言ふと〝では一つ〟と言つて、君は傍の机に向ひ、私の差出した紙筆をもつて、詩と詞を数首書いた。それは当時、京都に羈旅してゐた華人、夏、王二氏と唱和したものである。書き終へて、過日の私の詩に次韻しようと思ふがまだ出来ないと言つて、少し赧然とした其の顔に私は吉川君の純情愛すべき人柄を感得した。その間に私も其の年旧暦の九月九日いはゆる重陽の節に豹軒先生に随つて洛北の大原に登高を試みた時の詩、五律と七律各一首を書いた。幷せて最近瀋陽の華人詩友と地を隔て丶相唱和した詩を取出して示した。さうしてお互ひに其の作品を称美し合つた、則ち吉川君は私の詩に和習が全然ないのは不思議だと言ひ、私は今時の大学生で漢詩、詞、文を兼ね能くする異常の天分に驚く、と言つたことであつた。

吉川君が書いた詩詞は今私の処にない、同君の『知非集』にも載つてゐない。九日の詩は其後印刷物に載つた為に残つた、豹軒先生の詩は『豹軒詩集』に収められてゐる。それは左の如くである。

遊大原　豹軒

重九慵傾城裏醪。西風去上北山皐。霜寒村巷黄花老。木落湖天新雁高。
当日正冠誰笑杜。生涯托酒我憐陶。同知人世多憂喜。時向林邱好得逃。

次韻　周南彪

久臥蕭斎思欝陶。登臨山閣百憂逃。追懐千載詩心壮。長嘯西風帽影高。
秋老黄雲迷水竹。日斜賓雁度林皐。佳辰勝地陪幽賞。不比孤樽酔濁醪。

その頃京都に羈旅してゐた夏、王二氏といふのは、『知非集』の序に見えてゐる「東平の夏渠園、衡陽の王芃生」である。二人が京都の「諸老と文字の交を為す。余往きて之に間はる。渠園告ぐるに古文の義法を以てす。芃生は南社の詞人なり。乃ち之に贈るに詞を以てす。」とある。

再び吉川君を訪ねた時、私は室に入ると先づ目をみはつた。四壁尽く書籍で、それも幾《ほと》んど皆唐本、木刻本である。我〻はその頃上海から送つて来る流行の石印本で我慢してゐるのに、高価な木板をかくも豊富に集め、その中に埋まつて読書してゐる吉川君は何と幸福な人かと思つた。君は「この頃清朝の詩を読んでゐる」と言ひ、数種の清人詩集を取り出して来て、一緒に読まうと言ふ。

私は君山、豹軒両先生の詩に対する意見は屢〻聞いてゐた。就中清詩に就て両師の説は符節を合する如くであつた。一度君山先生の前で「明治は清詩の風が行はれたさうで」と言つたところ「あれが清詩かい」と一蹴された。一口に清詩と云つても、亭林、梅村など初期のものは好いが、随園、甌北、船山、碧城など、明治に流行した清詩は好くない。初学がこれ等の風に染まつてはならぬ、というふことを言はれたのである。和習は忌むべきだが、漢にも悪い習気が有るとは、両先生の常に注意せられた所である。

吉川君は王漁洋が好きだと言ふ。漁洋が少《わか》くして頓に詩名を揚げた「秋柳四首」の詩を一緒に読んで、注を参照しながらも餘りに難解なのに二人とも閉口した。それから私が豹軒先生から聞いた「王漁洋の七絶は唐詩に次ぐといはれるが、十日雨絲風片裏。穠春烟景似残秋。など詩と詞を混淆してゐるのは宜しくない、かういふことが解らずに読んでもだめだ」と云はれたことを話すと吉川君は「それどころか、厲樊榭の、梨花雪後酴醾雪。人在重簾浅夢中。など樊榭の崇拝者は随喜の涙を流すが、我〻の考へる詩格とは全く相容れない、と云はれた」と云ふ。これはほんの一例に過ぎないが、このやうにして両師の話を検討して見たりした。私は呉梅村の「永和宮詞」と「円円曲」が好きだが矢張り難解で困ると言ひ、これも一緒に読んでみた。帰り際に、吉川君は私に木板の『呉詩集覧』を一部を贈るといふ、私が辞退するのも肯かず、さつさと包んでしまつた、私は大いに感謝してそれを受取つた。（四二三頁に続く。）

五十一

今回以後、星社を中心とする詩人たちの作品に就き語らうと思ふ。それは度々言ふやうに、明治中期漢詩全盛時代の詩で、多く当時の新聞、雑誌、其他の刊行物に載り、江湖に伝はつたものである。従つて槐南、青厓、種竹等の作が主になり、漸次その他の詩人に及ぶといふことにならう。この度は其の前提として、明治二十四年夏、星社第一回大会に於て、副島蒼海が一座の詩人に示した詩と、後それに対し報答した槐南の詩を説明して置きたい。皆明治詩史の上に見遁すことの出来ない意義のあるものである。

蒼海の詩は「夏日星社会述[1]」と題し三首ある、其の一首、四言の詩、七章から成るものの末尾の二章が端なく一座の詩人に大きな衝撃を与へた。

勿承唐弊。華而弗実。勿承宋弊。薄而蕩潏。勿承明弊。摸倣百出。
梅村之柔。漁洋之藻。我日誦之。非心所好。弗若魏之健。弗若漢之老。

詩は唐に限るかのやうに言はれるが、唐詩にも弊がある。華美にして質実に乏しい、詩を学ぶ者はかういふ弊を承《う》けてはならない。宋詩の弊は重厚さがなく、蕩潏《たうけつ》すなはち水の涌き出る如く、饒舌で理窟が多い。明詩の弊は徹頭徹尾、摸倣を事とする所にある。これ等の弊を承けないやうにせねばならぬ。清詩の代表的大家は呉梅村、王漁洋である。梅村は温柔敦厚の柔が勝つてゐる。漁洋は文彩に富む者である。この二者は私の常に読誦して置かざるものであるが、真に心に好む所ではない。かの漢魏の骨格老健なるに若かざるが故である、と。詩として極く常識的のことを言つたに過ぎないが、多年清詩を遵奉する森氏一派が中心である星社の大会に於て之を言つたのであるから、皆驚いて一種の戒告と受取つた。蒼海だから言へたことであり、誰一人異議を称《とな》へ得る者は無かつた。

明くる明治二十五年の春早早《さうさう》、果然森槐南は、星社の主盟として同人を代表する気持で、五言古詩一篇を賦して蒼海に呈した。詩左の如くである。

上副島蒼海公兼言余懐二十四韻②

磊砢松柏姿。神寒骨峻竦。厲色排厳霜。動使蕭曹恐。
曠代生若人。天子独知重。賛勷無闕遺。皇図喜克鞏。」
矢詩威鳳臻。下筆洪濤涌。周情与孔思。万古日星拱。
顧念風雅衰。浮響競濫冗。卓犖無曹劉。建安且難踵。
沈痛杜拾遺。飄逸李供奉。其外唐詩人。大半類寒蛬。
矧乃今榛蕪。得非吾道壅。」此事誰提撕。後死力慫慂。
我与二三子。過誉謬延寵。謂是竜之媒。俶儻渥洼種。
持之献王廷。意態夐森聳。」豈無豎子名。自顧増慚悚。
文字耽虫雕。生涯甘桎拲。歳晩已崢嶸。入春世論詾。
閉門徒覓句。縮似繭中蛹。時抱魚目羞。漫疑馬背腫。」
感公不遐棄。剖璞示珪珙。莫謂改轍遅。願効扶輪勇。
大雅或可作。小才嗟窮覂。狂簡何其多。吾徒慎作俑。

磊砢《ライラ》松柏ノ姿、神寒ク骨峻竦《シユンシヨウ》。厲色厳霜ヲ排シ、動《ヤヤモ》スレバ蕭曹ヲ恐レシム。曠代若人《カクノゴトキ》ヲ生ズ、天子独《ドク》知《チ》重《オモ》シ。賛勷《サンジヤウ》闕遺ナク、皇図克鞏《コクキヨウ》ヲ喜ブ。

① 『蒼海全集』巻四、二十九丁表
② 『槐南集』巻十四、一丁裏

松柏の聳ゆる如き磊砢《らいら》（人品の卓異なるを喩へる）たる風姿、峻竦《しゆんしよう》と高く秀でたる骨格、厳しい霜を凌いで立つ松柏の秀色を思はせる容貌、打見たるところ古への漢の名臣蕭何、曹参も恐れをなすであらうと思はれる程である。一代にならぶ者なき、若人《かくのごときひと》の現《あらは》れたるに対し、聖天子は特に重き知遇を賜はり、公も亦聖徳に闕《か》くることの無きやうにと、賛勷《おたすけ》申し上げ、皇業の克《よ》く鞏《かた》きを致せることを喜んで居られる。以上第一段。

詩ヲ矢《ノ》ベテ威鳳臻《イタ》リ、筆ヲ下シテ洪濤涌ク。周情ト孔思ト、万古日星ニ拱ス。

詩を述《の》べ（矢、のべる）筆を下せば、洪濤《おほなみ》の涌き起り、威鳳の至るかと思はれる。これは『書経』に「簫韶九成、鳳凰来儀」とあり、舜帝の楽を聞いて鳳凰が感応し、儀容を正したといふ故事を用ゐたのであるが、蒼海の詩に、天子が副島侍講に種々玉音を賜ふ所を詳しく述べたものがあり、『書経』の「元首明哉、股肱良哉」の条《くだり》を思はしむるに十分である。だから作者は心して此のやうな崇厳な故事を用ゐたものと思はれる。老手と謂ふべきである。胸に万古の聖人周公の性情と孔子の思想を蔵すること、太陽系の星が日に拱《むか》ひ衆星が北極星に拱ふが如くである。と云ふのは、蒼海が当世から神人と目せられ、漢土の亜聖とも称すべき人格であることを、聖人周公孔子が日星の如く仰がれてゐるのに準《なぞら》へたものゝやうだ。又蒼海には「周公」と題する七古があり、其の菅公に於けるが如く、周公の霊と相語つたことを詠じてゐる。さうした事も考慮に入れて言つてゐるのであらう。然し此の二句は語が足らず、隠晦で解釈がむつかしい。

顧念ス風雅ノ衰フルヲ、浮響競ウテ濫冗ス。卓犖《タクラク》曹劉無ク、建安且踵《カツシヨウ》シ難シ。沈痛杜拾遺、飄逸李供奉《グブ》。其外《ソノホカ》唐詩人、大半寒蛬《キヨウ》ニ類ス。矧《イハ》ンヤ乃《スナハ》チ今ノ榛蕪、吾道壅《ヨウ》スルニ非ザルヲ得ンヤ。

公は今や風雅の道が衰へ、詩人たちの競うて流す浮響の濫《あふ》れて冗《わづらは》しきを憂慮してをられる。卓犖《たくらく》と高くぬきんでた曹植、劉禎ほどの者はなく、建安七子にも踵を接することはむづかしい。公の眼識の高き、沈痛なる杜甫（左拾遺の官）飄逸なる李白（翰林供奉）はさて置き、其他の唐代詩人たちの大半は、こほろぎ、きりぎりすの寒〻《さむざむ》と鳴いてゐるやうなものと観て居られる。矧んや今日詩界の榛蕪（草木みだれしげる）の有様を見ては、吾《わが》風雅の道も愈〻こゝに行詰れるに非ざるかと憂へて居られる。以上第二段。

此ノ事誰カ提撕《テイセイ》、後死慫慂《ショウヨウ》ヲ力《ツト》ム。我《ワレ》二三子ト、過誉謬《アヤマ》ツテ寵ヲ延ク。謂フ是レ竜ノ媒《バイ》、俶儻渥洼《テキトウアクケイ》ノ種。之ヲ持シテ王廷ニ献ズ、意態夐《ハルカ》ニ森聳。

この実状を誰に依つて提撕すなはち振作したらよいか。それには力めて後死すなはち後の代に来る者を慫慂《いざなひすすめ》して置かなければならない。そのやうに考へられた公は、我《わたくし》と他の二三の者に着目せられ、謬《あやま》つて過分の誉と寵《いつくしみ》を加へ、近寄らせて下さるのである。さうして是者《このもの》たちは竜媒《たつのうま》すなはち名馬で、『史記』に「神馬を渥洼の水中に得」とある、さういふ俶儻《てきとう》（すぐれ）たる種類の者であるからと言つて、朝廷にすゝめて下さつた。その意態《こころざま》の何と森聳《たかくおごそか》なることか。以上第三段。

豈無カランヤ豎子《ジュシ》ノ名、自ラ顧ミテ慚悚《ザンショウ》ヲ増ス。文字虫彫ニ耽リ、生涯桎拲《シッキョウ》ニ甘ンズ。歳晩巳ニ崢嶸《サウクワウ》、春ニ入テ世論詾《キョウ》タリ。門ヲ閉ヂテ徒ラニ句ヲ覓《モト》メ、縮《チヂ》マツテ繭《ケン》中ノ蛹《ヨウ》ニ似タリ。時ニ抱ク魚目ノ羞《シウ》、漫《マン》ニ疑フ馬背ノ腫《ショウ》。

それほどになされた為《ため》、世間では公のことを「豎子をして名を成さしめた」と言ひはしないであらうか。私はひそかに我身をかへりみて慚悚《はぢおそれ》ずにはゐられない。徒らに文字の雕虫に耽り、一生桎拲《あしかせてかせ》をはめられたやうな姿で甘んじてゐるのである。さうして歳月は人を待たず、崢嶸と積みかさなつて行く中に、世論は我〻に対し詾《きよう》々と騒がしい。にもかゝはらず、繭《まゆ》の中の蛹《さなぎ》のやうに、門を閉ぢて引きこもり、詩の句ばかりさがしもとめてゐる自分である。時には魚目の羞《はじらひ》を感ずることもある。すなはち魚目は珠《たま》に似て非なるが故に、真を乱る贋物《がんぶつ》に喩へられる。又、馬背の腫《はれもの》と疑はれはしまいかと思ふこともある。すなはち無知の者は酪駝を見て背の腫《はれ》た馬と思ふといふからである。以上第四段。

感ズ　公ガ遐棄《カキ》セザルニ、璞ヲ剖《サ》イテ珪珙《ケイキョウ》ヲ示ス。謂フコト莫《ナカ》レ改轍遅シト、願ハクハ効《イタ》サン扶輪ノ勇。大雅或ヒハ作《オコ》スベシ、小才窮乏ヲ嗟《サ》ス。狂簡何ゾ其レ多キ、吾徒《ワガト》俑ヲ作ルヲ慎《ツツ》シマン。

さうした我〻を公は遐棄（遼ざけ見棄てる）するといふことなく、璞玉《あらたま》を剖《さ》いて中なる珪とか珙とか真《ま》玉《たま》を出して示すやうに、我〻の中に本質の美を見出さうとされる。我〻が今までの方向を改めて出直《でなほ》すにはもう遅いなどと謂つてはいけない。正しい風雅の道を支持することを大雅の輪を扶《たす》けるといふが、願はくは扶輪の勇を振《ふる》つて大雅を興して見よう。小才の窮乏を嗟《なげ》きながら、このやうに狂簡すなはち志のみ大にして事に疎なる我〻ではあるが、孔子様も「吾党の小子、狂簡にして斐《ひ》然章を成す」と曰《い》はれた如く、公は我〻の志を憐れみ、我〻が斐然として文采を発揮し、文理を成就することを期待して居られる。我〻星社の徒《ともがら》は、誓つて之に報答せねばならぬ、何事によらず悪い例の開始を「俑を作る」といふが、我〻は慎《つつし》んでそのやうな事のないやうに力《つと》めるでありませう。

言々句々、真摯にして懇欵を極めた、恐らく蒼海も深く感服したことであらう。前《さき》に作者が三條梨堂を弔した時の「哀辞」一章のやうな、内容に変化の妙は見られないが、一往情深の致、尤も人の心を動かすものがある、傑作である。

詩に「莫謂改轍遅」と言つてゐるのは、当時星社で蒼海の戒告が大いに問題になつてゐた証拠である。繰返して言ふが、蒼海は必ずしも清詩を不可としてゐるのではない、古代漢魏の詩はそれ以上だと思ふと言ひ、若い人が新しいものに気触《かぶ》れて浮薄に流れるのを戒しめたのである。右の槐南の詩など、新しいも旧《ふる》いもない、清調も和習もない、立派な明治の槐南の詩である。だから蒼海は自分と趨向の異る槐南を排斥せぬのみか、大いに推重し信愛したのである。槐南は少《わか》い頃、清も嘉道以後の作家の軽纖綺艶なるものを喜び、多分にその影響を受けたが、早く自ら改めた痕迹がある。門下も皆清詩に耽つたが、早く改めた木蘇岐山の如きもあり、終に改めなかつた大久保湘南の如きもあつた。人〻の個性は無視出来ない。

どちらかと言へば槐南より青厓の方が蒼海の詩風に近かつた。蒼海は青厓の詩を見て驚き、それが「華厳瀑詩」の一大唱和となり、遂に蒼海は無名の青厓を其の茅屋に訪ねたことは本稿の初に書いた。青厓は深く蒼海を徳としたが、決して之に追従はしなかつた。槐南が属僚として又詩客として蒼海に昵近し、二人の唱和が盛んに世に伝はるやうになつても、青厓は何の関心もなく勿論疾視などしなかつた。青厓の時流より高き一等なる所以である。蒼海も十分それが解つてゐた、だから決して青、槐の間に軽重を附けなかつた。私は前に「華厳瀑詩」の唱和について説いた時、各の詩が長く且つその数が多く、而も難字が多い為、各詩を部分的に書き下してしまつた。これでは実際に詩を説いたことにならず、今に遺憾に思つてゐる。尚ほ一つ遺憾がある、当時一流を以て自負する詩人が多く此の唱和に参加した時、槐南が独り加はらず、青厓が懇請するに至つて一首だけ和韻した。ところが其の詩は今日平心に視て、青、蒼を措いて、他の何人の作にも匹儔を許さぬ名篇であること、これは識者の為に是非言つておきたい事で、今、蒼海、槐南の詩を幷せ語る序に一言させて戴く。さて此《ここ》に至つて、私は又蒼海の左の詩を説かずには居れないのである。

得青厓雨山被訪之報賦老樹三章　節二[1]

---

①『蒼海全集』巻五、三十一丁裏

我豈愛吟詩。堯夫養老時。昼長苦無事。興至徒爾為。
譬若虚心樹。猶横不死枝。花開雖瑣細。香動乍離披。」
老樹影扶疎。肌膚爛剝虚。倔強猶骨子。蓊欝定春餘。
根抛元深入。枝抽或発舒。豈言百年後。且謂我生初。

我豈吟詩ヲ愛センヤ、堯夫老ヲ養フノ時。昼長クシテ無事ニ苦シミ、興至ツテ徒ラニ爾《シカ》ク為ス。譬ヘバ虚心ノ樹ノ若《ゴト》シ、猶ホ不死ノ枝ヲ横タフ。花開イテ瑣細ト雖モ、香動イテ乍《タチマ》チ離披。老樹影扶疎、肌膚爛剝虚《ムナ》シ。倔強猶ホ骨子、蓊欝定メテ春餘。根抛元深ク入ル、枝抽《シチウ》発舒スルアリ。
豈言ハンヤ百年ノ後、且ニ謂《オモ》ハントス我生ノ初。

青厓と雨山は、屢《しばしば》相携へて蒼海を訪ねた。右の詩は二人が来るとの報《しらせ》があつたので、それを待つ間に、老樹の題を以て自己が老境の心理を述べ、二人が来ると出して示し、切磨、応酬に資しようとしたのであらう。

宋の邵堯夫が晩年その居る処を安楽窩といひ、自ら安楽先生と号した、その隠退ぶりが蒼海の気に入つた。自分は別に詩が好きといふのではない、老て春の日永《ひなが》を為す事もなく過すのは苦痛だから、不図《ふと》詩興の涌いた時作つてみるだけだ。樹（梅）は心《しん》が空洞《うつろ》になつて骨と皮ばかりでも、なほ死なない枝が一本突き出てゐる。而も瑣細な花が開き香《かおり》を発散すれば、老梅と雖も色香は能く人を動かすに足ると。虚心樹と不死枝は老梅の真相を道破した絶好の対《つゐ》である。結局人間も老梅の如く老て尚ほ溌剌《はつらつ》たる生気を失はず在りたいとの意であらう。

老梅は皮膚も肌肉も剝《は》げて腐つて、骨ばかりになり見る影もないが、其の骨子《ほね》が心《しん》となり木の命を維《つな》いでゐる。だから春の末になると定《きま》つて青葉が蓊欝と茂り、生命力の盛んなことを示す。それといふのも目には見えないが、根本が深く地に入つてゐて木の芽や枝を生生《いきいき》とひきのばすのである。観《み》来れば老人も老樹と同じこと、我生の初めを顧みて養ふ所如何を見れば、百年の後は問はずして明かなるものがあらう。蒼海は菅公の後裔たるに背かず、梅を愛し梅の詩が多いが、この詩は月並のことを言はず、能く梅の神髄を伝へてゐる。

『蒼海全集』中、青厓、雨山が訪ねて来たといふ詩は外にもまだ二三ある。その一に、青厓、雨山両君子が茅屋に来て、終日歓話し、優遊することが出来た、其の別れ去るのを惜んで作つた、といふ七絶が二首ある。又「青厓雨山至東大来」といふのがあり、二人と語るにつけ、大来即ち槐南が思はれてならず、七律を作つて郵寄したのである。末尾に「乍憶城東大来子。事繁官劇幾詩刪」、結句は一に「詩成毎毎走神姦」と作るとあり、槐南が劇忙の職に在りながら天下の詩を刪修する超人的な努力を認め、其の詩は鬼神をも感ぜしむる力ありとしたのである。青厓、槐南二人の互にライバルたることは百も承知で、このやうな態度に出てゐる。詩壇の大御所たる所以である。

私は大正十三年夏、初めて長尾雨山翁に識荊を得た、それから二三年、翁の介を以て青厓翁に謁した。私は両翁が蒼海を殆んど崇拝され、亜聖の如く神人の如く、大人物大詩人として語られるのを幾度聴いたか知れない。豹軒先生も蒼海を尊敬すること甚しかつたが、その話は大抵雨山から聞いたと言はれ、直接会はれたことは無かつたやうだ。一昨年だつたか、私は神田喜一郎先生に教へられて雑誌『東方学』五十一年七月号に載つた「先学を語る　鈴木虎雄博士」を読んだ。博士の弟子たちの座談で、その中談の森槐南、副島蒼海に及んだところは、諸人が明治の漢詩界に昧く、槐南も蒼海もよく分つてゐないことが分る。吉川氏が「槐南さんは一方の旗頭としてあゝいふきれいな艶な詩を作つた、ところでもう一方の旗頭は副島蒼海氏じやなかつたですか」とある如き其の一例に過ぎない。槐南の人品、詩学、詩作について幾んど理解しようともしてゐない。これは元来京都大学の支那学が日本の儒者、漢詩文などいふものを軽蔑し無視して来たところに原因があるやうだ。然し京都の学風はそれを以て徹底してゐて面白い。

五十二

明治の初期から中期に及ぶ間に於ける代表的詩人に就いて、則ち枕山から蒼海に至るまで、私はその概略を説き終へた。少くともこれだけは言つて置かなければ、此の詩話の本命である青厓の詩を説き、同時に、明、大、昭三代の詩を語ることは出来ない。実はまだ、黄石、松塘、聴秋、三渓、三洲、痴堂の如き名家を遺してゐるが、此まで及ぶ餘裕が無かつたので、姑らく置いて後日を期することゝする。今までも、槐南、青厓に就いていろいろ語つてゐるが、それはまだ緒論の域を出ない、漸くこれから本論に入るといふ次第である。

ところで、私は此《ここ》に至つて一思案せざるを得ぬものがある。昭和十六年五月以来、雑誌に「明治詩話」を連載し、二年後に之を単行本にした時、それは大戦の最中《さなか》であつたにも拘らず、未知、旧知の多くの読者から、盛んに感想、批評の言葉、手紙などを寄せられたものであつた。然るに今度は、本誌に詩話を載せること数十回に及ぶ今日まで、感想や批評を寄せられた読者は、極く限られた数人の知己に過ぎない。前と後と、殆ど四十年を隔てる間に、時世、文化、人心が大きく変化した為である。端的には漢詩が衰滅したことの証拠だと言つて差支へない。

尤《もつと》も前回は、明治の文明開化時代の一種特有の詩で、当時の時世、人物、文化、世態、人情を戯作者風に描写し、諷刺した極めて興味多きものを主として選んであり、読んで面白いといふ理由もあつたであらう。今回は我国千餘年の伝統を負ふ、つまり正統の漢詩で、詩人は明治特有の武士的、文人的気風を帯びた人たちの話であるから、今の読者には堅苦しくて解りにくく、随つて面白くないのかも知れない。明治の詩は、此の正と閏の二つがあり、詩境の大きく開けたこと、前古未曾有のものがあつた。そのいづれをも無視することは出来ない、たゞ之が叙述には系統を立てなければならないのである。然し私は徒らに左顧右眄して居られない、明治文学史上に大きな地歩を占める漢詩に就いて、今の中に書き遺しておかねばならぬといふ使命感に燃えるのである。

私が昭和二年初めて青厓翁に謁した時、翁は已に年七十を過ぎ、翁と同じく明治の詩壇に馳逐した故老の詩人も、尚ほ多少生存してゐた。今、思ひ出すまゝに其の人々の名を列記して見る。

阪本蘋園　杉山三郊　岩渓裳川　桂　湖村　岡崎春石　小見清潭　宮崎晴瀾

田辺碧堂　落合東郭　杉渓六橋　石田東陵　勝島仙坡　井土霊山　上村売剣

私はこの人々に全部回《めぐ》り合つたのである。さうしてこの人々が明治中、実地に見聞した詩壇の逸事逸話を、折に触れては語るのを聞いた。それから半世紀の長い月日が過ぎ去つた間に、故老は一人残らず道山に帰してしまつた。継いで起つた詩人も少くないが、今は皆この世の人ではない。私と同じくらゐの年輩には、漢詩作者は絶無僅有であつた。俯仰今昔の餘、我が拙き詩話の已むべからざる所以である。尤も東京ばかりではない、京都、大阪、名古屋その他の地にも、多くの詩人、詩社は存在した。然し東京の大には比すべくもない。これ等は寡聞なる私の与り知らぬ所である、別にこれを伝へる識者があるであらう。

所で、昨年私は偶然に雑誌『国文学』を手に入れた。平生読んだことのない、而も四十九年十月発行の古雑誌である。開巻第一「漢詩と現代詩」といふ項目の下に、米人ドナルド・キーン氏と日本の若い詩人文学者大岡氏との対談が出てゐる。見ればすべて私の言はんとする所を、代つて言つてくれてゐるやうな話ばかりである。頗る長文だが、煩を厭はず其の中肝要の部分を抄出する。

キーン　私は日本文学史を西洋人のために書こうと思つた……「詩」という部門を設け、和歌も、俳句も、連歌も、漢詩も現代詩も、全部入ると思つていた、しかし、だんだんそれは不可能だと思うようになりました。いくら同じ「詩」だといつても　書いた人たちは全然違う姿勢をもつて物を書いていた。

漢詩は一体日本文学なのか如何《どう》か、明治以来まだ定説がない。漢字が既に国字であり、「日本漢文学」が第二の国文学であることは誰しも認めるであらう。然し漢土の熟語、故事を用ひ、平仄押韻も彼の法に従ふ漢詩は、純粋の国詩とは大いに違ふ。その性情に至つては、和漢の別はないとも言へるが、又、漢心、和魂などと自ら別があるとも言へる。此の正体《しやうたい》不明の漢詩は、和歌、俳句などと、その姿勢だけではない、あらゆる点で違つてゐるのである。外国人でこゝに気附いた其の眼光は鋭いといはねばならぬ。

キーン　日本の儒学者が主に、充分な学問が備つていることを証明するために漢詩を作つた……皮肉なことには、つまらない漢詩が、どんなに素晴しい和歌よりも面白い英訳になりやすいのです……和歌の伝統と西洋詩の伝統は全然違うのですが、漢詩はどつちかと言うと西洋詩の伝統に近いと思われます。和歌の場合は不必要なことを全然言わないでしよう。俳句の場合はもつと極端です、然し漢詩は英詩と同じように、何かを表言してから、その印象を強めるために、もう一度別の言葉で似たことを書くのです。一つの線を書いてから、その線に平行するようなもう一つの線を書き、和歌や俳句にないような立体性が出て来ます。いくら僕がこの俳句は傑作だと断言しても、どうしても美しい英語にならないものがあります。そのかわり、三流の漢詩でもなかなかい丶英語になることがあります。

大岡　今のお話は重大な意味を持つかも知れない。近頃漢詩というものを近代文学の歴史の中で完全に除外して来たことについての反省が出て来ている……

僕等は久しい間、漢詩のことを忘れておりました。……

キーン　大正時代の詩人たちは漢詩をそれほど読んでいなかつただろうと思います。読んでいても日本人の詩でなくて、李白とか、杜甫とかの方を読んでいたでしよう。

大岡　そうですね。

キーン　現在の日本人の多くは、日本の漢詩は中国の漢詩の猿真似に過ぎないと判断し、漢詩を読もうと思つたら源に近い中国の漢詩を読んだ方がより意味がある、というふうに思つているでしようが、菅原道真まで遡らなくても、徳川時代の漢詩には非常に面白いものがあります。当時の日本の、田舎の風景はどんなものか、一般の市人はどういう生活をしていたか、などを知ろうと思つたら、賀茂真淵や香川景樹の歌を読むよりも漢詩を読んだ方が有意義だと思いますね。ほんとに「見た」という感じがするのです。

大岡　そうですね。漢詩という形をとつているために、われわれは知らないのですけれども、たとえばキーンさんが、そういう漢詩を英訳されて、その英訳がまた、たとえば吉田健一さんによつて日本語に直されるとね、多くの人がびつくりするのぢやないか……。

キーン　そうでしよう。ハハハ……。

外国人から言はれて、始めて自分の持ち物に気が付いて驚く。日本人が言つたのでは聞き入れず、気を付けようともしない。これが昔からの日本人の習性である。

英訳して見て、和歌よりも漢詩が好い詩になり易い、その形式内容とも西洋詩に近い、といふキーン氏の指摘は確《たし》かにその通りだらう。その話の意味は重大だといひ、形が漢詩だからそれが分らなかつたといひ、近代文学史は漢詩を完全に除外して来たといふ、大岡氏の言葉は正直な告白である。又、日本人が中国の漢詩を読んで日本の漢詩を読まないこと、日本の漢詩には和歌の及ばぬ長所があることを、外国の学者から指摘されようとは思ひも寄らなかつた。日本の漢詩ほどひどい継子《まゝこ》扱ひを受けて来たものはない。

キーン　近代文学という一巻の半分ぐらい、詩に配当しました。現代詩は一五〇頁ぐらい、現代俳句は九〇頁ぐらい、現代短歌は同じようなもの。明治時代の漢詩が少しは入りました。詩として餘り好くなくても内容として特別面白いものもあります。明治初期の東京はどういう市であつたかを知りたいと思つたら、当時の漢詩が一番参考になります。その日その日の出来事が漢詩の形で大変面白く描かれています。

これはキーン氏が其の著『日本文学散歩』で述べてゐる大沼枕山の詩のことである。キーン氏は、明治文学の最初の作品は、明治二年に発行された大沼枕山の『東京詞三十首』であらう。この作品は今日ほとんど知られていない。木下彪による『明治詩話』が昭和十八年に刊行されて枕山のユーモラスな、ときに皮肉な評言は、眼前に起りつゝある急劇な変化を旧派の士学者の眼を通して描いている。

と云ひ、最後に至り、

知識階級の武士の用語だつた漢語で書かれた彼の詩は、伝統的漢詩には稀な鋭い観察に満ちている。それは今もつて面白く、また新しい日本の最初の瞥見をわれわれに与えてくれるのである。

と結んでゐる。同氏最近の著『日本文学のなかへ』には、永井荷風も枕山伝を書いてはいるが、明治元年から二年にかけての枕山の作である『東京詞三十首』を、散佚したものと信じていた。『明治詩話』に教えられて、私は明治文学の最初の作品にめぐり合つたのである。

とある。又、右の対談中に「詩として餘り好くなくても内容として特別面白いもの」と言つてゐるのは『明治詩話』に出てくる文明開化時代を面白可笑《おか》しく謳つた詩、狂詩の類を指すものであることは明かである。

こゝで一言しなければならぬ。文明開化時代から新制の国家に移つた、明治二十年以後の東京の、その日その日の出来事を漢詩に描いたのが、外ならぬ青厓の「評林」である。「評林」は『東京詞』とは比較にならぬ長期に亙り多数の詩を遺してゐるが、どちらも「諷諭」なる詩的精神を以て貫《つらぬ》かれてゐる所に真価がある。どちらも当局の忌諱に触れ、『東京詞』は絶版になり、評林は新聞『日本』が度〻《たびたび》停刊を食つた。

大岡　たとえば或一人の詩人が漢詩を書き、それから和歌を書き、俳句を書くということがあり得るとしますね、

キーン　正岡子規がそうです。

大岡　正岡子規、それから夏目漱石……また森鷗外もそうですけれども。その人〻のそれらの作品を並べてみますと、どうも漢詩で書かれているものが何か一段といいような気がしますね。どうもこの問題むつかしくて困つてしまうのですけれど。

大岡氏は詩人文学者であらうが、漢詩には素人《しろうと》であるから、「この問題はむつかしくて困る」といふ。今の日本の詩人文学者、尽く皆然りであらう。少しばかり読んでも作つても、漢詩はさう容易《たやす》く領略さ

れるものではない。この問題でキーン氏と議論を上下し得る者、能く幾人あるであらうか、思へば淋しいことである。
今の人は漢詩といへば、青厓、槐南、種竹は知らないでも、直《す》ぐ子規、漱石、鷗外を思ひ出すやうだ。近代文学の大家が旧式な漢詩を作るといふ事が印象を深めるらしい。而も三人の漢詩に対する厳正な評価はまだ世に無い。拙稿も近く、新聞『日本』に於ける青厓と子規、子規の詩に就いて聊か語る積りである。

キーン　先に漢詩の飜訳が面白いと申しましたけれども、現在の日本では漢詩を作る人はもうほとんどいないので、現代文学を論じる場合言及しなくてもい丶です……。
然り、現代文学には既に存在を失つた漢詩である。然し明治文学には大きな存在であつた事実を否定することは出来ない。私は前月の本稿に、京都の学者が蒼海も槐南も知らないらしいことを言つたが、つい先日（九月一日）京都に神田喜一郎《ちょうあん》先生を訪ね、談この事に及んだ時、私は曰《い》つた「京都の学風で、豹軒先生も日本人の詩は読まないと言つてをられたが、その為であらう、先生が晩年に一小雑誌に、「副島蒼海伯の詩に就いて」書かれた中に次の如くある。
伯は明治二十四五年頃に、徳川末期の諸遺老、明治新進の詩家国分青厓、森槐南等の諸派を会合させ、東京赤坂の星ケ岡茶寮に於て「星社」を興した。これは明治の漢詩壇の興隆に大功があつた。これは全然誤りで、星社の興りは（本稿「十九」以来詳しく述べた通りで）何も蒼海が旧幕の遺老や青厓・槐南を会合させて作つたものではない。又、
伯は日光の三条公の別荘に青厓等を招き、その時青厓等は華厳瀑布歌の七言長篇の傑作を出した。それは長短句雑用の可なり句数の多いものであるが、伯はそれに更に二韻を増し、それを六畳韻した。

此等の事が縁となつて星社は起きたやうに思ふ。

これも事実に反する。先生は「……やうに思ふ」と結んでをられる。つまりはつきりしたことは分らず、旧聞をごつちやにされてゐるやうである」と。さうしてお互ひに結論として「日本の漢学者が日本の漢詩文を読まないといふには道理がある。たゞ読まないで間違つたことを伝へられるのは困る。間違ひは是正しておかねばならぬ」といふことになつた。

豹軒先生が日本人の詩、明治の詩を眼中に置かれなかつたことは、大正の末以来四十年間先生に親炙し、先生の該博な詩学詩論を聞き尽した私のよく知る所である。先生が筆のすさびで星社の事を誤られたとて、何等先生の学識にかゝはることではないが、敢て引合に出すには気が引けるのであるが、私はたゞ明治の漢詩が如何に今の世の中に正しく伝へられず、忘却されてゐるかを言ひたいだけである。

五十三

豹軒著『陸放翁詩解』（昭和二十四年）の冒頭に翁は曰《い》ふ、

明治には副島蒼海伯の如く漢魏の古風を推す人もあつたが、大体唐明の詩風を推すものと清朝風を推すものとが対立して、それぞれ相当の隆昌を極め、宋風を守る幕末の遺老などは両者の間にはさまれて命脈を保つた。大正末から昭和に至つては有名な作者も凋落し、詩を発表する新聞雑誌もなくなり、漢詩といふものの影はますます薄くならうとしてゐる。

「唐明の詩風」は青厓一派を指し、「清朝風」は槐南の一派を指し、「宋風」は向山黄村等晩翠吟社の一派を指すことは言ふまでもない。大正の末には明治以来の有名な作者は幾《ほとん》ど絶え、大正以後は更に寥々たるもので、明治生残りの作者が昭和の半まで青厓を中心に集つた。大正昭和の二大家、豹軒と天随は、終始、青厓一派と無縁であつた。新聞が詩を発表することは明治一代で殆ど終つた。雑誌も明治に盛んで以後は僅かに続くものがあつたに過ぎない。

豹軒翁は東大漢学科に在学の頃、槐南の講義を聴いたことがあるといふ。則ち槐南は明治三十三年二月東大に講師となり、四十四年二月文学博士を授けられ、同年三月死去するまで出講した。

吉川君は「先学を語る　鈴木虎雄博士」席上の発言中、槐南に関して次の如く曰《い》つてゐる。

森槐南氏が講師として大学に出講していたのですが、槐南という方はどういう方でしたかと伺いましたら、何というかね、いやな人だつたという意味のことをおつしやいました。漢詩が非常に盛んで槐南さんは一方の旗頭としてあゝいう非常にきれいな、艶な詩を作つた。もう一方の旗頭は副島蒼海氏じやなかつたですか。副島さんは日本新聞につながつてた。先生はむしろそちらの方に好意を持たれた、ということもあつたでしょうが、槐南の講義は聞いたが、何というかねえというようなことで。

古島一雄という人が日本新聞関係だつたのですか、何かに書いてた、森槐南というのは伊藤公の腰巾着みたいないやな奴だということを書いておりましたね。

（副島さんとは）個人的にもご接触があつたようですね。

槐南というような人を先生はお嫌いであつたでしようけど、これは詩ばかりやつた人で、実作者であつて文学研究家としてはむしろ二次的な仕事としてやつていたわけでしよう。

先生（鈴木）は清詩はあまりお好きでなかつた、ことにお嫌いなのは王漁洋、これもやつぱり槐南派への反動でしようか。呉梅村はお好きですけど。

杜甫の詩の解釈について個人的に伺つた時、いかんとおつしやつたのは、やつぱり槐南です。先生はああいう声色を大いにせられない性格の方でしたけど、槐南の「杜詩講義」への不満が杜詩の全集の訳をご執筆になつた一つの動機でないかとさえ疑うほどです。

知らない者がこんなことを聞くと、槐南といふ人についてどんな心像を持つか。今の我国文学界に漢詩人槐南を評価する者がないのは已むを得ないとして、たまさか漢学界に之あれば、実に右の如くである。槐南の人物学問については、人〻見る所を異にするであらうが、私は槐南の詩、詩評、詩論を始め、詞、詞説、伝記、唐諸家の詩の講義、『唐詩選』其他の著書を注意して読み、槐南が当時詩界の大宗と仰がれ、東大講師、文学博士も偶然でなく、大町桂月が「千餘年間の日本の漢詩壇、はじめて天才者を見たり」と絶讃したことも、虚誉でないことを思ふのである。

吉川君は常〻《つねづね》狩野君山先生から言はれたことを口にしてゐた、「漢詩文を作らうと思へば、日本人の書いたものを読まないことだ」と。これは私も先生から聞いてゐる。先生の言は至極尤もである。然し漢詩が未曾有の隆盛を致した明治一代名家の作を、後学の我〻が読まないで誰が読むか。先賢に対して申訳ない気がする。吉川君は師の誨《をしへ》に従つて日本人の詩は読まなかつたであらう。少しは読んだかも知れないが、槐南は読んでゐないし、明治諸詩人の作は猶ほ更のやうである。たゞ五年前私の編纂した『青厓詩存』が出ると、早速購つてくれたことは神田の山本書店主人から聞いたことであつた。吉川君が神田先生の『日本塡詞史話』を読んだ感想を何かに書いてゐた、仲〻の名文に感服して、私はノートに書取つておいた、その中に次の語がある、

大正以還、学風漸く改まつてより、中土の書を習う者は、本邦儒林の業を蔑棄した。西京の学はことに然りであり、僕の如き者はことに然りである。典を数へて祖を忘れ、惘然として知る所が無い。

夫子自ら道《い》ふのだから間違ひない。蒼海、槐南の業など初めから知るに意なきものか。槐南が一方の

旗頭で、いま一方の旗頭が蒼海、といふが如きは事実に反するし、副島が新聞『日本』につながつてゐた、といふ事も全く無かつた。豹軒が蒼海と個人的に接触があつた、といふのも事実無根である。

槐南の「清詩」は父春濤のそれとは少し違ふ。其の規模する所は呉梅村であつて王漁洋ではない。『槐南集』を読めば、殊にその初期の諸作中、梅村調の濃厚なるものあるに気が付く筈である。王漁洋を好んだのは本田種竹で、種竹は槐南派ではない。

『唐詩選』の解釈本は市に氾濫してゐる。尽くこの道の素人が、臆面もなく在来《ありきたり》の字句の注釈を並べたものばかりである。「言フ者知ラズ、知ル者黙ス」とは正にこの事である。私は未だ槐南の『唐詩選評釈』の右に出づるものあるを知らない。この書は早熟の天才槐南が、年三十にして、「初学の為めに入り易きものとして、唐詩選を選び評釈した」と言つてゐるが、明治とは違ひ今日では、専門の学徒も入り易からざる程度極めて高きものである。小見清潭は曰ふ「死に際《ぎわ》の博士号なぞ、この人に取りては何の功も無い、遺《や》るなら早く遺り、遺らぬなら終身遺らない方が、よほど槐南其人の価値は重かつたであらう」と。首肯すべき言である。

又「支那小説を十分に読み得るのみならず、又自ら詞曲を作り得るの造詣に至つては、槐南は蓋《けだ》し本邦の文壇に於ける空前の才なり。彼の得意は水滸伝なり、彼は一回の講義位は、講本無くとも見台に向つて懸河の辯を揮ふことを得、其他、唐詩評論の文に至つては、又た一の特長を見る。其の博聞広才、稀世の珍とするに足る」とは横山健堂の評である。

五十四

新聞『日本』は明治二十三年一月二日、社説に「明治二十三年」と題した一文を掲げ、その冒頭に云ふ「明治二十三年、是れ実に陛下が去る十四年に、立憲の政体を立てんと誓ひ玉ひし年にして、我国民が夙夜思望して待ち詫《わ》びたる年なり」と。すなはち此の年六月には多額納税者議員の互選が行はれ、七月には衆議院議員の選挙が行はれ、九月には勅選議員が定まり、十一月には第一期帝国議会が召集され、二十九日天皇親臨の下に開院式が行はれた。其の二十九日の『日本』の雑報欄に、議会の開会を詠じた七言長篇の詩が載つた。事柄が事柄だけに、詩としては雅味に乏しく、蠟《らう》を嚙《か》むが如きものだが、議会に期待する国民の心情を、率直に代弁した所が、仲〻面白い、左に録する。作者は米渓、山吉盛義。名家の力量が有りながら、餘り詩界に出入しなかつた人である。

上院開兮下院開兮之歌

上院開兮。下院開兮。簇人才兮。」
上院議員三百人。下院議員三百人。六百議員四千万人之心。一人之心重万鈞。」
調鼎大臣推君託。不容偏言誤全局。去繁斸苛子産法。勧業興産管子策。」
諸君以何答聖明。簡政以外無至誠。諸君以何応民意。薄歛而外無至情。」
政簡歛薄民生息。所以利民即利国。恒産至竟恒心基。恒心起而見道徳。
将徳為城富為兵。四海何処有勁敵。」
経国之策唯如斯。不必鋳崖不煎池。天潢兆基此裏啓。蒸民慶趾祉従此滋。」
一国之命繫斯民。斯民之命繫議員。上院下院夫慎旃。

貴族院も開かれ、衆議院も開かれ、国中の人才がこゝに簇《むらが》りあつまつた。」上院も三百人、下院も三百人、合せて六百人の議員で四千万人の民意を代表する。だから一人の心は万鈞（一鈞を三十斤とする）の重きを荷《にな》つてゐる。調鼎の大臣（国を治めるは鼎の食物を調理するに喩へられる）も専断は許されぬから、諸君に推託して共に国政を議するのである。だから諸君は偏見に執《とら》はれた言辞を弄して国政の大局を誤るやうなことがあつてはならぬ。法律は繁苛《わづらはしくきびし》を避けること、春秋の時鄭国の名相子産の如く、産業を興して民を富ましめる政策は、春秋斉国の管仲の如くでありたいものだ。」聖明の君に答へるには政《まつりごと》を簡にすること、民意に応《こた》へるには、収斂《しうれん》（租税をとりたてる）を薄くすること、この至誠至情《まことまごころ》以外に何が有らうか。」政《まつりごと》は簡に斂《とりたて》は薄くあれば、民生は息《いきづ》く。それが民を利し国を利する所以《わけ》である。恒産は恒心の基《もと》である（無恒産者無恒心は孟子の語）、恒心が有れば道徳も行はれる。民の徳を城とし、民の富を兵とすれば、四海の中どこにこの国に敵し得るものが有らうか。」経国の策といつても唯これだけである。鋳山煮海、山の鉱石を採つて銭を鋳《い》、海の水を煮て塩を造ることばかりが能ではない。天祖が国を兆《はじ》められるにも、瑞穂の国を念とせられた（『日本書紀』に、勅皇孫日、葦原千五百秋之瑞穂国、是吾子孫可王之地也）。蒸々たる民草の慶祉《さいはひ》はこゝから滋《しげ》りそだつたのである。」今より一国の運命は人民に繋《かか》り、人民の生命は議員に繋る。上院、下院の議員たち、夫《そ》れ旃《これ》を慎《つつ》しめよ。

この詩が出て間もなく、同じ『日本』の寄書欄に次のやうな狂歌が載つた。

　衆議院
一人づゝ十万口《くち》も吐きねかし三千万で三百の議士
貴族院
王侯と学者長者のよりあつめこれぞ日本の国粋ぞそも
　中島議長
おもふやう下知をきかぬにこまるらん川なかじまのおん大将どの

伊藤議長

評定のまとめなかなかゑらひもの小田原伯の名にはたつれど

衆議院議長に中島信行が選ばれた。貴族院議長は伊藤博文が推されたが、伊藤が聴かず、宮中より御使があつて始めて御請《うけ》したといふ、当時伊藤伯は小田原の別邸に居ることが多かつた。

『日本』社説で、陸羯南は「衆議院は所謂る輿論の代表者なり。貴族院は必ずしも輿論と共に動くべきにあらず、時ありてか輿論の激昂を抑へて之を正当の点に導かざるべからず。政府は専横に流れ易きものなり、貴族院は衆議院と共に監督の任を尽さざるべからず。衆議院は人民に代りて之を監督し、而して貴族院は寧ろ王室に代りて之を監督す。……貴族院は雲客月卿の集る所、又た富豪識者の屯する所と称す」と言つてゐる。この時議会はまだ草創の際で評林にも餘り詠じられてゐないが、左の詩の如きは珍しく面白い、青厓独特のものである。

混貴紳①

異数光栄混貴紳。衣冠誤画漢麒麟。躬粧沈黙韜才拙。論吐空疎見性真。
学識登庸新博士。勲労羅列旧功臣。富名豈啻人間事。市井陶朱達玉宸。

異数ノ光栄 貴紳ニ混ズ、衣冠誤ツテ画カル漢麒麟。躬ハ沈黙ヲ粧《ヨソホ》ウテオノ拙ヲ韜《ツツ》ミ、論ハ空疎ヲ吐イテ性ノ真ヲ見ル。学識登庸ノ新博士、勲労羅列ス旧功臣。富名豈タダニ人間ノ事、市井ノ陶朱 玉宸ニ達ス。

これは各府県の多額納税者が互選されて出て来たことをいふ。凡そ田舎翁が異例の光栄に浴し、誤つ

① 明治二十三年十月六日「評林」

て貴族縉紳の仲間に混《まじ》つた位滑稽なものはない。漢の麒麟閣に功臣の像が画かれたやうに、衣冠束帯の公卿を真似《まね》て身繕《みづくろひ》し罷《まか》り出《い》でたものである。才能の拙劣さをつ、みかくすには沈黙をよそほふ外なく、たまに議論を吐かうものなら本性の空疎を見《あら》はすばかり。学識を以て登庸された博士先生たち（帝国大学より勅選六名）、勲労を以て勅選された維新の功臣がずらり列《なら》んだ其の中である。富豪某某の名も、市井の間に聞《きこ》えるだけなら兎も角（陶、朱は漢土の富家）、宮中の奥まで達するとは恐れ多いことではないか。巧みな皮肉、翫味に堪へたるものがある。これには尚ほ左の二絶句が附されてある。

老驥蹌踉足始伸。登場半是白頭人。如何天意私枯木。無数狂花笑小春。

老驥蹌踉 足始メテ伸ブ、登場半バ是レ白頭ノ人。如何ゾ天意枯木ニ私シ、無数ノ狂花小春ニ笑フ。

土木形骸田舎翁。農餘尺楽種園菘。多租傲世祖先徳。感泣天恩謁帝宮。

土木形骸ノ田舎翁、農餘ノ尺楽 園菘《スウ》ヲ植《ウ》ウ。多租世ニ傲ル 祖先ノ徳、天恩ニ感泣シテ帝宮ニ謁ス。

老馬がよろめく足をやつと伸ばしたやうに、登場して来た者は半ば白髪の老人。如何《どう》したことか天意にも私があるらしく、枯木に花が狂《くる》ひ咲《ざ》きして小春《こはる》（陰暦十月）の空に笑つてゐる。田舎議員が喜び得意になつてゐる状を言つた。

形骸を土木にする、すなはち見栄を飾らぬ田舎爺さんが農業のひまに尺寸《わづか》の楽みといへば、菜園になつぱ（菘はたうな）を植ゑる位ゐのものなのに、祖先の遺徳《おかげ》で多額納税者だと世に傲《おご》り、果《はて》は議員に挙げられて、天恩かたじけなく拝謁を賜はるとは、まさに感泣すべき次第ではないか。

五十五

新聞『日本』は又同年二月十一日「一年間の『日本』」と題する社説を掲げた。その中の要点数行を抄録する。

新聞紙の業たる豈に容易ならんや……社会の弊習を指摘すれば人以て罵詈と為し、貴人の悪徳を諷刺すれば人以て誹謗と為し……摯直に記せば暴なりと言ひ、婉曲に書けば狡なりと言ふ。若し人言を顧慰するときは筆復た動すべからず、新聞紙復た刊行すべからず。

「日本」は此の一年間に於て社会の弊習を指摘したること一再にして足らず。……「日本」は此の一年間に於て長上の悪徳を諷刺したること一再にして足らず。特に評林の如きは誹謗の言詞なりと世人に認められたり。「日本」は直筆を以て罰せられたること凡そ七回、発行停止三回、罰金三回、禁錮一回、新聞紙ありて以来未だ斯の如く被罰の多きものを見ず。

「社会の弊習を指摘し、貴人の悪徳を諷刺する」ことは新聞の使命として、『日本』が社説に於て、評林に於て大いに力を致した所である。筆者が嘗て本稿「二十五」に於て、「日本新聞は同志の集りで、社説として羯南の文が出ると同じ思想の下に青厓の評林が出て、恰も二者相呼応するかの如き観があった」と言ったのはこの事である。「二十五」以後数回にわたり評林の詩を解明したが、これから又筆を新にして、二十三四年以後の評林の詩を語りたいと思ふ。羯南が「評林の詩の如き誹謗の言詞なりと世人に認められたり」と言ふのは、評林には人物月旦の詩が特に多いからで、又こゝが青厓得意の擅場であったのである。

『日本』の右の態度は当時国を憂ふる識者の感喜して迎へた所であったが、同時に又之を快く思はぬ者の多くあったことも否めない。文筆の同業者でも、当時『自由新聞』に拠って盛んに自由民権思想を鼓吹し、藩閥政府を攻撃しつゝあった中江兆民の如き、其の紙上で「光明世界自ら餘饒あり、何を苦しみて故らに隠微幽暗の郷を模索して、之を文にし之を詩にし、小人の悦を買ひて紙面の多售を図ることを為さんや」と言つた。「文」は羯南の文、「詩」は青厓のそれを指すこと明かである。羯南は即座に之を反駁した「吾輩は小人の悦を買ふことを欲するものに非ず、否な寧ろ其の憎みを畏れざるものなり。唯だ隠微幽暗の郷を模索し云々と言ふに至りては、一言以て弁ぜざるべからず。思ふに今日の世は人唯だ法律を見て道義を忘る。苟くも法律に違はざれば則ち善人君子たるを得べし。是れ免れて恥なきの俗なり。道義の制裁を司るものなくんば、何を以てか弊習を匡すべき。吾輩不肖と雖も夙に董狐の筆を以て任と為さんことを期す」。又「或は己の妻を殺し或は人の婦を姦し、而して尚ほ官爵を有するが如き、或は口に愛国を唱へて心に名利を求め、或は陽に君子を飾り陰に小人を行ふもの、如き、足下之を黙々に付するか。道に違ふものは天子の宰相と雖も、之を批評し之を諷刺し之を攻撃するに於て憚る所あるべからず」等の語がある。「宰相」とは黒田清隆、伊藤博文を指し、前者が己が妻を殺したとか、後者が人の婦を姦したとかの風説は、当時の新聞に大騒ぎされた。評林が黒田、伊藤に加へた諷刺、攻撃は痛烈を極めた、その一端は既に本稿に述べた如きものである。

兆民に対する羯南の反駁文が十二月十四日の『日本』に出ると共に、評林子の左の詩が載つた。

禰正平①

終日昏昏帯宿酲。春来中酒定何情。千秋劉阮堪追慕。一代蘇張入品評。
徳及屠沽能上第。行因放誕久知名。奇才未見賦鸚鵡。徒説能文禰正平。」
酔態依然見故奴。盧騒門下一奇儒。九旬黙々唯緘口。挙世無人辨智愚。

終日昏昏 宿酲ヲ帯ブ、春来中酒 定メテ何ノ情。千秋劉阮 追慕ニ堪ヘ、一代蘇張 品評ニ入ル。徳屠沽ニ及ビ 能ク第ニ上ル、行ヒ放誕ニ因リ久シク名ヲ知ラル。奇才未ダ見ズ鸚鵡ヲ賦スルヲ、徒説《タダ》ク能文ノ禰正平。

酔態依然故奴ヲ見ル、盧騒《ルウソウ》門下ノ一奇儒。九旬黙々唯口ヲ緘シ、挙世人ノ智愚ヲ辨ズルナシ。

終日昏々として二日ゑひが醒めない、春以来、酒にあてられ通しであるとは、一体どういふ心情なのか。阮籍、劉伶など竹林七賢の風を慕ふのか、その弁舌は当代の蘇秦だ張儀だと品評されてゐる。郷里高知から大阪府下に本籍を移し、屠戸酒家など卑《ひく》い階層の者から深く徳とせられ、其の擁立を受けて衆議院の選挙に当選したが、兆民といへば奇行百出、奔放不羈の人として夙に狂名を知られてゐる。後漢の禰《でい》衡（字は正平）は少くして才名高く、而も狂傲人を凌ぐの風あり。曹操に之《ゆ》き、劉表に之き、黄祖に之き、皆容れられず、有名な鸚鵡の賦を作つたが、遂に殺されて鸚鵡洲に葬むられた。洲名は鸚鵡の賦に因《ちな》んで名《なづ》けられた。兆民が奇才を抱きながら、官途に、新聞に、著述に、実業に、一も成る所なくして、鬱懐を酒に遣るは頗る正平と似てゐるが、まだ禍を買ふほどの文は作つてゐないやうだ。

兆民は「東洋のルウソオ」と言はれる奇矯な学者である。この度大阪から衆議院に送られ、已に九十日になるが、黙々として口を緘し、一言も発してゐない。たゞ酒ばかり飲んでゐるところは「狂奴の故態」のまゝである。一体彼は智者なのか愚者なのか、誰も分らない。

評林子は、又次の詩を以て兆民に一矢を報いている。

塑盧騒[②]

自由嘗尽古人糟。民約翻書即六韜。好揑室中塵万斛。為君辛苦塑盧騒。

自由嘗メ尽ス古人ノ糟、民約翻書　即チ六韜。好《ヨ》シ室中ノ塵万斛ヲ揑《ネッ》シ、君ガ為ニ辛苦盧騒《ルウソウ》ヲ塑《ソ》セン。

---

① 明治二十四年三月一日「評林」
② 明治二十五年九月十五日「評林」

自由々々と言ふが、古人の糟粕を嘗めてゐるに過ぎない。「民約論」一書を翻訳し、自由民権運動の戦術の書に用ゐてゐる、そんなにルウソオが有難いのなら、ひとつ君が家の中に積つた塵埃をかき集めて、水でこねて、ルウソオの像を造つて上《あ》げようか。これは唐の李洞が賈島を景慕するの餘、金を鋳て其の像を造り、賈島仏を念じ礼拝したと云ふ故事に拠つたのであるが、黄金ならぬ、積れる塵を以てすると云つた所に、辛辣な諷意を見る。

中江兆民、西園寺公望、光妙寺三郎等は明治三、四年から仏蘭西に留学し、彼地で交遊した仲である。明治十四年春、彼等は自由民権の機運に乗じ、『東洋自由新聞』を創刊した。幾何もなく西園寺は勅旨を被つて新聞を去り、やがて新聞も廃刊された。それから西園寺は、伊藤博文の下に官に就き、十五年伊藤が憲法調査の為に渡欧するのに随行し、引続いて参事院議官、駐欧公使、賞勲局総裁に歴任する。二十五年六月、青厓の評林の詩に曰く、

図吏福①

公子無妻酔且顚。嬌花媚月幾嬋娟。只言族地王侯貴。豈有心腸鉄石堅。

上院如今図吏福。東洋疇昔慨民権。悔曾名列党人籍。慚愧顔翁漫比肩。」

柳暗花明夜夜迷。年過四十妓為妻。帰来只講樗蒲術。遊学十年何所齎。

公子妻ナク 酔且ツ顚、嬌花媚月 幾嬋妍。只言フ族地王侯ノ貴、豈有ランヤ心腸鉄石ノ堅。上院如今吏福ヲ図リ、東洋疇昔民権ヲ慨ス。悔ユ曾テ名ハ列ス党人ノ籍、慚愧ス顔翁漫リニ比肩スルヲ。

柳暗花明夜々迷フ、年四十ヲ過ギテ 妓 妻ト為ス。帰来只講ズ樗蒲ノ術、遊学十年何ノ齎ラス所ゾ。

貴公子西園寺は、自由民権の為めには、王侯貴族の門地も棄てゝやるといふ鉄石の心腸など初めから無いのだ。今日上院に坐し、役人としての利福を図り、往年東洋の自由、民権の為に発した感慨などど

こへ行つたか。寧ろ曾て自由党などに籍を置いたことを後悔してゐるだらう。

遊学十年、帰つて来た時は已に四十に達してゐた。代々正妻を置かぬ家で、公望は「以妓為妾、以妾為妻」で、花柳の間では「お寺さん」の隠語で通つたと云ふ。

光妙寺三郎、号は水賓。周防三田尻の一向宗光妙寺の三男、末松の姓を称した。生れて神童の誉が高く、藩命により仏蘭西に赴き、留学七年、巴里大学を卒へて帰り、明治二十三年山口から推され、第一期衆議院議員に出た。非常な風流才子で、その為め政治的には蹉跌が多く、二十六年九月窮厄の中に死した。その死の半年前、大審院判事を辞した時、その落魄を傷んだ青厓の詩が評林に見える。

勇退当時早掛冠。落花有恨至今残。憐君判是裁非筆。却向江湖学稗官。」

落日秋風光妙寺。党人誰弔末三郎。今日鶯花春駘蕩。水浜楼閣又斜陽②。

判是裁非は是非を裁判する法官の事である。稗官は小官、転じて小説をいふ。末三郎は末松三郎の簡称。故山の寺も東京の寅楼も共に寂寞たるを云ふ。

兆民、陶庵、水賓、皆な詩を作つた。明治二十六年秋の星社大会に於て、森槐南が席上諸賓に謝すといふ詩七律五首がある。諸賓とは、副島蒼海、西園寺陶庵、田中青山、田中夢山、末松青萍である。西園寺が明治の末年、当時知名の文士を駿河台の邸に招いて文酒の会を催し、両声会と命名したことは有名であるが、星社に出入したことは殆ど世に知られてゐない。槐南の句に「西園公子劇憐才（西園公子劇《ハナハダ》才ヲ憐ム）」とある。即ち文士を愛する如く詩人を愛したのであらう。五首の中の最後の詩は、光妙

① 明治二十五年十二月一日「評林」
② 明治二十六年三月二十六日「評林」

寺三郎を弔したものである。

俶儻風流才絶倫。数奇身世見天真。忽然向秀笛中恨。曾是黄公壚下人。
紅友論心同把臂。緑陰如夢暗傷神。去年此会歓殊甚。秉燭何堪涕涙新。

俶儻《テキトウ》風流 才絶倫、数奇身世 天真ヲ見ル。忽然向秀笛中ノ恨、曾テ是レ黄公壚下ノ人。紅友心ヲ論ジテ同ジク臂ヲ把リ、緑陰夢ノ如ク暗《アン》ニ傷神。去年此ノ会 歓殊ニ甚シ、秉燭《ヘイショク》何ゾ堪ヘン涕涙新タナルニ。

注に云ふ「昨、光妙寺水賓ヲ輓ス、猶ホ記ス前年此ノ筵ニ始メテ君ト相見ル、今ヤ道山ニ帰ス、那ゾ流涕ニ堪ヘンヤ」「水賓、根岸ノ寓居、扁シテ緑陰濃処ト曰フ」と。去年星社の会で始めて相見た水賓は、今年はつい昨日死んだばかりである。向秀は亡友の旧宅を過ぎ、隣人が吹く笛を聞いて、思旧の賦を作つた。王戎は黄公の酒壚を過ぎて、昔こゝに飲んだ亡友を思ひ、眼前の酒壚が、遠く山河を隔つる如く感ずると言つた。緑陰濃処に紅友即ち美酒を酌んで心を語り合ふことはもう出来ない。燭を秉《と》つて涙を新たにするのみだと云ふ。

五十六

青厓に著書と云へば、一生に唯《ただ》一度一冊出しただけである。それも『日本』の古島一雄等の切なる慫慂に従ひ、『日本』以前の『東京電報』や『日本人』に載つた「評林」の一百八首を選んで『詩董狐 評林第一集』として、当時創業したばかりの明治書院から刊行したものである。時に明治三十年三月。明治書院の新刊紹介によれば、「第一集は盤梯山噴火に始まり、憲法発布式に終る、第二集は日本新聞の創刊に始まり、条約改正の蹉跌に終る、第三集以下逐次続刊す」とあるが、実は二集以下遂に出ずして終つた。

『詩董狐』の発凡に、青厓自ら曰ふ「時勢ノ変遷、政事ノ得喪、人心ノ淑慝、大ナル者必ズ録シ、小ナル者遺サズ」「人物ヲ臧否スル、談、豈容易ナランヤ、我ノ非トスル所、人未ダ必ズシモ非トセズ、人ノ是トスル所、我未ダ必ズシモ是トセズ、百年公論、固ヨリ之ヲ身後ニ期スベシ」と。これは明治三十九年新聞『日本』の廃刊に至るまで、一貫した「評林」の宗旨であつた。

実際、「評林」をよく読んでみると、最も多く力を用ひたのは人物評論であつて、人物に依つて時世を論じ、政事を論じ、期する所は古人の所謂《いはゆる》「知人論世」に在つたことが分る。人物は当然のこととして、当代政府の要路に在る者が其の目標となり、往々にして其他にも及んだといふ訳である。

明治といふ時代は人材雲の如く輩出したこと、全く前古未曾有であつて、新聞に雑誌に人物評論の盛行したこと、亦未曾有であつた。明治文化研究家木村毅氏は『明治文学全集九二・明治人物評論』昭和四五年筑摩書房刊に精細を極めた解題を書いてゐる。その中数節を茲に引用すること丶する。

人物評論は日本では明治に於て初めて世の注目をひき出した文学的一形式である。明治でなくては現われもせぬし、現われても公表をゆるされず、言論の自由があつて大手をふつてジヤーナリズムに勢力を占め得たのである。

明治の人物評論は現存人を題材とし、たとえ故人となつたとしても同時代人として呼吸し、死屍に温か味の残つているような人を論じたところに、明治の人物評論の新生面がある。

維新三傑がまず現われ、文化方面では福沢が現われ、大村や板垣があらわれ、半世代わかい大隈や伊藤があらわれたが、彼等は幕府の老中の資格ある家、あるいは公卿の大臣家の生れでも何でもない。全く家柄も素姓もわからぬ。こゝに於てか天下はじめて疑うた、「彼等は何者であろう」、この疑問が明治に人物評論を盛んならしめた出発点である。

明治は、こと天皇あるいは皇室に関する事以外は、宰相の伊藤博文を狒々爺とののしり、最も民衆から親しまれた大隈重信を奸物と呼び、国民の大導師の福沢諭吉も「ホラ吹く沢、ウソをゆ吉」と云い、山縣有朋は大逆臣、下田歌子は淫婦とののしる者が出たが、それらの言説も公然と横行した。

さうして木村氏は、人物評論家として、朝比奈知泉、陸羯南、徳富蘇峯、三宅雪嶺、池辺三山の五大記者を挙げ、彼等及び其の党与が、人物評論を生み出し、賑やかにし、盛んにし、世に流布し、読者大衆を惹きつけるに至つた功績を大なりとし、彼等に続いて世に現はれた幾多の人物評論家を列挙し、その中特に鳥谷部《とやべ》春汀、鵜崎鷺城、横山健堂、石川半山の諸氏を最も傑出したものとしてゐる。

そこで私の言ひたい事は、これ等諸家が明治二十年前後から時流に乗じ、人物論を以て世の視聴を集めてゐる間に在つて、詩を以て文に代へ、一種独特の人物評を展開し、眼識高邁に気魄旺盛、筆鋒犀利にして辞句の雅馴を失はず、能く読者をして拍案快を呼ばしめた、評林子青厓の存在を忘れてはならぬといふことである。明治文学に造詣の深い木村氏も、此の一大存在に気が附いてゐないやうで、一言も此《ここ》に言及してゐないのである。

年代から考へて、青厓は明治の人物評論家の一人として、寧ろ先駆者の地位を占める者と謂はなければならない。この事は後に再び細論するとして、私はこゝに「評林」の人物論を具体例を挙げて説明しようと思ふ。

五十七

明治十八年内閣制創始以後、二十九年に至るまでの歴代の首相は、伊藤、黒田、山縣、松方の四人に過ぎず、大臣となつた者はこの四人の外、井上、大隈、青木、榎本、陸奥、西園寺、西郷、品川、副島、野村、芳川、板垣、樺山、渡辺、大山、高島、仁礼、山田、田中、森、大木、後藤、白根等、九省で二十三人を算するやうだ（臨時の腰掛大臣は数へぬ）。而して此の二十餘人、「評林」の月旦に上らない者は一人も居ないのである。そこで私は二十餘人の中、十人ばかりの大臣に関《かかは》る、興味多き詩を選んで解説することとする。

越山青①

鳴門月黒現妖星。烏賊吹潮海気腥。赤子久望天下好。蒼生未抜眼中釘。
江荘夜静名花落。神苑春深老樹霊。尚有父兄泣岐路。梁川水涸越山青。

鳴門月黒ク妖星現ハル、烏賊《ウゾク》潮ヲ吹イテ海気腥《ナマグサ》シ。赤子久シク望ム天下ノ好、蒼生未ダ抜カズ眼中ノ釘。江荘夜静カニシテ名花落チ、神苑春深クシテ老樹霊アリ。尚ホ有リ父兄ノ岐路ニ泣ク、梁川水涸《カ》レテ越山青シ。

芳川顕正、号は越山、阿波藩の出身である。内務大臣山縣有朋の股肱として次官を勤めた。明治二十二年十二月、山縣は首相となるや、前内閣以来の文相榎本武揚を罷免して芳川を其の後任にすゑた。榎本、号は梁川、藩閥内閣に閥外人、旧幕臣の身を以て伴食大臣の椅子に居たが、背景無く勢力無きため簡単に罷めさせられたのである。

是より先、明治天皇は我が国民思想の動揺と教育の現状を軫念あらせられ、特に文相榎本を召して「教育の基礎となるべき箴言を制作して、日夕児童をして読誦せしむる事」を命じ給うた。榎本は大命を畏み、事に従ふ中に突如罷免せられ、内心深く不平を抱いた。

---

① 明治二十三年六月十三日「評林」

前年、森文相の刺された時、西野文太郎の斬奸状に、森が伊勢大廟に於て不敬の挙動があつたとし、「内務次官芳川顕正も亦嘗て同一の挙動ありしと聞く」云々の語があり、それが自ら伊勢神宮にて確かめ得た所とあつて、頗る世間の同情を惹《ひ》き、根強い噂《うはさ》が広まつてゐた。その芳川が他省ならば兎も角、文教の府の大臣となるに至り、之を意外とし非難する者は少くなかつた。

天皇も芳川の奏薦には、初め難色を示されたが、山縣が熱心に推奨し、其の任に堪へ得ることを保証申し上げたので漸く御裁下になつたと云ふ。詩は以上の事を詠じた。鳴門は芳川の生国阿波の海である。月暗き夜こゝに一個の妖星が現れた。烏賊《いか》は軟体魚である、大魚に遇ひ餌食になりそうな時は、墨汁を噴《ふき》出して身を隠す。潮を吹き波に浮んでゐる時、鳥に襲はれると、長い肢《てあし》を以て鳥を巻き取つてしまふ。故に烏の賊と云ふ。

芳川は明哲保身、一石二鳥の術に長じ、巧みに薩長藩閥の間に遊泳して、紛争を調停し権勢に接近し、自己の地盤を固めるに努め、遂に今日大臣の位を贏得《かちえ》た。鳴門の妖星は今や中央政海の妖星となり、烏賊のやうに権力者に巻き附いた。

これで天下赤子の望みに答へられるだらうか。欧化主義者の流した害毒は、今に国民眼中の釘となつてゐる。之を取除くは文教を司《つかさど》る者の責任ではないか。彼は長上に追従して花柳酒色の間に斡旋し、幇間たるに苦しまぬこと、已に衆知の事実である（江荘名花には本事があるであらうが審かでない）。大廟での出来事《できごと》は外間の窺知し得ることではない、たゞ神垣の奥深く老樹霊あつて之を知るのみであらう。

かくの如き文相の交代、前任者の涙は又天下父兄の涙である。今や梁川の水涸れて、越山は一層の青を増した。

諷刺骨に徹する、実に尋味に堪へたる詩である。この詩は二十三年六月の作であるが、翌二十四年八月には榎本に就いて次のやうな詩がある。

夢南洋①

絶海艨艟我武揚。孤軍半歳拠蝦疆。権衡列閣情応憫。慷慨辞官憾已忘。
勧業餘聞驚内国。殖民新策夢南洋。声名不上時人口。却説当年釜二郎。

絶海ノ艨艟我ガ武揚《アガ》ル、孤軍半歳蝦疆ニ拠ル。権衡閣ニ列ス 情マサニ憫レムベシ、慷慨官ヲ辞ス 憾《ウラミ》已ニ忘ル。勧業ノ餘聞内国ニ驚キ、殖民ノ新策南洋ヲ夢ム。声名上ラズ時人ノ口、却ツテ説ク当年ノ釜二郎。

榎本は文相を罷められた時、新聞に山縣との問答を発表して慷慨し、世間も同情したが、やがて第二回内国勧業博覧会副総裁に任ぜられたと聞いて世間は驚き、本人も其の本領を発揮し、殖産興業の振興に尽すことが出来て満足した。彼は明治戊辰の際、蝦夷地開拓の途に上るとの檄文を発し、旧幕府の軍艦八隻を率ゐて品川を脱出し、蝦夷地に拠つて武威大いに揚り、王師に抗すること七月に及んだ。

彼が節を屈して新内閣に列したことは、薩長の勢力権衡に利用されただけで、逓信や文部の伴食大臣に甘んじなければならず、其の情まことに憫れむべきである。彼は曾ての敵将黒田に随つて北海道の開拓に従事したが、更に南洋の開発の事まで考へ、西班牙領の南洋諸島を買収して、殖民に資することを政府に建言したりした。藩閥全盛の時代とて、有為の材能を抱きつゝ事功の著るゝもの少く、子爵榎本の名も段々忘れられ、却つて昔の江戸つ児釜二郎の方が有名なくらゐだ。

我が武揚《あが》ると読み、初句に武揚の名を出し、末句に釜二郎なる旧名を出して相照応させた。文字の遊

① 明治二十四年八月二日「評林」

戯に過ぎないが、漢字を使用してゐると此のやうな遊戯をして見たくなるものである。越山も梁川も共に詩を能くした。技倆は越山がやゝ勝る。伊藤、山縣など二人には及ばない。梁川の人物と詩を勝海舟のそれと比較して見ると面白いと思ふ。二十餘人の大臣中、尚ほ陸奥宗光、山田顕義の如き、相当の詩を作つてゐる。次に「評林」の山縣に関する詩を見よう。

酔釵裙①

小心翼翼只労勤。駭世大謀人未聞。北国山川留賦詠。西都花月酔釵裙。

守成竟欠蕭曹器。創業長誇信越勲。四海只今風浪穏。不須重起郭将軍。

小心翼翼 只労勤、駭世ノ大謀 人未ダ聞カズ。北国ノ山川 賦詠ヲ留メ、西都ノ花月 釵裙ニ酔フ。守成竟ニ欠ク蕭曹ノ器、創業長ク誇ル信越ノ勲。四海只今風浪穏ニ、須《モチ》ヒズ重ネテ起ス郭将軍。

これは山縣の「鴨厓寓居作」の詩を踏まへて作られたものである。

酒可飲兮兵可用。江山昔日入雄図。壮遊回首渾如夢。好養餘生老旧都。

明治二十四年五月第一次山縣内閣首相の印綬を解いた山縣は、この年京都鴨川の西、木屋町の二条橋畔に営んだ別墅無隣庵に来り、このやうな詩を作つた。昔し京洛の地に風塵に奔走し、酒は飲むべし、兵用《もち》ふべし、などと放歌高吟してゐたことを思ひ出し、それも夢のやうだ、今は老いた、餘生を此地に送りたい。といふだけの平凡な作だが、人物が人物故《ゆえ》、新聞により広く江湖に伝へられた。

山縣は小心翼翼として政務に勤労する。首相になつて数年、世を駭《おどろ》かすやうな大謀はまだ聞いたこともない。昔し戊辰の役には北国の越後口で、立派な国風を一首留めてゐるが、今は西京鴨川の新居に、美人を相手に花に月に酔うてゐる。彼は蕭何や曹参（共に漢の高祖を輔けた賢相）のやうな守成の器ではなく、韓信や彭越（共に漢の高祖の武臣）のやうに創業に功ある人である。只今、四海は風波立たず至つて平穏である。唐の大将軍郭子儀が、二度も起つて天下の大乱を平らげたやうな事を、公に望む必要は無いやうだ。
この詩青厓としては佳作とは言へないが、山縣は宰相になつても小心勤直の吏、歌が上手で越後口の作は不朽の価値あり、維新の功臣みな色を好む等、詠じ得て明快である。
山縣の歌、

越後の国にて戦ひけるとき
あだ守る砦《とりで》のかがりかげふけて夏も身にしむ越の山風

西南の役の時の歌、

十年役
木留山しらむ砦の捨かゞりけぶると見しは桜なりけり

明治天皇は殊に此の二首に叡感あらせられ、後年山縣が小出粲に就て学び、歌調に変化を来すや、天皇は、山縣は小出調になつて、「あだ守る」や「木留山」のやうな歌は出来ないやうである、と仰せられたと云ふ。山縣は時〻自作を叡覧に供へ奉り、陛下は往々御親《みづか》ら御批を加へて賜はつたと云ふことである。

武圧文②
一首歌成四海聞。越山曾説李将軍。治民只合寛兼猛。為政何心武圧文。

---

① 明治二十四年十月四日「評林」
② 明治二十五八月十三日「評林」

藩閥百年誰是主。会人今日暗推君。庁中朋党排擠甚。不識何才善解紛。

一首歌成ツテ四海聞ク、越山曾テ説ク李将軍。治民タヾマサニ寛 猛ヲ兼ネ、為政何ノ心ゾ武 文ヲ圧ス。藩閥百年誰カ是レ主、会人今日暗ニ君ヲ推ス。庁中ノ朋党排擠甚シ、識ラズ何ノオカ善ク紛ヲ解カン。

明治二十五年八月第二次伊藤内閣成り、山縣は司法大臣に就任した。前年司法部内に司法官の弄花事件とて、司法官にして金銭を賭け博奕を行ふ者ありと摘発した者があり、警視庁にては柳橋の藝妓を多数喚問して取調べ、新聞は之を「落花狼藉」と形容して報道し、世間の大きな話題となつた。大審院は、院長以下法官七人を裁判し、結果は証拠不十分で罪を構成するに至らなかつたが、多年部内に潜在した朋党の軋轢が表面に出て、世論は謹厳方直な法相が勇断を以て其の粛清に当ることを望んだ。詩はその事を詠じたので、詩意は解説するまでもなく明かなやうだ。

李将軍は李広、漢の文帝、武帝の時、北方の匈奴を破つた名将で、匈奴は神出鬼没の将軍を飛将軍と呼んで畏れた。山縣が越後で作つた「仇守る」の一首は、四海の人みな之を聞いてゐる。越の国では公を漢の李将軍だと評判した。此の二句、琅々として金玉相撃つの声をなしてゐる。政治には寛と猛を兼ねるべきこと、武が文を圧してはならぬ、といふのは明治二十年内相山縣が保安条例を発して、警視総監三島に命じ、民間の有志五百七十人を都門より三里以外に放逐した、あの武断的圧制政治を繰返すなの意味であらう。今日藩閥の主盟は誰か、藩閥に対抗すべき筈の議会人が、陰《かげ》で公を推してゐるのは何故か。司法部内に朋党相排撃してゐる、その紛争を解き得る者は公以外に無いからである。其の司法官の弄花事件を詠じた「評林」の詩がある。

三千吏①

闘花弄玉号風流。退食呼盧互運籌。恩大縉紳無罪案。法厳市井有冤囚。
衣冠好奕三千吏。粉黛張軍十二楼。銀燭満堂伝笑語。夜深紅葉鹿鳴秋。

花ヲ闘ハシ玉ヲ弄シ 風流ヲ号ス、退食呼盧互ヒニ運籌。

花がるたをたゝかはし、玉（客商売の女）をもてあそんで、風流だと号してゐる。役所から退食（ひけてかへる）すると、忽ち二組に分れ、呼盧《コロ》喝雉《カッチ》の掛声《かけごえ》が始まる。

恩大ニシテ縉紳罪案無ク、法厳ニシテ市井冤囚有リ。

役人は紳士だからといふ特典で罪にもならない。市井の町人に対しては法は厳しく、冤囚（むじつのつみ人）も出るといふのに。

衣冠 奕ヲ好ム三千ノ吏、粉黛 軍ヲ張ル十二楼。

堂々と衣冠を正して碁《ご》を囲む役人どもは三千人も居よう。粉黛《おしろいまゆずみ》で化粧した女たちは十二の楼《たかどの》に陣をなしてゐる。

銀燭満堂 笑語ヲ伝へ、夜ハ深シ紅葉鹿鳴ノ秋。

銀燭煌煌たる紅葉館や鹿鳴館には、秋の夜深《よふけ》になほ男女の笑ひ声が絶えない。これには次の七絶が附いてゐる。

酒辺何奏串珠喉。争闘花牌圧輩儔。今日教坊声価重。当筵博得錦纏頭。

酒辺何ゾ奏セン串珠《クワンシュ》ノ喉《コウ》、争ツテ花牌《クワハイ》ヲ闘ハシテ輩儔ヲ圧ス。今日教坊声価重シ、当筵《タウエン》博シ得タリ錦纏《テン》頭。

---

①『青厓詩存』巻二、四十二丁裏

近頃お役人の酒席は、珠《たま》をつらねたやうな美しい喉笛《のどぶえ》を鳴らさなくてもい丶。盛んに花がるたで勝負して、朋輩を圧倒して見せれば、それだけで値打が出て、当座の祝儀がたくさん入る。

山縣の月旦詩に、再度「あだ守る」の歌を引用した青厓は、よほど此の歌が気に入つたのであらう。事実、木留山の歌と共に当時広く江湖に伝誦されたやうだ。枢密院議長だつた晩年の山縣に、十餘年間秘書官として事《つか》へた入江貫一氏は、後ち宮内省の要職に居り、詩歌を能くした人であつたが、山縣の「仇守る」と「木留山」の二首は、上杉謙信の「霜満軍営」の詩及び源義家の「道もせに散る山桜花」の歌と並び、奥床しい日本武人の風懐を示すものとして長く後世に残るであらう、と言つてゐた。その通りであらう。但《ただ》、青厓は右の詩に自ら評注を附して云ふ、

城山国風。誤慕将軍。無寛有猛。政尚深文。藩閥之弊。罪係此君。司直失道。落花紛紛。

越山ノ国風、誤ツテ将軍ヲ慕フ。寛ナク猛アリ、政深文ヲ尚ブ。藩閥ノ弊、罪此君ニ係ル。司直道ヲ失シ、落花紛紛。

越山に於ける歌を読んで将軍を欽慕するのは誤りだ。彼の政治は猛あつて寛なく、法律を厳しくするばかり、藩閥の弊は即ち此の漢《をとこ》の罪だ。今や司直の吏どもが道を踏み外し、「落花狼藉」と騒がれてゐるが、果して如何《ど》処置《う》するか見ものだ、と云ふのである。又、次の絶句が有る。

不怪治民混用兵。欲将反間策昇平。半生学得韜鈐術。反向胸中別築城。

怪シマズ 治民 用兵ニ混ズルヲ、反間ヲ将《モ》ツテ昇平ヲ策セント欲ス。半生学ビ得タリ韜鈐《タウケン》ノ術、反ツテ胸中ニ向ツテ別ニ城ヲ築ク。

彼は治民と用兵を混同する。彼が半生かけて学んだ兵術にいふ所の「反間」の術、すなはち間者を敵中に放つて、その反《かへ》つて報告するのを聞くとか、敵の間者をつかまへて反つて我方に利用するとか、さ

うした術策を昇平の治に用ひようとする。だから人に対しても常に胸中に城府を設けて待つのであると。これは頗る穿つた評だが、「反間」の語は適当かどうか、徳富蘇峯は「山縣の探題」と言ひ「軍事は山縣の本来の畑なれば、その要心の堅固なるは云ふまでもない……芳川顕正は予に向つて、自分は山縣にも伊藤にも親しかつたが、双方から信頼せられてゐた所以は、未だ曾て山縣の悪口を伊藤に言はず、伊藤の悪口を山縣に言はなかつたからだ、といふやうなことを語つてゐた。」云云の記述がある。又、箒庵高橋義雄は云ふ「明治二三年に井上馨の紹介で山縣公を初めて訪ねる際、井上は注意して、山縣は兵法を以て人に接し、先づ第一廓を開き、次に第二廓に及び、第三第四と相知るに随つて次第に城府を撤する、始めより胸襟を開いて談論はされまいぞ、と言つたが、会つてみると事実その通りであつた」と。全く青厓の月旦を裏書したかの如くである。

五十八

明治二十五年一月の「評林」に、「詠史雑句」と題する七絶十二首が、三回に分ち載せられた。則ち前年五月山縣内閣の後を継いで成つた松方内閣の人物を、背景の史実と幷せて論評したものである。元来「詠史」といふのは詩の一体で、過去又は現在の史事を主題として詠ずるのであるが、史実を客観的に叙述しただけのものと、叙述の後に主観的な論断を下したものとあるが、後者の例が多い。「評林」は原来が「詠史」なのである。

「評林」の詩は、幾《ほと》んど七律を主とし、七絶が之に次ぐ。五言は少く古体を用ふることは稀である。七律は言ふまでもなく八句を以て成り、中の四句は前聯と後聯と皆対句である。前の二句と後の二句は散文である。詩として最も形式の整つた規格の厳しいもので、随つて作ること最も難い。古人の概ねの説では、七律は五律に比し、一句二字の違ひに過ぎないが、その難きこと数倍といはれる。そこで唐以後の詩人といふものは、凡そ天地間の如何なる事でも、情でも、景でも、渾《すべ》てこの七律の中へ持ち込んで、雕章琢句の能事を尽すことに幾んど心を奪はれた。唐より後になればなるほど甚しく、大凡《おほよそ》明清以後には、この七律ばかりやる詩人が多く、却つて識者から卑しまれるやうになつた。実際、晩清以来の有名で俗な詩人の集など、七律ばかり累々として酷《ひど》く鼻につくのがある。

一歩誤れば邪道に陥る七律も、然らざる限り漢詩中の最も美しい整つた詩形である。前々号に引用したドナルド・キーン氏の言葉「漢詩は何かを表現してから、その印象を強めるために、もう一度別の言葉で似たことを書くのです。一つの線を書いてから、その線に平行するやうなもう一つの線を書き、和歌や俳句にないやうな立体性が出て来ます」。これは恐らく対句のことを言つてゐるのではあるまいか。外国人らしい言ひ方が変つてゐて面白い。対句は漢詩独特のもので、和歌にも俳句にもない其の妙用を看取したものゝやうだ。

話がいろいろ前後したが、「詠史」は、古代は勿論古体で、古体の一種「楽府《がふ》」などが盛んに用ゐられたが、唐の時、杜甫が七律を以て史を詠じ、幾んど独創に出でゝ、善を尽し美を尽してから、中晩唐の詩人は競うて之を祖述し、殊に李商隠、温飛卿、杜牧之等みな長技をこゝに示したので、後世には、詠史といへば幾んど七律に限るかのやうになつた。古今の「詠史」の集は固より枚挙にたへないものがある。青厓はこれ等古今の書を渉猟して、自己が詠史（明治当代）の規模を尋ね求め、遂に「評林」の一体を創り出したわけである。其の七律を主とし、人を詠ずるを主とする所以が察しられる。

餘談になるが、前年私が台湾の大学に居て、彼土の学者詩人を多く知つた中に、古今の「詠史」を研究し、人六百二十餘人を詠じた、七律一千一百餘首を選出して『詠史詩鈔』と題して刊した人がある。又、歴代の「詠史」を捜羅して、三千餘部の書から、二万餘首を得て、『歴代人物詩史』と名づけ、編刊して十冊とすべく、既に九冊を刊した人がある。流石に漢土の事と感歎を禁じ得ない。

詠史雑句①

銭穀功成簪未投。摸稜宰相豈魚頭。幕陰自有牽絲手。究竟木公猶沐猴。

銭穀功成ツテ簪《シン》未ダ投ゼズ、摸稜宰相 豈ニ魚頭。幕陰自ラ有リ牽《ケン》絲ノ手、究竟《キウキヨウ》 木公猶ホ沐猴《モクコウ》。

松方内閣が成立して五日の後、大津事件が突発して全国震駭したが、幸ひに大事に至らずして落着した。西郷内相及び青木外相が責を負うて辞職し、内閣改造の結果、有力な閣員は多く去つて、内閣は頓に弱体化し、世間から黒幕内閣と呼ばれるやうになつた。それは内閣の背後に有力な人物が黒幕となつて首相以下閣員を操縦するからである。首相松方は自他共に許す財政通で、明治初年以来財政の衝に当り、幣制の整理に大功があつたが、政治能力は到底伊藤、山縣、大隈等に及ばなかつた。

唐の蘇味道は宰相となり国事を問はれると、たゞ牀《こしかけ》の稜《かど》を手で撫《な》でながら明答をためらつた。則はち事を誤つて後悔すること無きやを恐れたのである。故に世は之を称して摸稜宰相と言つた。宋の魯宗道は硬骨漢である、参知政事となるや、朝貴の者みな之を憚り、魚頭参政と綽名した。つまり其の姓の魯にして硬骨なること魚頭の如しの意である。今、松方（松は木と公）即ち木公は沐猴《もくこう》（木公と音通）である。と云ふのは、幕の陰《かげ》に居る者が猿廻《さるまはし》で、その糸に操られる猴《さる》になつてゐるからである。

銭《ぜに》や穀《こくもつ》の事で多くの功を成し、まだ首相の冠を投げ出さずにゐるが（簪は冠をとめるかうがい）、政治の事は分らぬ、謂はゆる摸稜宰相だが、頑固な魚頭参政とは違ふ、もつと偉いのが附いてゐるから。楚

①『青厓詩存』巻二、四十八丁表

人は猴《さる》（猿）を沐猴と言ふ、昔、楚の項羽を「楚人は沐猴にして冠す」と、其の性の粗野にして人らしからざるを嘲つた者がある。

黒幕内閣と言はれる所以を漢土の史実により巧みに表現した、詠史の体を得たものである。

尊俎折衝当択人。万邦多難奈経綸。司賓頼有湖南事。僥倖当年旧使臣。

尊俎折衝《セッショウ》当《マサ》ニ人を択《エラ》ブベシ、万邦多難 経綸ヲ奈《イカ》ン。司賓 頼《サヒハヒ》ニ湖南ノ事アリ、僥倖ス当年ノ旧使臣。

大津事件は湖南（琵琶湖の南）事件とも云つた。日本に来遊中の露国皇太子ニコライが、大津で護衛の巡査に傷《きずつ》けられた。天皇は直ちに京都に行幸し、懇ろに太子を慰問せられ、馬車に同乗して太子を神戸に送り、太子の招を辞せず其の乗艦に至り、更に我軍艦三隻を以て露艦六隻の浦塩に向ふを送つた。京都行在所の御前会議にて露国皇室に対し謝罪使を発することとし、有栖川威仁親王を大使、榎本武揚を副使とし、速かに出発することを定めたが、西駐露公使より電報あり、其の儀に及ばぬといふことになつた。露国帝室は我皇室の至れり尽せりの措置に頗る感情を和げたからである。

榎本は副使に選ばれ、それが罷むと青木外相の後を襲《つ》いで外相となつた。榎本が明治七年全権公使として露国に赴き、在任四年の経歴がものを言つたのである。前内閣の時文相を罷められてから一年半、不遇であつた榎本にとり、湖南の変は僥倖となつた。だが僥倖とばかりも言へない、榎本は嘗て在露時代に樺太千島交換条約を結び、其後駐清公使となり、伊藤博文を輔けて天津条約に尽した。万邦多難の今日、尊俎折衝に長じ外交に経綸ある者として、榎本が外務大臣に択《えら》ばれたのは当然の事とも言へる。司賓は唐代の官名、宮内の式部職に当る、外賓の朝見等を掌るもの、此に該当した名である。

治国平生有底方。只当山野話農桑。如今徒懼党人禍。閑却旧都尊攘堂。

治国平生　底《ナニ》ノ方カアル、只当《マサ》ニ山野農桑ヲ話《ワ》スベシ。如今徒ラニ懼ル党人ノ禍、閑却ス旧都ノ尊攘堂。

この詩、注に「父老ヲ集メ農桑ヲ談ズルハ此人ノ長ズル所。今、徒ラニ党人ト反目シ、相排擠スルハ、其ノ功知ルベキノミ。昔ハ尊王攘夷、事甚ダ快、今ハ李朋牛党、状甚ダ醜」とある。西郷従道の後を承けて内務大臣となつた品川弥二郎は、明治の初、農商務省に出身し、少輔、大輔を歴《へ》て、省務一切を切廻し、卿以上の仕事をした。転じて駐独公使に出たが、帰つて宮内省御料局長に任ぜられるや、宮廷の忠僕を以て自任し、御料の処理に尽瘁した。

依田学海の「念仏庵記」によると、品川は少時吉田松陰の松下村塾に学び、維新の際同門の士と尊王攘夷を唱へ国事に奔走した。後、西京に堂を建て、尊攘志士の霊を合祀し、尊攘堂と名けた。東京に出てからは野州那須野に草庵を営んで聖徳太子を祀り、配するに古今の工、農、商に功徳のあつた人物、義農作兵衛（凶年に麦種を抱いて死んだ）、菊屋新助（始めて伊予布を織つた）、向山周慶（蔗糖を製した）、高田屋嘉兵衛（海運業を以て蝦夷地に至リ、物産の運輸、漁場の開設に尽し、日露間の難局を処理した）、高橋兄弟（筵材の播殖に尽した）等を以てし、朝夕念仏して之を祭つた。又、佐渡の相川で農民の一揆が起りかけた時、御料局長の職を賭し、電命して同地御料の米倉を開き、窮民を賑恤したことがある。さういふ官僚離れした野人的高士が、今、内務大臣なんかになつても急に治国の方など有るまい。やはり山野に父老と農桑を語らつてゐる方が適《ふさは》しいのだ。西の旧都に尊攘堂を造つた初心を忘れてはならない。

この詩の作られたのは、第二期議会が解散されて、二十五年二月総選挙が行はれることになり、選挙の一月前のことである。政府は民党の国事を解せざるを憤り、選挙により之を粉砕せんとし、品川は其の秘策を練りつゝ、あつた。詩に「如今徒懼党人禍」とあるのは此の事を言つたので、内相は徒らに民党を懼れ、国政に禍ひするものと見てゐるとの意。果然、総選挙は官憲の干渉で、死傷者四百人を超える大騒ぎとなり、品川は引責辞職するに至つた。結局、この詩が讖をなしたかの如く、徒らに民党の禍を懼《おそ》れる、とした青厓の見方は正しかつたと言へる。当時の識者は「評林」を読んでこんな風に評価したと思ふ。

品川は高潔の士で功名心淡く、初め松方から副首相就任を求められても辞退して受けず、「今は都あすは那須野の杜鵑《ほととぎす》」と口吟して野州の念仏庵に去つた。松方は山縣に依頼し、山縣の切なる説得により漸く之を承諾したと云ふ。当時の新聞『日本』を見ると、「和杜鵑大臣韻」とか「和郭公子韻」などいふ投稿の詩が幾首も出てゐる。右の句が有名になつて杜鵑大臣などと言はれ、句の外に詩もあつたらしい。

品川は農商務大輔の時、伊藤・井上等の欧化を華奢主義と為して反対し、勤倹主義を唱へ「奢是吾敵論」を著はし、印刷して当路に頒ち警告する所があつた。内相に就任するや、早々に各地方長官を召集して訓示し、風紀を振粛し、待合・料理屋の取締りを厳重にすることを命じ、率先して之を実行し、仮借する所が無かつたから、風紀大臣と呼ばれ品川の声望は一時天下に重くなつた。新聞『日本』の投稿「和杜鵑大臣韻」の詩には、「此詩ハ則チ杜鵑大臣ノ矯風ノ策ヲ頌スルナリ云々」（原漢文）の序を附した次のやうなのが有る。

杜鵑啼血断雲平。夜々傷来狂杜情。多向揚州破春夢。江南江北落花声。

血に啼き雲に叫ぶ杜鵑の声はとかく人の情を傷《いた》ましめ易い。揚州の狂客どもが之を聞いたら春の夜の夢も忽ち破られる。品川の一声がそれだ、風紀振粛と聞いて、今や花柳世界の到るところ、落花狼藉の大慌《あわ》てをしてゐる。作者はかう言つて痛快がつてゐる。明治時代の弊風といへば、新・柳二橋に代表される狭斜街の異常な繁昌と藝者の跳梁を挙げねばならぬ。而も其の俑を作つた者は、当代成り上りの大臣顕官たちである。大町桂月は言つた「明治の時代、正面より云へば、成り上り者の時代なり。側面より云へば、藝者の時代なり。平安期は姫の時代なり。源平時代は白拍子の時代なり。戦国時代は美少年の時代なり。徳川時代は花魁の時代なり」と。右の詩は新内相の矯風の策を聞いて喜んだ民心の反映として見るべき価値がある。唐の有名な詩人杜牧之は、少き日江南佳麗の地揚州に官遊して折花攀柳を恣《ほしいまま》にし、幾多の名吟と共に狂杜の名を遺した。

品川に対する青厓の月旦は正しかつた。品川の如き高士が牛朋李党に伍して政治に深入りするは失敗の元と見た。「評林」には尚ほ青厓の品川に関する七律数首あるが割愛する。右の詩から八年にして品川弥二郎が没した時、深く之を惜んだ三宅雪嶺の文がある。青厓の詩も有るが、それは後日述べるとして、こゝに雪嶺の文を少し抄録したい。青厓の詩の意を更に敷衍したものになるからである。

品川弥二郎氏は実に当代の弊風を矯革すべきの人……政治上に為す所殆んど一として失敗に終らざるなかりし……

伊藤侯は俗吏の長上、山縣侯は軍吏の長上、而して井上伯は博徒の親分、品性より見れば固より貴むべき者にあらず。

品川氏は公誠摯実、謂ゆる政治家より一層高等の人物、政治に尽すよりも社会に尽す方遥に適当せしなるに、藩閥に生れて藩閥と与に倶にせんが為に労苦して而して毎に失敗を免れざりき。長州人として品性の貴むべき者蓋し三人、初は即ち村田清風氏、中は即ち吉田松陰氏、後は即ち品川弥二郎氏なり。皆な頗る風格の相似たる所あり……其の高潔なる士魂は之を口に説くべからず、特に弥二の徳は最も藩閥の為めに枉げられぬ、噫、惜むべき哉斯の人。

「評林」に、伊藤、山縣を月旦した詩は多い、其の一斑は既に記したが、井上馨を月旦した詩も亦少くない。唯それは殆んど皆雪嶺が「博徒の親分」と評したと同じ評価即ち識刺に渉るものばかりである。雪嶺が長州人中の人格の尊むべき者、明治には品川弥二郎一人とした所は面白い。伊藤、山縣、桂等、顔色なしである。そこで一つ、餘談の餘談になるが、是非記録して置きたい事がある。

大正中、農商務次官・台湾総督を歴任し、枢密顧問官を以て昭和十三年に卒去した上山満之進氏は長州の出身で、郷土の先達として山縣、井上、桂、寺内、児玉、乃木の諸将相に多少とも親炙することを得、特に深く品川氏の知を受け、終身その高風を慕うて已まず、吉田松陰、品川弥二郎、乃木希典を以て長州の三哲と為し、三哲の遺墨を蒐めて、「三哲遺芳」を作り、其の蔵書と幷せ、別に「三哲文庫」を造つて之を納め、挙げて郷里防府市に寄贈した。私は同郷の後輩を以て氏の知遇を蒙り、屢々氏が三哲を語るを聴き、又其の三哲を詠じたる詩を読み、雪嶺の謂はゆる「其の高潔なる士魂は之を口に説くべからず」の感を深くした。上山氏、蔗庵と号し、詩を国分青厓に問ひ、一生の所作無慮二千首、遺稿は三哲文庫に蔵せられてある。

兵器新装技未工。無人万里率艨艟。見君淡白武臣気。誇説廿年藩閥功。

樺山海相は議会の予算委員会に於て、軍艦建造、製鋼所設立の予算が削除に逢うたのを不満とし、かゝる事体を弁へざる議員は議員たるの資格なしとし、更に語の薩長政府の事に及ぶや、「今日国家の安寧、四千万生霊の安全を保つは誰の功であるか」と大見得を切つた。議場は騒然として笑声罵声に満ち、議長は再三号鈴を振つて之を制止した。二十四年十二月某日の事である。

これより先同年七月、清国北洋艦隊提督丁汝昌は、定遠、鎮遠以下六隻の艨艟を率ゐて、長崎、神戸を経て横浜に来り、是れ見よかしに示威し、我が官民をして切歯扼腕せしめた。当時我国の技術は未だ発達せず、軍艦は皆西洋から購入した。鎮遠、定遠も清国が西洋から購入したものだが、かゝる巨艦はまだ日本に無かつた。当時『日本』の社説に「日本海軍の数已に清国の海軍に及ばず、日本軍艦の質甚だ清国の軍艦より揚らず、而して我国人の俄かに清国海軍の数と質とに沮喪し畏懼せざる所以のものは果して何ぞや、練磨の以て自ら恃む所あればなり」と、羯南は言つた。

独有斯翁弄議堂。令容巧辯似蘇張。白頭能対壮年士。不怪梨花圧海棠。

注に、「議堂ニ弁ヲ闘ハスハ閣老ノ難ンズル所、独リ此翁従容トシテ之ニ当リ、綽トシテ餘裕アリ。弁士論客往々之ヲ挫カント欲スルモ、反ツテ其ノ挫ク所トナルノミ。党人疾視シテ老猾ト為スモ之ヲ如何トモスル無シ。コレヲ以テ矍鑠トシテ春風ニ臨ム、宜ナル哉、常ニ梨花ノ海棠ヲ圧スルノ概アルヤ。」（原漢文）とある。則ち逓信大臣後藤象二郎の事を詠じたものである。魁偉なる容貌、雄弁は蘇秦・張儀を想はしめる後藤にかゝつては、満堂の論客弁士も子供の如く翻弄される。閣内にも匹儔がない。白頭は雲の如く（梨雲）雪の如き（梨雪）梨花に比し、壮年は半紅半白の海棠に比し、梨花、海棠を圧す、は絶妙と謂ふべきだ。

半列朝班半党員。刑餘才子力周旋。個中猶有農商策。欲握諸州蚕業権①。

注に曰ふ。「朝臣ニシテ江湖ニ結ビ、党人ニシテ冠簪ヲ着ク。是レ一種ノ怪物、今世ノ奇才ナリ。利学一篇、猶ホ鬼谷先生ノゴトキカ。詐謀権術、実ニ此ニ渕源ス。此ノ危才ヲ挟ミ、以テ農賈ニ臨ム、亦甚ダ険ナラズヤ。右ニ猾商ヲ提《タヅサ》へ、左ニ窮党ヲ挈《ヒッサ》グ。一国蚕繭ノ業、行将《ユクユクマサ》ニ其ノ左右スル所ト為ラントス。」

藩閥政府の中の純然たる閥外人で、最も材幹あり権謀に富み、閣中の鬼才と恐れられた陸奥宗光。明

---

①明治二十五年一月二十五日評林（詠史雑句のうちこの絶句だけ『青厓詩存』に採録されていない）

治十年謀叛人として獄に繫がれ、獄中漢籍を読んで作つた『左氏辞令纂』は彼が将来大外交家たる素質を現はし、西籍を読んで著した『利学正宗』は彼が学殖ある政治的策士なることを示した。十六年出獄して駐米公使となり、帰朝して農商務大臣となり、第一回総選挙に郷里和歌山より推されて代議士となり、当時の大臣中、唯一の平民、唯一の代議士として、新聞紙上、平民大臣の称をおくられた者は陸奥が最初である。第一議会は朝野激突して解散の不祥事を見んとし、藩閥と野党の間に立ち縦横の機略を揮つて能く此の難局を救つた者は陸奥である。

往くとして可ならざる陸奥の材器を以て、今は閥外の身、伴食の椅子に甘んじてゐるが、一国の農商を左右するくらゐ朝飯前である。この鬼才は危才である、何を仕出かすか分らぬ危険があるのだ。『利学正宗』を『鬼谷子』に比し、陸奥を鬼谷先生に比したのは極めて適切である。青厓の月旦はどの詩もよく人物の急所を衝き、論断が適確である。此の詩はまだ陸奥が外交の適材として適所に居る前の作である。青厓は陸奥の人物を餘程奇として此の外にも尚ほ数首の七律、七絶がある。長くなるから其の一首だけ取つて見よう。

甲翁大度古今無。臥榻夷然容異図。刺股多年鉄窗裏。正宗一巻是陰符。

大久保甲東は政治的度量の大なること古今無比だ。西南の乱に当り、陸奥が政府に異図を抱きつゝあることを察知しながら、故らに之を放置した。陸奥を器とし、他日の起用を考へたのである。陵奥は陸奥で、鉄窗下よく病苦に耐へ、読書修養して『正宗』の一巻を成した。彼の材略はこゝに顕はれてゐる。

聴命霍家司禁中。御溝官海暗相通。致君堯舜如何術。巧宦於今満漢宮。

漢の霍光の故事を用ひ、宮中府中に跨がる伊藤の権勢を言つたのである。宮城のおほりの水は暗《あん》に官海に通じてゐる。宮中の司《つかさ》は霍光の命これ聴く者ばかり。霍光は君を堯舜に致すべき良弼であらねばならぬ、果して何の術ありや。結は『唐詩選』に出てくる「漢庭栄巧宦」の意。

宋の太祖の語に「臥榻の側《かたはら》、豈他人の鼾睡を容れんや」、わが臥床《ねどこ》のそばで他人が無遠慮にいびきをかいて寝るを許さない。といふのは自分の領分内で他人に勝手な真似《まね》はさせないの意味である。大久保甲東が西南戦争で京都行在の大本営に居る時、元老院幹事の陸奥が出張して来て、薩軍に通謀する土佐の一派と暗号電報を以て気脈を通じてゐるといふ事が発覚したが、大久保はそれを不問に付して平然としてゐた。陸奥の反骨、危険性は百も承知の上である。大久保が死んで、大久保の度量なき伊藤は陸奥の罪を問はずに置かなかつた。

維新の三傑が早く逝き、殊に西郷麾下の英俊が多く斃れ、岩倉、三條も凋落し、当時二流の人物が、優曇華の花咲く時に逢ひ、有頂天になつて、彼《あ》の鹿鳴館の狂乱を演出した。鹿鳴館は世論の攻撃に遇つて潰《つい》えたが、新橋は暗の中に栄えた。「正面からは成り上り者の時代、側面からは藝者の時代」とは実に穿つた評である。その餘弊を払拭しようと計つたのが品川風紀大臣だつたといふわけである。

この外尚ほ田中司法、大木文部、高島陸軍の事、それに伊藤の事がいま一首あるが皆省略することにする。

五十九

「詠史雑句」十二首の中、その主なるもの七首を説き了つた。十二首の最後の二首は、伊藤博文の事を詠じたもので、私はその一首を説いて、いま一首は略すると云つたが、序のことに、いま一首にも触れることゝしたい。評林子が故らに伊藤だけ重視して二首にしたのは、伊藤が、松方内閣の黒幕、首相以上の首相、と称せられてゐたからであらう。三宅雪嶺の『同時代史』に曰ふ、黒幕の語が盛んに行はれ、特に大津事件に於て伊藤が独断のまゝに首相を措いて問はず、伊藤にして首相職の重んずべきを慮り、順序を履みたらんには、松方が木偶の如くに見えざらんに、伊藤は遠慮せず、天皇に御信任厚く、百官も首相以上に首相あるを思はざる能はず……伊藤は御下問に対し、要領を得ること多し。天皇は強記に渡らせられ、上奏の際、何年何月の勅令に如何にあるかを問はせらる。伊藤は大抵記憶し、御説明申上げ得たるが、松方は此類の事に堪へず、如何に申上ぐべきやに惑ふ。天皇は松方を軽んぜさせられざれど、伊藤ならでは事の弁ぜざるを以て、之を召させられ、勢ひ首相以上の首相ある形を呈す。

これを読めば、十二首劈頭の詩、松方首相の木偶ぶりの意味がよく解る。実際、当時の伊藤は首相以上の首相として、宮中府中に絶大の権威を有《たも》ち、天皇の信任を一身に荷うた。乃ち明治十七年宮内卿に任ぜられ、明年内閣制度の改正により総理大臣兼宮内大臣として、主上の輔佐と宮務の統督に任じ、二十年九月には、重大なる奏議を上つて宮中府中の大改革を図り、立憲政治の実施には天皇は斯くあらせらるべきであると云ふことを奏上してゐる。

前回に述べた十二首の一、伊藤を詠じた句に、「致君堯舜如何術。巧宦於今満漢宮。（君ヲ堯舜ニ致ス如何ノ術ゾ、巧宦今ニ漢宮ニ満ツ。）」とある、果して当時の宮中には巧宦（上に諂《へつら》ひ巧みに栄達を謀る便佞の吏）が充満してゐたであらうか。この詩の作に先だつこと五月、『日本』に「宮内省の改革如何」といふ羯南の論説が出た、その中に、

元老院廃して議官は多く宮廷に入り、政務官老いて隠居料多く宮廷に求めらる。皇室の老臣を優遇する所以は即ち之れあり。独り宮中に無用の食客を養ふの説あるを奈何せん。宮廷の中清修明潔、無用擾々の人物を一掃すべきは勿論、最も老官吏避難場たるの疑を除かざるべからず。当局者若し改

革を実行せば、請ふ最も心を此点に注げ。宮中は決して府中の都合に依りて種々の融通を為すを要せず。

とあるを見れば、思半ばに過ぐるものが有らう。さて、今一首の詩、

晦迹煙波避党評。国患冷視豈忠誠。殊恩屢拝君王詔。自謂山中宰相栄。

晦迹煙波 党評ヲ避ク、国患冷視 豈ニ忠誠。殊恩屢〻拝ス君王ノ詔、自ラ謂フ山中宰相ノ栄。

註に、「伊霍ノ寵ヲ恃ミ、韓范ノ忠ヲ闕ク。久シク身ヲ関西ノ風月ニ寄セ、又迹ヲ湘南ノ煙波ニ晦《カク》ス。国家患アリ、冷眼之ヲ視、社稷臣ナシ、放言之ヲ笑フ。世評ヲ避ケ、党怨ヲ免カル、狡獪ナル哉。」

当時、伊藤は東京伊皿子の邸宅の外、湘南の小田原と神戸の諏訪山に、皆別墅を営み、政府や政党に拘ることが煩《うるさ》い時は何時《いつ》も此《ここ》に逃避した。天皇は国政上の大事につき一々侍臣を小田原に遣はし御下問になつた。二十四年十月某日、例により天皇は侍従岩倉具定（後の宮相）を小田原に遣はされた時、岩倉は、小田原は御下問に不便なれば東京に常住しては如何との思召の有ることを伝へた。然るに伊藤は病気を理由に御寛恕を乞ふ旨を答へた。之に対し侍従長徳大寺実則は聖慮を承はつて次のやうな書翰を伊藤に致した。「……岩倉具定氏へ御伝言の趣、委細拝承致候。閣下御病気により東京御住居なされ難きの儀は止むを得ざる儀に候へども、将来御下問御用は是迄の如く之有るべく、其節は岩倉・小官の内孰れの地に御住居なされ候とも参上致すべく、其節は御拒絶なく御面晤なし下され、御下問に対し御意見御申上げなされ候様致し度奉存候……」（原文旧書翰体は仮名が殆ど無く読みにくいから少し読み易く改めた）。この宸翰の代筆ともいふべき文面の慇懃さは度を越してゐる。さうして伊藤は気益〻驕り、進むにも優詔、退くにも優詔、天子の命に非ざれば何人の言にも動かされない、と豪語してゐた。こんな事が許されたのは、天下唯一人伊藤あるのみである。その頃、伊藤は怪しからん、袞竜の袖に隠れる、と

いふ非難が識者の間に喧しかつたのは当然のことと謂はねばならぬ。然るに伊藤はひたすら君寵を恃んで臣栄を誇り、社稷、憲章を護持するもの自分より外に無いといふ満腹の自負を抱いてゐた。

明治二十四年三月の某日、宮中に於てのことである。皇女の御養育を託せられてゐる親近の臣佐々木高行に対し、天皇は其の御心中を次のやうに御洩らしになつた。「伊藤は才力に任せ随分我儘《わがまま》なり、今日他に伊藤くらゐの人物あらば、互ひに相制して都合宜しきも其の人なし。何分人物は乏しきものなり。……伊藤は気高くなり、欧洲にてはビスマーク、支那にては李鴻章、日本にては自分と、愈よ大天狗となりたり、伊藤が大天狗となりたれば、井上毅も天狗となりて山縣などのいふことは聞き入れぬ由、続いて伊東巳代治も金子堅太郎も小天狗となりたる由、斯くの如くなりたれば、なかなか難《むつ》かしく、追〻《おいおい》善き人物を見立て役に立つやうに致したきも、未だ考へ付かず」と。明君の軫念想ふべきである。話が岐路に入るが、伊藤のビスマルク気取りは有名なものであつた。当時独逸のビスマルク、英国のグラッドストン、それに清国の李鴻章は「世界の三傑」といふ世界的評価があつた。明治天皇は宮中の御歌会に「李鴻章」の題を下されたこともあると云ふ。

「詠史雑句」の説明は以上を以て終るが、尚ほ伊藤についての評林の詩二三検討して見よう。

竟茫茫①

一封奏疏上君王。出処幾回驚廟廊。慰疾宸翰何懇懇。乞骸素志竟茫茫。
江湖無策和朋党。社稷何人護憲章。恨殺朝家恩遇厚。簑衣猶未臥滄浪。
一封ノ奏疏君王ニ上ル、出処幾回カ廟廊ヲ驚カス。疾ヲ慰スルノ宸翰何ゾ懇々タル、骸ヲ乞フノ素志竟ニ茫々。江湖策ノ朋党ヲ和スル無ク、社稷何人カ憲章ヲ護ラン。恨殺ス朝家恩遇厚ク、簑衣猶未ダ滄浪ニ臥セズ。

明治二十五年二月某日、伊藤が枢密院議長の辞表を上つた時、元老大臣等挙つて之を止めたが応ぜず、天皇は三月十一日侍従長徳大寺をして宸翰を齎らして伊皿子の伊藤邸に至り、懇諭せしめ給うた。宸翰には、「卿ソレ餐ヲ加ヘテ静養シ以テ朕ガ懐ヲ慰メヨ、枢詢ノ職ヲ辞スルハ朕ガ允サザル所ナリ云々」とあつた。其の事は翌日の都下の新聞に報道され、十四日には早くも青厓の此の詩が評林に出た。これより先、二十四年四月、首相山縣が辞意を奏聞した時、天皇は伊藤を後継に擬し、宮相土方久元を諏訪山の伊藤邸に遣はし、御内意を伝へしめられた。それから十日の後、伊藤は参内して一封の疏を上つた。その中には、「今日民度低クシテ憲法運用ノ事頗ル困難ナリ。何人ガ内閣総理大臣タルモ永ク其ノ地位ヲ保ツ能ハズ、若シ陛下強ヒテ臣ヲ其ノ任ニ当ラシメ給ハンカ、目下怨ヲ臣ニ構フル者少カラズ、臣ハ早晩必ズ奇禍ニ遭ハン。区々タル一身ハ固ヨリ惜ムニ足ラズト雖モ、爾後誰カ能ク臣ニ代リテ皇室ヲ輔翼シ奉リ、憲政有終ノ美ヲ済ス者アランヤ。」等の語があつた。これは御聴許になり、後継首相は松方が拝命した。その時も天皇は佐々木に対し「伊藤は山縣の後を継いでも誰もうまく参らぬ、つまる所は自分一人と大天狗の底意ならん、結局松方といふこととなりたり」と仰せられたと云ふ。詩は右の諸事実を踏まへて着実に平易に詠はれ、言々句々、事実に的中し、一字の浮泛もなく、詠史の名に恥ぢない。尚ほこれには次のやうな絶句が添へられてある。

致仕何曾有不平。恩書懇篤足光栄。滄浪閣下洋洋水。世上無人辨濁清。

致仕何ゾ曾テ不平アランヤ。恩書懇篤光栄足ル。滄浪閣下洋洋ノ水。世上人ノ濁清ヲ弁ズル無シ。

満城踏舞酔春風。尚憶当年欧化功。一事何須為君惜。古来好色尽英雄。

---

①『青厓詩存』四十九丁裏

満城ノ踏舞春風ニ酔フ。尚ホ憶フ当年欧化ノ功。一事何ゾ須《モチ》ヒン君ガ為ニ惜ム。古来好色尽ク英雄。

伊藤が枢相を辞職したり、首相を拝辞したりするのは、何も不平が有つての事ではない。それに対し一々懇篤なる恩詔を賜はるとは何といふ光栄か。公は其の住む所を滄浪閣と名けてゐるが、昔楚の屈原は漁父と問答し、漁夫が、「滄浪之水清兮。可以濯吾纓。滄浪之水濁兮。可以濯吾足。」と歌つて去つたと言つてゐるが、今、滄浪閣の主人は、滄浪の水清《す》めりとして纓（かんむりのひも）を濯《あら》つて出る積りか、濁れりとして足を濯つて去る積りか、世の中誰も其の真意を知ることは出来ない。

満都舞踏の大流行、人みな酔へるが如し。これは伊藤の欧化主義の名残《なごり》だ、風教上宜しくない。公は又古来英雄の例に漏れず色を好むといふが、これは大した事ではない。好色は一人の私事、風教は天下の大事だからだ。二十四、五年には欧化主義は已に下火になつてゐたが、餘燼はまだ燃えてゐた。羯南は曰ふ「世に所謂る欧化政策とは旧伊藤内閣の創施にあらざるか。惜ひ哉、此の政策の結果は唯だ社会の経済及風俗を攪乱したるに過ぎずして今日に至るも未だ其の救治を得ず」と。

二十五年八月八日、松方内閣の後を継いで第二次伊藤内閣が成立した。首相伊藤、法相山縣、逓相黒田、内相井上、陸相大山、農相後藤等当時の元勲を網羅したから、世は之を元勲内閣と呼んだ。早速評林に左の二詩が出た。

白頭臣①

恩詔殷勤寄託頻。廟堂又率白頭臣。只言隠遁猶憂国。毎遇危難数脱身。
湖海空観新制度。邦家遂缺大経綸。聖明天子遅君久。勿恋青山労紫宸。

恩詔殷勤　寄託頻リナリ、廟堂又率ユ白頭ノ臣。只言フ隠遁猶ホ国ヲ憂フト、危難ニ遇フ毎ニ数《シバシバ》身ヲ脱ス。湖海空シク観ル新制度、邦家遂ニ欠ク大経綸。聖明天子　君ヲ遅《マ》ツ久シ。青山ヲ恋《シタ》ウテ紫宸ヲ労スル勿レ。

尽薬籠②

白髪功臣尽薬籠。人間尚未辨奸忠。眼中勁敵今誰在。只畏城西隻脚公。

白髪ノ功臣尽ク薬籠、人間尚ホ未ダ奸忠ヲ弁ゼズ。眼中ノ勁敵今誰カ在ル、只畏ル城西ノ隻脚公。

幾度か恩詔を賜はり、国政の重きを寄託せられた伊藤は感激して白頭の勲臣を傘下に集め、再び廟堂に立つた。彼、身は江湖に臥しつゝ心は君国を憂へて止まぬと言ふが、奇禍に遭ふことを恐れて隠遁を装うてゐたのである。彼によつて創られた明治の新制度は観るべきものがあるが、それに称《かな》ふだけの大経綸はまだ発揮されてゐない。聖天子は君が山を出て朝に立ち、信倚に答へることを久しく御待ちになつた、もうこれ以上宸襟を悩ますこと勿れ。

伊藤は当代の元勲老臣を尽く自家薬籠中のものとし、天下敵なしの概があるが、唯一人早稲田の隻脚《かたあし》公大隈だけはこはいらしい。羯南は曰ふ「伊藤伯は第一流の政事家なり。世人は言ふ、伯の好敵手は唯だ大隈伯一人のみと。而して大隈伯自らも亦伯の内閣に立つの日を俟つといふ。今や朝野に政事家らしき者多しと雖も、伊隈二伯を除けば皆な凡庸のみ」。実は明治十四年の政変以来、大隈も已に伊藤の敵ではなく、天下は伊藤の独り舞台であつた。

伊藤内閣が八月八日に成立すると、その翌九日から四回四日に亙つて羯南の論説「伊藤新首相」が『日本』に出た。前にも言つた如く、羯南の文と青厓の詩、即ち社説と評林は同工異曲、相呼応するかの如く『日本』紙上を飾つた。古島一雄は云ふ「評林とは文苑と対照する意味で付けた標題だが、何時とはな

①　明治二十五年八月九日「評林」
②　明治二十五年八月九日「評林」

しにこれが青厓独特の詩体の名称になつた。これはむしろ陸が考へて時事を諷するためにやらしたもので、誰にもわかるやうに『日本』に出したものだ」と。その通りに違ひない。古島は尚ほ云ふ「羯南は原稿を書くのに急ぐ時には書くそばから一枚づつ植字場に渡し、最後に通読したことなどもあつた。しかもそれが印刷になつたのを見ると、堂々たる達意の文章で、まさに笏《しやく》をとつて廟堂に立つ概があつた」。新聞の文章は巧遅よりも拙速を貴ぶことは言ふまでもない。青厓が詩才敏捷で、千言立地《たちどころ》に成つた事は既に述べた。羯南と青厓、大文章家と大詩人。明治の文化史、新聞史に二人の名は永遠に不朽であるべきだ。

「伊藤新首相」に「吾輩は夫《か》の政事家に対して些の恩仇なし。故に伊藤伯を評するに於て其の善き点は之を賛し、而して其の悪しき点は忌憚なく之を攻撃せん。世の党人の如く枉げて一方を抑へ一方を揚ぐるの偏頗は吾輩の努めて避くる所、且吾輩の境遇は毫も此偏頗に必要を感ぜざるなり。」と羯南は言ふ。又二十五年十二月「党弊猛於虎」には「吾が『日本』の創立より茲に三年半を過ぐ。藩閥の弊を論ずるもの一旬一回を下らず。而して党派の弊を論ずること亦た一月一度を欠かざるなり。故に『日本』の常に党人に忌まるゝことは、閥族に憎まるゝと甚しき差異あるを見ず。吾輩は常に自ら覚期すらく、吾が『日本』は早晩若し閥族の為に殺されざれば則ち其れ必ず党人の為に殺されんなりと。吾輩は之を覚期す、故に心窃に安ずる所ありて以て夫の閥族を撃つと同時に、又夫の党人を撃つことを憚る無きなり。」と言つてゐる。

かういふ覚悟、態度であるから、『日本』は常に時の政府の弾圧を被り、創立の年から明治三十年新聞紙条例が改正されるまで、八年間に発行停止の厄に遭ふこと三十回、日数にして二百三十日に及んだ。就中、伊藤内閣の弾圧は最も甚しかつた。三十年三月羯南は「新聞停止権の撤廃」の文中に云ふ。

吾が「日本」は伊藤内閣の為めに虐遇せられたること実に二十二回の多きあり、而して其の日数は百三十一日にして、之を彼れ内閣存立期五箇年に割付するときは大抵一箇年に四回半の停止に遭ひ、平均すれば一箇年に四週日餘の束縛を受けたり、驚くべきの至ならずや。而して彼れが斯くまで停止権を行使したる其の事由を求むれば、治安を妨害すと認むと称すと雖も、其の実は自己の政策に反対する言論の気焔を殺ぐの邪心に外ならざりし、云々

青厓の人物月旦は甚だ広範囲に亙つたが、筆鋒は最も多く伊藤博文に当つた。それは伊藤が歴史的大人物であつた所から当然の勢ひと言はねばならぬ。

末松謙澄（伊藤の女壻）の談として伝へられる所によれば、伊藤は朝早く新聞『日本』を見て、先づ羯南の論説を読み、若しそれが自分の事を言ひ、急所を衝いてゐる時は頗る不機嫌で、秘書官などに当り散らしたと云ふ。又伊藤の機関紙『東京日日新聞』の主筆朝比奈知泉は、毎朝『日本』の羯南の社説を熟読し、然る後反駁文を書いて論戦することを平生の快心事としたと云ふことである。

又、三浦観樹将軍の談として次のやうな秘話がある。明治天皇には、初め陸羯南の名を御聞及びでなかつた。といふのは伊藤などが故らに御耳に入れようとしなかつた為と思はれる。然るに当時、貴族院議長、学習院長に任じた近衛篤麿公に由つて、ひそかに羯南の名及び文が上聞に達せられたと云ふことである。近衛公と羯南との関係は、明治三十四年七月から九月にかけ、近衛公の清韓視察の行に羯南が加はり、同年十二月公が新聞『日本』の援助者となつた等の事実がある。『日本』を近衛に紹介したのは佐々木高行の嫡子高美で、高美は宮内省侍従を勤め、近衛の親友であつたと云ふ。

附　記（承前）

大正昭和詩話の積りで、故人吉川子との詩交につき、少しづゝ二回書いて中絶したが、これから

又続けて少し書きたいと思ふ。就いては先づ中絶に至つたわけを御断りして置かねばならない。

もう去年の事になつた、五月二十七日私は上洛して北白川に吉川家を弔問した。新しき霊位に対し一瓣の心香を捧げた後、私は夫人に言つた「吉川子と神交五十餘年、私は今、子を哭する詩を作りつゝあり、出来上れば御送りする故、幸ひに御霊前に奠せられ度」と。夫人は之を諾《うべな》はれた。其後、輓詩三章を得、自註を付し、更に同韻の縁《ゆかり》の詩、新旧三首を前後に添へた。丁度その頃、本稿に吉川子との詩交の事を書いた私は、文の餘りに私事に渉るを慮り、輓詩を以て之に代へんとし、写して『師友』編集局に送つた。然るに、陳紛漢なものを分り易く解釈を着けては如何、といつて返された。其のまゝ措いて問はぬ中に、忽ち半年は過ぎた。自作に自解など、笑ふべき事だが、古人に其の例が無いでもない、殊に吉川子も曾てそれを試みてゐる。私は考へ直して、輓詩及び註の後に、詩意を敷衍した文を書いて見た。さうして再び編集局に送つたのが即ち是れである。陳紛漢の譏は固より甘んずる所である。

昭和庚寅二十五年四月、予赴任岡山大学。途次西京、訪吉川善之。契濶相逢、懽然道故。遂以豹軒先生所賜送行詩、及予次韻之稿出示。踰月、善之畳豹軒韻、作詩見寄。予与善之交、二十餘年、跡雖不密、而懐抱則同。再畳豹軒韻答之。

一

果見高才出辟雍。与君来往共従容。半簾花映一杯酒。隔岸風伝何処鐘。

談尽詩文灯耿耿。座填典籍架重重。手持一巻欣相贈。為愛梅村藻思濃。

二

一去鑾坡坐上雍。愧由師友作先容。帰田無計臨岐路。興学多方倚講鐘。

嗟我篇章焦尾断。羡君著述等身重。不論縞紵初相見。元白交情久愈濃。

予初識善之、実大正十四年、於鈴木豹軒先生座上。先生為之介。既而訪善之之廬、廬在下鴨街即鴨川之左岸、適主人不在、題字留於壁、有云。易哭阮車路非遠。予喜其趣也、俳徊不忍去、継而口占一絶云。風塵莽々少論文。洛下才名一訪君。易哭阮車人未返。夕陽凝望鴨東雲。遂置詩於壁而去。翌日善之来訪。晤言一室之中、甚相得也。後数日、再訪善之之廬。環壁皆書、儼然書城。遂忘主客之礼、随手抽繹。神馳古往、不覚晷移也。臨別、善之復以呉詩集覧見贈。縞紵之交、蓋此始矣。（四三二頁に続く。）

六十

維新の大業が主として薩長両藩の力によつて成就し、明治の大政が薩長人士によつて運営されたことは、当然の勢で又止むを得ぬ事であつた。如何に藩閥嫌《さかひ》ひであつても之は認めざるを得ない所である。西郷、木戸、大久保、維新の三傑は明治十年を界として其の役目を終つた。長の大村、前原、広沢等、当時一流の人材も皆非命に斃れた。薩に至つては十年の役に血で血を洗ひ、優秀分子の大半を喪つた。一口に薩長と言つても、それまでは薩の力が長の上であつたが、十年以後、長が薩を凌ぐに至つた。例へば木戸一人で西郷、大久保に当つたのが、伊藤、山縣で黒田、松方に対するやうになり、黒田、松方の貫目が不足した。かくて明治十八年内閣制度が定つて以来、此の四人が代《かは》る代《がは》る首相となり、三十年代の初期まで続いた。

四人を繞つて薩には、西郷従道、大山巌、樺山資紀、高島鞆之助が在り、長には、井上、山田顕義、青木周蔵、品川が在り、略ぼ権衡を保つた。明治政府はこれ等の人士により其の要路を占められ、土肥其他一般の人物が之に追随した。

徳富蘇峯は云ふ「薩長が内に相鬩《せめ》ぎつ外に向つて一致したる所以は、一方に伊藤、山縣あり、他方に西郷、大山ありしに由る」。三宅雪嶺は云ふ「大山と云へば必ず西郷、この二人ほど相一致し、又相違ふのは多く例がない。之を中心として薩州出身の人物を考へ、薩州と連合した長州の人物を考へ、更に一般の人物を考へるのが頗る順序を得て居る」と。事実二人の云ふ通りで、評林に現はれた人物月旦を検討して見ると、全く此のやうになつてゐるのである。先づ西郷従道、大山巖の二人に就いて観ること、しよう。

唯一黙①

桃花園裏貯芳春。果見英雄愛美人。異域出軍排廟議。軍門被酒駭蛮民。

調停有力両藩閥。歴仕無功五大臣。半世秘謀唯一黙。風波官海鎮全身。

桃花園裏　芳春ヲ貯フ、果シテ見ル英雄　美人ヲ愛スルヲ。


西郷従道が所謂る英雄好色の徒であつたかどうか。又桃花園が個有名詞かどうかも私は知らないが、三宅雪嶺が西郷、大山について品評した文に次の如くある。

西郷は誰とでも交はり、酒を浴びて他愛もないことを言ふばかりでなく、何処ででも必ず女に関する話がある。時として酷《ひど》く金を取られたこともある。大山は人と話の出来ぬ方でなく、何人をも相手に出来るが、広く交はらうとせぬ。而して女に関して話の少いのは、一つには自らの醜男《ぶをとこ》なるを知つた所もあらう。西郷は維新前後から花柳界を荒し廻つて、相当に持てたので面白さの餘り、変つたことを好んで失敗するのである。又餘り世間に知れるのを心配せぬ。

明治の功臣などといはれる人物で素行の正しい者は一人も居ないと言つてよい。酒と女は彼等が維新の際、死生の巷に出入した時の餘習で、別に問題にするまでもない事である。従道も非常な酒豪で、酔ふと美人（妓）の手を取つて愉快に踊り出すといふ風で、それが「世間に知られるのを心配せぬ」のは当りまへである。

異域師ヲ出シテ廟議ヲ排シ、軍門酒ヲ被ツテ蛮民ヲ駭《オドロ》カス。

明治七年征台の役が起つた。これより先四年十一月、琉球の民六十六人が台湾に漂流し、五十四人が生蕃に虐殺され、六年三月には備中の漂民四名が又生蕃に劫掠された。我政府は清国に交渉したが、彼は生蕃を「化外の蛮民」と称して責任を負はず、政府は遂に七年四月四日従道を台湾征討都督に任じ、勅書を賜はつた。従道は部署を率ゐて長崎に至つた時、清国政府より異議を申し立て、英米二国公使も日本の出兵を非としたので、廟議忽ち一変し、急使を長崎に遣はし、従道に征台の中止を告げしめた。従道は曰ふ「然らば勅書を奉還し、単身蕃地に入らん、清国にして異議あらば、脱艦の海賊の所為と言へば可なり」と。軍艦五隻、兵員三千六百を率ゐて、台湾に向ひ進発した。

西郷都督の征台は、蛮民を軍門に降したのみではない。土蕃の酋長等は大いに従道の威徳に服し、蕃人最高の敬礼として、腕輪を献上したいと申し出た。その腕輪は鉄を腕に嵌《は》めたまゝ鋳《い》つぶすので、一度はめたら取外《とりはず》すことは出来ない。それを蕃俗通りに受けてやつたので、蕃人どもの喜びは大変なものであつた。後年、従道が垂死の大病に罹つた時、生番の酋長がはるばる見舞に来て、あの大兵肥満の人が痩《や》せ細つて、鉄の腕輪が脱けて落ちんばかりなるを見て泣いたと云ふ。其の後にも従道の墓参りに来たとか、何といふ美談であらう。従道が大西郷の弟たるに慚ぢない徳の人であつたことが分る。

① 『青厓詩存』巻二、四十一丁表

調停力アリ両藩閥、歴仕功ナシ五大臣。

この詩は二十三年六月の作で、前月従道が山縣内閣の海相から内相に転じた直後である。当時、『朝野新聞』は紙上に連載した人物評を集めて一書とし、二十三年十一月を以て出刊した。それには同年五月内務大臣となつた従道を評してかう云つてゐる。

内閣に紛紜あるに方《あた》り、閣下進んで調理の任を負ひ、又負はせられたるは、独り今回に止らず、従前と雖も此の事ありしに似たり。是れ閣下の徳望よく衆心を服するに足るがためか、はた無偏頗、無頓着なるがため、最も紛紜調理の任に適するに因るか。赫々の功なくして、常に隆々の声望を政府部内に有すること閣下の如きは、古来多くあらざる所なり。

雪嶺は又次のやうに云つてゐる。

その応対に至つては、如何なる場所でも巧に切つてのけ、幾人か口角泡を飛ばして、今にも摑《つか》み掛《か》らうとする勢ひがあつても、西郷が中に入れば、何時の間にか怒りが笑ひとなり、話が片付く。威を造れば中ゝ厳《いか》めしい面相であるのに、一度大口を開いて笑へば、人共に笑はずに居られぬ。大山も幾らかさういふ所はあるが、西郷ほど打解けて磊落に出ることが出来ぬ。

ともに右二句の恰好の注釈となる。「歴仕五大臣」は、明治十一年以来、文部卿、陸軍卿、農商務卿に歴仕し、十八年、卿を大臣と改称してから、海軍大臣、農商務大臣を歴《へ》て内務大臣に任じたことを云ふ。五大臣を歴る間、別にこれといふ赫々の功なくして、而も能く元老の地位を保ち得たのは、兎角反目し勝ちな薩長両藩閥の間に立ち、紛争を調停して風波を立てしめざる、独特の力が有つたからである。

半世ノ秘謀、唯一默。風波官海、鎮《トコシヘ》ニ身ヲ全ウス。

従道は、たゞ黙つてゐて、無言のまゝ大臣が勤まつたと云ふ。「西郷侯は明治の元老中、尤も徳望ある人であり得た。彼は議会中、一回の演説をもなさずして立派に大臣を勤めた人である。恰も無言の特権を得たかの如く、閣僚の間に於ても彼が演説しないことを意とせず、彼を内閣の中に置くのは、その内閣の威望を高むる所以であつた」。これは明治三十一年、石川半山が『毎日新聞』に書いた「当世人物評」の一節である。

尚ほ七絶一首が添へられてある。

意気従容似阿兄。未聞献替野芹誠。只将一黙養威望。笑殺名場卒業生。

意気従容　阿兄ニ似タリ、未ダ聞カズ献替野芹ノ誠。只一黙ヲ将《モ》ツテ威望ヲ養フ、笑殺ス名場ノ卒業生。

芹《せり》は水沢に生ずる香草で珍しいものではないが、漢籍に「野人　芹を美《うま》しとし、之を至尊に献ぜんと願ふ」と見える。従道には至尊に対し献替の功ありとは未だ聞かないが、兄に似て気概があり意気を貴び、無言のまゝ閣内に重きを成してゐる。何時の間にそんな力を養つたのであるか、壮年にして既に政界名場中の大成功者である。これは如何にも新聞向きの詩として、故らに通俗的に揶揄的口吻を用ひたものである。笑殺すと言つたのは其の為である。

以上の詩は従道が四十八歳の時に当るが、従道一生の面目は此の中に概括されてゐるやうだ。我国古今の偉人中、伝記の多いもの西郷南洲を以て第一とすると云ふ。従道はその実弟で、器局の大は多く兄に譲らぬと云はれるが、幾《ほと》んど伝記の見るべきものがない。雪嶺は従道を「人物として、伊藤、山縣、井上等より大きく、誰にも悪く言はれず、衆と共に笑ひつゝ、元帥となり、侯爵となり、長命すれば公爵となるに定《き》まつて居り」、明治歴史の大立物でありながら、歴史に掲ぐべき事が少く、歴史に現れないと言つてゐる。畢竟、事功の伝ふべきものが無く、所謂る無為にして為さざる無き底の人物だつたからである。

明治十八年伊藤博文が朝鮮問題で李鴻章と談判すべく、正使として清国に赴く時、従道は自ら乞うて副使となり之に随つた。さうして直接談判には関与しないが、たゞ問題が拗《こじ》れ、交渉が行詰つた場合など、押出しの好い従道が現はれて、奇想天外の諧謔を弄し談笑すれば、忽ち春風の生ずるが如く、尊俎の間に双方の感情を和《やはら》げ、交渉を滑かにするに与つて力があつたと云ふ。李鴻章は伊藤の事を「治国の才あり、二十年後の日本畏るべし」と言つたといふが、彼の側に於て「伊藤より上手《うはて》の人物がゐる」と、従道を目して言つた者もあつたと云ふ。

横山健堂は後藤新平の直話として、新平が伊藤博文に「大西郷は如何《どう》いふ人でしたか」と訪ねたら、「お前たちが見たら、小西郷（従道）の方が偉いと思ふだらう」と言つただけだつたと。此の伊藤の一言は意味深重、流石に伊藤の西郷評だ、と感歎してゐる。

面無髯①

官海何心事隠潜。毎逢大事口常箝。人言緘黙能蔵拙。我信温恭只守謙。

鼻影似山顔有襞。痘痕如雪面無髯。丁寧不用尋名字。維石巌々具爾瞻。

官海何ノ心ゾ隠潜ヲ事トスル、大事ニ逢フ毎ニ口常ニ箝《ケン》ス。

大山巌は官海に占める地位は高いが、派手に表立つことを嫌ひ、大事に臨んで何か言ふべき時にも、口を緘して敢て言はない。箝は口に木をくはへて声を出させぬ貌である。

人ハ言フ緘黙能ク拙ヲ蔵スト、我ハ信ズ温恭只謙ヲ守ルヲ。

人は、巌の緘黙は、己の拙《つたな》くおろかなことを蔵《かく》す為だと言ふが、私は、温《おだやか》に恭《つゝしみ》ぶかく、謙譲の徳を守つてゐるのだらうと思ふ。

鼻影山ニ似テ顔ニ襞《ヒダ》アリ、痘痕雪ノ如ク面ニ髯ナシ。
大きな鼻が山のやうに聳えて、その影が面にひだを生じてゐる。顔《かほ》中、天然痘の痕が結晶した雪の形をなし、面長で色黒く、艶があるが髯《ひげ》は一本もない。有髯男子といふ語がある。ひげは男子の象徴として、昔、相当の年輩になれば、口ひげ位ひ生やしてゐない者はなかつた。それが堂々たる武将にして髯一本もないのは当時として異様に見えたわけである。

丁寧用ヒズ名字ヲ尋ヌルヲ、維《コ》レ石巌巌　具《トモ》ニ爾《ナンヂ》ヲ瞻《ミ》ル。

これだけ形貌を説けば、これは誰のことを言つてゐるか、改めて其の名を尋ねるまでもなく明かだらう。『詩経』に云ふ「節彼南山。維石巌巌。赫赫師尹。民具爾瞻」。
大山の名、巌、これは一般に知られてゐるが、号を赫山と称したことは餘り知られてゐない。右の『詩経』の句に、巌、赫、山の各字が見える。これが赫山の号の出所か如何か詳にしないが、若しさうでなかつたら、作者は実に奇抜な趣向を凝らしたものである。凡慮の夢想も及ばぬ所である。

附　記（承前）

昭和庚寅四月、予 任ニ岡山大学ニ赴ク。途 西京ニ次シ、吉川善之ヲ訪フ。契濶相逢ヒ、懽然故《コ》ヲ道《イ》フ。遂ニ豹軒先生賜フ所ノ送行ノ詩、及ビ予ガ次韻ノ稿ヲ以テ出シ示ス。月ヲ踰エ、善之 豹軒ノ韻ヲ畳《カサ》ネ、詩ヲ作リ寄セラル。予 善之ト交ル二十餘年、跡密ナラズト雖モ、懐抱則チ同ジ。再ビ豹軒ノ韻ヲ畳ネ、之ニ答フ。

---

①『青厓詩存』巻二、四十一丁裏

昭和二十五年庚寅の四月、私は岡山大学へ赴任の途次、京都北白川に吉川君の宅を訪ねた。酒肴を饗せられ歓談の際、私は鈴木豹軒先生から戴いた送行の詩と私の次韻、并せて数首を出して示した。月を踰えて、吉川君から詩が寄せられた、則ち豹軒先生の韻を用ゐてある。吾等二人、豹軒先生の下に相識つてより已に二十餘年、平昔の来往は密ではないが、旧雨の情はお互ひに渝《かは》らない。私は再び畳韻して之に酬いた。

順序として先づ豹軒先生の詩から掲げよう。「送木下周南将赴任岡山大学」と題する。

聞説移軺南辟雍。鳳凰闕下久従容。空懐紫誥関経国。豈識青衿待叩鐘。

海道山川花気暖。京都城郭柳煙重。知君不忘子雲宅。小瓿春来琥珀濃。

聞クナラク軺ヲ移ス南辟雍、鳳凰闕下久シク従容。

軺は小車也とある、『史記』に「軺車ニ乗り洛陽ニ之《ゆ》ク」。辟雍は大学である。『礼記』に「大学ハ郊ニ在リ、天子ニハ辟雍トイヒ、諸侯ニハ泮宮トイフ」、東京大学を東雍、京都大学を西雍と、明治以来学者はさう呼でゐた。岡山は西南に当るわけである。

空シク懐フ紫誥ノ経国ニ関スルヲ、豈識ランヤ青衿ノ叩鐘ヲ待ツ。

紫誥経国は宮中の文事。青衿叩鐘は学校教育。教師は鐘の如く、叩く小なれば小鳴し、叩く大なれば大鳴す、と『礼記』に見える。古の学生は青襟の服を着た、『詩経』に「青青子衿」、衿《キン》は襟。

海道ノ山川花気暖カニ、京城ノ城郭柳煙重ナル。

時は四月、海道の花気暖《あたた》かに、京洛に柳煙籠める時。

知ル君ガ忘レズ子雲ノ宅、小瓿春来琥珀濃カナリ。

子雲宅、揚子雲の住居《すまひ》即ち先生の宅。唐詩「寂寂寥寥揚子居」赴任の道すがら訪ね来れ、かめの

中の春酒も熟した。拙作は「将就聘於岡山大学次豹軒先生見寄詩韻」、

一担図書赴辟雍。鳳池不復得従容。堪慚尸素持鉛槧。豈有功名著鼎鐘。
春雨内園花寂寂。夕陽双闕樹重重。廿年栄辱渾如夢。絃誦応知楽更濃。

一担ノ図書辟雍ニ赴ク、鳳池復タ従容ヲ得ズ。
慚ヅルニ堪ヘタリ尸素 鉛槧ヲ持シ、豈有ランヤ功名ノ鼎鐘ニ著ハル。

古は鉛で槧《ふだ》に字を書いた、又人の功名を鼎鐘に刻んだ。杜牧之の詩「憐ム可シ鉛槧ツヒニ何ノ功ゾ」は自分の事のやうな気がする。

春雨内園 花寂寂、夕陽双闕 樹重重《チヨウチヨウ》。
廿年栄辱渾《スベ》テ夢ノ如シ、絃誦応《マサ》ニ知ルベシ楽《タノシ》ミ更ニ濃カナルヲ。

二十年近くの宮仕へは栄も辱も皆過去。これからは書生たちと絃誦して楽しむ外はない。吉川君の詩「送木下周南之岡山大学任」は、

清要由来称辟雍。休言道大不相容。行哀経藝将塵土。暫可吟身伴講鐘。
魚米斯郷名久美。尖叉幾闘韻堪重。小楼微雨送君去。話到三唐酒亦濃。

清要由来辟雍ヲ称ス、言フヲ休《ヤ》メヨ道大ニシテ相容レズト。

清要は元来翰林学士の官を称して言つた、今日では大学教授など之に当らないか。その大学にも容れられぬやうな大きな道を心がけてゐるといふわけでもあるまい。

行クユク哀《カナ》シム経藝ノ将ニ塵土ナラントスルヲ、暫ク吟身ヲ講鐘ニ伴ハシム可シ。

今の様子では経術は行く行く衰へて塵土に委せられてしまふのではあるまいか。暫く吟身を転じて講席に置くことも宜《よ》からう。

魚米斯ノ郷　名久シク美ニ、尖叉《センサ》幾タビカ闘ハシテ　韻重ヌルニ堪ヘタリ。

君が之《ゆ》く備前の岡山は、魚と米の美《うま》しき国として名高いところ。君は豹軒師と、雍、鐘などの険韻を幾度も重ねて詩を闘《たゝか》はしたが、僕も一つ同じ韻を重ねて君を送るとしよう。尖叉は険韻の称、蘇東坡が尖と叉の二字を韻として詩を作り、人が之に次韻したのを謝して、又同韻の詩を作り、それが名作として伝はつたので、尖叉が険韻（韻としてめつたに用はぬ字）の称となつた。

小楼ノ微雨　君ガ去ルヲ送ル、話シテ三唐ニ到レバ酒亦タ濃カナリ。

屋外は静かに春雨が降つてゐる、その中を君が去つて行くのを送る。今日は久しぶり唐詩を語り合つて、酒までうまかつた。此の二句絶妙、餘情尽きざるものがある。吉川君が之を作る時、王維が安西に使する人を送つた「渭城ノ朝雨軽塵ヲ浥《ウル》ホス」や杜甫が春日李白を懐うた「何ノ時カ一樽ノ酒。重ネテ与《トモ》ニ細ニ文ヲ論ゼン」など、唐賢の名句が頭にあつたに違ひない。畳韻して酬いた私の詩及び注は前回に載つた筈、聊さか読解を施すこと次の如くである。其の一、

果シテ見ル高才ノ国雍ニ出ヅルヲ、君ト来往共ニ従容。半簾花ハ映ズ一杯ノ酒、隔岸風ハ伝フ何ノ処ノ鐘。談ハ尽ク　詩文　灯耿耿、座ハ塡ム　典籍　架重重。手ニ一巻ヲ持シ欣《ヨロコ》ビ相贈ル、愛スルガ為ナリ梅村藻思ノ濃。

これは初めて吉川君と逢つた時の事を追想して作つたのである。その事は既に本稿「四十八」と「五十」の附記に記してあるから、こゝには贅しないが、一二附加へて置きたい事がある。辟雍の雍は一字でも学校の義がある、国雍は国立大学である。後漢書に、群儒をして高才生何人かを選び経を授けしめたとある。吉川君は京大諸儒に於て高才の目があつたことは疑なき所である。

半廉の句は、一日吉川君を訪ねると、言ふには「君に見せようと思ふ詩は一日考へても出来ない

ことがある、昨夜は酒を飲みながら考へた、好い気持ちだつた」、これは長く私の記憶に残つた言葉である。それに当時作つた「花影半簾人不見」中の字面と幷せて一つにしたのである。隔岸の句は、吉川君の住居が洛北鴨涯で、日暮時にはあちこちの寺から打ち出す鐘声が聞えて来るであらうことを思ひ、私が東京で知つた一紳士が、若くして京大に在学の日、洛中洛外の鐘声を聞き分けたといふ、その話は長くなるからこゝに書けないが、そんなたわいもない話に興をさかした事を思ひ出したのである。（四四四頁に続く。）

六十一

西郷従道は、明治十一年五月、三十六歳にして参議兼文部卿に任ぜられて以来、三十三年九月第二次山縣内閣の内務大臣を辞するまで、二十二年五ケ月の間、何人の内閣にも迎へられずといふことなく、二十四年六月大津事件の為め内相を辞した時と、二十五年六月国民協会会頭として政治運動に乗出《のりだ》した時と、台閣の外に在りしは前後幷せて一年八ケ月に過ぎず。その間にも枢密顧問官たりしことあり、其の真に野に在りし期間は僅に一年二ケ月のみ。内閣制度ありて以来、最も長期の大臣経歴者として、曾て従道の右に出づる者は無いと云ふ。

次の詩は、二十六年三月十一日、伊藤内閣の改造で従道が海軍大臣に任ぜられ、国民協会会頭を罷めた時、早くも十五日の「評林」に出た青厓の作である。

無此首[1]

---

①『青厓詩存』巻三、六十丁裏

曾遊奥羽七州間。誤伍朋人事未嫻。破約竟当無此首。食言今更有何顔。
樽前踏舞態驚妓。月下琵琶音帯蛮。一夢惘然雲水跡。丹墀重列旧時班。

曾テ遊ブ奥羽七州ノ間、誤ツテ朋人ニ伍ス 事未ダ嫻《ナ》レズ。

従道は推されて国民協会会頭となり、品川弥二郎は副会頭となり、従道の一行は奥羽地方の遊説に上り、品川の一行は関西の遊説に向つた。薩と長の二人が並び出れば天下を風靡するかと思はれた。従道は性来の寡黙で、政治演説などしたことが無く、「演説ちふものはむつかしいもんぢや、これから演説会に出て稽古しよう」と云へば、「藩閥の親玉が来たと言つて、みんなしてぶん殴《なぐ》りますぞ」と云ふ者あり「その時は兜《かぶと》を被《き》て行く」こんな調子で、演壇に遊説せず杯盤の間に遊説す、と言はれ、素朴な田舎の民衆は、音に聞く小西郷南畝将軍の風采を望んだだけで満足し、宴席に侍してお盃《さかづき》を頂戴した者は、有難さに感激の涙を流すといふ有様であつたと。大勢の党人に担《かつ》がるれば、嫌ともいはず担がれ、慣れぬ遊説に引廻《まは》されても、平気で付いて廻る。こゝに従道の、兄大西郷に似た雅量を見る。政党は政治の朋党、朋人は党人の意味。嫻、ならふ、なれる。

破約竟《ツヒ》ニ当《マサ》ニ此ノ首無カルベシ、食言今更ニ何ノ顔カ有ラン。

国民協会創立同志の懇談会で、品川弥二郎は演説して云ふ。

余ハ西郷伯ト共ニ本会ニ加入シタリ……若シ西郷伯ニシテ謀反《ムホン》ヲ企ツルコトアランカ、余ハ直チニ伯ノ生首《なまくび》ヲ取リ、余ニシテ若シ謀反ヲ企ツルアラバ、西郷伯ハ余ノ首ヲ取ルコトニ互ヒニ約束シタリ。依ツテ西郷伯若シクハ余ニ於テ私心ヲ挟ミ、私利ヲ計ル等ノ事アラバ、諸君ニハ余ト西郷伯ノ生首ヲ取ラレタシ云云。

これが品川の「生首演説」と言つて一時世の評判となつた。協会の運動に奔走すること十個月、二十六年三月伊藤内閣の改造で、従道は海軍大臣に任ぜられた。「生首演説」に於ける約束は世人の記憶に新しく、早くも協会を脱して内閣に走るといふことは、如何にも政治的節操を欠くものと謂はねばならぬ。然るに時局は海軍の改革と拡張を急務中の急務とすると、伊藤首相が議会で声明したばかりである。左右からの説得と海軍を挙げての熱望は、遂に従道をして大任を引受けさせたのである。然し詩人は、破約すれば首が無い筈、今更《さら》何の顔《かんばせ》あつて食言するか、かう言つてゐるのである。

　樽前ノ踏舞　態　妓ヲ驚カシ、月下ノ琵琶　音　蛮ヲ帯ブ。

従道は遊説に出て演説せず、魅力ある風貌（円顔に大きな眼、髯が濃く、宛然絵にかいた達磨）と測り知れぬ酒量（四升飲んでも平気）で押通す。酔へば裸で踊り出し（腕に台湾の蕃人が奉つたといふ太い鉄の輪を嵌め、肥えた肉にそれが喰ひこんで痛〻しく）並みゐる客も藝者も、驚いて肝を潰す。時として月明に向ひ琵琶を弾き、薩摩訛《なま》りの蛮音を張り上げる。

　一夢惘《マウ》然　雲水ノ跡、丹墀重ネテ列ス　旧時ノ班。

今や再び台閣に列し、御所の赤きぎざはしの下に立てば、北は北海道から奥羽一帯にかけて、行雲流水の如く歩き廻つた昨日の事が、茫然として唯夢の如くに思はれるであらう。

此の詩が出て三月ばかりの後、又「評林」に次のやうな詩が出た。

　　黒髯長①

諤諤多年立廟堂。毿々満面黒髯長。会同不用衣冠礼。自演侏儒戯一場。

諤諤多年廟堂ニ立ツ、毿《サン》々満面黒髯長シ。会同用ヒズ衣冠ノ礼、自ラ演ズ侏儒ノ戯一場。

---

① 明治二十六年六月四日「評林」

越後獅①

舞態翩々越後獅。不看颯爽旧時姿。将軍甚有風流処。酔向樽前学雪児。

舞態翩々越後獅、看ズ颯爽旧時ノ姿。将軍甚ダ有リ風流ノ処、酔ウテ樽前ニ向テ雪児ヲ学ブ。

二首で一事を詠じた、佳作ともいへないが、特異な従道の人柄、奇行を伝へるものとして録する。明治二十六年当時の事である。或公式の夜会に、内外紳士貴婦人の集るもの数百人。音楽あり、舞踏あり、夜更《ふ》け興酣なるに及び、既に酔へる従道は、礼装燕尾服の上に、白縮緬《ちりめん》を襷《たすき》掛けにし、衆人広座の中に飛び出して、一曲越後獅子を舞つた。肥大な体に服は黒羅紗《らしや》、顔は頬髯が真黒。恰も黒熊が相撲甚句を踊るが如く、満座哄笑し、拍手喝采が止まなかつた。

侏儒は小人《こびと》、古は矮小の人間を俳優にした、俳優の義。戯は、たはむれ、しばゐ。雪児は、女歌手の称。相撲甚句は、もと盆踊の唄、江戸末期から明治に流行し、力士が土俵で餘興に唄つたので有名。従道の肥大なるは熊の如く、力士の如く、縮緬の白きは黒熊喉下の月の輪の白きに似る。

評林子は評注にて曰ふ「公会礼無ク、異服怪装、輔弼ノ大臣、自ラ優倡トナル」。天子輔佐の大臣が、場所もあらうに公会の席で、道化役者の真似とは何事だといふのである。但《ただ》西郷のする事となると、万人異議なく明けて通す所が奇妙である。又、鹿鳴館の餘習でもある。

日を隔て、「評林」に次の如き狂歌が載つた。

狂獅子

けがれたる妹が細布かけまくもあやにくるほし獅子のふるまひ

これは青厓の詩以上に辛辣だ、但し作者不詳。

歌を挙げた序に俳句を一首、有名な俳人正岡子規の作。すなはち西郷が国民協会を罷めて内閣に入つ

た時、これを諷刺したもので、随筆「春鳥五章」の一節に、

　君はまた大臣になりたまふ位ならば、はじめから何故に民間の協会には入りたまひしぞ、それはより道でござる。

とんと落ちつゝと上りて雲雀かな

従道を「より道」と訓《よ》んでの洒落《しやれ》である。当時一般にさう訓んでゐたらしく、西郷本人はジユウダウと称してゐたと云ふ。子規は明治二十五年の末、新聞『日本』に入社し、爾来大いに健筆を奮つた。青厓を先輩とし、その評林に倣ひ、俳句を以て時事を詠じたことがあるが、俳句では到底詩のやうにはいかなかつた。「日本文苑」に於ける子規の事績に就ては後に詳しく述べる。

六十二

明治二十五年一月松方内閣の人物を月旦した「詠史雑記」十二首に倣つたものか、二十七年二月伊藤内閣の人物を和歌を以て詠じた「雑詠十二首」が「評林」に出た。而も毎首、詩と同様な漢文の評注が附いてゐる。歌の作者は「春雨の屋」と署してあるだけで誰だか分らない。評注はその文体から、紛れもなく青厓の筆である。話が多岐に亙るが、詩の合間に歌も亦面白いであらう。

藤波

吹く風をなにいとふらん九重に木かくれてのみ咲ける藤波

藤は蔓生の落葉樹、伊藤は宮内卿・宮内大臣として其勢力は宮中に蔓延し、己は時に袞竜の袖にかく

---

① 明治二十六年六月四日「評林」

れたが、いづれ落花落葉の藤の運命は免れない。

有耶無耶の関

いかにして君は越すらん陸奥《みちのく》にありといふなるうやむやの関

外交の事は正に畏途巉巖《ざんがん》だ。陸奥宗光は剃刀《かみそり》大臣と言はれるが、剃刀は以て小に試むべく、以て大に試むべからず。かの蜀道の険を開いた五丁力士の巨斧が、今は必要なのだ。

薔薇

我か国の桜をおきていら多きいはらをめつる人もありけり

我が東方の国は、陽華発して万朶の桜となる、称して百花の王と為す。薔薇は何の花ぞ、色は嬌《なまめか》しく、刺《とげ》は人を傷つける。今、彼を愛せずして独り此《これ》を愛し、移植栽培至らざるなきもの、外相井上馨の欧化主義の為である。

諏訪の海

諏訪の海や氷ふきとく春風に底のこゝろはあらはれにけり

諏訪の湖に、春風吹き氷解くれば、水浅く湖の底が見える。一俗吏より成上り大蔵大臣となつた渡辺国武は、諏訪の人、自ら無辺俠禅と号し、面壁九年の修練をしたと言ふが、一体何を悟つたのか、平生の為す所を見るに、畢竟偽禅のみ、偽俠のみ、未だ共に語るに足らない。青厓には次の詩がある。

美人烈士我心同。弄笛弾琴小室中。巧以禅機眩人目。奇才漫擬古英雄。

渡辺は無辺俠禅、機外剣客などの号を有し、年少にして禅学と剣術を修め、能く詩を賦し文を属し、清風明月の夜は独り小斎に坐して笛を吹き琴を弾いた。すなはち美人の情も烈士の志も解したものであらう。一生娶らず、万巻の書を侶とし、学は和漢洋を兼ねた。無学な政治家など眼中に無く、将来の宰相を以て自任したといふが、身材魁梧、どことなく古英雄の風を備へ、議会に於ける辯論に、盛んに禅語を用ひ、英雄人を欺く所があつたと云ふ。

国のしつめ

うごきなき国のしつめとならなくになに大山となつけそめけん

民ヲ塗炭ノ苦ヨリ救ヒ、国ヲ泰嵩ノ安キニ置ク。吾其ノ語ヲ聞キ、未ダ其ノ人ヲ見ズ。維《コレ》石巖巖。民倶《トモニ》爾《ナンヂ》瞻《ヲミル》。吾其ノ名ヲ聞キ、未ダ其ノ行《オコナヒ》ヲ見ズ。龐《ハウ》然タル異物、騏ニ非ズ驢ニ非ズ、牛ニ非ズ猫ニ非ズ。楊炯ノ所謂ル麒麟楦ナルモノカ、非カ。

明治十八年以来今日まで、歴代内閣の陸軍大臣を殆ど全く独占して来た人物。其人の名は夙に聞いてゐるが、国を泰嵩（泰山、嵩山）の安きに置く大山でもなく、「動きなき国の鎮《しづめ》」となる巖でもない。馬鹿に図体《づうたい》の大きな珍らしい動物。駿馬でもなく駑馬でもない。牛のやうに見えて牛でもない、無論猫でもない。名の実に副はぬこと此の如し。楊炯は唐の朝廷に居並ぶ大官たちを目し、あれは皆麒麟の型《かた》を被《かぶ》つた驢馬だ、一たび型を取去れば忽ち驢馬の正体を表はす。と言つたが、さういふ類のものだらう。歌の意を大いに敷衍した評である。青厓には、又次のやうな詩が有る。

嘉言失行両無聞。只有人間記細君。四伯更加新宰相。二藩各出大将軍。
已従兵馬十年役。休問山河百戦勲。欲証弾丸紛雨注。満顔痕跡粲成文。

嘉言失行両《フタツ》ナガラ聞クナシ、只有リ人間細君ヲ記ス。

善言もなければ失行もない、可もなければ不可もない。至極平凡で世人の関心も薄い。却つて細君の方が社会的に知られてゐる。名は捨松、明治四年、年十二の時、日本最初の女子留学生としてアメリカへ送られ、十一年ぶりで帰国し、間もなく陸軍卿大山の後妻となり、恰も鹿鳴館の開幕に当り、国際的な社交婦人として活躍する。

四伯更ニ加フ新宰相、二藩各〻出ス大将軍。

明治十七年の華族令で、薩長は各〻四人の功臣が伯爵となり、その中又二人づつ交替に宰相となつた。明治以来、臣下での大将は、最初に西郷隆盛、その次が山縣、次が大山。この時この二大将はまさに一代の大将軍である。

已ニ従フ兵馬十年ノ役、問フヲ休《ヤ》メヨ山河百戦勲。

この時の大山は幕末文久三年の薩英戦争から明治十年の西南の役に至るまで、あらゆる戦争を経歴した老功の武者であつた。

証セント欲ス弾丸紛トシテ雨注、満顔ノ痕跡粲トシテ文ヲ成ス。

大将の顔中に粲然《あざやか》として文《あや》を成すものは、曾て弾丸雨飛の間に往来した証《あかし》たる弾痕か、それとも又天花を病んだ痕迹か。詩人の諷刺、皮肉を極めたと謂はねばならぬ。

城山の露

さつま人いかにやいかに城山のつゆと消えにし人もある世に

注に「以剛直自負。而在職三年。黒頭其名。伴食其実」と言つてゐるから、黒頭宰相の名を取つた現逓信大臣黒田清隆を指すことは明かである。然し歌は現にこの内閣に列してゐる薩摩人、黒田、西郷、大山の三人を幷せて言つたものと見られる。注には更に「道 順逆ヲ誤リテ 天下之ヲ慕ヒ、身 賊名ニ甃レテ 後人之ヲ欽ス」と大西郷の事を云ひ、「城山之麓。荊棘莽蕪。墓苔不掃。香火蕭條」と其の墓所の荒れてゐることを云ひ、大西郷に背いて栄達した者の事を「大丈夫ノ所為ニ非ズ。中夜夢覚メ、耿耿自ラ思ヘバ、ソレ能ク巨眼公ニ恥ヅルナカランヤ。」大西郷の目玉が恐くないか、恥づかしくないか、と云つてゐる。

「評林」の西郷、大山に対する月旦は、今まで述べた所の如く、之を美《よみ》するよりは刺《そし》る方が多く、殊に大山に対して甚しい。想ふに二人は、一は大西郷の実弟、一はその従弟で、大西郷の恩義薫陶を受けた身を以て、事情によるとはいへ、大西郷の敵に廻り、且多くの郷党を殺し、生き残つて栄達を極めてゐるといふ事。又、西郷は両藩閥を調停する功があるが、大山に至つては、初め薩の兵児連からも好く思はれず、鈍物視された者が、反西郷の大久保に趨り、大久保が死ぬと山縣に趨り、その忠実ぶりは帰化長州人の如く言はれ、而も薩の代表らしく装ふといふ事。これ等の事が理屈でなく、詩人の感情として許容し得ぬものが有つたのであらう。それが大山に対する評価を著しく悪くしてゐる所以である。いづれにしても明治二十年代初期といふ時点に在ての事と知らねばならぬ。

補正　前回、詩「唯一黙」の第一二句「桃花園裏貯芳春。果見英雄愛美人」に就いて、拙文「西郷従道が所謂英雄好色の徒であつたかどうか。桃花園とは個有名詞かどうかも私は知らない」と書いたが、近日、従道の逸事逸話をしらべてゐる中に、次の事実を見出し、従つて右二句の意味も氷解したので、取るに足らぬ事だが一応こゝに取つておく。

その頃、従道には、桃太郎といふ狎妓があり、艶名頗る聞えてゐたといふ。詩に「桃花園裏」とあるのは、蓋し桃太郎の名に因《ちな》んで、その居る所を言うたのであらうと思はれる。西南の役の息《や》んだ時、薩摩出身の軍人数名、一日、従道邸を訪ねた。大西郷の死につき弔辞を述べんとしたところ、従道は心に之を受くるに忍びず、諸君之を措け、僕はこの頃桃太郎がわがままをいふのに困りおる、と痴話を連発し、客は言ふ所を知らなかつたと。雪嶺が、従道は女に関する話が多く、餘り世間に知られることを心配せぬ、と言つてゐるのは右の話と一致する。

附　記（承前）

詩其の二の読及び解。

一タビ鑾坡ヲ去テ上雍ニ坐ス、愧ヅラクハ師友ニ由リ先容ヲ作スヲ。帰田計ナク岐路ニ臨ミ、興学多方講鐘ニ倚ル。嗟ス我篇章　焦尾断エ、羨ム君ガ著述　等身重ナル。論ゼズ縞紵初メテ相見ルヲ、元白ノ交情久シク愈ヨ濃カナリ。

鑾坡は宮中文事を掌る所、上雍は辟雍と同じ。戦後私が宮内省を辞するに当り、岡大に推薦を引受けられたのは鈴木豹軒師であり、先づ之を斡旋したものは吉川善之、阿藤大簡の二友であつた。身は岐路に臨んで哭した楊子の如く、故山に去るに由なく、輦下に留るべからず。時に四方に興つた新制の大学に、一講席を与えられたことは実に吾が師と友の賜であつた。宋の黄山谷は、中年にして、自作の詩千餘首を把つて、三分の二を焼き、其の餘を編して「焦尾集」と名《なづ》けた。焦尾二字は後漢の蔡邕の故事である。乙酉の兵燹は、私が平生積む所の詩文稿を、悉く烏有に帰せしめた。唯既に鉛印に付し、又雑誌に載せたるものは幸に免るゝを得た。集めて一巻と為し、山谷の例に循《したが》ひ、題して焦尾と曰つた。私は吉川君に逢うて此の事を語り、而も君が著作の益〻富み行〻《ゆくゆく》等身に至らんとするを知り、欽羨に堪へなかつた。吾二人の縞紵相見えてより、茲に二十餘年、彼の元稹と白居易の詩を以て相交りたる故事に想到して、自ら感慨を深くするのみであつた。

以下は上述二詩に附した注文の読及び解。

予ノ初メテ善之ヲ識ル、実ニ大正十四年秋鈴木豹軒師座上ニ於テス。師之ガ介ヲ為ス。既ニシテ善之ノ廬ヲ訪フ、廬ハ下鴨街即チ鴨川ノ左岸ニ在リ、適《タマタマ》主人在ラズ、字ヲ壁ニ題シ云フアリ。易哭阮車路非遠。予其ノ趣ヲ喜ビ、徘徊去ルニ忍ビズ、継デ一絶ヲ口占シ云フ。風塵莽々少論文。洛下才名一訪君。易哭阮車人未返。一作花影半簾人不見。夕陽凝望鴨東雲。遂ニ詩ヲ壁ニ置テ去ル。翌日善之来リ訪フ。一室ノ中ニ晤言シ、甚ダ相得ルナリ。後数日、再ビ善之ノ廬ヲ訪フ。廬ハ壁ヲ環リ皆書、儼然書城ナリ。遂ニ主客ノ礼ヲ忘レ、手ニ随ヒ抽繹ス。神古往ニ馳セ、晷移リ更深キヲ覚エザルナリ。別ニ臨ミ、善之復タ呉詩集覧一部ヲ以テ贈ラル。縞紵ノ交蓋シ此《ココ》ニ始マル矣。

この注文の本事は、既に本稿の「四十八」と「五十」の附記に述べてあるが、こゝに二三附け加へて置きたいことがある。

吉川君は努めて漢文を作り、毎に君山先生の政を受けてゐた。一日往訪の私に「こんなに負傷して返るんですよう」と言つて、朱筆で真赤になつた文稿を示した。題は「先大母行述」とあつたやうに記憶する。その中、文句は確かでないが、幸（次郎）の今に飢寒を慮るなきもの、先大母の庇蔭多きに居る云云とあつたのが、特に印象に残つた。それは当時吉川君の裕な読書生活に瞠目してゐた為かも知れない。私が文を褒めると、これは明の帰有光の「先妣事略」に倣つたもので、君山師にも、「亡室行述」の名文があるのを読んだと言つてゐた。先年吉川君から贈られた『知非集』には、何故か此の一文が載つてゐない。

吉川君は夏渠園、王芃生両氏と応酬した詩を示し、私にも次韻せよといふので、私は夏氏が大阪の天王寺に登る詩七律二首の韻に和した。すると君は直ちに之を夏氏の許に齎し、夏氏の評を聞いて帰り私に告げた。其の詩稿は已に手もとに無いが、唯最後の一句「遺響細于簷角鈴」だけは今に記憶してゐる。我国風雅の衰を云つたのである。一日君山先生宅に伺ふと、先生は頻りに詩を按じて居られ、「未定だが」と言つて示されたものを見ると、同じく夏氏の天王寺の詩に和韻されたもので、一寸驚いた。その詩は今『君山詩草』に見えるものである。

吉川君の楼上で一緒に清詩を読むこと一再ならず、話が梅村、漁洋から、一転して近人の詩に及んだ時、私は王壬秋の「円明園詞」と王静庵の「頤和園詞」の比較論を試み、「頤和園詞」は近代稀有の大作だが、「円明園詞」には一籌を輸せざるを得ぬやうだ。現代大家の称ある樊樊山の「彩雲曲」の如き、二王の作に比すれば、到底下里の巴調に過ぎないとした。その頃私は豹軒先生が直接王氏から得られた「頤和園詞」の手稿を拝借して読んでゐたし、君山先生が樊山の詩など甚だ好まれぬことを知つてゐた。後年、拙文「王国維と頤和園詞」に吉川君は過分なる讃辞を吝まなかったし、同君の「漁洋山人の秋柳四首」に多大の讃辞を致した私である。

又清末以来の詩人について、其の字句の艱渋なる、劉師培の如く甚しき者を見ない。其の袁大総統の聘を承けて、蜀中より燕京に至る間の事を述べた「癸丑紀行六百八十八韻」の如き、冒頭の数句と結末の二句を除けば、一句として完全に読みこなせるものは無いと言つたところ、吉川君は驚いて、「そんなものが有るとは、是非読んで見たい！」と急に起つて、階上階下の書架から清末諸家の選集といふ選集は尽く抽出し来つて、これにもない、あれにもない、と狂気の如く各巻の頁を繰つつて見るのだが、その日は遂に検出し得ずして止んだ。平生君山先生のお仕込で、むつかしければむつかしい程、刻苦して読むことに喜びを感ずる吉川君だといふことを知つて言つたのである。実は私の読んだのは上海文明書局の坊刻本で容易に手に入るものだが、吉川君の蔵書たる、殆んど皆木板の旧刻で、現代諸家の作など数の中に入らないのであつた。（五〇四頁に続く。）

（承前　六十二）

桐の葉

秋たては先つちるものを桐の葉のかけたのむらむ人そはかなき

これは明治二十六年三月文相河野敏鎌の後を襲《つ》いで文相に任じた井上毅の事を詠じた。桐の葉といふのは、毅の号梧陰、梧は梧桐《あをぎり》であるによる。この時井上は既に不治の肺患で、形容枯槁顔色憔悴し、たゞ高額の下紫電閃々として其の神経家たるを示すのみであつたといふ。法制に通じ、憲法を起草し、文翰に長じ、「教育勅語」其他の詔勅は多く其の手に成つた。明治中能く荘重典雅の文章を草する、井上の右に出づる者は無かつた。二十一年法制局長官となり二十三年宮内省文事秘書官長を兼ねたのは、斯人《この》に於て最も適任たるは疑なきも、一生伊藤博文の為め縁の下の力持し、遂に廟堂の伴食文相で終つたことは、斯人の為に幸なりしか不幸なりしか、右の歌の意も此《ここ》に在るやうだ。

二十三年三月、新聞『日本』評林欄の投稿に、

学已博、文亦雄。起草才、未見同。在枢府、善鞠躬。入内閣、名声隆。巨木朽、生蠹虫。利鎌鏽、長荒叢。誠憂国、毅奉公。君不為、誰奏功。

評云。政治器短、詞翰才雄。名或過実、益致隆隆。左顧右眄、決断竟空。廟堂伴食、吾惜斯公。

当時の人は、漢字を楽に弄んで韻文を為《つく》り、意を悉《つく》すこと十分に至つてゐる。評は青厓、固より妙を極むる。

やけかま

焼鎌ははやさひはてゝ我かやとにしけるむくらを刈るよしもなし

焼鎌は、河野敏鎌が晩年文教の府に功なく、持前の辣腕も全く鈍《にぶ》り、且つ悪疾に冒されて自ら之を知

らず、治療を怠り、一日突然囈語を発し、子爵に叙せられ辞令書を手にして之を解せざりしと云ふ。焼鎌はさび、宿にしげるむくら、といふのは前掲の「利鎌鏽、長荒叢」に当る。

井上と河野は同じく弘化元年に生れ、同じく明治二十八年に五十二歳を以て没した。子爵に叙せられ文相を最後の官としたことまで相同じかつた。

川水

おのれまつ上にこりせる川水に世の善悪をうつすへしとは

これは芳川顕正の事をいふ、川と善《よし》に之を表はす。詳しい注があるが略す。芳川は二十三年文相に任ぜられた時已に物議あり、二十六年三月山縣の後を襲いで法相となるや、世は之を山縣の傀儡として甚だ重んぜず。『日本』の「諷叢」は評林と並んで盛んに時事を諷し人物を論じたものである。芳川の法相について「居るべからざるの地に居り住《とどま》るべからざるの位に住り、得得として妻妾に驕り、白眼路人を見て青眼奥竈を窺ひ、人をして其の量見如何を知らんと欲せしむるもの世に其の流少しとせず。素と抉剔すべきの邪念もなく排払すべき悪行もなし、唯だ識者をして一顰を催さしむるのみに止らば故らに歯牙を労するの要あらんや。此の無礼なる評語を以て従二位勲一等芳川顕正公に擬するを敢てせずと雖も、人品の高卑自ら因る所の系統なからんや。国務大臣は国家の重器なり、司直府は天下の公衙なり、而して顕正公は明治政府の元勲なり」と言ひ、詩、

八字疏髯未掩頣。短身肥肉傲霜台。千金誰買幇間骨。二位堪尊御者才。
黄閣多年栄伴食。青楼幾処喜追陪。帰家恐有夫人諫。壇上揚揚漫往来。

体は肥えて肉附よく丈は低い、如才なく立廻るに適してゐる。八字髯《ひげ》を生《は》やしてゐるが疎《まばら》で頣《あご》にかぶさるに至らない。俗吏の典型のやうな男が司直の大臣として弾正台（霜台）に傲然と構へた。昔、千里

の馬を求める人は死馬の骨を五百金に買つたといふが、今、誰が高等幇間の骨に千金を出す者があるか。幇間でも従二位といふから位ばかりは尊い。宰相晏子の御者は才覚があつて卑い身分から大夫の高きに昇つたとか、恐らくさういふ手合であらう。多年内閣の伴食に与るを光栄とし、常に元老に追陪《おとも》して酒席の間に斡旋する。晏子の御者は細君が賢く、夫が御者台に立ち意気揚揚たるを見て規諫したが、此の大臣も議政壇上を得意になつて往来し、家に帰ると賢夫人から訓戒を受け、遂に大臣にまで伸したといふわけか。(『史記』管晏伝に、晏子は斉の宰相となり、他出するに当り、其の御者の妻は、戸のすき間からひそかに夫の様子を窺つた。夫は駟馬に鞭を当て、意気揚々として宰相の御たるを誇りとせる如くである。夫が家に帰ると妻が曰つた、晏子は身一国の相として何事をか深く思念し自ら卑下するの風がある。然るに御身は大きな体をして人の従僕御者と為り、それで自ら満足してゐるやうである。かくては末が案じられる故、縁切したいと。夫は妻に訓誡されて大いに謹慎し、後立身して大夫となつたと)。

評林には芳川の法相就任に対する詩評が多数見える、其の中から二首。

攀援竟到大臣尊。出処当年是小藩。俗吏何知天下計。佳姫聊報故人恩。

払髯吏属無崇意。聯袖朝僚有侮言。只弄妙喉感元老。曾登越路太夫門。

勢力者に攀援《たよりすがり》して大臣にまで到達したことは、薩長以外の小藩の出身として容易なことではなかつたらう。元来の俗吏が大臣になつても、天下の経綸など分る筈がない、昔受けた恩義に報ゐるなど云つて、女どもに驕ることだらう。上官のひげの塵を払ふことを常とする属吏からさへ敬意を払はれない。袂を聯《つら》ねて共に廟堂に立つ閣僚からも侮辱の言を浴びせられたことがある。越路太夫の門に入り覚えた義太夫節を、好い声で唸つて元老に感心させる、これが秘訣なのだ。

周旋幾歳狹斜場。驚見幇間參廟廊。妙曲感人非偶爾。越山越路本同鄕。

注に芳川越山、越路太夫、それに力士の剣山、これが同郷、阿波の三傑だと揶揄してゐる。三宅雪嶺の『同時代史』第五巻には右各詩の好個の注と見るべき文がある、「薩長の権威の熾なりし頃、他藩人にて立身するものは、間々高等幇間として目せられしが、芳川は其の随一と知らる。特に長州出身者と密接にして、長州の勢力ある所に加はらざるなし。阿波徳島出身なるを以てデロレンと呼ばれしも、義太夫を語るに非ず、之を語る程の幇間と思はれしなり。酒席にて自ら酒を飲まず、飲むが如くして酒客を相手にすること頗る巧み、自ら以て誇りとす。才能に富み応対に長じたれど、利害の関係ある方面には痒い所に手の届くが如くなる代り、其の関係なき所に横柄にして尊大振ると見え、世評悪しかりき」。

最後に一首、これは人物には関係ないことだが、少し説明すべきことがある。

くたけし舟

あら波にくたけし舟はさもあらはあれ我か大君の御名をいかにせん

明治二十五年十一月三十日、我水雷砲艦千島が讃岐沖を航行中、神戸より進航し来つた英国商船ラベナ号が之に衝突し、千島の機関が破裂して艦は沈み兵員六十餘名が死んだ。艦は先年仏国に注文し、今年四月廻航されたばかりである。我政府は英国の会社を相手取り横浜の領事裁判所に損害賠償を訴へたるに、却つて会社は反訴を起し、紛糾を重ねた後、我政府は天皇の御名を以て最上審判機関たる英本国の枢密院に上訴した。然るに彼は会社の反訴を認めずと判決したるのみ、会社は示談を申出で、我政府は已むを得ず之を容れて、賠償要求額の一割を獲たるのみにて終つた。之が我民心を刺戟すること甚しく、議会の大問題となり、政府国民をして不平等条約改正の急務なることを痛感せしめた。評林子の注に、「説者曰ク、是レ兵艦ノ孱ニ非ズ、商船ノ堅ナルノミ。餘波延イテ異ハ域ニ及ブ、海内騒然、物情雲興、堂々タル神州、一艦惜ムニ足ラズ、独リ我国体ヲ奈何セン。」とあるは一層歌の意を明かにしたのである。

是より先明治十九年十月二十一日、英国汽船ノルマントン号が横浜を発して神戸に向ふ途中、紀州沖にて座礁し、船長以下英人船員二十六名が短艇に乗つて難を免れ、船客の日本人二十三名は置去りにされ尽く溺死した事件がある。神戸の英国領事館は船長を審問して無罪とし、我政府は之を不当とし神戸及び横浜の英領事館に訴へたるに、船長を禁錮三箇月、他は皆無罪とした。我が新聞は筆を揃へて英船の暴状を攻撃し国民の悲憤は其の極に達した。団十郎、左団次等一座は之を芝居に仕組んで新富座に上演し、民衆の喝采を博した。政府は多年に亙り不平等条約の改正に全力を尽したが容易に列国の容るゝ所とならなかつた。その頃評林に、「千島艦事件」と題し、

りきむ程猶ほはね返す霰《あられ》かな

の句は、千島艦の事件と共に、条約改正の問題にも係るやうだ。溯つて明治二十年の事である。その三月勅諭が下され「宮禁ノ儲餘三十万円ヲ出シ」海防の費を補助すると仰せられ、国民上下斉しく感激し、争つて「建艦寄附金」なるものを献じ、新聞は連日数段の紙面を割いて其の情況を報じ、三十銭、五十銭といふ貧しい寄附者の名まで掲げて其の愛国の熱誠を称《たた》へた。二十六年二月、第四会議に於て民党は内閣を弾劾して建艦案を葬り、政府は議会の解散を奏請した。天皇は二月十日、伊藤首相以下各閣僚、枢密顧問官、貴衆両院議長を宮中に召させられ、「顧ルニ宇内列国ノ進勢ハ日一日ヨリ急ナリ、今ノ時ニ当リ紛争日ヲ曠クシ遂ニ大計ヲ遺レ以テ国家進張ノ機ヲ誤ルガ如キ事アラバ」立憲の成果を収むるの道に非ずと諭され、更に「国家軍防ノ事ニ至テハ苟モ一日ヲ緩クスルトキハ或ハ百年ノ悔ヲ遺サム、朕茲ニ内廷ノ費ヲ省キ六年ノ間毎歳三十万円ヲ下附シ、又文武ノ官僚ニ命ジ特別ノ情状アル者ヲ除ク外同年月間其ノ俸給十分ノ一ヲ納レ以テ製艦費ノ補足ニ充テシム」と宣はせられた。之は「在廷ノ臣僚ニ告ゲ給ヘル勅」として即時天下に公示せられた。翌十一日の評林には早くも次の詩が載つた。

丹鳳銜玉詔。翩々下楓宸。億兆驚危坐。捧読感泣頻。廷費三十万。日減御膳珍。
官禄十分一。守約尚俗淳。比年失調燮。物議集縉紳。弾疏煩宸聡。恐懼詣闕陳。
至尊憂社稷。撫育元同仁。宵旰九重上。吁咈夕達晨。嗚呼爾官僚。嗚呼爾臣民。
協心而戮力。慎勿誤国鈞。聖徳何高大。泰山蟻蛭均。読此不泣者。知必不忠臣①。

鳳詔一旦楓宸より下り、億兆の臣庶は危坐捧読して感泣した。廷費三十万、日〻御膳を減じて下附せられ、官禄十分の一、約を守つて民俗を淳ならしめねばならぬ。吏党民党連年相争つて調和を失ひ、世の物議は要路に集注してゐる。弾劾の上疏は宸聡を煩はし、闕下に詣《いた》り陳ずるだに恐懼の至りでないか。至尊は社稷を憂へ、民人を一視仁に撫育し給ふ。九重の上に宵旰して而も政事の御意に違ふを歎き給ひ、あゝ爾《なんじ》官僚爾臣民、協心戮力し慎んで国鈞を誤る勿れ、と宣下あらせられた。高大なる聖徳に比すれば、泰山も蟻蛭に均し。大詔を読んで泣かざる者は必ず不忠の臣であらう。

詩としては率直に過ぎるが、詔下り一夜にして此の一扁を成し、翌朝の紙上に登す、評林子の特技は常に読者の喜び迎へる所であつた。続いて十二日には、

揚揚肥馬又軽裘。邸宅巍然蜃吐楼。貧禄縉紳唯恋職。争功閥閲且同舟。
股肱誣実迎権意。耳目伝虚誤廟謨。今日糾紛誰負責。廿年独使至尊憂。

軽裘肥馬、意気揚々、蜃気楼の如き邸宅を構へた貴族。高禄を貪り地位に恋々たる官僚、利害の為には呉越同舟する藩閥。実を誣ひて時に権貴に迎合し、虚を伝へて重大なる国策を誤らしむる民党。官民朋党の争ひは、二十年来、独り至尊をして社稷を憂へしむる、抑〻何人の責ぞや。

詔勅を承けて如何に奉答すべきか、一日貴族院で協議が行はれた。議員の歳費八百円、十分の一といはず其の四分の一を献納し、宸襟を慰め奉らうと発議する者があつた。ところが議半ばにしてこそこそ

と席を外す者が出て、議はまとまらなかつた。これが直ちに新聞に伝はり、二月十四日の『日本』評林に左の詩が投ぜられた。

歳費八百金。献納四分一。微衷慰宸襟。其意何忠実。一人排闥逃。一人越席脱。
狼狽失挙措。当利只偸活。華冑国藩屏。上院多俊傑。醜態且如此。国事豈忍説。

評に代る絶句が添へてある。

鼠匿狐潜次第消。院中人影半寥々。果然当利無廉節。不信藩屏報聖朝。

次で二十一日、評林子の詩が出た。

扶桑環国皆重洋。耽々虎視窺四疆。天子親減内廷費。造般製艦謀海防。」
海内臣民本忠勇。拝読鳳詔惴深恐。敢不感泣慰宸襟。争献貧者日接踵。」
堂々公侯伯子男。栄爵常列鴛鷺班。平生一憂不到躬。食飽衣暖心長閒。」
未見一人慨国事。未見一人答天意。千金不惜貯阿嬌。乃為舴艋避納費。」
嗚呼此輩何為人。上反聖明下反民。民庶模範無其実。王室藩屏有空名。」
苟不反躬竭臣節。家累百万竟何益。紈袴公子腸已腐。徒剰面皮厚似鉄。

いづれも甚だ率直に過ぎて、作の佳なるものとは言へないが、詩史としての価値は十分である。『日本』は十一日の「丹鳳銜玉詔」の詩は標題は二号、詩は四号の大活字を用ゐて大きく掲載し、以て一世の木鐸たる見識を示した。果然江湖の読者から、評林体に倣つて、大詔に感激し時事を慷慨した詩が続々投稿され、暫時、評林欄を賑はした。その間に又「華族献金の議」として雑報欄に「堂々公侯伯子男、未

①『青厓詩存』巻三、五十九丁表

見一人答天意、とは評林子が華族諸子に与へたる頂門の一針なり、然るに此事に就ては同族中既に企画する所ありと見へ云々」といふ記事が出た。評林の詩は幸にして杞憂に終つたやうである。

六十三

古島一雄の「回顧録」は数種の本が出てゐるが、その中に曰ふ、

「日本」新聞は、藩閥と政党の両方を相手にして戦つた。政党何かあらんといふのが創刊の言ひ草で……時の政府は発行停止が武器で、この武器をふるつて何度でも発行停止をやる。

言論圧迫の激しい時に、政府反対の新聞だからやられるのも一応無理はないが、大隈の条約に反対した時などは十九日間も食つた、これには弱つた。その頃の読者は大体信仰で読んでゐるから、発行停止になつたからとて、その新聞をやめはしないが読者も困る。

「政教社五十周年回顧座談会」でも、

古島―僕ばかりが発行停止をやらしたのではない、国分君の責任も大分ある。森有礼が殺された時の「猶剰一人無礼臣」なんぞは、たつた七字でやられた。さういふ危険な時に限つて青厓はそうつと原稿を出すんだから……。

長谷川（万次郎）―吾〻のゐた時分にも青厓先生の詩でやられた、あまり気の毒だから罰金は己が出さうと云はれたことがありました。

森有礼が殺された時の「猶剰一人無礼臣」といふのは、刺客の斬奸状に「内務次官芳川顕正も亦嘗て同一の挙動ありしと聞き驚歎に堪へず」云々とあつたのを、「まだ一人殺さねばならぬ無礼な臣がゐる」とは甚だ穏かでないと見られたのである。『日本』第一回の発禁は実に此の七字の為であつた。「その頃

の読者は大体信仰で読んでゐた」といふ、其の血の通つた事実について、私は昭和の初め故老たちからいろいろ話を聞いたが、今ではもう二度と聞くことは出来ない。右の「五十年回顧座談会」で一故老の語つてゐる所を、煩を厭はずこゝに再録したい。

私は中学に居る時分、はじめて「日本」を読み「日本人」を見て、両方とも愛読しました。私の新聞雑誌に関する知識並に興味はこの二つから来てゐるので、自分の思想もそれによつて御蔭を蒙つたと思ひます……陸先生の政論だの、士道に関する論だのは、襟を正して読みました。青厓翁の「評林」は私ども同窓の間で面白く読まれてゐました。今でも記憶してゐるのは、末松三郎といふ人があつて、その人に関する詩が出た。それは「落日秋風光妙寺。党人誰弔末三郎」といふので、寺尾といふ友人と二人で朗吟したものです。この詩に就て何か問題が起つて、相手は「自由新聞」ぢやなかつたかと思ふが、末松からも弁解が来たので、その仲裁に雪嶺翁が出て、仲裁の文章を「日本」に出した。その中に「青厓も亦偉人」云々とあつたのを、青厓翁が又引かけて「休道青厓亦偉人」といふ詩を出されたと記憶します。

明治中期の頃は、中学生でもこんなに楽しんで漢詩を読むことが出来たかと感心するのである。この故老の印象に深く残つた青厓の末松三郎に係る詩の話は、本稿「五十五」に一寸触れたことがあるが、一種の人物論でもあるので、こゝに改めて詳しく書いて見ようと思ふ。

明治二十三年十一月二十九日第一回議会の開院式に、天皇は親臨して勅語を賜はつた。衆議院では中江篤介を起草委員とし奉答文を作つた。その時鹿児島県から選出された議員河島醇が発言して、独、墺諸国の議会に於ける、この種の文章の意義について説く所があつた。その説き方が拙かつたか、勅語に対し奉答の必要なし反つて不敬である、と言つたと伝へられ、十二月一日の『日本』は「無礼なる発言」

といふ論説を掲げ激しく之を非難した。同時に評林にも論難の詩が出た。河島は直ちに「無礼なる発言に対する弁」といふ文を作つて『日本』に寄せ、十二月四日の『日本』にそれが載つた。結局誤解であつたといふことになつた。

又、第一議会開会の劈頭に於て、山口県選出の議員光妙寺三郎（別姓末松）は先づ憲法問題を提起して、議員森時之助なる者が事を以て刑事被告人となり被拘禁中であるのを、議員及び議会の権利の尊重なる理由を説いて、速かに拘禁の解かれんことを主張した。三郎の議論口調の巧みなる、聴く者は覚えず知らず賛成せずには居られなくなると云はれた。之に就いても評林の詩がある。先づ河島の事に関する詩、

嘲虚礼①

乱鬢眇目気軒々。兇似豺狼猾似猨。盤谷署名新隠士。麑城恃勢故強藩。

答辞無用嘲虚礼。暴語何心瀆至尊。竊籍官家廃餘案。自称曾在墺儒門。

奉答文は無用の虚礼だとは、一語実に至尊を冒瀆するものだと。河島は鹿児島藩に生れ、明治初年在欧公使館に勤務中、墺国ウイン大学の憲法学者スタインに師事し、明治十五年伊藤が憲法調査のため渡欧する時も之に随行した。この時は自由党に在つて将来の大蔵大臣と目せられてゐた。評林は又、

談話平生半不真。時看奸策惑愚民。党中俊傑皆低首。誰識王倫是小人。

彼の話は嘘が多く愚民を惑はす。自由党には俊偉の人物が多いのに、皆一人の河島に頭を下げてゐる。彼は宋代有名な胡澹菴に小人と罵られた王倫程度の人物に過ぎない。酷評のやうだが、後、河島は政党に志を得ず、明治末年北海道長官を以て終つた。青厓の明鑑といふべきか。末松に関する詩、

一唱群和庇繋囚。特権二字是何謀。公堂今日呶々説。不似多年説自由。

平生、諤々と自由を説いてゐた男が、今日、呶々と特権を説く。而して繋囚議員を釈放せよと、一人唱へ群衆和す、何のたくらみか。

不問三郎与五郎。南柯夢醒只倉皇。如今黙々無言説。怪殺平生鉄石腸。

三郎か五郎か、石心なく鉄腸なし。一切の計夢に帰し、狼狽の後沈黙。

痛撃霜台逮捕権。滔々雄辯胆如天。官情窃恐相公怒。暗夜奔車去乞憐。

秋官と雖も濫りに人を逮捕するの権なしと、滔々たる雄辯、其の胆天の如し。とはいへ身に泌みこんだ役人根性は、白日人に驕り、暗夜憐みを乞ひ、ひそかに相公の門を叩くのである。

欲博名声数上場。何図一蹶面蒼黄。落日秋風光妙寺。党人誰弔末三郎。

名声を博せんと欲して数場《しばしばじょう》に上る。何ぞ図《はか》らん一蹶、面蒼黄（或はあをく或は黄に顔色定まらず）。落日秋風光妙寺。党人誰か弔《とぶら》ふ末三郎。

十二月十三日『自由新聞』に「日本記者に一言す　兆民生」なる一文が現はれた。要約して抄録する。

河島醇氏の如き、末松三郎氏の如き、三百議員中錚々たる者なり。其学識才辯固より尋常人の及ぶ所に非す。其官に在り職に服し並に身を処する本末曾て大過挙あるを聞かす……二氏の論議する所に於て或は虧隙有るを認むる時は、之を論難する固より佳なり……「日本」新聞の如き余尤も好で之を読む。荘言厲辞真に時世に蒿目し国事を憂慮し、他の淫靡褻嫚一時婦女子の悦を取る者の比に非ず。甚だ敬すべし。猶怪む近日河島末松二氏の事を記するに於て只管齮齕を逞ふせんと欲する者の如し。河島氏の勅語に奉答することを拒みたるは是れ自ら儀例に係りて氏一己の見識を述べたる

---

①明治二十三年十二月一日「評林」

なり。皇室を愛戴し至尊を崇敬するに至ては河島氏豈人後に落る者ならん哉。末松氏憲法解釈の如き議会の礼を重んずるの至念に出づ……陽に議場の辯を銜ひ陰に上官の瞋を畏れ、往復趨走し委随揺曳して名を全くし後を図るが如き、末松氏にして之を為すと謂はんや。「日本」新聞日ゝ刷行する所七八千に下らざるべし。夫れ此七八千読者中或は二氏の心事を咎むる者あるときは、縦ひ二氏の霊台に於て些の汚損無きも、之を筆する者独り心に愧ぢざらん哉……余や「日本」記者諸君に於て未た尽く相識らずと雖も、定て是れ彬々君子人の一社なるべし。余竊に甚だ其名士を傷け且つ自ら傷くることを悼む故に敢て一言す。

間髪を容れず、十二月十四日の『日本』に陸羯南の「答兆民生書」が載つた。その要点を抄出して少しく説明を加へよう。

道に貴賤の別なきを知る。道に違ふものは天子の宰相と雖も、之を批評し之を諷刺し之を攻撃するに於て憚る所あるべからず。而して況んや衆議院議員をや。而して況んや兆民生の能く識る所の某々の二三氏をや。

この某々二三氏が、河島、末松を指すことは明かである。

足下乃ち曰く、議論する所に於て或は虧隙有るを認むる時は、之を論難する固より佳なりと。誠に然り。然りと雖も今日の弊は議論の精粗に在らずして行状の邪正に在り、其の議論は以て君を堯舜に致すに足り、而して其の行状を見れば市井の無頼よりも甚し。今日の弊は実に此に在り、夫れ既に弊の在る所を知る、筆鋒を転じて此れに向ふ、亦た何の不可かある。足下乃ち曰く、巧に揣摩し妙に捏造し、小人の常態を把り来りて、君子の腹肚中曾て無き所の卑念を虚写し、滔々天下の人士をして之を妄信せしむるが如きは、正人君子の忍ぶべき所に非ずと。誠に然り、若し人ありて果して足下の言ふ所の如くならしめば、吾輩は進みて之を攻むること決して足下に譲らざるなり。……足下特に河島末松二氏に係る事を挙げて吾輩を攻む、亦た奇なりと云ふべし。「日本」の紙上に於て忌憚なく攻撃諷刺を加へたる者は特に二三の人のみならず。而して皆な吾輩の見て以て道に違ふものと為すに因らざるは莫し。若し吾輩の謬見誤聞に坐するものあれば、謹て之を正すに躊躇せざること、足下も亦之を知らん。故に氏の弁駁を掲げて以て其の論の根拠とする事実を抹殺せり。河島氏奉答を拒みたることは、全く我が「日本」の寄書家の誤聞に属す。故に氏の弁駁を掲げて以て其の論の根拠とする事実を抹殺せり。足下曰く、陽に議場の辯を銜ひ陰に上官の威を畏れ、往復趨走し委随揺曳して名を全くし、後を図るが如き云々と。若し末松氏其人にして之を為すあらば、足下当に先づ交友簿冊中の姓名を抹すべし。親交ある足下猶且つ然り。況んや一面の識なき新聞記者に於てをや。若し其の事ありと聞かば、之を記載して攻撃諷刺を加ふ、固より其の所亦何ぞ怪むに足らんや。足下挙ぐる所の人〻は、君子か小人か、吾輩の知る所にあらず。足下之を君子なりと言ふ、是れ足下の信ずる所のみ。今足下其の信ずる所の人を挙げて、他人亦た同じく信ぜんことを求む、亦た難からずや。足下又曰く、光明世界自ら餘饒有り、何を苦みて故らに隠微幽暗の郷を摸索して、之を文にし之を詩にし、小人の悦を買ひて紙面の多售を図ることを為さんやと。誠に足下の言の如し。吾輩は小人の悦を買ふことを欲するものにあらず、否な寧ろ其の憎みを畏れざるものなり。唯だ隠微幽闇の郷を摸索し云々と言ふに至りては一言以て弁ぜざるべからず。思ふに今日の世は人唯だ法律を見て道義を忘る。苟も法律に違はざれば則ち善人君子と為すを得べし。嗚呼是れ免れて恥なきの俗なり。此の時に当りて道義の制裁を司るものなくんば、何を以てか弊習を匡すべき。吾輩不肖と雖も夙に董狐の筆を以て任と為さんことを期す。故に事少しく私隠に渉るものと雖も、其の関係の大なるものは、往々之を諷刺に托して以て自省を冀ひ、敢て親疎の別を其間に置かず。……足下は吾輩に先ちて道を聞くの人、其の言ふ所亦た他山の石たるものあり。唯だ時ありて人の悪を言ふ所以のものは、吾輩が今日の任務に於て自信する所あればなり。豈に徒らに人を傷け且つ自ら傷けて快と為す者ならんや。爰に足下の好意を謝し幷せて吾輩の微衷を言ふのみ。

兆民は「日本記者に一言す」と、記者の何人なるか名指ししてゐないが、元来此の文は、十二月一日の『日本』の論説に、孤憤子の名で「無礼なる発言」、評林に青厓の「嘲虚礼」の詩四首が並び出て、河島醇を批難し、次で十二月十一日の評林に「去乞憐」以下三首、末松三郎を諷刺する詩が出た、其の直後の十三日に『自由新聞』に発表されたものである。だから孤憤子と評林子を指して言ふと共に「日本」社長にして主筆なる羯南にも当つてゐることは明かである。だから間髪を容れず、羯南は十四日の『日本』に反駁文を書いて載せたのである。すると翌十五日には、平生『日本』の客員として論説を書いてゐた三宅雪嶺が「兆民羯南両居士に告ぐ」の一文を草して載せた。又その翌十六日には青厓が「問水賓答雪嶺翁」の詩を評林に載せた。想ふに世の読者は、息を継ぐ間もなく、此の論争に固唾を呑んだことであらう。今日読んでみて大した問題ではないが、何しろ当時の言論界に一二を争ふ大記者たちの議論であり、問題の河島・末松は、草創の議会に於ける名うての花形論客であつたから、読者の興味は一層のものがあつたやうである。

河島は明治四年から欧洲に遊び、各地の大学で政治経済を修め、帰朝して大蔵・外務両省に出仕し、十五年には伊藤博文の欧洲派遣に随行し、前後欧洲に在つて多年修め得た所の知識を以て、我国憲政の前途、議会の問題について屢〻要路に献言したが容れられず、遂に官を辞し、薩藩の出でありながら藩閥打破を叫び、極めて民主的な政論を以て第一期議会以来衆議院議員として活躍した。末松三郎に至つては、明治三年から巴里に遊学し、一年後れて来た中江と、深く相許す仲となり、帰来、長藩の出を以て伊藤・井上諸先輩と相容れず、第一期議会以来の衆議院議員として盛んに急進的自由主義を唱へた。二人と同じ時期に欧洲に遊んで自由の空気を吸ひ、同じく第一期議会に席を並べ、同じく新進の政治意見を抱いた中江兆民が、二人と同志的親近感を以て契合するに至つたことは自然の数である。従つて二人に対する論難攻撃は我事のやうに黙止して居れなかつたのである。

兆民の文は漢文直訳体の名文で、今日の人には容易に読みこなせないであらう。兆民は曰ふ、『日本』記者は河島末松二氏の事を記して「齮齕《きこつ》を逞しくせんとす」と。齮齕は『史記』に見える字面で、俗にいふ噛《か》んで吐き棄てることである。兆民は又曰ふ「陽に議場の弁を衒《てら》ひ、陰に上官の瞋《いかり》を畏れ、往復趨走し、委随揺曳して名を全くし後を図るが如き、末松氏にして之を為すと謂はんや」と。委随揺曳は優柔不断である。これは青厓の詩に「欲博名声数上場」又「官情窃恐相公怒。暗夜奔車去乞憐」とあるを指摘したもので、「之を筆にする者心に愧ぢざらん哉《や》」といひ、「日本記者果して二氏の心術に於て的《あきらか》に抉摘する所あり、其の隠微の際に明に徴証する所あらば、二氏の交友簿冊中最首に名姓を抹することを求むる者は他人に非ずして余不佞ならんのみ」、こんな隠微にわたる二氏の心術まで発いてゐるが、明かな証拠がある事なら、真先《まつさき》に二氏に向つて其の交友名簿から我が名を抹殺してくれといふ者は、外ならぬ余であらう。余は断じてその事なきを知る、といふのである。更に続けて兆民は曰ふ、今や政務党争の多端を極むる時、新聞記者の採録すべき事は多く餘りある筈である。何を苦しんで隠微些細な人事を摸索して之を詩にし文にし、小人を喜ばせて新聞を多く売らうとするのかと。これは新聞『日本』の到底聞き捨てならぬ所であらう。さうして、『日本』記者は載筆に当り少しく自ら警《いまし》める所あれ、名士を傷け且つ自ら傷けることは悼むべきだ、と結んでゐるのである。

羯南は早速之に反駁する。「吾輩不肖少しく道を学ぶ……徒らに人の隠微を撥きて其の名を傷くるが如きは吾輩の最も屑《いさぎよ》しとせざる所なり」「道に違ふものは天子の宰相と雖も之を批評し、之を諷刺し、之を攻撃して憚らず、況んや衆議院議員をや、況んや兆民生の能く識る所の某々二三氏をや」と、河島・末松を某々二三の中に数へてゐる。さうして之を批判したものが、「果して足下の言ふ如く」揣摩捏造の言であつたなら「吾輩は進みて之を攻むること決して足下に譲らざるなり」と言ひ、更に兆民のいふ「陽に議場の弁を衒ひ、陰に上官の威を畏れ」云云の事を、末松氏が実際に為してゐたならば、足下は其の交友簿中から末松の名を抹殺せずに居れぬだらう。「親交ある足下猶且つ然り、況んや一面の識なき新聞記者をや、之に攻撃諷刺を加ふ、固より其の所」と。河島・末松二氏は君子か小人か、吾輩の知る所ではないが、足下が之を君子なりと信じ、他人亦た同じく信ぜんことを求むる、至難のことではないか、我社の記者は二氏の言行を君子に非ずと信じたから、あのやうに記載したのである。「事、隠微に渉ると雖も、その関係の大なるものは、之を諷刺に托して」その自省を促すは、董狐の筆を以て自任する新聞記者の当然の任務である。足下が之を見て「小人の悦を買ひ、紙面の多售を図る」と為すは甚だ冤罪だとし、徒らに人を傷け且つ自ら傷けるものではない、と結び、両雄互ひに相下らざの勢を成した。さうした所へ、三宅雪嶺が割込んで来たから、局面はいよいよ面白くなつて来た。雪嶺の漢文調の文は工は工だが、往々晦渋にして解し難いものがある。今務めて其の要を挙げ不要を略して之を解すること次の如くである。

兆民居士の忠告、羯南居士輙《たやす》く容れざるに似たり。余は羯南の為に之を憾み、而して兆民の為に痛惜する所無くば非ず。

先づかく冒頭し、

天真爛漫、世塵を写すに胸間の明鏡を以てする、誰か兆民に若くものぞ。毅然として守る所あり、良心の鋭刃を向へて是非曲直を裁断する、誰か羯南に及ぶものぞ。余は風采の挙らざるを笑はずして、真珠の眼中に輝くを貴ばんと欲す。学理にて推さば、両居士冥冥の感化恐らくは朝堂に坐する者に譲らざらんか。

両居士の言論が能く一世の雄たり、貴ぶべき所以を解いた。

然るに弊や免れず、羯南は差別に偏して旧悪を懐ふの苛なるに失し、兆民は平等に偏して旧悪を忘るるの速なるに失す。今回河島末松二氏に就て感情の合はざる有るも、職として此に由る。

両者が感情議論の合はざる理由を、旧悪を懐ふと懐はざるの相違に帰したのは適当かどうか。

羯南は似て非なる者を悪むの甚しき……河島氏時に似て非なる事あり、末松氏亦時に似て非なる事ありしと雖も、而も羯南の新聞に抉摘せる所の如き、中を離るるや遠し。之を咎むる豈独り兆民のみならんや。

羯南は潔癖過ぎる、従つて其の新聞の河島・末松に対する批判は潔癖過ぎて中庸を得てゐない。兆民が咎めるのも無理からぬことだ。

宰相富豪、口舌を以て争ひ難く、而して上の好む所下之より甚しからんとするより、一失一過、口を極めて誚譲するの価値あるも、坎壈迍邅《カンランチユンテン》、地位を得ざるに苦しむ者、其れ笏を揚げて叱呵するに忍びんや。渠れ何物ぞ、之を難ずる適度あるなり。

晦渋にして解し難いとは此のやうな文を見て云つたのである。然し漢文に慣れた当時の読者には之が解つたものと見える。権勢富貴の者は我〻が口舌を以て争つても効はない。それ以下の輩が上に倣うて非を行ふことは、一々取立てゝ責める（誚、譲ともせむ、譴責）、これは為すべき価値あることである。

たゞ志を得ず（坎壈）進退に窮した（迍邅）者が地位を得ずして苦しんで居るのまで、笏を揚げて叱呵する（笏《コツ》は和名しやく、笏撃の語あり）は情に於て忍びない筈。渠何《かれ》ものぞ、と批判するに当り、人を見て適度にせねばならぬ。これは、河島・末松二人の如き有為の才を抱きながら権門に容れられず、意を官途に絶つた者には攻撃も程《ほど》〻にせねばならぬ、その点『日本』の二人に対する、度に過ぎてゐるではないか、と言つてゐるのである。

河島は伊藤の欧洲に於ける憲法調査に随行しながら、憲法は欽定にあらず民約たるべしといふ主張を持ち、中江等と善くても伊藤等に容れられる筈がない。末松に至つては先輩格の井上・伊藤を無学無能と罵つて憚らず、伊藤も初めは引立てたが遂に見放した、それに政治思想も合はなかつた。中江とは骨肉もたゞならぬ仲であつた。

然れども兆民の羯南を詰る、兆民に不似合の語気あり。纔に二氏を救済するに急にして、隠微の間に強く日本新聞を貶するの跡歴々として顕はる。兆民果して毀傷の意なきか、手に応じて彼の如き文字の整列し来るは、光風霽月の性を徴するに不可ならずとするか。必ず思ふ所あらん、而も遂に羯南に対するの礼を得ざるなり。……

日本新聞は羯南独り筆を援るに非ずして、兆民の云々せる事概して他人の草する所なりと雖も、復た毫も責を逃るべきにあらず。批難を掲げんには務めて公正を旨とせよ、敢て望む。青厓亦た偉人、少く注意する所あれ。

かなり長い全文の大要をまとめて之を観ると、雪嶺は兆民・羯南双方のいづれに左袒するといふでなく、務めて公正に之を抑揚した。而して『日本』に対し、人物の批難にはもつと公正を心掛けよと言ひ、「青厓亦た偉人、少《すこし》く注意する所あれ」で終つてゐるが、これは青厓にとつて微苦笑物であらう。兆民の文は忠告といふより抗議である。それは直接、評林の詩に触発されて書いたものである、而も責任は一に羯南に掛かつてゐる。そこで雪嶺は最後に此の一句を着けずに居れなかつた。兆民も之で納得したであらう。忌憚なく董狐の筆を奮ふ青厓に少しく加減してはどうかといふのである。青厓は直ちに承けて起つた。

問水浜答雪嶺翁①

回護奇文煩兆民。神仙今見墜風塵。従来天眼真愚士。休道青厓亦偉人。
湖海論評混虚実。英雄心術雑醨醇。好将窈々冥々事。不問蒼旻問水浜。」
論駁文壇闘両雄。筆鋒皆識発誠忠。忠言別有他山石。多謝牛門雪嶺翁。

青厓は『日本』に拠り「評林」を創めた時、兆民は保安条例で東京を逐はれ大阪に在て『東雲新聞』を起し、堂々の筆陣を張つてゐた。青厓は之を詩に賦した。

飄然来寓浪華城。掌握論壇牛耳盟。欲識斯翁文字麗。東天雲裂日初生。

東雲の二字を織込んで、その新聞の創刊と主筆兆民の麗藻を歎称してゐる。又、

俠骨深憐億兆民。平生憂道不憂貧。功名渾付三杯酒。君是八仙歌裏人。

兆民の俠骨、下層の平民を憐れみ、道を憂へて貧を憂へず、唯酒を愛し、如何なる富貴功名も一杯の酒に換へ難しとする。正に杜甫が「飲中八仙歌」の中の人の如しと。又「飄々道骨誰相似。只有当年李謫仙」。飄々たる其の仙風道骨は誰に似てゐるであらうか、昔謫仙人と云はれた李白くらゐのものであらう。

① 明治二十三年一二月十六日「評林」

其の兆民居士が、今日同志の士を辯護する奇妙な文を寄せて来た。昨日の神仙、可惜《あたら》風塵に墜ちたか。天眼道人なる者、みだりに居士の同志を批判して其の憤りを買つたが、道人は元来愚者で、平気であんな放言をした。雪嶺翁は「青厓も亦偉人」と仰有《おつしや》るが、その天眼が実は青厓その人である、偉人でも何でもない愚者だ。凡そ世上の評論といふものは虚と実と相混じ、英雄視される人物も、その心術に偽あり真あり、酒に醇醨あるが如し。表面だけ見ても暗々裏の事は分らない、衆議院書記官曾祢荒助氏は性来の訥辯で、光妙寺水賓（末松三郎）の能辯と詭辯に悩まされて答へやうがなく、天に問へども天答へず、万事、君自ら水浜に問へと、旨いことを言つたものである。

両雄が論駁を闘はした。皆忠実なまごころに発したものである。別に忠言を与へてくれた人がある、他山の石として珍重しよう、牛門の雪嶺翁有難う。

兆民は新聞『日本』を「余尤も好で之を読む、他の淫靡褻嫚一時婦女子の悦を取る者の比に非ず、甚だ敬すべし」と言つた口の下から「小人の悦を買ひ紙面の多售を図る」と言ふ。自家撞着の感なしとしない。羯南は兆民を「足下は吾輩に先《さきだ》ちて道を聞くの人、其の言ふ所亦た他山の石たるものあり」と言つた。羯南・青厓は明治九年司法省法学校に入り仏文仏法を学び、一時仏文の翻訳に従事したことがある。兆民は明治七年仏国留学を終へて帰り、東京番町に仏学塾を開き徒に授けた。十五年には自由新聞に執筆し、又ルソー民約論の漢訳を刊した。年歯に於て兆民は羯南・青厓に長ずること十歳、道を聞くこと亦十年は早かつたであらう。青厓が兆民の風を望み、その学問文章を称讃した詩は右に述べたものの外、尚ほ数首観るべきものがある。

古賢風①

胸襟瀟灑古賢風。陋巷箪瓢酒屢空。俠骨深憐新種族。高談漫罵老英雄。

半生奇想落天外。万巻異書蟠腹中。快語驚人猶不已。勉哉我党幾児童。

評に、「義心俠骨、平民の心服を致し、壮言快語、老雄をして顔色なからしむ。天外の奇想、腹中の異書。名士を罵つて小児と為し、而して人怒らず、世憎まず。陋巷の箪瓢、回や屢ば空し。古人なる哉、古人なる哉。」とある、以て注脚に当つべきである。

万巻羅胸学絶群。更看健筆掃千軍。翻書独缺豊公眼。不用和文用漢文。

胸に万巻を羅《つら》ね、筆は千軍を掃ふ。『民約論』を翻訳するに、和文を以てせず漢文を以てした。征韓の役に漢文の士を用無しとした豊公の見識を欠いたのか。これは仲〻面白い詩である。

兆民は好んで漢文を作り漢詩を作つた。初期の『日本』の文苑には兆民の詩や詩評が載つたことがある。青厓の兆民を称揚するは一時にして止んだ。唯だ兆民が没した時、「無神無霊魂」論者らしい其の終焉の際の事を叙べた一篇が有るだけである。

光妙寺三郎は幼時釈中の神童と呼ばれ、詩文書画みな之を善くしたと云ふ。西学を修めて、外交官となり、司法官となり、代議士となり、辯護士となつたが、皆半途にして廃《や》め、有為の材を展ばし得ず、不平を風流に紛らせ、早く世を去つた。

明治十五年駐仏公使館書記官に赴任したが、当局と意が合はず、二年ならずして帰つた。その時の詩、

落魄人従海外回。帝都春色亦佳哉。一貧如洗舌猶在。百事皆非志未灰。

花底馬嘶橋北路。柳辺裙颺夕陽台。斯生除却豪華夢。笑対青山且挙杯。

柳橋向島あたりでの作であらう、別に佳作ではないが詩人らしい口吻がある。其の答人書に、「友人兆

---

① 『青厓詩存』巻一、二十八丁表

民奇人也、僕正人也。然僕之正与兆民之奇、未曾相犯也。足下雖知兆民乎、於僕無一面之識、而夜深来過、通刺求見、欲挟兆民之奇、以犯僕之正。僕之謝之、固正之宜也」云々といふ如き、却つて本人の奇人たる所以を表はしてゐて面白い、文も相当に出来たことが窺へる。

若くして頭髪半ば白く、面は銀髯針の如く、柄《がら》は小さいが貴公子然たる美丈夫で、服は巴里仕立に非ざれば用ゐず、ボルドーの美酒を口にし、髪にコスメチック、光妙寺の行く所、一町も先から香水の匂ひがすると云はれた。この点は同じ巴里に学んだ中江が「男子にして其面に粉し、丈夫にして其髪に膏《あぶら》す、余は之を臭穢とす」と言つてゐるのとは大分違ふやうだ。それで光妙寺の居室には、兆民の筆に成る「緑陰濃処」四字の額が掲げられてゐたと云ふ。兆民の字は瘦硬で、能く兆民の風骨を表はす、水賓も頗る書を能くしたと云ふ。

明治二十四年十二月衆議院最初の解散が行はれた。明年二月総選挙が行はれる少し前、一月の文苑に、水賓の左の詩が載つてゐる。

車轔々示雲心酔士

車轔々。車轔々。衆議院前両如塵。笨車入門門吏拒。毛髪森豎三郎瞋。

汝不知我亦昨日代議士。嗚呼今日行路人。

轔々《りんりん》は車のきしる音。当時議会が開設されて、貴族院の門内に馬車多く、衆議院の門内に人力車多しと云はれ、同時に階級の差を表はすと云はれた。ここは衆議院の門前である。一車、又一車、両車は車の後に立つ塵が軽く消えて行くやうに、門内に消えんとする。我が車は粗笨《そほん》（ぼろ車）な為か、門に入ると忽ち門衛に拒まれた。毛髪さかだち目をいからした三郎は、汝《おまへ》は知らないか！昨日《きのふ》までの代議士を。（と怒鳴つては見たが、ああもう行路の人になつたのだ。）之に酬いた大庭雲心の詩、

門犬狂。門犬狂。一躍数尺驚三郎。昨日揺尾又吐舌。猙獰何料学虎狼。
嗚呼門犬之狂何須数。蒼生呑涙仰廟堂。

門犬狂ス。門犬狂ス。一躍数尺 三郎ヲ驚カス。昨日尾ヲ揺《ウゴ》カシ又舌ヲ吐キ、猙獰《ソウダウ》何ゾ料《ハカ》ラン虎狼ヲ学ブ。嗚呼門犬ノ狂何ゾ数フルヲ須《モチ》ヒン。蒼生涙ヲ呑ンデ廟堂ヲ仰グ。

明治二十六年十二月の「評林」に、板垣退助の事を詠じた詩が載つた。一時頗る評判になつた、青厓の人物論詩中の秀逸といふべきか。

自由死①

我雖死。汝不亡。自由活。人蒙創。当年意気蓋四海。語言凛烈挟風霜。」
人事世態幾豹変。可憐臥竜亦革面。」哭蒼魔。驕狗屠。妖星隕。鬼揶揄。」
因循無策粛党紀。醜怪百出事已矣。自由自由今若何。板垣不死自由死。

明治六年と十四年の政変は、薩長土肥の連合政権から土と肥をしめ出し、以後薩長殊に長州が政権を占有する形になつた。土佐の後藤象二郎と板垣退助は、その閲歴、年輩からいつて、伊藤、黒田等の下風に立つべきものではなかつたが、六年の政変で二人が朝を去つたことは、虎を野に放つたやうなものであつた。

板垣は八年に一度参議に復したが、半年にして罷め、土佐に立志社を起し、自由民権の説を鼓吹するや、四方の志士風を望んで其の傘下に集つた。十四年自由党を組織して其の総理となり、翌年遊説して岐阜に到つた時、突如刺客に襲はれ手と胸に負傷したが毫も屈せず「板垣死すとも自由は死せず」と叫

①『青厓詩存』巻三、六十八丁裏

んだといふ話が、忽ち全国に伝はつて一世の同情を博した。その時従者が駆けつけて凶漢を引き倒し、板垣を扶けて応急手当を施した。この咄嗟の場合、能く此の名言が発せられたものかどうか、といふ疑問は長く残つた。従者の一人内藤魯一が、その時の状況を報じ、板垣の言つた言葉を文章にしたのが是《これ》だといふ。昔は言と文とは不一致であつた、「おれが死んでも自由は亡びんぞ」、と言つたのでは人は動かされない。三宅雪嶺の『同時代史』には、

> 内藤魯一は自ら彼の語を作れりと言ひし由なるが、根拠なく作れりとも思はれず、断続して語りし所を綜合せば、彼の如き意味合ひとなりたるべし。されど決して彼の如き語を発すべきに非ず。板垣自ら彼の語を発せしと言へるも、倉卒の際文語にて叫ぶべくもなく、口語体にて何となるやが明かならず。板垣は身体及び精神の剛健なるも、記憶が確かならず、屢〻忘るべからざるを忘れたれば、自ら証明したればとて軽〻しく信ずるを得ず。

とある。これが真相ではあるまいか。明治新派劇の俳優川上音二郎は、当時自由党の演説つかひとなり、各地の遊説に従つたが、明治二十年以後、壮士芝居を創《はじ》め、「板垣君遭難実記」といふ狂言を作つて、各地に上演して廻り、本人が板垣に扮し、左手で胸を押へ右手を挙げて天を指し「板垣死すとも自由は死せず」と大見得を切つたので一層これが名文句となつて全国に広がつたと云ふ。

板垣が遭難すると勅使が派遣されることになり、板垣の周囲には之を藩閥政府の緩和策となし、拝辞すべしといきまく者があつたが、尊王家の板垣は、聖恩微臣に及ぶと感涙に咽び之を拝受した。思ふに此の頃が板垣の政治生涯の絶頂で、その後は一向降り坂のやうである。あの時死んでゐたら自由の神として祭られたであらうに、と板垣の為に惜む論者は後後《のちのち》まで絶えなかつたやうである。青厓の詩は、かゝる論者の意を代つて言へるかの如く、其の評判になつた所以である。

我死スト雖モ汝亡ビズ、自由活《イ》キ人創《キズ》ヲ蒙ル。当年ノ意気四海ヲ蓋《オホ》ヒ、語言凛烈風霜ヲ挟ム。

我死すとも一語、凛烈秋霜を凌ぐ、語の真否などどうでもよい、之なくしては詩にもならない芝居にもならない。

人事世態幾豹変、憐ムベシ臥竜マタ面ヲ革《アラタ》ム。

爾来、世の中も変つた、人も変つた。南海の臥竜だ、諸葛孔明だと騒がれた板垣も、もはや昔日の面影はない。

蒼魔哭《ナ》キ、狗屠《クト》驕《オゴ》ル。妖星隕《オ》チ、鬼揶揄《ヤユ》ス。

蒼魔といふ漢語は無い、何を譬へたか明かでない。狗屠は犬ころしなど賤業者をいふ。乱世には才能ありながら不遇の徒、この群に投ずるもの多く、往々勇士を出すことがある、と『史記』に見える。こゝでは一部の過激な自由党員を指す、仏国革命にかぶれ、陰謀、叛乱を常事と心得るの徒である。妖星は自由党の闘士星亨をいふ。絶倫の胆気、才略を以て縦横に振舞ひ、多くの壮士に擁せられて其の勢力は党主板垣を凌いだ。衆議院議長となつたが、農相後藤、次官斎藤等と官舎に密会して収賄の疑ありと、不信任、懲罰、遂に除名になつた。二十六年十一、十二月の事である。自由党人事の不様は鬼が笑ふであらうと。白居易の詩に「数被鬼揶揄（シバシバ鬼ニ揶揄セラル）」の句がある。

因循《インジユン》策ノ党紀ヲ粛《タヾ》ス無ク、醜怪百出事休《ヤ》ム矣。自由自由今若何《イカン》、板垣死セズ自由死ス。

是より先、負傷の癒えた板垣は、間もなく後藤と相携へて外遊に出た。当然党の内外に批判が起つた、自由民権運動の正念場にさしかゝつて、之を見棄てゝ出るとは何事か、而もその旅費の出所が怪しい、といふのである。その為め有力党員の脱退する者が多く、更に加波山、高田、飯田、名古屋、静岡と、自由党員による大小の騒擾事件が踵を接して起り、政府の弾圧は愈〻峻烈を極めた。外遊七月、帰つて来てこの情形を見た板垣は、何等施すべき術を知らず、十七年十月、大会を開いて遂に解党を宣言した。それから二年半、政府は板垣に伯爵を授けた。民権論者板垣は、平素の主義主張に違ふからと之を辞退するが、結局聖旨を畏み受爵することになつた。板垣はすつかり面目を革めた。

二十三年国会開設の前後、自由党は再組織され、板垣は再び総理に担がれるが、往年の覇気は見られず、党を挙げて漸次政府に接近せんとする。自由よ、自由よ、汝今如何に、「板垣死せず、自由死す」と言はんのみ。

青厓の此詩出でゝ後半年、二十七年四月十二日の『日本』に、羯南の「自由党の末路」一文が載つた。冒頭「夫《か》の自由党たる、既に面縛輿櫬して藩閥政府の軍門に降参し」に始まり、中に「彼の起るや元と藩閥内閣を打破し、責任内閣を創立するを以て其の目的の一となし、十年一日の如く之を呼号しき。故に一旦藩閥の軍門に降参するに及びても、良心の刺衝する所は天下に対し尚ほ自から安んぜざるものあり」云々とあり、最後に「昔は板垣伯岐阜の厄に遭ひ、党人に謂て曰く、板垣は死すとも自由は死せずと。今や板垣は死せざるも自由党は早く死す。吾輩奈何《いかん》ぞ其の残骸を弔せざるを得んや」と結んでゐる。

明治六年参議を罷めた後藤は、野に在て陶朱の富を致さんとし、貿易を業とし、炭坑を営み、その孰れも失敗し、一時元老院に官したが間もなく辞し、更に朝鮮の内政改革に顧問となり雄図を大陸に展べんとしたが果さず、失意の餘、更に大いに奮起して在野の政党に呼びかけ、小異を捨て、大同に就き、相協力して薩長藩閥を打破すべしと、東奔西走自ら陣頭に立ち遊説した。その魁偉なる風貌と熱気を帯びた博弁は、到る処人心を魅了し、天下靡然として草の風に伏するが如く、北は奥羽より西は九州の果まで、大同団結の運動は着々として功を奏し、政府をして一大敵国の観をなさしめた。明治二十二年の三月、何事ぞ後藤は巧みな藩閥の手に掛かり、突如内閣に入り伴食大臣（逓信）の椅子に就いた。今まで後藤を信じ後藤を頼りとして来た大同の同志は、呆然として狐につままれた如く、其の不信を詰り、反覆を責めるが、剛愎な後藤は少しも動ずる色がない。首領を失つた大同団結は、揉《も》みに揉んだ末つひに解体してしまつた。

板垣を外遊に伴れ出したのも後藤である。その怪しい旅費の出所を糊塗しおほせたのも後藤である。受爵を肯じない板垣の説得を藩閥から引受けたのも後藤である。二人は幼時より相親しむこと骨肉兄弟の如く、死生相誓つて国事に奔走し、一生その交誼を全うしたが、その天性、人と為りの相反すること、黒白の差のみではない。

伝記『後藤象二郎』に、後藤は、一夕『日本』紙上に己を譏誣せる文を読み、「此の如きを得ば象二郎も天晴れの姦雄なれども、それ程の腕前なきこそ残念なれ」と言つたとある。その横着なところが、奸雄と見られ、又見られて厭はぬ所以であらう。

一堂聊袂旧功臣。正是麒麟閣上春。草莽遺賢羅未尽。海南又起臥雲人。

後藤が大同の同志を棄てゝ台閣に入つた時「評林」に出た詩である。維新の功臣と称する連中が一堂に袂をつらねて我世の春を謳つてゐる。昔漢帝が功臣の肖像を画いて掲げたといふ麒麟閣の再現である。在野の遺賢はまだ羅致し尽してゐない、そこで彼の海南の野に臥する漢《おとこ》を起して来ようといふことになつたのだ。

又板垣が受爵した事を諷した詩があるが、その一聯、

口説平民猶拝爵。跡如隠士未垂綸。

平民だ、民権だと口癖のやうに言つてゐたが、それでも伯爵は有難く拝受した。高人隠士となつて、南海に釣綸でも垂れてゐるかと思つたらさうでもない。

後藤は暘谷《やう》と号し、板垣は無形と号し、皆詩を作つたやうである。明治初期の詩選の類に二人の作が見えてゐる。暘谷が海南に帰臥する無形に寄せたといふ詩、

昨夜天風吹雪頻。草莱無色地為銀。誰知海畔寒梅樹。還倚民家独報春。

明治十四年後藤が板垣と共に欧州に赴いた時、巴里の帝国公使館には書記官光妙寺三郎が居て、後藤と相識る仲となつた。後藤の大同団結を唱ふるや、三郎は直ちに馳せて之に投じた。二十二年後藤の逓相に任ずるや、三郎は招かれて逓信参事官となり枢機に参画したが、固より日勤の属吏ではない、省中大事あれば、大臣自ら馬車を駆つて之を迎へ、人々その異数に驚いたといふ。大隈外相の条約改正に後藤が最も強硬に反対した其の精到せる論議は多く三郎の指授に出たといふ。山のやうな負債を残して三郎が死んだ時、執達吏に押へられずにゐたのは、後藤に貰つた鸚鵡だけだつたといふ話が遺つてゐる。

二十二年以後、後藤は引続き逓相として、黒田、山縣、松方各内閣に留任した。二十五年七月四日、天皇は後藤の高輪の邸に臨幸せられ、後藤一族及び台閣諸大臣が之に侍し、盛儀を極めた。家蔵の名器を陳列して叡覧に供へた中に、陶製の置物高さ二尺ばかり、狸の化《ば》けて僧衣を纏ひ珠数を掛けたるもの、「之を持ち帰るぞ」との仰せあり、後藤は謹んで献上した。

七月の末、松方首相は辞表を闕下に奉呈した。内相河野敏鎌は後藤の腹心である、一日参内して後藤に大命ありて然るべき旨奏上したが、天皇は「伊藤に相談せよ」と仰せられたのみ、後藤の材幹を認めさせられつゝ、大政を任すほどの御信用は無かつた。八月に入り第二次伊藤内閣が成立し、後藤は農相に転じた。幾何もなく省内に起つた醜聞の為め衆議院に弾劾され、二十七年一月二十二日後藤は官を辞した。自ら許すこと極めて高く、隠忍して大命を拝するの機会を待つたが、遂に果されなかつた。後任は枢密顧問官榎本武揚が襲いだ。

一月二十三日の「評林」に、早くも左の句が現れた。而も二号活字を以て。作者の名は無い。

前の農商務の大臣

入道がうしろ姿の寒さかな

今の農商務の大臣

はいつたり出たり隅田のかいつぶり

農相を辞した後藤は、この後再び台閣に列するの日なく、其の末路は寂しかつた。右の句は之が讖をなしたかのやうだ。入道は坊主頭の者を嘲つていふ。

榎本は明治十八年最初の内閣以来、逓相、文相、外相、農相を歴任し、出たり入つたりの最も劇しい大臣であつた。彼は江戸神田に生れ、向島を愛して木母寺境内に邸宅を構へ、墨堤を馬で乗り廻したり、墨田川に釣を垂れたりしてゐたと云ふ。大正の初め木母寺境内にその銅像が建ち、今も有るといふ。かいつぶりは大きさ鳩くらゐの水鳥だといふ。

一月二十六日の「評林」には右の句に呼応するかの如く左の詩が現はれた。

釜二郎

伴食幾回班廟堂。金鞍玉馬気揚々。五稜郭上半輪月。照否当年釜二郎。」

躬列三台足顕栄。敗軍大将亦談兵。即今四海風波静。好以優遊報聖明。

象二郎

夙以大言班廟堂。銀鬢禿頂気揚々。縦横策略今何在。不見当年象二郎。」

忽然歛影入深宮。聞説英雄巧変通。半夜禁園人不見。老狸鼓腹月明中。

二人の名は、どちらも二郎が附き、詩に入れ易い。格別詩意に妙所はないが、最後の詩は何か寓意が有るやうで面白い。天皇は後藤の邸から宮中へ、狸をお持ち帰りになつた。狸は急に宮中におさまつて、人子《ひとつこ》一人ゐない広い禁園の中、月明りに向つて、思ふ存分大きな腹をたゝいて腹鼓を鳴らしてゐることだらう。後藤は太つ腹な漢《をとこ》である。大きな度量を腹の中にかゝへ、而も変通自在な策略も、大言壮語と共にあの腹の中から涌いて来る。今は当年の気魄も無く英雄失路の情を免かれないやうだ。

句に入道、詩に禿頂とある、実際に頭がはげてゐたのだらうが、入道といへば憎々《にくにく》しげで、老狸（ふるだぬき）といふのも同じ感じがする。老雄、奸雄を聯想させるのである。

天皇が特に狸を持ち帰ると仰せられた時、そこに寓意のあるらしいことは、居合はせた者は皆感じたであらう。詩はそこを婉曲に巧妙に言ひ表はしてゐる。大言といひ、策略といひ、変通といひ、これは皆後藤が、大風呂敷を拡《ひろ》げ、大法螺を吹くことをいふので、老狸鼓腹で一括収拾してゐる。読者をして尋味已む能はざらしめるものがある。中岡慎太郎の後藤評に、「方今天下の人物、其の力量に於て、西郷と後藤の右に出づる者なし。西郷は自ら日に十五里を歩むといへば、則ち十五里は間違ひなし。後藤は自ら二十里歩むといふも、実際は十六里位に過ぎず、後藤の言に掛値《かけね》多し」云々。古語に「臣を知るは君に若《し》くはなし」又「明君は臣を知る」とある如く、明治天皇は後藤の人物を十二分にみそなはしてゐたであらう。

右に述べた後藤、榎本を詠じた句、これは俳句か、狂句か、川柳か、私にはよく解らない。たゞ十七字の句、三十一字の歌で以て時事や人物を詠じたものが、『日本』の評林、文苑、諷叢に、かなりの数あるのである。中には、評云として漢文や漢詩が添へてあるのが有り、これは皆青厓の筆であることは一見して分る。古島一雄の清談や回想を記した書に由つて見ると、時事狂句の作者を求めるに苦心した事、前後数人を得たが、いづれも始あつて終なかつた事が述べてあり、最初正岡子規の句を読んで「これは青厓の評林とともに俳句の時事評が出来ると思つたから、時事を詠じてくれと頼んだ。後になつて見ると、こんなことに君を煩はしたのは気の毒で相済まぬことだと後悔」したと言つてゐる。結局、時事や人物を詠ずるには漢詩が最も適してをり、漢詩には歌や俳句等に無い所の独特の格調、豊富な詞藻があり、人も之を朗吟し黙読して感興を覚えるのである。『日本』の評林及び文苑に、青厓の詩ばかりが終始一貫して万丈の光焔を放つた所以である。

古島翁は最もよく青厓を知る人であり、その話は今日貴重な文献であるが、中には人に誤解を与へる点が二、三あり注意せねばならぬ。それは羯南が古島（当時新聞『日本』に編輯長の名はないが、実際上その仕事をしてゐた）に手紙を寄せ「評林は数を少くしても精作せよと青厓に告げたが、青厓にその気なく、論説の文句を五七にしてお茶を濁したやうなものがあり、読者には眼識ある者あり、吾人の見識に障る、近来人より評林の面白くなくなりしを忠告せられ居る」云云。さうして古島は「これはたしかポーツマス条約の時の事だ」と云ふ。つまり羯南が怒つたのは明治三十八年の頃、青厓が評林の詩を創めてから十七八年、万首の詩を作つて筆力も相当に疲れた時で、随分やりなぐりの詩も有つたに違ひない。それは評林を通観すれば明かに看取される。それを読者は唯これだけを見て羯南の青厓の詩に対する批判の全部と思つたら大きな間違ひである。明治二、三十年代の評林を観れば、私の縷々するを須ひないのである。

六十四

「蓋棺論定（棺を蓋《おほひ》て論定まる）」とは、人物に対する毀誉褒貶は、其の人が死し、棺に蓋して後、始めて確論することを得る。従つて当世の人物、その未死の日に之を是非することは甚だ難い。青厓が

「評林」で盛んに行つた人物論は実に其の難きを敢てしたものである。

詩讖—詩に言つたことが、後日に起つた事の前兆となることをいふ。讖言とは予言といふと同じである。

明治二十三年秋、青厓が光妙寺三郎の事を詠じた「落日秋風光妙寺。党人誰弔末三郎。」の詩が讖を為して、二十五年二月の総選挙に三郎は落選し、其の翌二十六年九月、満腔の不平を懐きつゝ四十四歳の若さで死した。二十七年一月、後藤象二郎が四内閣連任六年の地位を去つた時、青厓は「縦横策略今何在。不見当年象二郎。」と詠じ、本人は尚ほ不日首相と為つて大いに為すあらんことを期したが、三年の後寂寞として世を去つた。板垣退助が岐阜に死せず、自由の神と祀られ損《そこな》つた時、「板垣不死自由死」の警句を発したが、果して晩年の板垣は、頽唐して竟に振はなかつた。

これ等は皆詩讖の典型的なものと言へよう。詩才に史識を兼ねたる者にして始めて能くし得る。「評林」を読んで、常に感ずるのは此の処である。詩才と史識の両全、両者相待つて、曠代の詩史を成せること是れである。

本稿「五十七」以来、専ら「評林」中の人物論詩を取つて解説し、鑑賞すること、已に八、九回に及んだ。因て次回以往、稿を改めて、青厓と共に槐南、種竹、寧斎、並に星社を中心とする詩人たちの作を、順次解説し鑑賞することゝしたい。

たゞ今回は今まで都合により割去した断篇一二を収拾して餘白を埋め、次に、明治二十五年、新聞『日本』に於て作られた「聖代名臣録」を紹介することゝする。

本稿「六十一」に、西郷従道を諷した子規の句を掲げたが、「春島五章」は明治二十六年三月の第二次伊藤内閣の人事の異動を詠んだもので、同月、新聞『日本』雑録欄に載つた。他の四章もそれぞれ面白い。俳句を以て時事人物を詠ずることは容易でなく、斬新な試みとして、子規の才に俟たねばならなかつた。四章を左に録する。

伯爵殿は兎角腹を立てゝは役を引かるゝが此の勇退も何かわけがありての事ですか「ありともありとも

帰るにも朋有り雁の二羽三羽

伯爵山縣有朋が司法大臣を罷めて枢密院に入り、同時に子爵仁礼景範も海軍大臣を西郷従道に譲つて同じく枢密院に入つた。河野敏鎌も文部大臣を罷め、井上毅が代つた。それ等の事を文に句にして、趣向の巧みなる驚歎に堪へない。

何だかわけの分らぬだけに神仙大臣とまで綽名せられし人のなぜやめられたのです「人がしんぜんからサ

けものとも鳥ともいふや呼子鳥

仁礼子は人と為り寡言にして慈愛に富み、曾て海軍大学校長として、子弟に慈父の如く慕はれた。その朝に立つ、白髯毿々として、之を望めば神仙の如くであつたと。別に青厓の詩に「只長髯白如雪。廟堂古色自蒼々。」とある。呼子鳥《よぶこどり》は閑子鳥《かんこ》、郭公鳥《かつこう》の異称。この句の意味、私には解し難い、大方の示教を得れば幸である。

此頃は頻りに更迭せられるので地方官は首をちぢめて居るといふ話

入り乱れ入り乱れつゝ百千鳥

中央政府に異動があれば、その影響が末広がりに地方の官吏に及ぶ。その官吏たちが右往左往するの状、目に睹るが如くだ。

出しやばりてやりそこなひし腹癒せにゃ今度昇進する役人は大方内相の味方ではないか
「尤内証のはなしサ
井の上やあぶなくとまる雀の子

内相井上馨は最も私情に富む政治家で、多くの子分をつくり、長閥の親玉としては、其の勢ひ伊藤、山縣も及ばない。政界のじやじや馬で、成績も多いが失策も多かつた。性急にしてよく人を怒罵し、雷爺《かみなりおやじ》と綽名せられた。右の句は井上の私情により引立てられた燕雀の輩の、落着きのない様を言つたやうだ。流石に子規うまいものだ。

『日本』の紙上、和歌及び俳句の時事評は相当盛んであつた。いづれも無署名又は変名で、どれが子規の作か、どれが何某の作か殆ど判然しない。本稿前回に掲げた「入道がうしろ姿の寒さかな」の如き、如何にもよく英雄末路の讖を為してゐて、子規の作であらうと思ふが確証は無い。私はまだ子規の俳句に全部目を通してはゐない。

同じく第四十九回に、明治二十七年二月『日本』所載の和歌「雑詠十二首」の解説が出てゐる。和歌作者は「春雨の屋」と署しただけ、誰だか分らない。それから二十七年三月、同じ署名で「続雑詠三首」が同じく『日本』に載つた。今、その一をこゝに解かうと思ふ。

山吹
山吹のさきみだれたる破垣《やれがき》の板井のそこに蛙なくなり

板垣自由党総理の事を詠んだことは言ふまでもない。評に「悪木盗泉、一身苟容、老矣耄矣、南海盲竜」とあるは青厓の筆に成る。南海の臥竜と畏れられた板垣も、今は老耄して、南海の盲竜としか言ひやうもない。青厓の詩が添へてある。

南海滄波竟不清。蛙児一百雨餘生。金銭花底春風暖。古井重聞閣々声。

二十七年三月一日に行はれた第三回総選挙に、自由党は最多数百十九名を得た。議会で蛙鳴蟬噪する其の蛙児一百餘人、板垣の古井戸で、また閣々と鳴声する、うるさいことだ、といふのである。漢名金銭花は和名山吹の花と、同種か否かは兎も角、山吹の花の黄なる、金貨の色に似るところから、「山吹のさきみだれたる」を「金銭花底」と言つたのである。南海の水清からず、濁つたと言ふのは、此の時板垣は後藤、陸奥を通じて伊藤と妥協し、自由党を以て政府の与党となつてゐたからである。

六十五

明治二十五年二月十一日紀元節の日、新聞『日本』は紙上に「聖代名臣録」なるものを発表した。羯南の筆に成り、其の序文と凡例とを要約すると次の如くである。

明治聖朝の初より最も人材を挙ぐることを務め、経国の偉材は固より論なし、凡そ一藝一能に名ある者は尽く之を朝廷に羅致し、或は之を海外異域に遣はして以て其の見聞を弘めしむ。入相出相の大材より文武兼備の能臣に至る迄、其の朝に事へ野に遊ぶの人材は挙げて算ふべからざるなり。人材の多きは未だ今日の如く隆なることあらず。此の済々たる多士を以てして国焉んぞ興らざることあらんや。

今や我が明治の聖代最も人材に富み而して最も擠排を勉む。吾輩之を宋朝蜀洛の跡に鑑みて深く憾と為す。偶ま楊万里の「淳熙薦士録」を読みて感ずる所あり、同人相謀りて爰に「聖代名臣録」を艸し、以て今日人材の多きを朝野の君子に示さんと欲す。吾輩は専ら人の長を挙げて以て此の名臣を録す。

人材の多き、尽く算ふべからず、唯だ一たび大臣参議又は省卿の位に陞りし人々のみを挙ぐ。
編次の順は一に其の年齢に従ふ。

明治二十五年といへば、維新三傑を始め、明治初期一流の人物は皆既に亡く、僅かに勝海舟、副島種臣を餘す位のもので、あとは皆之に追随して起つた人物で、それが明治政府を形成してゐた時代である。就中、明治二年から十八年の間に、参議及び卿の位に昇り、又、十八年以後二十五年二月の間に、新内閣に大臣の経歴ある者、幷せて三十二人を得、一々漢文を以て之が品評を試みてゐる。因に太政官の卿は、後の内閣の大臣に該当する。

佐野子常民　　前大蔵卿

老実、吏治に達す、昭代の能臣なり。

勝伯麟太郎・号海舟　　前参議海軍卿

深謀智略、嘗て大難を定む、年愈《いよいよ》老ゐ、識愈卓《たか》し、議論警抜、一世を驚倒す、人たゞ其の白眼世を看るを言ひ、其の実熱涙国に濺《そそ》ぐを知らず、洵《まこと》に国の元老なり。

副島伯　　前参議外務卿

学和漢を該《か》ね、識今古に高し、上に奉ずる忠亮、身を持する清廉、四方に使して君命を辱めず、古大臣の風あり、樽俎折衝、今世希《まれ》に見る所、其の為《つく》る所の文辞、深醇古雅、藝林の推服する所となる。

佐々木伯高行　　前参議工部卿

純忠上に奉じ、至誠国を憂ふ。以て六尺の孤を托すべし、朝に在る二十餘年、未だ曾て不平を以て官を去らず、君子の風あり。

大木伯喬任　　　　　　文部大臣
資性寛裕、学術淵洽、曾て司法に官し、大いに徳望あり、事体に錬達し、閣中その比を見る希《まれ》なり。
寺島伯宗則　　　　　前参議外務卿
精勤倹素、尤も浮華奢侈を憎む、学問深邃、議論縝密、数〻《しばしば》流俗を警戒す。
土方伯久元　　　　　宮内大臣
円活にして吏務を弁じ、勤勉にして文事あり。
福岡子孝弟　　　　　前参議文部卿
勤倹にして学を好み、教化に功あり、儒雅の臣なり。
松方伯正義　　　　　内閣総理大臣
誠愨謹慎、人に接して権変を用ゐず、事に臨んで責任を避けず、銭穀の任、其の尤も長ずる所。
川村伯純義　　　　　前参議海軍卿
材武智略あり、老錬財理に通ず、武臣にして蕭何の能を兼ぬ。
井上伯馨　　　　　　前外務大臣
天資豪爽、機を見る神の如し、大事に臨み、勇断果決、快刀乱絲を斫《き》るが如し、允《まこと》に天下の英物なり。
榎本子武揚　　　　　外務大臣
俊敏にして才幹あり、水軍に練達するを以て、名中外に知らる、其の朝に在るや、和を好みて争はず。

谷子干城　　　　前農商務大臣
忠醇廉操、儒にして兵を知る、丹誠国を憂へ、名利を以て其の心を動かさず。
板垣伯退助　　　前参議
資性勁直、凛として奇節あり、清貧世を憂へ、十年一日の如し、議論踔厲、辯舌爽快、従遊の子弟、仰いで泰斗と為す、洵に一世の俠なり。
樺山子資紀　　　海軍大臣
深沈剛毅、勇猛果断、艱難に処して屈せず、平安に居て逸せず、勇気胆略、閣中希に見る所、人或は云ふ、身を奉ずる倹素と、危きに臨んで動かざる処、故南洲の概あり。
大隈伯重信　　　前外務大臣
天資英邁にして智略あり、心を用ふる周密苟もせず、事に臨み堅忍不抜、議論通達、人心を収攬す、其の一挙手一投足、中外目を側《そばだ》つ。
後藤伯象二郎　　逓信大臣
倜儻不羈、外柔内剛、胆大なること斗の如く、量潤《ひろ》きこと海の如し、奇謀異略、一世を籠蓋す、毀誉褒貶、概ね顧みず、允に今日の雄なる哉。
山縣伯有朋　　　前内閣総理大臣
峻厲にして整粛、政を為す小心翼々、兵を用ふる勇気堂々、号令森厳、賞罰精明、将相の器なり。
徳大寺侯実則　　前宮内卿
忠貞にして謙譲、功を誇らず、才を炫《てら》はず、華冑の英なり。
岩村君通俊　　　前農商務大臣

吏能精敏、文事あり、最も心を民業に用ふ。

黒田伯清隆　前内閣総理大臣

重厚文寡《すくな》し、周勃の風あり、平素謹慎、大難に当れば、身を挺して国に報ゆ、邦家の干城、社稷の重臣なり。

伊藤伯博文　前内閣総理大臣

聡明豁達、国家の典章に明か、事務敏活、才華煥発、高亮英爽の気、常に言辞に溢《あふ》る、勲功益〻高くして矜《ほこ》らず、声望益〻重くして自遜す、洵に一世の異能なり。

芳川君顕正　前文部大臣

機慧俊敏、吏務に通じ、文藝に達す。

大山伯巖　前陸軍大臣

温厚篤実、圭角を見ず、度量寛大、巧智を施さず、君子人なり。

西郷伯従道　前海軍大臣

器度宏遠、深謀偉略、尤も国の大体に通ず、天資曠達、行蔵苟もせず、人に接する洒落、機を見る敏捷、亦奇傑なる哉。

品川子弥二郎　内務大臣

議論鯁挺、気節振聳、風紀を整理するに勇に、綱常を扶植するに勉む、朝に立ち蹇々、閣論重きを帰す。

青木子周蔵　前外務大臣

学問博洽、尤も機辯あり、資性峻厲、仮借する所なし、外交の政、其の達する所なり。

陸奥君宗光　　　　　　　農商務大臣
　機警雋鋭、事に処する敏捷穎利、議論風発、言語明晳、蘇張の辯に良平の智を兼ぬ。
山田伯顕義　　　　　　前司法大臣
　沈断武幹あり、事に当りて堅忍強毅、法理に通じ、古典に暁《あきらか》なり、文武の材と謂ふべし。
河野君敏鎌　　　　　前農商務卿
　賦性敏捷、朝に立ち寧静、才鋒を露《あらは》さず、隠然士論の推す所と為る。
高島子鞆之助　　　陸軍大臣
　敏活兵政に通じ、宏達吏務に暁《あきらか》なり、操行跌蕩、細瑾を顧みず、寔《まこと》に武人の望なり。
田中子不二麿　　　司法大臣
　温良にして修整、人と争はず、篤厚にして和寛、善く人言を容る。
凡て三十二人の中、最年長の佐野常民は、文政五年（西暦一八二二）に生れ、明治二十五年（一八九二）には七十一歳である。最年少の田中不二麿は、弘化二年（一八四五）に生れ、二十五年は四十八歳に当る。
　これが発表されて数日の後、即ち二月十五日の紙上寄書欄に、「続聖代名臣録」といふ一篇が載つた。
日本新聞、向《さき》に聖代名臣録を著はす、凡て三十二人、選択精厳、品隲允当、時論之を偉とす。借むらくは、録する所一たび卿相の位に登る者に限り、其の餘に及ばず。余因て自ら揣らず、更に十人を撰び、名けて続聖代名臣録と曰ふ、云々。
井上毅君
　学問該博、文章荘厳、古今の治蹟、内外の政典、一として諳熟せざるなし、尤も心を憲法に用ひ、其の論理、微を分ち末を析《さ》き、旁援博証、必ず精確に至つて後止む、皇猷廟謨、斯人《この》の手を経て、始めて文あり。

九鬼君隆一

以下文略す、

鳥尾君小弥太

三浦君梧楼

曾我君祐準

中島君信行

前島君密

渡辺君国武

白根君専一

富田君鉄之助

此の続編は蛇足である、各人品評の文も前編に比し甚だ劣る。

六十六

拙稿「五十七」以来、専ら「評林」の人物月旦詩に就いて説明して来た。則ち明治二十二、三年から二十七年まで、僅々五六年間の時世を背景とした人物の事に過ぎないが、回を重ねること既に九たびに及び、今回から方向を変へようと思つたが、猶ほ人物論詩の餘談として述べたいことがあり、新しい詩話は来春からといふことにしたい。

前回人物論詩の総括として「聖代名臣録」の一篇を掲げたが、これに就き今少し述ぶべきことがある。「聖代名臣録」、輝かしきその名の如く、明治の聖代――維新の変革に伴ふ動乱も西南の役で終り、自由民権の運動も鎮静し、新内閣制度の創始、憲法の発布、議会の開会と、強固な新制が成立し、日本は立憲君主国の体裁を完備し、之を謳歌する声が漸く全国に満ちた、明治二十五年といふ時点に於て作られたものである。明治といふものは、我国史の上に未曾有の黄金時代で、殊に二十年代から三十年代は、その絶頂期を成すものであつた。か丶る聖代を開くに功のあつた卿相、大臣を列挙し、各の人物を品評したものである。これには長い前文が附いてゐる、前回は煩を避けて省略したが、次のやうな事が言つてある。

漢土に在て、人材の輩出の最も盛んであつたのは宋の時代で、人材の排擠の最も甚しかつたのも亦宋の時代であつた。宋朝の人材は朋党の争ひの為に、靖康の変、江左の辱を済《すく》ふことが出来ず、遂に国を亡ぼした。今や我が明治の聖代、最も人材に富み、而して最も排擠を力《つと》む、吾輩これを宋朝の跡に鑑みて深く遺憾とする。吾輩は排擠の外に立ち、専ら人材の長所を挙げて、この「聖代名臣録」を草し、朝野の君子に示さんとする、と。

二十五年二月といへば、議会が開かれて未だ三年に満たないが、早くも議会は藩閥、民党の政争の場となり、世の識者をして深憂を抱かしめた。平生藩閥政府に対し忌憚なき論難を加へる新聞『日本』が、こ丶では政争の外に立つて、公平に各朝臣の長所を挙げ、人材の人材たり、国家の為め人材を空しうすべからず、ゆめゆめ宋朝の轍を履んではならぬと、警告の意を含めてゐるのである。

青厓の「評林」には、曾て想像しなかつた議員の無知、議会の亡状に呆れ、あらゆる形容詞を用つて痛罵してゐる。「蛙鳴蟬噪」など、議会を評する新聞の専用語となつたのも、起源は「評林」に在るが如くである。

勿言呉越且同舟。三百衣冠尽沐猴。自此人間詩料足。鴉鳴蟬噪又高秋。

二十五年十一月の第四議会、秋空なれば鴉鳴と言つた。

誰将国事付斯儕。官噪私鳴漫撃排。笑柄古今同一轍。棘門児戯虎門蛙。

大切な国事を斯くの如きともがらに付託するとは……与党と野党と官私互ひに排擠し合つてゐる。棘門の布陣は児戯の如しと古の漢人は言つたが、今、虎門《とらのもん》の蛙鳴も亦児戯に類する、笑ふべきだ。

丹羽花南は森春濤門下の詩人で、維新の際、尾州藩の学官で国事に尽し、参与に挙げられ、後、三重県令を以て終つた。その「偶詠」にいふ。

性命高談各擅名。一朝其奈渡河声。諸儒不救宋天下。蔓草寒煙五国城。

性命高談 各〻名ヲ擅《ホシイママ》ニス、一朝ソレ渡河ノ声ヲ奈《イカン》セン。諸儒救ハズ宋ノ天下、蔓草寒煙 五国城。

宋の中葉《なかごろ》、朝廷には当代を名高き碩学が多く集り、性とか命とか高遠な議論にのみ耽り、程頤は洛党、蘇軾は蜀党、劉摯は朔党と、互に朋党を結んで相争つた。一朝金国の兵、黄河を渡つて来寇し、京師を陥れて二帝を拉致したが、節に殉じたのは李若永一人のみ、学者たちの空論では宋の天下は救へなかつた。二帝は還京の願ひ空しく、朔北の五国城に窮死した。城は寒煙蔓草に鎖されて二帝の跡を弔ふ人も無い。党争の禍は国を亡ぼす、以て千載の鑑となすべきであるの意。

衆庶参権歳四周。粲然制度美皇州。時和到処降神雀。政就何人問喘牛。

民選忠良元骨肉。党分蜀洛豈仇讎。伝聞魏闕労宵旰。勿使私争誤廟猷。

庶民参政権を得て已に四年、立憲制度は粲然として皇国の美を成した。漢の宰相丙吉は、春日、路上で牛が暑熱に苦しみ喘《あへ》ぐを見、陰陽の節を失するを知り、之を憂へた。宰相の用心といふべきである。時の政治が宜しきを得てゐればこんな事はない筈、人心が和すれば瑞鳥の神雀が降つたといふ事もある。我が選良たちは互に骨肉兄弟である。宋の時、蜀とか洛とか各党派に分れて仇讎となり、国を亡ぼしたではないか。今日至尊は宵衣旰食して国務に労して居られる。私心を以て政争を事とし大政を誤つてはならぬ。

『日本』の同人が「聖代名臣録」を作つたのは、勿論権門に媚びるものではない。議会に於ける党争の劇しさに憂へを感じ、警世の木鐸を振り鳴らしたのである。之が発表された二十五年の議会は、海軍拡張の建艦費を大削減し、内閣不信任を可決し、議論沸騰して停会、休会が続いた。明年二月遂に大詔が下され、「軍防の事は国家の急務なるにより、内廷の資を省き六年の間毎歳三十万円を下附し、又文武官僚に命じ特別の情状ある者の外、同年月間俸給の十分の一を納れ製艦費に充てしむべし」と仰せ出された。この歳十一月の議会は、議長星亨の不信任を決議して上奏し、勅問を受けて恐縮し、星議長を懲罰し更に除名した。又後藤逓相を弾劾して官紀振粛案の上奏を可決した。上奏案に就て閣臣に勅語を賜はるや、各大臣は副署せず、世論囂々たるに至つた。又条約改正の問題があり、議会は停会又停会、十二月三十日遂に解散の詔勅が下つた。

この議会の亡状を見た評林子の詩、

五日自休会。二週命停会。二日又延会。議会何多礙。立憲制度粲有文。廿年始達衆庶志。

補協只缺一至誠。朝朋野党竟児戯。君不見休会停会又延会。三月紛紛議何事。

新聞に出す詩だから、拙速を重んじてこんな詩になつたのであらうが、有りの儘のところが面白い。「君見ズヤ休会停会又延会、三月紛紛何事ヲ議ス。」やはり詩の口調をなしてゐる。

二十七年一月二十七日の「評林」に傑作が現はれた。大きな二号活字を用ひ、珍しく署名して「西山隠士」とあるが、これは青厓の時〻使ふ手で、他人の作を装うただけであることは一読して明かだ。所謂る慣家の口調はかくせない。詳しい序が有り、頗る奇抜である、先づこれは仮名交りに訳して置かう。

昨臘、停会ノ命下ル。其ノ夕、牡丹伯酒ヲ置キ高宴ス。伯詩アリ、云フ「北風吹面解餘酲。濁浪洪濤張巨觥。不用漢皇三尺剣。徒聞蘇張策縦横」。一時伝誦ス、官紙元旦ノ附録、掲ゲテ以テ自ラ栄トス。聞ク某詩宗、日本評林子ニ伯ガ詩ニ和シ奉ルコトヲ勧ム。評林子、敢テ当ラズト固辞ス。予故ニ拙劣ヲ揣ラズ、評林体ニ倣ヒ、漫リニ一律ヲ賦ス。趙侍郎ノ徒、之ヲ伯ニ致シ、以テ犬皞ニ代フ可ナリ。

濁浪洪濤捲地翻。誰提三尺定中原。韓彭駆逐功空在。蘇張縦横舌独存。
樽酒夙聞欽北海。文章愧未記南園。太平宰相君恩渥。数見丹書下九閽。

濁浪洪濤 地ヲ捲イテ翻ヘル、誰カ三尺ヲ提ヘテ中原ヲ定ム。韓彭駆逐 功空シク在リ、蘇張縦横 舌独リ存ス。樽酒夙ニ聞ク北海ヲ欽スト、文章愧ヂテ未ダ南園ヲ記セズ。太平ノ宰相君恩渥《アツ》ク、数《シバシバ》見ル丹書ノ九閽ヲ下ルヲ。

民党との争執に疲れた伊藤首相は、臘月議会が停会を命ぜられた時、一夕側近の属僚を集めて盛宴を張つた。そこで七絶一首を賦し（これは『藤公詩存』にも載つてゐない、佳作でもないが）、其の意味する所は、政海の濁浪洪濤を凌いだ身、巨杯になみなみと注いだ酒。餘酲《よひざめ》の面を冷い風に吹かれ寛《くつろ》いでゐる。顧《おも》ふに、漢の高帝は、三尺の剣を提げて天下を取つたといふが、今の世は已に戦乱も絶え、たゞ蘇張三寸の舌を以て、議会中心に縦横の策を用ふる時だ。といふ気持であらう。この詩は官紙即ち政府御用新聞の元旦の附録に掲げられ、相当世間にも読まれた。某詩宗とは森槐南で、槐南は青厓に伯の詩に和するやう勧めたが、青厓はそれには応じないで、別に七律を一首作り、正体の知れぬ他人の仮名で発表し、之を犬が吠えてゐると言つて伯に示せ、と云ふのである。

平地に大波瀾が起つて戦乱の世となり、三尺の剣を以て中原を定めた者は漢の高祖である。高祖が天下を取ると、韓信、彭越の如き功臣は駆逐誅戮され、古の蘇秦、張儀にも比すべき辯巧の徒が多く残つた。これは伊藤の詩にある故事を少し敷衍したものである。明治維新の動乱で、前原、江藤、又西郷等の功臣が斃れて、伊藤、大隈等が議会政治の雄として現はれたことを言ふのである。漢の孔融は北海の相となり、坐上客恒に満ち、樽中酒空しからず、と言つて悦《よろこ》んだが、伯にも其の風があることは夙に聞いてゐる。然し自分は伯の属僚から、伯の詩に奉和せよと言はれてもお断りした。権勢の為に「南園記」を書いた陸務観の真似はしたくないのだ。伯は太平の宰相として至尊の御覚えめでたく、難局に遇へばいつも御詔勅を戴いて切抜けるが、衮竜の袖にかくれるとの譏は免れない。

この詩、詩として特に優れた意匠があるわけではないが、当代の大宰相に一詩人が昂然と永言してゐる所が面白い。「評林」が当時の読者に歓迎された所以である。それを私は傑作と言つたのである。

さて、「聖代名臣録」の三十二人につき少し検討して見よう。

三十二人の中、明治十七年十二月の新内閣制度成立以来、二十五年二月（この名臣録の作られた）までの七年餘の間に、首相となつた者は、伊藤、黒田、山縣、松方の四人である。この四人を除き、平の大臣となつた者は総計十八人で、その中に文相森有礼一人が死亡しただけ、他の十七人は皆生存して此の名臣録に列せられてゐる。その以前に、参議、卿となつたことのある生存者は十人である。時勢は人物を生み、人物は時勢を創るといふ。これ等の人物が一時の風雲に際会し、力を協せて我国史上未曾有の盛世を創造したかと思ふと、此の一短編の名臣録も軽々に看過できぬものがある。一人の首相が、十年足らずの間に八十何人とかの大臣を製造したと云ふ戦後、名もない人物が、誰でも大臣になれる戦後、国家の現状を見て全く隔世の感に堪へない。

青厓の「評林」を細閲して見ると、名臣録に載つた三十二人の中、その月旦に上らぬ者は僅に四、五人に過ぎないやうである。他の二十餘人は多かれ少なかれ、直接間接、論及されてゐる。私は其の極く一部を選択して紹介しただけである。一臠を以て全鼎の味を察していただく外はない。

今まで挙げて来た青厓の人物論詩は、二十年代前半に在つて、其の人物は月旦未定であり、棺を蓋うて定まるには程遠い存在であつたが、今になつて考へると、皆よく肯綮に中つてゐる。且つ理屈つぽく無く趣味多き詩であることは何人の追随も許さない。当時新聞の人物論は、大抵藩閥攻撃であつたと言つて過言ではない。十四年の政変で大隈を廟堂から駆逐して以来、伊藤は藩閥の親玉の如く視られ、何彼につけ攻撃の的となつた。「評林」も御多分に洩れず、伊藤攻撃をやつたが、伊藤から最も多く発行停止を喰つた『日本』であり、戊辰の際、薩長の為に痛めつけられた陸奥《みちのく》に生れた青厓、羯南であつて見れば、其の藩閥嫌ひは寧ろ当然かも知れない。

こんな話がある、伊藤は初め「評林」を読んで、数〻《しばしば》自分が攻撃されてゐることを知つたが、元来世の毀誉褒貶を意に介せぬ質で、巖谷一六等の悪戯だらう位に思つてゐたが、段々さうではなく青厓の筆といふことが分ると共に、其の才識に服し、一日青厓を召見して歓談したと。これは昭和八年の夏、青厓の喜寿に当り、青厓の教を受ける興社の同人が、賀筵を多摩川の水光亭に設けた時、社中の故参で幹事である荒浪煙厓が、頌寿の序を作つて来て席上で朗読した、その中にも言つてある、その所を左に抄録する。

与羯南謀、起日本新聞社。創汝南月旦、称曰評林。謂自家本色、全在于此。其諷刺時事、秋霜烈日、不避権貴、而世無知其人。伊藤春畝公、初疑為巖谷古梅。及事白、服先生器識、邀而歓待之。

私は此の逸事について、直接青厓先生に尋ねたいと思ひ乍ら、遺忘して遂に果さなかつた、今に遺憾に思つてゐる。明治二十四年四月十九日の『日本』には左の記事が見える。

……去る十四日頃の事なり、京都丸山の某楼に於て柳暗花明の好時節を機とし彼地に在る詩人江馬天江・小野湖山等を始めとして長岡男爵なども加はり詩会を開きしが、伊藤春畝先生も上洛して其の雅筵に臨み白髪の詩仙等と半日の吟詠を闘はして餘念なかりし由。不是羊裘避世人。東山更添一団春。前宵帰自詩仙会。有詔召公詣紫宸。と或人よりの報あり。尤も我社の青厓居士も此日席末に加はりしと言へば春畝伯の雅什は居士より達すべし。

又同じく興社の席上に於ての事、同人の一人が若い頃『日本』を愛読し、「評林」中の伊藤攻撃の詩の句を幾つも覚えてゐて、それを皆の前で面白さうに披露するのであつた。ところが青厓翁は、終始一言も発せず、たゞ苦い顔をして居られた。

私は藤公の伝記、全集、其他数種の書を通読した中に、金子堅太郎伯の「伊藤公を語る」は、藤公に重用された人の話として、最も深い感銘を受けた。前回以来本稿に述べた事に関連の話があるから、次に抄録して置きたい。

明治二十六年の議会で製艦費が否決せられ、当時の海軍は非常に困つた。と言つて国際関係まで議会に説明して、此際何としても海軍力を増大せねばならぬと具体的の事は発表出来ぬ。そこで止むを得ず伊藤公は陛下に奏上して、向ふ六年間毎年御内帑金三十万円の御下賜を願ひ、一方文武官雇員に至るまで、俸給の一割を六箇年間献上させることとした。この金によつて始めて日本海軍に艦隊らしいものが出来た。日清戦争には間に合はなかつたが、日露戦争には此の艦隊が我国海軍の中心となつたのであつた。当時反対党は公に対し種々の非難を浴せたが、公は十年後の国際関係を洞破して、断然実行せられたのである。公は如何なる場合にも、自己辯護といふ事をせられなかつた。

どんなに非難攻撃されても、一切自分の態度を説明された事はなかつた。公が何かの折に書捨てられた未定稿に、

……嗚呼丈夫処世、何所為、人世如逆旅、誰保百年命、眼中有日本、胸中存社稷、畢生事業不要人知。唯随心所赴、毀誉褒貶、軽如羽毛、上有一人、下亦一臣、

と云ふのがある、公の胸中一点の陰影なく、光風霽月の如きものであつたことを推察し得ると思ふ。同書の附録として、金子伯その他十七人の座談会の記録がある。日清戦争の前に、呉工廠の拡張の問題が起り、首相であつた伊藤公が、工廠の技師たちを集めて語つたといふ話は最も深い感銘を人に与へるであらう。

今度海軍大臣が是が非でも呉の大拡張をするといひ、閣議に案を持出してゐる。俺も大臣に一つ二つ質問して見たが、どうも明答を得ない点があつた。是は実地に就て聴くより他に方法が無いと思つて遥〻こゝまで来た。君等が自分の職責で、出来るだけの案を立てゝ海軍大臣に提出するのは当然だが、国庫には自ら限りがある、無制限に出すことは出来るものでない。君等は同じ立案をするにしても、百円かゝるものも五十円で作つて、而も能率に於て百円のものに優るとも劣らぬといふ設計をする。俺の注文は無理かも知れぬが、俺はこれだけの事を君たちに言ひに来たのだ。

肺腑の底から涌いて出る公の一語一語に、公の誠心誠意に工廠の人〻は感動した。それから呉の海軍工廠には伊藤公の写真が長く掲げられてゐたと云ふ。

呉の海軍工廠が問題になつた時、一方大阪の砲兵工廠も潰れさうになり、大山陸相が苦悩を伊藤首相に訴へてゐる。餘談が多くなり過ぎるから此の話は略す。

百円かゝるものを五十円で作つて、而も百円かけたものに優るとも劣らぬものにする。これを拡大解

釈すれば、当時日本の国を指導した伊藤博文の指導精神となる。開国間《ま》もない小国日本を、早く西洋並の文明国に仕立てねばならぬ、急いで西洋に追付かう、愚図々々してゐると強国の餌食にされる、独立を失ふかも知れない。西洋が近代科学文明を造りあげるに三百年かゝつたなら、日本は百年でそれをものにしよう。無理かも知れぬ、苦しからうが国民よ頑張つてくれ。といふのであつた、明治はそれに成功した。

明治の聖代とは明治天皇の盛徳大業の謂である。同時に文武諸名臣を率ゐて天皇を輔佐した伊藤。この二人の名コンビ（と言つては不敬かも知れぬが）を外にして、明治の聖代は無い。

六十七

青厓は新聞『日本』の記者「評林」の作者として、詩壇一方の雄である。槐南は『毎日新聞』の漢詩欄に拠り、又「星社」の盟主として、詩壇の覇権を握つてゐる。本田種竹は、多年手塩に掛けた雑誌『古今詩文詳解』が明治二十年十二月廃刊となるや、以後『日本』の文苑を分担し、青厓、槐南の中間に在つて、別に一幟を建てゝゐる。

この三詩家を囲繞して、寧斎、湖村、六石、湘南等一群の才人が互ひに競ひあひ、空前絶後ともいふべき漢詩の黄金時代を造り出した。青厓、槐南の詩に就いては、已に其の面目の一端を解明したが、今春一月本稿「六十七」以後は、二家の詩と共に、勉めて種竹以下諸人の作に触れたいと思ふ。未曾有の盛世に遭遇し、満腔の精神を籠めて作り出した、諸人各自の特色ある作品、その外形内容、及び其の発生の動機、時代の環境と其の影響、作品の巧拙、作法の長短等に就き、前後左右から存分に解説鑑賞して読者に饗したいと思ふ。

こゝで、明治二十年代新聞『日本』の社会に於ける地位は如何にあつたか、一考を加へて置かねばならない。日本の新聞の歴史を説いた嚆矢として高評のあつた小野秀雄の『日本新聞発達史』に次の如く言つてある。

堂々新聞の使命を主張しその所信を社会に行はんとするもの、当時「日本」を措いて外に無かつた。従つて「日本」は飽くまで知識階級を対象とし、高踏的なる大新聞の編輯法を用ひた。それにも拘らず相当数の読者を獲得したのは此の新聞の主張が時世に痛切であつたからでもあるが、最も根本的なる原因は主宰者陸羯南があくまで最初の主張を棄てず、確固たる信念をもつて使命の遂行に終始し、読者の信頼を確保し得たからであつた。かくて羯南の社説は創刊当初より識者の注目を惹きつゝあつたが、創刊後一年餘にしてすでに時代を指導する大新聞となつた。

私が既に度〻言つた如く、羯南の社説と共に青厓の評林も「時世に痛切」で「創刊当初より識者の注目を惹きつゝあつた」ものである。『新聞発達史』の著者は、新聞の社説は説くが評林までは思ひ及ばなかつたのであらう。又、次の如く言つてゐる。

「日本」には羯南の侃々諤々の論文の外に福本日南、国分青厓、正岡子規、中村不折といつたやうな一風変つた人物が執筆し……

「日本新聞」の成功は、大新聞が政党の附属物となり、政争の具に供せられて混沌たる状況を呈しつゝあるに対し、全然独立の態度、独自の見識を以て社会を指導する新聞の存在の可能を立証したる点にあり、新聞史上特筆すべき現象である。

明治二十三年二月、即ち『日本』創刊の満一年後に『国民新聞』が発刊された。『新聞発達史』は、『日本』と『国民』を比較して論じ、『蘇峰自伝』の文を多く引用してゐるが、こゝには『自伝』から直接必要の部分だけ抄録する。

予（蘇峰）は当時他の新聞は相手とせず、常に「日本」を相手としてゐた。その紙数なども略ぼ伯仲の間に在つたと思ふ。「日本」六、「国民」四、若くは「日本」五半、「国民」四半といふ所であつたと思ふ。これは明治二十四五年頃のことでもあつたらう。そしてこの互に両極を代表してゐるやうな「日本」と「国民」、言葉を換ゆれば羯南と蘇峰が、互に相提携して政治の共同陣営に立つに至つたのである。予の当時の意見は何よりも先づ藩閥政府の打破であつた。

孰れも商売気を抜きにしたる書生流の新聞で、論客、志士其他世の中と共に俯仰しない、特色ある人〻を読者とする事に於て一致してゐた。若し極端にいへば「日本」は頭の硬き連中、「国民」は気の迅き人〻のために愛読せらるるといふ傾向があつた。「日本」には福本日南の如き向ふ所敵なき健筆家がある。詩人としては天下一品といはれたる国分青厓があり、また文学方面には正岡子規、絵画方面には中村不折、また海外よりの投書家として池辺三山等があり、実に済々たる多士であつた。

『日本』が歴代政府の弾圧を受け、殊に伊藤内閣から最も頻繁に発行停止を喰つたこと、其の伊藤博文を背景として立つた檍南であることは、本稿に既に述べた所である。

青厓と檍南は、明治二十年以後の詩壇に於て常に対立の立場に在り、而して青厓は藩閥を攻撃し伊藤を批判する、檍南は伊藤の忠実なる属僚として其の駆策に任じてゐる。二人は徹頭徹尾、相対立する宿命を負うた者の如くである。こゝで私は檍南と伊藤の関係について改めて検討して置く必要がある。

明治十四年一月、算《かぞへ》年十九にして司法省編纂課の雇を振出しに、七月、太政官修史館の繕写となり、翌年掌記となり、此の卑官に止ること五年、檍南は二十年七月内閣属、総理大臣秘書官附を命ぜられた。この時が伊藤と森の出会の始である。

政治家伊藤は餘技として詩を作り、詩人槐南を左右に置くことを調法とした。伊藤は政務を以て国内国外に出張する毎に、必ず槐南に随行を命じ、槐南は亦これに依て大いに詩境を開拓し、錦囊を富ますことを得た。今試みに『槐南集』を把つて之を検点すれば。

明治二十年十一月、伊藤首相の沖縄、長崎、鹿児島、広島各県を巡閲するに随ひ、古今体詩幷せて七十五首を得た。

二十一年八月伊藤枢密院議長の朝鮮及び浦塩斯徳に出張するに随ひ、古今体詩二十一首を得た。

二十二年三月伊藤議長の京都大阪二府愛知三重奈良三県へ出張するに随ひ、七律十一首、後に追加の七絶十二首を得た。

二十四年五月には伊藤議長に京都に随ひ、二十七年秋には伊藤首相の広島大本営に在るに随ひ、二十九年六月には伊藤首相の舞鶴、呉、佐世保、台湾、及び清国厦門へ出張するに随行した。

三十一年七月内閣総理を辞した伊藤の韓国を経て清国に遊ぶに随ひ、二箇月の間、詩五十餘首を得た。

四十二年六月には伊藤議長の韓国へ出張するに随ひ、同年十月には伊藤の満洲へ出張するに随ひ、哈爾賓にて伊藤の難に遭ふや、槐南も亦創を被り、柩に従うて帰る時、「帰舟一百韻」の大作を為した。

この外、官府に、私邸に、別墅に、藤公の在るところ、槐南のあらざることなく、槐南の在るところ、詩の無いことはなかつた。

伊藤の為《つく》る詩は伊藤の自叙伝である。その上に、槐南によつて其の勲業を讃へられ、廟堂の高きに居るも、江湖の遠きに在るも、その出処、その行状は皆槐南によつて謳はれざるなく、当然それは後世不朽に伝はるであらう。伊藤にとつて一箇の槐南は、百千の僚属、党与に匹敵して餘りあるものと謂はねばならぬ。然るに「伊藤の腰巾着、提灯持ち」「高等幇間」等の悪声が絶えない。一国の大宰相が一代の大詩人を記室とするに何の不可があらう。問題は之が礼を以てせられたか、否かである。同時に槐南の伊藤に於ける、所謂る「先生何言之訣也」でなかつたか、如何《どう》かである。それには槐南先生の詩を検点するより外はない。

六十八

陪春畝相国金沢百宝闌看牡丹

傾城名士有餘歓。微酔還凭百宝闌。月是清和花富貴。応無人説牡丹寒。

傾城ノ名士餘歓アリ、微酔還《マタ》凭《ヨ》ル百宝闌。月ハ是レ清和　花ハ富貴、応《マサ》ニ無カルベシ　人ノ説ク牡丹寒。

明治二十一年四月の某日、春畝伊藤首相は相州金沢の百宝闌に牡丹の花を看た。時に槐南、首相に陪随して此の詩を作つた。

「百宝闌」とは何か、想像するに、当時金沢に牡丹の花園があつて、園中の欄檻を百宝闌と呼んだのが、そのまゝ園の名になつてゐたのではあるまいか、古来さう云つた例は多い。『開元天宝遺事』に、唐の玄宗皇帝は、楊貴妃の族兄楊国忠に牡丹数本を賜ひ、国忠は之を家に移植し、周囲に百宝を以て粧飾した欄檻を繞らした、とある。「百宝闌」はそれから取つた名であらう、闌は欄に同じい。

伊藤は初め金沢の割烹旅館東屋に宿して、井上毅、伊東巳代治、金子堅太郎等と憲法の起草に従事したが、二十年春夏の交、夏島に別墅を営んで移つた。槐南は常に東京・金沢の間を往来した。

漢土にては、牡丹を花王と曰ひ、又、富貴花の異名がある。陰暦の四月を清和月と曰ふ。

白楽天の新楽府の一篇「牡丹芳」に、「花開花落二十日。一城之人皆若狂」の句がある。牡丹の開いて落つるまで僅に二十日、其の間、長安一城の人は皆狂へるが如くであると。右の詩は、花を看る満城の名士、花を看て歓情未だ尽きず。酒を買ひ酔を帯びて、再び百宝闌に依りかゝるといふのである。古人の句に「百宝闌干護暁寒。沈香亭畔若為看」又「願以美人錦繡段。高張翠幕護春寒」とある、皆、春の寒さに得堪へぬ牡丹を護らんとの意である。

伊藤には、「牡丹公」といふ綽名が有つた。青厓の詩にも盛んに用ひられてゐる。伊藤の体軀容貌が豊満で、人に接する物腰が八方美人的で、殊に女人に対しては最も濃厚なるものがあつた。その為め公に相応《ふさは》しい此のやうな揶揄的美称が奉られたのである。

牡丹公が牡丹を看る。人も富貴、花も富貴、時は清和。三者相得て相宜し、牡丹が寒いなどと云ふ人は無し、渾《すべ》て目出度し目出度しである。月を看て、望月のかけたること無しと喜びを述べた古歌と相通ずるものがあるやうだ。

南都冶春絶句

丈六瞿曇坐夕曛。低眉猶度綺羅群。偶然双髻春山涌。弾指花生下界雲。」
春泥双屐印花帰。草色萋々欲上衣。古寺斑鳩啼不断。生駒山翠雨霏微。」
客程儘阻雨蕭々。此地風光魂已消。縦使芳山花入夢。臣心不忍賦南朝。

二十二年三月、京阪外三県に出張した槐南は、「月瀬十首」の外は格別の作なく、奈良は滞在僅に五日、花にはまだ早く、遂に一句も無かつた。帰来日を経て、奈良の勝概を想起し、強ひて「南都冶春絶句」十二首を作つた。右はその中から三首だけ抄出した。

元来槐南は、父春濤の風を承け、竹枝や冶春の詞に絶特の技倆があり、其の初めて伊藤に随つて沖縄を巡つた時の、「沖縄竹枝」二十首の如き、此地に再びまた此の如き傑作を見ない、我国の詩人竹枝を能くする者、未だ槐南の右に出る者はない、父春濤も到底及ばない。

三首の中、「丈六瞿曇」は東大寺の大仏を詠じ、佳構である。「客程云々」の詩は作者の注があり、予が此度の行、吉野山に赴かなかつたことを以て、慊らず思ふ人がある、故に此詩を作つて殿とする、と言つてゐる。詩意は、雨に阻まれただけではない、此地奈良の風光に魅せられて、すつかり魂も消え入り、その上自分は南朝の哀史を詠ずるに忍びない心があるので、吉野の花を夢みながらも終に尋ねなかつた。

かう言つて済ませたものゝ、槐南は尚ほ心残りしたものか、翌年「芳山懐古」七絶四首を物した。だが足その地を踏まず、所謂る題詠の作だから、陳套の句が多く、たゞ最後の一首だけは、前年の「臣心不忍」の意を更に強調して沈痛の至り、一誦、節を撃たずにをれないものがある。即ち左の如くである。

野棠花落雨蕭々。玉匣珠襦共寂寥。我与天家悲宿草。不知南北是何朝。

野棠花落チテ雨蕭々、玉匣珠襦 共ニ寂寥。我ハ天家ノ与《タメ》ニ宿草ヲ悲シム、知ラズ南北是レ何ノ朝ゾ。

野棠の花は雨に落ち、山陵には宿草を生じ、寂寞たる此の姿（玉匣珠襦は帝后の葬具）。帝室の争ひの結果である、悲しい哉。我ゝは我が朝廷に南北とか正閏とかの別あるを知らない。

この詩に就いてのエピソードを、私は田辺碧堂翁から聞いた。同じ話を翁は雑誌『東華』で語つてゐる。先づそれをこゝに抄出することとする。因に翁は明治から大正・昭和に亙り高名の詩人で、明治二十年代の初めから槐南、青厓、寧斎等と交はつた人である。

槐南先生の云はるるには明治二十五年頃、当時枢密院で自分と同じく属官であつた友人関謙之が自分の所にやつて来て、昨日陸奥農商務大臣の処に用件あつて参りしに、大臣が君の処の森といふ詩人に逢ひたいから一寸と役所へ来てくれとの伝言であるから、其事を君に告げるとの事であつた。

自分は何の用件かと思ひ、翌日陸奥大臣の処に伺候した。所が大臣の言はるるには、詩人と云ふものは平仄を並べ閑文字を弄するものとのみ思つて居つたが、此頃不図足下の作つた「芳山懐古」絶句を読み、頗る感心した。それは足下の詩が拙者の持論である所の、南朝北朝は天潢の流を同じくせる皇統で、其の間に正閏の区別がある筈がないとの意見に一致したからである。由来思慮に欠けた漢学者が、支那人の三国の正閏論にかぶれ、餘計な議論を唱ふるから問題が喧しくなるのだ。然るに足下は大体に通じた見地を有し、「我与天家悲宿草。不知南北是何朝」と説破した点は真に我意を獲たるものだ。因て此に感服した旨を足下に申述べるのである、とのことであつた。

自分は陸奥大臣から案外の褒辞を受けたが、実は其様に深く考へて作りしものでなかりしに、と極めて淡泊に話された。私も槐南先生の此の正直な告白と陸奥伯の達見とには感服した。

私は槐南の詩を読み、碧堂翁の話を聞いて思つたことは、槐南、陸奥等の考へは、それよりも早く、維新の頃、重野成斎が、南北朝並立、両朝に正閏無し、との説を為し、三島中洲等の賛成者があつたと云ふが、陸奥や槐南は無論それを知つてゐたに違ひない。といふことであつた。然し私は之をこれ以上論究しようとは思はなかつた。誌上の碧堂翁の話は尚ほ続く、

国分青厓翁の「芳野懐古」の詩は実に絶唱と称すべきである。

聞昔君王按剣崩。時無李郭奈竜興。南朝天地臣生晩。風雨空山謁御陵。

此詩は副島蒼海伯の「見岳武穆書幅」の作に、

吾今得見岳飛書。大節昂々慷慨餘。有宋朝廷公死後。尽忠報国一人無。

と云ふ有名な絶句がある。青厓翁は偶ま此詩より不図着想せられたのではないかと思ふ。私の考では仮令粉本が手近にあつても、新局面を開き原作よりも優れたものであれば更に差支ない事である

と思ふ。換骨奪胎は詩の変化の妙境である。

陸奥宗光は福堂と号して詩を能くし、『福堂遺稿』が有る。当時の大臣は詩の出来ない者の方が珍しい位で、本稿前回に見える如く、新聞は伊藤首相の詩を「掲げて以て栄とし」「一時伝誦す」といふ有様であり、伊藤が上洛し「白髪の詩仙等と半日の吟詠を闘はして餘念なかりし」と新聞に報道され、同じく新聞が名臣録を載するに、漢文を以てして人も怪しまなかつた、さういふ時代である。槐南の詩といへば、新聞に雑誌に現はれる毎に人〻争つて読んだものである。

附記

本稿に附記として、私と吉川善之君と、詩を媒としての交遊の跡を書くこと五回で、紙幅の都合もあり、中絶の状態となつた。新春から稿を続けて数回にして収束したいと思ふ。

人間年をとると、中年の事は多く忘れ去つても、少年の日の事は印象深く記憶に残つて、懐しく思ひ出されるものである。私も大正の末年、僅か一年半の間、吉川君と支那文学を語り合つた事は、お互ひの一言一行まで、深い思ひ出の種となつた。それを一々こゝに書く積りはない、こゝには大正詩話の一端として少しばかり追憶を述べて置きたいのである。

私は吉川君に、狩野、鈴木両師以外、どのやうな人に教益を受けてゐるか、と問うた。君は直ちに、青木青児先輩、品学共に優、但詩は作られない、今此地に居られず、此地に在つて詩を能くする学者は神田喜一郎前輩、この人を是非君に紹介したい、と曰ふ。私も一度その人に請益したいと考へたが、当時その機を得ず（それから二十二年の後、宮内省図書寮で神田先生と相見え、更に数年おくれて青木先生と文通した）。

その頃私は長尾雨山翁の処にも時〻請益してゐた。一日翁は曰はれた「この頃狩野博士の話に、今年の卒業論文を漢文で書いた秀才が居るさうな」。私はそれが吉川君の事と分つてゐるので、早速之を君に告げて曰つた「雨山先生といふ偉い方が居られ、君の事も君山師から聞いて居られる、君は何故このやうな先生に逢はないのか」と。吉川君は雨山翁の事はとつくに知つてゐながら、京大関係以外の人の事は考慮の外らしく、吉川君が雨山先生に逢つたと聞いたのはそれから十何年も経《た》つた後の事である。私を雨山翁に介したのは内藤湖南翁で、湖南翁は明治の末年、二度奉天に来り、盛京時報社に宿して奉天故宮の四庫全書其他の古書を調べられた。湖南翁は明治の末年、二度奉天に来り、社中で数〻《しばしば》内藤博士や富岡、羽田諸氏の話が出るのを聞いた。博士の名著『支那論』も読んだ。盛京主筆菊池氏は羽田氏の姻戚である。私は京都に行く時、社から内藤、羽田両氏宛の紹介状を携へた。湖南翁は私に支那問題に関する所見を述べ、談の詩文に及ぶや、最近欧洲に遊んで作つたといふ詩（文韻七律数十首）一冊を賜はり、「詩をやるなら是非雨山先生に逢ふやうに」と言つて紹介状をした〻めて下さつたのである。

私は吉川君に逢つて、内藤博士から獲た詩巻を示すと、「好い詩が有るよ」と、私の手から奪ふやうに巻を取つて、一処を指しながら「涙堕南朝汪水雲。希音清切不堪聞」と節を撃つて吟じ出した。怡々たる其の顔、其の声、今も猶ほ髣髴として耳目に在る。（五一三頁に続く。）

六十九

江戸の末期、「芳山三絶」なるものが世に称道された。頼杏坪、藤井竹外、河野鉄兜の詩で、後には杏坪に代ふるに梁川星巖を以てするものも現はれた。明治大正の世に及ぶや、少しく文字ある者で、「芳山三絶」を記誦せざる者は無かつたし、苟くも平仄を弄ぶほどの者なら、一度は芳野に遊んで、七絶の一首や二首、拈《ひね》つて見たいといふ一般的な風気があつた。

そこで、槐南が奈良県に出張したと聞いた人ゞは、槐南が必ず芳野に遊んで懐古の傑作を齎《もたら》し示すであらうと期待したことは当然であつた。然るに其の期待に副ひ得なかつた槐南は、一年半の後になつて「芳山懐古」四首を作つたが、出来栄《ばえ》しなかつた為か、之を森川竹磎の主宰する詩誌『鷗夢新誌』に載するに、蕙畹安田美喜なる変名を用ひ、その上、長い評語を附した。原漢文を口語に直すと大意は下の如くだ。昨日蕙畹女史なる者訪ね来り、芳山の詩を示さる。昔の「芳山絶唱」も比する能はず、況んや今の鬚眉《をとこまゆ》をや。女史芳齢二九、顔は蕣花《あさがほ》の如く、詩才敏絶、まことに天仙化工の筆、予は慚服に堪へず、急に筆を執り、尽く双圏を加へた云云と。これは実にひどい悪戯である。

話は飛躍するが、昭和三年十二月、久保天随は『東華』五号に「芳山三絶に就いて」の一文を寄せ、文中槐南の右の詩に論及し、安田美喜てふ者は果して実在せる女性なりや否や、今から之を立証してその実在を断定する方法なきを遺憾とする、と言つてゐる。すると早速次の『東華』六号に、田辺碧堂が文を寄せて云ふ、槐南の宅は永田町二丁目に在り、自ら「永田町の森」といつてゐた、その関係から永田を安田と転じ、美喜は三木で、森の字に通ずるから、戯れに隠語として用ひたのである。蕙畹女史なる者は実在せず、今日かかる詮議は無用であると、あつさり一蹴してしまつた。さうして陸奥農相が槐南の「不知南北是何朝」の句に感服した話に及んでゐるのである。

尚ほ天随は云ふ、一代の大詩宗と称せられたる槐南その人にして、実際吉野に遊ばしめたならば、必ずや大丈夫的感慨を吐露した一大雄篇を結撰したであらうに、と。これは誰しもその様に考へたであらう。

『槐南集』中、吉野に関係ある詩は、他に明治十七年の作「芳野行宮瓦硯歌」の七言古詩一首と、十九年作「芳野懐古」の七律一首、及び「両都篇」の七言長短句一首の計三首がある。いづれも大いに観るべき価値ある力作である。明治十七年といへば槐南二十二歳の時で、既に遺憾なく其の天才ぶりを発揮してゐる。「両都篇」は当時内閣の修史局掌記であつた槐南が、同じく修史局の僚友で、南朝史料の纂輯に従つてゐる佐々木掌記が、官命を以て逸書采訪のため、五畿及び江州地方に出張するのを送つた詩である。修史局編修長の重野安繹が実証主義史学を標榜し、歴史事実に基いて南北朝並立を持論とした所から、自然その影響を受けたらしい痕迹が篇中に認められる。後日それが発して「不知南北是何朝」となつた訳である。

説いてここに至ると、話は再び飛躍するが私は更に次の一詩に説き及ばざるを得ない、作者は山根立庵。

何同劉蹶与瀛顚。剣璽遥従上古伝。休向春風問南北。天潢不改二千年。

何ゾ同ジカランヤ劉蹶ト瀛顚ト、剣璽遥カニ上古ヨリ伝フ。春風ニ向ツテ南北ヲ問フヲ休《ヤ》メヨ、天潢改メズ二千年。

漢土では秦の瀛氏も漢の劉氏も顚蹶《つまづきたふれ》したが、我国はさういふ易姓革命の邦とは違ふ。上古以来、剣と玉（三種の神器）が皇位のしるしとして伝へられてゐる。然るに一なるべき皇位が二となり、朝廷が南北に分れたといふ不祥の事実はここで再び問ふことは休《や》めよう。一系の皇統は二千年このかた改《かは》つてはゐないのだから。天潢は天河《あまのかは》、皇統にたとへられる。

これは山根立庵の「芳山懐古」四首の第一首である。南北朝の問題に就いて槐南と全く意を同じうし、ただ辞の異なるだけである。南北朝正閏問題なるものが起つたのは明治の末年で、大義名分に関するとして、政治、文教両方面の大問題となり、国会でも劇しい論争があつたが、畢竟明治天皇の勅裁により、南朝を正統と定められ、朝野を挙げての論争も息《や》むに至つた。槐南、立庵の詩は南北の正閏を論じてゐるのではない、朝代の不祥事を悲しんだ詩人忠厚の旨の表れで、読者に深い感銘を与へる。

立庵の事は後に詳しく述べるが、明治中、禹域に在り、詩文双絶を以て中華の朝野に重んじられたること、前の副島蒼海、竹添井井に継ぐ第一人であつた。その事は又、五百年前、明国に於ける僧絶海の迹に似るものがあつた。其の「芳山懐古」四首は、唐音を帯ぶるとして華人間に称讃され、桜は大和の華、立庵の詩は大和文化の華、と評した者があつた。立庵名は虎之助、長門の人、明治四十四年八月逝く時、年五十一。（同じく四十四年三月槐南は四十九を以て没してゐる。）

槐南の「芳山懐古」、一首を除く餘の三首と、立庵の同じく餘の三首とを左に録し、比較を試みて見よう。

残局支持五十年。行宮明月幾回円。南朝自是桜花国。一度春風一泫然。　槐南

万木蕭條摧北風。猶餘桜樹護行宮。三朝五十年間事。只在南柯一夢中。　立庵

二詩、意趣相同じ。而して前者はこれが槐南の作かと疑ひたくなる位ゐだ、五十年間、明月幾回か円なる、とは如何にも稚拙、転結も無造作過ぎる。後首、後醍醐帝から三代五十餘年、南風競はずして、芳山の万木北風に摧くるの感あり、桜花の依然として行宮を護るあるのみ、すべては南柯の一夢に帰したと。後首やや前首に勝る。

翠華春悶寺楼霞。飛去飛来頭白鴉。啼繞延元陵上下。夕陽紅殺古都花。　槐南

説道当年駐翠華。山桜猶擁梵王家。零紅満地春狼藉。忍踏先皇遺愛花。　立庵

金輪王寺は後醍醐帝の翠華を駐めさせられた所、帝はこの皇居で崩御遊ばされた。唐の安禄山の叛乱の時、頭の白い烏《からす》が延秋門の上を飛んで啼いたといふが、尊氏の乱にも同じやうな変異が芳野の地にあつた。前首結句の「古都」は、北朝の京都を指すか、それとも南朝の吉野を指すか、甚だ曖昧で

ある。後首、山桜は今も古寺行宮の趾を護つてゐるやうだ、春風に吹かれ散つた満地の桜花、これも先皇の遺愛と思へば、無下に踏んで通ることは出来ないと。これも後首を優れりとしたい。

雨淋鈴夜月冥濛。一曲哀笙奏欲終。樹底樹頭花不見。青山明日杜鵑紅。　槐南

宮槐零落草蕭蕭。回首春風恨未消。一道飛花冠蓋散。空壇合有鬼神朝。　立庵

吉野の勝手明神背後の山を袖振山といふ。古《いにしへ》、大海人皇子（後の天武天皇）が吉野山の日雄殿に在《ゐ》らせられた時、勝手の神に神楽を捧げ、自ら琴を弾《ひ》いて居られると、美しい天女が山の上に現はれ、羽衣の袖を翻へしつつ五回舞うた。袖振山の名がここに起つた。後醍醐天皇は一夜月明に袖振山を望んで、

袖かへす天津乙女もおもひてよ吉野の宮の昔かたりを

と御詠みになり、しばし無聊にゐらせられると、山の上から白雲が漂ひ来て、冬枯れの桜の木にとまり、打ち萎《しほ》れたる乙女の姿が現はれて、

かへしなば雨とやならんあはれしる天津乙女の袖のけしきを

と泣く泣く詠じて雲の中に消えた。之を御覧じられた天皇の御心細げの御有様忘れられじ、と『吉野拾遺』に見える。前首は此の故実を詩にしたものと思はれる。雨淋鈴は、唐の玄宗皇帝が安禄山の乱を避けて蜀に幸する途中、寵姫楊貴妃を死なしめ、蜀の桟道にかかるや、鈴声と雨声と相和するを聞いて貴妃を追念して作つたといふ楽曲の名。

後首、南朝の皇居は、木落ち草荒れ、花の散つた参道に朝臣たちの車は見えないが、其の朝臣たちは鬼神となつて、今もこの道を参朝してゐるやうな気配がすると。転結絶妙、「芳山懐古」の詩として古今類《たぐひ》稀なるものである。

槐南が女の名を仮り、悪戯《いたづら》半分に作つたやうなものを、『立庵集』中の佳作と比較し、優劣することは

穏当でないかも知れない。『槐南集』二十八巻の中、槐南の自ら手定したものは、最初の四巻のみ、後はその没後門人等が、苟も槐南の詩稿といへば一首も剰さず輯録したものであると云ふ。若し槐南にして長生すれば、芳山の詩四首中一首を遺し、他は皆刪去したかも知れない。『槐南集』を読む者は、能く玉石を弁別する詩眼が必要である。

七十

本稿の前回に、碧堂の『東華』誌上の詩談を引いたが、その終りの所に、青厓の「芳山懐古」の詩を絶唱と推重してゐるが、此の詩について私が碧堂から直接聞いた話はもつと詳しい。つまり雑誌に公にすることを憚つたのである。ところが青厓は既に大正の末年、自ら此の事を人に語つてゐるし、聞いた人は又それを其の著（昭和八年刊）に載せてゐる。青厓の話は少し餘談も加はるが次の如くである。

吉野へは、これまで五六度遊んだ。近いところでは去年も出かけた。どう考へても吉野はよいところだ。私は何時もいふことだが、明治中興の業も、その発源地は吉野だ。苟くも多少の文字あつて吉野に遊ぶ者、誰か南朝の昔をしのび、足利の暴戻を悪まざるものがあらう。

この心移して以て幕末当時の禁裏と徳川に及ぶは当然である。維新の志士が王事に勤めたのも実にこの精神であつた。かういふ点から見ても、吉野の地は我国体と誠に因縁が深い。

古来吉野を詠じた詩に有名な星巖、鉄兜、竹外の芳山三絶がある。此等の詩は一句一句を吟味すれば多少の欠点もあるが、大体に於いて出色の詩だ。先年、長尾雨山、西村天囚、籾山衣洲等と吉野に遊び、或る旅舎で、徳川以降の吉野の詩全部を見たが、どれもこれも平凡極まるものであつた。尤も従来の吉野の詩は憑弔回顧のもの許りで、日本人の忠魂烈志をうたつたものが無い。そこで私は、昨年芳野に遊んで「聞昔君王按剣崩。時無李郭奈竜興。南朝天地臣生晩。風雨空山謁御陵」と詠じた。李郭といふのは言ふまでもなく唐の功臣李光弼と郭子儀のことだ。この詩は私の満腔の熱誠を吐露したものだが、詩人らしい詩でないといふ非難があつた。非難する者は勝手にせよだが、それならもう一つお代りがある。「建武中興事已非。春山啼血杜鵑飛。詞人生在南朝世。投筆花陰着鉄衣」といふのだ。これなら文句はあるまい。

聞ク昔君王剣ヲ按ジテ崩ズト。時ニ李郭無ク竜興ヲ奈《イカン》セン。南朝ノ天地臣生ルル晩《オソ》シ。風雨空山御陵ニ謁ス。

青厓が平生之を第一会心の作と為してゐたことは確かである。或人は曰ふ「青厓は志士にして枉げて詩人と為れる者」と。或人は曰ふ「青厓は仙人の骨、英雄の気を兼ぬる者」と。皆その通りであらう、従つてこの詩を、流石に青厓だ、絶唱だ、と云つて随喜の涙を流す人は多い。同時に、詩人らしくない詩、と云つて非難する人も少数ながら居た。その少数者の代表とも見るべきは松村琴荘である。琴荘は槐南、青厓と親しく交はり、明治中から相当詩名のあつた人である。詩を作つて曰ふ。

読某芳山懐古詩

今人欲拾古人遺。争和芳山懐古詩。語擬忠臣多僭越。自家身分不曾知。

古人が吉野に遊んで作つた詩に曾て見られなかつたやうな、大海に取り遺《のこ》された真珠のやうな、名篇佳句を為さんものと、人〻争つて芳山懐古の詩を作るが。就中某氏の作の如き、自ら忠臣を気取つて僭越の語が多い。是れ自身の分限を知らざるものであると。理義明白、頗る諷刺の体を得てゐる。青厓としては受入れ難いが、反駁すべきものではない。お代りを示したが相手が納得したか否かは分らない。

実は碧堂も、絶唱として称揚しながら半面には疑問を懐き、私たちに対してはこんなことも云つた、

「乃木将軍のやうな人が言はれたのなら万人が頷《うなづ》くであらうが、一介の文士や詩人が言ふのはどうかと思はれる」と、琴荘と似たやうな話になる。青厓門下の川田雪山は云ふ、「あまりに理屈詰めで堅苦しいし、南朝に忠臣が無かつたわけでなし、詩としてお代りの方が風韻もあつて好いと思ふ」と。

青厓の此の詩を人〻は「芳山懐古」と呼んでゐるが、懐古になつてゐない。私が見た青厓の直筆は「吉野山奉拝塔尾陵」となつてゐる、これが正しいと思ふ。

度〻言つたやうに、青厓は和漢の史書に精熟し、詠史の作が多い。国史上の見地から吉野の地を愛し、よく「南朝の史を読んで泣かざる者は日本人に非ず」と言ひ、楠公を忠臣の権化として崇拝した。又、史蹟としての水戸を愛し、生前好んで吉野と水戸に遊び、両地に関する詩が特に多い。「聞昔君王」の詩も、これ等の事実と青厓の人柄、詩風を弁せ考へれば、これが青厓独特の詩として認めらるべき所以が了解されよう。

此の詩中「御陵」の二字に就いて、青厓自身の説明によると、この場合、山陵でも、古陵でも面白くない、そこで案出したのが御陵で、これは漢土にも用例が無いが、我より古を成したわけだと云ふ。それから青厓は梁川星巌の芳山の詩に「南朝天子御魂香」とある「御魂」の二字に就いて、御は天子の御物に附する敬語で、御衣、御筵、御炉等の類、何れも形体あるものに用ゐる。之を無形の魂字と合せ用ゐるは如何かと思ふ、と不当と見ながら断定しかねてゐる。ところが、近年私は神田喜一郎先生の『墨林間話』を読んで、書中、星巌の「御魂」に就いて、詳細に論じてあるのを見た。要約すると、此の二字は早く我国詩人の間で、漢土に用例がなく、而も和臭でいけないと批難されたことがある。然るに星巌は、清人の詩に之が用例のあるを発見して芳山の詩に応用したので、却つて批判する者を哂《わら》つたと云ふ。之に対し神田先生は、その清人の句「年年花護御魂香」は、花が御魂を護つて香しいので、星巌の御魂が香しいとは違ふ。而も「香魂」など、魂が香しいとは婦女に就いて言ふ語で、芳山で憤死された天皇には当らない。星巌の句は全く日本人的な感覚、和臭といふべきものと断じてゐられる。これは全く先生の言はれる通りだと思ふ。青厓翁も地下に首肯されるであらう。青厓の「御陵」は不当でないと思はれる。ただ「御」は敬語として形体あるものに用ゐ、無形のものには用ゐない、といふのは言過ぎのやうだ、物ばかりか事にも用ゐられる、御幸、御試、御題、御批等々。

附　記（承前）

一日吉川君が訪ねて来て、我〻が相識つて以来のこと一部始終を狩野先生に話したところ、先生は斯く斯く仰有つたと言ひ笑ひながら語るのであつた。それから私も先生に吉川君との交り、及び彼の才学につき、思ふままを言つて見た。聞き終られた先生は静かに椅子を回らして傍を向き「彼《あれ》は善くなるでせう」と、唯一語、力をこめて言はれた。私は直ちに往いて之を吉川君に告げた「もう大学教授を約束されたやうなものだらう」と。さうして瀟洒たる室内を見「この上は三十有室を待つばかりだね」と言つた。すると吉川君はにこりともせず「妻をもらつたら墨をすらせるんだ」と、その所作を右手をぐるりとさせて独言《ひとりごと》のやうに漏した。経書を暗記するほど読んで、詩文を作り、字を上手に書く、風雅を身に付けて俗を忌むこと蛇蝎の如き、これが読書人の教養趣味である。少《わか》くしてここに徹底を期した吉川君であつた。当時君は一寸した用件の葉書でも漢文で書いて遺《よこ》した。一度は長さ数尺に及ぶ書束が漢文で、羊毫細楷を以て端然と書かれてあつた。この事を君山先生にいふと、「尺牘は立派な文学です」と仰有つた。

次に逢つた時は「大谷大学の講師になつた」といふ。「何を教へてる」と聞けば『国朝文録』といふ。「流石だなあ、唐宋八家文なんて言はないから」、覚えずこんな言葉が出た。将来を約束されたエリートは、大学院に通ひながら内職を近くの私大に得、清朝の文を教へるは楽ではないが、学生は更に解《わか》るまい、つまり教ゆるは学ぶの半といふわけであらう。何と順利なコースが敷かれてあることか、と感歎を禁じ得なかつた。と同時に狩野先生が時〻「漢文をやつた者が大学を出ると皆教員になる、教員を養成するのが漢文ではない、本当に学問したかつたら何処で何をして居ても出来る」と言はれ、私が記者生活の餘、何の目当もなく唯好きだから漢文が読みたいと云ふのを、愛すべき心掛けだ、といふ口振りをされるのを思ひ合せ、一寸複雑な気持になつた。

昭和改元の翌年、私は京都を去つた。この時私の古巣盛京時報社は社長中島氏の手から満鉄の経営に移り、中島氏は私に東京に替ることを勧めた。狩野・鈴木両師は種々の文或ひは詩を書いて下さつた。私は留別の詩を作り吉川君に贈つた、「将去西京似吉川子」と題し次の如くである。

風塵莫問又飄零。三載交情肺腑銘。須記与君詠帰処。鴨涯楊柳故青青。

自分は弱冠の年から異域に奔走し、西京に来て書を読むこと三年、今また東都の風塵に飄零せんとする。前途の事は問はず、三年間の君の友情は肝に銘して忘れない。君と往来し散歩した鴨川の土手の柳は、我〻の為に故《ことさ》らに青々の色をなすかと見えた。長く記憶に残ることだらう。又、「神戸与吉川子別」の詩、

洛陽風物共吟詩。一字推敲酒一巵。忍与知昔此相別。楠公祠畔雨如絲。

風物絶勝の京洛の地に居て、詩材はその多きに堪へない。吉川君は詩を作る事には非常に苦心した、後には自己の天性が詩よりも文に近いことを知つたやうだが、初は詩の為に一字一句も苟もせず、推敲に推敲した。酒を愛し酒巵《さかづき》を傾けながら苦吟したことは彼自ら私に語つた所である。年少

詩を愛する者、偶然相逢ひ、お互ひ知音を以て相許した。足かけ三年は忽ち過ぎた。私が京都を去り、上京するまで暫時神戸の親戚の家に居た時、一日突然吉川君が尋ねて来た。神戸は君の故里で、私から君の家を尋ねようと思つてゐた矢先に、君の方から別れに来てくれたのである。好意に感じ、暫く話し合つた後、君が帰るのを送つて長田町から湊川の神社近くに到つた時、雨がぱらぱらと降つて来て、遂に手を分つた。（五二三ページに続く。）

七十一

槐南が「不知南北是何朝」と云ひ、立庵が「休向春風問南北」と云つたのは、多くの人の共感を誘ふ句に違ひないが、明治の末年、南北正閏論が沸騰した時、熱烈に南朝の正統を主張した学者の群の一人、松平天行（名は康国）は、「芳山懐古」の七律を賦し、其の後聯に云ふ。

但是至尊違北闕。勿呼正統做南朝。

タヾ是レ至尊　北闕ニ違ヒ、正統ヲ呼ンデ　南朝ト做《ナ》ス勿レ。

後醍醐帝が神器を奉じて京師から大和に幸し、行宮を吉野に置かれただけ、正統の天朝は一つ、南も北もない。それを南朝などと呼ぶものだから、北朝といふものと対立することになつた間違ひの元《もと》であると、流水対を以て明快に道破した。明治天皇は南朝を正統と定め、明治二十二年、行宮の跡に「吉野神宮」を創建せられた。天行は之を七律に詠じ、後聯に云ふ、

威霊赫赫護神器。祀典雍雍遇聖君。

威霊赫々神器ヲ護リ、祀典雍々聖君ニ遇フ。

南朝四代の威霊は神器を擁護し得たところに在る。北朝五帝の践祚は神器授受の空儀を行へるのみ、後

に聖君出でて、明断により祀典を正しくされたと。右の二つは芳山に関する不朽の名句として伝ふる価値がある。

青厓は「拝塔尾陵」の詩を最も会心の作としたと、前稿に述べたが、これと相並んで、青厓がやはり会心の作とした一首がある。

忠義南朝第一臣。闔門九族死成仁。聖明恩沢及枯骨。五爵今無楠姓人。

忠義南朝第一ノ臣、闔門九族死シテ仁ヲ成ス。聖明ノ恩沢枯骨ニ及ビ、五爵今ハ無シ楠姓ノ人。

「読南木志」二首の一である。楠公崇拝の青厓に、この外にも楠公に関する詩幾つかあるが、之は其の代表的のものである。明治元年朝廷は楠木正成に神号を追贈し、別格官幣社創祀の沙汰を下された。後又楠木正行に神号を賜ひ、別格官幣社に列せられた。十三年には車駕西巡して神戸に抵り、正成に正一位を追贈された。異数の恩典である。右の詩はこの事を言ふ。楠氏一門の血肉、挙げて王事に殉じ尽し、明治の華族制定に当り、受爵者の中に楠姓の人あるを聞かない。是れ楠氏の純潔を永《とこしへ》に保つ所以、却つて慶すべきであると、永遠に万人をして首肯せしむるに足る、一大史論に値する。大槻磐渓に「芳山懐古」の左の如き詩が有る。

行宮寄在碧嶙峋。花開花落五十春。一木自堪支大厦。三朝倚頼楠姓人。

青厓は年十二三の時、郷里仙台の碩学詩人磐渓に謁してゐるから、此の詩も早く記憶に存し、自作の場合、覚えず楠姓人の三字が出て来たのであらう。

副島蒼海に「和鉄兜山人南朝詩」といふ一首が有る。其の前と後に序が附してあり、仮名交りに訳すと次の如くである。

鉄兜山人曾て南朝の詩を作る、其の詞に曰く、

山禽叫断夜寥寥。無限春風恨未消。露臥延元陵下月。満身花影夢南朝。

かの南朝の詩を作るもの、延元陵と曰《い》はざるなく、南朝と曰はざるなく、桜木香雲と曰はざるなく、万人一声に出で、万詩一格に成る。かくの如くして各〻その声調を誇る、所謂る、具《とも》に予を聖と曰ふ、誰か烏の雌雄を知らん、といふものである。鉄兜先生は世に云ふ大家である、大家でも南朝の詩を作れば、一般人と選ぶ所はない、そこで自分も其の詩韻に和して見たところ、やはり同じやうなきまつた型にはまつてしまつた、曰く。

落花狼藉午蕭寥。古殿深愁猶未消。怪鳥声中春亦暮。滴将双涙哭南朝。

門生の所望で、鉄兜の詩を直して見た。大体鉄兜は何といふ無礼者であるか、延元陵下に露臥すなはち野宿するとは……そこで自分は襟を正して次の如く改作した。

山禽叫断晩寥寥。無限春風恨未消。不惜延元陵下坐。満身花影弔南朝。

すると門生が、先生の詩を直したら如何《どう》なりますか、といふので、又次の如く作つた。

泉声聒聒昼蕭寥。古殿深沈恨未消。翠輦不来春又暮。落花狼藉認前朝。

その時、天に声あり「劉君、貴作は佳《よ》くないことはないが、泉声云云は改めて、玉鈴響歇としたらよい」と。言ひ終つて自ら「我は李義山の霊だ」と名乗つた。次で杜司勲の霊が現はれて曰ふ「玉音は金声の鏘々たるに若《し》かない」と。そこで自分は又微吟した。

金鈴響歇昼蕭寂寥。古殿深沈恨未消、翠輦不来春又暮。落花狼藉認前朝。

これでいよいよ名吟だ。

右の「劉君」とあるのは、蒼海自ら「我原劉氏出」と云ひ、漢の孝霊皇帝の曾孫阿智王が、漢の亡後日本に帰化した其の子孫、と称してゐた。李義山、晩唐の詩人李商隠、字は義山。杜司勲、晩唐の詩人杜牧、司勲員外郎に官した。杜牧の有名な句に「折戟沈沙鉄未銷。自将磨洗認前朝」とある、其の三字を用はれたから、霊が現はれたのであらうか。千年も前の晩唐の二大家の霊が現はれて、いろいろ教へてくれたと云ふ、誠に蒼海らしい神怪の談である。蒼海が平生菅公の霊に感通したといふ話は当時世に周知の事であつた。『蒼海全集』巻五には、右の話に似て、聖人周公の霊と語り合つたことを述べた七言古詩がある。蒼海の詩を作る時は、言々句々口を銜いて出で、門生をして之を筆記せしめ、篇章立地《たちどころ》に成る。到底人間業とは思へない、従つて神工鬼斧の辞、何とも解す可からざるものあること亦屢〻《しばしば》である。所謂「不可無一、不可有二」とは蒼海の詩の事であらう。青厓は蒼海を以て近世第一の大詩人となし、常に人に之を語り、詩にも賦してゐるが、神怪なる蒼海の句法に就いて意見を叩くと「怪力乱神を語らず」といつた表情で、黙して答へられないのを常とした。

蒼海は曾て国学を、本田親徳といふ神道家に学んだことがあるといふ。本田は又鎮魂帰神の術に通じ、明治九年蒼海の家で之を修し、本田が審神者《さには》になると、明年二月西南に乱が起る、副島は鹿児島に往き西郷を説得せよ、若し成らざれば生命の難あり、宜しく海外に避くべしとの神示であつた。そこで蒼海は書を西郷に寄せ、書生鈴木某を鹿児島に遣したが効なく、九年秋蒼海は清国漫遊の途に上つた。数月の後、果して西南の役が起つた。本田は鹿児島の人で、水戸の会沢正志斎の門に遊び、尊王攘夷を唱へた。彼が霊術を修めるやうになつた動機は、嘗て伏見に於て、七歳の童子が神憑《かみがかり》で歌を詠むと聞き、その童子に逢つて、汝には憑物《つきもの》があり、歌を詠むさうだが本当か、と問ふと、忽ち童子の言貌が変り、詠むから題を与へよといふ。因つて、折からの雨に庭の紅葉の散る景色を眺めて、詠んで見よと言ふと、童子は即座に筆を援き、

庭もせに散るさへ惜しきもみぢ葉を朽ちも果てよと降る時雨かな

とやり、筆を投げ、竹馬に乗つて出て行つた。そこで本田は、つくづく世には憑依霊なるもののあることを知つたと云ふ。

西郷南洲は城山で死ぬる二日前、薩人岡部某を呼んで「汝は今からここを脱出し、副島が清国から帰つたら予の遺言を伝へてくれ」と言ひ付けた。それは「慎んで死すること勿れ」の一言であつたと云ふ。岡部は城山を脱出し、翌年の秋、帰国した副島を尋ねて之を告げた。それから二十年も経《た》つて、副島はこの事を追念し「南洲①」と題して詩を作つた。

国家多難憶南洲。北塞風雲終古愁。李郭嘗明一王義。陳蕃定為本朝謀。
遺憂天上悲君志。置重人間慕若儔。拙子如今徒碌碌。徒為不死但搔頭。

西郷と副島は、夙に日露の関係、北辺の守りに憂を抱いた。これは地政学上、我国千古の憂患である筈だ。一二句は之をいふ。次は維新の際の南洲の功業をいひ、次は、西郷はその憂国の志を空しく天上に齎らしたが、若《なんぢ》が儔《ともがら》に対し、慎んで人間を棄てず、国の為め自重せよと遺言した。然るに拙者は碌々として為すことなく、徒らに死にもせず、頭をかいて慚愧するばかりだと。

又「感旧②」と題して、

開国元勲十数人。死亡一旦互相因。至今唯独遺茲老。忍作乾坤大福身。

明治も三十年の頃には、維新の元勲は前後して皆世を去り、蒼海一人生残つて、身は天地間の大福長者と自覚したのである。全く、一《いつ》無かるべからず、二有るべからざる人を天が降したのであらう。

---

① 『蒼海全集』巻五、四十丁表
② 『蒼海全集』巻二、六十六丁裏

七十二

青厓は前述の如く、吉野の旅舎で「徳川以降の吉野の詩全部を見たが、皆平凡極まるものであつた。」と言ひ、久保天随も全く同じことを言つてゐる。明治諸家の詩は頗る多く、私が寓目しただけでも、かなりの名篇佳作が有るやうに思ふ。質量とも江戸時代作者のそれを凌駕して餘あるものと思はれる。ここではこれ以上吉野の詩に触れることは止めよう。ただ槐南、青厓の芳山の詩を説いた以上、二人と相並んだ三大家の一人本田種竹に芳山の詩は無いか調べて見たところ、明治十二年種竹十八歳の時、既に「芳山懐古」の作があつたやうだが、早く散逸して伝はらず。芳山に縁《ゆかり》のある詩としては、源義経、静御前の事を詠じた佳作二三を数へるだけである。吉野山は南朝五十年の歴史ばかりではない。遠くは天武天皇が大海人皇子の頃、剃髪して山に潜まれた事実、源平時代には源義経が鎌倉の追跡を逃れて来山し、何事か企画して成らず、愛姫静御前と別れた悲話等は殊に有名である。

由来、詠史は漢詩の重要な題目であり、別して英雄と美人のロマンスは絶好の資料である。吉野の義経と静御前といへば、同じく楠正行と勾当内侍の美談を思ひ。静御前といへば義経の母常盤御前が聯想され、更に源義仲と巴御前を聯想せずには居れない。これ等は皆漢詩家が好んで翫んだものである。私はここで、静を詠じた種竹の詩を始め、義経、常盤、義仲、巴に関する明治諸家の佳作を紹介しようと思ふ。種竹は歴史に精しく、随つて詠史を能くし、諸方の史蹟を探つて、幾多懐古の名篇を遺した。其の居室を名づけて「懐古田舎」といひ、世人は種竹を呼ぶに「懐古博士」を以てした。壮年の頃上野の美術学校に講師として、歴史を担当した経歴のある人である。本稿は今まで主として青厓、槐南を説き、種竹に就いては多く語る所が無かつた。これから力めて種竹其他の名家にも及びたいと思ふ。

中田村光了寺観静姫舞衣、伝云、鎌倉府徴舞之時所着、出寺里許、到栗橋、駅側土塋三尺、片碣仆草、葬其遺骸之処云。

鶴陵昼召群侯宴。大頭将軍凛威風。宴酣強催佳人舞。将舞不舞情莫窮。
六尺之布不可縫。寄恨纅絲一曲中。思郎思郎思不断。舞衣染尽涙痕紅。」
一自棠棣花忽散。芳山風雪誰拯難。追郎遠入八州雲。簿命流離征途半。
無情劫風墜名花。一抔冷土蒼苔暗。」古刹猶有舞衣存。老僧示我説前因。
繡紋断続残線渋。翠金剝落古煤昏。斑斑恍看微生暈。莫是当年紅涙痕。
我独欲把蘋花薦。秋風何処弔芳魂。里女不知懐古恨。木綿歌起夕陽村。

中田村光了寺ニ静姫ノ舞衣ヲ観ル。伝ヘ云フ、鎌倉府舞ヲ徴スルノ時着クル所ト。寺ヲ出ヅル里許《バカ》リ、栗橋ニ到ル、駅側ニ土塋三尺、片碣草ニ仆ル、其ノ遺骸ヲ葬ルノ処ト云フ。

静は当時京の白拍子、舞は名立たる名手、絶世の美人であつた。義経の寵を受け、頼朝のため京を逐はれた義経に随つて吉野山まで来たが、義経は頼みとする山僧に背かれ、危険の身に迫るを知り、金帛を与へて静を京に返らしめた。静は藤尾坂を降り風雪を冒して蔵王堂に到つた時、山僧たちに捕へられ、その母と共に鎌倉に送られた。頼朝は義経の行方を訊問したが固く知らずと答へ、孕めるを以て暫時鎌倉に留められた。頼朝と妻政子は鶴岡八幡宮に詣で、群臣と宴を開き、静を廻廊に召して歌舞を命じた。これまでも歌舞を要《もと》められたことがあり、今はたゞ主に別れたる憂のみ切にして歌舞せん空も覚えず、と言ひ固辞して来たが、この度は許されず、已むを得ず起つて歌舞した。その歌にいふ、

　吉野山峰の白雪踏みわけて入りにし人の跡ぞ恋しき

又歌うていふ、

　しづやしづしづしづの緒環くりかへし昔を今になす由もがな

美音妙舞、且つ当意即妙の歌、一座皆涙を流した。独り頼朝は心平かならず、我が前をも憚らず、反逆の義経を慕ひ、怨別の曲を歌ふとは何事ぞといふ。さすがに政子は昔の我身に引き比《くら》べて今の静の身に同情し、簾内から卯の花重ねの衣を出し褒美として与へた。

鶴陵 昼 群侯ヲ召シテ宴ス、大頭将軍 威風凛タリ。宴酣ニシテ強《シヒ》テ催《ウナガ》ス佳人ノ舞、将ニ舞ハムトシテ舞ハズ 情窮リナシ。六尺ノ布縫フベカラズ、恨ヲ寄ス繅絲一曲ノ中。郎ヲ思ヒ郎ヲ思ヒ 思ヒ断エズ、舞衣染メ尽ス涙痕ノ紅。

大頭将軍頼朝（『日本外史』に「軀矮而面大」とある）威風凛然として群侯に臨み、佳人を召して歌舞を命じた。舞はんとして舞ひ難き情の窮りなき、兄弟の不和を悲しみ、意中の人を慕ひ、無限の恨を繅絲（繅は糸をくる）一曲の中に寄するのみ。郎を思ひ郎を思ひ、涙は舞衣を紅に染めた。

漢の孝文帝の弟淮南厲王は帝の咎を受け自殺した。民間に歌ふ者あり「一尺布尚可縫。一斗粟尚可舂。兄弟二人不能相容」。僅かの布でも、縫うて兄弟衣《き》ることが出来る。僅かの粟でも、うすづいて兄弟共に食べることが出来る。況んや天下の大を以て、弟一人を容れるこが出来ぬとは何事か、と文帝を譏ったのである。ここでは頼朝を譏ったことになる。一尺を六尺としたのは別に深い意味はない。

一タビ棠棣花忽チ散ジテヨリ、芳山ノ風雪誰カ難ヲ拯《スク》ハン。郎ヲ追ウテ遠ク入ル八州ノ雲、薄命流離ス征途ノ半。無情ノ劫風名花ヲ墜《オト》ス、一抔ノ冷土蒼苔暗シ。

棠棣は和名にはうめ、『詩経』の字面、兄弟に喩へる。棠棣の花が散つて、この身は独《ひと》り芳山の風雪にさらされ、難を救うてくれる人とてなく、鎌倉まで送られて来たが、別れた郎君の後を慕うて、八州の雲に踏み迷ひ、旅の半ば、業因の報いか、無情の風に薄命の名花は落ちた。苔むした一掬ひの土、これが静の墓と土人は伝へる。

古刹猶ホ有リ舞衣ノ存スル、老僧我ニ示シテ前因ヲ説ク。繍紋断続残線渋ル、翠金剝落古煤昏《クラ》シ。斑斑恍トシテ看ル 微ニ暈ヲ生ズルヲ、是レ当年紅涙ノ痕ナル莫《ナカ》ランヤ。我独リ蘋花ヲ把ツテ薦メント欲ス、秋風何ノ処カ芳魂ヲ弔セン。里女ハ知ラズ懐古ノ恨、木棉歌ハ起ル夕陽ノ村。

この古寺に、静の舞衣が保存されてゐる。その因縁を住職の老僧は私に説明してくれた。見れば、ぬひとりの模様はきれぎれ、絲はたえだえ、みどりの色こがねの光も剝げて落ち、全体がすすけて黒ずんだ中に、処々《ところどころ》まだらに染まつたものがある。静の涙の痕ではあるまいか。私はうきくさの花を墓に供へて佳人の霊を弔うた。夕陽《ゆふひ》の下、村の娘たちが歌ふ採綿の歌が聞えて来た。

鎌倉を放たれた静は、義経の居る奥州を指して行く途中、上総の古河あたりで死んだのであらうか。歴史上その死時死所とも明かでない。静の遺跡異物と伝へられるものは各地に有つて、殆んど信じ難いと云ふ。私は詩を説くだけで、光了寺もその遺物も知る所ではない。大方の教示を得ば幸である。

附 記（承前）

私は留別の詩を作り、吉川君は送別の序を作つてくれた。但その序は、君山先生の朱の入つた草稿のまま示され、定稿の上送るとのことであつたが、遂に来なかつた。詩でも文でも、十分意に称ふまで推敲して已まぬ人であつた。

詩は刻苦する割合に成就する所が少かつたのは、推敲癖の過ぎたるが為ではなかつたらうか。私はそれが黄山谷の謂ふ「鏤冰文章費工巧」のやうであつては惜しむべき事と思つたし、特に君山先生が君の文に深く期待して居られることを思ひ、「君は詩よりも文章だ」と、よく言つたものである。

東西に別れてから、初めの中は例の漢文の書束をとりかはしたが、やがてそんな面倒なものは書かなくなり、次第に疎遠になつた。かくて十年、二十年、歳月は流水の如く去つていつた。今に私の手許に残る古い吉川君の手紙が有る。

拝啓　過日は御西下の次を以て態ゝ御過訪被下、久ゝに良晤を得ましきものを、折柄他出中にて失迎の段為罪の至且つは残念の至に存候。一別二十年吟哦益ゝ適情のことと欣羨の至に有之、こちらは碌々として風塵に齷齪する内に大雅の堂には愈ゝ入り難きことゝなり愧赧候。殊に此頃は長安の居不易衣食に奔走してしがなき売文を以て清俸を助けをり候次第、御慇笑被下度候。西文を属綴することは時ゝ其興有之候へ共、詩は一向に興なく畢竟性に合はざることと心得居候。たゞ古人の詩を読むことは大いに面白く、近頃は殊に唐賢に親しみ居候へ共、これもそれによりて唐の精神史の一端を明らめんとするさもしき下心に有之候。

其他あれもこれもと申述たき儀有之候へ共、言不尽意、次に御西下の節には預め御一報被下度、久ゝにて面罄を期することと致す可く候。不宣。

木下　彪様　　　弟幸頓首　　七月卅日

私はこの手紙を読んだ時、二十年来少しも変らぬ吉川君の友情に感激した。昭和二十二年のことで、その頃私は宮廷の要務で屢ゝ京都に出張し、狩野、鈴木両師の許に伺つてゐた。その間一度吉川君を尋ねて逢へなかつたのである。

吉川君は私の早く予想したやうに、其の天稟の才を文章に傾け、詩は殆んど廃したやうである。右の書柬に率直にその事が披瀝してある、「西文」とあるのは漢文のことである。昭和三十五年に刊せられた君の詩文集『知非集』の自序には、更に詳細にこの事を述べた後、「近忽復勤於詩、愈不求之性情、作之愈易、（近ゴロ忽チ復タ詩ニ勤ム、愈ゝ之ヲ性情ニ求メズ、之ヲ作ル愈ゝ易シ）」と言つてあるが、一昨年君の詩文の全集ともいふべき『箋杜室集』が刊せられ、私は早速一本を購つて読み、その晩年再び詩に精進し、篇什の頓に増せるを知り、五十餘年前の吉川君に還れるかの感をなした。尚ほ精読して見ようと思ふ。

七十三

漢詩が、歴史を題材として重んずることは、和漢、古今を通じて其の著しい特色である。「詠史」とか「詠古」とか「楽府」とか、皆過去の歴史事実を詠じたものである。現代の史実即ち時事を詠じたものも、「詠史」と題したものが少くない。青厓の「評林」が是れである。明治十年西南の役を当時の人は、多く「詠史」と題して謳つてゐる。

司馬遷の『史記』は史にして詩なるもの、杜少陵の詩は詩にして史なるものである。漢土上下数千年の詩と史は、此の二者を標準として類推することが出来る。我国で分り易い例を言へば頼山陽の『日本外史』は史にして詩、『日本楽府』は詩にして史である。凡そ詩と史、詩人と史家ほど関係の密接なものは無かつた。

明治の漢詩を通観しても、此の伝統は極めて明白に存する。たゞ我国の詩人は漢土の史を読むこと国史の如く、詠史には当然両国の史を材に取つて居る。さうして詠史は最もよく作者の学と識と才を表はすもので、微塵も誤魔化しがきかない。その傑作は大いに読者をして観感興起せしむる力があつた。山陽の詠史が維新の大きい原動力となつたことは既に世に定評の有ることである。

明治一代を通じ、詠史の作最も多い者としては、首に大沼枕山を挙げねばならない。枕山の集中、和漢の詠史は枚挙に遑ないほどであるが、別にまとまつたものとして『日本詠史百律』『歴代詠史百律』の二書がある。前者は日本の歴史上の人物百人、後者は漢土の人物百人を選び、すべて七律を以て之を詠じた。前者は明治十六年四月、後者は十八年十二月の出版、枕山晩年の作である。枕山は博学で頗る歴史に精しかつたが、詩を以て門戸を張り、門人が非常に多く、中年以後は門人の詩を添削するに急で、自家の作に疎かとなり、晩年殊に甚しかつたと云ふ。その為め、「詠史百律」は粗率を極め観るに足らない。中年以前の詠史に優れたものが多い。

話を元にもどして、前回種竹の詩に接続する。

種竹の詩は、明治二十年の夏から秋にかけて種竹が日光の勝景を遍歴して百三十餘首の詩を作つた、其の帰途、静女の墓及び舞衣を観て作つたのであるが、その前、明治十六年十月同じく静女の墓、舞衣を観て詩及び文を作つた人がある。大作延寿、字は鎮卿、号は蘭城と云ひ、武州埼玉の人である。埼玉に生れ、幼時より同じ埼玉に静の遺跡があると聞かされ、明治十六年十九歳の時、その地を尋ねたのである。因に蘭城は、十七年東京大学古典講習科漢書課に入学し、二十一年卒業した。非常な秀才で、十歳にして詩を作り、大学に入るや学問詩文とも儕輩に超絶し、師友皆その大成を期待したが、不幸二十七歳で早世した。同学の友市村器堂、長尾雨山等が其の遺稿を蒐めて『蘭城遺稿』正続二編を刊した。今日之を読んで、むつかしい漢文を自由に書きこなしてゐる其の才力に驚歎する。尤も明治の二十年代は、作文といへば漢文で書くのが普通であつたのである。

其の「記静姫逸事幷詩」と「静姫舞衣」であるが、前者は一千百餘字、後者は五言古詩五百字に達する。如何に奇才でも十九歳の少年の作、こゝに録して鑑賞する程のものではない。然し隠れた少年詩人の作として黙過するに忍びないし、本人自ら「史の欠を補ふ」と言つて居り、由来不詳とされる静の最後につき『義経記』などと全く違つた事が叙べてあるのが面白いから、逸事を記した要領の所を鈔訳して見ることとする。

武州栗橋ノ西ニ静女ノ墳アリ。又北総中田駅ノ古寺ニ其ノ舞衣ヲ蔵ス。相伝フ源義経ノ讒ヲ蒙リ、鎌倉ニ入ルコトヲ得ズシテ西ニ帰ルヤ、道士トナリ奥州ニ奔ル。静拘セラレテ鎌倉ニ到リ、後放還サレ、義経逃レテ北ニ在リト聞キ追踵シテ至リ、終ニ命ヲ此ニ隕ス。故ニ其ノ墳ト其ノ齎ス所ノ舞衣アリト云フ。余嘗テ之ヲ聞キ、久シク行キテ観ント欲シ未ダ果サズ。今茲《コトシ》始メテ其ノ地ニ遊ビ、其ノ墳ヲ観ル。墳ハ駅西数百歩伊坂村ニ在リ、荒草蕪没、人跡至ル稀ニ、四顧タダ悲風ノ蕭条タルヲ聴クノミ。嗟乎《アア》静女素《モト》源豫州ノ鍾愛スル所ナリ。豫州ノ京ニ在ルヤ、金屋ニ侍シ綺《キ》羅ヲ被、部下ノ将士其ノ面ヲ見ルコトヲ得ズ。其ノ終ヤ、顛蹶流離、生キテ居ナク、死シテ所ナク、紅臉野ニ委シ、芳魂草ニ寄ス。幸ニ後人片石ヲ樹《タ》テ之ヲ表ハスノミ。之ヲ土人ニ叩ケバ曰ク、墳上ニ一老杉アリ、目シテ一本杉トイフ、蓋シ屍ヲ埋ムルノ後之ヲ種《ウ》ヱ、以テ其ノ所ヲ表ハスト。今余ノ来ル、唯盤根アリ。躊躇シテ去ル能ハズ、悽然失フアルガ如シ。又、舞衣ヲ中田駅ノ古寺ニ観ル。并ニ弥陀如来像一軀、匕首一口アリ。衣ハ紺色ノ繒、雲竜日月星ヲ繍ス。両袖既ニ断絶シ、財《ワヅカ》ニ肩背ヲ餘ス。弥陀像及ビ匕首、皆伝ヘテ静ノ遺物ト為ス。寺ニ古記アリ、請ウテ之ヲ閲スルニ云フ、舞衣ハ後鳥羽帝ノ賜フ所、帝ノ時天下亢旱、野ニ青草ナシ、帝憂懼シ、巫覡《フゲキ》浮屠ノ徒ヲシテ之ヲ禱ラシムルモ効ナシ。是ニ於テ舞姫一百人ヲ集メテ楽ヲ奏シ、雨ヲ神泉苑池ニ祈ル。静起《オ》ツテ将ニ舞ハントス、帝衣ヲ簾外ニ推シテ之ヲ賜フ、即チ此ノ舞衣ナリト。又云フ、静ノ義経ヲ踵フヤ、財ニ一侍婢ヲ伴フ。同国下辺村ヲ経テ前林村ニ至リ、土人往々義経戦死ノ状ヲ説クヲ聞キ、潸然トシテ涙ヲ垂レテ曰ク、已ミヌ、吾独リ生キテ何ノ益アラント。帰リテ伊坂村ニ至リ、遂ニ自殺スト。静放還ノ後、生死ノ事復《マタ》史ニ見エズ、則チ命ヲ此ニ隕スモノ、信ズベキニ似タリ。聊カ旧記ノ言ヲ録シテ、其ノ伝ヲ広クシ、以テ博雅ノ君子ヲ俟ツノミ。史其ノ終始ヲ詳ニセズ、今此ノ伝ヲシテ果シテ信ナラシメンカ、則チ史ノ欠補フベク、千古ノ疑一朝ニシテ銷ス。余既ニ其ノ墳ヲ過ギ、又其ノ衣ヲ観ル、懐旧ノ情、益〻已ムベカラザルナリ。

この後に七言古詩一篇が附してあるが省略する。舞衣の五古は、冒頭の「鴛鴦不必群。又有風波隔。佳人多薄命。紅顔時窘厄」に始まり、「氷刃倏流血。荊棘埋魂魄。或云削其髪。為尼死困阨。真蹤竟難得。邈乎無可覈。悽然如自失。悲心益相繹」。又「憐観旧時衣。摩睫且到夕。只有涕血在。紛洒衣上赤。洒之真可惜。破衣亡其迹。顚末欠掎摭。史伝多残欠。嗟余歌記之。補史更令蓆」などとある。

『義経記』には、静は鎌倉から西京に送還されたが、「かかる憂世にながらへて何かせん」と、髪を剃つて天王寺の麓に草庵を結び、母の禅師と共に行ひ澄まして居た。「能は日本一、形は王城に聞こえ、心情《なさけ》は人にも勝《すぐ》れ、惜しかるべき歳《とし》十九にて様を変《か》へ、次の年の秋には往生の素懐を遂げ」たとある。大沼枕山の『日本詠史百律』中の「静姫」は、詩として上作ではないが、

豫州遠向北洋沂。泣向西京独自帰。芳野雪深儂命薄。鶴岡花落主恩微。

官程迢遞迷行跡。野寺荒涼剰舞衣。最憶堀川防賊夜。手披緋甲帯灯輝。

豫州は伊豫守に任ぜられた義経を称する。芳野で義経と別れ、泣く泣く西の都へ帰る途中、深雪に行悩んで山僧どもに捕へられたのが薄命の始まりで、鶴岡に白拍子の餘姿をさらし、生子は頼朝に殺され、一方検非違使判官の身を以て鎌倉の追捕を逃れ、多武峯、南都を経て、北陸道より奥州に落延びた義経の行跡を追はんとして、敢へなく途に斃れ、最後まで離さなかつた舞衣は、荒涼たる野寺に朽ちたまゝ残つてゐると。枕山は種竹、蘭城と同じく、栗橋、光了寺あたりを静の死所と為した。

右第七、八両句は、京の六条堀川の義経の館に、頼朝の廻《まは》し者土佐坊昌俊が、手勢百騎を率ゐて夜討

をかけた時、寝もやらず土佐の異図を警戒してゐた静は、すは敵襲と、酔臥してゐる義経を揺り起し、手早く唐櫃を開き錦の直垂《ひたたれ》、緋縅《ひをどし》の鎧を取出して着せた。それに鍬形打つた白星の兜の緒を締め、黄金作りの太刀を帯《は》いた若き大将軍義経の武者振り、賢ゝ《さかさか》しく健気《けなげ》な静の振舞ひ。真夜中の灯火が此の劇的な場面を、画のやうに美しく静かに照した、といふのである。

義経、静の事といへば、詩人は大抵吉野の雪中の訣別、鶴岡社前の奏舞の如き悲劇を謳ふのであるが、二人が全盛の時代、土佐坊の夜討の時の事など、餘り触れたがらないやうだ。『義経記』や『日本外史』には此の所が詳しく、二人の面目が生ゝ《いきいき》と描かれてゐる。枕山の詩が少しでもこゝに触れたのは喜ぶべきである。枕山の詩に比すべきものに、杉渓六橋の詩がある。六橋は京都の公卿出身で、明治から昭和に亙り、詩書画三絶の名を擅《ほしいまま》にした人である。詩は其の「平安雑詩」の一である。

西海戦塵方僅収。讒誣已醸豆萁憂。宮門月影僧交戟。甲帳灯光姫捧兜。
青史人争論好悪。黄泉鬼豈有恩讎。古来艶説豫州蹟。不尽千年衣水流。
西海ノ戦塵方《マサ》ニ僅カニ収ル、讒誣已ニ醸ス豆萁ノ憂。

屋島、壇浦の戦塵がやつと収まつた時、讒人の誣告が原《もと》で源家の兄弟争ひが始まつた。梶原景時は頼朝の命を受け、義経の軍目付となり、屋島では逆櫓の議で義経と争ひ、壇浦では先陣を請うて容れられざるを怨み、事毎に義経に楯突いた。義経は之を殺さんとしたが、諸将が仲に入り事を収めた。景時は鎌倉に帰り、頼朝に対し百方義経の事を讒誣した。

宮門ノ月影 僧 戟ヲ交へ、甲帳ノ灯光 姫 兜ヲ捧グ。

頼朝は土佐坊昌俊に計を授けて京師に送つた。土佐は堀川の義経の館に近く宿を構へた。義経の命を受けた武蔵坊弁慶は、土佐の宿に打入り、昌俊を取抑へ引立て、来た。「おのれは二位の旨を受けて我を図る者であらう」といふ義経に「ゆめゆめ思ひ寄らぬ事」と陳弁し、起請文を書いて昌俊は当座の難を免れた。静は義経に曰つた「あの坊主はこゝを立去る時、屋敷中を見廻して特に廐に目を着けました、必ず異心が有りませう」と。義経は意に介しなかつた。次で又曰つた「大通りに塵が立ち、人の往来があはたゞしい様子、御用心なさりませ」と。果して昌俊は其の夜月明に乗じて来襲した。僧侶の身を以て主家の一族を滅ぼす為に戈を執ることは、土佐も初めはためらつたが、所詮親の首を斬るも君の命、と決意したと云ふ。事敗れて生捕りされた昌俊を、義経は生かして放還しようとしたが、「疾《と》く疾く首を召されよ」といふので、弁慶に命じ処置させた。

青史人争ツテ好悪ヲ論ジ、黄泉鬼豈ニ恩讎アランヤ。

人は青史を読んで、史上の人物に就いてそれぞれ好悪の感を懐く。頼朝の残虐を悪み、義経の悲劇に同情する、殆ど議論の餘地はない、その為め判官贔屓《ひいき》の語まで生んだ。人間の歴史に血の闘争の絶えることはない。たゞそれを黄泉の下まで持越されては堪らない。鬼神となれば最早《もう》恩も讎も無いのではあるまいか。

古来艶説ス豫州ノ蹟、不尽千年衣水流ル。

伊豫守義経の事蹟は、古来、物語、浄瑠璃、謡曲、歌舞伎等により美化されて来た。それは衣川の流れと共に、千年も尽きることなく伝へられるであらうと。史上の人物で、日本人にとつて義経ほど人気の高い者は無い。蘭城及び六橋の詩に就いては、後に再び述べることゝする。

次の那珂梧楼の作「静女」は、種竹の作と並べ観るべきものである。

銅拍子急鼓声催。舞衣上場腸万回。豆萁煮豆果何意。斗粟尺布不堪哀。鄭段当時罪或少。

其奈伯也多忌猜。芳山躡雪蹤已遠。歌唇今日向誰開。愁緒万端結難解。翻入繰絲曲裡来。

銅拍子急ニ　鼓声催ス、舞衣場ニ上ツテ腸万回ス。豆萁豆ヲ煮ル果シテ何ノ意ゾ、斗粟尺布　哀《カナシミ》ニ堪ヘズ。鄭段当時　罪或ヒハ少シ、其レ奈《イカン》セン伯ヤ忌猜多キヲ。芳山雪ヲ蹋《フ》ンデ蹤《アト》已ニ遠シ、歌唇今日誰ニ向ツテカ開カン。愁緒万端結ンデ解ケ難シ、翻《カヘ》ツテ繰絲曲裡ニ入ツテ来ル。

畠山重忠は銅拍子を打ち、工藤祐経は鼓を打ち、急《せ》き立てるやうに強ひて静を舞台に上らせた。誰の為に歌ふことが出来よう、芳野の雪中に別れてから、情人の行方は遠く、愁心万端、腸は煮えくりかへるばかり。それが「しづの緒環」の一曲となつて長く哀れを留めたことである。初の二句と後の四句でかく言ひ、中の四句では故事を以て作者の史観を示した。

豆萁、斗粟は兄弟不和の故事として、古来多く詩に用ゐられる。魏の曹植は兄曹丕即ち魏の文帝に、汝七歩の中に詩を作れ、成らざれば法に処せんと言はれ、直ちに起つて謳つた「煮豆持作羹。漉豉以為汁。萁在釜底燃。豆在釜中泣。本是同根生。相煎何太急」。豆の羹を作るといつて、豆萁《まめがら》を釜の下に燃やし、豆は釜の中で煮られて泣いてゐる。豆と豆萁と同じ一本の根から生じたものが、互に煎る煎られるとは何といふ無慙なことか。「一尺布尚可縫。一斗粟尚可舂」といふ詩もある。兄弟相容れることが出来ないとは誠に哀《かなし》いことである。

鄭段即ち鄭の共叔段と其の兄鄭伯即ち荘公との争ひは『左伝』に見える。鄭段は父武公の愛を受け、驕慢にして不弟の所行が多く、武公の後を継いだ鄭伯即ち荘公は之を措て問はず「多く不義を行へば自ら斃れん」と言つてゐたが、段は母と示し合せて兄を襲撃せんと企つるに至り、之を知つた兄荘公は兵車二百乗を以て鄭段の居城京を囲み、段の鄢に入るや鄢を伐ち、段は遂に共国に亡命した。

詩は頼朝を鄭伯荘公に、義経を鄭段に比した。頼朝は義経が平氏追討に大功を立て、後白河法皇から格別の寵栄を蒙ると聞き、之を忌むこと甚しく、刺客を送つて義経を害せんとする。義経は已むを得ず叔父行家と共に、法皇に奏して頼朝追討の宣旨を受けた。頼朝は北条時政に大兵を率ゐて京に入らしめ、己は六十六国総追捕使として益〻義経の追捕を厳にした。義経は逃れて奥州平泉に藤原秀衡に頼つたが、秀衡の死して子泰衡の立つや、頼朝の圧迫に抗し得ずして義経を攻殺した。

詩に「鄭段当時罪或少。其奈伯也多忌猜」とある、これは、実際は義経の罪など大したことはなく、元来頼朝の性質が猜疑忌克の甚しいもので如何しようもなかつたのだと。義経が頼朝追討の院旨を申し受けたのも、其の本意ではなく、兄の圧迫に対抗の策として已むを得なかつた、と作者の史観を示した。『左伝』に見える鄭段の罪行は甚しく、兄鄭伯は忍んで忍び難きに至り之に兵を加へたので、義経頼朝の場合とは逆であるが、故事といふものは、使用するにも解釈するにも、窮屈でなく拘泥しないこと、所謂る遊刃餘地ありでなければならない。又故事は其の寥々たる数語を以て、千言万語を費すほどの意味を表現することが出来る。それが取得である。

明治の詩人が義経を詠じた詩は枚挙に堪へない、而も幾んど皆判官びいきである。それ等の中から佳作を選んで解説して見たい。次の「遮那王」の詩も那珂梧楼の作である。遮那王は義経の幼名。梧楼は陸中の人、盛岡藩の督学、最も詩文を善くした。維新後、大蔵、文部諸省に官し、明治十二年没した、年五十三。

功名既就一身危。万死投荒悔可追。盥器当年徒執熱。人情冷処不曾知。

功名既ニ就《ナ》ツテ一身危シ、万死荒ニ投ズ　悔ユルモ追フ可ケンヤ。盥器当年徒ラニ熱ヲ執ル、人情冷カナル処　曾テ知ラズ。

『日本外史』源氏正記の中の一節を仮名交りに訳すと「頼朝諸弟ノ材ヲ試ミント欲シ、陰《ヒソ》カニ火ヲ以テ盥器ヲ烙《ヤ》キ、諸弟ヲシテ更《カハ》ルガハル侍《ハベ》リ執ラシム。執レバスナハチ釈《ス》ツ。独リ義経盥ヲ終ルマデ釈テズ。

神色自若タリ。頼朝是ヲ以テ其ノ事ニ堪フルヲ知リ、心陰《ヒソ》カニ之ヲ畏ル」。

義経は、平家追討の功の成就した時、危険が身に迫りつゝあつた。万死を冒して北方えびすの地に流寓した時、運は既に尽き、悔いても追付かなかつた。それにつけても義経たる者、往年頼朝の為に熱器を執らされた時、兄の残忍性を見抜くことが出来なかつたとは、何とも不覚の至りであつたと。深く義経に同情しつゝ、其の不覚を惜んだのである。実際、義経は人が好く情に動かされ易く、危険人物を大目に見て油断する癖がある。その著しい例が土佐坊昌俊と梶原景時である。

次の「源九郎」は長三洲の作、三洲は詩に於ても一代の大家であるが、九郎判官を詠じた此の詩は、当時甚だ評判。

鵯嶺之山猶可跋。屋島之海猶可絶。腰越之駅不可越。平軍十万一鼓抜。難抜讒豎三寸舌。」
讒豎之舌有所恃。兄家岳翁如魑魅。独怪帷幕張子房。不安劉氏助呂氏。」
李広兵法渾是奇。一生数奇亦可悲。芳野風雪衣川水。英雄末路無所帰。
多情空得児女憐。蛾眉唱断纚絲詞。

鵯嶺ノ山猶ホ跋《フ》ムベシ、屋島ノ海猶ホ絶ツベシ。腰越ノ駅越ユベカラズ、平軍十万一鼓シテ抜ク。抜キ難シ讒豎三寸ノ舌。

鵯越《ひよどりごえ》の山路は人も馬も通れるところではない、通れるのは鹿だけ、と聞いた義経は、鹿も四足《よつあし》馬も四足と、馬に一鞭あてゝ数百仞の懸崖を駆け下りた。部下の三千騎みな之に続き、忽ちにして一谷の敵陣を抜いた。水戦に習はぬ東軍は逆櫓《さかろ》を用意すべきだといふ梶原景時の議を斥《しりぞ》け、我は唯だ進むを知るのみ、進んで死せん者は我に従へと、摂津の沖から屋島へ、暴風の海を突破した。平家を滅ぼして凱旋し、腰越駅まで来た時、兄頼朝の為め鎌倉に入ることを拒まれた。景時の奴が讒言したのである。平氏十万の大軍を一鼓して抜いた義経も、僅か三寸の讒者の舌を抜くことが出来ない。

作者は右の第三句を後に改めて「平軍十万如摧枯」とし、次の「難抜」の抜を勝に改めたやうである。然しどちらも原案のまゝが好いやうだ。当時大江敬香も改案を非とし「語勢緩み前の三句亦力を減ず」と評した、蓋し適評であらう。

讒豎ノ舌恃ム所アリ、兄ガ家ノ岳翁魑魅ノ如シ。独リ怪シム帷幄ノ張子房、劉氏ヲ安ンゼズ呂氏ヲ助ク。

讒人は頼朝の嬖愛を恃みにしてゐるのである。兄の家の岳父北条時政は魑魅《ちみ》（山林の毒気が生じた人面獣身の怪物）のやうな人間で、兄が流されて伊豆に在る時、その器量を見込んで娘の政子を妻《めあ》はせ、兄の挙兵から幕府政治の創業まで、最も有力な後見となり、頼朝の死後は政子及び政子の弟義時と協力して幕府の政治を支配し、実権を北条氏の手に竊んだのである。時政は政所の別当、義時は執権、政子は世に尼将軍と呼ばれた。源氏は頼朝、その子頼家、頼家の弟実朝と三人の将軍を二代四十年間に出して亡びてしまつた。こゝに怪訝に堪へないのは、謀を帷幄の中に運らす張子房といはれた大江広元である（張良字は子房、漢の高祖の名臣）。彼は頼朝に招かれて京師から鎌倉に来り、政治法制に通暁して幕政を料理した人物である。劉氏即ち源氏の安固を図らねばならぬのに、時政と並び政所の別当として、呂氏即ち北条氏の家を安固にすることばかり図つたではないか。

漢の高祖劉邦、字は季。こゝでは源頼朝に比し、劉氏は源氏に当る。高祖の皇后呂后は呂氏の出、こゝでは頼朝の妻政子に比し、呂は北条氏に当る。呂后の父呂公は好んで人を相し、劉季の状貌を見て、吾《われ》人を相する多し、未だ季が相の如きものを見ずと言ひ、其の女を劉季に与へた、これが後の呂后である。高祖崩じて恵帝立ち、恵帝崩じて少帝立つや、呂太后自ら朝に臨み天子の事を行うた。やがて又少帝を殺して恒山王義を帝とした。太后の崩ずるや、遺詔して呂産を相国とした。諸呂の乱を企つるや、老臣周勃は起つて呂産を誅し、諸呂を捕へて尽く之を斬除し、以て劉氏を安んずるを得た。つまり源氏には此の周勃が居なかつた。其の亡びた所以である。

李広ノ兵法渾《スベ》テ是レ奇、一生ノ数奇亦悲シムベシ。芳野ノ風雪　衣川ノ水、英雄ノ末路帰スル所ナシ。多情空シク得タリ女児ノ憐ミ、蛾眉唱ヘ断《ダン》ズ繰絲ノ詞。

卓抜な戦法と神速果敢な行動。能く将士の心を得、百戦功高く、而も酬いられる所なく、末路自ら其の生を絶つに至る。義経の一生は漢の李広の生涯と酷似する。史に拠るに、李広は漢の文、景、武諸帝に仕へ、匈奴を征し、神出鬼没、匈奴は之を畏れ、号して飛将軍と為した。士卒皆之が用を為すを楽しんだ。たゞ数奇にして封侯を得ず、後、匈奴を撃ち、道を失し自刎して死した。其の死するや天下知ると知らざると、皆為に涕を流したと云ふ。

吉野の風雪に愛姫と別れ、衣川の館にたどり着いたのも束の間、頼りとする秀衡に死なれ、子の泰衡に背かれ、天が下に身を容るゝ所なく、妻子を殺して自殺した。悲しき英雄の末路、美人の歌へる繰続の一曲は、長へに児女の憐みを惹いて已まぬのである。

七十四

「庶人に娯楽を供し教訓を与ふべき諸多の方法、演劇、講釈、説教、浄瑠璃、小説等の如きは、其の主題を武士譚に採るものなりき。白屋の裡、炉火を囲んで、義経、弁慶の功勲、曾我兄弟の仇討を反覆して厭ふことなし。黎面の頑童は茫然口を開き、耳を聳《そばだ》て、薪火既に尽くとも心頭これが為に尚ほ燃灼す。」

これは明治三十年頃、在米中の新渡戸稲造が英文で書いた『武士道』の中の一節である。明治中に小学教育を幾《ほと》んど了つた私などの年輩の者なら、茫然口を開き、耳を聳て、心頭を熱して、義経・弁慶の話に聴き入つた経験を持つてゐる筈である。

然しこの風は、明治に盛んで、大正に衰へ、昭和の戦後に至つて地を掃つた。歴史の観察し方、享受し方が変つたからである。ところが不思議なことに、義経（義経に弁慶は附物《つきもの》）に対する庶民の親愛景慕の情は少しも変らない。『太平記』も、『平家物語』も、『日本外史』もむつかしがられ、みな「新」の字を冠し、平易化したものが行はれ、義経物《もの》は、謡曲や芝居は昔のまゝだが、文学に於ては歴史小説ばかり流行《はや》つてゐるやうである。

我々が小学唱歌として習ひ愛唱した「義経」「弁慶」の歌など、今でも私は一字一句誤らず口に上すことが出来る。此の二つは、詞、曲とも明治唱歌中の佳作で、殊に「弁慶」は優れてゐると、宮内省楽部の伶人たちは批評してゐた。私が宮内省に居た四、五十年前の話である。

又これ等の歌は、数節を以て成り、一節四行で、四行は自然に漢詩にいふ所の起承転結を成してゐる。これは漢詩七言古詩の中、四句を一解とし（解、節は同じ意味）数解を以て成るものと、全く同一の形式である。而も明治の唱歌は此の形式が圧倒的に多い。文語、七五調に此の形式、これは明治に興つた日本詩歌の一典型であらう。かう言つただけでは解りにくいかも知れない、試みに前回掲げた本田種竹の静女を詠じた、二十四句の七言古詩を把つて、石原和三郎作明治唱歌「義経」（父は尾張の露と消え、に始まる）六節二十六句の歌と比較し、又、長三洲の「源九郎」七言古詩十五句を把つて、旗野十一郎氏作「弁慶」（天下の名器に逢はばやと、に始まる）の四節十六句と対照したならば、一目瞭然たるものがあるであらう。明治唱歌に近代詩としての意義を認めるならば、石原、旗野諸氏は立派な一代の詩人であらう。明治の所謂る新体詩も唱歌も、皆西洋の詩を模倣して創まつたものであるが、其の間漢詩と甚だ共通する所があるといふことは面白い。

本稿「五十二」に引用した米人ドナルド・キーン氏の説「和歌の伝統と西洋詩の伝統は全然違ふ、どんな出来の悪い漢詩でも、どんな素晴しい和歌よりも面白い英訳になり易い」といふ指摘は頗る検討に値するものがある。私は西詩には昧いけれども、事実、西詩には漢詩と同じく各種の定型があり、其の抒事詩など、漢詩五七言古詩の抒事と頗る類似したものがあると思ふ。この点和歌は全然違つてゐる。又日本現代詩は、文語も七五調も一切の定型をも排除して、全く俗語散文化してゐるやうだ。

話が横に外れたが元に戻して、明治の漢詩人が好んで作つた詠史、就中国民的英雄義経を題材としたものは他に絶して数も多いが、今日誰も読むものが無く、久しく埋没してしまつたものを掘《ほり》起して鑑賞して見ようと思ふ。

源家諸将足名誉。公最妙齢勲有餘。機捷古今称独絶。当年僧正授何書。

源家ノ諸将名誉足ル、公最モ妙齢 勲 餘アリ。機捷古今独絶ヲ称ス、当年僧正何ノ書ヲ授ク。

黄瀬川頭共喜悲。友于真意見言辞。如何腰越受俘日。不省当年対泣時。

黄瀬川頭共ニ喜悲、友于ノ真意 言辞ニ見ユ。如何ゾ腰越 俘ヲ受クルノ日、省セズ当年対泣ノ時。

従卒空憐忠烈多。英雄末路竟如何。春風吹断衣川夢。惆悵芳山一曲歌。

従卒空シク憐レム忠烈多キヲ、英雄末路竟《ツヒ》ニ如何。春風吹キ断ズ衣川ノ夢、惆悵ス芳山一曲ノ歌。

長梅外の作「源豫州十首」の中から三首を取つた。第一首、頼朝の挙兵に従ひ義経始め源家の諸将が各地に起つて、平家を京都から逐ひ、一谷に撃ち、西海に走らしめた時、頼朝は既に義仲を平げた功を以て従四位下に叙せられ、一谷の役が終ると其の奏請によつて範頼は参河守《みかはのかみ》に、広綱は駿河守に、平賀義信は武蔵守に任ぜられる等、源氏の一門は未曾有の名誉に輝いた。然るに齢《よはひ》は少《わか》いが、武勲第一と自他とともに許す義経には、何の守も与へられない。頼朝の奏請が無いのである。そこで後白河法皇は特旨を以て義経を左衛門尉に任じ検非違使に補せられたが、之が益〻頼朝の猜忌を募らせた。

機を見るに敏に能く敵の虚を衝く、義経独特の戦法は古今に比が無い。彼は七歳の折、鞍馬の寺に預けられ、東光坊阿闍梨を師と頼み、昼は学問夜は武藝を修めたと云ふが、一体東光坊は何《ど》んな書物を授けて、彼《あ》のやうな名将に仕上《しあ》げたのか。彼は十六の歳に鞍馬を脱出《ぬけで》て奥州に下り、また此《ここ》を脱出て京都に上り、一条堀川の鬼一法眼を尋ねて、その秘蔵の『六韜』十六巻を読んだといふが、法眼そのものが正体不明の伝説的人物で、事の真偽は分らない。義経は天才である、どこで、誰に、何を学んだかなど問題ではない。詩に「僧正何の書を授けしや」と言つてゐるのは、裏返せばそんなことは分らないといふ意味になる、詩の面白い所である。

第二首。頼朝が兵を起して、石橋山に敗れ、富士川に勝ち、黄瀬川《きせ》に宿営した時、義経は手兵二十騎を率ゐて来り、頼朝に見えて曰ふ、兄上が義兵を挙げられたと聞き喜びに堪へず、秀衡の止めるのも肯《き》かず馳せ参じましたと。頼朝は大いに喜んで曰ふ、昔八幡太郎義家公が陸奥を征られた時、弟の新羅三郎義光が来り加勢したのを喜んで、亡き父頼義公にお目にかゝつたやうだと言はれた。今自分が汝に遇ふのは我父左馬頭《さまのかみ》公にお目にかゝるやうな気がすると。兄弟相対《むか》つて泣いた。この時の二人の言辞《ことば》には真に友愛の情が見《あらは》れてゐる。然るにそれから僅に五年、義経が平氏追討の使命を完全に果し、敵の大将を俘虜として、兄の居る鎌倉指して帰つて来た時、頼朝は之を腰越駅に遮り、俘虜のみ受け取らせて、義経の鎌倉に入るを禁じた。如何《どう》してあの黄瀬川で相対つて泣いた時の事を反省して見ないのかと。これは頼朝の冷酷、義経への同情を言つたので、冷酷を咎め罵るやうな言葉を着けず、史実を言つただけで無限の同情を示した。前首でも、妙齢の将軍義経が不当に報いられざる事への同情を婉曲に言ひ表はしてゐる。

第三首。義経の身辺には常に忠実な郎従が絶えなかつた。この詩は衣川で義経の死に殉じた家臣たちの忠烈を思つて作つたのである。『義経記』の「衣川合戦の事」には、寄手《よせて》の五百餘騎を判官方僅に十人ばかりで迎へ撃つ状が詳しく描写され、殊に弁慶が最後の一人となつて判官の館を護りながら立死《たちじに》する一段は最も感動的である。

武蔵坊は敵追払ひ、長刀脇に挟み、弁慶こそ参りて候へと申しければ、判官は法華経八の巻にかゝらせ給ひけるが、如何にとて見やり給へば、軍《いくさ》ははや限りになりぬ、備前平四郎、鷲尾、増尾、鈴木兄弟、伊勢三郎、思ふまゝに軍して討死仕り候ひぬ、今は弁慶と片岡ばかりになりて候、君を今一度見参らせん為に参りて候、君先立たせ給ひ候はば、死出の山にて待たせ給ひ候ふべし、弁慶先立ち参らせて候はゞ、三途の川にて待ち参らせ候ふべしと申しければ、判宮如何すべき、御経読みはてばやと仰せければ、静かに遊ばしはてさせ給へ、その程は弁慶防矢《ふせぎや》仕り候はん縦《たと》ひ死にて候とも、君の御経遊ばしはてさせ給ひ候はんまでは守護し参らせ候ふべし。とて、御簾を引上げて、君をつくづくと見参らせて、御前を立ちけるが、また立帰りてかくぞ申しける。

六道の道の巷《ちまた》に君待ちて弥陀の浄土へすぐに参らん

……武蔵坊は敵打払ひ、長刀を逆様《さかさま》に杖に突き、敵の方を睨みて仁王立ちにぞ立ちたりける……立ちながらすくみける事は、君の御自害の程、敵を御館へ寄せじとて立死にしけるかとあはれなり。

義経の死所、平泉の高館《たかだち》は『平泉志』に「高館は源九郎判官義経の旧跡なり、古人之を衣河館といひ、又里俗之を判官館とも云へり、中尊寺の東にありて八町餘を隔つ、西北の高地に義経堂あり」、有名な『奥の細道』に「高館にのぼれば、北上川南部より流る、大河也、衣川は和泉が城をめぐりて、高館の下にて大河に落入、泰衡等が旧跡は衣が関を隔て、南部口をさし堅め、夷をふせぐと見えたり、偖《さて》も義臣すぐつて此城にこもり、功名一時の叢となる、国破れて山河在り、城春にして草青みたりと、笠打敷て、時のうつるまで涙を落し侍りぬ。夏草やつはものどもが夢の跡」。高館は義経以前からの故城で、右の「義臣」には弁慶たちも含めてゐよう。「春風吹断衣川夢」は、芭蕉の句から着想したかのやうである。結句は、静女の「よしの山峯の白雪ふみわけて」の歌を指す。「英雄末路」は如何にも英雄らしく、烈士の殉死と美人の哀曲を以て潤色されたといふ意味である。

前回掲げた、長三洲の「源九郎」の末句にも「芳野風雪衣川水」とある。芳野の雪に対して衣川の水とは如何にも詩的で好い。その芳野の雪は静に係《か》り、衣川の水が弁慶に係る所以は次の如くである。衣川の合戦が始ると、弁慶は「東《あづま》の奴原《やつばら》に目にもの見せてやらう」と、鈴木三郎兄弟に囃《はや》させて、

嬉しや水、鳴るは滝の水、日は照るとも、東《あづま》の方の奴原の鎧兜《よろひかぶと》を諸共に、衣川に斬りつけて流しつるかな

と歌ひ且つ舞つた。之を見て寄手の兵は「判官殿の御家来ほど剛なる者はない、城の内僅か十騎ばかりして、如何に立ち合はんとてあのやうに舞ひ笑ふものか」と歎じたといふ。前回紙幅の都合で書けなかつたから此に追記する。

長梅外は長三洲の父である。名は允文、梅外は号、豊後の人、詩を広瀬淡窓に学んだ。尊王攘夷を唱へ、長藩に聘せられて藩学を督した。維新後東京に出て斯文学会の創立に尽し之が講師となつた。明治十八年没、年七十六。

歴史家として抹殺博士の綽名を取つた重野成斎は、弁慶をも史上から抹殺し、其の劇的勇武譚など総て架空とした。然し五条の橋の渡り合ひ、安宅の関の勧進帳など、頭に刻み込まれた民衆から弁慶を奪

ふことは出来なかつた。それに成斎自身、「武蔵坊弁慶挙鐘図賛」といふものを作り、『成斎遺稿』に収められてゐる。韻文である。

機智如神。仁愛勇力。三徳兼備。名儒推服。」

農商走卒知武蔵。婦人孺子誦辨慶。手挙巨鐘如扁石。汗流賁育走且僵。

名儒は熊沢蕃山を云ふ、蕃山は平生深く義経、弁慶に心服し、其の事を著書にも述べ、弁慶は、智仁勇の三徳を兼ねた古今の一人とまで称揚してゐる。世は士農工商の別なく、女子供に至るまで、武蔵を知らぬ者なく、弁慶を口にしない者はない。何でも強いものといへば弁慶の名が附く、三井寺に「弁慶の吊《つり》鐘」がある。弁慶は之を小石の如く軽く挙げたと云ふ。漢土の春秋時代、秦の武王に孟賁、夏育といふ二勇士が居たといふが、我が弁慶と競争させたら、汗を流して走り且つ僵《たふ》れたことであらうと。

残人骨肉是萋斐。薄命徒教児女悲。更有大儒神契在。壁間颯爽掲英姿。　源九郎

人ノ骨肉ヲ残スル　是レ萋斐、薄命徒ラニ児女ヲシテ悲シマシム。更ニ有リ大儒神契ノ在ル、壁間颯爽英姿ヲ掲グ。

讒人（景時）の為に骨肉を裂かれ、児女（静）の為に薄命を悲しまれる。萋斐は巧みにいつはりかざつた讒言。幸ひに大儒蕃山先生出でて、英雄と神契する所あり、英姿颯爽たる其の画像を居室に掲げた。千載の知己、九郎以て瞑すべきである。これは松平天行の詩。

学剣鞍山夜踏空。羽人追撃老杉風。可憐年少偸嘗胆。正是平公春夢中。　牛若図

剣ヲ鞍山ニ学ンデ　夜　空ヲ踏ム、羽人追撃ス老杉ノ風。憐ムベシ年少偸《ヌス》ンデ胆ヲ嘗ム、正ニ是レ平公春夢ノ中。

七歳にして鞍馬山の寺に預けられた牛若は、十一歳の時、ひそかに源氏の系図を見て、自分は清和天

皇十代の苗裔左馬頭義朝の末子なることを知り、こゝに始めて臥薪嘗胆、平家を滅ぼし父の亡霊を慰めんとの志を決した。それ以来、夜な夜な山奥の僧正ヶ谷、老杉古松天を蔽ふ所、羽の生えた仙人鞍馬天狗を相手に、武藝の稽古に精出し、早足飛越《とびこえ》、人間業とは思はれぬ程に上達した。かゝる時、かゝる事とも知らず、平相国清盛は、平家全盛の春の夜の夢を貪つてゐたのである。これは森春濤の詩。

従来天運有窮通。一戦争能成覇功。走向江東収俊傑。敗而不死是英雄。　石橋山

従来天運窮通アリ、一戦争《イカデ》カ能ク覇功ヲ成サン。走ツテ江東ニ向ツテ俊傑ヲ収ム、敗レテ死セズ是レ英雄。

治承四年八月十七日、頼朝は兵を伊豆に挙げ、相模の平氏大場景親と石橋山に戦つて大敗した。纔かに身を以て免れ、箱根を越えて土肥に出で、海路安房に渡つて一息《ひといき》し、千葉常胤、平広常等の豪族を従へて再び勢を得、上総を経て十月六日、鎌倉に入つた。此《ここ》は源氏の故地である。時に平家の軍駿河に下ると聞き、直ちに鎌倉を発し駿河に出で、富士川に大勝を得た。

楚の項羽は漢の劉邦と覇を争ひ、大小七十餘戦、皆勝つたが、最後、垓下の一戦に敗れて天下を失つた。其の時江東に渡つて、旧縁の地に再起を図れば、勢力を挽回し得たものを、我れ何の面目あつて江東の父老に見えんと言つて死んだ。安房は頼朝の江東である、あそこで海を渡らなかつたら頼朝の運命は無かつた。覇業は一度の戦に勝つて忽ち成るものではない。幾度敗れても死せず戦ふのが英雄だ。頼朝は劉邦の如く、其の敗は其の勝を妨げなかつた。由来、天運には窮通が有るのだ。

解釈すれば、こんなに長くなる事でも、詩は故事を使つて、いとも簡潔明瞭に言ひ表はせる。昨者は、深江順暢、号は帆崖、佐賀の人。詩人として聞えた人ではないが、明治初期、官人の組織した大手吟社に属し、社誌『扛鼎集』に載せた詩。他にも佳作が多い。

用機神速善行軍。鏖敵火牛謀出群。濡滞笑他源鬼武。纔因風鶴奏奇勲。　旭将軍

機ヲ用フル神速　善ク軍ヲ行《ヤ》ル、敵ヲ鏖《アウ》スルノ火牛　謀　出群。濡滞笑フ他ノ源鬼武《ゲンキブ》、纔カニ風鶴ニ因ツテ奇勲ヲ奏ス。

以仁《モチヒト》王の令旨が一たび伝はると、頼朝が先づ起ち、一月経《た》たぬ中に源義仲が之に応じて木曾に起つた。頼朝、義仲、此の二人は源氏再興の先駆、南北から京師に攻め上つた。

富士川の線に達した頼朝は、河水が暴漲して渡れず、対岸の敵と睨み合ひ、使を遣して戦ひの期日を約しようとしたが平氏は答へない。先鋒の一隊が夜陰に乗じて敵の背後に出ようとし、沼沢の間を過ぎる時、群れゐた幾千幾万の水鳥が一斉に飛び起つた、羽音は百雷の如く、大軍の夜襲と勘違ひした平家の陣営は総崩れとなつた。源氏は固より土豪農兵の集りである、恰も秋の取入れに際し、兵を回さざるを得なかつた。

義仲は善く戦ひ、進んで加賀、越中の境に到り、平軍の主力七万に対し、一万餘の寡兵を以て、能く奇謀を用ゐ、倶利伽羅峠の千仭の谷に敵を鏖殺した。其の奇謀といふのは、漢土の戦国時代、斉の田単が燕軍の囲《かこみ》を破る為に用ゐた所謂る火牛の計である。義仲は牛を四、五百頭も集め、角に松明《たいまつ》を結んで火をつけ、鼓を打ち喊声を揚げて之を放つた。驚いた牛は敵中に突入して暴《あ》れ狂ひ「山高く兵多く、馬には人、人には馬、折り重なつて深い谷を埋めた」といふ。

此の詩の作者松平天行の意は、義仲は機を見て軍を動かすこと神速で、而も兵法の心得があり、材武抜群、旭日将軍の名に負かない。之を鬼武（頼朝少時の名）が大敵を前にして濡滞（ぐづぐづ）しながら風鶴（弱兵は風声、鶴唳にも戦《おのの》き怖《おそ》れる）のお蔭《かげ》で、奇勲を奏し得たのと比較したら問題にならないと。火牛と風鶴、対照の妙を極めてゐる。頼朝と義仲は従兄弟同士である。頼朝は義仲の功が己に過ぎ

ることを恐れ、之を除かんと図つた。義仲は言ふ「世は源氏は共喰ひだといふ、深仇の平氏を置いて同族相争ふべきではない」と、一子義高を頼朝に送つて人質とした。後、頼朝は弟範頼、義経に命じて義仲を殺し、己の女の許嫁とした義高をも殺した。更に叔父行家、弟範頼、義経、皆逼つて死に至らしめた。残忍刻薄な頼朝の所行を悪むの意を寓してある。

破竹東来勢絶倫。落花三月訪遺塵。多情一事増讒焰。廷尉舟中有美人。　源廷尉

破竹東来　勢絶倫、落花三月　遺塵ヲ訪フ。多情一事　讒焰ヲ増ス、廷尉舟中美人アリ。

春濤の詩である。義経は平氏の軍を追つて東から西の果て壇浦に至り、勢ひ絶倫であつた。歳の三月、落花となつて平氏の一門は西海の波に消えた。頼朝が義経の大功を認めざるのみならず、之を除かんとしたのは、勿論景時の讒言によるが、其の讒言の中にも、とりわけ火の如く烈《はげ》しい一事が有つた。頼朝は曰ふ「九郎は我に先《さきん》じて昇殿を許され、我に告げずして従五位下左衛門尉となり、車服を美にして殿中に出入し、法皇の寵を恃んで毫も謙抑する所がない。壇浦の役に太后と舟を同じうし、平虜の女を納れた。横恣なる此の如し、除かざるべからず」と。

壇浦で入水された太后を拯《すく》ひ上げると、大将義経は太后を己の座船にお入れした。それからの事は種々の伝説となつて江戸時代殊に多くの稗史を生んだ。このやうな伝説は漢詩人の詩に取らざる所である。独り春濤が之を詩にした。

七十五

竹添井井は大学者にして大詩人である。其の禹域に大旅行して三千年の歴史の蹟を渉歴し、多くの名作を遺した事は既に述べた。其の『独抱楼詩文稿』には、我国の歴史に就ても観るべき大作が少くない。

今その中から、義経及び弁慶に関する左の二首を抄録する。

叱陀生風草木鳴。満山魑魅潜無声。源氏遺孤夜学剣。捷如飛鳥翻身軽。」大讎未雪天地窄。暗涙有時霑枕席。漆身呑炭非丈夫。韜略授我有黄石。」君不見八條邸第囲紅紗。管絃夜湧誇豪華。銀燭蘭膏不知暁。白旗将颺赤幟斜。

題牛童学剣鞍馬山図

叱咤風ヲ生ジテ草木鳴ル、満山ノ魑魅潜《ヒソ》ンデ声ナシ。源氏ノ遺孤　夜　剣ヲ学ブ、捷《ハヤ》キコト飛鳥ノ如ク身ヲ翻ヘス軽シ。

『平治物語』に牛若が「僧正ヶ谷にて天狗と夜ゝ《よなよな》兵法をならふ」とある、その光景である。掛声すさまじく剣を揮ひ、身は軽く飛鳥の如く飛廻る。満山の草木ために震動し、妖怪は影を潜《ひそ》めて声もない。

大讎未ダ雪《スス》ガズ天地窄《セマ》シ、暗涙時アツテカ枕席ヲ霑《ウル》ホス。漆身呑炭　丈夫ニ非ズ、韜略我ニ授ク黄石アリ。

親を殺され家を滅ぼされた大讎は未だ雪がれず、身は深山にかくれて天地も窄《せま》い心地。夜も寝られず涙は枕をうるほす。晋の予譲は智伯に仕へて尊寵せられ、其の趙襄子に滅ぼされるや、身に漆して癩となり、炭を呑んで唖となり、変容して仇に近づき討たんとしたといふが、そんな手段は男らしくない。我は黄石公が張良に兵書を授けた韜略即ち兵法を以て、堂々と敵に渡り合ふ覚悟だ。

君見ズヤ八条ノ邸第紅紗囲《カコ》ミ、管絃夜湧《ヨルワ》イテ豪華ヲ誇ル。銀燭蘭膏暁ヲ知ラズ、白旗将《マサ》ニ颺《アガ》ラントシテ赤幟斜ナリ。

平相国の八条の邸第を見よ、紅《あか》きうすぎぬの幕を張りめぐらし、管絃の声湧くが如く、かぐはしき油にあかるき灯《ひ》、夜の明《あ》くるのも知らず、豪華を誇つてゐるが、やがて源氏の白旗が揚がり、平家の赤旗の傾く日も近い。

原隰裒矣情怡々。鬩牆不念急難時。阿弟倉皇進退谷。阿兄富貴粱肉肥。」
新関阨険譏行旅。麻衣薹笠虎変鼠。老臣機智瞋孺子。下箠苦於受箠苦。」
君不見骨肉傷残無孑遺。鬼武之鬼亦永飢。寒煙荒草鎌倉府。惟有脊令帯雨飛。

安宅関図

安宅の関で義経を弁慶が打擲する事を画いた図に題したものである。義経と弁慶等、一行十二人が山伏姿になつて奥州に落延びる途中、加賀の安宅に新関を設けて待ち受ける富樫左衛門尉に譏《とが》められ、弁慶が一世一代の智慧を絞つて富樫とやりとりする、富樫は義経主従と見抜きながら、無事に通過させる。弁慶の働きと富樫の情《なさけ》。泣くべく歌ふべき此の一場面は、謡曲の『安宅』、歌舞伎十八番の随一『勧進帳』によつて、日本人なら誰一人知らぬ者は無いであらう。

原隰裒《アツマ》ル矣 情怡《イ》々、鬩牆念《オモ》ハズ急難ノ時。阿弟ハ倉皇進退谷《キハ》マリ、阿兄ハ富貴粱肉ニ肥ユ。

『詩』に「原隰裒矣。兄弟求矣」とある。高く平かなる原、低くしめりけある隰、互ひに相聚り相離れぬは、兄弟の常に相求め相親しむが如くである。兄弟は恩愛を以て結ばれる時、怡々然として喜び合ふのである。『詩』に「脊令在原。兄弟急難。兄弟鬩牆。外禦其務」。水鳥の脊令《せきれい》が其の所を失つて、原上に飛び且つ鳴くは、人が兄弟の急難に当り、駆けつけて救ふ状を想はしめる。兄弟は仮令《たとへ》牆の内に相せめぐことあるも、牆の外に向つては力を協せ他の務《あなどり》（侮）を禦《ふせ》ぐのである。兄頼朝は弟義経と、牆にせめぎながら、昔急難に当つて、黄瀬川に駆けつけてくれた弟の情を念《おも》はないのであらうか。阿弟は倉皇として進退谷《きはま》れるに、阿兄《あに》は富貴で粱肉に飽き身も肥えてゐる。

新関険ヲ阨《ヤク》シテ行旅ヲ譏《トガ》メ、麻衣薹笠《タイリフ》 虎 鼠ニ変ズ。老臣ノ機智 孺子ヲ瞋《イカ》リ、下箠《スヰ》ハ受箠ノ苦ヨリモ苦シ。

麻の衣、菅《すげ》の笠、虎のやうな勇士も今は鼠のやう。関所の番卒が強力《がうりき》に身をやつした義経を見咎めた時、弁慶は咄嗟の機転で、この孺子めがと、箠《むち》を以て散々に義経を打ちのめした。この時、むちうつ者の心の苦しさは、むちうたれる者の苦しさの比では無い。

君見ズヤ骨肉傷残シテ孑遺《ケツイ》ナシ、鬼武ノ鬼亦永ク飢ユ。寒煙荒草　鎌倉府、夕〻有リ脊令雨ヲ帯ビテ飛ブ。

見よ、骨肉遺す所なくいためそこなうた果は、鬼武（頼朝）の霊を祀る人も無く、霊は飢ゑてゐるであらう。鎌倉覇府の跡は寒煙荒草と化し、脊令が唯一羽、雨の中を飛んでゐる所が想像される。

本田種竹は明治二十年日光に遊んだ帰途、古河の旧城趾の側に、源三位頼政の墓を弔ひ、そこから南に半里ばかり、中田の光了寺に静女の舞衣を観、更に南に一里ばかり、栗橋駅の近くに其の墓を弔したのである。光了寺といふのは、源義朝の弟義広、即ち頼朝・義経の叔父に当る人が、頼政が以仁王を奉じて平氏討伐に起ち、戦ひ敗れて宇治の平等院で自刃した、其の首級を遠く古河まで齎らして埋葬し、自分は光了寺の住僧となつて頼政の冥福を祈つたと云ふ。これは江戸時代『利根川図志』等諸書に載せられた伝説である。一説に、義経は芳野で静に別れる時、この後の我が消息は東国武蔵葛飾の光了寺の住僧について聞くように、と言ひ、その為め静は鎌倉を放たれて京に帰り、義経が奥州に下つたといふ事を知り、遥〻奥州に赴かんとして途に光了寺を訪ひ、更に北に向はんとして間もなく義経の死を聞き、ここに命を殞《おと》すに至つたといふ。その頃光了寺は古河の南、利根川を渡つた所、栗橋の少し西に在つたが、何時の頃か、中田に移転したのだと云ふ。

種竹は、この頼政の墓の伝説には疑を持ちながら之を詩にしたと自ら言つてゐる。詩は、

弔源三位頼政墓

一株老柏蔭孤祠。満壁塵煤蝕古帷。菟水春風曾弔草。古河暮雨又尋碑。
青雲屈志歌何婉。白髪称兵気未衰。射鵼餘豪今滅尽。深叢蛇蝎上階来。

一株ノ老柏 孤祠ニ蔭ス、満壁ノ塵煤 古帷ヲ蝕ス。菟水ノ春風曾テ草ヲ弔シ、古河ノ暮雨又碑ヲ尋ヌ。青雲志ヲ屈ス歌何ゾ婉ナル、白髪兵ヲ称《あ》グ気未ダ衰ヘズ。射鶚ノ餘豪 今滅尽ス、深叢ノ蛇蝎 階ニ上リ来ル。

墓には小さい祠《ほこら》があり、印《しるし》の老柏が一株蔭《かげ》を成し、壁も帷《とばり》も塵に煤《すす》に汚れてゐる。静の墓にも印の一老杉が種《う》えてあつたことは『利根川図志』に見え、大作蘭城の文に引いてある通りである。宇治を菟道、宇治川を菟水とは古来用ひられ来つた雅名である。宇治は応仁天皇の皇子菟道稚郎子《うぢのわきいらつこ》が隠棲された所である。宇治の平等院の境内に、扇の芝といひ、扇形に仕切つた芝草があり、頼政自害の跡といはれる。又、頼政は宮を奉じて大和路へ逃れ、奈良坂の途中で自害したともいはれ、真偽不明である。曾て宇治の春に其の扇の芝を弔つた種竹が、今は古河の雨ふる夕、墓碑を来り尋ねた、と言つてゐるのである。

「青雲屈志の歌」とは、頼政が久しく禁衛に奉仕しながら、未だ昇殿を許されぬことを和歌に詠み、後白河帝が之を憐んで正五位下に叙し、昇殿を許されたといふ故事である。頼政は兵を称《あ》げ死する時七十七、老ても気力は衰へなかつた。高倉帝の時、鵺《ぬえ》が宮殿の屋上で鳴き、帝の命を受けた頼政は一箭以て之を射落したといふ有名な話がある。鵺は形鳩に似て、昼隠れ夜出て鳴く凶鳥である。頼政が射たものは、首は猿、体は虎、尾は蛇に似た怪獣だつたと云はれる。鵺をぬえの意味に用ふるのは我邦のことで、漢字の意味ではない代りに、鶚といふ猛禽の字を用ひたのは適当かどうか。それはともかく、今、墓前の叢《くさむら》の中から、蛇《へび》や蝎《さそり》が出て来て、祠《ほこら》の階《きざはし》を這ひ上つたと、如何にも頼政に因《ちな》んだらしい詩人的発想を種竹はしてゐる。

武人として歌人として、頼政は古来頗る人気が高い。その辞世「うもれ木の花咲くことも無かりしに身のなるはてぞ悲しかりける」は有名である。

種竹は明治十五年、年二十一の春、多くの郷友に送られて阿波を辞し、東都に住み着くやうになつた。それから殆ど十年、明治二十四年の春、東都を出て始めて西遊の途に上つた。相州、尾州、西京、浪華、過ぐる所皆詩を賦し、約五十首を得て「西征小草」と名けた。例により憑弔、懐古の作が多い。今その中から二首だけ取ることとする。

両軍茶火跡茫然。懦楚強秦簡冊伝。此地兵戈驚草木。于今塁柵劃山川。
虫沙劫化寒汀雨。風鶴声残古隴煙。落日西都看不見。幽笳嗚咽暮雲前。　富士河

両軍ノ茶火　跡茫然、　懦楚強秦　簡冊伝フ。此地兵戈　草木ニ驚キ、今ニ塁棚　山川ヲ劃ス。虫沙劫ハ化ス寒汀ノ雨、風鶴声ハ残ス古隴ノ煙。落日西都看レドモ見ニズ、幽笳嗚咽ス暮雲ノ前。

茶火、茶は苦菜《にがな》、のげし、茎から白くて苦い汁を出す。茶は白色、火は赤色を意味する。昔、呉王の軍、右は白旗、白羽、素甲、之を望めば茶の如く、左は赤旗、丹甲、朱羽、之を望めば火の如し、と古書に見える。源平両軍の旗色軍容を此の故事を以て表はした。然しそれは茫然たる過ぎし昔の事である。弱過ぎる平氏、強過ぎる源氏の戦は簡冊《しよもつ》に伝へられて知るばかり。平氏には此の地の草木尽く源氏の兵に見えたといふ。両軍塁柵を築いて対峙した山川、風声鶴唳に驚いた一軍の兵が、化して虫となり沙となつた故戦場、今は蕭条たる残煙寒雨のみ。逃げ帰つた平氏の残兵にとつて、当時の西都は已に落日の都であつた。自分もこれから其の地に往くが、看れども見えず遥かに遠い。

相国声威傾六宮。遷都有議出関中。跼天蹐地思宗祧。煮海鋳山留巨工。
功罪千秋帰簡冊。盛衰一代繫英雄。如今衰々銭刀輩。尚説当年老浄公。　平相国墓

相国ノ声威六宮ヲ傾ケ、遷都議アリ関中ヲ出ヅ。跼天蹐地宗祧ヲ思ヒ、煮海鋳山巨工ヲ留ム。功罪千秋簡冊ニ帰シ、盛衰一代英雄ニ繫ガル。如今衰々銭刀ノ輩、尚ホ説ク当年ノ老浄公。

清盛の墓は摂津の経島《きようがしま》に在る。清盛は福原の風光を愛し、ここに別業を営み、又その南に島を築いた。即ち石に一切経を書し、船数隻に積み、海に沈めて築いた故に経島と名けた。遂に都をここに遷さんとし、帝、三宮、百官を徙《うつ》し、宮城を建てんことを議したが、土地狭くして仮りに造つたに止つた。清盛は位人臣の栄を極め、声威朝廷を傾け、驕恣愈よ甚しく、法印静憲は揚言して曰つた「賢相は明徳なれども、天に跼《せぐく》まり地に蹐《ぬきあし》せん」即ち驕恣が止まねば、相国も広い天地に身の置きどころ無きに至るであらうと。清盛は静憲を召して曰つた「我が家何の王室に負《そむ》く所ぞ、浄海が如き者、たとひ過悪ありとも、宥《ゆるし》七世に及ぶべし、今餘命幾《いくばく》も無く、動《やや》もすれば誅せられんとす、身後の事知るべきのみ」と。宗祧《てう》すなはち宗廟の安全を憂へたのである。

清盛は安藝の厳島の神を信じ、藝備間の海峡を開鑿して往来に便した、音戸の瀬戸である。海を煮山を鋳るとは、音戸の瀬戸や経島の大工事を形容したのである。一生の功罪は長く史上の論議となるであらう、一門の盛衰は唯一人の英雄の上に繋《かか》つた。近世神戸港の繁栄は、清盛が大陸との貿易を図つた事に淵源する。銭勘定専門の実業家輩が、今日尚ほ浄海公を崇《あが》め敬《いやま》ふ所以だと。

我が歴史上、専横なる者といへば首に清盛を挙げ、冷酷なる者といへば首に頼朝を挙げる。これは深く民心に入つて動かぬ所であらう。明治詩人の清盛を詠じた作はさう多くはない、その中観るべきものは右の種竹の作以外、田辺蓮舟の七言短古「清盛入道」と七絶「読平家物語」六首の中の一首を挙ぐべきであらう。

庭上鬼頭小成巨。廐中馬尾巣碩鼠。揮日意気安在哉。身熱無奈如鼎煮。」
朝裏威福任自操。一門子弟極奢豪。回憶平太当年跡。短衣衝泥木屐高。」
括観一身終与始。不外倚伏盛衰理。四絃琵琶調入商。至今声悲平家史。

庭上ノ鬼頭　小　巨ヲ成ス、厩《キウ》中ノ馬尾　碩鼠巣クフ。揮日ノ意気安《イヅク》ニカ在ルヤ、身熱奈《イカン》トモスル無ク鼎煮ノ如シ。

清盛が独坐してゐると、忽然として庭上に数百の人頭が現はれ、転《ころ》び合ひ、合して一巨頭となり、眼を瞋《いか》らして清盛を睨む。清盛も睨み返してゐる中に煙の如く消え失せた。占者は曰ふ、保元・平治の乱に死んだ源氏の鬼であると。鼠が厩の馬の尾に巣くうた、占者は曰ふ、源氏が平氏を滅ぼすの凶兆であると。やがて清盛が奇病に罹つた。満身の熱気火の如く、冷水に浴すれば水は沸いて湯となる、身はさながら鼎中に煮られる魚の如くである。古《いにしへ》、魯陽公の勢の盛んなるや、日の暮れるを惜み、戈を把つて之を麾《さしまね》けば、日も一時之が為に反《かへ》つたといふ。平相国の盛時、藝備の海峡を開くに当り、之と同じ現象があつたといふが、今や平家の運傾き、之を挽き返す力はもう清盛にも無い。

朝裏ノ威福自ラ操《ト》ルニ任《マカ》ス、一門ノ子弟奢豪ヲ極ム。回憶ス平太当年ノ跡、短衣泥ヲ銜イテ木屐《ボクゲキ》高シ。

朝に在ては相国として威福を恣にし、一門の子弟は各〻《おのおの》豪奢の限りを尽した。憶うても見よ、短い衣をからげ、高い足駄をはいて、泥路を歩いた昔の姿を、人は「高平太」と綽名したではないか。

括観ス一身ノ終ト始ト、倚伏盛衰ノ理ニ外ナラズ。四絃ノ琵琶　調　商ニ入ル、今ニ至ツテ声ハ悲シ平家ノ史。

清盛が一身の始めと終りを概括して見ればこの様なもので、禍は福の倚る所、福は禍の伏する所、盛んなるも衰ふるも、一定の理《ことわり》の外には出ない。それを今に伝へる四絃の琵琶の調《しらべ》、清く冴《さ》えたる商の音、琵琶法師が奏でる平家物語の悲しさよ。

「読平家物語」の第一首。

躬為相国女為后。西八條門簇馬車。莫咎平生驕汰甚。葫蘆有様在藤家。

躬ハ相国ト為リ女ハ后ト為ル、西八条ノ門 馬車簇《ムラガ》ル。咎ムル莫レ平生驕汰甚シキヲ、葫蘆様アリ藤家ニ在リ。

己が身は太政大臣となり、女は帝の后となり、西八条の邸第は貴人の車馬で一杯だ。平相国が平生驕汰《おごり》の甚しきを咎めるな、「様に依り葫蘆を画く」といふが如く、清盛は藤原氏の跡を見習つただけで、咎めるべきは藤原氏だと。

此の詩の所見は、山陽が既に『日本外史』に叙べてゐる所と全く同じである。山陽は曰ふ「世に称す、清盛の功その罪を償はずと、知らず相家（藤原）の不臣已に清盛に十倍するを、清盛は視て之を学ぶのみ。相門の権を専らにするや、后は皆その女、天子は皆その女の生む所、而して卿相は皆その子弟親属、苟くも其の族類に非ざれば鋤して之を去る。皇室と雖も免るゝ能はず。清盛の為す所、一も彼に似せざるもの無し。」

向山黄村の「鎌倉懐古」五首の初に頼朝を詠じてゐる。

一旦関東覇府開。王令王跡等寒灰。自非良史誅心筆。功首誰知是罪魁。

一旦関東覇府開キ、王令王跡寒灰ニ等シ。良史誅心ノ筆ニ非ザルヨリハ、功首誰カ知ラン是レ罪魁。

一たび関東に幕府が開かれると、最早《もは》や王命も王業もあつたものではない、死灰と同じである。爾来武門政治の成功を謳歌する声が絶えないが、それは良史誅心の筆に依頼しなければ、功に於て首位に居る武門が、同時に罪に於ても其の渠魁であることは誰にも分らないのだ。

誅心の筆とは、『左伝』に見える故事で、晋の趙盾は其の主君霊公が賊に弑せられた時、国の正卿でありながら、賊を討ずることをしなかつた。そこで太史たる董狐は、策に「趙盾弑其君」と書して朝に示した。即ち其の事実は無くとも、其の心の不実なるを筆誅し、罪を盾に帰したのである。後世、「董狐の筆」とか「誅心の法」と称せられる。

頼朝の功罪は古来史家により盛んに論議された。詩人に於ても固より好題材である。明治の初め、広瀬林外の「鎌倉」を詠ずるや、評者の言に、享保以来、此の題を賦する者数百家、林外駕して之に上るとある。今日なら、明治以来、鎌倉を賦する者数百家と言へるかも知れない。林外の作固より佳であるが、小野湖山の、「鎌倉懐古」七律十二首は、湖山が一生最も得意とした所で、明治中弘く人口に膾炙した。本田種竹は其の詩歴に、「鎌倉懐古」「源頼朝墓」など有るが、詩存には載つてゐない。さて頼朝に関する詩、今一首、橋本蓉塘の「題源右大将猟富士野図」の七言短古を取るとしよう。

兵勢東来如破竹。一拳已殪中原鹿。清時何処観餘威。打囲又向名山麓。」

風毛雨血共紛紛。足見伝家弓矢勲。豈図他日児孫亦禽獮。柳営権属尼将軍。」

可惜半生恃英武。漫追狐兎労行伍。君不見咆哮負嵎人不攖。帳中別有臙脂虎。

兵勢東来破竹ノ如シ、一拳已ニ殪ス中原ノ鹿。清時何ノ処カ餘威ヲ観ル、打囲又向フ名山ノ麓。

源兵東に起り、勢ひ破竹の如く、中原の鹿は其の手に落ちた。戦勝の餘威、将士の餘勇は何処《どこ》へ発散させたら可《よ》いか。狩猟（打囲）に若《し》くはない、といふので頼朝は屢〻之を富士山麓に試みた。

風毛雨血共ニ紛紛、見ルニ足ル伝家弓矢ノ勲。豈図ランヤ他日児孫亦タ禽獮セラル、柳営権ハ属ス尼将軍。

鳥獣の毛血紛々として風雨の如く、弓矢の功を競ふ伝家の藝をこゝにも見た。ところが、武門の実権が尼将軍に帰して、己が子孫も家人も、鳥や獣の如く此の尼の手にかゝる日が来ようとは、頼公も思ひ及ばなかつたやうだ。

惜ムベシ半生英武ヲ恃ミ、漫ニ狐兎ヲ追ウテ行伍ヲ労ス。君見ズヤ咆哮嵎ヲ負フ人攖《カカ》ラズ、帳中別ニ有リ臙脂ノ虎。

惜むべきは英武の材を以て、部伍の士を徒らに狩猟に駆り出し、兎や狐は網に攖《かか》つたが、臙脂の虎は網にもかゝらず、帳の中に嵎を負うて、勝手にほえたけるに任《まか》された事である。臙脂は紅《あか》いべに、臙脂の虎とは悍婦のこと、政子を指す。

橋本蓉塘は明治初期の詩人である。本稿は初期の詩は甚だ簡略に過したから、蓉塘に就いても多く触れる所が無かつた。蓉塘は明治十七年四十一歳で早世したが、為人《ひととなり》醇乎として醇なる詩人的性情を具《そな》へた。森春濤の門に遊び、艶体を工にしたが、又好んで和漢の史事を詠じ、古今体とも雄勁な作に富む。天が今十年、二十年の寿を仮したなら、枕、湖、春以後の詩壇の重鎮となつたであらう。惜むべき人才であつた。

広瀬林外も亦橋本蓉塘と同じく、絶世の才を抱き不朽の作を遺して、早く世を去つた薄命の詩人である。名は孝、字は維孝、豊後の人。幕末一代の詩宗広瀬旭荘の子で、伯父淡窓に養はれて咸宜園に学び、淡窓の没後、其の後を継ぎ塾政を掌つた。詩文に長じ、最も史学に精しく、明治五年、史職を太政官に奉じ、七年五月病に没した、年僅に三十九。『林外遺稿』十巻が有る。短い一生に篇章の富める、驚歎すべきものがある。兄青村、従兄長三洲等と共に、東京に咸宜園の正統を維持する玉川吟社を組織した。社中の秋月橘門、長梅外、堤静斎、那珂梧楼、石井南橋、南摩羽峯、西秋谷、関雪江等、みな当時の錚々たる名家である。林外に左の詩がある。

腰越駅

功成駅路却回車。今日路人猶歎嗟。唯忌京城称大叔。不知斉国属私家。

千年遺恨衣川月。一曲怨歌芳野花。或道満洲是苗裔。阿兄功業未須誇。

功成ツテ駅路却ツテ車ヲ回《カヘ》ス、今日路人猶ホ歎嗟。

今日でも腰越を通る人は、当時涙を呑んでこゝから引き回した義経の心事を思つて浩歎するのである。

タヾ忌《イ》ム京城大叔ヲ称スルヲ、知ラズ斉国私家ニ属スルヲ。

鄭の荘公は、弟の段が京城に封ぜらて大叔と尊称されるのを忌んだ。頼朝は弟義経が自分に無断で京都守護の検非違使に任命されたと言つて怒る。漢の高祖は韓信が斉国を平らげた時、功により仮王でよいから斉に封ぜられたいと言つたのを怒り、近臣に注意されてやつと之を許すが、漢の公家の大に対して斉は一私家に過ぎないではないか。頼朝は一谷の戦後、部下の諸将を皆各州の守に奏請するが義経には一州をも与へまいとする。義経が九国の地頭に任ぜられたと言つては又怒る、何とけちな了見であるか。

千年遺恨衣川ノ月、一曲ノ怨歌芳野ノ花。或ハ道《イ》フ満洲是レ苗裔ト、阿兄ノ功業誇ルヲ須ヒズ。

日本人の感情として、義経をむざむざ衣川で死なせたくない。衣川の合戦ではちやんと身代りが立ち、義経とその一党は、高館を脱して南部の地を北上して津軽に出で、津軽の三廐から蝦夷地に渡つた。今に奥州から北海道へかけて、到る処その遺跡があり、北海道のアイヌの間には義経は神として祀られてゐるといふ、伝説は伝説を生んで、いつまでも止る所がない。これは日本人なら知らない者はない位いだ。

そこで右の結末の二句である。江戸幕府時代の事、誰かゞ『古今図書集成』（清国雍正三年即ち西暦一七二五年に成つた官撰の類書、一万巻）の中に、「図書輯勘」なる書が一部あつて、それに乾隆帝の序があり、朕の姓は源、義経の裔、其の先は清和より出づ、故に清国と号す、といふやうな事が書いてあると言ひ出し、それが随分世間を騒がした。これは明治の初め修史館（明治二年三月三条実美を総裁として太政官に置かれた。歴史は『大日本史』に倣ひ、漢文を以て書くことになり、重野安繹、川田剛を始めとし、全国的に漢学能文の士が徴集せられた）に出仕してゐた林外として勿論開知してゐたであらうし、自身でも調べてみた事が有るかどうか。詩の意味は、或る説によると、現に禹域に君臨する満洲の帝室は自ら「義経の裔」、と称して居られるさうだ、若しそれが事実とすると、義経は大陸に渡つたことになり、偉いことだ、兄貴の頼朝の功業なんか自慢になどなりはしない。といふことになる。

林外等と玉川吟社の社友であつた南摩羽峯にも「源廷尉」の七言古詩があり、最後に「芳山之雪蝦海船。神州無地可著脚」とある。義経の潜行は芳山の雪を踏みわけて始まり、蝦夷地へ船で渡つた船が最後だつたのではあるまいか。日本中にもう立脚の餘地が無くなつてゐたのだからと。羽峯も義経不死説を取つてゐるかのやうだ。かういつた不死説を信じて作つた詩も明治時代かなり散見する。

右の詩に韓信の故事が使つてあるが、義経と韓信は頗る似た運命である。古今無比の名将が、功有つて賞せられず、却つて狡兎死して走狗烹らるゝの悲運に遇つた。その二人の悲運の蔭に鬼神の助、一綫の命脈の保たれたといふ話。

私は曾て清朝の学者の書いた「書淮陰侯列伝後」を読んだ、淮陰侯は韓信である。以下概略を訳出する。「広南の土官韋氏、自ら淮陰侯の後と言ふ。侯鐘室に斬らるゝに当り、侯の家の客某、其の三歳の児を匿《かく》す。蕭相国のもと侯と善きを知り、客往いて之を見る。微に侯に後無きの意を示す（後の無きは三族を夷《たひら》げられた為）、相国天を仰ぎ歎じて曰く、嗟乎《ああ》冤なる哉と、涙涔々として下る。客その誠を見、告ぐるに実情を以てす。相国驚いて曰く、若し淮陰侯の児を匿さんか、中国居るべからずと。乃ち書を作り、客を南粤（今広西安南の境）の趙佗に遣し、児を佗に託して曰ふ、これ淮陰の児、公善く之を視よと。佗養ひて己が子と為し、後これを海浜に封ず。姓を韋と賜ふ、韓字の半を用ふるなり。今其の族世ゝ海壖の間に豪たり……夫れ忠烈の死と、功高くして賞せられざるの臣死して其の罪に非ざる者と、造物者常に巧に其の後を庇ふ。国朝の方正学、血を殿庭に吹き、其の族誅せらるゝ者八百四十七人。而して一綫の脈、卒《つひ》に寧海の魏沢の手に存す。人力に非ず、蓋し亦鬼神の助くるなり。……独り惜む、淮陰の客卒《つひ》に其の名を天壌間に顕はさざるを、悲しい哉。」

読んで爽快極りなきものを覚える。それから又私は偶然『義経は生きてゐた　静の子も殺されてゐなかつた』といふ陸中の郷土史家佐々木氏の著した本を読むことを得た。義経の平泉以後の行跡を実地に就き綿密に調査して歩いた記録である。静の子は、由比浜に捨てられたが殺されはしなかつた、近藤左七郎なる者、その子を抱いて密かに近江国佐佐木庄に到り、義経の従弟佐々木高綱に事情を告げて養育を頼んだ。子は左兵衛義高（義経の義、高綱の高を幷せ）となつて奥州閉伊の田鎖の領主となり、文永四年八十二歳を以て終つたと。詳しい調査の結果が記録されている。

七十六

奥の細道を旅して平泉を訪ねた芭蕉が「夏草やつはものどもが夢の跡」と詠み、供の曾良も「卯の花に兼房見ゆる白毛《しらが》哉」と続けたことは、誰でも知つてゐる有名な話である。増尾の十郎権の頭兼房は、義経主従尽く死んで最後の一人となり衣川合戦の終局を飾つた老武者である。いろいろ伝説はあるが、義経はやはり平泉で死んだのであらう。その方が悲劇の英雄らしくて好い、芭蕉の句は何よりの餞である。

明治中、大須賀筠《ゐん》軒の「平泉懐古」十二首、本田種竹の「平泉懐古」十六首は、平泉に於ける藤原氏三代栄華の跡、即ち其の歴史と文化を詠じて餘蘊なきに幾《ちか》い。当時一世に伝誦されたといふが、百年後の今日、之を知る人は恐らく無いであらう。「夏草や」の句などと日を同じうして語ることは出来ない。

大須賀筠軒、名は履、字は子泰、筠軒は其の号。天保十二年、磐城平藩に生れた、年少江戸に出で昌平黌に入り、林復斎に師事して其の家塾に寓し、文を安積艮斎に学んだ。明治維新後、福島県宇多相馬の郡長に任じ、二十九年仙台の第二高等学校教授に聘せられ、大正元年八月を以て没した、年七十二。著に『緑筠軒詩鈔』十巻がある。幕末明治以来、奥州出身の詩宗として名を成した者は、大槻磐渓（仙台）、那珂梧楼（出羽）、南摩羽峯（会津）、大須賀筠軒（磐城）、最後に国分青厓（仙台）といふ順序は動かぬ所であらう。

筠軒は詩文を以て早く大槻磐渓、小野湖山、重野成斎、岡鹿門諸家の推重する所となつたが、名を求むるの念なく、一生東北の地を出でず、たゞ奥羽、信越を隈なく遍歴して、到る処山川風土を考へ、古今の史蹟を尋ね、殊に尤も世に隠れたる高徳、義人、孝子、節婦の逸事遺聞を採訪して之を吟詠に託し、所謂る微を顕はし幽を闡《あきらか》にすることに於て異常の関心を示した。従つて「平泉懐古」の詩の如き、筠軒として必ず無くてはならぬもの、餘人の企て及ぶべからざるものが有る筈である。則ち明治十八年春から約一年、羽前、陸中に遊んだ時の作であるが、平生の蘊蓄と用意があり、句々皆史実に切で、泛々の作でない。以下、筠軒、種竹の作各数首を選んで鑑賞したい。

平泉懐古

前九後三収戦塵。欲将弓箭属誰人。螟蛉有福承他祀。辺塞無虞息此民。
花満東山争艶麗。柳垂金屋貯嬌顰。負嵎不問中原鹿。占断栄華一百春。

前九後三 戦塵収マリ、弓箭ヲ将《モ》ツテ誰人ニ属セント欲ス。螟蛉福アリ 他祀ヲ承《ウ》ケ、辺塞虞《オソレ》ナク此民ヲ息ハス。花ハ東山ニ満チテ艶麗ヲ争ヒ、柳ハ金屋ニ垂レテ嬌顰ヲ貯フ。負嵎問ハズ中原ノ鹿、栄華ヲ占断ス一百春。

「平泉懐古」の第一首である。各首、簡にして要を得た漢文の注があり、仮名交りに書き下せば殆んど解説したに同じい。注に云ふ「藤原清衡は亙理権太夫経清の子、安倍頼時の外孫、康平四年に生れ、次年、頼時誅に伏し、経清亦亡ぶ。清衡、母と倶に虜《とりこ》となる。後、母は清原武則の配となり、武則の嫡子武貞は清衡を養ひ嗣と為す。清衡奥羽守護職と為り、基衡、秀衡三世相継ぎ、世、三衡と称す。国を享くること九十九年、秀衡の子泰衡に及んで国亡ぶ。北神川の東長部山、東山と称す。東鑑に曰く、海陸三十餘里、桜樹を植えたるもの是なり。其の東山と称するは京都に擬するなり。三衡の居る所、嘉楽館と称す、多く柳を栽し、僭称して柳御所といふ。」

藤原氏三代の祖清衡は、陸奥国の俘囚長安倍頼時の壻亙理経清の子、亙理は陸奥の豪族。経清が前九年の役に、頼時の子安倍貞任に属して誅せられた時、母に従つて清原武則の家に入り、清原姓を称した。後三年の役には源義家に属して戦功を立て、陸奥出羽の押領使に任ぜられ、陸奥の六郡を領した。寛治年間関白藤原師実に馬を送り、関白家に攀援して自己の地位を築き、藤原姓を名乗るに至つた。根拠地を江刺郡豊田より平泉に移し、其の富力を傾けて京の文化を移植した。爾来、嵎を負へる虎の如く、北方に蟠拠して中原の鹿を逐はず、三代一百年の富強の基を開いた。

『詩経』小雅に「螟蛉有子、蜾蠃負之」、蜾蠃《クワラ》即ち土蜂が、螟蛉《メイレイ》即ち桑虫の子を取つて之を負ひ、己の子とするといふ事から、他姓の養子となる者を螟蛉子といふ。清衡が正に是れである。漢武故事に、武帝が幼時、若し阿嬌を得ば金屋を作り之を貯へん、と言つたとある。嬌顰は、なまめかしく眉をひそめる美人。

歴劫纔存古典型。法灯明滅小於蛍。菓脣蓮眼三尊像。紺紙金泥一切経。
博士愛銭文有媚。武夫祭血仏無霊。憐他父子修冥福。身後風塵捲地腥。
歴劫纔カニ存ス古典型、法灯明滅　蛍ヨリモ小ナリ。菓脣蓮眼三尊ノ像、紺紙金泥一切経。博士銭ヲ愛シテ文媚《コビ》アリ、武夫血ヲ祭ツテ仏霊ナシ。憐ム他ノ父子冥福ヲ修メ、身後風塵地ヲ捲イテ腥シ。

注に云ふ「天仁元年、清衡、中尊寺経堂を建つ。堂は方三間、内に八架を構へ、一切経三部を置く、三衡の寄附する所なり。紺紙金銀泥、紺紙金泥、黄紙宋本あり。清衡の供養願文は右京大夫敦光の撰文、中納言朝隆之を書す。副本あり北畠顕家の書する所なり。菓唇蓮眼は願文中の字、華厳に謂ふ唇口丹潔、頻婆果の如しとある是なり。敦光は藤原宇合の後裔、式家の儒明衡の子、当時文章博士たり。」

中尊寺は関山と号し、初代清衡が前九後三両役の戦没者の冥福を祈つて建てたと云ふ。基衡、秀衡も造営を続け、堂塔四十、僧坊三百餘。戦火に遇ひ野火に焼け、再造修理を経て、今は纔かに古の典型を餘すのみ、法灯は絶えんとして蛍の火の如く細い。金堂は阿弥陀三尊を始め、六地蔵、二夫の像を安置し、経蔵には清衡等の奉納した紺紙金銀泥の経巻、及び宋版一切経が有る。

天治三年中尊寺落成の供養を行ひ、願文は文章博士藤原敦光の撰、書家冷泉朝隆が清書した。博士の文も金銭の為に作り、施主に媚びた跡が見える。武人の父子が幾等《いくら》毛血の牲を供へて仏を祭り、人の冥福を祈つても霊験は無く、風塵忽ち地を捲いて起り（頼朝の奥州征伐）、憐れ国亡び家絶え、今に血食することが出来ない。「風塵」に種々の義があり、こゝでは戦乱をいふ。

三衡陳迹久蒼涼。中有当年金色堂。七宝荘厳粧仏界。一時富貴擬京郷。
帝羓夜哭関山月。翁仲秋愁鷲嶺霜。覇気銷沈天地老。巍存惟仰魯霊光。

三衡ノ陳迹久シク蒼涼、中ニ有リ当年ノ金色堂。七宝荘厳仏界ヲ粧《ヨソホ》ヒ、一時富貴京郷ニ擬ス。帝羓夜《ヨル》哭ス関山ノ月、翁仲秋《アキ》愁フ鷲嶺ノ霜。覇気銷沈天地老イ、巍存惟《タヾ》仰グ魯霊光。

注に云ふ「金色堂は経堂の東南に在り、天仁二年建つる所、方三間、柱の高さ一丈九尺、内外四面、紗布を以て之を包む、塗るに黒漆を以てし、遍く金箔を貼り螺軸を鏤《ちりば》め、珠玉を彫《きざ》む。内に三壇を構へ、四隅の楹柱、七宝荘厳、十二仏を図画し、壇上に弥陀観音勢至六地蔵、増長広目二天の像を置く。精巧無比、法橋定朝の所作。正応元年鎌倉将軍、此堂の風雨に暴露し、金碧剥落するを慮り、平貞時時宣に命じ覆堂を作る。巍然儼存、今に七百七十餘年なり。壇下に三衡の棺を納む、中壇は清衡、左壇は基衡、右壇は秀衡。其の尸朽ちず、白衣錦袍、面貌生くるが如く、髪の長さ寸餘と云ふ。秀衡棺前の匣に忠衡の首を蔵す、又三衡の刀あり。元禄中棺内を発視する時出づる所と云ふ。中尊寺、衣関に在るを以て関山と号す。」

　これ程の注があれば此の上解説を費すことは無い位である。たゞ後聯「帝羓」は帝王の身の干物、羓は乾肉《ほじし》。『旧五代史』に、遼の太宗徳光、南征して晋を滅ぼし、北帰の途中病んで欒城に崩じた。契丹人その尸を割き腸胃を去つて塩を詰め載せて帰つた。当時之を「帝羓」と謂つたと。こゝでは木乃伊《ミイラ》になつた三衡の尸に譬へた。翁仲は石又は銅にて偶像を造り墓道に立てたもの、石人ともいふ。鷲嶺は実際に鷲の名ある山が平泉にあればともかく、恐らくこれは三衡の塋域を仏語の霊鷲山（印度の山、仏陀常住の所、浄土）を以て譬へたのであらう。

　魯霊光は前漢の時魯の恭王が多くの宮殿を建てたが皆壊れて、霊光殿のみ独り存したといふ故事。劫火に焼け残つた金色堂に恰好の譬喩である。

　注に、元禄中、棺を発いて尸を視たとあり、本田種竹の詩にも同じ事が詠じてある。私は三十年ばかり前、東北大学の学術団体が光堂の木乃伊を科学調査するといふ新聞の記事を読み、その時は、果して木乃伊が存在するのかどうか、存在するなら調べて見ようといふ事のやうであつた。そこで私は筠軒や種竹の詩を思ひ合せ、学者たちは元禄の開棺の事を知らないのか、それとも故らに無視するのか、不可解に思つたことがある。其後調査は頗る科学的に行はれ、殊に三衡の血液型まで取られ色〻の謎が解けたといふに至り、全く驚倒して了つた。その外、大概は筠軒の注にある通りと思へた。尚ほ光堂（金色堂の別称）の傍に石碑あり、芭蕉の「五月雨《さみだれ》の降残してや光堂」の句を勒してあると云ふ。

成敗何須問彼蒼。当初失計殺牛郎。襟山帯水甲兵府。管月絃風歌舞場。
老鶻摩空靡草木。駭豚吹血裂金湯。平泉旧是豪華地。倚着僧楼看夕陽。

成敗何ゾ須《モチ》ヒン彼蒼ニ問フ、当初失計牛郎ヲ殺ス。襟山帯水甲兵ノ府、管月絃風歌舞ノ場。老鶻《コツ》空ヲ摩シテ草木靡キ、駭《アイ》豚血ヲ吹イテ金湯ヲ裂ク。平泉旧《モト》是レ豪華ノ地、僧楼ニ倚着シテ夕陽ヲ看ル。

注に「文治三年十月秀衡卒す、義経を奉ずることを遺言す。五年閏四月、頼朝、泰衡をして義経を殺さしむ。六月逼りて弟忠衡を殺す。頼朝の討、一敗地に塗れ、社稷墟と為る。」

彼の蒼々たる天に問うまでもない。平泉が滅亡したのは泰衡が父の遺言に背き、牛若源九郎を殺したのが原《もと》である。久しく泰平が続く中に、兵馬十七万、山河襟帯の城府といはれた平泉も、いつしか風月に管絃を弄ぶ歌舞の巷と変りつゝあつた。それでも老雄秀衡の在りし日、その威望の盛なる、老鶻碧空を摩し、草木靡き伏すの概があつた。老雄去つて後、豚児泰衡は我と我手足を断ち、その流血の中に自ら亡んでいつた。金湯の山河も寸寸《すたずた》にして了つた。平泉豪華の夢の跡、詩人は感慨深く、静かに寺楼に倚つて落日を見送つてゐる。

英雄機略巧行蔵。児女于今説九郎。挙足一翻壇浦水。潜蹤再履奥東霜。
誰燃棠棣供烹豆。長使鶺鴒悲鬩牆。鵬翼扶揺何地是。蜻蛉洲外闢封疆。

英雄機略 行蔵ニ巧ニ、児女今ニ九郎ヲ説ク。足ヲ挙ゲテ一タビ翻ヘス壇浦ノ水、蹤ヲ潜《ヒソ》メテ再ビ履《フ》ム奥東ノ霜。誰カ棠棣ヲ燃ヤシテ烹豆ニ供スル、長《トコシ》ヘニ鶺鴒ヲシテ鬩牆ヲ悲シマシム。鵬翼扶揺何ノ地カ是ナル、蜻蛉洲外封疆ヲ闢ク。

注に云ふ「義経の東に走るや、秀衡為に高館を営む、址は平泉の東に在り。天和中、仙台藩主一祠堂を址上に建て、義経堂と称す。」

高館址、義経堂に就ては『平泉志』に「古来高館の跡に義経の墳墓ありて一拳石を遺せり。里俗相伝へて義経腰を掛け自殺せし石と云ふ、義経持仏堂に入て自殺すと云へば、仏堂などありし跡にや。天和年中伊達綱村朝臣の家士郡司河東田長兵衛定恒、平泉の衆徒と共に朝臣に申議し、其の命を受けて一宇の祠堂を創立し、義経堂と云ふ。」とあり、又「明治九年七月車駕東巡の際、義経堂に臨幸し給ひて此に伝来の仏像什器を始め、古術音楽等天覧あり、岩倉右府をして永遠保存に注意すべき旨を懇諭せらる。」

明治十四年秋、再度車駕東巡の際、扈従の詞臣川田剛が漢文を以て草した『随鑾紀程』八巻がある。この時は義経堂には臨幸が無かつたが、川田は平泉の各所を仔細に観察して流麗な文を為してゐる。今その中の数行を仮名交りに書き下す。読者の倦むをも顧みず、之を採録せずには居られないものがある。

平泉は衣関と接す。昔は六郡の酋長安倍頼時、反して此地に拠る。頼時亡し、外孫藤原清衡復た六郡を領す。江刺より来り移り、奥羽二州に専制し、兵馬十七万を擁す。業を伝ふる三世、殆ど百年を経。土人今に至て尚ほ旧事を説く。

高館清衡基衡の居る所、柳御所と称す。秀衡の居る所、加羅御所と称す。遺址墾して隴畝となる。高館の東南に在り。高館又判官台と名づく。源廷尉自殺する処、所謂衣川館是れなり。一邱水に臨み、衣川、来神川と会し、東　東稲山に対す。安倍氏の盛時、遍地桜を植え、桜川と呼ぶ。邱上の小祠、廷尉を祀る。

或は泰衡父命に違ふを以て失策と為す。知らず違ふも固より亡ぶ、違はざるも亦亡ぶ。則ち秀衡未だ死せず、禍機已に兆す。区区豚犬安《いず》んぞ道《く》ふに足らんや。
金色堂を訪ふ。又光堂と名づく。内に木壇を設け、上に仏像を列す。皆名工運慶の作。下に三棺を蔵す。中は清衡、左は基衡、右は秀衡。相伝ふ、寛永中、有司棺を発し之を検すと。基衡秀衡の尸、各白襦錦袍、塡むるに硃沙を以てす。清衡遍身漆を塗り、裹むに白綾を以てす。剣一口及び鎮守府将軍の印を納む。堂の広さ方一丈八尺。柱壁榱桷、塗るに金泥を以てす。七宝荘厳、今剝落す、尚ほ螺鈿を見る。光堂の名虚ならざるなり。

義経の一生に縁の深い奥州即ち東北地方では、昔から大人は勿論女子供に至るまで義経に特別親愛の感情を持ち、日常茶飯事として義経を語つて止まなかつた。それに東北には伝統の「奥浄瑠璃」といふものが有つて、琵琶法師が平家を語るやうに義経を語つて歩き、農閑期になると人〻は相集つて之を聴いたといふ。さうして語る人聴く人の間から、自然に義経不死、義経蝦夷渡などの伝説を生じた。従つて其の遺蹟と称する所が各地に発生したもののやうだ。

右の詩の結末二句は『荘子』に、鵬は扶揺（旋風《つむじかぜ》）を摶《う》つて上ること九万里とあるが、英雄義経が最後に鵬翼を伸ばした地は何処であつたらうか、我が蜻蛉洲《あきつしま》の外に、更に境地を開いたといふことだが、の意であらう。東北の人大須賀筠軒は、年々東北各地を遍歴して、到る処で義経の遺蹟といふものを見、義経蝦夷に渡るとの説から、更に海を超えて大陸に渡るとの説まで聞き、其の真偽を判ずる証拠も無く、東北人の気持のまゝに右のやうな句を為《つく》つたのであらう。

「平泉懐古」十二首の中五首だけ説いた。まだ半途だが、餘は省略することゝする。次は種竹の同題の作だが、種竹の作は明治三十一年、種竹三十七歳の時の作、懐古博士の名に背かない傑作で、筠軒のそれに比しても更に一段の精彩がある、明治詩界に多く見難きものである。たゞ筆者としては引続いて同じ事を繰返し言ふのも興味索然とするから、これは後日に譲ることとし、こゝには同じ種竹の古詩で、是非こゝに説いて置きたいものがある。次章にて述べることゝする。

七十七

さて本田種竹が「唐妹城趾」の古詩を説かねばならぬ。これは平泉藤原氏の為に弔合戦を演じた大河兼任の史事を詠じたものであるが、順序として其の前に一首説くべき詩がある。藤原泰衡は文治五年閏四月義経を襲殺し、六月弟忠衡を夜討にした。則ち源氏と同じく骨肉相食《は》んで自ら滅びた。其の罪なくして殺された忠衡の事を詠じた大槻磐渓の「平泉古器歌」といふ七言古詩で、これは磐渓四十三歳天保十四年癸卯の作、明治元年戊辰を距る二十五年であるから、明治の詩とは云へないであらう。然し磐渓は明治十一年七十八で東京に没した当時屈指の漢学大家で、殊に『近古史談』『国詩史略』等の名著が有り、史と詩に邃《ふか》いことを以て世に著聞した人である。そこで私は明治詩人の作として「平泉古器歌」をこゝに紹介したいと思ふのである。先づ『平泉志』から次の文数節を鈔録して置く。

秀衡、両国（陸奥出羽）を管領し、朝貢怠る事なく上には恭順に下には慈愛にして、廃れたるを興し絶たるを継ぎ仏刹を造営す。嘉応二年五月二十五日鎮守府将軍に任じ、養和元年八月二十五日陸奥守に任じ従五位上に叙せらる。文治元年都を落ち来投する所の義経を容て保護せり。同三年十月二十九日卒す。五男あり、嫡男西木戸太郎国衡、二男泉冠者泰衡（一説に伊達次郎といへり）、三男泉三郎忠衡、四男本吉冠者隆衡、五男出羽冠者通衡、二男泰衡を以て家督と定め……泰衡一には違勅の罪を恐れ一には幕府の威に懼りて亡父の遺言を守らず、同五年閏四月晦日軍兵を発し高館を襲ひて義経を討滅せり。秀衡遺言の主意は、一家固く義を守り義経を輔佐し、屢鎌倉に申請ひ叶はずして其の征を受るも相構へて抗衡久しきに耐へ、遂に和議を得るに於ては義経を鎮守府将軍と仰ぐを以て目的とすべきなりと。

泉三郎忠衡は曾て義経に同心するを以て、泰衡が頼朝卿の命に遵ひ父の遺言に背くを不可とし、諫むれども聴かれずして忌避せられ、遂に其の居館に兵を向けて襲殺せられたり。時に文治五年六月二十六日にして高館陥落より数十日の後なり。忠衡の首桶、秀衡の棺側にあり、一説に忠衡館に火を放ち其の死骸を隠せりといふは、竊《ひそか》に義経の跡を追ひて蝦夷に赴きしなりと。

頼朝卿泰衡を征伐あるべきに決し、七月十九日勅許を待たずして鎌倉を発し、同二十九日白河関を越え進軍せらる。泰衡予め是を知り……国分原鞭館に軍を督し出陣せしかど、八月八日より同十日に至り防戦利なくして将士多く戦死せり……同二十一日泰衡平泉に退き直ちに其の居館を火《やい》て奥の地方へと落行きぬ。

泰衡、蝦夷に保命を志し糠部郡に赴かんとして先づ比内郡贄の柵に住せる累代の家人河田次郎の許に潜居せしが、次郎俄に変心し郎党をして之を弑せしむ。九月六日泰衡の首を陣か岡に持参して実検に供ふ……譜第の重恩に背き之を弑せし事大逆無道なりとて次郎を斬せられ、貞任の例を以て泰衡の首をも梟せらる。泰衡弑せられしは文治五年九月三日にして三十三歳なり。寛治六年清衡両国の押領使と為りしより基衡・秀衡を歴て泰衡の今日に至り九十八年にして家祀を断つ。

平泉古器歌謝宗兄子直寄贈

陶製古器大如杯。瑞草糾結双池開。当年定是供香火。空心依微吹冷灰。
吾兄獲之琵琶柵。千里遠付郵筒来。想見昔人存手沢。掲取古香摩幾回。」
維昔東陬置鎮府。北門鎖鑰扼奥羽。藤氏三世実拠之。九十九年恣跋扈。

一朝挙国付豫州。為恐孱孫忝乃祖。果然豚犬禍蕭牆。顛覆終受鬼武侮。」
独有忠勇泉三郎。奉持遺命不敢忘。唱義一戦授其首。于今猶聞俠骨香。」
琵琶柵荒秀薤麦。往往耕人出折戟。独有此器留全姿。文房長助筆硯役。」
却憶昔年遊中尊。漆函親見顱骨存。遥弔英霊奠香火。一縷吹返万古魂。

陶製ノ古器 大 杯ノ如シ、瑞草糾結シテ双池開ク。当年定メテ是レ香火ヲ供ス、空心依微トシテ冷灰ヲ吹ク。吾兄之ヲ獲《ウ》 琵琶ノ柵、千里遠ク郵筒ニ付シ来ル。想見ス昔人手沢ノ存スルヲ、古香ヲ挹取シテ摩スル数回。

磐渓の同族の兄、字は子直なる人が、平泉の琵琶柵、即ち泉三郎の居館（一に泉城と称した）の跡を尋ねて、陶製の大きな杯様《さかづきよう》の古器を獲て、その地から郵筒即ち手紙と一緒に送つて来た。水がたゝへられるやうな池が双をなして、縁《ふち》には瑞草がまつはり結ばれたやうな彫飾が施してある。これはきつと香火を供へる為に用ひられたものであらう。さう云へば池の空《から》になつた所に、冷《ひ》えた香火の灰の気が依微《ほのか》に漂《ただよ》ひ、器全体に昔の人の手のうるほひが残つてゐるやうに感じられ、私は幾回となく撫摩《なでさすり》しては古香を挹取《くみと》つたことである。

維《コ》レ昔東陬ニ鎮府ヲ置キ、北門ノ鎖鑰《サヤク》奥羽ヲ扼ス。藤氏三世実ニ之ニ拠リ、九十九年跋扈ヲ恣《ホシイママ》ニス。一朝国ヲ挙ゲテ豫州ニ付シ、為ニ恐ル孱《セン》孫ノ乃祖ヲ忝《ハヅカシ》メンコトヲ。果然豚犬蕭牆ニ禍シ、顛覆終ニ受ク鬼武ノ侮《アナドリ》。

東北の僻陬に昔鎮守府が置かれ、北門の鎖鑰（ぢやうとかぎ）を閉ぢて奥羽の地を扼《おさ》へてゐた。藤原氏三代はこゝに拠つて九十九年間、跋扈を恣《ほしいまま》にした（跋扈とは越権犯上の行ひを云ふ、藤家に対し此の語は少し不当のやうだ）。老雄秀衡は孱弱なる子孫が祖先の業を忝《はづかし》めんことを恐れ、その所領の二国を挙げて、源豫州の手に付託するやう遺言して死んだが、果せるかな豚児の泰衡は、蕭牆即ち一門の屏の内に禍の種をまき、鬼武（頼朝）の侮《あなどり》を受けて、遂に根こそぎ家を顛覆《くつがへ》してしまつた。

独リ忠勇ノ泉三郎アリ、遺命ヲ奉持シテ敢テ忘レズ。義ヲ唱ヘ一戦其ノ首ヲ授ク、今ニ猶ホ聞ク俠骨ノ香《カンバ》シキヲ。

其の間に在て独り泉三郎忠衡だけは忠勇人に過ぎ、父の遺命を奉じ大義を唱へたが、兄の夜討に遇ひ一戦の後自害して果てた（時に年僅に二十三）。今に至るまで其の稜々たる俠骨の香しき名を聞くのである。

琵琶柵荒レテ麰《ボウ》麦秀デ、往々耕人折戟《セツゲキ》ヲ出ス。独リ愛ス此ノ器全姿ヲ留メ、文房長ク助ク筆硯ノ役。

琵琶の柵いはゆる泉城の跡は荒れて麦畠となり、畠を耕す人の鍬《くは》に、往々折れ朽ちた戟《ほこ》が掘り出されることがある。ところが此の古器は何の損傷もなく完全に元の形を保つ手ゐる。私は之を書斎に置き、筆洗にでもして文墨の仕事の助けとしたい。

却ツテ憶フ昔年中尊ニ遊ビ、漆函親シク見ル髑骨ノ存スルヲ。遥カニ英霊ヲ弔ウテ香火ヲ奠シ、一縷吹キ返ス万古ノ魂。

昔かつて中尊寺に遊んだことを憶ひ出す。あの時、漆の函に納められた忠衡の頭蓋骨を親しくこの目で見た。さて一瓣の香を捧げて敬《つつし》んで英霊を弔ふこと丶しよう。万古不滅の霊魂がよみがへつて来るであらう（漢の武帝は方士に命し神薬返魂香を作つて焼かせ、早く死んだ李夫人の霊が彷彿として降つて来るのを見、哀痛の詩を作つて楽人に歌はせたと云ふ）。

平泉の最後はあまりにも呆気なかつた。秀衡が今数年長らへ義経も生きて居たら、頼朝も容易に兵を加へることは出来なかつた筈。秀衡が死んだ時、頼朝が「入道も他界せりと聞く、奥州も傾きたり、攻めんに何程の事あるべき」と言へば、梶原景時は諫めて「愚かなる御所存、秀衡一人死すとも、念珠、白河の両関を固め、判官の下知に従ひ戦《いくさ》せば、日本国中の軍勢を以て百年二百年戦ふとも、容易《たやす》く打靡《うちなび》け給はん事叶ふまじく候」と言つたと『義経記』に見えるが、虚構の談ではあるまい。同書には更に「故入道の遺言の如く両関に関据ゑて、泰衡、元吉、泉冠者、判官殿の御下知に従ひて合戦をしたりせば、争《いか》でか末代まで違ふべき。親の遺言に背き判官を討ち奉れば、我が身も滅び、所領ももつくは（没官）の地となりて、親父のちどう（治道）面々になされけるこそ浅ましけれ。」とある。

然し秀衡入道の五子が皆豚犬では如何に義経でもどうにもなるまいが、第三子泉三郎の如き傑出した者が居り、若し三郎が兄次郎に殺されず、義経を奉じて鎌倉と戦つたら歴史は又どのやうに変つてゐたか想像の外である。『平泉志』に「或筆記に載せたる」話として、秀衡父子の事が記録されてゐる。現代文に要約すると次の如くである。

奥州の秀衡は男子五人あり……伊達の次郎は山川の漁猟を好み他の事をせず、諸子皆文学を嫌つて習はず、独り泉の三郎だけは夜を日に継いで文学の道に凝《こ》り勤めた。ある時秀衡は子供等の心ざしを試して見ようと、秋の一日金鶏山へ皆を伴ひ、山上に席を設けて山河の景を眺めながら言つた。汝等は遥かなるあなたの山の尾上《をのへ》に一本の桜あり、今を盛りと見えて花の爛漫たること雪かあらぬか、皆〻の目にもさぞかし見えるであらうと。諸子は延上《のび》り立上り見て、父上の仰せの如く桜の花今を盛りと見えうるはしく見えますると言ふに、泉だけは其のやうなものは見えぬので、仰せに従ひ暫く眺めましたが花らしきもの終ぞ見かけませぬと答えた。そこで秀衡は心に思つた、花無きを有りと言つたのは彼等の志を見ようとの手立《てだて》なるに、四人は我に諂《へつら》うて有りと言ひ、独り泉は無き故に無しと言つた、泉は勇は少いが義があると。

磐渓の詩の「漆函親見顱骨存」に就て、『平泉志』に次の一段がある。

藤原氏三代の棺、遺骸各厳然として存在す。中央清衡、左基衡、右秀衡。秀衡の棺側に忠衡の首桶あり。寛永中修補の時、仙台中納言吏員に命じて棺中を点検せしめられ、三代死骸全き事を伝へて野乗に記せり。清衡棺長さ六尺広さ三尺白綾を以て之を裹《つつ》み、剣一口及び鎮守府将軍の印璽を納む。基衡は白絹を以て之を包み、白衣を襯にし錦抱を表にす。秀衡も亦同じ。側に忠衡の首桶あり、高さ二尺方一尺なりと。又元録十二年修補の時新に槨を造りて其棺を蔵む。此時或物語記に云清衡の棺は黒漆にして上は総金なり。基衡の棺は朱漆なり、秀衡のは黒漆なり、忠衡が首桶も黒漆なり。棺桶共に布を掛て塗りを堅牢にせり。三代何れも死骸全く白装束錦の直衣に袴なり。……又元文三年修覆の時、三代の棺を仮屋に移し置る……遺骸は皮肉骨乾固まり色浅黒くして白髪一寸許……秀衡桶の側に忠衡首桶は絹一端許にて巻き包置りと。

是に由て観ると秀衡の遺骸に沿ふものは忠衡の首だけのやうで、賢父子相得て相宜しいが、三十年前の科学調査の新聞記事では、一つの首が、梟首された時の釘の孔が残つてゐて、泰衡だといふ事が判つたと書いてあり、甚だ気になつた事を記憶する。

金鶏山は『奥の細道』に「秀衡が跡は田野になりて金鶏山のみ形を残す。」とあるもので、『平泉志』には、

秀衡その象を富士山に擬し高さ数十丈に築き、黄金にて鶏の雌雄を作り、此の山上に埋めて平泉の鎮護とせしなり。郷説に秀衡漆一万杯に黄金一万を混へて土中に埋蔵し子孫に伝ふといへるは此所なるべしと。其の時の歌なりとて口碑に伝へ俗間に唱ふ、

朝日さし夕日輝く木の下に漆万杯こがねおくおく

川田剛の『随鑾紀程』には、

金鶏山ハ一培塿ノミ。童謡ニ云フ、朝日輝兮夕日輝、金一億兮漆万杯。相伝フ、基衡雌雄金鶏ヲ造リ、黄金一億トトモニ山下ニ埋メ、錮《フサ》グニ漆万杯ヲ以テス。子孫ノ謀ヲ貽《ノコ》スコト、周且ツ密ナラザルニ非ズ。曾テ両世ナラズ、忽諸祀ラズ、黄金果シテ恃ムベケンヤ。（原漢文）

広大なる奥羽全域、精強なる帯甲十万、億万の黄金は府庫に充ち溢れ、絶代の名将義経の在るあり。平泉の富強を以てどうして彼のやうに脆く鎌倉の威に屈し、国を挙げて焦土と化したのであらうか。史を読む者の切歯惋惜已む能はざる所以である。明治中作者不詳の詩、

果見藤家忽毀堕。盍将奥羽託牛児。二郎若聴三郎諫。取代鎌倉未可知。　平泉懐古

果シテ見ル藤家忽チ毀堕《キキ》、盍《ナン》ゾ奥羽ヲ将《モ》ツテ牛児ニ託セザル。二郎若シ三郎ノ諫ヲ聴カバ、取ツテ鎌倉ニ代ランモ未ダ知ルベカラズ。

果して頼朝の為に藤家は毀堕（こぼちやぶる）されてしまつた。何故父の遺命を守り、奥羽を義経（牛若牛児）に託し、その下知に従つて鎌倉と戦はなかつたか。二郎が若し三郎の諌を聴いてゐたら、鎌倉に取つて代つて覇を天下に称《とな》へたかも知れないのにと。詩は卒直、稚拙だが、万人意中のことを道破してゐて面白い。ところが川田剛の説は之と異つてゐる。前述の文に続いて左の如く云ふ、

或ハ泰衡父命ニ違フヲ以テ失策ト為ス。知ラズ違フモ固ヨリ亡ブ、違ハザルモ亦亡ブ、彼ノ廷尉、身京畿ニ居リ、王命ヲ挟ンデ鎌倉ヲ討タントシ、衆心附カズ、来ツテ寓公トナル。乃チ一隅ヲ以テ天下ノ大兵ニ抗スルモ、余ハ其ノ頼時父子ト轍ヲ同ジウスルヲ見ルノミ。中原鹿ヲ争ヒ、手ヲ袖ニシテ傍観ス、天命帰スルアリ、竇融タル能ハズ。則チ秀衡未ダ死セズシテ、禍機已ニ兆ス。区々豚犬、安《イズク》ンゾ道《イ》フニ足ランヤ。（原漢文）

泰衡が父命に違ふが違ふまいが、藤原はいづれ亡ぶる運命だつた。源廷尉は京師に居た日、頼朝討伐の院宣を請ひ得たが衆心を得られず、流寓して平泉に来た。東北の一隅に拠つて天下の鎌倉に抗するも、結局、安倍頼時、貞任の轍を履むだけだ。中原の逐鹿を袖手傍看して居られた時が藤家の花で、今や天命は帰すべき所に帰し、天下は統一に向ひつゝあり、之と抗衡を策することは出来ない。頼朝の奥州征伐は秀衡未死の日から既定の計画で、藤家の豚犬たちが、どうすることも出来ることではない。

同じ歴史に対して結論は必ずしも同一ではない。両極に岐れる場合が多い、右の史論がそれである。

七十八

泰衡の部将大河次郎兼任は、泰衡の殺された直後主人の為に弔《とむらひ》合戦を起さうと決意して餘党を糾合し、或は伊予守義経なりと称し、或は左馬守《さまのかみ》義仲の子義高なりと称して、出羽の各地に兵を募つた。その数七千餘騎に達し、多賀国府を根拠として鎌倉に攻め入る計画を立てた。頼朝は信越二国の御家人に命じて之に備へしめ、元《もと》泰衡の部下で頼朝に降つた秋田の由利維平等に討伐を命じた。文治六年正月、兼任は秋田城に向はんとして八郎潟を渡る時、春氷俄かに釈けて兵五千を水に喪《うしな》つたが屈せず、使を維平の陣に遣はし、挙兵の理由を告げて曰ふ「古今の間、六親又は夫婦の為に仇を報ゆる者は常にあり。未だ主人の為に敵《かたき》を討ちたる者の例を聞かず。我は其の先例を成さんとす、向ふ所は鎌倉なり」と。維平と戦つて之を殺し、転じて津軽の御家人宇佐美実政等を討取り、大いに猛威を奮うた。頼朝は再び御家人の出動を命じ、追討使を立て海陸両道より軍を進めた。二月、兼任は一万騎を率ゐて之と栗原一迫《いちはさま》に戦ひ、利あらずして衣川に退き、残兵五百餘騎を以て再び戦ひ克つ能はず、北走して津軽の絶険多宇末井《たうまい》の栈《かけはし》に拠り、此を城郭として鎌倉軍を拒いたが、遂に敗れ所〻に奔竄して栗原寺に至り、土民の殺害する所となつた。時に建久元年三月十日。
『随鑾紀程』を閲するに、東北巡幸の車駕は、八月二十三日青森県に入り、二十四日八戸、二十五日五戸、二十六日野辺地、二十七日小湊を経て浅虫に抵り、「地勢山ヲ負ヒ海ニ面シ、一磯斗出、巉巖横亙、唐味崎ト曰フ。昔、大川兼任ノ拠ル所。東鑑之ヲ多宇末井ノ桟ト曰フ。近世鏟削シテ車馬ヲ通ジ、野内村ニ至テ、高キニ倚リ北望スレバ、晴波日ニ浴シ、風帆掩映、遥ニ渡島ヲ雲表ニ見ル、亦偉観ナリ。」とある。渡島は北海道をいふ。

唐妹の地名に就て『大日本地名辞書』には右の唐味崎、『東鑑』の多宇末井、その外、戸前坂、烏頭前、塔前など幾種類もあることを示す。思ふに川田が字面を雅にして唐味と書し、種竹は之を更に雅にして唐妹と書したのではあるまいか。

題唐妹城趾図　津軽斎藤積翠嘱

我足未践唐妹碕。藤君乞我唐妹詩。袖中一巻出江山。山気墨気同淋漓。」
乱蜂如馬勢将走。崩濤硡磕隘其口。雲霧咫尺蛟竜愁。大塊一噫入昏黝。」
風沙路上少行人。雲木城頭古桟懸。痛絶源家旧骨肉。棠棣花落八百年。」
廷尉勲名冠柳幕。不知何罪招鼎鑊。藩鎮河山鉄券亡。征車遥遥投朔漠。」
辺兵颯如風雨来。万弩射潮潮勢頽。北方之強次郎在。殺身成仁筋骨摧。」
当時海内諸侯伯。有如秦越視肥瘠。挫強扶弱果幾人。如次郎者真難獲。」
俠気当年重素盟。遺民于今説芳名。千秋有涙灑尺布。万里終免壊長城。」
竜飛峡拆雲生塁。廐馬洞荒草蔵雉。英雄魂魄哭東風。山花寂歴故城趾。」
捲図風雨来山楼。坐覚蒼茫万古愁。浮雲直北倚剣望。不知何処靺鞨州。

我足未ダ践マズ唐妹ノ碕、藤君我ニ乞フ唐妹ノ詩。袖中一巻江山ヲ出シ、山気墨気同ジク淋漓。

唐妹城江山の図巻を袖中より取出し予に示して、藤君は之が題詩を予に求めた。巻に漲る山気と墨気と、淋漓として人に迫るものがある。碕は曲岸又石のはし。

乱峯ハ馬ノ勢ヒ将ニ走ラントスルガ如ク、崩濤砿磕《カウカイ》其ノ口ヲ隘《セマ》クス。雲霧咫尺蛟竜愁へ、大塊一噫《イ》昏黝《イウ》ニ入ル。風沙路上行人少《マレ》ニ、雲木城頭古桟《サン》懸ル。痛絶源家ノ旧骨肉、棠棣《トウタイ》花落チテ八百年。

山の海中に突出したる碕《みさき》は、恰も馬の将に走り出でんとする恰好をなし、海濤は石の相撃つ如き音響を発し、天地の呼吸する如き風の動き、日の光くもりてくらき山海の景。海辺の沙上に人影も見えず、雲に接する林木の間に桟道の通ずるあり。棠棣の花散る源家骨肉の争ひは、八百年前既にこの辺境にまで痛ましき影響を及ぼしてゐる。

廷尉ノ勲名柳幕ニ冠タリ、知ラズ何ノ罪カ鼎護ヲ招ク。藩鎮ノ河山鉄券亡シ、征車遥〻朔漠ニ投ズ。

左衛門尉義経は当時柳営に於ける武勲第一の名であつた。何ぞ図らん鼎鑊に煮られる程の重き罪名を被《き》せられ、豫州国守の符節も空しく、朔漠指して征車遠く落ち行かうとは。

辺兵颯トシテ風雨ノ来ルガ如シ、万弩潮ヲ射テ潮勢頽《クズ》ル。北方ノ強次郎在リ、身ヲ殺シ仁ヲ成シテ筋骨摧ク。当時海内ノ諸侯伯、秦越肥瘠ヲ視ルガ如キアリ。強ヲ挫キ弱ヲ扶ク果シテ幾人、次郎ガ如キ者真ニ獲《エ》難シ。

敵の辺兵は風雨の如く唐妹の孤城に殺到し、千箭万弩入り乱れて津軽の海を蔽うた。大河次郎こそは北方の強である。主君の仇に報い、身を殺して仁を成した。平泉藤家の滅ぼされた時、海内の諸侯一人でも弱を扶け強を挫いた者が有つたか。越人の秦人の肥瘠を視るが如しとは実に彼等の事である。次郎の如きは真に得難き人物と謂はねばならぬ。

俠気当年素盟ヲ重ンジ、遺民今ニ芳名ヲ説ク。千秋涙アリ尺布ニ灑グ、万里終ニ免ル長城ヲ壊ルヲ。
竜飛峡拆《サ》ケテ雲塁ニ生ジ、廐馬洞荒レテ草雉ヲ蔵ス。英雄魂魄東風ニ哭シ、山花寂歴タリ故城趾。

主従の盟を大切に守り通した次郎の芳名は、八百年後の今日に至るまで、奥州の民人に語り継がれてゐる。

私も今日唐妹城の図を観て、覚えず涙を尺布の上に落した。万里極北の地に城趾《しろあと》は壊れずに残つてゐる。竜飛峡（地名）の塁《とりで》の上に雲が流れ、廐馬洞（地名）は荒れて草が生《は》え雉《きじ》の栖処《すみか》となつてゐる。英雄の魂魄が東風に向つて哭《な》いてゐるやうだ、山花の寂歴《さびし》く咲いた此の古城趾《こじようし》に。

図ヲ捲ケバ風雨山楼ニ来ル、坐《ソゾロ》ニ覚ユ蒼茫万古ノ愁《ウレヘ》。浮雲直北剣ニ倚ツテ望メバ、知ラズ何ノ処カ
靺鞨《マツカツ》州。

観了《みおは》つて図を捲くと、一陣の風雨が颯《さつ》と此の山楼を見舞つた。何か申し合せたやうな、蒼茫万古の愁といつたやうなものを感じた。そこで、起つて剣を把り、正北 浮雲の彼方《かなた》、靺鞨《マツカツ》州の方角を望んだ。

七十九

本稿「七十二」以来、漢詩が古今の歴史を重要な題材とすることを説き、その具体的な例として、古来我が国民的英雄として歴史を飾り文学を賑はした義経、並びに源平興亡といふ最も劇的精彩ある史実と人物に関する詩を取り上げること既に六回に及んだ。然しこれは「一を掛《かけ》て万を漏らす」といふ言葉の如く、義経や源平を詠じた詩はまだまだ非常に多く、且つ佳作に富む。私は其の一端を伝へたに止る、読者には一斑の美を以て全豹を察してもらふ外はない。餘り長くならぬよう今回は尚ほ説いて置きたい詩数首を挙げた上、今までの締括《しめくくり》をしたいと思ふ。次回から又明治漢詩全盛の局に入りたいと思ふ。

歴史を読んで感ずることは、人間は古も今も同じ事を繰返してゐる、和も漢も国が違ふだけ人のする

事に変りはないと云ふことである。端的に言へば、頼朝は漢の高祖であり、政子は呂后である。義経は漢高三傑の一人韓信であり、頼朝の義経に於けるは高祖の韓信に於けるに酷似する。頼朝は陳渉・呉広である。義仲は項羽である、同時に粟津原は烏江であり、巴御前は虞美人である。平氏の滅びた壇浦は宋国の崖山であり、安徳帝は宋の帝昺である。その外楠公は諸葛亮に、清正は関羽に比せられる。我歴代の詩を閲したならば、以上の事が殆んど一般の常識となつてゐることが分るであらう。

平氏は寿永二年都落ちした時、殆ど滅びた。爾来二年ならず、西海の果《はて》壇浦に至つて全滅した。平氏を滅した義経は、僅か四年の後奥州の平泉で滅びた。同時に平泉の藤原氏も滅び、其の残党も奥州の北端兜昧崎に至つて滅びた。天下統一の覇業を成した頼朝も、僅か二代で胤を絶ち、源氏は鎌倉に自滅した。歴史は繰返すとか、運命は循環すとか云ふが殆ど真理である。

壇浦の詩に就て、今回は特に無名作家の詩の観るべきもの三首を取ることゝした。名家の作に偏することを避ける為である。次に掲げる一首、作者深江帆崖は本稿「七十四」に見える「石橋山」頼朝の事を詠じた。佐賀の人で東京に官し、大手吟社に属した。西帰の途次、諸所の史蹟を訪ねて作つた詩が十数首、『扛鼎集』に見え皆秀逸である。優に作家の域に入つた人と思はれる。

壇浦行

浦激成湾海水黳。春霞蘸浪残日浴。白旆如舞赤旗凋。万箭萃舟舟忽覆。
覆巣之下無完卵。併失皇家一塊肉。」勇武漫詫源九郎。不惜玉石砕崑岡。
後人作画供童玩。何知東人是虎狼。」壇浦之事寧忍説。比之崖山更惨烈。
黄門之智能州勇。敢譲秀夫与世傑。悲哉弱水不東流。揖折柁櫂生路絶。」
断骸漂屍化介虫。欲将冤魂訴無窮。渠也応記裳川詠。持戟波底護行宮。

浦激湾ヲ成シテ海水黳《チヅ》マル、春霞浪ニ蘸《ヒタ》シテ残日浴ス。白旆舞フガ如ク赤旗凋《シボ》ム、万箭舟ニ萃《アツ》マツテ舟忽チ覆《クツガエ》ル。覆巣ノ下完卵ナシ、併セテ失ス皇家一塊ノ肉。

長門下関の東端、前田亀山附近の海浜（浦瀲）が少し湾曲して、後に火の山を負ひ西に御裳川《みもすそ》を控へ、狭い海峡（早鞆の瀬戸）を隔てゝ、豊前の明神崎と相対するところが壇浦である。春の霞が海面に照り映え、夕日が波に浴する如く静かに沈んで行く。作者が眺めてゐる壇浦海上の景は、七百年の昔寿永四年三月二十四日の景である。

この日源軍は白旗を春風に駿かせつ東から進み、平軍は安徳帝の御座船を中に、紅旗を立てゝ西から進む。戦は午の刻から始まつた。中納言平知盛は船首に立ち号令して曰ふ、「軍《いくさ》は今日を限り、皆ゝ進で死するも退いて生くるな、必ず義経を取て海に入れよ、今日の執心この事に在り」と。将士奮ひ立ち、ひとり田口成能異心あり、知盛これを知り、斬つて血祭に上げんとするが宗盛が聴《ゆる》さない。折しも潮流は西から東に向ひ、平軍は追潮に乗つて源軍を圧倒するの勢を示した。

知盛は全軍を三段に分ち、先陣は九州勢、中堅を一門で固め、後陣を四国勢とし、帝を兵船に移し、雑兵を帝船に乗せ、敵が帝船を目掛けて進む所を三方から挟み撃つ計画であつた。両軍接戦となるや、成能は義経に降り、味方の策戦を尽く之に告げた。正午を過ぎること三時、落潮変じて漲潮とならんとする時、白雲とまがふ白旗一旒、天より降つて源氏方に舞ひ下りた。これぞ八幡大菩薩の御加護と、義経は兜を脱いで伏し拝んだ。やがて潮流は変じて東から西へ、遂に激流となつて平家の船を押し流す、形勢不利と見た四国、九州勢は掌を反す如く源氏方に寝返つた。愈ゝ勢を得た源氏は帝を始め知盛等の在る所に向つて殺到し、先づ水手《かこ》柁取《かぢとり》を射伏せ、斬伏せ、敵の進退の自由を奪ひ其の生路《にげみち》を絶つた。

御いたはしきは御年八歳の安徳天皇である。二位の尼は宝剣を腰にし神璽を脇にして主上を抱き奉り、「今ぞ知る御裳川の流れには浪の下にも都ありとは」との辞世を遺し、波さはぐ海の底へと赴いた。帝の御最期を見とどけた平太后を始め多くの女官たち、先を争つて水に投じた。「覆巣の下完卵なし」とは正にこの事である。

勇武漫《マン》ニ詫《ホコ》ル源九郎、惜マズ玉石崑岡ニ砕クルヲ。後人画ヲ作ツテ童玩ニ供シ、何ゾ知ラン東人ハ是レ虎狼。

『尚書』に「火、崑岡ヲ炎《ヤ》キ、玉石倶ニ焚《ヤ》ク」とある。源九郎は玉石の分別《みさかひ》も無く、戦ひ勝つて武勇を詫るだけのもの、由来東夷《あづまえびす》は猛きこと虎の如く狼の如し。後人は濫りに壇浦合戦の絵画を作り、何も知らない童《こども》たちの玩覧に供してゐると。作者は判官贔屓ならぬ平家贔屓であるやうだ。

壇浦ノ事寧《ナン》ゾ説クニ忍ビンヤ、之ヲ崖山ニ比シ更ニ惨烈。黄門ノ智　能州ノ勇、敢テ譲ランヤ秀夫ト世傑ト。悲シイ哉　弱水東流セズ、揖《カイ》折レ柁《カヂ》摧ケテ生路絶ユ。

作者は壇浦に於ける平家の滅亡を、崖山に於ける趙家（宋朝）の滅亡に比し、文化の極めて高い宋が、野蛮な蒙古の為に滅ぼされる事を、優雅なる平族が粗野なる坂東武者によつて敗れ去るに比した。而して中納言知盛を以て左丞相陸秀夫に比し（黄門は中納言の異称）能登守教経を以て越国公張世傑に比し、其の人物器量は、彼此相譲らざるものとした。

平族中豪勇第一を以て聞えた能登守の奮戦はめざましく、殺傷数を知らずといふ勢ひ、之を望見してゐた知盛は使を以て「いたく罪をばつくり給ふな、雑兵ども多く殺して何かせむ」と。教経は聞いて頷づき「さらば義経と取組まむ」と、之を索めて其の船に躍り入れば、義経は薙刀小脇に二間ほど離れた別船に飛び移る、鞍馬山で修行した早業である。教経は立ちふさがる敵を蹴倒し海に投げ、最後の二人を両脇に挟んで「死出の山の供をせよ」と、あたら生年二十六の身を水に没した。

知盛は「見るべきほどの事は見つ、今はたゞ自害せむ」と、二領の鎧を襲ねて身を重くし、西に向ひ念仏を唱へること数十遍、叔父教盛と手を取り合つて千尋の底に沈んだ。時に年三十四。

平家の滅亡から九十餘年の後、後宇多帝の建治三年（西紀一二七六）漢土に在ては、北狄蒙古の軍が南宋の首都臨安（今の浙江省杭州）を陥れ、幼齢四歳の恭宗及び太后皇族等を執《とら》へて北に送つた。此の時を以て宋は滅びたと見て不可ないが、宋の遺臣陸秀夫、張世傑等は恭宗の兄益王是《し》を立て（端宗）海に浮んで福建に去り、福州に府を開いて恢復を図つた。元軍来り攻むるに及んで、再び船に乗じて泉州に至り、此地に勢力ある招撫使蒲寿庚に依らんとしたが、蒲は元に降つて宋に敵対するに至り、陸、張等は福建を棄て、広東の潮州に航したが、端宗は病で崩じ（時に年十二）群臣の散じ去る者多く、陸秀夫は端宗の弟衛王昺を立て、左丞相を以て張世傑と共に政事に任じ、流離の中にも日に『大学』を進講した。元将張弘範は福建広東の地を幷略しつゝ南下し、宋の君臣は大陸に拠る所なく、崖山（今の広東省新会の南海中の小島）に拠つた。之は平家が一谷、屋島に拠つて皆東国兵の為に敗れ、西海に漂泊して最後長門の彦島に拠つたのと、事蹟頗る相似る。

元軍海陸より来り崖山を攻むるや、世傑は能く将士を励まして、防戦甚だ力めたが勝つ能はず、死屍海に浮ぶもの十餘万、秀夫は其の妻子を駆て海に入れ、自ら帝を負うて海に投じた。世傑は敗兵を収め、占城に赴き再挙を図らんとしたが、颶風に遇ひ舟覆つて死した。

『宋史』帝昺紀に「楊太后、帝崩ずと聞き、慟して曰ふ、我、死を忍び艱難して此に至るは、正に趙氏一塊の肉の為なり、今や望なしと、海に投じて死す」とある。趙氏は宋の朝家、一塊の肉は生き残つた八歳の幼帝昺をいふ。帝昺、楊太后の崩ずるや、後宮諸臣の従ひ死するもの無数であつたと。

都を落ち西海に走つた平家は、竟に再び東に還れなかつた。詩人は之を「弱水東流セズ」と言つた。弱水は禹域の諸方にある川の名だが、『山海経』の注に「鴻毛ニ勝ヘズ」とあるのは毛だに浮べ得ぬ弱き水の意で、之を平家の船の沈んだ西海の水に譬へたのは、頼山陽が南朝の振はざるを、「南風競ハズ」と『左伝』の語を用ゐたのに倣つたものと思はれる。仲〻面白い。

　断骸漂屍 介虫ニ化ス、寃魂ヲモツテ無窮ニ訴ヘント欲ス。渠《カレ》ヤ応《マサ》ニ記スベシ裳川ノ詠、戟ヲ持シテ
　波底ニ行宮ヲ護ル。

滅ぼされて海に沈んだ平家一族の怨霊が、化して蟹になつたといふ説が生じ、平家蟹の名が起つた。事実、平家蟹は瀬戸内海と有明海以外には見られないと云ふ。其の甲の面が如何にも憤怒の相をなし、その上、大きな脚の鋏《はさみ》は、両旁に枝の出た戟を担つてゐるやうな恰好である。彼等《かれら》は尽きせぬ冤《うらみ》を訴へ続けながら、二位尼の御裳川の歌のまゝに、波の下なる行宮をお護りしてゐるのであると。

哀れな平家の末路を、このやうに謳つて慰めてゐる、歌ふべく、泣くべき詩と謂ふべきであらう。

次の詩、作者は金本摩斎、名は顕蔵、摩斎、又椒園と号した。出雲の人。篠崎小竹に従遊し、帷を大阪に下し徒に授けた。著に『楽山堂詩鈔』がある。別に名家として聞えた人ではなく、明治四年に亡くなつてゐるから、明治の詩人と言ひにくいかも知れないが、右の詩と丼せ観るべき価値がある。

詠平家蟹

戟手怒何事。噴沫将罵誰。面貌頗醜悪。似帯壮士悲。」
壮士空抱抜山力。決眥夕日沈遥碧。恨不生擒源九郎。闔族錯莫葬春汐。」
天陰雨湿鬼呑声。化作介虫尚横行。帝在蛟宮能衛護。不負土人呼姓平。

手ヲ戟ニシテ何事ヲ怒ル、沫ヲ噴イテマサニ誰ヲ罵ラントス。面貌頗ル醜悪、帯ブルニ似タリ壮士ノ悲シミ。壮士空シク抱ク抜山ノ力、眥ヲ決スレバ夕日遥碧ニ沈ム。恨ムラクハ源九郎ヲ生擒セザリシヲ、闔族錯莫 春汐ニ葬ル。天陰《クモ》リ雨湿《ウルホ》ヒ 鬼 声ヲ呑ム、化シテ介虫トナリ尚ホ横行ス。帝ハ蛟宮ニ在リ能ク衛護ス、負カズ土人姓平ト呼ブニ。

手（両肘《ひぢ》）を戟《ほこ》のやうに張つて、何を怒つてゐるのか。口から沫《あわ》を噴《ふ》いて誰を罵らうとするのか。怒罵の相は甚だ醜《みにく》いが、壮士としては何か非常に悲しい事を胸に秘めてゐるのであらう。壮士（平教経）は山をも抜く力を持ち、壇浦の戦では、敵の大将源九郎と取組んで、生擒《いけどり》にしようと目論《もくろ》んだが、運悪く取逃してしまつた。眥《まなじり》を決すれば遥か碧空《あをぞら》の彼方《かなた》に夕日は沈む（平氏の末路を象徴するかの如く）。一族を挙げて壇浦に討死し、断たれた骸《むくろ》、流れる屍《かばね》、錯莫《いりみだれ》して三月二十四日の汐《ゆふしほ》を紅に染めた。天陰雨湿声啾々、といふ古の詩人の句があるが、平家の鬼（死者の霊）は、今は怒りを忍び、声に出しては泣かない。たゞ大きな戟《ほこ》を携《たづさ》へて海底を横行し、天子の在《いま》す竜宮城（蛟宮）の護衛に任じてゐる。土地の人が之を呼ぶに平の姓を以てするに負《そむ》かないものと謂ふべきだ。

壇浦で死んだ平氏の侍《さむらひ》は皆「壮士」とした。「壮士空抱抜山力」以下数句は能登守教経を以て壮士の代表とした。杜詩に「天陰雨湿声啾々」とあるが、壮士はそのやうに泣かず「呑声」といひ、「横行」といふ、詩人用意の在る所を見る。之は詠史と詠物と相兼ねた珍しい詩である。

「平家蟹」は詩人の好題目であつたやうだ。明治九年以来、佐田白茅が発行した雑誌『明治詩文』の十八年三月号に、「平氏蟹」六首が載つてゐる。作者松崎新山、同じく無名作家の詩として其の一首を取ることゝしたい。

淪胥擲命護竜衣。幻化猶餘血戦威。今日恩波山海浹。憤魂何不解顔帰。

淪胥《リンショ》命ヲ擲ツテ竜衣ヲ護ル、幻化猶ホ餘ス血戦ノ威。今日恩波山海ニ浹《アマネ》シ、憤魂何ゾ顔ヲ解イテ帰ラザル。

天子様をお護りしつゝ、相率ゐてともに亡びた（淪胥）命を投げだし力の限り戦つた武勇。今はその幻影を怒れる顔、担《にな》へる戈《ほこ》に現はすのみ。平氏の亡魂よ、今や聖天子の御代となつて、恩波は遍《あまね》く国中の山にも海に及んでゐる。どうか憤を解き顔を和らげて、再び人間に帰つて来てくれないか。『明治詩文』の寄稿者は皆当時の知識階級である、作者は詩家として著はれた人ではないが、仲〻の技倆である。当時一般の詩作の程度が如何に高かつたか想像される。

頼山陽は云ふ「源氏ハ猜忍、骨肉相食ム、平氏ノ闔門死ニ至ルマデ懿親ヲ失ハザルニ孰《イヅ》レゾ。世ニ平語ヲ伝ヘ、琵琶ニ倚リテ之ヲ演ズ、其ノ音悲壮感憤、聴ク者悽愴セザルハナシ」（原漢文）。清盛の専横、驕る平家を悪むものも、其の哀れに美しい最期には同情せずには居れない。『平家物語』の曲を聴いて涙しないものはないのである。それは源氏の互ひに殺し合つて滅んだのに比し勝ること遠しと云はねばならぬ。ところで私は源氏にも平氏に勝るものが一つ有ると思ふ。平氏方には美人の歌ふべく泣くべきものが無い、『平家物語』に見える祇王、仏御前の事など寧ろ厭悪すべきものであるが、源氏方には貞烈なる静御前と女英雄巴御前が居る。常磐御前も亦捨てるべきではない。古来この三人を題詠とした詩の如何に多いことか、静の詩は少し挙げたが、猶ほ足らないものがあり、巴と常磐の詩の佳なるものを数首選び、幷せて解説を試みる積りであつたが、餘りに長くなるので種竹の「平泉懐古」の作と共に後日の機会に譲ること丶し、終りに左の一首だけ挙げて置く。幕末から明治にかけ詩家として著聞した菊池渓琴の作である。

田麦青。田麦青。風雨凄瞑昼日腥。鬼武事業何忽諸。悍妻多智操政刑。
凶燄竟倣漢廷雉。仇人新甃二弟死。不二之猟果何禽。史筆暧昧存疑似。
無乃老奸設兎苴。恩讎却見養虺蛇。吁嗟先王之土骨肉血。一撮輸去培婦家。　鎌倉

頼朝は鎌倉に拠り覇業を成すこと二十年、其後頼家、実朝相継いで立つたが皆弑虐に遭うて源氏は亡び、北条氏に取て替られた。鎌倉の大倉は頼朝から実朝に至るまで幕府の在つた所で、嘉禄元年、北条

政子が没すると共に幕府は移転した。北条氏九代の盛を経て、元弘の乱に荒廃し、足利氏六代を経、成氏が没落するや、鎌倉は焚掠に遭うて殆ど赤土と化した。江戸幕府の世となり、鎌倉の廃墟を弔うた詩、又文を多く見る。太宰春台の『湘中紀行』に「故頼朝ノ弟、以テ黍離ヲ賦スベシ、北山ノ足、法華堂ト為ス、是レ頼朝ガ念仏誦経ノ所、堂後石磴ヲ歴テ山腰ニ至ル、頼朝ノ墓アリ、古塔銘無ク真偽ヲ知ラズ、法華堂ノ西ヲ鶴岡ト為ス」（原漢文）、頼朝の墓さへ真偽不明といふのだから驚くべきである。大倉の幕府の四面に門を設け、東御門、西御門など唱へたと云ふが、亀田鵬斎の詩に「西門麦秀東門粟。寒圃無人黄蝶飛。」と、幕府の址が麦や粟の田圃となつてゐたのである。渓琴は幕末江戸に在る日、鎌倉を過ぎて覇府の跡が化して麦田となつてゐるのを見て作つたのである。

「田麦青」と言ひ、「風雨凄瞑」と言つたのは、古へ殷の箕子が、殷が滅びて故都を過ぎ、宮室の跡が麦田となつたのを見て「麦秀漸漸。禾黍油油」云云と歌つたといふ「麦秀之歌」と『詩経』に「風雨凄凄。鶏鳴喈喈」云云と、詩人が乱世の様を傷んで作つたといふ詩を聯想したものである。

鬼武（頼朝の幼名鬼武者）の事業の何と消滅することの速《はや》かりし（忽諸の忽一字に滅びるの意あり、諸は助字）。悍婦政子の多智なる、終始幕府の政事刑罰の事に干預し、その凶燄の熾なるは漢廷の呂雉（漢皇祖の后呂氏名は雉）にまねびならうたかと思はれるばかり。鬼武は仇敵平氏が斃れると、二弟範頼・義経を死に至らしめ、富士（不二）の裾野で狩した時、十二歳の長子頼家が疾走する鹿を射とめたのを見て大いに喜び、人を遣はして之を政子に報ずると、政子は曰ふ「将家の長子が一禽を獲たとて、わざわざ使者を煩はすに及びませぬ」と、頼朝は大いに愧ぢたといふ。

相模川の橋の落成式に臨み、帰途落馬し病で没した。頼朝の死事に就て諸書に異説がある。歴史の書き方が曖昧で似たやうなまぎらはしい点が多い。ひよつとすると老奸北条時政のしかけた網に罹つたのではないか。

「枳棘を良田に種え虺蛇を室内に養ふ」といふ古語が有るが、頼朝がそれだ。恩を讎とし讎を恩とし、却つて虺蛇《まむし》のやうな悪婦を養ふことになつた。さうして父祖（先王）の土地も兄弟の血も、つまり父祖の土地に兄弟の血を肥料として、一つまみしては婦の実家北条氏に輸（いたす、おくる）して之を培《つちか》ひ、徒らに肥大せしめた。源家の破滅した所以を叙し、痛烈骨に徹するものがある。

八十

荻生徂徠は、炒豆を噛んで英雄を罵るを千古の快事としたと云ふ。三宅雪嶺は之を解釈していふ「罵るとは強《あなが》ち悪口雑言することでなく、悪くも言へば善くも言ひ、批評と云ふ位の所で、徂徠の話も詰《つ》まり英雄談が面白いと云ふに過ぎぬ」と。まことに其の通りであらう。更にいふ「豆を噛んで英雄を罵るの愉快は随分世間で知つて居る。寄宿舎でも、下宿屋でも、英雄豪傑を批評し合はぬ所がない」と。明治時代は実に此の風気があつた。書生の集るところ、必ず歴史談、英雄論に花が咲いた。明治の教育は、中等、高等の諸学校で、作文には歴史、英雄など好個の題目であつた。誰も彼も歴史に趣味を覚え、英雄に渇仰の念を懐かざるはなかつた。それは当時の雑誌類を繙けば一目瞭然たるものがあり、又そこには明治の興国の気分が認められた。私は数回に亙り明治の詠史に就いて述べ来つたが、明治に詠史が盛んであつた所以が了解されるであらう。

雪嶺は又次のやうに云ふ「十三歳にして四書五経を了り、一通り漢字を読み得るは普通にして維新前後に奔走せし者は、概ね詩を作り、漢文を作り、尚ほ餘暇を以て欧洲の学を修めたり。」と。

雪嶺の言を敷衍すれば、維新の大業に奔走した志士達は、当時の武士階級、換言すれば読書人階級であつた。学問といへば漢学即ち経史（四書五経、左国史漢が主）であり、文学といへば漢詩文であつた。かうした素養が有つて、彼等は明治に入り西洋文明にぶつかつて、短時間の内に之を摂取消化して了つた。維新及び明治前半期の変革が斯かる武士階級によつて成就されたと云ふのである。明治の歴史に就いて、雪嶺は又左の如く曰ふ。

修史館を設け皇国の歴史を完成せんとす。漢文に長ぜる者を網羅し、唯及ばざるを恐るゝ有様にして、経に精しく文に粗なる者が陋巷に窮居するに反し、苟も詩文に巧みなるは皆登庸せらる。而して中枢なる太政官に於て早くも重野川田二派に分れ、文人界の二大党を現出す。此の二人は強《あなが》ち詩文に専らならず、経学の盛なる時代には経学を以て立ちたらんが、普通の経学家と違ひ、文章に於て八家の塁を摩すべきかに考へらる。歴史編纂とて、左史を祖とし、通鑑に拠り、水戸の大日本史を継承せんとする者、史実を軽んぜざるも、最も文を重んじ、文に於て明治時代を飾るを得ば足るとす。重野も、川田も、官吏として相当に事務を執るを得、史家として相応に資料を攷究し得んが、詩文を重んずるの勢に駆られ、自ら之を専らにし、明治年間に斯く支那の古文を善くする者ありしを示す。

修史館は大日本史に劣らざる文章を以て編纂せるにせよ、斯かる編纂の必要なしと定まるや、折角名文を以て成れる草稿は高閣に束ねられ、多大の労と金とを費し、而して何等見るべき結果なく、空しく書庫の故紙と化す。

重野は多才にして歴史編纂法の変ずべきを知り、新式に指を染め、抹殺を以て物議を醸せるが、年老いて大に成す所あるに至らずして已む。漢学者は漢文の能を以て世に立ち、明治十七八年頃まで漢文が頗る盛にして、皆範を八家文に採り、之と軒輊なき域に到達するに務む。

明治二年修史館が置かれ、三条実美が総裁に任ぜられ、天皇は勅語を実美に賜ひ、「修史は万世不朽の大典祖宗の盛挙なるに三代実録以後絶て続くなきは豈に大闕典に非ずや」云々と仰せられた。これは朝廷が正史の編纂を期待せられたものに外ならない。然るに雪嶺の文にある如く、重野安繹、川田剛二人が重用せられ、二人は漢学者として経学、史学に優れたことは勿論ながら、「特に文章に於て（唐宋）八家の塁を摩すべきか」とまで見られた文章の大家であつた。さうして「詩文を重んずる（時世）の勢に駆られ」自ら其の長ずる所を専らにし、史家としてよりも、寧ろ文章家として世に顕はれたのである。それに重野と川田は肌が合はず、間もなく川田は去つて宮中に入り、重野の独占的勢力下の修史館は明治二十一年に至つて廃止となり、其の事務を東京大学に移され、修史多年の業は「空しく書庫の故紙と化」し了つた。

重野が大いに史料の蒐集に努め、新史法を以て国史上の人物を次〻に抹殺し、物議を醸したことは、本稿「二十五」に既に述べた。重野は修史の重責を負ひながら「大に成す所なくして已《や》」んだといふ雪嶺は、当時新聞『日本』の同人で、重野攻撃の羯南・青厓等と同調したものと思はれる。その代り、重野も川田も、文章を以て明治の聖代を飾り、日本の文章家として漢土に示して恥づるなき所に、その価値を認めた。さうして旧幕以来の漢学の権威は澎湃たる西洋学に押されて衰へたが、独り漢詩文は衰へるどころか却つて盛んになり、「漢学者は漢文の能を以て世に立ち、明治十七八年頃まで漢文が頗る盛」であつたとは、当時の情況を実地に目撃した雪嶺の言として信用しなければならない。事実、明治の漢詩文関係の書を調べて見ると、明治十年前後から二十年前後にかけての刊行が最も多く、且つ盛んに流行したこと驚くべきものがある。

明治十四年十九歳の森槐南は、詩文を善くするを以て依田学海より重野に推薦し、修史館に採用されたのである。最下位の繕写生から掌記となり、二十年まで勤務した。『槐南集』には、当時槐南が史館の書類を繙いて史事を詠じ、又同僚の掌記が史書の采訪に赴くのを送つて史事を詠じたものなど、長篇の作に観るべきものがある。

官修の歴史即ち正史の編纂が不結果のまゝ、明治の世が終つて七十年、我ゝは未だ準拠すべき正確なる明治史を持たない。僭越ながら愚見を述べると、三宅雪嶺の『同時代史』と徳富蘇峯の『近世日本国民史』は、以て此の闕典を補ふに足るものではあるまいか。

宮中には旧図書寮の編修に係る『明治天皇御紀』があり、別に、『公刊明治天皇御紀』の企てもあつたが、初めあり終りなきまゝになつてゐるやうだ。近来世間に昭和史、天皇制などの出版物が多く、殆ど皆歪曲と汚辱に満ちたものと云ふ。日本人は歴史を尊重せず、歴史の記述に拙い国民であらうか。明治中日本に亡命した有名な梁啓超は「日本立国二千年、無正史、私家記述、穢雑不可理」と、我国史籍の官私共に不完全なることを指摘してゐる。彼国二十五史の形式内容とも完具整斉なるに比すれば、我には辯解の辞なきに苦しむのである。最近発生した歴史教科書事件に於ける、我が朝野の狼狽ぶりと愚昧さは、全く国に正史無きの致す所と思はれる。

八十一

一般的には矢張り明治は歴史と詩の盛んな時代であつた。その一斑を表はす詠史に就いて、長ゝ述べ来つたが、今その綜括をして置かねばならない。

明治一代に纒まつた詠史の専集として、寡聞なる私の寓目し得たものだけ挙げれば次の如くである。『仏山堂詠史絶句抄』（村上仏山　明治三年）、『国詩史略』（大槻磐渓　明治四年）、『皇朝詠史百絶』（竹

内貞　明治十一年）、『読史雑詠』（青山延寿　明治十一年）、『日本詠詩百律』（大沼枕山　明治十六年）、『達軒詠古詩鈔』（股野達軒　明治十七年）、『詠史九十九絶』（松平天行　明治十八年）、『近古英雄興亡詩史』（海南小史　明治二十四年）、『皇朝古今詠史詩纂』（和久光徳　明治二十五年）、『詠史楽府』（亀谷省軒　明治三十三年）、『史詩談』（野口寧斎　明治三十八年）。

右に就き一々論及したいが、今回は与へられた紙幅が乏しいので、僅に『史詩談』と『国詩史略』に就いてのみ述べることゝする。

『史詩談』は野口寧斎が明治二十年代の末、雑誌に書いて其の歿後直ちに刊せられたものである。本邦将門の人物二十数人と其の史事に関し、近世の詩人の詠じた七絶を列挙し、各首毎に、近世以来既故と現存の詩人の作、全篇又は断句を採つて附記し、并せて評釈を施したものである。著者は之が為に、近世詩人の集三百四十四冊を繙閲したと云ふ。附記中に、明治の有名無名の作者の詠史の句を多く見ることが出来て興味深いが、それ等の文献は今日已に湮滅して復た見ることの出来ぬものが多い。

寧斎は云ふ、頼山陽は史家を以て自ら任じ、『日本外史』『日本政記』には一生の心力を傾け、其他総て詩と史に関するものには全力を用ゐ、『日本楽府』の如き、本邦の全史を包括せんとした其の志を知るべく、山陽以前にも本邦詠史の作は無いことはないが、山陽が出て斯の体は一層盛んになり、爾来愈よ出で、愈よ盛んなるは、山陽が之を導いたものであると。正に確論である。

大槻磐渓は山陽晩年の弟子であるが、山陽を学んだものに、『近古詩談』『国詩史略』の名著があり、共に明治中盛んに世に行はれたが、同じ明治中、山陽の『外史』と『楽府』の盛行には遂に相若くこと能はなかつたやうである。

又雪嶺の文から数行を引く、曰く「米国ボストンに世界文豪の名を刻し、日本人二名を挙ぐ、一は菅原道真、一は頼山陽、文を以て世に影響せるより言へば、斯く指定するを得ん」。我〻少年の頃、山陽は文豪であり、『日本外史』『日本楽府』中の詩は、漢文の教科書で沢山読まされた。今日ともに之を語る人は居なくなつた、寂しいことである。

『史詩談』中の詩一首、その評釈の一部を左に録する。

湖辺三尺土空乾。応識生前功業難。唯有老蕉憐寂寞。残碑背後伴秋寒。　旭将軍　森春濤

湖辺三尺　土空シク乾ク、マサニ識ルベシ生前功業ノ難キヲ。唯アリ老蕉寂寛ヲ憐レミ、残碑背後　秋寒ニ伴フ。

「木曾殿と背中合せの寒さ哉」、是れ豈に松尾芭蕉が粟津義仲寺の吟にあらずや。唯だ寒の一字を以て、英雄墳墓の寂寞荒涼を状して餘りあり。故に此の一字を用て趣を成す。更に芭蕉の碑を弔して「断碑眠倚将軍背。想見蕉翁骨相寒。」といひ、中井桜洲の之に和して「秋風一夜傷心雨。偏向将軍墓上寒。」といひたる、皆、神を寒の一字に得たるものとす。劉石秋の「将軍墓畔碧蕉舒。聞昔韻人来僦居。双碣成隣倶寂寞。孤松分蔭故紆餘。」といへるは寒字に代ふるに寂寞の二字を以てしたるもの、意は相通ずべし。（下略）

琵琶湖畔の粟津原、木曾義仲戦死の地に義仲寺はある。数株の芭蕉に掩はれた芭蕉の墓は義仲の墓に隣し、「木曾殿と背中合せの寒さかな」も石に刻まれて境内にある。詩は巧に俳句の意を取り入れ、諷誦に堪へたるものがある。

磐渓の『国詩史略』は、上は神武の朝から下は後水尾の朝に至る二千三百年間の聖主賢相、忠臣義士、英雄豪傑の成敗得失の跡を、総て七言絶句二百餘首に詠じたものである。磐渓の自序に、自己作詩の意を譬喩を以て面白く述べてゐる。仮名交り文に訳すれば下の如くである。「詩文の道、これを瑞穂の精に

譬ふれば、炊ぎて飯と為すは文の実なり。醸して酒と為すは詩の華なり。飯の用は以て飽くに止る、酒は則ち以て酔ふべく、以て歌ふべく、以て歓笑し起舞すべし。則ち文の実、時あつてか詩の華に若かざるなり」と。

八十二

槐南の芳山の詩から、話が専ら詠史の事に移つて既に年餘を経た。昨年末以来、種々事情があつて欠稿が統き詠史はまだ収束がつかないが、これ位にして止め、話を明治漢詩の青・槐時代ともいふべき盛時に戻すことゝする。

『槐南集』にも詠史の作は多く、「馬関雑詩」中の、「壇浦」「安徳天皇陵」や、「演義日本外史平氏巻題辞三首」など、源平の事に関するものも有るが、集中の上乗のものではないので引用しなかつた。槐南は修史館在勤六年の間に秘府所蔵の文献を披閲して、史的事実、史的人物に新見地を開き、巧に之を詩に詠出してゐる。それも七言古詩の長篇大作が多く、今、読んで見て、如何に天才とはいへ、之が二十代の年少の作かと驚歎するばかりである。尤も少日の作を後年に修正することも出来ようが、彼が夙慧の質は終に掩ふべからざるものがあるのである。其の六年間の長篇大作とは左の如きものである。

「鈎里行」「烈婦吟」「明星爛爛行」「平安山河行」「南北両都篇」「読吉川元春伝」

「鈎里行①」は、其の序に、足利九代の将軍義尚は、世の史伝では稀代の名将のごとく言はれてゐるが、史館所蔵の『大乗院寺社雑事記』『蔭涼軒日録』等を読んで見ると、其の誤りなることが明かである。こゝに詩を作つて之を訂正するとある。則ち義尚が、近江の守護佐々木高頼を討つ時、鈎里《まがり》の陣中に在つて酒色に沈湎し、遂に病を獲て殂落するに至る一段の史実を叙べた。七言、四句一解、四十八句三百三十六字の大作である。

「烈婦吟②」は、館林藩士岡谷氏の妹喜和子の事を詠じたものである。元治慶応の際、喜和子は其の兄と共に大義を唱へて王事に勤労した。後、権奸の忌む所となつて獄に下り、其の夫固より其の偶に非ざる為め、潔く刃に伏して死した。大学教授飯田武郷は「紀事」一巻に其の事を詳述した。余は之を読んで悲しみに堪へず、此詩を作つたと。七言、四句一解、六十八句四百七十六字の長篇叙事である。

「明星爛爛行③」は、徳川氏の二大疑案の称ある寛永の遜位と承応の晏駕に就いて、承応の事は室鳩巣の小説に悉されてあるが、寛永の事は殆んど世に知られてゐない。作者は史館に入り秘府の記録を閲するに及んで、始めて其の真相を知り、纂輯の暇に之を詩に賦したと云ふ。徳川秀忠は、女和子を後水尾帝に納れ、寛永元年中宮となつた、即ち後の東福門院である。朝廷は後村上帝以来立后の儀を行はれず、正嫡と雖もたゞ女御と称したが、是《こゝ》に至り中宮の号を正した。中宮が皇女興子を生むと、秀忠は帝を要制して位を遜らしめた、時に寛永七年である。朝廷は孝謙以後曾て皇女の践祚なく、是に至り徳川氏の故を以て復た女帝を立てたことになる、甫めて七歳の明正帝である。帝の立つて後、皇弟が生れ、年十一歳に達して位を譲られた、後の後光明天皇である。之を要するに、明正帝以後、徳川が外戚の権を挟んで、四朝五十年に亙る東福門院時代ともいふべきものを出現するに至つた、其の間の隠微なる宮廷の内情を、巧みに和漢の故事を用ひ詠出した。七言、四句一解、四十八句を以て成る。

---

①『槐南集』巻二、六丁表
②『槐南集』巻二、九丁裏
③『槐南集』巻四、五丁裏

「平安山河行①」は、室町の武将細川澄元の図像を観て作つたもので、澄元が足利義尹と京都を争奪し、敗れて回復の志空しく逝くこと、並びに平安山河の桑滄の跡を詳述した。七言六十四句の長篇である。「南北両都篇②」は、史館の同僚佐々木掌記が、逸書采訪の命を帯び、五畿及び江州地方に赴くこと、なり、掌記は南朝の史料を纂輯し、室町の掌故に精通する人だから、自分は南北両都を詠じた詩を作つて別に贈ると。七言四十八句を以て成る。詩中「不堪回首説南朝」といふ句があり、篇末には「山温水麗看仍旧。銷南沈北忽生哀。忍教皇統分正閏。臨岐使我歌徘徊。」とある。彼の有名になつた「我与天家悲宿草。不知南北是何朝。」の詩と共に槐南の史観、史識を見るべきものである。

「読吉川元春伝③」は、作者が元春の伝を読むと共に、元春が秀吉の大軍と馬野山に対峙した時の背水の陣の図、及び出雲の洗骸の陣中に於て、手写したといふ『太平記』を観て、其の後に題した詩である。元春は、弟小早川隆景と並び両川の称あり、父毛利元就を輔けて能く戦ひ、毛利氏中国平定の業を完成した。晩に備中高松城の難を救ふ能はず、九州に出征して小倉の陣中に病み、末路蕭条を極めた。其の一生の雄略と好学を并せ称揚してゐる。七言六十九句に及ぶ大作である。

以上の諸篇を解説すれば、篇々皆面白いが、今はその餘裕がないから、特に「鈎里行」と「明星爛爛行」の二首を抄録して訓読を施し、読者が自ら解読される参考に供したい。

鈎里行

鏡山鬢影琶湖煙。空翠飄蕩朝妻船。秋風葉下洞庭口。夕陽雁落平沙前。」
雁声蒼涼琵声死。何処急笳咽不起。猶道古墳留粟津。可憐新月照鈎里。」
新月如鈎刁斗寒。将軍二十始登壇。清歌細柳営中起。酣戦桃花馬上看。」
健児撃鼓皆踊躍。夜半啼烏在楚幕。于役嘗聞行路難。遠征翻唱従軍楽。」

到処敵兵無一人。但看満目昏烟塵。惨惨生囚多婦女。壘壘死馘半黎民。
黎民痛哭将軍笑。選舞徵歌両精妙。夜月迎来桃葉舟。春風放出木蘭櫂。」
旌旄又有馮子都。錦繍照耀輿台軀。有時宛転鄂君被。有時調笑酒家胡。」
迷離撲朔日荒宴。三年不見一征戦。偏覚及時行楽多。庸知転轂豪華変。」
大樹飄零看欲空。後庭花影尚情鍾。銷魂春醒一場夢。催命暮敲三井鐘。」
鐘鳴漏尽笙歌歇。中天星堕夜無月。満営誰是涙沾衣。只聴辛崎雨凄絶。」
是夜魂魄嗟渺茫。明朝劫火驚蒼黄。将軍死前無跋扈。狡童身後猶猖狂。」
嗚呼将軍多艶福。不如児女有収局。琵琶終古湖波涼。至今人鼓朝妻曲。

鏡山ノ鬟影　琵湖ノ煙、空翠飄蕩ス朝妻ノ船。秋風葉ハ下ル洞庭ノ口、夕陽雁ハ落ツ平沙ノ前。雁声蒼涼琵声死シ、何ノ処ノ急笳カ咽ンデ起ラズ。猶ホ道《イ》フ古墳粟津ニ留マルト、憐ムベシ新月鈎野ヲ照ス。新月鈎ノ如ク刁斗《テウト》寒シ、将軍二十始メテ登壇。清歌細柳営中ニ起リ、酣戦桃花馬上ニ看ル。健児撃鼓シテ皆踊躍、夜半哺啼烏楚幕ニ在リ。于役嘗テ聞ク行路難、遠征翻《カヘ》ツテ唱フ従軍楽。到ル処敵兵一人無ク、但《タヾ》看ル満目煙塵昏《クラ》キヲ。惨々生囚婦女多ク、壘々死馘《シクワク》半バ黎民。黎民ハ痛哭シ将軍ハ笑フ、選舞徵歌　両《フタツナガラ》精妙。夜月迎ヘ来ル桃葉ノ舟、春風放チ出ス木蘭ノ櫂《カヒ》。旌旄又有リ馮子都、錦繍照耀ス輿台ノ軀。時アツテカ宛転ス鄂君ノ被、時アツテカ調笑ス酒家ノ胡。迷離撲朔　日ニ荒宴、

---

① 『槐南集』巻四、十六丁表
② 『槐南集』巻七、十丁表
③ 『槐南集』巻七、二十五丁裏

三年見ズ一征戦。偏ヘニ覚ユ時ニ及ンデ行楽多キヲ、庸《ナン》ゾ知ラン転轂豪華変ズ。大樹飄零 看テ空シカラント欲ス、後庭ノ花影 尚ホ情鍾。銷魂 春ハ醒ム一場ノ夢、催命 暮ニ敲ク三井ノ鐘。鐘鳴リ漏《ロウ》尽キテ笙歌歇《ヤ》ミ、中天星堕《オ》チテ夜《ヨル》月ナシ。満営誰カ是レ涙衣ヲ沾《ウル》ホス、只聴ク辛崎雨凄絶。是夜《コノヨ》魂魄渺茫ヲ嗟《ナゲ》キ、明朝劫火蒼黄ニ驚ク。将軍死前跋扈ナク、狡童身後猶ホ猖狂。嗚呼将軍艶福多シ、如カズ児女収局アルニ。琵琶終古湖波涼シ、今ニ至ツテ人ハ鼓ス朝妻ノ曲。

「鏡山」は琵琶湖東南の山。「朝妻」は琵琶湖東岸にありし港の名、「朝妻船」は港に有りし渡船、昔東国より京阪に往来する旅客が利用した。又、遊女が船中に旅客の相手をした。近江八景は漢土の瀟湘八景に倣つたものである。詩に「秋風」「洞庭」とあるは、石山の秋月を洞庭の秋月になぞらへ、同じく「雁落平沙」とあるは、堅田の落雁を平沙の落雁になぞらへたのである。「登壇」は昔壇を設けて大将を任命した。こゝでは将軍義尚が長享元年、年二十二にして近江に出陣するをいふ。「細柳」は漢の将軍周亜夫の陣せし処、「柳営」は幕府。「桃葉舟」は、晋の王献之、愛妾桃葉を渡口に送迎し歌を作る、「桃葉復桃葉。渡江不用楫。但渡無所苦。我自迎接汝」。「子都」は、美男子、色男。「輿台」は、奴僕をいふ。「鄂君被」は、唐詩に「青翰舟中有鄂君」、男色のことにいふ語。「酒家胡」は、李白の句に「笑入胡姫酒肆中」。「迷離撲朔」は、古辞に「雄兎脚撲朔。雌兎眼迷離。」兎の雌雄見分け難きが如く、男女見境なくなりたる状。義尚鈎里に於ける酒色荒宴の状に喩へた。「後庭花」は、陳の後主、賓客を引き貴妃等と遊宴し、諸貴人、学士狎客と詩を賦し互に贈答した。玉樹後庭花の曲を作り宮女をして歌はしめた。義尚鈎里の陣中に在る時、天皇より「君すめば人の心の鈎をもさこそはすぐに治めなすらめ」との御製を賜はり、感激して「人心鈎の里ぞ名のみなる直なる君が代に仕へつゝ」と返歌を上つた。又、陣中『左伝』の講義を聴いたと云ふ。平生学を好み講学を怠らなかつたといふ説にも注意する必要がある。「大樹」は、将軍の異称。「三井鐘」は、近江八景の一に三井の晩鐘あり。こゝでは義尚の死をうながす（催命）の鐘に喩へた。「辛崎雨」は、八景の一唐崎の夜雨。「浅妻曲」は、長唄による舞踊曲浅妻船。

明星爛爛行

明星爛爛照宸極。百官待漏正屏息。内臣狂走簾颯開。蹌踉伝呼帝遜国。」
盈朝錯愕茫不知。雌霓忽閃光離披。翠華雲合帰仙洞。紫玉煙扶出錦帷。」
殿前早奉長公主。衣裳顛倒紛拝舞。是時帝意復何如。甘聴凄涼南内雨。」
中宮独仰母儀尊。上号新宣東福門。外家惟炙熏天手。内旨還思敵体恩。」
当初始膺淑女選。禁掖流聞誇婉孌。将軍挟制佯含胡。便道官家情不浅。」
胥翰屢下緑綈書。盛鬋催登青幰車。蜃窗麗日耀霞佩。金屋春風吹霧裙。」
自従冊立中宮位。専房特承恩寵異。長門空閉幾嬋娟。唾壷紅血羅紈涙。」
涼風瑟瑟溝水鳴。満宮幽咽惟呑声。漫言擲戟刑塗毒。豈知啄矢燕軽盈。」
貴驕全仗将軍勢。万乗悔来已難制。骨肉正愁瓜葛連。仁慈転為国家計。」
吹簫嬴女鳳鳳台。躡位天門詄蕩開。山河日月皆依旧。秋雨梧桐独自哀。」
上皇抱恨有誰識。三百年来空鬱抑。堪笑関東載筆臣。阿世流伝如鬼蜮。」
杜宇啼過古寝園。後来竜種更煩冤。至今痛哭晏駕日。嗚呼野人何忍言。

明星爛爛宸極ヲ照シ、百官待漏 正ニ屏息。内臣狂走 簾 颯開ス、蹌踉伝呼 帝 国ヲ遜ル。盈朝錯愕 茫トシテ知ラズ、雌霓忽チ閃シテ光離披。翠華雲合シテ仙洞ニ帰シ、紫玉煙扶ケテ錦帷ヲ出ヅ。殿前早ク奉ズ長公主、衣裳顛倒 紛トシテ拝舞。是ノ時帝ガ意復タ何如、甘ジテ聴ク南内凄涼ノ雨。中宮独リ仰グ母儀ノ尊、上号新ニ宣ス東福門。外家惟炙《タヾアブ》ル熏天ノ手、内旨還《マタ》思フ敵体ノ恩。当初始メテ膺《アタ》ル淑女ノ選、禁掖流聞ス婉孌ヲ誇ルト。将軍制ヲ挟ンデ佯リテ含胡、便チ道フ官家情浅カラズト。霄翰 屢下ル緑綈ノ書、盛鬋 催シ登ル青幰車。蜃窗ノ麗日霞佩耀《カヾヤ》キ、金屋ノ春風霧裾ヲ吹ク。中宮ノ位ヲ冊立シテヨリ、専房特《ヒト》リ承ク恩寵ノ異。長門空シク閉ザス幾嬋娟、唾壷ノ紅血 羅紈ノ涙。涼風瑟瑟溝水鳴リ、満宮幽咽惟《タヾ》声ヲ呑ム。漫《マン》ニ道《イ》フ擲戟刑塗毒、豈知ランヤ啄矢燕軽盈。貴驕全ク仗《ヨ》ル将軍ノ勢、万乗悔ヒ来ツテ已ニ制シ難シ。骨肉正ニ愁フ瓜葛ノ連、仁慈転《ウタ》タ国家ノ計ヲ為ス。吹簫ノ嬴女鳳凰台、躡位天門詄蕩開ク。山河日月皆旧ニ依リ、秋雨梧桐独リ自ラ哀シム。上皇恨ヲ抱ク誰アツテカ識ラン、三百年来空シク鬱抑。笑フニ堪ヘタリ関東載筆ノ臣、阿世流伝ス鬼蜮ノ如シト。杜宇啼キ過グ古寝園、後来竜種更ニ煩冤。今ニ至ツテ痛哭ス晏駕《アンガ》ノ日、嗚呼野人亦何カ言ハン。

右の二詩、七言、四句一解、解毎に韻を換へ意を転ずる。韻は平仄互用、四句後半は概ね対句とする。この法は初唐の四傑に胚胎し、清に至つて一時に盛行し、呉梅村が尤も之に優れた為め「梅村体」といへば直ちに四句一転格を思ふ。其の体裁を調へる為に、兎角故事を使用することが多く、従つて意味の晦渋を来し易い。槐南は少い時から梅村を喜び、梅村体に心力を傾けたようである。明治中槐南の詩名が一世を圧した時、世の詩人たちが争つて『梅村集』を購読するので『梅村集』の値が大いに上つたといふ話がある。梅村の詩は非常にむつかしく、梅村体をやつて成功したといふ人を聞いたことがない。槐南の詩はむつかしいとは、槐南の生前から一般の声であつた。

四句一転格で、槐南二十九歳の時の傑作が有る。彼が早くから彼土の雑書を渉猟してゐたことが分る。

鉄丐道人将赴九州、索余贈詩、即賦短歌以送之①

鉄丐道人鉄叵屈。鉄之心肝鉄之骨。三年窮旅髪鬅鬙。満街風雪声寒乞。」
歌姫一笑十万銭。道人一哭無人憐。便謂京華不足住。西将狂走荒山川。」

鉄鞋踏破南雲去。孑然一身九州路。非行路難知己難。誰見道人立脚処。」
昔聞奇人呉六奇。海寧詞客肝胆知。愧余綈袍枉恋恋。家無百金贈以詩。」
丐乎望汝無他事。皺雲一石従天墜。酒酣同唱雪中人。一撃将軍鉄板砕。

鉄丐道人 鉄屈シ叵《ガタ》シ、鉄ノ心肝 鉄ノ骨。三年窮旅 髪鬅鬙、満街ノ風雪 声寒乞。歌姫ノ一笑十万銭、道人ノ一哭 人憐レムナシ。孑《ケツ》然一身九州ノ路。便《スナハ》チ謂フ京華住マルニ足ラズト、西マサニ狂走セントス荒山川。鉄鞋南雲ヲ踏破シ去ル、孑然一身九州ノ路。行路難ニ非ズ知己難、誰カ見ン道人立脚ノ処。昔聞ク奇人呉六奇、海寧ノ詞客肝胆知ル。愧ヅ余ガ綈袍枉《マ》ゲテ恋々、家ニ百金無ク 贈ルニ詩ヲ以テス。丐カ汝ニ望ム他事無シ、皺雲一石天ヨリ墜ツ。酒酣ニシテ同ジク唱フ雪中ノ人、一撃将軍鉄板砕ク。

鉄丐道人の名と詩は、明治の詩誌に稀に見ることを得る。姓は市村、名は矩義、別に蔵雪の号がある。盛岡の人。東京に出たが志を得ず、落魄して九州に去り、大隅で小吏となつて終つたらしい。傲骨あり、身を屈することが出来ない。従つて世に容れられず、敢て鉄丐を称した。槐南の大いに同情した所以である。「鉄丐」は、昔清の呉六奇の異称であつた。右の詩に「昔聞奇人呉六奇」とある、その呉六奇の事が明かでないと此の詩は分らない。彼国には六奇の事は幾種類もの書に載つている。その中から必要な事だけ取つて先づこゝに記すこととしよう。

海寧の孝廉査継佐は明末崇禎中の名士なり。嘗て雪の日、門外に歩し、一丐の雪を廡下に避くるを見る。貌殊異なり。呼で問うて曰く、聞く街市の間、敝衣枵腹、雪中に偃臥して饑寒の色なく、人呼で鉄丐と為す者ありと、汝是なりやと。曰く是なり。引き入れ、坐して対飲す。査已に酩酊し、丐

---

①『槐南集』巻十三、五丁裏

更に酒容なし。衣するに絮衣を以てす。謝せずして径《たゞち》に去る。明年復た之に西湖放鶴亭の下に遇ふ。肘を露《あら》はし跣行す、其の衣を詢《と》へば、曰く、夏に入り此《これ》を須《もち》ひず、已に酒家に付すと。曰く、曾て書を読み字を識るかと。曰く、書を読まず、字を識らば何ぞ丐となるに至らんやと。孝廉その言を奇とし、湯沐を具して之に衣履し、其の氏里を問ふ。曰く、姓は呉、名は六奇、東粤の人。問ふ何を以て丐す。曰く、少にして博を好み、尽く産を破り、江湖に流転す。自ら念ふ、叩門乞食、昔賢も免れず、僕何人ぞ、敢て以て汚と為さんやと。孝廉起つて其の臂を捉《と》りて曰く、呉生は海内の奇士、我酒徒を以て之を目し、呉生を失へりと。留めて与《とも》に痛飲すること一月、厚く資して之を遣《や》る。（略）十年の間、累官して広東水陸師提督に至る。孝廉家居し、久しく前事を記憶せず。一旦粤中の牙将あり、叩問謁を請ふ、呉の書を致し、三千金を以て寿を為し、入粤を邀致す。（略）恵州に至れば、呉躬自ら出迎し、導従雑沓、侯王に擬す。既に孝廉を迎えて府に至る。則ち蒲伏泥首、自ら称す昔年の賤丐、先生に遇ふに非ざれば、何ぞ今日有らんと。往事を歴叙し、忌諱する所無し。夜に入て、置酒高会、身酒炙を行ふ、歌舞妙麗、絲竹迭に陳し、諸将遞起寿を為す。質明始めて罷む。（略）孝廉恵州の幕府に在り、一日後圃に遊ぶ、圃に英石の一峯あり、高さ二丈許《ばか》り、深く之を賞異し、題して皺雲と曰ふ、再び往く、已に此石を失す、之を問へば、則ち巨艦を以て載せて呉中に至る。今石尚ほ査氏の家に存す。

漁洋王士正の、『帯経堂集』には「呉順恪六奇別伝」がある。六奇は広東水陸師提督となり、官に死するや、少保兼太子太師を贈られ、順恪と諡せられた。蔵園蔣士銓の、『紅雪楼九種曲』の一に「雪中人」がある。査継佐と呉六奇の遇合の事を紀したものである。

鉄丐道人は、呉六奇の事を何かで読んで感ずる所があつたのであろう、江湖に落魄する自分を顧みて、

「鉄丐」の二字が己の号として相応しいと考へたのであろう。槐南はいふ、人生行路難といふけれど、もつと甚しいのは知己難である。昔呉六奇は海寧の詞客査継佐なる知己に逢うて肝胆相照し、それが機縁となつて乞食から提督にまでなつた。余は道人に対し、綈袍恋々の意極めて切だが、家貧にして何一つ別れに贈るものがない、代りに詩を以てするのみである。呉将軍六奇は査孝廉が一たび賞異して、「皺雲」と題した英石峯一座を、即座に巨艦に載せて査氏の家に送つた。査氏にして見れば、自ら索めたものではない、天から降つて来たようなものである、知己は有難いものだ。

こゝに別れの酒を酌み、一しよに「雪中人」の曲でも歌つて唾壷ならぬ（唾壷撃砕は慷慨悲憤の状）鉄板でも撃ち砕かう。

八十三

明治の詠史に就いて、七八回に亙り記述した後、私は其の餘論として、明治政府の修史の業が不結果に終つた事、並に大正昭和に及び、『明治天皇御紀』の撰成つて、別に『公刊明治天皇御紀』の企画があつたが、之も不結果に終つた等の事に言及した。ところが同じ誌上（四月号）に、『明治天皇紀』十三巻が既に吉川弘文館から刊行されてゐるが、私が気付かないのであらうとの記載があつた。これは私の言葉が簡略に過ぎたため誤解を招いたことと思ひ、茲に「御紀」編修の概要につき言及して置きたい。詳しく書けば一冊の書を成すほどの問題だが、本稿としては緒餘の談に過ぎず、私も専門の史家ではないから、務めて簡約に要領を説くに止めることとしたい。

『明治天皇御紀』は、天皇崩御の後、宮内省に臨時編修局が設置され（大正五年臨時帝室編修局と改称）、正副総裁以下、顧問・幹事・編修官長・編修官・同補・御用掛・嘱託の各職員を任命し、広汎なる史料の蒐集、厳密なる検討を行ひ、十八年の歳月を費して、昭和八年九月に至り、「御紀」二百六十巻の撰修を終へた。天皇御一生を著はすに編年体を以てし、文は漢文直訳体の稍平易なるものを用ゐた。これは元来、歴代の御紀と共に宮中に尚蔵せらるべく、公刊すべき性質のものではない、それがどうして五十年も経過した今日遽かに公刊されたのであらうか。

実は編修事業の進行中、将来「御紀」の撰成つた後、其の内容を要約し、編年体を紀事本末体に改め、公刊して世に布くべしとの議があつた。その為九年七月宮内省は図書寮に「公刊明治天皇御紀編修委員会」なるものを組織し、業務に着手した。当時私は宮内省に在職し、図書寮のこの編修事業について見聞する機会が多かつた。十一年からは私自身『大正天皇御製詩集』の編修を拝命し、毎日図書寮に出入して直接見聞するやうになつた。

これより先、図書寮では既に『大正天皇御紀』の撰修が開始され、大正の御宇は短く、之が御紀も天皇十年祭までには完成するものと予期されてゐたが、意外に長引く様子で、速かに完成を図ること、なり、編修官達は全力を挙げつゝあつた。やがて『大正天皇御紀』は成つたが、『公刊明治天皇御紀』の方は遅々として進まず、先の御紀編修に従つた人々は皆去つて、僅かに数人残つてゐるに過ぎなかつた。その上事変、戦争相続き、職員の応召する者多く、業務は停滞した。次いで戦後の宮内省機構の大縮小となり、古来「皇統譜」の保管、国史の撰修を掌る図書寮も、名は廃せられ実は半ばを失ひ、編修事業は自然消滅に帰してしまつた。

規模の大小は比較にならないが、私は之を明治の修史館の事業の不結果に比較して考へるのである。「修史館は斯かる編纂の必要なしと定まるや、折角成れる草稿は高閣に束ねられ、多大の労と金とを費し、何等見るべき結果なく、空しく書庫の故紙と化す。」雪嶺のこの言は其のまゝ昭和の修史事業にあてはまるやうだ。

世間では『明治天皇御紀』原本の公刊を要望する声が時〻起り、昭和四十一年に至り、政府は明治百年記念準備会議に於て、事業の一として公刊を要望すること、なつた。宮内庁は之に答へ、「御紀」の記事に多少の修訂を加へて公刊を吉川弘文館に委ね、既に全巻発行されたことは周知の如くである。将来或は『大正天皇御紀』も公刊の要望が起るかも知れない。私は宮内省在職中、仕事の上から両御紀とも拝読した。僣越な言ひ方だが、前者は記事の斉整、文章の工穏ともに申し分なく、後者は此の点遥かに見劣りがする。

昭和初期の頃、臨時帝室編修官某氏は、或新聞社の需めに応じ、明治天皇に関する一史実を書き紙上に連載した。日に編修局に在つて、人の窺知し得ざる貴重な史料を閲読し、其の獲た所のものを出すのだから、その詳実にして信憑性あること、頗る読者の好評を博した。然しこれは公私を混淆した所為として上司から厳しく誡しめられた。某氏は恐懼し、その後書肆からの出版の需めにも応じなかつたが、編修事業が終り其の職を去ると、この人は多年の蓄積を傾けて続々著書を出した。曾ての上司は之を苦〻しく思ひながら奈何ともする能はず、而も其の著書は益〻読書界に歓迎された。一時宮内省内で噂の種であつた。それといふのも、宮内省とか文部省とかが、官撰の御紀や国史を適宜公刊して、世道人心に寄与することを考へないからで、虚を衝かれたわけである。

こゝで私の言ひたいことは、日本に正史無く、明治維新の際は是非一大修史事業の盛挙なかるべからず、明治天皇には叡慮早くこゝに及ばせられしに、時に人無く、徒らに機を失ひ事を誤り、其の餘弊延いて今日に及び、長く国家の禍を成してゐるといふ事である。以下少しくその事に就いて述べよう。

先づ、明治二年天皇が三条実美を修史総裁に任じ給へる詔の全文を引用しなければならない。

修史ハ万世不朽ノ大典祖宗ノ盛挙ナルニ、三代実録以後絶テ続ナキハ豈大闕典ニ非スヤ。今ヤ鎌倉以降武門専権ノ弊ヲ革除シ政務ヲ振興セリ。故ニ史局ヲ開キ祖宗ノ芳躅ヲ継キ大ニ文教ヲ天下ニ施サント欲シ総裁ノ職ニ任ス。須ク速ニ君臣名分ノ誼ヲ正シ華夷内外ノ辨ヲ明ニシ以テ天下ノ綱常ヲ扶植セヨ。

『日本書紀』『続日本紀』『日本後紀』『続日本後紀』『文徳実録』『三代実録』の所謂「六国史」は、総計百九十巻、神武朝から光孝朝に至る五十八代一千五百四十七年の史実を、各〻当代一流の史臣が勅命を奉じ、多年の歳月を費やして謹修せる国史である。然るに『三代実録』の成つた延喜元年から、明治二年に至る九百六十餘年の間、祖宗の盛挙たる修史の業が絶えてゐる。明治天皇は之を深く遺憾に思召し、御即位の翌年早々に史局を開き総裁を任じ、「六国史」に続く国史を修めて、大義名分を明かにし、国家の綱常を正せと仰せられたのである。

天皇は又、同じく明治二年、徳川光圀が『大日本史』を創め尊王修史の上に大功あることを追念し、従一位を追贈して「尊王ノ大義ヲ首唱シ君臣ノ名分ヲ正ウシ殊ニ心ヲ修史ニ尽シ以テ千古ノ廃典ヲ興ス」と仰せられた。すなはち「六国史」以後祖宗修史の大典が絶えてゐる間に、独り水戸徳川氏の私撰『大日本史』が此の欠を補つたことをお認めになり、今や王政復古の時、朝廷に於て新に史局を興さねばならぬとの思召である。

光圀即ち水戸義公は十八歳の時、『史記』の伯夷伝を読んで感ずる所あり、慨然として修史の志を立て、後年の自述に「本朝に六部の国史古来有れども皆〻編年の体にて史記の体にて書きしもの無き故、上古より近代までの事を本紀列伝の史記の体に編したく思ひ立ち」云々と言へる如く、我国最初の「紀伝体」の国史を書く決意をした。紀伝体は「編年体」「紀事本末体」に対するもので、本紀、列伝の体裁により、人物の行事を中心として記述する。

中国には漢代の『史記』『漢書』以後、歴代この体による史書を編して正史と称してゐるが、我国にはまだ正史が無かつた。義公は実に此に着眼したのである。とはいへ義公は、易姓革命の彼土と我国を比較して、我国体の尊厳を念ひ、皇統を正し尊王の義を明かにすることを本意とした。広く人材を求めて彰考館に集め、自ら指導すること四十餘年、義公歿して更に二十年の後、幾百の史臣が心血を竭した本紀及び列伝幷せて百四十三巻は成り、之を上梓して刻本とし朝廷及び幕府に献上したのは文化七年、修史の局を開いた明暦三年から百五十三年の後である。この頃には已に諸藩も争つて之を書写し相伝へた。頼山陽の『日本外史』『日本政記』も範を此に取り、共に王政復古の原動力となつた事は言ふまでもない。

明治二年五月聖旨に基いて国史編修局が昌平学校内に設けられ、博士及び助教をして国史を修撰せしめたが、八年四月太政官に移管せられ、修史局と改称し、川田剛と重野安繹は一等修撰に任ぜられた。修史局にては『大日本史』を正史と認めて之に継ぐことを目標とし、文体は「六国史」及び『大日本史』と同じく漢文を用ふることとした。従つて漢学者殊に能文の士が多く徴用された。当時重野は「修史事宜」を作り云ふ「大日本史正史たりと雖も間〻誤脱を免かれず」と、『大日本史』に継いで正史を作るが、実証上より遠慮なく之を批判する。十年一月修史局は修史館と改称された。同年水戸の彰考館から菅政友が掌記として、十二年太政官外史の久米邦武が三等編修官として来任した。二人は夙に考証専門を以て聞え、同じく考証学者で先任の星野恒（十四年四等編修官）と共に、重野の下に修史館史風の代表者となつた。

当時、世は薩長の天下であつた。重野は薩摩に生れて島津氏に仕へ西郷隆盛とも交りがあつた。川田は備中の人、松山藩に仕へたが、維新後長州の木戸孝允の知を受けた。二人は背景を異にし、其の史観も同じからず。修史館内は亦二人を背景として二派に分れ、重野派には星野豊城、藤野海南、川田派には依田学海、信夫恕軒等、いづれも有力な漢学系史学者が附いてゐたが、どちらかと言へば重野の方が優勢で、明治十四年川田が宮内省に去つてからは重野修史館副長の独擅場であつた。

明治十五年修史館は『大日本編年史』の編纂を開始した。

十九年一月太政官は内閣制制度に移行し、修史館は廃せられて内閣臨時修史局と改められ、二十一年十一月帝国大学に移管されて臨時編年史編纂掛となり、重野、久米、星野は帝国大学文科大学教授となつた。

重野、久米は又、『日本外史』『太平記』を批判し、『大日本史』風の勧懲主義を排斥した。重野は史料の上から、児島高徳の事、桜井駅楠公父子の訣別、湊川の遺言等、皆架空の説として抹殺し去り、天下の物議を招いた。明治二十四年久米は「神道は祭天の古俗」といふ論文を発表し、要するに神道は草昧未開の世の産物で、教典さへ備はらず、今日文明開化の時代に適せぬものと断じ、大神宮を祭天の宮とし、賢所について「皇宮中に祭天の祠堂を建るは高麗の古代にも相似たることあり。高麗も革命数回のすえ古式は廃れたらん、只我邦のみ一系の皇統を奉じて古式を継続するは誠に目出たき国と謂ふべし」と言ふに至り、痛烈なる神道家の反撃と世論の非難を蒙り、久米は新聞に全文取消しを声明したが、遂に文科大学教授を免ぜらるるに至つた。久米は重野と同じく幕末の昌平黌に学び漢学も相当の素養があつた。

修史館派に慊焉たる国学系史学者たちは、明治十六年相集つて史学協会を創め、副島種臣を会長、谷干城を副会長とし、木村正辞、黒川真頼、本居豊穎、小中村清矩の如き有力なる委員を有し、機関誌『史学協会雑誌』を発刊した。修史館派は之に対抗して重野を総帥とする史学会を作り、『史学会雑誌』を発行した。

大学に移ると修史館は其の名を失ひ、其の実も殆んど無に帰した。といふのは時の浜尾総長や外山文科大学長が漢文体の編年史を無用とした為である。これに就いては井上哲次郎（明治・大正中東京帝国大学に教授たること三十餘年）が晩年の著『懐旧録』に次の如く言つてゐる。「重野博士が修史局副長となつて編纂された『大日本編年史』はなかなか多年の労力によつて完成されたもので、貴重な文献と思はれるけれども、つひに出版されないで葬られたやうなことになつた。誠に惜しいことである。これが出版されなかつたのは、自分の伝聞した所では、井上毅氏及び当時の学者の反対があつた為であると云ふ。『大日本編年史』は漢文で書かれたもので、明治以後の新時代の歴史としては不適当の嫌があつたのではなからうか。それならば井上氏等の反対も十分認めらるゝ。漢文は簡潔にして要を得るといふ長所もあるけれども、漢文ではとても言へない所を国文では精細に述べることも出来る……多分井上氏等は、今日となつてはもう漢文ではいけない、仮名交り文で歴史を編纂すべきであると主張したのであらう。重野博士が久米邦武、星野恒二氏と共に帝国大学から『国史眼』を発行されたが、あれは片仮名交り文で簡潔に日本の歴史を編纂され、研究的のものではないが、研究の結果によるものであらうと思ふ」。三宅雪嶺の「斯かる編纂の必要なしと定まるや、草稿は高閣に束ねられ、何等見るべき結果なく」云々は『大日本編年史』の事を言うたのである。

『国史眼』七巻は重野、久米、星野の同纂。明治二十三年十二月出版、大学の教科書として用ゐた。同書の奥付に「大日本編年史漢文　凡五十冊　近刻　後醍醐天皇即位文保二年至今上天皇慶応三年凡五百五十年」とある。「近刻」は遂に実現しなかつたのである。雪嶺の言ふ「折角名文を以て成れる草稿は……空しく書庫の故紙と化」したのである。後醍醐天皇即位から明治天皇践祚の年まで五百五十年の歴史といへば、『大日本史』の神武天皇から後小松天皇までの歴史と、南北朝の所が重複するだけで（『大日本史』は南朝正統論で、重野は南北朝並立説を持したとか）両書を合すれば、紀伝と編年の違ひはあるが、前後二千五百年の通史を成し得るわけである。両書とも漢文である。其の漢文が現代に不適だから出版させないといふのが事実であれば、全く驚いた話である。嘗て山路愛山は漢文の読めない人の為に『訳文大日本史』を著したといふが、漢文は漢文のまゝ読まなければ妙味は無い。漢文が読めるやうに、小中学から教育を改める必要がある。『大日本編年史』を掘り出して刊行する者が無いであらうか。

明治天皇の修史の詔には、「六国史」に継ぐか『大日本史』に継ぐか明示されてはゐない、ただ王政維新に当り、正史（正史は紀伝体の歴史の意味、又国家が編修する正式の歴史の意味、ともに通ずる）が必要なのである。然るに修史館は始め「六国史」に継がんとし、次に『大日本史』を目標とし、次に『大日本編年史』を作らんとし、作つて刻せず、明治の初めから既に百年以上、未だ何の成果も見ないのである。

> 夫レ維新ノ業タル、乾坤ヲ旋転シ、区宇ヲ再造シ、政教百度、世界大勢ニ随ツテ丕変ス。人文煥蔚、皇威海外ニ振ヒ、以テ今日ノ国運ヲ啓《ヒラ》ク。是レ宜シク万世ニ伝ヘテ法ト為スベシ。而シテ官未ダ成史有ラズ、野乗私記ニ至リテハ、採訪或ハ博《ヒロ》カラズ、取舍或ハ精シカラズ、裁制或ハ厳ナラズ、論断或ハ公ナラズ云々（原漢文）

これは近代某漢学大家の文の一節。維新の大業成り、国運大いに興つたが、之を万世に伝ふべき官選正史の未だ成らざるを慨し、私記野乗の企て及ばざる所以を言つたのである。『明治天皇御紀』の成る、其の資料、採訪先は千個所を超え、借入資料数は六万四千件、用意した資料稿本は千三百餘冊、記録文書の複製三千三百冊、実歴談筆記四十七冊、宸翰類の写真一千餘点に及んだと云ふ。我ゝ在昔その片鱗を窺ふだに粛然襟を正したことである。繰返すやうだが前に引いた梁啓超の「日本立国二千年、無正史、私家記述、穢雑不可理」である。私の言はんと欲すること、縷々し来つた所は、畢竟右両家数行の語に尽きるのである。

おほよそ、『日本書紀』『古事記』が有つて、国民自覚の上に大化の改新は遂行せられ、『大日本史』『日本政記』が有つて、明治維新の原動力となり、大業が成就されたのである。こゝに鑑みさせられた明治天皇は、未曾有の大変革に当り、「六国史」の後を継ぐ修史の業を興し、君臣の義、内外の弁を明かにし、天下の綱常を正せ、と仰せ出されたのである。問題は、当時重野を筆頭とする修史の諸臣が、能く其の任務を果し、聖旨に報い得たか否かである。遺憾ながら結果は否であり、而も其の餘弊は大正を経て昭和の今日にまで及び、滔々として返らないのである。この問題を簡明に述べようと思ひ乍ら、つい長たらしくなつた、結論を急ぐとして今少しく述べて置かねばならぬものがある。

重野・久米・星野の共著で、文科大学国史科の教科書となつた『国史眼』に次の一節がある。

明治ノ初、輔相三条実美ヲ総裁トシ、史局ヲ開カントシテ果サズ。史官ニ歴史課・地誌課ヲ設ク。是ニ至リ修史館ヲ置キ、大日本史ノ緒ヲ継ガントス。

これだけでは事実は分らない。明治二年四月四日修史の詔が下ると、五月には昌平校に国史編輯局が設けられ、詔旨に副うて「六国史」に継ぐ正史を編纂することとなつた。六月昌平校は大学校となり、十二月大学本校と改称され（洋学を授けた旧開成所は大学南校、旧医学所は大学東校となつた）昌平校は和漢の一流の学者が集つたが、和学者と漢学者の対立が生じ、後には洋学派と和漢学派の対立抗争に発展し、取扱に困つた政府は三年七月本校を閉鎖し、国史編輯局も随つて消滅した。然し修史の聖旨はゆるがせに出来ない、五年十月太政官に歴史課、地誌課を設けて修史を続けること、した。八年四月に至り、歴史課を修史局と改称した。重野は此の時修史局副長と為り、南北朝以後の編年史を修むることを建議して容れられた。即ち今までの「六国史」に継ぐ方針を変へ、且つ正史本来の紀伝体を避けて編年体を取ることとしたのである。十年一月官制改革あり修史局を廃し修史館とした。この後十年間が修史館の盛時といへば盛時であつた。

『国史眼』は更に云ふ、

古来世官ノ餘風、有職故実ノ記録ヲ家ニ秘シ、諸国ノ文籍ヲ藩ニ閉ヅ。社寺士民ノ所蔵モ亦多ク人ニ示サズ。故ヲ以テ流伝ノ史乗ハ、概ネ文士鼓筆ノ虚誕ニ属シ、文献徴スルニ足ラズ。世官封建廃シテ、秘籍始テ出デ、旧史ノ妄謬ヲ正スヲ得タリ。是ニ於テ太政大臣総裁トナリ、府県ノ古文書・旧記ヲ採訪シ、先ヅ南北朝以後ノ史ヲ修メ、遂ニ六国史ニ接セントス。後チ大学ニ属シ、二十一年国史科ノ学始テ興ル。

重野等は、史料の採訪と其の考証に最も力を入れ、以て旧史の誤謬を正したと之を大いに自負してゐる。さうして南北朝以後の史を修めた後、更に溯《さかのぼ》つて「六国史」に接続すると言つてゐるが、そこまでは至らず南北朝以後で終つた。

小牧昌業の撰した「重野先生碑銘」には次の如く云ふ、

八年修史局副長ト為リ、一等修撰ニ補セラル。南北朝以後ノ編年史ヲ修ムルヲ建議ス。是ニ於テ局ヲ改メテ館ト称シ、修撰ハ編修官ト為ル。先生之ガ長タリ、館中ノ諸員、率《オホムネ》皆一時ノ宿儒、先生之ヲ推挽ス。修史ノ法大イニ旧観ヲ改ム。（原漢文）

修史の業は大体明治八年ごろから漸く軌道に乗り始めた。重野は漢学者として国史家として、匹儔する者なき地位と名望を保ち、館中の学者も多くは彼の推挽する所であつた。国学者は皆早く退き、館は国史局以来史筆ある漢学者を以て占められた。たゞ多くは兼任で長く常任した者は少い。今その目星しい人物を数へて見れば、巖谷一六、岡鹿門、藤野海南、青山鉄槍、頼支峯、依田学海、広瀬林外、長三洲、長松秋琴、信夫恕軒、日下勺水等、みな一時の選である。

太政官を廃し内閣制度成り、十九年一月修史館を廃し内閣に臨時修史局を置いた。二十一年十一月修史局は其の事務を帝国大学に属し、臨時編年史編纂掛を置いた。重野は其の編纂委員長となり、星野、久米と共に文科大学教授に任ぜられた。二十二年六月大学に国史科が開設された。重野は二十六年に退官し、四十三年に逝去した。

修史の業は、大学に移管された為め亡びたと言つて過言ではない。時の大学当局は国学者たちの異議を聴いて、漢文体編年史の必要なしと認め、編年史編纂掛を改めて史料編纂掛と為した。歴史学はたゞの史料学に変質したのである。多くの年所を経て漸く成つた『大日本編年史』をも遂に出版せず、雪嶺の云へる如く「折角名文を以て成れる草稿は高閣に束ねられ、空しく書庫の故紙と化」したのである。すなはち明治天皇の修史の思召は二十餘年の久しきを経て、終に実現の日が無かつたのである。これは明治文化史の上に看過すべからざる問題である。然るに従来明治研究の文献にも、此に関係したものは餘りないやうである。今日我が歴史界の混乱も、国史の不完全なることが、重要なる源因の一つであることを幷せ考へる必要がある。

小牧撰「重野先生碑」には、重野の史学上の功績として、史料の採訪と考証の跡を陳べ「其ノ纂輯スル所ノ史料、積ンデ五千餘冊ニ至ル。今大学刊行スル所ノ『大日本史料』ハ即チ先生ノ創始スル所ナリ」と言つてゐる。『大日本史料』以後も同「古文書」、「古記録」を逐次刊行して国史学界に寄与した史料編纂掛（現在の史料編纂所）の業績も、其の創始者は重野だといふのである。雪嶺は云ふ「重野は多才にして歴史編纂法の変ずべきを知り、新式に指を染め、抹殺を以て物議を醸せるが、年老いて大に成す所あるに至らずして已む」と。これは少し敷衍して置かねばならぬ。

明治の初め、修史局開創の頃は、西洋崇拝、旧物破壊の風潮が一世を蔽ひ、重野等も旧来の和漢の史法のみならず、西洋の史法も摂取して、時勢に順応せねばならぬと考へた次第である。そこで明治十一年英国に赴く末松謙澄に託して、英国歴史家ツエルフイー教授に「歴史学方法論」の執筆を乞ひ、末松が之を獲て帰るや、中村敬宇が訳して修史局に蔵せられたと云ふ。それから明治二十年には、独逸人リースが御雇教師として東京大学に聘せられ、西洋近代史学中の実証的研究法を齎して我が史学界を指導したから、重野等の東洋的考証史学にも西洋流実証主義が接木されたものである。所謂る科学的研究法で、客観的立場に立つて冷やかに史実を分析する、史上人物の抹殺も平気で行はれたわけである。抹殺博士と綽名して世論の非難が集中した時も、重野は「考証によつて生くる者あり、死する者あり、確証あらば、弁慶も児島高徳も生くるなり」と言ひ、平然として所見を変へなかつた。彼等の史論は彼等の機関誌『史学会雑誌』に発表され、世人は或は驚き或は謗《そし》り、或は「重野派の古史打破主義」を以て之を呼ぶ者あり。それでも彼等の史学史法は我が歴史学界を風靡し、所謂る近代史学が定着して今日に及んでゐる。「重野先生碑銘」に云ふ「衆駭キ謗議紛起ス。先生以テ意ト為サズ、闡明益〻力ム。久シウシテ論定マル。今ハ史学一ニ其ノ軌轍ニ循《シタガ》ヒ、視テ常塗ト為ス。先生啓発ノ力多キニ居ル。」と。近代の史学は、重野の敷いたルートに従つて進み、今ではそれが常道となつたが、初めて之を開発した先生の力は大きいと。重野を擁護する側としては当然の言であらう。

由来東洋に於ては、歴史がそのまゝ道徳であり、歴史を学ぶことは同時に道徳を学ぶことであつた。『続日本紀』に「彰善癉悪。伝万葉而作鑑。（善ヲ彰ハシ悪ヲ癉《ヤ》マシメ、万葉ニ伝ヘテ鑑ト作《ナ》ス）」、『大日本史』に「彰往考来。有述有作。勧善懲悪。或褒或貶。（往ヲ彰ハシ来ヲ考へ、述アリ作アリ。善ヲ勧メ悪ヲ懲ラス、或ハ褒メ或ハ貶《ソシ》ル）」、「拠事直書。勧懲自見焉。（事ニ拠リ直書ス、勧懲自ラ見《アラ》ハル）」。史の用は善悪、勧戒を示すためである、これを鑑《かがみ》として過去を知り将来を考へる。これは孔子の『春秋』に始まり、司馬光の『通鑑』など其の顕著なるものである。日本の「六国史」『神皇正統記』『大日本史』『日本政記』等みな然らざるはない。ところが此の伝統ある東洋の史法が、明治の史官の手によつて革命的に打破されたこと上述の如くである。

重野成斎は漢学漢文に於て一代の巨匠である、国史に於ては一考証家であるが大歴史家ではない。川田甕江、岡鹿門、信夫恕軒、依田学海、みな良史の材を抱きながら時用に適せなかつた、惜むべきである。これ等諸家世を去つて復た後勁の出づるを見ない。ただの歴史学者は車載斗量だが真の歴史家は絶無稀有である。昭和の初め、徳富蘇峰は「歴史の興味」と題し面白いことを言つてゐる。

学者ほど世の中に有難い者もありませんが、また学者ほど迷惑な者もありません。凡そ世の中の事や人を愚にするのは学者であります。歴史も学者がない時代には、皆が喜んで読み、非常にこれを愛してをりました。歴史といふと皆が飛付いて行つたもので、面白くてたまらなかつたのであります。ところが学者が歴史をやり出すやうになつてからは、歴史はもう御免といふことになつて来ました。歴史といふものはむづかしくて乾燥無味なものである、これではやりきれないと思ふやうになつたのであります。そのまゝにしておけば面白くてたまらない歴史を、学者が殊更むづかしくして興味を減殺してしまつたのであります。解り易くてはいかぬから、なるべくこれを解り難《にく》くするやうになりました。歴史は国民の需要するものではなく、専門家のものになつてしまつたのであります。

斯く申せば、あの漢《をとこ》は学歴もなく、学問もない男で、歴史を科学的に研究しないからして、自分の都合の好いことを云つてゐると云はれるかも知れませんが。私自身も全くさう思ひます。併し私は歴史を科学的に研究しないからして、少しでも歴史が解るのであります。若し私が不幸にして独逸の先生にでも逢つて、歴史のことを聞いたなら、本当のことは解らずに、歴史の中に片足を踏込むことが出来なかつたらうと思ふのであります。官学にも厄介にならず、正則の学問もしなかつたが、却つて私の仕合せで、私はそれを感謝してをるのであります。

其の後、日本学協会刊行『大日本史の研究』一書を購ひ読んだところ、有名な哲学者西田幾多郎博士の言として、

明治以来、我が国の歴史学は西洋史学の影響を受けて、長足の進歩を遂げたとは、しばしば耳にする所であるが、自分の見る所を以てすれば、明治大正の間、歴史の名に値するほどの著述は一つも無い。むしろ我々の考へてゐる歴史といふものから見て、真に歴史と云つてよいものは、水戸の大日本史が有るだけである。

私共は、従来の歴史家が徒らに些細の考証に流れて、その背後に精神をつかむ歴史の本質を忘れてゐたことを遺憾とする。

二賢の説に対し、満腔の同感を禁じ得ない。然しこれはまだ昭和の初頃の話である。爾来半世紀、途中敗戦といふ大厄を経て、日本の歴史はすつかり色を変へた。歴史は日本人洗脳の具に用はれた。今の日本人はもう元の日本人ではない、変種日本人が育成されつゝある。

八十四

明治二十三年『日本』紙上に於ける、羯南、青厓の重野に対する論難攻撃は、嘗て本稿「二十五」でその一端を紹介したが、今序に当時の投稿者の詩一首と青厓の作三首を記して見よう。どちらも佳作といふ程ではないが、漢詩でなければ出来ない言ひ回しの面白いところを見るべきである。

燃死灰[1]

史局創。三十年。史料集。幾百千。」三長自許誰総裁。穿鑿簿書亦苦哉。資俸政府為己学。仮智古人燃死灰。」高徳怒。辨慶泣。楠公悲。良雄悒。」莫是昭代仙人界。欠伸声在長官廨。

史局が創立されて、三十年に近い。幾百千種の史料を集めるに、歴史を書く以上の労力を要したといふ。才、学、識の三長を兼ね、総裁たる自信ありといふは誰か。簿書の山を穿鑿するは楽ではあるまいが。政府の高禄を食みつゝ学問は自分の為め。前人の故智に倣つて幾度か史局を立て直し。高徳や弁慶を抹殺し、楠公や良雄に難癖を付け。こんな気楽な仙境のやうな役所の中で、編修局副長官殿は退屈と見え、頻りにあくび背のびをして御座る。面白い詩だ。之に評云として、青厓の五律が一首附してある。

歴朝忠烈跡。抹殺事讒誣。弱証真交偽。忘言紫奪朱。

身生君子国。行学小人儒。不見春秋筆。黄泉哭董狐。

歴代忠臣烈士の事蹟を、抹殺して事実を誣ひ、薄弱な証拠には真偽入りまじり、表現をゆるがせにし、紫色の朱を奪ふ結果となつた。東海の君子国に生れて、行ふ所は小人儒である。厳正なる春秋の筆法は、最早この国の何処にも見られない。義公や親房や山陽や、日本の董狐（法に従ひ直書して憚らず、孔子

[1]『青厓詩存』巻三、六十一丁裏

をして古の良史なりと歎ぜしめた晋の史官）ともいふべき人々は恐らく地下に哭いて居るであらう。

尾蜿蜒①

鰻魚博士尾蜿蜒。諛墓文章知幾篇。一史不為利其禄。冒居館下二十年。

鰻魚を嗜む博士は、鰻に似て蜿蜒《うねうね》と尻尾《しつぽ》が長い。尻尾が長いとは其の人のいきほひの長大を示す。博士は修史館副長の地位を冒すこと二十年。而も一史の成る無く、徒らに高禄を貪るのみ。且つまた当代文章の大家として、方々から墓誌の依頼引きも切らず、人の金を受けて死者にこびる文を作るとは（君子の恥つる所でなければならぬ。）

鰻鱺盤②

出入揚揚宰相門。諛権諂勢此文存。忠臣百代史删跡。烈士九原魂泣冤。
紙筆利来供子弟。鬢毛染尽媚姫媛。想君老去精根健。鰻鱺登盤倒酒樽。

意気揚々として宰相の門にも出入するが。最初権勢に取り入つた手段は文章であつた。百代忠臣の跡を歴史から删《けづ》り、九原の烈士の魂を冤恨に泣かせる。紙筆を潤ほすもの（潤筆料）が入れば、弟子どもに分けてやる（弟子に代作させることがある）。鬢髪を黒く染めるわけは、わかい女になまめく為である。
さて君が年老いて精力の衰へぬ秘訣は、大盤の鰻鱺《うなぎ》、満樽の酒、是れだらう。

右の詩の第六句、鬢毛云々の本事に就いて、井上哲次郎の『懐旧録』に説明があるから下に抄録する。博士は毎日いろいろなお化粧道具を以て容貌を作ることを怠らなかつたのである。人が噂に、容貌を作ることに細心の注意を払ふ者は、その当時西園寺侯と団十郎と重野博士とである、とかう云つた程である。それで頭髪も染めて居られたのみならず、髭も黒く染め、なかなか容貌を作つて若く見えるやうにして居られた。博士の考では、鏡を見て自分が非常に衰へたやうに感ずるのは、衛生上宜しくない。若作りして若く見えるやうにして、若気を失はないやうにすべきであると考へて、而してそれを実行されたといふことである。自分はこの博士の衛生法は賛成しない方である。自分は、それは虚偽の生活であると見て、決してさういふ真似をしないで、自然に委せるといふ方の考である。

西園寺の名が出たから、序に石川半山（明治大正の新聞記者、代議士、政治家、其の人物評論は殊に有名）が明治三十一年『毎日新聞』に書いた「当世人物評」中に見える西園寺化粧の話を下に、

西園寺公望も文部大臣を務めて居る内に、度〻地方へ出かけたが、其の到る所の地方官を驚かしたのは、彼の化粧である。彼の旅行中の最大荷物は、其の化粧品を入れた革嚢で、其の目録は大層なものだ。

一仏国製の香水各種　一英国製の香水各種　一仏国製の頭髪香油各種
一仏国製の洗顔香油各種　一独乙新発明ニキビ取り油　一剃髯後の塗抹油
一顔の色を白くする塗り油　一目の縁をホンノリと紅くする塗油
一耳の垢を取る油　一頭髪のフケを取る油

先づ是れだけが瓶類である、之を塗る道具がそれぞれ有る、ブラシユだけでも数十種を要する、シヤボンでも英、仏、独の三種を用ふる。其の外、鏡は勿論、櫛から剃刀《かみそり》から、鼻毛を抜く器械、眉毛を揃へる器械、耳の穴を清潔にする器械、それぞれチヤント整備して居て其の用法が又仲〻むつ

---

① 明治二十六年四月四日「評林」
② 明治二十六年四月四日「評林」

かしい。

これ等は単に首から以上の造作を整頓するに必要なるもので、首の廻りには先カラを数十枚、ネクタイを数十通、毎日取り替へ、ボタンからピンまで、随分選撰に骨が折れる。少くも一日に三回は顔を洗ひ、其の度毎に各種の油を塗り、種々の器械を応用して色々の細工を凝らし、中にも朝の化粧が一番多く時間を費し、手間の取れる時は二時間もかゝるといふ評判である。写しながら馬鹿々々しくなつた、止めよう、これでまだ三分の一位である。

八十五

修史の詔書、畏き叡慮を無にして、国史の編撰を有耶無耶に葬つた、重野等の無責任に罪があるが、之を決定的にした大学当局は更に罪が深いと謂はねばならない。

明治十九年十月二十九日、車駕帝国大学に臨幸し、大学教育の実際を仔細に御覧遊ばされた。数日の後、侍講元田永孚を召して其の御感想を告げ給ひ、永孚は之を謹記して「聖喩記」と名づけた。今その大意を抄出すれば下の如くである。――大学設くる所の学科を巡視するに理、化学、医科、法科等は其の進歩見るべきもの有るも、主本とする所の修身の学科に於ては見る所なし。和漢の学は修身を専らとし、古典講習科ありと聞くも、何の所に設けあるや観ること無し。今の学科にして政治治安の道を講ずべき人材を求めんと欲するも得べからず、当今復古の功臣内閣に入て政を執ると雖も、永久を保すべからず、之に継ぐの相材を育成せざるべからず、然るに今大学の教科、和漢修身の科有るや無きやも知らず。故に徳大寺侍従長に命じて渡辺総長に問はしめんと欲す、渡辺如何なる考慮なるや。臣謹で対て曰く、陛下の言此に至る、皇国生民の幸なり。大学の科、和漢修身の学とは名のみにして、勢ひ将に廃棄せられんとす、忠孝道徳の主本に於ては和漢の固有なり。今西洋教育の方法に由て其の課程を設け、東洋哲学の学科を置き、忠孝廉恥の近きより、進んで経国安民の遠大なるを知得することを務めたらんには、真の日本帝国の大学と称すべきなり。速かに徳大寺に命じて渡辺総長に下問あらんことを希ふ。

其後侍従長の御差遣があつたが、其の詳細は明かでない。翌二十年五月十二日侍従長は総長に日本哲学に就いて尋問し、総長は日本に固有の哲学なしと奉答したといふ。且つ十五年に設置された古典講習科は、二十一年早くも廃止され、元田の預言は中つた。当時政府は欧化主義に熱中し、文相森は曾て米国に在る日、日本語を改めて英語とするの意見を抱いた漢《をとこ》であり、文科大学長外山正一は耶蘇教を主張し、「ローマ字会」創立者の一人であつた。

「聖喩記」に見ゆる御軫念に対し、満足な奉答も為さなかつた大学当局である。国史編撰の御沙汰を顧み、聖旨に副ひ奉ることを努めねばならぬ筈だが、却つて其の反対に出た。罪を天皇に開き、禍を後世に遺すものである。明治史を考へる者の見逃してはならぬ事実であるが、従来殆んど問題にされてゐない。羯南の文、青厓の詩ありと雖も、亦知る人極めて稀である。

八十六

「文学界の党派」と題し、明治二十四年四月六日の『国民新聞』に載つた文の一節に云ふ、

文学界にも亦党派ありと。曰く新声党即ち森学士を戴くＳＳＳの一派。曰く硯友党即ち紅葉山人を奉ずる文庫の一連。曰く根岸党即ち篁村、思軒両大家をもて領袖とする金杉村の一社。曰く詩人党即ち槐南先生の率ゐる詩人の一群。その他元禄党、国文党、古典党、言文一致党等あれども、以上四党最も勢力ありとす。云々。

二十八年九月の『早稲田文学』は「漢詩人の現状」の題下に云ふ、

漢詩が殆ど未曾有の発達をなせるは……槐南、寧斎を始とし、星社一門の人〻が各自の特色を具へ、措辞の縦横自在なるは何人も認むる事実なるべし。星社は少壮作家の淵叢にして、之が牛耳を執れるは槐南なり。星社の別格として持て囃《はや》さるゝものは国分青厓にして、青厓の星社乃至槐南に対する地位は、小説界に於て硯友社乃至紅葉に対する露伴に似たり。云云。

明治二、三十年代の漢詩の盛況は天下の偉観であつた。『毎日新聞』及び『国民新聞』紙上の槐南以下星社同人の詩、『日本』紙上の青厓の評林は、当時一般識者の争つて読んだ所である。私は数年来、両家を中心とし明治の詩を説き来つた。而して今や漸く佳境に入らんとする。三十年代を過ぎると、槐南は逝き、青厓は隠れ、詩は衰亡の一路を辿るのである。私は今暫く、青厓、槐南に就いて語らなければならない。

青厓の評林が、明治の詩史と目せられたのは、専ら時事と人物を取扱ひ、而も史眼が高く詞藻に優れたものが有つたからである。詩人に免れぬ感情の強い所もあるが、それが又却て時人の共感を贏ち得たやうである。槐南は官に仕へたから、当世の人物を毀誉したり、時政を是非することを憚つた。それでも一片血性の抑へ難く、故らに詩に発露したものが少くない。

森有礼と青木周蔵とは、所謂鹿鳴館時代欧化主義の二大ハイカラと言はれた人物である。森が刺された時、青厓は詩を作つたが、国粋主義の立場から、餘り森に対して同情的でなかつた。青木は長州の人、慶応四年二十五歳の時、藩費を以て独逸に留学し、政治法律を修めた。そのまゝ独逸に留り、明治七年同国に公使となる。十二年帰朝して条約改正御用掛を勤め、翌年又任所に還つた。十九年井上外相の下に次官となり、条約改正の事に鞅掌し、功により子爵を授けられた。二十二年始めて外務大臣に任じた。二十五年再び独逸公使に、三十一年再び外相に任じ、大正三年没した時年七十一。

青木は独逸公使となつた時三十一歳、その頃独逸の男爵家令嬢イリシヤベツトと恋仲になり、結婚許可を本国に申請して得、十二年四月新婦を携へて帰朝、明年五月夫婦のまた独逸に還る時は、伊藤、山縣、井上、品川、山尾、杉等、長閥の要人尽く之を横浜の埠頭まで見送つたと云ふ。次の詩は青木夫婦の事、夫人の胸中を夫人の口吻を以て詠出した、明治二十一年青厓の作。

官尚次①

諸公皆占権要地。郎独蹭蹬官尚次。郎有才学軼諸公。何事人間足謗刺。
憶昔相逢猶壮年。郎正欽差奉星使。眼光烱々容有威。早識他時棟梁器。
此時一点霊犀通。桃臉潮紅掩面愧。黄種白族何足論。不堪綢繆繾綣思。
請父乞母終嫁郎。帳裏春温両翡翠。造次顚沛無暫離。坐則聯牀歩交臂。
一朝有報催帰朝。郎道青雲本容易。鉄車暁発伯林城。妾亦追随万里至。
帰来正遇昇平春。四海風浪亦無事。鹿鳴館裏人似花。諸公昏々日沈酔。
錦衣夕上歌舞筵。仮装朝赴相公会。諸嬪尊奉推為師。天子召見有恩賜。
歓楽極処哀情多。遂令蒼生発憤恚。内閣更迭新代陳。可憐功名又蹉躓。
郎也有才兼有学。何為半世違初志。輸品曾免海関税。却憶当年多機智。
買地郭外禁遊猟。自称采邑知何意。石室巍峨新邸成。貸人収賃亦薄利。
牀下設厠臭不堪。絳蠟消融足難置。驕奢徒慕文明風。毎事看来洵児戯。

① 『青厓詩存』巻一、二十一丁表

児戯従来孰不笑。世間往往生物議。一幅怪画人摑雲。不知何処発隠秘。
妾元大国華冑裔。姉妹弟兄皆権貴。妾心何羨権貴人。妾身悔嫁弱邦吏。
朝愁暮恨病且瘠。双袖竜鍾万行涙。妾腸寸断人不知。只郎早登大臣位。

題に「官尚次」といふのは、いつまでも次官の地位に止る、即ち青木が明治十九年三月、伊藤内閣の井上外務大臣の下に次官となり、二十一年四月内閣更迭し、大隈外相の下に尚ほ次官に止るの事を云ふ。

諸公皆占ム権要ノ地、郎《ラウ》独リ蹭蹬《ソウトウ》官尚ホ次《ジ》。

台閣の諸公、大臣方《がた》は皆な長州出身の青木の同輩である。然るにわが郎《ラウ》（郎はをつと、妻が夫を呼ぶ称）は独り一次官の地位に止つて居る。

郎ニ才学アリ諸公ニ軼《ス》グ、何事ゾ人間謗刺足ル。

郎の才学は優《すぐ》れて諸公に過ぎるほどだのに、どうした事か、世間には郎を誹謗し刺議する人が多い。当時、伊藤、山縣、井上、山田の諸大臣、山尾（法制局長官）、品川、杉等みな長州出身で、年歯も青木と伯仲し、山田法相、陸奥外相は同年、森文相は七年も少《わか》い。而も青木は長く独逸に留学し、学識儕輩に秀でたことは確かであるが、人と為り傲慢で、法螺は大隈以上といはれ、日本一の外交家、政治家中の学者を以て自任し、時に元勲諸公をも罵倒して憚らず、為めに出世がおくれ、妻の虚栄心が満たされなかつた。

憶フ昔相逢フ猶ホ少年、郎正ニ欽差 星使ヲ奉ズ。眼光烱々容威アリ、早ク識ル他時棟梁ノ器。

二人が出会つた時はまだ少《わか》く、郎は天子の差遣された特命全権公使。他日国家棟梁の器たる人と見た。

此ノ時一点霊犀通ズ、桃臉紅ヲ潮シ面ヲ掩《オホ》ヒ愧《ハ》ヅ。黄種白族何ゾ論ズルニ足ラン、堪ヘズ綢繆繾綣《チウビウケンケン》ノ思ヒ。

犀の角の中心に細き穴ありて通ずるが如く、二人の心は通じ合ひ、桃のやうなわかき臉《かほ》は恥かしさに紅潮し、人種の別も忘れ、相思の情まつはり離れず。

父ニ請ヒ母ニ乞ウテ終《ツヒ》ニ郎ニ嫁ス、帳裏春ハ温カナリ両翡翠。造次顚沛暫クモ離ルヽナシ、坐スレバ則チ牀ヲ聯ネ歩スレバ臂《ヒ》ヲ交《マジ》フ。

父母に強請《ねだ》つて郎に嫁《とつ》ぎ、一対のかはせみとなり。帳中《とばりのうち》は春の如く温か。牀をならべて坐り、臂《ひぢ》をとりあつて歩む。事の切迫した時（造次）でも、身の危急（顚沛）の場合でも、誓つて相離れることはない。

一朝報アリ帰朝ヲ催《ウナガ》ス、郎ハ道《イ》フ青雲本《モト》容易ト。鉄車暁《アカツキ》ニ発ス伯林城、妾亦《マタ》追随万里ヨリ至ル。

急に帰朝命令が出て。郎は直ちに青雲に登り得るものと、勇んで伯林《ベルリン》城を発《た》つた。妾も万里を遠しとせず、郎に付いて来た。

帰来正ニ遇フ昇平ノ春、四海ノ風浪 亦無事。鹿鳴館裏 人《ヒト》花ニ似タリ、諸公昏々日ニ沈酔。

来て見れば、世は太平を謳歌し、鹿鳴館の春正に酣《たけなは》である。

錦衣夕《ゆふべ》ニ上《ノボ》ル歌舞ノ筵、仮装朝《アシタ》ニ赴ク相公ノ会。諸嬪尊奉シ推シテ師ト為シ、天子召見シ恩賜アリ。

歓楽極マルトコロ哀情多シ、遂ニ蒼生ヲシテ憤恚《フンイ》ヲ発セシム。

盛装して鹿鳴館の歌舞にもつらなつた。明治二十年四月二十日の首相官邸の仮装舞踏会《ファンシーボール》にも招かれた。貴婦人たちは、洋装に舞踏にわたくしを師とし学んだ。天子様に拝謁して恩賜品を戴いた。つひに国民の怒りが爆発して、鹿鳴館の騒ぎも続かなくなつた。

内閣更迭シ 新陳ニ代ル、憐ムベシ功名又蹉躓《シチ》。郎ヤ才アリ兼テ学アリ、何為《ナンス》レゾ半世初志ニ違フ。

二十一年四月内閣は更迭し、閣員の顔触は代つたが、郎は依然として次官。条約改正は成らず、功名はつまづき通し、郎の才学があり、人生の半ばを過ぎて、今に初志が達せられぬとは……。

輸品曾テ免カル海関税、却テ憶フ当年機智多キヲ。地ヲ郭外ニ買ウテ遊猟ヲ禁ジ、自ラ采邑ト称ス知ル何ノ意ゾ。石室巍峨 新邸成リ、人ニ貸シ賃ヲ収ム亦薄利。

この六句の本事、筆者は之を詳にしない、故に解を略す。雪嶺は青木を評していふ「金銭に潔白ならず」と。右は事金銭に関するやに思はれる。

牀下廁《シ》ヲ設ケテ臭堪ヘズ、絳蠟消融シ足置キ難シ。驕奢徒ラニ慕フ文明ノ風、毎事看来レバ洵《マコト》ニ児戯。児戯従来孰《タレ》カ笑ハザラン、世間往々物議ヲ生ズ。

古書に、「廁ヲ牀中ニ置ク」とあり、かはやを廁牀と言つた。洋人が日本の廁を臭気堪へ難しとするはうなづける。瓦斯灯や電気灯の未だ普及しない頃、赤いらふそくが、とけて座に流れ、足のふみばがないとは少し大袈裟のやうであるが、うなづけないことはない。事毎に西洋文明の風を真似するが、児戯笑ふべきのみ、却つて世の物議を招いてゐる。

一幅ノ怪画 人《ヒト》雲ヲ摑《ツカ》ム、知ラズ何ノ処カ隠秘ヲ発《アバ》ク。

明治中、ポンチ絵が大流行した。諷刺、寓意を蔵した滑稽な絵、今の漫画のもつと工妙なものである。洋婦を妻にし、ハイカラで聞える青木、並にその夫人の如き、最も好きポンチ絵の材料であらう。こゝに一幅のポンチ絵がある。他人が見たら雲をつかむやうで、何の意味か解らないであらうが、本人には解る、それにつけても、こんな人の秘事を、どこから探つて来たのであらうか。

妾ハ元《モト》大国華冑ノ裔、姉妹弟兄皆ナ権貴。妾ガ心何ゾ羨マン権貴ノ人、妾ガ身嫁スルヲ悔ユ弱邦ノ吏。朝愁暮恨病ミ且ツ瘠《ヤ》ス、双袖竜鍾万行ノ涙。妾ガ腸寸断人知ラズ、只《タダ》郎早ク登レ大臣ノ位。

妾《わたし》は大国貴族の末に生れ、現に姉妹兄弟みな権貴の地に在る。妾は敢て権貴を羨望する者ではないが、弱国の吏に嫁した事を今は悔いてゐる。朝晩これを思ひ、身は病み且瘠せた。万行の涙、寸断の腸、誰が知つてくれよう。妾の願ひは只一つ、郎君よ早く大臣になつてくれ。

この詩は始から終まで同じ韻で通した、一韻到底格である。すらすらと流れるやうに叙述、毫も渋滞がない。婦女の痴情を写して委曲を尽した、実に珍しい変つた詩である。詩の後に更に絶句三首附してある、一首を節録する。

曾愛風流美少年。夫人灑落亦堪憐。殷勤臨別無他語。手牘囊中数万銭。

蓋し「一幅怪画」の本事を言つたものであらう。詩は小説と異り、説て説き尽さず、含蓄ある所、読者の明察を乞ふ。

八十七

森槐南に古詩「断腕行」の一篇がある。明治二十三年の作。当時生存した高松保郎の事を詠じたものである。保郎は真に奇偉の人であるが、其の人其の事を伝へたもの、槐南の詩と矢土錦山の「高松保郎伝」が有り、其の外私は見たことがない。槐南の詩は三百五十餘字、錦山の文は漢文で一千七百餘字。錦山の文には槐南の詩に無い所が有り、槐南の詩には錦山の文に無い所が有る。先づ槐南の詩を掲げ、解説に錦山の文を引用することゝする。

断腕行　贈愛生館主人高松保郎①

出門亦憂。入門亦憂。匪憂難釈。弗可釈者縲絏囚。舅猶我父。君豈我讎。

---

①『槐南集』巻十二、九丁裏

君怒不可以解。舅命其休。我有半子誼。束手無策空垂頭。」

昔聞孝子割股。其愚不可及。其心良苦。又聞飛霜燕賤臣。振風斉庶女。精誠可感天。

烏頭馬角奈何許。呑声躑躅無所訴。扼腕而視涙如雨。」

妻児繞而哭。舅罪難可贖。断我左腕。代舅屠腹。不視肢体。為我有至情。

乃見真骨肉。我生非所知。舅命庶可続。」

是日天陰雨湿。凄其風晨。抽刀攘臂反袂起。砉然堕地血満身。

妻児倉皇眼欲花。声張不出口唖唖。腕邪人邪。感而泣者鬼神邪。」

黒獄沈沈白日匿。四無生気有死色。絳市再蘇安可得。

金雞忽一唱。喜極涙沾臆。雪舅不白冤。仗壻一臂力。」

太歳在卯。公死而生。義俠豈待官家旌。明年丹詔下。幕府還政四海幷。人為其主義有取。

東台死守同田横。公亦独臂出搏戦。隻手欲支大厦傾。此志雖不成。千秋閫史留姓名。」

而今二十餘年矣。有売薬者長安市。保郎名。高松氏。勿擬新豊折臂翁。児女亦知伯休子。

昔偶傷生今愛生。倶以救人死。其揆一焉耳。


（解説は次号）

〈未　完〉

解題　木下彪「国分青厓と明治大正昭和の漢詩界」

町　泉寿郎

解題　木下彪「国分青厓と明治大正昭和の漢詩界」

町　泉寿郎

はじめに

現在、二松学舎大学で進めている研究プロジェクト「近代日本の「知」の形成と漢学」というテーマはかなりの広がりを持ち、さまざまなアプローチが可能である。これを総合的にまとめた研究はまだ十分ではないものの、従来、関連するさまざまな研究蓄積がある。

例えば、漢学から支那学・中国学への学術研究の展開に関しては、『東方学』の「先学を語る」「学問の思い出」や『東洋学の系譜』（大修館書店）のような研究者に即した蓄積があり、筆者も倉石武四郎『本邦における支那学の発達』（二〇〇七年　汲古書院刊、中国訳『日本漢学之発展』二〇一三年　北京大学出版社）の整理公刊に参画したり、東京大学古典講習科の人々に関する論文（『三島中洲の学芸とその生涯』一九九九年　雄山閣出版）を発表したことがある。

日本学の分野では、日本語と漢字・漢文をめぐって、日本の近代化過程において漢文が西洋文明導入の土台となったことを、古くは中村正直（一八三二～一八九一）が漢学が人材育成と外国語習得に有効であることを論じているし（一八八二）、日本語学の森岡健二（一九一七～二〇〇八）は日本語における漢字の機能について優れた研究を残し、近代日本語の成立における漢文脈と欧文脈の接続の問題を追及した。また、明治期の前島密（一八三五～一九一九）の漢字廃止論から山本正秀・佐藤喜代治らの研究まで、「国語国字問題」と言われる漢字制限とも関わる研究分野の蓄積がある。日本人が創作した漢文学については、岡田正之・柿村重松らの先駆的な研究に始まり、第二次大戦後、新たに日本漢文学の全国学会（和漢比較文学）が作られて研究成果を挙げている。倫理思想史・政治思想史などが合流して結成された日本思想史学会も活発な活動を継続している。

日中文化交流史に関しても、実藤恵秀や大庭脩らをはじめとする多くの研究蓄積があり、近年は日中韓の研究交流が活発化する中で東アジア文化交渉学という新しい学術分野が提唱されて定着しつつある。

漢文教育についても、全国漢文教育学会という学会組織や『新しい漢字漢文教育』という雑誌も備わる。

近年刊行された『明治時代史大辞典』四冊（吉川弘文館）では、筆者が編集協力者に名を連ねて『明治漢詩文集』（筑摩書房「明治文学全集」）に依拠して一三八人の漢学者・漢詩人を収録したし、編者として参加した『近代日中関係史人名辞典』（東京堂出版）には中国関係の活動を行った近代日本人一二〇〇人余を収録し、東洋学者・書画家・教育者・文学者などをかなり盛り込んでいる。これらも近代史における漢学者・漢詩人の存在が認知度を高めていることの証左であろう。

しかしながら、近代の漢学をめぐってなお十分に顕在化していない問題もあるように思われる。例えば、中国古典学に関して言えば、対外進出や漢文教育に距離をとった京都支那学の諸家の業績が高く評価されてきた一方で、東京帝大の井上哲次郎の東洋哲学史や服部宇之吉の儒教倫理は批判対象となり、それらが取り上げられる機会ははるかに少なかった。

漢文教育に関しては井上毅「漢文意見」（一八九四年）に見られるように明治中期以降、第二次世界大戦以前の時期における漢文教科は言語と道徳にわたる両義性を持ったが、国語教科に関する研究に比して道徳教育の研究は少なく、また漢文教育に関してその両面に配慮した研究は更に少ない。

日本人が作った漢詩文については、近年、国内外の日本文学研究者の間で関心が高まっているが、細部について見れば、その再評価には濃淡や傾向があるように思われる。西洋文学に親炙した富士川英郎・中村真一郎、或いはドナルド・キーンらが再評価した菅茶山・頼山陽・大沼枕山、あるいは江湖詩社系詩人などへの関心が高い一方で、幕末志士の詩や明治以降の新聞人・実業家[1]・軍人[2]等の詩はこれまであまり顧みられていない憾みがある。

要するに、国家主義や対外侵出への協力といったかつての「漢学」が持った負の側面について、抜け落ちている面があると考えられる。これは第二次世界大戦後の漢学アレルギーによる長年にわたる拒絶や隠蔽が行われてきた結果であり、その帰結として大戦前後に埋めがたい断絶を生み、それが現在の日本の中国学・日本学にもさまざまな影を落としている。

筆者は「近代日本の「知」の形成と漢学」プロジェクトの一環として、先に柿村重松『松南雑草』の影印出版を行ったほか、井上哲次郎講義『支那哲学史』等の整理作業などに取り組んでいる。柿村と井上はかなり違った存在であるが、漢文に関する教育と研究に携った点では共通点もある。

本書の著者と本書の主題である木下彪と国分青厓は、漢詩人であると同時に新聞記者であった。高い漢学的素養を持ち漢詩を能くした言論人については、内藤湖南を取り上げた「シノロジーとポリティクス」と副題したジョシュア・フォーゲルの有名な著作や、山室信一（『思想課題としてのアジア』）や中野目徹（『政教社の研究』）等の注目すべき著作もあるが、明治以降の漢詩と漢詩人についてはなお語られていないことも少なくないように思う。

前掲『明治漢詩文集』の編集後記において神田喜一郎は、「明治の漢詩文を選ぶについて、その資料を蒐集することの困難」を記すとともに、「明治期の漢詩文について研究したものは極めて少ない」と述べ、その絶無に等しい中から三浦叶「明治の漢文」と大江孝之「明治詩壇評論」「明治詩家評論」と辻揆一「明治詩壇展望」を選んで収録し、併せて木下彪を「わたくしの知るところこの方面に余人の追随を許さぬ深い造詣をもっている」と評価し、この時点でなお連載中であった長編評論「国分青厓と明治大正昭和の漢詩界」が完結することを切望している。その後、明治漢詩に関する関心や研究状況は大幅に進歩し、三浦叶が雑誌『東洋文化』等に連載した文章は『明治の漢学』『明治漢文学史』『明治の碩学』（いずれも汲古書院刊）として刊行された。しかしながら、木下彪の「国分青厓と明治大正昭和の漢詩界」は、その連載されていた雑誌『師と友』が廃刊となったため、遂に完結することなく、広く知られていない。

木下彪には第二次世界大戦中に刊行されて、その後も復刊を重ねた『明治詩話』というよく知られた著作があり、先に紀田順一郎氏による解説があり（クレス出版『近代世相風俗誌集』二〇〇六年）、近年の岩波文庫版（二〇一五年）でも成瀬哲生氏による解説があるけれども、木下彪の事蹟については必ずしも正確な記述になっていない。そこで本稿では木下彪「国分青厓と明治大正昭和の漢詩界」の解題として、著者である木下彪の事蹟とその「国分青厓と明治大正昭和の漢詩界」の内容について紹介しよう。

木下彪の事蹟

木下彪（きのした ことら・ひょう 一九〇二〜一九九九）は、山口県士族の父水木要輔(3)と母タツ夫婦の間の五人兄弟の三男として、一九〇二年（明治三五）二月七日に山口県吉敷郡下宇野令村（現山口市）の第五九七番邸に出生した。(4)長兄驥《キ》（明治四一年広島陸軍幼年学校入学）と次兄鵬《ボウ》（明治二九年一二月一二日生）はともに軍籍に身を置いた人物である。水木家の本籍は同県都濃郡徳山町三九七一番地（現在の山口県周南市）である。後に彪が周南と号したのは本籍地に因む。別に愚渓とも号した。要輔は山口高等中学校（一八八六年開学）が山口高等学校に改称（一八九四年）された頃から同校に書記として勤務し、山口高等学校野球部から『野球規則』（一八九九年刊）を刊行している。当時、同校には北條時敬（一八五八〜一九二九）が教頭として赴任し（校長は岡田良平）、次いで校長（一八九六年四月〜一八九八年二月）になっており、要輔は北條のことを生涯恩師として仰いでいる。

彪が生まれた年、広島に高等師範学校が開設され、初代校長には山口高等学校長から第四高等学校長に転じていた北條時敬が就任した。この時に要輔は山口高等学校から広島高等師範学校の書記（庶務課庶務係、官報報告主任）[5]に転じ、水木一家も下宇野令から広島県広島市大手町七丁目に移っている。後に彪が親交を持つようになる漢学者加藤虎之亮（一八七九～一九五八）は明治四一年に広島高師を卒業し同校附属中学校の教諭となっており、要輔とはこの時期からの旧知であったと考えられる。彪の弟龍（明治三七年一一月二日生）は広島で出生し、彪も広島市で初等教育を受け始めた。次いで一九一二年（明治四五）に要輔が仕事の関係で旅順に移ったため、彪は一九一五年（大正四）四月に旅順第二小学校尋常科を卒業した。母タツは遼東半島移住後まもなく健康を害し、別府での療養の甲斐なく亡くなった。

一九一七年（大正六）、一六歳となった彪は杉浦重剛が長年校長を務めている私立日本中学校に入学するために、単身初めて東京に出た（「記椿山荘」一九五五年）。当時の校舎は淀橋にあった。ある日、彪が江戸川を通りかかった時、目白台の方に樹林鬱蒼たる一郭が見え、それが山県有朋公爵の椿山荘であると教えられた。この年山県は八十歳の誕生の宴を名残として藤田男爵に椿山荘を譲渡して小田原に隠棲している。またある日、父の友人であり辛亥革命後に北京から日本に亡命した清国人李東園が彪を訪ねてきたことがあった。[6]

一九二一年（大正一〇）四月、彪は二〇歳で日本中学校を卒業した。翌一九二二年（大正一一）二月九日の山県有朋の国葬を日比谷公園に見送って間もなく、彪は三月に奉天で日本人が経営する漢字新聞『盛京時報』の編集部に入った。以後、一九二四年に帰国するまで二一～二三歳の三年間を彪は満洲で過ごした。盛京時報社は一九〇六年に日清貿易研究所や東亜同文会と関係の深かった中島真雄が創刊した新聞社であり、中島にとっては一九〇一年に北京で『順天時報』、一九〇五年に営口で『満洲日報』を創刊したのに続く新聞事業である。奉天の盛京時報社は京都帝国大学の教授となった内藤湖南が一九一二年に富岡謙蔵・羽田亨を伴って文溯閣「四庫全書」や宮殿内「満文老檔」を調査した際の活動拠点となったことや、内藤の仲介によって京都亡命中の王国維が寄稿したことでも有名であり、彪は先輩記者たちからしばしばこうした話を聞かされている。彪が入社した当時の『盛京時報』の主筆は菊池貞二であり、菊池は羽田亨と姻戚関係にあった。またこの時期彪は、東三省省立の文学専門学校に入り支那文学を修めている（廣常人世氏による）。一九二三年（大正一二）に彪は瀋陽を訪れ、五月六日に父の友人李東園に再会している。また、陶犀然（名は明濬、新亜日報社長）・沈怡園・張興周らと交流を深めた（「周南詩存」）。この時期、父要輔は旅順市吉野町に居住し、関東庁に所属し、南満洲教育会教科書編輯部で編集員・事務員として勤務している（一九二三年九月一七日から一九二五年三月三一日まで）(7)。

一九二四年（大正一三）九月、彪は記者として盛京時報社に在職のまま京都に来り、新聞社からの資金援助を受けて狩野直喜（京都帝大教授）に親炙して中国文学を学んだ。彪は京都に出発する際に盛京時報社から内藤湖南と羽田亨に宛てた紹介状を持参した。内藤に会った際、「詩をやるならぜひ長尾雨山に会うように」と勧められ、長尾雨山宛ての紹介状を書いてもらい、長尾に面識を得ている。

一九二五年（大正一四）一〇月一七日には、鈴木虎雄（京都帝大教授）を訪問して詩を論じた。そして旧暦九月九日に当たる一〇月二六日には大原に「登高」に出かけた（『豹軒詩鈔』巻一〇）。それから間もなく、彪は鈴木虎雄宅で吉川幸次郎を紹介され、両者の生涯に亙る詩の交わりが始まっている。狩野や鈴木からは日本亡命中の王国維の話をたびたび聞き、鈴木から王国維の自筆稿本「頤和園詞」を借覧したこともあった。また、京都時代の彪は、大連の同文社で発行している漢詩雑誌『遼東詩壇』に数多くの詩を投稿している。

父要輔は恐らく大正一四年で定年を迎え、これを期に旅順での生活を切り上げ、東京練馬に移り住んだ。彪もまた、一九二七年（昭和二）、盛京時報社の経営が中島真雄から南満洲鉄道株式会社に移った時、中島からの勧めに従い、盛京時報社の記者を辞めて二三歳から二六歳までの二年六ヶ月の京都生活に区切りを付けて東京に移った。三月二七日の東京出発をひかえ、三月二四日に彪は鈴木虎雄と宇治・石清水八幡・淀を周遊し、また鈴木虎雄から「送水木生東行二首」を贈られている（『豹軒詩鈔』巻一〇）。

盛京時報社からの資金援助を失った上京後の彪は、一九二七年（昭和二）六月より一九三一年（昭和六）一一月までの期間は大倉喜七郎から資金援助を受け、一九三一年（昭和六）一一月から宮内省就職までの時期は服部金太郎から資金援助を受けている。

彪は上京後すぐに七一歳の国分青厓を訪問し、この後、青厓が歿するまで一七年に亙って親炙することになる。この夏には彪は訪中から帰国したばかりの新聞人鳥居素川を芦屋の家に訪問し、鳥居から鳥居が列席した六月一八日の張作霖の大元帥就任式のことや、六月二日に昆明池に投身自殺した王国維のことを聞いている。一〇月四日には京都の吉川幸次郎に書簡を認め、清・乾隆帝時の美女香妃の貞烈を詩に詠んでみたいと思うので、香妃の事蹟が記された典拠を教えてほしいと依頼している。

翌一九二八年（昭和三）には土屋竹雨（一八八七〜一九五八、名は久泰、字は子健、東京帝大法科卒、大東文化学院幹事）が創始した藝文社から発刊される漢詩雑誌『東華』に関与し、六月に吉川幸次郎にも入会を依頼する書簡を出している。(8)

『東華』の入会案内に名を連ねているのは、次のような漢詩人・漢学者たちである。理事：土屋久泰（竹雨）・仁賀保成人（香城）。顧問：岩渓晋（裳川）・石田羊一郎（東陵）・岡崎壮太郎（春石）・勝島仙之介（仙坡）・田辺為三郎（碧堂）・舘森万平（袖海）・久保得二（天随）・安井小太郎（朴堂）・国分高胤（青厓）。併せて『東華』創刊の趣旨もここに転記しておこう。

晩近欧米物質文明の浸漸に伴ひ、人心動もすれば浮華に趨り、東洋思想の淵源たる経史文学の如き其の意義の大なるを忘れ今や棄て之を顧みず、殊に経史と不即不離の関係に立ちて古来人心を純化し風教を扶植し来れる詩文は之れが振興の策を講ぜざれば終に衰頽の虞なき能はず。因て小生等自ら揆らず茲に主として詩文及書画の研究に精進すべく決意仕り、先づ第一著手として来る八月より『東華』なる月刊雑誌を発行仕り、汎く天下同調の諸君子と結び、朝鮮台湾は勿論更に支那名家とも善く提撕の方を講じ、専ら斯道の研究発達と初学の輔導誘掖とに努め以て文籍復興の機運を醸成し、内は互に品性の陶冶を図り、外は広く風尚の向上に資し度希望に御座候。

東アジア諸国の文化人の連携の下、漢詩を振興しようとした『東華』の編集作業などを通して、彪は高名な漢詩人たちとその晩年の謦咳に接する機会を持った。「国分青厓と明治大正昭和の漢詩界（五十二）」では、次のような漢詩人たちから逸事逸話を聞いたと記している。(9)この経験が彪の明治漢詩文に関する「余人の追随を許さぬ深い造詣」の基礎となったのである。

杉山三郊　一八五五〜一九四五、名令吉、川田甕江女婿、官僚
岩渓裳川　一八五五〜一九四三、名晋、字士譲、森春濤門
阪本蘋園　一八五七〜一九三六、名敏樹、通称釤之助、永井久一郎弟、内務官僚
勝島仙坡　一八五八〜一九三一、名仙之助、獣医学者
井土霊山　一八五九〜一九三五、名経重、字子常、新聞人
田辺碧堂　一八六四〜一九三一、名華、字秋穀、通称為三郎、実業家
杉渓六橋　一八六五〜一九四四、名言長、山科言縄三男、男爵
石田東陵　一八六五〜一九三四、名羊一郎、字士剛、仙台の人、国分青厓門
上村売剣　一八六六〜一九四六、名才六、盛岡日報創刊
落合東郭　一八六六〜一九四二、名為誠、字士応、大正天皇侍従
桂　湖村　一八六八〜一九三八、名五十郎、字子孝、新聞『日本』記者、早稲田大学教授
宮崎晴瀾　一八六八〜一九四四、名宣政、森槐南門、新聞人

小見清潭　?～一九四二?、　名万似、大沼枕山門、東洋大学講師
岡崎春石　一八七九～一九五七、名壮太郎、字臣士、大沼枕山・依田学海門

一九二九年（昭和四）四月二七日、要輔が師と仰いだ北條時敬が七一歳で病没し、要輔は北條の病床に一ヶ月半に亙って侍し、その最後の日々の克明な記録を残している。[10] また同年八月には、大尉に昇進し西北軍司令官馮玉祥に招かれて山西省に在った長兄驥が急病に罹り、九月二六日に北京・同仁医院に歿した。驥の死亡により、同県都濃郡徳山町三九七一番地の水木家は次兄鵬が戸主となった。

一九三〇年（昭和五）一〇月二一日、彪は木下善太郎の婿養子となり、木下善太郎・イシ夫婦の長女で四歳年長の医師富子（明治三一年五月三〇日生）と結婚した（一一月一日入籍）。木下家の本籍は広島県沼隈郡柳津村一六二六（現広島県福山市）で、当時は東京市向島区吾嬬町東二丁目四三番地に住居を構えており、彪と富子は実家近くの吾嬬町東三丁目四番地に新居を構えた。翌年（昭和六）三月一五日に長女琴子が誕生している。

次いで一九三三年（昭和八）、彪は初めての著作『詩春秋』を木下彪の名で刊行している。『詩春秋』には時事・世相を詠じた七言絶句一二六首と一九二三～一九三一年の所作「周南詩存」八八首が収められている。時事・世相を詠じた一二六首はすべて無題であり、句中の三字を冠し、後に解説の短文を附している。句中の三字を標題とし評語を附した形式は、彪が師事した国分青厓が明治二一年から東京電報、後に新聞『日本』に発表した「評林」体に倣ったものであり、また頼山陽『日本楽府』に由来する。『詩春秋』という書題も、青厓の『詩董狐』を意識したものであり、彪の国分青厓への傾倒ぶりを示す。但しその満洲事変・上海事変をうたった漢詩集の内容は、日本陸海軍の軍事行動を擁護称讃し日本外交を軟弱だと批判するものであり、今日から見て問題なしとしない。[11]

だが『詩春秋』の出来ばえは国分青厓の意に適ったらしい。青厓は彪を単なる詩人として遇せず、某有力者に推薦して、一九三四年（昭和九）六月、彪は宮内省大臣官房事務嘱託（手当一ヶ月八〇円）のポストを手に入れた（菊池

貞二「感事篇序」）。これが彪が公職に就いた最初である。宮内省関係の漢学者のうち、武蔵高等学校教授で皇后宮御用掛を拝していた加藤虎之亮は父要輔の広島高師時代からの旧知であったから、彪の就職に当たっては加藤に照会があり、加藤からも推薦があった。この年、落合東郭が宮内省（大正天皇実録部御用掛）を退官したため、三三歳の彪は宮内省内で漢詩に関するほぼ唯一の専門家となった。(12)

一九三六年（昭和一一）四月には新たに赴任した駐日大使許世英（一八七三〜一九六四）を囲んで、外務省対支文化事業の主催により、大使館員たちや日本文人が芝・紅葉館に集い詩酒の宴が開かれ、彪も臨席した。中国側には汪栄宝・陳蝶野・銭痩鉄、日本側には国分青厓があった。以後、半年に亙り彪は陳蝶野・銭痩鉄としばしば詩酒の交わりを重ねた。

同年八月、彪は図書寮事務兼勤を嘱託され、大正天皇御製集の編纂事業のうち漢詩を主掌することを命じられ、先に落合東郭が取りまとめていた御集と関係資料を下付された。貞明皇太后の意向を反映して、大正天皇の遺稿全てを網羅することが基本方針となり、和歌を担当する北小路三郎編修官と同室において、侍従職の長崎素介の助力を得て編纂作業に着手した。確認しえた漢詩一三六七首を詩体ごとに分類編纂し、一年後の一九三七年（昭和一二）八月に第一回功程を終えた。

ついで一九三八年（昭和一三）四月には、昭和天皇・香淳皇后にご覧に入れるため厳選した御製詩集を編纂するようにとの皇太后の意向が伝えられ、彪は落合東郭を熊本に訪ねて協力を求め、翌一九三九年に皇太后の内閲に供する稿本を編成した。これが第二回功程である。皇太后の内閲が済んだものから順次下付され、たびたび皇太后からは質問や要望が伝えられた。一九三九年八月に皇太后の内閲が完了し、浄書本五部を作成して同一二月に図書頭、皇太后、天皇、皇后に献上された。これが第三回功程である。

皇太后の御製詩集編纂に関する要求はなおも続き、一九四〇年には作成年月の不明な作品について更に取調べるよう内意を受け、全集を意味する第一回功程に対して、今回は四年の歳月を費やして編年体による選集を作成し、一九四三年（昭和一八）に第四回功程を終えた。

大正天皇御製詩集の編纂に従事した時期、彪は併行してその他の編纂事業や執筆にも携わった。一九三六年夏、美術雑誌「アトリヱ」社社長北原義雄から委嘱されて、『漢詩大講座』一二巻を企画刊行した（一九三六〜三八、第一巻未刊）。国分青厓の監修のもと、分担執筆者として彪自身の他に土屋竹雨・前川三郎・佐賀保香城・吉田増蔵・加藤虎之亮・岩垂憲徳・佐久節・平野彦次郎・岡崎春石・小見清潭・館森袖海・尾上柴舟・寒川鼠骨・林古渓・小室翠雲・渡邊緑村・佐藤春夫・北原白秋・国府犀東が加わっており、彪の編集者としての力量が窺える。また、一九四一年（昭和一六）五月から政教社発行の雑誌『日本及日本人』に漢詩評論「明治詩話」を連載し、一九四三年（昭和一八）九月に文中堂から単行本として刊行された。宮内省奉職の旁ら、戦時下の困難な状況下でも、彪の執筆意欲が極めて旺盛であったことが分かる。

御製集の方は、その後、一九四四年（昭和一九）三月、宮内省において御製和歌集・漢詩集を刊行するための編集作業に入ることに決し、同四月二〇日に図書頭金田才平・宮内事務官藤井宇多治郎とともに彪が編纂員を拝命した。他に、彪が師事した京都の狩野直喜と鈴木虎雄、ならびに宮内省御用掛の加藤虎之亮が参与を命じられて、狩野と鈴木は漢詩集の審議に参与し、加藤は漢詩集の編纂に参与することとなった。狩野直喜は加藤虎之亮に対して実際に字句の修訂意見を述べており(13)、細部の修訂が続けられたことが分かる。最終的に精選した二五一首を彪が編年体に再編して上下二巻に分かち、一九四五年（昭和二〇）七月に編纂作業を終えたが、便利堂からの刊行は終戦直後の混乱のため、一九四六年（昭和二一）一〇月にずれ込んだ。更に彪は宮内省の命を受けて、大正天皇御製漢詩に対する解説を作成した。後年、一九六〇年（昭和三五）に明徳出版社から刊行された『大正天皇御製詩集謹解』のもとになったものである。また東宮職から委嘱されて、彪は御製中の佳作一二首を選び、小金井の仮御所で皇太子（平成上皇）に進講したこともあった。

戦争末期、彪はいくつかの不幸に遭っている。一九四四年（昭和一九）三月五日には彪が親炙して最も影響を受けた漢詩人であり新聞人である国分青厓が八八歳で亡くなった。九月一〇日には一粒胤の琴子が一四歳で亡くなった（法号宝樹院妙慧琴心童女）。また戦火にも見舞われたらしく、家も墨田区吾嬬町東二丁目から杉並区天沼に転居している。また、妻富子もこうした不幸や戦禍のなかで、東京を離れて埼玉県児玉郡渡良瀬の医療機関に勤務したことがあった。

更に第二次世界大戦後は宮内省の相次ぐ規模縮小により、彪の身分は不安定になった。一九四六年（昭和二一）一二月には宮内省御用掛となったが、一九四七年（昭和二二）五月には官制改正によって宮内府御用掛、一九四八年（昭和二三）四月には宮内府調査員となり、一九四九年（昭和二四）五月三一日に辞表を提出して受理され、特に天皇から拝謁を賜った。六月には総理府事務官・宮内府長官官房兼書陵部勤務となり、一九五〇年（昭和二五）一月に一時、外務省研修所講師となったが、四月三〇日に新制の岡山大学法文学部の講師を拝して岡山に赴任した。時に彪四九歳である。

妻富子は本籍地の沼隈郡柳津村からほど近く、母方藤阪家の実家がある福山市神辺東中条（安那郡中條村字東中條）に家を構えて自宅で開業し、地域医療に従事した。彪は岡山市津島の大学一般教養部の官舎に仮住まいして、東中条の自宅には週末ごとに帰る生活であった。

官立学校の学歴がなく、教員経験もない彪の岡山大学の教官就任は、鈴木虎雄の推薦によるものであった。赴任に当たって鈴木虎雄や吉川幸次郎と詩の応酬があった。岡山大学法文学部漢文学科は、第六高等学校教授から横滑りした林秀一教授（一九〇二〜一九八〇、東京帝大支那哲学出身）の下に講師・助手各一名の体制で開設され、林秀一は彪より一歳年長の同学年であったから、彪の法文学部での昇格は望めなかったが、一九五五年に岡山大学に法経短期大学部が増設された際にその教授となった（法文学部教授兼務）。一九六五年に教養部教授に配置換えとなり、一九六七年三月三一日を以て定年退官（満年齢六五歳）した。

戦後の彪に関して特記すべきことは、対中（台湾）関係と明治漢詩研究である。一九五〇〜五一年（昭和二五〜二六）にかけて、彪は戦後の激変する時事を詠じた七言律詩の連作「感事篇」を作っている。一九五〇年五月の一二首から始まり、一九五一年一月には二五首、七月には五〇首、同年末までには六〇首に増加し、鈴木虎雄と菊池貞二の序文を附して、一九五二年（昭和二七）に小冊子として刊行した。彪にとって「感事篇」は、一五年間宮内省に奉職（一九二四〜一九四九）した立場からの「宮詞」であり、現代日本の時世を諷喩した「詠史」として作られたものであった。

彪は「感事篇」を台湾の知人に伝え、これに唱和する漢詩が台湾から寄せられている。この時に彪が交流した人物は必ずしも明らかでないが、中国文学者の成惕軒[14]や香港で民主評論社を経営していた徐仏観[15]（陸軍士官学校出身）はその一人であったと思われる。彪は中国共産党の動向、特にその伝統文化の破壊に危機感を持っており、外務省研修所時代に知り合った元南京大使館参事官清水董三を岡山に招いて「時局講演」を開催しているから[16]、台湾の知識人との交流も中国国民党政権に近い人物との意見交換と見るべきであろう。

岡山大学奉職時、大学紀要に発表した論考としては「儒林外史鈔注」（一九五四年）や「支那中国弁」（一九五五年）があるが、より重要なものは一九五八年から一九六〇年にかけて発表している「王国維と頤和園詞」[17]であろう。前述のように、王国維「頤和園詞」は彪にとって京都時代に鈴木虎雄から与えられた課題であり、彪はこれを亡命中に清朝滅亡に際会した遺臣王国維による清朝への弔詞であるとし、中国歴代の「宮詞」と「詠史」について言及し、王国維「頤和園詞」こそが清朝最後の、つまり伝統中国の最後の「宮詞」として珍重すべきものであることが論じられている。

一九六〇年末から一九六一年頭に、彪は中華民国開国五〇年を記念した招聘をうけて台湾を訪問した（一九六〇年一二月二三日〜一九六一年一月二〇日）。第二次大戦後初めての中国訪問となったが、この招聘に尽力したのは沈雲竜（国民大会代表）・呉相湘（台湾大学教授）らである。彪が所属長である内藤雋輔教授（岡山大学法経短期大学主事）に宛てた七通の書簡の形式をとって大学紀要に発表した「訪華消息」[18]から台湾滞在中の主要日程を拾えば、次の通りである。

一二月二六日、中央研究院に胡適を訪問、また政治大学において「近代史の上より観たる日華国交の過去」を講演、その後の宴会で曾約農（曾国藩子孫）や王国華（王国維弟）を紹介される。

同二七日、連合国同志会に会長朱家驊を訪問、また何応欽将軍と面会。

同二八日、政治家・軍人で文化人としても著名な于右任を訪問。

同二九日、かつての駐日公使許世英と再会し、久闊を叙す。

同三〇日、中日合作策進会に会長谷正綱を訪問、羅家倫・陶希聖らに会う。

一九六一年一月二日、政治大学教授陳固亭の招宴に赴く。

同三日、黄啓瑞台北市長主催の歓迎詩会に招かれ市立図書館に赴く。

同四日、高雄に遊ぶ。

同六日、孔子廟に詣り台中に移動、私立東海大学に徐仏観教授を訪問。

同七日、故宮博物院訪問。

同八日、毘盧寺に彭醇士・徐道鄰らと遊ぶ。

同九日、省政府教育庁を訪問し教育状況の説明を受け、同夜、二五年以前の旧知陳蝶野を訪問。

同一〇日、陽明山の国防研究院を参観、張其昀主任らと懇談。

同一二日、松山空港より金門島に向かい、一三日台北に還る。

同一四日、劉季洪政治大学校長・張其昀国防研究院主任に伴われて、総督府において蔣介石と面会。(19)

同一五日、于右任主催の詩会に臨席。

上記のように中華民国政府による連日の歓待は特筆すべきものであり、この訪問が彪の台湾との密接な交流を決定づけたと思われる。

訪台から六年後の一九六七年（昭和四二）、岡山大学を定年退官した彪は、張其昀からの招聘を受けて、陽明山に開設された中華学術院（現在の中国文化大学の前身）日本研究所の教授となり、日中国交正常化（一九七二年九月）をひかえたこの時期、以後、八年間に亙って台湾で教育に従事した（一九七四年〈昭和四九〉秋まで）。一九六六〜一九六八年（昭和四一〜四三）には、『外交時報』に「孫中山伝記」を一七回に亙って連載し、一九六八年（民国五七年）には蔣介石の著『民生主義の補述（民生主義育樂兩篇補述）』を日本語訳して台湾・中正書局から刊行している。国民党の反共主義に呼応した活動を展開していることが、はっきりとわかる。

台湾時代の彪の動向については今後の調査に俟つが、中華学術院日本研究所において、明治期の日本人の詩文や外交文書を用いた演習を行ったと彪自身が語っている。

その間我外務省に請うて『日本外交文書』既刊四十冊を中華学術院に寄贈され、中国側からは種々多数の中国書籍を以て之に返礼したことがある。『日本外交文書』に抄録された副島の『適清概略』や井上、田辺起草の照会文、其他竹添の『桟雲峡雨』、岡千仭（号鹿門）の『観光紀遊』、曾根俊虎（号嘯雲）の『法越交兵記』等、皆日本人が漢文で著はし、日本人も中国人も夙に忘れて了つた此等の名著を、私は常に研究所で講読に用ゐた。近代史家沈雲竜氏は私の提供した諸書の中、『法越交兵記』と『観光紀遊』を取り、影印して其の主宰する『近代中国史料叢刊』に編入した。（「国分青厓と明治大正昭和の漢詩界」四十二、本書二九七頁）

こうした資料の選択が彪自身の志向によるものか、研究所側の要請によるものであったかはともかくとして、明治期日本人の漢文体の紀行を外交的視点で捉えようとしていることは注目される。

また、一九六九年（昭和四四）の夏には、青厓の令孫国分正胤から国分家に遺された遺稿類を整理刊行したい旨の依頼を受け、彪は五年を費やして約二万首に上る青厓詩から三千餘首を選び、二〇巻上下二冊を編纂した。

台湾・中華学術院日本研究所における講学と、国分家からの青厓詩の編集依頼が、その後の「国分青厓と明治大正昭和の漢詩界」で展開された近代日本漢詩への評価の助走をなしたのである。

一九六九年九月に台湾の中日文化訪問団が訪日した際には、彪は日本側の参加者として東方文化座談会等に出席し、南懐瑾（一九一八〜二〇一二）らと交流して「感事篇」を贈り、南懐瑾はこれを翌一九七〇年、自序を附し、程滄波の題字を冠して台湾で刊行している。更に一九八七年には「感事篇」は『日本戦後的史詩』と改題されて、南懐瑾の「致答日本朋友的一封公開信」などを附して台湾で再刊されている。

一九七四年（昭和四九）秋、彪が七三歳で中国文化学院での教員生活を終えて日本に帰国する際には、詩の交流が深かった呉萬谷らと送別の宴を開いて詩を応酬し、また画家欧豪年からは「去舟図」が贈られている（木下家所蔵）。

帰国後の彪の文筆活動はめざましいものがあった。編纂を終えた全編白文の『青厓詩存』は、日本国内の出版社では引き受け手が無いため、台湾の中国文化学院出版部に印刷を依頼し、一九七五年（昭和五〇）一二月に一千部の印刷が完成した（奥付は同年一〇月三〇日）。販売は安岡正篤の師友会機関紙『師と友』を発行している明徳出版社に委託し、翌一九七六年三月五日の青厓三十三回忌法要に『青厓詩存』を供えることができた。この『青厓詩存』刊行が契機となって、青厓と相識であった安岡正篤は『師と友』の紙面を彪の連載に割いてくれることになった。

かくて、一九七六年（昭和五一）七月より一九八三年（昭和五八年）一〇月まで、八年に及ぶ長期連載「国分青厓と明治大正昭和の漢詩界」が始まった。連載のために彪は毎月東上して養子夫婦の東京の住まいを拠点に国会図書館等に通って資料収集し、徹夜して原稿を執筆することが常であったという。

八〇歳代以降の彪の活動としては、一九八三年八月には連載中の「国分青厓と明治大正昭和の漢詩界」から摘録して筑摩書房『明治文学全集62 明治漢詩文集』の月報に「森槐南と国分青厓—明治の二大漢詩人—」を発表した。更に、一九八五年（昭和六〇）には岩波書店『文学』五三巻九号に「「佳人之奇遇」と其の詩の作者」と題して、「国分青厓と明治大正昭和の漢詩界」の「三十二」に言及した東海散士の『佳人之奇遇』中の漢詩が国分青厓の代作であることを論じた。

また、現在も続いている宮内庁職員の文化祭に彪は詩書を出品しており、そうした機会を通して皇室や宮内庁との関係を継続していた。親交のあった安岡正篤が歿し（一九八三年一二月一三日）、昭和の終焉が近づいた一九八五年には「終戦詔書の起草者と関与者　川田瑞穂翁と安岡正篤翁」を発表し、一九八九年（平成元）七月には監修者として『昭和天皇大喪の礼』[20]の刊行に関わっている。

妻木下富子は一九八八年（昭和六三）九月一三日に九一歳で亡くなり（法号潤徳院法雨慈貞大姉）、彪は一九九九年（平成一一）一一月一日、九八歳の高齢を以て歿した。法号「文樸院信華周南居士」。ともに福山市神辺東中条の自宅近くの墓域に埋葬されている。

木下彪「国分青厓と明治大正昭和の漢詩界」について

「国分青厓と明治大正昭和の漢詩界」は安岡正篤（一八九八〜一九八三）を会長とする師友会の機関紙『師と友』に、彪が七五歳の一九七六年（昭和五一）七月から八二歳の一九八三年（昭和五八）一〇月にかけて八年間に六八回に亙って連載された。主催者である安岡の死去にともなって師友会が解散となり雑誌が廃刊となったため終に完結することはなかったが、著者木下彪の著述のうちの最長篇である。以下、六八回の連載の発表年月、所収巻号、章数、頁数を示しておこう。

連載回数	発表年月	巻号	章数	頁数
一回	一九七六年七月	三一八号	「一」「二」	一六〜二三頁
二回	一九七六年八月	三一九号	「三」「四」「五」「六」	二九〜三七頁

三回	一九七六年九月	三二〇号	「七」	一七～二三頁
四回	一九七六年一〇月	三二一号	「八」「九」	三六～四三頁
五回	一九七六年一一月	三二二号	「十」「十一」	三三～四〇頁
六回	一九七六年一二月	三二三号	「十二」「十三」	一八～二五頁
七回	一九七七年一月	三二四号	「(承前) 十三」	三八～四四頁
八回	一九七七年二月	三二五号	「十四」「十五」	三四～四〇頁
九回	一九七七年三月	三二六号	「十六」	一五～二〇頁
一〇回	一九七七年四月	三二七号	「十七」	三六～四三頁
一一回	一九七七年五月	三二八号	「十八」「十九」	四〇～四七頁
一二回	一九七七年六月	三二九号	「二十」	四二～四六頁
一三回	一九七七年八月	三三一号	「二十一」「二十二」	四二～四七頁
一四回	一九七七年九月	三三二号	「二十三」	四二～四八頁
一五回	一九七七年一〇・一一月	三三三号	「(承前) 二十三」	三八～四三頁
一六回	一九七八年一月	三三五号	「二十四」	二六～三一頁
一七回	一九七八年二月	三三六号	「二十五」	四二～四八頁
一八回	一九七八年三月	三三七号	「二十六」	四二～四七頁
一九回	一九七八年四月	三三八号	「二十七」	三八～四三頁
二〇回	一九七八年七月	三四一号	「二十八」	三五～四一頁
二一回	一九七八年八月	三四二号	「(承前) 二十八」「二十九」	四〇～四六頁
二二回	一九七八年九月	三四三号	「(承前) 二十九」	三九～四五頁

二三回	一九七八年一〇月	三四四号	「三十」	三〇～三五頁
二四回	一九七八年一一月	三四五号	「（承前）三十」	三九～四五頁
二五回	一九七八年一二月	三四六号	「三十一」	三八～四三頁
二六回	一九七九年一月	三四七号	「三十二」	四三～四七頁
二七回	一九七九年三月	三四九号	「三十三」「三十四」	四〇～四六頁
二八回	一九七九年五月	三五一号	「三十五」「三十六」	四二～四七頁
二九回	一九七九年六月	三五二号	「三十七」	三六～四一頁
三〇回	一九七九年七月	三五三号	「三十八」	四〇～四五頁
三一回	一九七九年八月	三五四号	「三十九」	四二～四七頁
三二回	一九七九年九月	三五五号	「四十」	四二～四七頁
三三回	一九七九年一〇月	三五六号	「四十一」	三六～四一頁
三四回	一九七九年一一月	三五七号	「（承前）四十一」	四二～四七頁
三五回	一九八〇年一月	三五九号	「四十二」	四二～四七頁
三六回	一九八〇年二月	三六〇号	「（承前）四十二」「四十三」	三四～三九頁
三七回	一九八〇年四月	三六二号	「四十四」「四十五」	三七～四六頁
三八回	一九八〇年五月	三六三号	「四十六」「四十七」	三〇～三七頁
三九回	一九八〇年六月	三六四号	「四十八（附記①）」	四二～四七頁
四〇回	一九八〇年七月	三六五号	「四十九」	三八～四三頁
四一回	一九八〇年八月	三六六号	「五十（附記②）」	三九～四七頁
四二回	一九八〇年九月	三六七号	「五十一」	三四～三九頁

四三回	一九八〇年一〇月	三六八号	「五十二」「五十三」	三二～三九頁
四四回	一九八〇年一一月	三六九号	「五十四」「五十五」	三六～四二頁
四五回	一九八〇年一二月	三七〇号	「五十六」「五十七」	三九～四六頁
四六回	一九八一年一月	三七一号	「五十八」	三六～四三頁
四七回	一九八一年二月	三七二号	「五十九（附記③）」	三七～四三頁
四八回	一九八一年三月	三七三号	「六十」	四一～四七頁
四九回	一九八一年五月	三七五号	「六十一」「六十二（附記④）」	三八～四五頁
五〇回	一九八一年七月	三七七号	「（承前）六十二」	三八～四六頁
五一回	一九八一年八月	三七八号	「（承前）六十二」	三〇～三六頁
五二回	一九八一年九月	三七九号	「六十三」	三八～四四頁
五三回	一九八一年一一月	三八一号	「六十四」「六十五」	四〇～四六頁
五四回	一九八一年一二月	三八二号	「六十六」	四一～四七頁
五五回	一九八二年一月	三八三号	「六十七」「六十八」	四一～四七頁
五六回	一九八二年三月	三八五号	「六十九」「七十（附記⑤）」	一七～二三頁
五七回	一九八二年四月	三八六号	「七十一」「七十二（附記⑥）」	四一～四七頁
五八回	一九八二年六月	三八八号	「七十三」	四〇～四七頁
五九回	一九八二年七月	三八九号	「七十四」	三九～四五頁
六〇回	一九八二年九月	三九一号	「七十五」	三九～四七頁
六一回	一九八二年一〇月	三九二号	「七十六」	四一～四六頁
六二回	一九八二年一一月	三九三号	「七十七」「七十八」	三四～四一頁

六三回　一九八三年一月　三九五号　「七十九」「八十」　三六～四二頁
六四回　一九八三年二月　三九六号　「（承前）八十」「八十一」　四〇～四三頁
六五回　一九八三年五月　三九九号　「八十二」　二三～二八頁
六六回　一九八三年八月　四〇一号　「八十三」　三五～四〇頁
六七回　一九八三年九月　四〇二号　「（承前）八十三」「八十四」　三一～三七頁
六八回　一九八三年一〇月　四〇三号　「八十五」「八十六」「八十七」　四二～四七頁

以上、煩を厭わず各回のデータを記した主な理由は、各章に長短があることを示すためである。一回分の連載の紙幅は必ずしも決まっていないが、二～四章が一回の連載分に収められている場合と、一章が一回の連載分になっている場合と、一章が一回の連載では終わらず二～三回に亙る場合があって、一章が長大化する場合は長大な詩の引用が多いためもあるが、盛り込まれる事柄が多く内容も濃い傾向があり、この長編評論がいくつかの山場を構成しながら書かれていることを示したかったからである。

次に、各章の概要を拾いながら順を追って全体の構成を紹介しよう。

「一」は全体の序章をなし、最初に明治時代に漢詩が盛行した理由として次の三つを挙げており、明治漢詩について解説するための視点が明示される。

①江戸時代以来の漢学漢詩の伝統と旧来の詩社、私塾の存続。
②台閣諸公（官吏・政治家）が詩を能くし、文運を鼓吹したこと。
③文明開化が清新な詩材を提供し、新聞雑誌の新しい媒体が発達したこと。

また、全くその詩風を異にする森槐南と国分青厓を軸として明治漢詩全体を展望すると言い、明確な構成方針の下に起稿している。

「二」から「五」は序章の意味を含んだ国分青厓の事蹟の紹介に当たる。「二」は『青厓詩存』出版の経緯、「三」は仙台出身の青厓の出自、「四」は青厓の人脈を知るうえで極めて重要な司法省法学校時代のこと、「五」は新聞『日本』入社以前の事蹟である。

なお、彪の連載中に刊行された色川大吉編『三多摩自由民権資料集』上巻（一九七九年）には千葉卓三郎『王道論』が仙台進取社の国分豁（青厓の通称）の『制法論』に学んだものであるとあるように、司法省法学校退学以後の青厓は仙台日日新聞や仙台進取社の記者として宮城県下の民権運動に関与し、『制法論』には中国古代の思想家だけでなく英仏独の学者の説も引用されている。木下彪は仙台時代の青厓と民権運動との関係を記さないが、明治期言論人としての青厓の全貌は更に追及すべき余地がある。

「六」から「八」は江戸末期以来の漢学塾や漢詩結社の伝統に言及し、国分青厓・小見清潭・岡崎春石等からかつて直接聞いた話をもとに、大槻磐渓・大沼枕山・森春濤・小野湖山・成島柳北のことが紹介される。

「九」で台閣諸公の能詩と文運鼓吹に話題を転じ、「十」から「十二」にかけて台閣諸公と距離が近い森春濤一派の『新文詩』と、政府批判の立場にある成島柳北の『花月新誌』を対比して説き、「十三」ではその春濤と柳北のあり方を継承する後継者として森槐南と国分青厓を説明する。

「十四」から「十六」にかけて、福地桜痴・福澤諭吉の次世代の言論人として陸羯南・徳富蘇峰・朝比奈碌堂等を紹介し、新聞の漢詩欄においては森槐南が関与した『東京日日新聞』や『国民新聞』と対比させて、政治家・官僚を鋭く批判した国分青厓の「評林」詩が陸羯南の社説を補完した新聞『日本』の明治二〇～三〇年代における盛況を詳説する。青厓「評林」の特色として、「詩は志なり」「詩は史なり」「詩は刺なり」という青厓『詩董狐』の言を引き、人物月旦を中心に当代の時世を批評する点にあったとする。

「十七」からは、槐南・青厓と台閣諸公との関係を説明した具体例を紹介する。「十七」から「十九」にかけて、青厓の詩名が挙がる契機となった青厓の「華厳瀑」詩とそれに対する副島蒼海の次韻詩のこと、三条実美の日光別荘の雅宴でのできごと、伊藤博文の槐南に対する態度等を紹介している。「二十」から「二十二」にかけて、槐南を盟主とする漢詩結社「星社」（明治二三年九月二三日結成）の動向の説明を挟み、「二十三」において三条実美が亡くなった時の槐南と青厓の追悼詩を比較し、明治元勲遺跡の荒廃に及び、「二十四」では山県有朋の椿山荘を詠じた「椿山荘歌」を槐南の傑作として紹介する。

「二十五」「二十六」ではやや話題を転じて、キリスト教徒らによる廃娼論の偽善、重野成斎ら史官による修史事業停頓への批判を例に挙げ、陸羯南の文と国分青厓の詩の他にも、新聞『日本』の盛時を支えた同志に桂湖村・福本日南・落合直文・萩野由之・池辺義象・正岡子規等があったことに言及するとともに、桂泰蔵（湖村の子）の「新興明治歌壇史の考証」に触れ、従来の明治文学史がこれらへの配慮に欠く憾みがあることを指摘する。

「二十七」「二十八」では政府の欧化政策や官民癒着への批判を黒田清隆・井上馨・伊藤博文に対する羯南・青厓による激越な人物評を中心に紹介する一方、続く「二十九」では伊藤博文と山県有朋の詩歌について言及して幕末書生の漢詩文愛好を述べ、新時代の風俗を活写した槐南の詩を紹介する。

「三十」「三十一」では幕末明治初期の上野・下谷辺の風俗詩を拾う観点から文人・学者・華族・言論人など多様な人物による詩を取り上げる。

それを承けて「三十二」「三十三」において、あらためて明治漢詩が明治文学史の一ジャンルであることを主張し、明治漢詩史を前期（一八六八〜一八九〇）・中期（一八九〇〜一九〇五）・後期（一九〇五〜）の三期に分けて考えることが可能であり、そのうち中期を全盛とし、全盛期を代表する詩人として詩風の相異なる森槐南と国分青厓があること、また明治漢詩に正詩と狂詩があることをいわば「なかじきり」として述べて後半の叙述に移る。

「三十四」「三十五」では、漢詩全盛期の状況を知るための資料として『早稲田文学』（明治二四年一〇月二〇日〜）所収「漢詩のおとづれ」から引用して、星社の詩風が盛行しているがそれ以外に向山黄村の晩翠吟社や咸宜園系の流れも見落としてはいけないという論旨を早稲田系の若い文学者たちの漢詩改良意見として紹介する。

「三十六」から「四十」にかけては、向山黄村・田辺蓮舟・河田貫堂・杉浦梅潭・吉田竹里等のような旧幕府遺老たちの漢詩を紹介し、特に向山黄村の詩風が青厓と似通うことを指摘し、向山黄村・田辺蓮舟等の外交官として外国渡航の経験をもつ人物の漢詩を取りあげる一方、福澤諭吉「瘠我慢之説」の勝海舟・榎本武揚批判にも言及する。

「四十一」では、前章を承けて日本人が中国で作った漢詩という話題を設定し、長三洲・副島蒼海を挙げつつ、より実践的な外交の場（台湾出兵をめぐる日中交渉）で井上毅の漢文能力がいかに外交交渉に有利に働いたかを狩野直喜からの直話を交えて称揚する。また「四十二」では日中交渉に関わった人物の漢詩・紀行という視点から、竹添井井・山根立庵・岡鹿門・曾根俊虎を挙例する。

「四十三」からは明治二四年から日清戦争までの漢詩を取り上げると述べて、「四十四」にかけて新聞『日本』の漢詩欄に掲載された漢詩人月旦を紹介して漢詩盛時のさまを述べる。

「四十五」では野口寧斎の旧唐津藩の小笠原長生を送る詩を取り上げて、唐津の領振山の伝説を詠んだ詩歌の比較に言及する。

「四十六」では新聞の漢詩欄に加えて明治期に盛行した漢詩雑誌類を紹介する。

「四十七」では新聞『日本』の記者の多士済々や桂泰蔵「新興明治歌壇史の考証」を再説し、新聞『日本』掲載の現代漢詩人月旦表（明治二五年一一月七日）を紹介し、埋没している明治漢詩文の重要性をドナルド・キーンの著書を紹介しつつ力説し、そこに紹介されている旧著『明治詩話』だけでは明治漢詩の全貌を知るに足りないと附言する。

「四十八」から「五十一」では、明治漢詩界において尊崇を受けた副島蒼海の特異な詩風について青厓・長尾雨山・鈴木虎雄からの直話を交えて詳説し、併せて青厓が副島蒼海を尊敬しつつも自由に論評したことを述べる。また、「四十八」の附記として、亡くなった吉川幸次郎（一九八〇年四月八日歿）との思い出を初めて記した。吉川幸次郎、及びその師である狩野直喜・鈴木虎雄との思い出は、「明治大正昭和の漢詩界」と題しながら明治中期中心の記述になっている連載の、いわば「大正昭和の詩界」の記述を補うものとしてこの後、「五十」「五十九」「六十二」「七十」「七十二」に合計六回に亙って記されている。

「五十二」では、「四十七」の論旨を更に展開し、ドナルド・キーンと大岡信の対談を引用して、旧著『明治詩話』は明治漢詩の閏位にあるものであり、青厓の「評林」詩に代表される漢詩こそが正統の詩であると述べる。これより論旨は正統的な詩とは何であるのかという議論に向かい、明治初期の大沼枕山『東京詞』も明治中期の青厓「評林」詩も、時世に対する諷刺であると述べる。

「五十三」では、親炙した京都支那学の狩野直喜・鈴木虎雄・吉川幸次郎・神田喜一郎等の、日本漢詩に無関心な人々による日本漢詩に関する誤解に、敢えて言及している。

「五十四」以下「六十七」までは、新聞『日本』の政治批評が最も光彩を放った時期の「評林」詩を取り上げて詳説する。「五十四」では第一回帝国議会開院式（明治二三年一一月二九日）を詠じた漢詩、「五十五」では新聞『日本』の一年間を回顧する社説を取り上げ、発行停止三回・罰金三回・禁錮一回に処せられるほどの人物月旦を中心とした政治批判が読者の好評を博したと述べる一方で、中江兆民『自由新聞』が「評林」詩の人物月旦を個人的な隠微な事実への論及は不必要であると批判したことから論戦に発展したことを紹介している。光妙寺三郎や河島醇とそれを擁護する中江兆民への批判は「六十三」でも再説されている。

「五十六」では後に『評林第一集　詩董狐』（明治三〇年三月刊）に纏められた青厓の「評林」詩の特徴を、人物批評によって時世・政事を論じた点にあるとし、従来の明治思想史・文化史において言論人青厓が見落とされていることを述べる。

「五十七」では政治家の人物月旦として芳川顕正・榎本武揚・山県有朋に言及し、山県の和歌の才能に言及する。

「五十八」から「六十三」にかけては、「評林」欄に掲載された第一次松方正義内閣（明治二五年五～八月）閣僚の人物月旦である「詠史雑句」一二首や第二次伊藤博文内閣（明治二五年八月～二九年九月）閣僚の人物月旦である和歌

「雑詠」一二首を取り上げて、松方正義・品川弥二郎・後藤象二郎・陸奥宗光・西郷従道・大山巖・芳川顕正・榎本武揚・山県有朋・井上毅・板垣退助等に言及しながら、当時議論の焦点は権力が集中しつつあった伊藤博文への批判に向かったことを説き、新聞『日本』創刊より明治三〇年の新聞紙条例改正までの八年間に発行停止三〇回、二三〇日に及ぶ言論弾圧は伊藤内閣時代に最も激しく、「評林」詩の筆鋒は最も伊藤博文に向けられたと解説する。

「六十四」では人物評価の難しさを述べ、「評林」詩は史識と詩才を兼備した青厓にして初めて敢行し得た難事であると評価する。また時事評は漢詩に向き和歌・俳句には向かないとしながらも、正岡子規の手になる時事評俳句(明治二六年三月)を紹介している。

「六十五」から「六十七」では、明治二五年二月一一日の新聞『日本』掲載「歴代名臣録」の歴代大臣三二人の人物評や、明治二七年一月二七日の「評林」欄に掲載された伊藤博文批判の詩を取り上げ、伊藤博文が一日青厓を召見した逸話を記し、伊藤博文からの処遇を軸に槐南と青厓が対比的に語られる。また明治天皇・伊藤博文の名コンビが明治時代をリードしたと論評している。羯南の社説、青厓の「評林」詩、本田種竹の「文苑」欄、福本日南、正岡子規、中村不折らを擁する新聞『日本』が創刊間もなく大新聞に列せられ、翌年に創刊された徳富蘇峰「国民新聞」は新聞『日本』を常に意識していたことが語られる。

「六十八」では槐南と青厓の吉野山を詠じた詩に話題を転じ、槐南の「芳山懐古」を陸奥宗光が南北朝の正閏など無用な議論であるという観点から称賛したこと、青厓の「芳野懐古」は絶唱と称すべきものであると説く。「六十九」では幕末の芳山三絶(頼杏坪・藤井竹外・河野鉄兜)に比べて明治期の山根立庵の「芳山懐古」が優れていると説き、併せて槐南歿後の門人編集にかかる『槐南集』は佳作ばかりでないと論評している。「七十」では青厓が第一会心作としていた「芳野懐古」に言及し、一部に一介の文士の作としては僭越との批判もあったことを紹介し、再び歴史観と詩才の問題を取り上げる。

「七十一」では南北朝正閏問題に言及して松平天行と副島蒼海の南朝詠を引用し、「七十二」では江戸期の懐古調の吉野詠に比べて明治期の忠臣義士を主眼とした吉野詠が優ると述べ、一例として本田種竹の「芳山詩」を挙げて種竹が歴史に詳しく懐古田舎と号したことに言及し、源義経・静御前の故事古跡を詠じた詩を紹介する。

「七十二」では以上の例を承けて、中国詩の伝統として「詠史」「楽府」など歴史を題材として重視してきたこと、また過去の歴史ばかりでなく、現代の時事を史観に拠って論じたものも「詠史」であり、青厓の「評林」詩はまさにそれであると説く。ついで、頼山陽『日本外史』『日本政記』、大沼枕山『日本詩史百律』『歴代詩史百律』など詠史諸作に言及し、大作蘭城・杉渓六橋・那珂梧楼・長三洲等の「詠史」を取り上げ、「七十四」から「七十九」では英雄源義経や『平家物語』の故事を詠じた諸作を取り上げる。

「八十」では、志士たちの文学が歴史知識と不可分であったことに起筆して、明治期の修史事業が重野成斎らの無責任によって頓挫したことを批判し、日本において官撰の歴史が十分に発達しなかったことに論及する。「八十一」では明治期の詠史諸作を列記し、「八十二」では槐南が二〇歳代の修史館奉職時代に詠史の大作を作っていることを記す。「八十三」では明治期の修史事業の頓挫を再論して、重野成斎は漢文学の大家ではあるが考証家に過ぎず真の歴史家とは呼べないと批判し、修史事業は帝国大学に移管されたために滅び、歴史学は単なる史料学に成り下がったとして、「八十四」「八十五」においても重野批判とともに、重野以上に大学当局の責任を厳しく問うている。

「（解説は次号）」の言葉を最後に文字通り中絶してしまった末尾二章「八十六」「八十七」の内容からは、著者がその後どのように論旨を展開するつもりであったか必ずしも明瞭ではないが、「八十六」は青木周蔵のことをそのドイツ人夫人の口吻を以て詠じた青厓の詩を取り上げ、「八十七」は高松保郎を詠じた槐南の詩を引用している。

上記のなかから比較的長い章とその概要を拾えば、「十三」や「十七」における森春濤と成島柳北、森槐南と国分青厓の対比、「十七」や「二十三」の副島蒼海と三条梨堂にみる槐南・青厓との関係、「二十九」「三十」の伊藤春畝の槐南・青厓との関係、「四十一」「四十二」の外交交渉など渡航中に中国で作られた日本人の漢詩、「五十」の副島蒼海の人物と漢詩、「五十八」や「六十二」の明治期政治家の人物月旦、「七十三」や「七十五」の詩と史の問題、

「八十三」の近代史学批判、これらの内容に著者の主張の力点があったと見てよいであろう。これらの内容は、現在の研究水準から見てもなお明治時代の漢詩文・漢学を知るうえで有用であり、現在の問題意識（例えば人文学と社会学の越境など）とも交差する視点が少なくないように思われる。

まとめ

以上、木下彪が長編の評論を通して明らかにしようとした事柄は、端的に言えば国分青厓という明治期の新聞人が漢詩と言う伝統的な表現手段を用いて、同時代の政治批評であると同時に文芸としても優れた作品を発表していたこと、かつそれが新聞という新しい媒体によって広く人々に享受されていたという事実である。国分青厓のみならず上述の多くの作者を輩出した明治期の漢詩は、漢字文化伝播以来の長い日本漢文学史の中でも稀有な高度の達成を示すものであると同時に、孤立したものではなく社会的に広く享受されたものであった。この主張は、そういう時代はもう二度と訪れることはないという愛惜の響きを帯びるとともに、今やそれを書き残すことができるものは自分を措いていないとの著者の確信や自負ものぞかせている。

また、国分青厓の「評林」詩の史識・史観に基づいて時世を諷刺するという特色が、中国詩における「詠史」の伝統を受け継ぐものであるという指摘も重要である。この「詩」と「史」の交差の問題は、先に刊行して好評を博した『明治詩話』では扱われなかった主題であり、著者が文明開化時代の世態人情を描写した前著をあくまで明治漢詩のうちの閏位に置き、国分青厓の「評林」詩に代表される漢詩を「我国千餘年の伝統を負ふ、つまり正統の漢詩」と位置付ける理由はここにある。詩に対するこのような価値観から、青厓だけでなく、青厓と系統的に親和性の高い副島蒼海、向山黄村、田辺蓮舟等の詩にも高い評価が与えられている。しかしながら、青厓と対比して説かれる森槐南に低い評価が下されているかというと決してそうではなく、槐南門人による『槐南集』の編纂の杜撰さを指摘しつつも槐南の傑作を数多く取り上げており、「明治の詩は、此の正と閏の二つがあり、詩境の大きく開けたこと、前古未曾有のものがあつた。そのいづれをも無視することは出来ない」（五十二）という言葉のとおり、詩風の異なる両者が相俟って明治漢詩全盛期が成立したことがよく感じられる構成になっている。

一方で、全体を通して意識せざるを得ないことは、「国分青厓と明治大正昭和の漢詩界」と題して八年の長きに亙って行文されたにも拘らず、木下彪が取り上げ論及した時代は日清戦争以前が中心であったという事実である。もちろんこの連載はできるだけ時系列に従ってなされているから、いずれこれ以降の時期も執筆する予定であったかもしれない。その場合にどの様な叙述になったであろうか。彪は『青厓詩存』に採録していないけれども（彪から言わせれば、詩として優れていないから採らなかったに違いないが）、青厓には戦前期の漢文教科書にしばしば採録された日露戦争時の日本海海戦（明治三八年五月二七〜二八日）を詠じた「此一戦」のような有名な作品もあり、こうした作品が同時代から昭和期に至るまでの対外侵出・戦意高揚に資した面があったことも否定できない。日本の国家主義が強まった時代において、青厓の漢詩による時事評が国家体制に取り込まれてしまった面がなかったかどうか、既刊分に見る限り、彪はこうした問題に十分に切り込んでいるとは言えない。

しかしそのことを以て青厓や彪を批判するよりも、彪が執筆しなかった時代における青厓等のあり方を検証することは、今後の我々の課題とすべきであろう。一八九〇年前後の日本の議会政治初期における青厓の言論活動は、幕末明治初期の漢学書生流の教養を土台に、司法省法学校に学んで西洋法学にも通じ、民権運動にも関与した著者自身にとって間違いなく最も輝かしいものであり、また今日閑却されているが同時代の言論としても看過すべからざるものである。現代とは違った露骨な言論弾圧が行われた時代において、漢詩による時事評論という形式は、一定の合理性と有効性を持つものであったに違いない。彪は、日々の新聞に連載されるだけで、長く忘れ去られていた青厓の「評林」詩を、それが最も輝いた時期を中心に活写したのである。まず我々はその点を確認し評価するべきである。

また、再三述べたように彪の行論は先人たちの直話に裏打ちされており、そのことが記述を貴重なものにし、また論旨を確かで深みのあるものにしている。岡崎春石・小見清潭・田辺碧堂等からの直話を通して、大沼枕山・小野湖山・森春濤・森槐南をはじめとする過去の漢詩人の人物と作品が手ごたえのあるものとして提示される。また、狩野直喜からの直話によって、台湾出兵をめぐる日清交渉で井上毅の漢文能力が有利に働いたことを称揚するのも貴重な証言である。

このように見て来ると、「国分青厓と明治大正昭和の漢詩界」が近代漢詩とその時代の優れた評論たりえている理由を考える時、彪自身が漢詩作者としてまた京都支那学諸家との交流を通して中国古典詩を読解する高い能力を身に着けていたことに加えて、かつて新聞記者として満洲で活動し、また戦後も台湾との深い関係を有したような現代社会への高い関心や、国家と歴史に関する強固な視点がこれを成り立たしめたと思われるのである。

さて、この連載が未完のまま三五年が経過した現在の状況をどのように見るべきであろうか。木下彪は漢詩文の軌跡について、明治二〇～三〇年代を全盛期、大正期を惰性・余波、昭和期を沈みゆく夕日の返照と評した（「三十三」）。第二次世界大戦後、漢詩文創作の凋落は決定的となり、かつて倉石武四郎はこのような状況下の日本漢文学を「断子絶系」（「日本漢文学史の諸問題」一九五七）と敢えて突き放した。しかしながら、前近代と言わず第二次世界大戦前の日本を知ろうと思えば、漢語・漢文と候文・崩し字の読解能力が必須なのは自明のことであり、欧米など非漢字文化圏の日本研究者の間でも漢文や崩し字の修得意欲は高く、明治漢詩文の認知度もはるかに向上した。グローカル（グローバルとローカル）な視点が重要性を増す現在、日本を東アジア漢字文化圏に置いて見ることの必要度が増し、日本漢学・日本漢文学への関心はなおも高いと予想される。

現在の問題は、日本人の漢文の素養が決定的に低下したため、その研究がいかに有意義であるとしても現代日本人の研究対象にはなりにくくなっており、中国・台湾などの留学生や研究者に期待するしかなくなっている現状である。それを嘆く向きもあるが、別に国や人種は関係ない、興味を持ち、能力がある人が必ず取り組むに違いない。

上述したように、木下彪自身の詩文も、戦時下の詩や冷戦期の国民党要人との交流など、その内容について議論の余地は多分にあるにせよ、近代日中関係史から見ても興味深いものである。陸羯南の女婿で中国文学研究者の鈴木虎雄（倉石・吉川や彪の師でもある）も、台湾における新聞記者の経験をもつ人物であったが、厖大な漢詩の創作を残している。日常の起居の中から生み出されたその詩は、花鳥風月や読書生活だけでなく、時事問題に対する率直な意見も少なくない。近代の「漢学」というテーマは、木下彪が「国分青厓と明治大正昭和の漢詩界」で描いた以降の時代の詩文や日中交流について、書き継ぐべき課題がまだまだ残されていると思うのである。

（謝辞　本稿をまとめるにあたり、木下彪の受業生にあたる廣常人世先生（岡山大学名誉教授）にはインタビューに応じていただき、またご自身の作成にかかる略年譜をご提供いただきました。また、木下家の継承者である木下和人氏ご夫妻、および福山市児島書店の佐藤氏、明徳出版社の佐久間氏からは貴重な情報をいただくことが出来ました。特に記して謝意を表します。）

注

（1）詩に堪能な実業家の数は相当数に上り、庄司乙吉・田辺碧堂・手島海鶴・小倉簡斎・永田磐舟・白岩龍平などがある。

（2）漢文教科書にしばしばその詩が収録された乃木希典の他、軍人で漢詩を能くした者は少なくない。日露戦争で戦死した広瀬武夫の漢詩は夏目漱石に批判されたが、ロシア駐在武官時代にプーシキンの詩の漢訳を試みており、後年、島田謹二が比較文学の観点から『広瀬武夫全集』を編纂している。

（3）水木要輔は一九二六年（大正一五）三月三一日まで関東庁に勤務していたことから、この年度に六〇歳定年を迎えたと推定されるので、その生年は一八六五年（元治二・慶應元）か一八六六年（慶應二）であろう。

（4）宮内庁に保管されている『大臣官房秘書課　進退録　六　昭和九年　自六月至八月　判任官同待遇職員ノ部』に、昭和九年宮内省入省時に彪が提出した彪の戸籍謄本や書簡が収録されており、彪の親族のことや彪の出生から宮内省入省までの事蹟はこれによって知られる。

（5）『広島高等師範学校一覧』明治三六～三八年、同三八～四一年、同四一～四三年、四三～四五年による。

（6）清末の武術家李存義の門下に李東園という人物があり、この人物である可能性がある。

（7）「南満洲教育会　教科書編輯部一覧」による。

（8）吉川はこの時、留学のために北京に出発した後であり、彪の書簡は北京東城演楽胡同の唐氏宅に寄寓する吉川に転達された（二松学舎大学所蔵、吉川幸次郎宛水木彪書簡）。

（9）このほかに、「周南詩存」（『詩春秋』所収）によれば、聴松（大倉喜七郎）・滄浪（森茂）・素川（鳥居赫雄）・銀台（黒原和友）・羽化（渋江保）・方岳居士・蔗庵（上山満之進）・二峰（山本悌二郎）らとの交流があったことがわかる。

（10）『尚志』一〇九号附録「北條時敬先生」、尚志同窓会、一九二九年。

（11）『詩春秋』所収詩の内容については、彪が宮内省大臣官房秘書課に就職する際にも多少問題視されたらしく、履歴書提出時に秘書課長酒巻芳男に宛てた書簡に次のような弁明の辞が見える。「愚著詩春秋、別便を以て御手許に相届け候。少時支那新聞に在り時事に感じ居候為め其影響より此の作を成し候次第、激調御咎め相蒙り深く惶懼罷在候。当初固より印刷之意なかりしに、印刷費を出して勧めし人有之、遂に上梓仕候訳に有之候。」

（12）漢学者としては、皇后宮職御用掛の加藤虎之亮、内閣嘱託の川田瑞穂、安岡正篤などはあったが、いずれも漢詩の専門家とは言えない。

（13）加藤虎之亮宛　狩野直喜書簡　昭和一九年一〇月一三日付（二松学舎大学所蔵）。展示図録『新収資料展―近代漢学の諸相―』（二〇一八年三月）所収。

（14）木下彪「訪華消息」（岡山大学短期大学部『文学論集』）に、一九六〇年末の訪台時に成惕軒と「近十年来しばしば詩文」の交流をしてきたことを記している。成惕軒には『楚望楼詩』（一九五九年刊）や張仁青『歴代駢文選』（一九六三年刊）の校訂などの業績がある。

（15）木下彪「訪華消息」（岡山大学短期大学部『文学論集』）に、「拙作詩文を在台人士に介紹せしは徐氏にて候」と見える。

(16) 山田準宛 木下彪書簡 一九五一年二月一二日付（二松学舎大学所蔵）。
(17) 岡山大学法経短期大学部『文学論集』一号（一九五八年一〇月）、同二号（一九六〇年三月）所収。
(18) 岡山大学法経短期大学部『文学論集』四号（一九六三年一二月）所収。
(19) 一九七五年四月に蔣介石が歿した際にも、台湾にあった彪は依頼されて『華学月刊』に寄稿している。
(20) 日本民主同志会刊。

索　　引

凡　　例

（一）項目は、原則として立項した人名のよみの五十音順に配列した。

（二）人名は、本文中で比較的頻用される呼称によって立項し、本文中に記されるその他の姓・名・字・号等はカッコ内に示した。

日　本

あ　行

か 行

さ　行

た　行

な　行

は　行

ま　行

や　行

ら 行

わ 行

中　国

あ　行

か　行

さ　行

た　行

近代日本漢学資料叢書4

木下彪『国分青厓と明治大正昭和の漢詩界』

二〇一九年七月二五日第一版第一刷印刷
二〇一九年八月一〇日第一版第一刷発行

定価［本体一二、〇〇〇円＋税］

編　者　町　泉　寿　郎
発行者　山　本　　實
発行所　研文出版（山本書店出版部）
〒101−0051
東京都千代田区神田神保町二−七
TEL　03（3261）9337
FAX　03（3261）6276
印刷・製本　モリモト印刷

ISBN978-4-87636-446-6

近代日本漢学資料叢書

1 澤井常四郎『経学者平賀晋民先生』 第1回配本 10000円

2 柿村重松『松南雑草』 第2回配本 8000円

3 加藤虎之亮『周禮經注疏音義挍勘總説』 第3回配本 8500円

4 木下 彪『国分青厓と明治大正昭和の漢詩界』 第4回配本 12000円

服部宇之吉述『目 録 学』

内藤耻叟『徳川幕府文教偉蹟考』

島田重礼述『支那哲学史』

井上哲次郎述『支那哲学史』

『備中漢学資料集』

上製カバー装 研文出版刊